東洋文庫 921

パットウパーットウ

古代タミルの「十の長詩」

高橋孝信 訳注

平凡社

装幀　原　弘

目　次

凡　例

1　本書は、一〜三世紀頃の南インド・タミル古代文学（通称サンガム文学）の「二大詞華集」の一つ『パットゥパーットゥ（十の長詩）』の全訳である。

2　タミル語と日本語の語順は散文では概ね同じであるが、詩歌では全く様相を異にしている。原文の語順ではひどく読みにくいので、訳文は散文にしている。

a　原文では定動詞や述語がほぼないが、それでは読めないので句点を補い、区切りと文脈が分かるように原文にはない空白行を用いた。

b　原文では、長い修飾語句が数行にわたって続き、最後に被修飾語が来る。例えば、Poru.27-47では歌姫の美しさを「……の髪の、……の額の、……、……、（そんな）歌姫」となっているが、それでは分からないので、訳文では25-46で「歌姫といえば、……のような黒髪、……のような美しい額、……。」などとしている。

c　右記のような例は多数あるが、それらを除けば概ね原文と和訳の行番号は一致している。

3　右記（b）の例では「口」は「ワタノキの花びらの（色の）、甘い言葉（を語る）赤珊瑚のような口」であるが、花びらの形か色か、「珊瑚の口」とは何かなど分からない。いきおい補いと訳注が多くなっている。

4　訳文中の（　）内は訳者の補いで、〔　〕内は言い換えである。

5　本書では、例えば「様々」と「さまざま」というように、漢字とひらがなとの表記を統一はしていない。前後にあまりにかなが多ければ漢字にしたり、あるいはその逆にして読みやすさを考慮した。

6　本書では振りがなを多用している。振りがなが「ひらがな」の場合は通常の振りがなであるが、「カタカナ」の場合はタミル語の原音などを表わしている。（例）鷺《さぎ》、粟《ティナイ》。

7　動植物名は学術的にはカタカナ表記であるが、訳文では慣例に従い漢字表記もしている。

8　本書で使用する略号については、別途「略号」を参照されたい。

略　号

Ain.	*Aiṅkuṟunūṟu*（五〇〇の恋愛短詩、八詞華集の一つ）
Ak.	*Akanāṉūṟu*（四〇〇の恋愛長詩、八詞華集の一つ）
Cil.	*Cilappatikāram*（五世紀頃のジャイナ教叙事詩『踝飾り物語』）
Ciiv.	*Cīvakacintāmaṇi*（九～一二世紀頃のジャイナ教叙事詩『ジーヴァカンの如意珠』）
Ciru.	*Ciṟupāṇāṟṟuppaṭai*（十の長詩の一つ）
Cre-A	*Dictionary of Contemporary Tamil (Tamil-Tamil-English)*
C訳	J.V. Chelliah (tr.), *Pattuppattu: Ten Tamil Idylls*
DEDR	Burrow and Emeneau, *A Dravidian Etymological Dictionary* (2nd ed.)
Kal.	*Kalittokai*（カリ韻律の恋愛長詩、八詞華集の一つ）
Kazh.	Kazhagam (The South India Saiva Siddhanta Works Publishing Society)
Kur.	*Kuṟuntokai*（四〇〇の恋愛短詩、八詞華集の一つ）
Kuri.	*Kuṟiñcippāṭṭu*（十の長詩の一つ）
Malai.	*Malaipaṭukaṭām*（十の長詩の一つ）
Mani.	*Maṇimēkalai*（六世紀頃の仏教叙事詩『宝石の帯』）
Matu.	*Maturaikkāñci*（十の長詩の一つ）
Monier	Monier Monier-Williams, *A Sanskrit-English Dictionary*
Mul.	*Mullaippāṭṭu*（十の長詩の一つ）

Nacc.	*Naccinārkkiniyar*（一四世紀の注釈者）
Nar.	*Narriṇai*（四〇〇の恋愛詩、八詞華集の一つ）
Netu.	*Neṭunalvāṭai*（十の長詩の一つ）
Pari.	*Paripāṭal*（パリ韻律の宗教詩、八詞華集の一つ）
Patir.	*Patirruppattu*（四〇〇の恋愛長詩、八詞華集の一つ）
Patti.	*Paṭṭinapālai*（十の長詩の一つ）
Pattu.	*Pattuppāṭṭu*（十の長詩）
Peru.	*Perumpāṇārruppaṭai*（十の長詩の一つ）
Poru.	*Porunarārruppaṭai*（十の長詩の一つ）
PPI	Subrahmanian, *Pre-Pallavan Tamil Index*
Pur.	*Puranānūru*（四〇〇の英雄詩、八詞華集の一つ）
Rajam	Marrē Es Rājam / *Pattuppāṭṭu*, pub. by Marrē Es Rājam
Samy	Samy, P. L., "Plant Names in Kuriñcippāṭṭu"
Skt.	Sanskrit
Ta.	Tamil
TIP	*Varārru Murait Tamil Ilakkiyap Pērakarāti*
Tiru.	*Tirumurukārruppaṭai*（十の長詩の一つ）
TL	*Tamil Lexicon*
TLS	*Tamil Lexicon, Supplement*
Tol.	*Tolkāppiyam*（最古にして最も権威のある広義の文法書『トルハーッピヤム』）
Tol.Por.	*Tolkāppiyam Poruḷatikāram*（Tol. の第三章「詩論」、Iḷam. と Nacc. はそれぞれ注釈者）

UVS　U.V. Swaminatha Aiyar / *Pattuppāṭṭu*, ed. by UVS
V.S.Rajam　Rajam, V. S., *A Reference Grammar of Classical Tamil Poetry*
V訳　Herbert, Vaidehi (tr.), *Pathuppāttu*
Wiki.　Wikipedia
Winslow　*Winslow's A Comprehensive Tamil and English Dictionary*
Yāḻnūl　Ā.A.Varakuṇapāṇṭiyaṉ, *Pāṇar Kaivaḻi eṉappaṭum Yāḻnūl*

エットゥトハイ　高橋孝信訳『エットゥトハイ　古代タミルの恋と戦いの詩』
音楽大事典　岸辺成雄ほか編『音楽大事典』
学習帳　高橋孝信『タミル古典学習帳——「パットゥパーットゥ（十の長詩）」訳注研究』
楽器　ダイヤグラムグループ編集『楽器——歴史、形、奏法、構造』
魚類今昔　Piramaḷā, *Mīṉkaḷ: Aṉṟum Iṉṉum*
近代注K　Kazhagam 版 *Pattuppāṭṭu* の注釈
クラル　高橋孝信訳注『ティルックラル』
現代注N　*Pattuppāṭṭu*, New Century Book House 版の注釈
古注　UVS 版 *Pattuppāṭṭu* の Nacciṉārkkiṉiyar（一四世紀）の注釈
索引集　Agesthialingom, S., *A Grammar of Old Tamil with Special Reference to PATIRRUPPATTU*; Elayaperumal, M., *Grammar of AIGKURUNUURU with Index*; Krishnambal, S. R., *Grammar of KURUNTOKAI with Index*; Subramaninan, S.V., *Grammar of akanaanuuRu with Index*; Subramaninan, V. I., *Index of PURANAANUURU*
サンガムの植物　Cīnivācaṉ, *Caṅka Ilakkiyat Tāvaraṅkaḷ*

集成コーナー／渡辺清彦『図説 熱帯植物集成』
小学館国語大辞典『国語大辞典（新装版）』、小学館
花綴り 西岡直樹『定本 インド花綴り』
牧野 牧野富太郎『原色牧野植物大図鑑』（CD-ROM版）
要覧 熱帯植物研究会編『熱帯植物要覧』

パットゥパーットゥ

古代タミルの「十の長詩」

高橋孝信《たかはしたかのぶ》 訳注

はじめに

紀元後一～三世紀頃にインド亜大陸南端部ではタミル古代文化が花開いていた。本書は、その一端を示す『パットゥパーットゥ（十の長詩）』の全訳である。筆者はすでに本叢書の『エットゥトハイ 古代タミルの恋と戦いの詩』（二〇〇七年）で、タミル古代文学のうち、高度に様式化した恋愛文学と英雄文学から一八〇篇ほどの詩を選んで紹介したが、本書はそれらの伝統を色濃く受けつつも発展させた、三世紀頃の作品である。内容は、タミルの五つの地域を背景にした案内文学と、恋愛文学やそれに英雄文学の要素を加味した作品で、前者が過半を占める。

五つの地域とは、山岳地帯（西ガーツ山脈）、その山裾の森林・牧地、同じ地域の夏の乾燥した荒れ地、下って平坦な田園地帯、そして東西の海岸地帯で、古代にはタミルというのはこれら五つからなると考えられていた。これらの地域は、今日では西ガーツ山脈を挟んで西のケーララ州と東のタミルナードゥ州に分かれているが、タミル西域方言が九～一〇世紀頃から徐々に独立・発展してマラヤーラム語ができるまでは、今日のケーララ州に相当する地域もタミル文化圏に含まれていたのである。

また、案内文学とは、恵み深い王や族長の町や宮廷を訪れて、夢のような歓待を受け、たくさんの贈り物を貰った旅芸人の集団が、帰途に別の旅芸人の集団に会い、それらの王や族長の町に至るまでの道すがらの町や村の様子や歓待の様子などを語り、「お前たちも行くように」と誘《いざな》う文学である。言ってみれば今日の旅行案内書であるが、本来は読み物ではなく、吟遊歌人がさまざまな場所で聴衆を前に吟唱していたと思われる。そのことは、内容はもちろん、楽器（竪琴）の各部を紹介して聴衆の視線を引きつけようとしていることからも分かる。

したがって、本作品ではそれら各地域の村や町、そこの住居や港、生産物、動植物、食べ物、狩猟・農耕・牧畜・漁業などがこと細かに描かれ、なかには大都市の夜に出没する強盗団まで出てくる。ことに、貧しい旅芸人が途中の村々や王宮で供応される様子は圧巻であり、そこで出される食べ物や酒には食欲をそそられるだろう。他方、あまりに詳細な植物描写には辟易《へきえき》するかもしれない。古代タミルでは植物、ことに花が愛《め》でられる。注意すべきは、愛でられるのは姿形よりはむしろその香りであり、一〇〇を超える花のすべてが芳香をもつことである。ちなみに、文学史的にはこの花を愛でる文化は本作品でピークに達し、その後の文学では花の描写は少なくなり形骸化する。

このような次第であるから、本作品は南インドの古代社会を知る重要な資料で、これまでの古代南インドの歴史や社会を論じる研究では本作品からの引用が多い。にもかかわらず、これまで本作品の全訳は二つの英語訳しかなく、しかもいずれも専門家の訳ではないので内容の分析も説明も不十分である。本書では、これら不十分な説明等を補っている。

わが国では、かつて翻訳ものを「横のものを縦にする」と言うことがあった。インド文学の翻訳（主に英語）では、辞書のとおり訳して「横のものを横にする」だけのものが少なくない。例えば、ある種の酒に英語辞典では toddy（和訳はヤシ酒）という語をあてている。そのため各種の訳を見ると、蜂蜜酒でも米の酒でも蒸留酒でも toddy としていることが多い。これは元の辞書の不備もあるが、訳者の怠慢でもある。

また、竪琴としたものは、これまで形状さえはっきりせず、辞書ではリュート（lute）とされている。元の形状が分からないのだから、その各部に至っては一層不明瞭で、歴代の注釈ですらはっきり示していない。辞書の示す語義というのは歴代の解釈の集積に過ぎないから、このような細部について「リュートのある部分」としている辞書もある。他方、本作品で竪琴の細部の記述は、四作品で五十数行に及ぶ。新たな解釈を示さなければ翻訳は完成しない。

さらに、タミル古典文学は詩歌であり散文ではないから、主語‐述語という構文ではなく、しかも歌が終わらないことを示すために、数百行も延々と動詞の不定形が続き、定動詞は出ない。その結果、誰（何）が何をしているのか分からない。しかし、よくよく見てみると、不定形の一つである不定詞というものが、文章の区切りに大きな役割を果たしていることが分かる。因みに、このことは従来の文法書には記述がない。そこで、本書では原文にない句点を補い、文脈の区切りが分かるように空白行を入れている。その区切りは、歴代の注釈者の読みを踏襲した場合もあるし、筆者が独自の解釈を施した場合もある。

本来、このような新たな語義解釈や文法法則の発見などは、個別の研究（論文）で論じるべきものである。しかし、本書ではそのようなものもすべて訳注に入れ込んでいる。そのため訳注が詳しすぎて読み物としては煩わしい。そのような読み手の煩わしさを軽減するために、本書では訳注をすべて巻末に置いてある。

本作品の訳にとりかかってから一五年になろうとしている。この間にいろいろな人々にお世話になった。しかし、それにも増して有り難かったのは図書館などの施設である。本書の性質上、さまざまな分野の資料が必要となる。その点で特筆すべきは、東京大学総合図書館の参考室であろう。ネット上の情報は参考になる場合もあるが、その多くは役に立たないし、役に立っても掲載元が短期間に消えてしまうことが多い。総合図書館の参考室には、専門に特化した部局図書館とは異なり、より一般的な各分野の研究書が揃っており、本研究には欠かすことができない。タミル古典文学には多数の植物描写がある。東京大学小石川植物園には熱帯植物が豊富にあるわけではないが、植物に関心をもつ者には貴重な存在である。最後に、本書の出版を快諾してくださった平凡社東洋文庫編集部と、編集にかかわった元平凡社社員の保科孝夫氏に感謝申し上げる。

二〇二四年五月

訳注者

一『ムルガン神への誘《いざな》い』（*Tirumurukāṟṟuppaṭai*）

［解題］作品名は「聖なるムルガン神への案内」という意味である。ムルガンとはタミル地域の代表的な土着神で、もとは山の神であったが、後にヒンドゥー教に組み入れられてシヴァ神の息子である軍神スカンダ（韋駄天）になる。この作品は、Pattu. にある五つの「案内文学（*āṟṟuppaṭai*）」の一つで、信者をムルガンの六つの聖地に案内する。ただし、他の「案内文学」と異なり、聖地までの道々や聖地の描写はあまりなく、どの場面でもムルガンを称《たた》えることが主眼となっている。

本作品でのムルガンは、古典初期（一〜二世紀）のムルガンとは異なり、完全にスカンダとなっているだけでなく、随所にサンスクリット文化の影響が看て取れる。したがって、この作品の年代は、三世紀頃の他の Pattu. の作品とは異なり、五〜六世紀頃であると思われる。作者とされるナッキーラル（*Nakkīrar*）も、古典初期の四大詩人のナッキーラルとは異なり、仮託かあるいは別のナッキーラルである。それにもかかわらずこの作品が最初に来ているのは、インドの多くの作品で冒頭に神への賛歌があるのと同様に、Pattu. での神への賛歌の役割を担っているのであろう。

このように、この作品は時代も作風も初期古典はもちろん、他の Pattu. の作品とも大いに異なる。古典独自の世界を味わいたい場合には、次の Poru. から読むことを強く推奨する。

（聖地ティルッパラングンラムでは）ムルガンは、
世のすべてが喜ぶように、（メール山を）右回りに回って上がる[1]、
たくさんの人々[2]が崇《あが》める太陽が（東の）海に現われた光のように
絶え間なく[3]きらきらと遠くで照り映え輝き、その力強いお御《み》足《あし》[4]は、
信者を庇護しつつもその無知を打ち砕き、稲妻にも似た逞《たくま》しい腕[5]は敵を滅ぼす。
かの方はまた、非の打ち所のないほど操《みさお》正しい、額[6]の輝く女の夫である。

海から吸い上げた水をいっぱいに孕《はら》んだ黒い雲[7]が
光が一掃された空からたくさんの雨を降らせ、
（雨季の）最初の雨が降ったひんやりした香りのいい森には
暗くなるほど茂った、幹の太いカダンバ樹[8]があり、
その車輪の（ような）花の、ひんやりした花輪がムルガンの胸[9]で揺れる。

大きな竹[10]が高く伸びた、天まで届く山では
天女たちが、輝く赤い小さな足[11]にチリンチリンと鳴る足飾りをつけ、
脚は丸みを帯び、胴はくびれ、二の腕は竹のよう[12]。
腰には、臙脂《えんじ》虫《むし》のような（紅色の）、刺繍した花柄の高級衣[13]を纏《まと》い、
たくさんの宝石をきれいに並べた細い宝石の帯をつけている。
肌の色艶[14]は、人の手では作れない美しさをそなえた上品[15]な、

ジャンブ[16]に因《ちな》んだ名前の金製の光り輝く飾りの（ようで）
遠く離れても輝き、非の打ち所がない。
油を塗った髪[17]は、仲間たちが縒《よ》って編み
その真ん中に、赤い花柄《かへい》の紅手毬《べにでまり》[18]の小さな花びらを据え、
緑の茎の紫睡蓮[19]の清らかな（青の）花びらを摘み、それらを
「女神の髪飾り」[20]と共に、巻貝のような右巻きの飾りとしてほどよくつける。
美しい額には額《ティラク》の点をつけ、よい香りが漂い
鮫口を開いた形の髪飾り[21]が垂れ下がる。
洗って分けて編んだ、非の打ち所のない髪束《こうづか》には
大きなひんやりした金香木《きんこうぼく》[22]を挿し、
青紫の萼《がく》の中に[23]繊毛[24]のある花をつけたマルダム[25]の輝く花房を挿す。
頭には、新芽が美しく広がった、水面《みなも》の下にある[26]（睡蓮の）
赤い蕾《つぼみ》を結《ゆ》い合わせた花輪を巻きつけ、それによく合うように
綺麗《きれい》な耳にはたくさんのアショーカ樹の明るい（赤い）蕾を飾る。
胸の上では、品のよい装飾品が揺れ動いていて、
コーング[27]の閉じた蕾の（ような）若々しい乳房には、
芯の硬い芳《かぐわ》しい小さな木片《きぎれ》を磨《す》り潰した、美しい明るい色の白檀膏《びゃくだんこう》を塗り、
その上に、甘い香りが漂うマルダム[28]の花房のように
開花した印度花梨《ヴェーンガイ》[29]の細かな花粉を塗りつける。

そして、優雅にゾウノリンゴ[30]の小さな新芽を摘んで指で飛ばし合い、
「雄鶏が（描かれ）掲げられ、敵を制圧し滅ぼす、
勝利の旗が大いに栄えんことを」と称えながら、
たくさんの仲間と一緒に、美しく輝く山の中で
木霊《こだま》するように、天女たちが歌い踊る。
そんな森の、猿も知らない木が生い茂る山の中腹の、
蜂も群れない、炎のような花のグロリオサ[31]の
大きなひんやりした花鬘《はなかずら》を頭につけた男《ムルガン》は、
大地を囲む冷たい海に波立たせながら入り、
阿修羅《スーラパドマ》の長《おさ》を殺した、光り輝く葉のような（形の）長い槍を持つ。

その時、鬼女は、髪は乾いてぼさぼさ[32]、口は乱杭歯で大きく、
目は緑で瞳は（怒りで）くるくる回り[33]、身の毛もよだつ外見で、
大きな耳には目の突き出たミミズク[34]と恐ろしい蛇《コブラ》が（住みつき）、
それが垂れ下がって乳房を悩ます[35]。
腹は荒れてざらつき、歩き方は酷《ひど》く恐ろしく（見る者が）凍りつく。
血がべっとり付いた、爪の曲がった恐ろしげな指で目をほじくって食べ、
そのひどく生臭い黒い頭を、腕輪の輝く大きな手で捧げ持ち、
（阿修羅が）竦《すく》み上がるほどの

（ムルガンの）勝利の歌を戦場で歌い上げ、
肩を揺すりつつ、口に肉を食らったまま勝利の踊り《トゥナンガイ》を踊る(36)。

ムルガンは（阿修羅の首領の）二つの大きな姿をもった一つの巨体を(37)
六つの別々の肢体でもって（敵が）慄《ふる》えおののくほどに攻撃した。
（首領を失った）阿修羅たちの巨大な力は萎《な》えてしまい、ムルガンは
花房の垂れる守護樹のマンゴーを根本から切り倒し(38)、完璧な勝利を収めた。

そんな不朽の偉大な誉れ高い赤い槍を持った赤い者《ムルガン》の赤いお御足を
汝らが善良な心をもって思慕し、
信念をもって善を行なおうとし、
自我を離れて生きていくことを望めば、
たくさんのもの(39)と共に善い心にある甘美な望み〔解脱〕が実現し、
望んでいた業の善果を得るだろう！

戦いを望んで、はるか彼方に掲げられた丈《たけ》の高い旗には
縞《しま》模様に編んだ毬《まり》と人形が下がり(40)、
兵士も少なくなり、戦いもほとんどない城門と
吉祥天が鎮座まします非の打ち所のない市場通りと

広壮な家に満ちた通りとがあるマドゥライ、
その西方の場所には、[41]黒い泥土の広い水田が広がる。
そこでは蜂が、蕾が開き茎に棘《とげ》のある蓮で眠り、
夜明けには、よい香りが漂う青睡蓮《ネイダル》[42]に群れて、
陽光が現われると、眼のような花が開き心を魅了する池の花に
美しい羽の、褐色の群れが羽音を立てる。
ムルガンは、そんなティルッパラングンラムに平穏に住まうのもふさわしい。

さらに、聖地ティルッチェンドゥールでは、先端の尖った（鉤棒《かぎぼう》の）跡が深く残る、
雲色の象の額[43]に、萎《しお》れない（造花の）花輪が額飾りの記章と共に揺れ動き、
脇腹にぶら下がった鈴が（揺れて）交互に鳴り[44]、
走ると、死神ヤマのようなとどめ難い力で
一陣の風を湧き起こすような象に（ムルガンは）乗る。

頭には、五種の異なった形[45]からなる完璧に作られた冠と
煌《きら》めきながら、互いに競い合うほど美しい宝石の
稲妻のような輝きとで美しさを添え、
耳には、輝きつつ揺れ、各部の均整がとれた金の（マカラ魚の形の）耳飾りが
遠くで輝く明るい月と一緒になって離れない、

恒星のように煌めいている。
その時、この上ない誓願をもって自分たちの苦行を終えた信者の
願いにかなうように、輝き艶のある（六つの）お顔が現われた！
深い暗闇をもつ世界が余すところなく輝くように
一つのお顔はたくさんの光を放つ。
一つのお顔は信者らの思慕を喜び恩寵を与える！
かなえると、
近づき優しくヴェーダ賛歌の定めから逸脱することのない
供犠祭を見守る！
一つのお顔は、（ヴェーダ等の）隠された意味をしかるべく探求し
にすべての方向を照らす！
お顔は、敵を滅ぼした後、心によぎる公平な気持ちを捨て、
なる怒りを抱いて、供犠の場を求める！
一つのお顔は、山の民《クラヴァ》(46)の(47)無垢な娘で、胴が蔓草(49)のように細い
無垢なる妻ヴァッリ(48)と共に、笑みを浮かべる！
かように、これら三の二〔六〕のお顔のすべてが（各々の仕事を）行なった。
それらの行ないに加え、宝石の首飾りが下がった美しく広い胸には
（三本の）赤い筋が刻まれており、力強い光る槍(50)を放ったために誉れ高く、

（胸から）分かれ出て広げられた（一二本の）腕のうち(51)
一本の腕は、天界に行くという定めの聖者たちに差し伸べられている。
一本の腕は、胴に添えられている。
一本の腕は、素晴らしさを得たカリンガの衣(52)の腿に添えられている。
一本の腕は、（象を操る）鉤棒を繰っている。
二本の腕は、美しく大きな盾と共に槍を右手で動かしている。
一本の腕は、胸と共に輝き、
一本の腕は、花輪と栄《は》えるようにしている。
一本の腕は、下に落ちた腕輪と共に上に上げて(53)いる。
腕は、音が甘く鳴る鈴を鳴らす。
このよ、青い色の雲からたくさんの雨を降らし、
天女たちに結婚の花飾りを飾る。
本の腕は皆、各個にふさわしく(54)（義務を）果たす。
すると、天界の楽器（太鼓）が鳴り頑丈で硬い
大型ラッパが高らかに鳴り響き、白い法螺貝が鳴り、
力強い、雷鳴が轟く（ような）ムラス太鼓と共に
羽にたくさんの目がある孔雀が勝利の旗の中で啼く(55)。
その時、（ムルガンが）天空を道として急ぎ行こうと思い、

世が称え、非常に優れた高い名声のある、
ティルッチェンドゥールに行くのも備わった性《さが》である！
さらに（三聖地アーヴィナンクディでは）、樹皮を縫った服をまとった人々《リシ》(56)、
美しい右巻きの巻貝(57)のように白い、白髪の房の人々《リシ》、
穢《けが》れのない輝く姿の人々《リシ》、
鹿の革をまとい、（苦行で）肉がなくなった胸に
骨が浮き上がって動く人々《リシ》、
（断食で）素晴らしい多くの日々を過ごした後に食べ物を食べる人々《リシ》、
敵意と憎悪とを離れた心を持つ人々《リシ》、
あらゆることを学んだ人も知らないことを知ろうとする人々《リシ》、
すべてを学んだ人にとっても、自分が究極（の存在）となる卓抜した人々《リシ》、
欲望とひどい怒りとに打ち勝った賢者たち《リシ》、
苦悩は何も知らないような人々《リシ》、
望むことが起こり、怒りは存在しない知識を持った聖仙たち《リシ》が先に歩む。
続いて、心は善性に満ち、優しい言葉を語る天上の楽師《ガンダルヴァ》(58)たちが、
薫香漂うような非の打ち所のない清浄な衣を纏《まと》い、
胸には、膨らんだ蕾の口が開いた花輪が掛かり、

Tiru. 26

（繊細な）耳で調律し、効果のある調律紐[59]のついた、
素晴らしい竪琴を奏《かな》で、甘い（調べの）弦を爪弾《つまび》きつつ歩み、
完璧な（ガンダルヴァの）女たちと共に、遜色なく輝く。

彼女たちは、（人間《ひと》の）病がないように体が作られ、
色艶はマンゴーの輝く新芽のようで
腰はくびれて盛り上がり、煌めくたびに試金石の上の金の筋のような
美しい黄斑《おうはん》（が広がり）、素晴らしい輝きの宝石の帯を支える。

続いて、毒と共に隠された穴のある白い毒牙と
火のような強い息を吐く、恐怖を呼び起こす恐ろしい力とがある
コブラを倒すために打つ、曲がった翼にたくさんの縞のある
ガルダ鳥を（旗印として）飾る長い旗をもった神《ヴィシュヌ》、
（旗印の）白い牡牛を勝利の時に掲げた、多くの人が称える頑丈な肩と
ウマーが（傍らに）座り、輝きを放つ瞬《また》きをしない三つの目をもち
三つの城塞都市を滅ぼした、敵愾心《てきがいしん》に満ちた神《シヴァ》、
一〇〇の一〇〔千〕個並べた目と、一〇〇回という
多くの供犠祭をなしたことで勝ち、圧倒的な勝利に満ちた神で
二の二〔四〕本の長く伸びた牙をもち、美しい歩みと

（地面に）垂れた、大きく太い鼻を上げた象《アイラーヴァタ》の
襟首に乗った、ラクシュミーの光をもつ神《インドラ》の三神が続く。
さらに、四大神(60)のうち、素晴らしい町に住んでいる
世界の人々を守護するという一事だけを信念とする
多くの人々が称える三神(61)が皆（それぞれの役割で）主宰神となり
守護するこの世界自体に現われて、
（ヴィシュヌの臍《へそ》から生じた）蓮に生じた、
朽ち果てない永劫の時をもつ四つの顔をもつ方《ブラフマー》を見ると、
美しく、一見別々に見えるが別々でない姿の(62)
四つの異なった本性をもつ、一一の三〔三三〕の神(63)と共に
九の倍〔一八〕の崇高な地位を得た神々(64)が
星《ミーン》が現われたように現われて、
魚《ミーン》が集まって風が起きたかのように進む。
風の（吹く）ところで火が熾《おこ》るように強力で、
火を生むように雷が大きく轟《とどろ》くような音をさせ、
この上ない大いなる必要から、彼ら三神の順番に従うと、(65)
空中を飛ぶすべての神々がやって来て、共に（ムルガンを）称える。

そんななか、非の打ち所のない貞節の女神《パッティニ》と共に、
数日間アーヴィナンクディに留まるのも（ムルガンに）ふさわしい。

さらに（聖地ティル・エーラハムでは）、二の三〔六〕のふさわしい行ない(66)で過《あやま》たず、
両親を（世間が）敬う、様々な点で由緒ある家系に生まれ、
六の四の二倍〔四八〕の若く素晴らしい年月を
（ヴェーダの）道に従って過ごし、法《ダルマ》を語るという信念と
三種(67)を意図した三種の聖なる火(68)という財産をもった
再生族の彼ら《バラモン》は、（礼拝すべき）時を知って称える。

（彼らは）九本を三本ずつに縒った細い聖紐と、
（沐浴して）乾いていない衣とが乾くように身につけ、
頭の上に祈りのために手を合わせて自らを称え、
六文字(69)につづめた有り難いヴェーダの言葉《マントラ》を
舌の繊細さの極みでもって発声するかのように詠唱する。
すると、芳香が漂う香りのいい花を手で受け、大いに喜び
エーラハムに留まることも（ムルガンには）ふさわしい。

さらに（聖地クンルトルル・アーダルでは）[70]、緑の蔓草をナツメグ[71]の中に置いて、
祈禱師ヴェーラン[72]は、美しい小さなヒッチョウカ[73]を混ぜ、
野生のジャスミンと白クーターラム[74]を混ぜた花鬘をつけている。
光り輝く胸[75]に香りのいい白檀をつけた、
残虐な働きをする強い弓で多くの殺生をする森の民は
長い竹の中で熟成された、蜂蜜酒の蒸留した酒[76]を
山にある小さな村の親族と一緒に楽しみ、
トンダハム小太鼓（のリズム）でクラヴァイ踊り[77]をしている[78]。

そんな山の女たちの長い黒髪には、指で揺すって開ける、
様々な香りのよい、深い森の泉に咲いた花で作った
蜂が群れる花鬘と縒り合わせた花輪をつけ、
頭の頂《いただき》にはカミボウキ[79]を飾り、葉をつけた香りのよい花の
幹の赤いカダンバの白い花房を中央に据える。
優雅な宝石（の帯）をつけた腰では、
雄蜂が蜜を食べに集まった、大きなひんやりした美しい腰蓑が揺れる。
そんな、孔雀のような無垢な歩みの女たちと共に（ムルガンは遊ぶ[80]。）
赤い人《ムルガン》は、赤い衣を着て、赤い縞のある
無《む》憂樹《ゆうじゅ》のひんやりした蕾が耳で揺れ、

帯を締め、英雄の踝飾りをつけ、紅手《べにで》毬《まり》の花鬘をつけ、
笛を吹き、角笛を吹き、小さな楽器を鳴らし、
牡羊と孔雀を従え(81)、非の打ち所のない
雄鶏（を描いた）旗を掲げ、背が大きく腕に腕飾りをつけたかの方《ムルガン》は
弦をかき鳴らすような、甘い声の女たちとそれぞれの山で遊ぶ。
飾り帯をつけた、香りのよい心地よい柔らかさの
腰に結びつけられた、地面に達する長さの素晴らしい衣を着て、
ムリャヴ太鼓(82)のような太い腕を差し伸ばし、
柔らかな肩のたくさんの牝鹿（のような女たち）を抱いて(83)大きな愛を示し、
山ごとに遊ぶことも、かの方に備わった本質である！

さらに（聖地パラムディルチョーライでは）、（人々が）小さな粟(84)を花と混ぜ、羊を屠《ほふ》り、
雄鶏（を描いた）旗と共に（ムルガンが）そこに現われるように据えると、
ムルガンは、それぞれの村にある素晴らしい祭りにも、
信者たちが称えるにふさわしい場所にも、
祈禱師ヴェーランが設《しつら》えたヴェリ踊りを行なう会場にも、
密林にも森にも、美しい中洲にも、
川にも池にも、他の多くの場所にも、
四辻にも（その他の）辻にも、新しい花をつけたカダンバ樹にも、

村の広場にも公衆会館にも、象を繋《つな》ぐ柱(85)のある場所にも、
栄光に満ちた卓越した旗で身を飾りふさわしい姿で現われる。(86)
山の民《クラヴァ》の女たち(87)は、(ムルガンに)バター脂《ギー》と白胡麻を塗りつけ、
優美に称え、頂礼し、たくさんの花を撒《ま》き、
異なった形の二つの衣を着る。
赤い糸を(手首に)結びつけ、白い炒《い》り米《ごめ》を撒き、
非常な力が宿る大きな足の牡牛(88)の
血と混ぜた真っ白な米の
ささやかな捧げ物をし、たくさんのお供えをし、
小さなウコン(89)とよい香りが漂う香料とをふり撒き、
大きなひんやりした夾竹桃《きょうちくとう》(90)の花輪と芳しいひんやりした花輪とを
比類ないほど(美しく)切って、揺れ動くように下げ、
連なる山の中腹にある素晴らしい村を称え、
よい香りのお香を焚《た》き込め、クリンジの調べを歌い、
轟く滝の音に合わせて甘い楽器の音を奏で、
美しい(赤い)たくさんの花を撒き、恐ろしくなるような
血の(色の)(91)赤い粟を撒く。

Tiru. 32

ムルガン神の楽器を据えて、神を崇めない者たち[92]が怖くなるように
ムルガンを誘《いざな》い入れる恐怖に満ちた大きな寺院の
（ヴェリ）踊りの会場に響きわたるように歌い、
たくさんの管楽器を吹き鳴らし、丸いベルを鳴らし、
衰えることのないカをもったムルガンの象[93]を称える。
（神の恩寵を）求める人々が望めば、すでに得た人々が案内できるように
（前述した）あちこちのすべてのお住まいについて、知りえたままに語ろう！
それら各々の場所であろうとなかろうと、見《まみ》えるにふさわしいときに
以前に汝が神に見《まみ》えたとき、お顔を望んで称え、
手を（頭上で合わせ）敬慕して拝み、お御足に届くように屈《かが》んで称え、
「高く大きな頂にある、青い新鮮な泉で
（五大を司る）五神のうちの一人（である火神の精[94]）を掌に受け、
（アルンダディを除いた）六聖仙[95]が作った（六つの姿[96]の）主よ！
バンヤン樹におわす神《シヴァ》の息子よ！
巨大な山《ヒマーラヤ》の娘《ウマー》の息子よ！　敵にとってはヤマ神である者よ！
勝利を勝ち取る戦いの勝利の女神ドゥルガーの息子よ！
装飾品をつけた、卓越した森の女神[97]の子よ！
神々が敬意を表する弓隊の長よ！

花輪(98)を胸につけた者よ！　（すべての）学術に通じた賢者よ！
戦において比類なき者よ！　戦う、勝利の指揮官よ！
バラモンの財産である者よ！　知者たち称賛の山たる者よ！
（デーヴァヤーナイやヴァッリなど）女たちの夫よ！　戦士たちの牡牛よ！
槍を持った逞しい腕の、満たされた偉大な主よ！
（クルフという名の）山を破壊して不滅の勝利を収め
天に届く高い山岳地帯《クリンジ》の主よ！
多くの人々が称える、優れた名声をもった賢者たちの牡牛よ！
得難いよき振る舞いをもった、卓越した名声をもったムルガンよ！
求める者たち（の望み）を満たす、名声をもった偉大な神よ！
困窮する者たちに与える、金の飾りをもつ赤き者《ムルガン》よ！
多数の戦いに勝利し、汝の勝利して波打つ胸に
御貰《おもらい》たちを（受け入れ）守る、恐れに満ちた気高き神よ！
偉大なる者たちが称える、偉大な名声をもった神よ！
悪魔《スーラパドゥマ》の一族を切り裂き滅ぼした、力に満ちた偉大な力《マダヴァリ》よ！
戦いに長《た》けた戦士よ！　威厳に満ちた者よ！」
このように、多くのことを私が知るかぎり称えた。
それだけでなく、「汝(99)を測り知るのは、多くの生き物にとって難しい。

それゆえ、汝のお御足を思い私はやって来たのだ。
汝と比べうる者はいない、（真理を）知りたる汝よ」
と思いを語る前に（神の前に）至った。

するとすぐに、さまざまな姿の小さなたくさんのお供の者たちが
祭りを行なう会場に輝かしさをもって現われ、
「あの者は庇護すべき者です！　由緒ある知恵をもった哀願者です。
主よ！　汝の寛大であるという名声を求めてやって来たのです」と、
（哀願者の）甘美なことや喜ばしいことを、溢れんばかりに称えた。

すると、神々しさに満ちた力溢れる輝く姿で
天にも届く丈のかの方《ムルガン》が現われ出でて、
神々しさに満ちて優れた、
芳香が漂う昔の自分の若い美しさを示して、
「恐れるな、私は知っている、お前の来ていることを」と
愛に満ちた素晴らしい言葉を交えて語ってから、
滅びることなく、暗い色の海に囲まれたこの世界で
汝ただ一人となって生きられるように、
素晴らしい得難い贈り物を（神が）くれんことを！[100]

滝は、いろいろなたくさんの旗のように揺れ[101]、
沈香[102]を運び、白檀の大きな幹を転がし、
小さな竹の花をつけた揺れ動く枝を残して根本から裂く。
そして、（滝により）空に届く高い山で太陽の暈《かさ》のような
（蜂が）群がるひんやりした、芳香が漂う大きくなった蜂の巣は砕け、
素晴らしいたくさんのパンノキ[103]の熟した果肉がぐちゃぐちゃになり、
高い山の頂では、セイロン鉄木《てつぼく》[104]の香りのよい花が落ち、
黒猿と黒い顔のヤセザルとが震える。
（滝の冷たい）風が、額に斑点のある大きな牝象[105]が寒がるほど吹きつけ、
大きな牡象の真珠のある白い牙を[106]（流れが）隠し、
（流れが）跳ねて、優れた金と宝石の色が輝くように岸に打ち上げ、
　バナナの太い根は裂け、
優しいココナッツミルクを含んだ見事なココヤシの房が落ちるように打ちつけ、
胡椒の蔓の黒い実のついた房は垂れ下がり、
背中に斑紋のある羽をもつ、無邪気な歩みのたくさんの孔雀が怯え、
　雉の力強い雌が滅び、
猪と、体毛が黒い扇椰子《おうぎやし》の内側の白い細い繊維のような
足の曲がった熊が

Tiru.　36

大きな岩の割れ目の洞穴に集まり、
315 角が黒い野牛の素晴らしい牡が大声で鳴く。
そんな、遠くにあってザーッと落ちる滝のある
317 古えの成熟した茂み《パラムディルチョーライ》のある山の神である、ムルガンは！

二　『歌舞人《うたまいのひと》の案内記』（*Porunarārruppatai*）

［解題］　作品名は「ポルナルの案内記」で、Pattu. に五つある「案内文学」の一つである。ポルナル（*porunar*）には、古典で頻繁に出る「戦士」と、ある種の「旅芸人」の意味がある。しかし、それら別々の語が混同され、長い間「戦争詩人」とされてきた。しかし、古典でポルナルを一番詳しく描く本作品を読めば明らかなように、ここで言うポルナルは戦いとは全く関係がなく、歌と楽器演奏に秀でていて舞いもできる旅芸人である。そこで本書では「歌舞人《うたまいのひと》」とした。作者は *Mutattāma-kanniyār* とされるが、作品として残るのは本作品のみである。称える相手は、タミル古代で最も有名な王であるチョーラ王カリカール（*Kari-kāl*「焼けた足を持つ者」）である。カリカールに言及する作品は多いが、本作品の描写（一三〇〜四八行）が最も詳しいために、歴史家によく引用される。典型的な案内文学で、一二九行までは語り手の歌舞人が王の所に行ったときの途中の景色と王の歓待の様子を描き、その後は相手に、行ったなら同じように得られるだろうと述べて、王と王の国を称賛する。なかでも、本作品の王による酒とご馳走の数々の描写は、他の「案内文学」には見られないほどで、聴衆にはたまらない魅力であったろう。恐らく三世紀頃の作品であろう。

途切れることのない新たな収穫のある、大きな共同広場のある大きな村で
祭りが終わった翌日にはご飯への渇望はなくなり、
他の場所（へ行くこと）を考えている、如才のない歌舞人《うたまいのひと》（107）よ！
（ご覧《ろう》じろ！）（108）竪琴の（鹿の）蹄の跡のような（中木《なかぎ》で）分かれた共鳴胴（109）、
そこの、ランプの炎の色をした、きつく張った竪琴の（110）革の
　見ても分からないほど小さな胎児のいる
　褐色（111）の女の美しいお腹の、薄い産毛が整ったような
一片で覆った（112）きつい張りのある覆い、
穴に住むカニの目のような
（小さな）穴の口に詰められた打ち込み鋲（113）や、
八日月〔半月〕の形のようになり
喉びこのない、相応な大きさの空いた口〔響孔（114）〕、
コブラが鎌首をもたげたような上に伸びた黒い棹《ネック》（115）と、
褐色の女の一の腕の、選りすぐりの腕輪のような
互いに接し、強く縛りつけられた調律紐、
調音が済み、美しい粟の籾摺《もみず》りし精製した
粟粒ほどの僅か（116）な狂いもなくなった、指で爪弾く弦と、
（調律紐との）長くしっかり結んだ結び目（117）がある。
その本体には、芳香が漂う女を飾りたてたような

女神がおわす（かのようで）、調和がとれて美しく、
（その音で）追剝《おいはぎ》たちでさえ武器を捨てて
優しい気持ちになり、憎しみを捨てて抱擁する。

そんな甘味なパーライ竪琴を、弾《ひ》き、叩き、爪弾き、弦を移動し、
拍子をとりつつ、素晴らしい言葉を優雅に放ち歌い上げる[118]。

歌姫といえば、（川の）黒砂のような黒髪、三日月のような美しい額[119]、
命を奪う弓の（ような）眉と、美しい目尻の涼やかな目、
ワタノキ[120]の花びらの（色の）、甘い言葉（を語る）赤珊瑚のような口[121]、
たくさん連なった真珠のような、非の打ち所のない白い歯、
髪を切る道具《はさみ》の素晴らしい（U字形の）握り[122]のような
美しい（マカラ魚の形の）耳飾りの重みに合う耳、
恥じらい[123]に圧《お》されてうつむく、乙女の美しさ[124]が輝くうなじ、
揺れ動く竹の（ような）二の腕と大きな肩[125]、薄い産毛のある一の腕、
長く連なる山の頂のグロリオサの（ように細く）柔らかい指、
オウムの嘴《くちばし》のような輝きを放つ長く細い爪[126]、
（見る者には）堪《たま》らない黄色の斑点[127]という飾りのある体の
椰子《やし》の葉脈でさえその間を通らない[128]（二つの）盛り上がった若く美しい乳房、

水面を揺るがす渦巻きのような完璧な臍、
「ある」と分からないような（見る者にとって）悩ましい胴《ウエスト》(129)、
蜂の巣のようなたくさんの宝石（の帯）をつけた腰、
巨大な牝象の大きな鼻のような、ぴっちりした丸い腿(130)、
ほどよい産毛が生えそろった、非の打ち所のない脚に釣り合った、
（走って）衰弱した犬の舌のような(131)、非常に素晴らしい小さな足、
（そんな様子で）赤く溶けた鉄のような赤い土地を歩いて
邪魔な小石に苦しめられながら進んでゆくと、
虎《とら》の尾《お》蘭《らん》（の実）が熟したかのような、揺れ動く足のまめの水ぶくれが(132)
日が高い真昼間に歩むのを途中で妨げる。

それゆえに日中は、
姿が雌の孔雀のようなとても美しい歌姫は
牡象が歩きまわる道のある森に留まり、
葉のないマラー樹(133)が（強い日差しの）苦しみに耐えて(134)、
（葉を落とした枝の）網を編んだような淡い陰の所で、
歌のリズムに合わせて、森に住まう神に祈りを捧げる。

その後、巨万の富、大きな名声、力に満ちた行動、それらと

戦太鼓《ムラス》の鳴り響く軍隊をもった（チェーラ、チョーラ、パーンディヤの）三王が
一緒になって王宮の執務室にいるような（威厳に満ちた）
（様々な）歌を完全にマスターし、その成果が現われた楽器〔竪琴〕をもった(135)
踊り手たち(136)の長《おさ》よ！（人の心を）摑んでいるのを感知できる者よ！
（道について）無知ゆえに（誤って別の）道を行かず
この道で（私に）出会ったのも、まさに（前世での）苦行の果報！
（語ることをよく）理解し聞け、賛歌に優れた者よ！
死ぬほどの飢えに苦しむ汝の黒い大勢の郎党(137)と共に
長い間の飢えを排除したいなら、長く（ここに留まること）なく
起《た》つべし、栄えよ、七つ（の音調）を修めた者よ！
たくさん実のなる木を思う鳥《こうもり》のように(138)、
私も（王の贈り物を思い）、王の(139)ざわざわする壮大な城壁の
（贈り物を）求めて来る者たちを止めることのない
素晴らしく大きな門を、私は歌わずに入り(140)、
そうして、私の飢えの苦しみが鎮まり、体の衰弱は消えた。
鎌首を上げたコブラの（頭の）斑点のような
手で傷つけられて太鼓の目が消えた、
私のタダーリ太鼓の二拍の長さに和するように

光の広がる金星が現われる漆黒の闇が明ける頃、
ひとつ私が歌おうとする前に、以前から親しかった友人のように
(王は私と)交誼をもつことを望んで、
欲しいものを(遠慮せず)求めるようにと言った。

そうして、自分の目で見えるように隣り合わせの場所に私を座らせ、
(私を目で)楽しむように絶えず眼差しを向け、
(畏怖による)体の震えを溶けた蠟のように取り除いた。
王は、虱《しらみ》の卵と虱とが君臨して汗で濡れている、
(元の糸とは)異なった縒り糸で刺して縫った
ぼろぼろの衣をまるごと捨てさせ、
見た目に(糸が)通ったと思えない、細かな花柄で埋め尽くされた、
蛇の抜け殻のような薄衣をあてがってくれた。
そして、雨かと戸惑う(ほどの)酒をもたらす(141)
宮廷の、宝石を身に飾り、心地よい笑みを湛《たた》えた美しい女たちが
傷一つない金の容れ物に満たして、
何度も何度も注《つ》いでは、また注いでくれた。
我々は疲れがとれ、腹いっぱいになるまで食べ、
大きな気苦労を吹き飛ばし、満足して

かの王の富の溢れる王宮の一角に泊まった。
そして、苦行を行なう人々が己《おのれ》の身体を放擲しないまま
現世でその果報〔解脱〕を得たかのように
道行《みちゆき》の苦しみが完全に取り除かれ、
酩酊による体の震え以外には
少しも心に憂いはなく、混濁して目覚めた。
前の晩にはあんなに貧しい状態だったのに
翌朝には見た人が面食らうほど（漂う芳香に）蜂が舞っていて
夢かと戸惑っていた私の心が（現実だと）確信(142)し
ひどい（貧しさゆえの）心痛に覆われていた心が喜びに溢れるように、
未熟な若い衆(143)たちが（昨夜のことは事実だと）説明していた。
その時、「すぐに」と（王は家臣を）召喚し、「来なさい」と我々を呼んで(144)
王が（そのような際の）しきたり〔挨拶〕を済ませた後、頃合いを見計らって
行儀芝《ぎょうぎしば》(145)の束を食べた(146)羊の素晴らしくよく煮たもの(147)のうち
腰の部分〔腿肉(148)〕を調理したものを「食べなさい」と言って勧めた。
（我々は）鉄串で焼いた脂身のある肉の大きな塊りを

口の中で端から端へ熱いのを押しつけて食べて、
もうそれもあれも欲しくないと言ったなら、
なんと、甘いさまざまな形のケーキをくれ、（我らを）座らせた。
そして（太鼓の目に）練り物がついたムリャヴ太鼓と調べが合う、
小竪琴をもった額の輝く踊り子たちが、リズムに合わせて踊りながら(149)
喜びに満ちた多くの日々を過ごしていた。
ある時、ご飯と料理を食べてほしいと（王が）言ったとき、
（ムッライの）(150)蕾のような米の線が消えた、崩れていない籾摺りした米が
指のように立った、列のように集まったご飯と
小石ほどもある揚げた肉とが、喉にせり上がってくるほど
食べて過ごすような流れにすっかり慣れて快適に滞在し、
畑(151)を耕すすき(152)の刃のような歯は、
なんと、昼も夜も肉を食べて先が磨り減り、
息を吹き返す機会も得られず、食べるのに嫌気がさしていた。
そんなある日、「怒って蜂起した敵から貢物を取り終えた王よ！
我らは去ります(153)、我らの古い村に戻るために」と
穏やかに、しかしはっきりと我々が言うと、
「すぐに汝らは去るのか、我ら仲間を捨てて」と言って

むっとしたように怒った眼差しをみせつつも、
トゥディ太鼓の支柱のような、揺れ動く（危なげな）歩みの仔象と
牝象と共に牡象を「欲しいだけ取りなさい」と言って
王の知る限りのものを次々にくれた。
私も分かる限りの必要な物をすべて手に入れ、貧しさはなくなった。[154]

勝利の槍と美しいたくさんの戦闘馬車を持った
イライヨーン王の息子にして
ムルガンの怒りのような恐ろしさに満ちた（カリカール）王は
母の胎内にいて、すでに父親譲りの（卓越した）性を得ていて、
（それまで王の強さを）知らなかった敵が、命令を聞くようになり、
（命令を）聞かなかった者たちの国では戸惑いが増大している。
（若々しい朝の太陽が）海の上で昼の光を広げ、
灼熱の太陽が空に広がるように、
王は生まれて這い這いを学んで以来、卓越した素晴らしい
己の国を肩に担いで、日ごと育て上げてきた。
獅子[155]という素晴らしい獣の、殺傷力を持つ獅子の子が
死神ヤマの力よりも巨大な力を誇り、
乳房を摑むのを放さない（幼い）時でさえ、

さっと最初の狩で牡象を殺すごとく、
黒く茂った（チェーラ朝の象徴）扇椰子《おうぎやし》の葉の冠と、
枝の黒い鑢刃《やすりば》の（ようなパーンディヤ朝の）徴《しるし》ニーム[156]の美しい芽の冠とを、
気高く偉大なチョーラ王よりも際立つように、それぞれ身につけた
（チェーラ、パーンディヤの）二人の偉大な王を一つの戦場で滅ぼすために
ヴェンニで攻撃する、恐ろしいほど強い忍耐力をもつ
目にも美しい花鬘をつけたカリカール王の御足の陰に
汝らも（行って）近づいてかしこまり、
拝礼し王の前に立つなら、咎《とが》められることもない。
（王は）仔を生んだ母牛の母性愛のように慈《いつく》しみつつ（汝らを）見つめ、
汝らの能力を知る前に、
さっと、苔の根のような汚れのある、
切れた縫い糸のある襤褸《ぼろ》を取り去り、
清潔な飾りが縁についた絹の衣をくれ、
得難い（金の）器で「望むままに飲みなさい」と言って、
花の甘い香りがする蒸留した酒を次々に注いでくれ、
毎日毎日手で覆い（拒絶しても、さらに）飲ませる。
火が燃え盛るような、花びらのない（金の飾りの）蓮[157]を

（汝の）カールした黒い髪[158]に華美に見えるように飾り、
太糸でなく、精巧な（作りの金の）細糸を綯った首飾りを
白く輝く真珠と共に吟唱女は飾る。[159]
そして王は、象牙で作られた蓮形の支えが（前部に）ついた
丈の高い戦闘馬車[160]に色のついた頭頂部の毛が揺れ
鬣《たてがみ》がなびいている、牛乳のように白い馬四頭を繋ぎ、
（王は自らの）足で七歩後ろを歩み、
馬追い棒の突起を取りはずし、「乗りなさい」と言って乗せ[161]、
素晴らしい大竪琴奏者を作法どおりに送り出す。
（さらに王は）水のあるひんやりした池が囲んだ（田園地帯《マルダム》の）、
疲れを知らぬ居住区のある、素晴らしいたくさんの村のある国と共に、
優れた多数の、恐ろしいドラムが鳴り響く（ような声の）
鼻が太くてとても大きく、歩くと恐怖を抱かせる（マスト期[162]で）猛《たけ》る象を
くれるのを途中で止《や》めることはない、かの王は！
（汝らが）現われると、知らぬ相手なのに自分が得たものを次々に与えて、
汝らが去るとの結論に達したなら、ひどく不機嫌になりながら、
移ろいやすいこの世で確固としたもの「名声」を重んじ[163]、
「行きなさい」と言ってすぐに去らせる人ではない。

ドーンと波が崩れ落ちる、広大な大洋[164]の
海岸が囲む、広く拡がる大地の〔田園地帯《マルダム》の〕
そここの土地のあちこちに
稲（のような花序[165]）が垂れ下がる、ココヤシ[166]のひんやりした木立に
寄せ集まっている、密集した住まいのある場所で
（血を混ぜて作った）赤いご飯[167]の供え物を食う
黒いカラスが、それに飽きたなら[168]、
家の傍のノッチ[169]の木陰で産んだ
亀の子を（食べ物がなくなったときのために）保存し、
女の子たちはお飯事《ままごと》[170]の家を作り、
智者たちは宮廷学術院《サンガム》[171]で自分の論敵と論争する。
しな垂れたガマリや赤い（花の）マルダムの木で
おどおどした目の孔雀は鳴き声を発し、
緑のニガウリ[172]の群生する果実の赤い果肉を食べている。
また、砂糖黍を切り倒したり稲を刈り取る所では、
たくさんの農夫の騒がしさで満ちている。
（そんな田園地帯《マルダム》を去り海岸地帯《ネイダル》に向かうと）砂地の蔓草アドゥンブ[173]、
大きく広がる風船朝顔《ふうせんあさがお》[174]、
芽吹いたプング[175]豆と丈の低い木立、それらと

蕾をつけたニャーラル[176]と他の木々が密生した
そんな場所（海岸地帯）が気に入らないなら、そこを去って
代わりに（森林地帯《ムッライ》へ行き）花開いたタラヴ[177]、広がったグロリオサ[178]、
微笑みかけるムッライ・ジャスミン、散乱したミズスマシノキの花[179]、
金色の南蛮皀莢《なんばんさいかち》[180]、サファイア色のカーヤー樹[181]、それらのある
素晴らしい森林地帯《ムッライ》へ行き、そこを歩むのが嫌になったら
（海岸地帯《ネイダル》へ行くと）サメの棲む黒い海で
エビを食べる群れなす大鷺が
花をつけた照葉木《てりはぼく》[182]の枝にとまったら
盛り上がった波の音におびえて（飛び去り）
心地よい扇椰子《おうぎやし》の葉に棲まう。
ふさふさしたココ椰子、たわわなバナナ、
たくさんのグロリオサ、花のついたセイロン鉄木《てつぼく》等がある、
トゥディ太鼓の（音のような声の）ミミズクのいる家のある海辺の村では、
竪琴の（ようなブーンという音の）蜂の歌に合わせて
尾羽を開いた無垢な孔雀が
月光の（ように白く輝く）砂浜で、なんども踊る。

(山岳地帯《クリンジ》の)蜂蜜と山の芋《ヤム》(183)を物々交換する者たちは
(海岸地帯《ネイダル》の)魚油《ぎょゆ》と椰子酒を(買って)運び、
(田園地帯《マルダム》の)甘い砂糖黍と揚げ米を分ける者たちは
(森林地帯《ムッライ》の)動物の肉の切り身と酒とを運び、
クリンジの調べを漁民たちは歌い、
青睡蓮《ネイダル》の香りのいい花の冠を、山《クリンジ》の民は身につけ、
森《ムッライ》の民はマルダムの調べを歌い、
田園《マルダム》の民は青色のムッライの花のあるたくさんの場所《ムッライ》のことを語る。

(ムッライの)野生の鶏は(マルダムの)籾を啄《つい》ばみ、
(ムッライの)家の鶏は(クリンジの)粟を摂り、
山《クリンジ》の猿は入り江《ネイダル》に棲まい
入り江の大鷺は山に留まる。
そんな心地いい空間のある、これら四つの土地が集まり、
そんな大地において、
欠点のないただ一つの傘の下で、(184)(統治の)一事のみを語り
長い間統治してきた、(民に対する)大きな哀れみの情と、
法の道(185)と結びついた確固たる裁きで知られた王笏(186)とをもつ王よ、
栄えよ、勝利の槍を持った王よ！

敵の王たちが震え上がるように[187]（太陽が）現われ、
多大な栄光をもち、昼間を与える者〔太陽〕が豊かな光を広げ
クッライ草[188]も焼かれ、木々の枝も火が焼き、
滝は巨大な山で消え去り、
他の地で集積した雲も海から水を取るのを忘れる。
そんな、ひどく干上がったひどい状態のときでさえも
香りのいい蔓草もナランダム草[189]と沈香と白檀[190]とが
どのガートでも、山となって芳香を漂わせて流れ、
泡のある水面の、大きな音を立てる水が溜池の中に入るたびに、
水遊びする娘たちがさーっと掬《すく》い上げる。
（農夫は）腰を曲げて鎌の刃で稲を刈り
その稲束が山をなすように積まれ、
毎日（メール）山のように積まれ、減ることのない穀物の山が
酷《ひど》いぎゅう詰めの所に入れる場所がないほど置かれている、
そんな、高品質の米の生産の範囲を限った六、七エーカーの土地で
千カラム[191]の生産物となるような
カーヴェーリ川が（恵みを）もたらす（チョーラ）国の王《カリカール》よ！

三　『小竪琴奏者の案内記』（*Cirupāṇāṟṟuppaṭai*）

［解題］　作品名の *ciru-pāṇ-āṟṟuppaṭai* は、字義どおりには「小さな‐吟遊歌人‐案内」となる。最初の「小さい」を「案内」にかけると「小さな（短い）吟遊歌人の案内記」となり、「吟遊歌人」にかけると「小竪琴をもつ吟遊歌人の案内記」となる。このどちらかというのは、次の作品 *Perum-pāṇ-āṟṟuppaṭai*「大きな（長い）‐詩人‐案内」と関連して考えなければならない。作品の長さからいうと、本作品が二六九行で次の作品が五〇〇行だから、それぞれ「小さな案内記」と「大きな案内記」となる。

他方、両作品とも竪琴の詳しい描写があるのだが（それぞれ Ciru.221–27 と Peru.4–15 を参照）、仔細に見ると本作品では「小竪琴を左の小脇に抱え」（Ciru.35）と、持っている竪琴が小竪琴（*cīṟiyāḻ* ＜ *ciru-yāḻ*）であり、次の作品では「左の小脇にかかえた大竪琴」（Peru.462）と、こちらは所持しているのが大竪琴（*pēriyāḻ* ＜ *peru-yāḻ*）であることが分かる。したがって、普通に読むとそれぞれ「小さな案内記」と「大きな案内記」の方が一見自然に思えるが、内容からはそれぞれ「小竪琴を持った吟遊歌人」と「大竪琴を持った吟遊歌人」の「案内記」の方がいい。そこで、本書では『小竪琴奏者の案内記』とした。

Ciru. 54

本作品も典型的な案内文学で、一四三行までは語り手の小竪琴奏者が自身が王の所に行ったときの途中の景色と王の歓待の様子を描き、その後は相手に、お前たちが行ったなら何々を得られるだろうと述べ、*Nalliyakōṭan* 王（一二六、二六九行）と王の国を称賛する。本作品は古代の恵み深い七王に言及することでも知られている。作者は *Nattattaṉār* で、古典では本作品しか残らない。恐らく三世紀頃の作品。

サファイア（のような色）の山[192]にある竹の（ような）腕の
大地の女神の、美しい胸に揺れる真珠の首飾り[193]のような
遠くから（流れて）来た密林の川の流れに苦しむ、浸食された辺《ほとり》、
そこの芳《かんば》しい森で郭公が歩きながら（啄《つい》ばみ）落とした
新鮮な花が萎れて広がり、ばらばらになっている。

（女の）髪を広げたような黒い細かな黒砂は
鉄が熱せられたようになっていて、踊り子たちはそっと歩き、
日射しの熱を受けて焼けた砂礫を割るほどの
夏の盛りの、暑い時間の続く日には
日中の陽の光をやり過ごすために
パーライの情趣が確立した[194]、広漠たる荒れ地の長い道の
焼けつく大地のマラー樹の線状の（模様の）木陰で憩う。

踊り子は、細かな流れ落ちる雨の（ような）[195]美しさを（見る者に）もたらし、
バター脂《ギー》で整えて漆黒となった髪[196]、
その髪のような、サファイアの（色の）目のある尾を広げ、
たくさんの雄の孔雀が（恥じて雌の）孔雀の陰に隠れる[197]（ほど美しい）体、
（走って）疲れ切ってあえぐ、犬の舌のように美しい[198]、

（踝飾りの）輝く宝石が色褪せる（ほどの）足、
その足（のように）一緒に延びて地面についた
巨大[199]な牝象の大きな鼻のような、ぴたりと合わさった太腿《ふともも》[200]、
その太腿のような、大きな山の丈の高いバナナ、
そのバナナの花のような総《ふさ》やかな女の髪、
その髪に飾った密生した（黒い）枝の印度《いんど》花梨《かりん》の
柔らかな（黄色い）花を求めて蜜蜂が（間違えて）羽音を立てる、
花粉のような黄斑[201]が広がった飾りをつけた胸の
豊かなコーングの輝く蕾を嘲笑《あざわら》う（かのような）張った熱き乳房、
その乳房のような、たわわな房の扇椰子《おうぎやし》の熟した柔らかな実、
その実の甘い[202]果汁（のような唾液）が滴る歯、
その歯のような、クッライ草のある美しい森に生い茂る
蕾の開きかけたムッライ（のある地）の情趣にあふれた貞節に満ち[203]、
（女の）穏やかな性質はおどおどした鹿の眼差しのよう。

額の明るい踊り子たちの歩みはしなやかで、
その素晴らしい動きの柔らかな小さな足を、未熟な若い衆が優しくさする。

歌人《うたびと》は、金が延びたような（細糸を）縒《よ》って細くなった弦[204]の

甘い音色の小竪琴を左の小脇に抱え、
その竪琴でパーライ副旋律の完璧で甘い透き通った音を奏でる
力のある歌人が、音楽の仕組みを知って演奏しながら
ただ歩き回るのではなく、この世界で恵み深い人々を求めながら
（貧しさゆえの）不満でいっぱいの、貧苦と不幸とを取り除く。
嫌な旅の疲れも忘れた、由緒ある知恵に満ちた物乞いよ！
口の大きな水牛が、丸々とした魚を千切るように踏みつけながら
大きな花弁の青睡蓮を食《は》み、
緑の胡椒が絡みつく波羅《ぱら》蜜《みっ》の木の陰で
ウコンの柔らかい葉が、毛の生えた背中を擦るなかを
完熟していない若い蜜が香るほど、柔らかくなった青睡蓮を反芻しながら
野生のジャスミンのある場所を寝床とする。
そんな、西の地域の守護者たちの末裔で、
敵地である北の地域のヒマラヤに引き絞った弓を描いた
力強い柱のような腕と、突進する戦車とを持ったチェーラ王[205]の
豊富な水と大門のある都ヴァンジ[206]でさえ（贈り物には）足りない！

のみならず、花から蜜を滴らせる、熟したヌナヴ樹(207)の切り口を
小さな木片を鉄の鑿《のみ》で（穿《うが》って）繋げた(208)、
手作りの小箱が猿の胸でカラカラと鳴り(209)、
こめかみには造花の冠を上手くあしらい、
力強い牡牛（を繋いだ）塩商人の荷車で
一緒にやって来た、息子同然の猿が、
五つ編みの髪が、肩と背中を隠して華奢な(210)腰で揺れ動く、
塩商人の女たちが産んだ
輝く飾りをつけた息子たちと一緒に、
女の歯のような大海の真珠を
三日月刀の刃の（ような）二枚貝に詰めたガラガラで遊んでいる。

そんな、激しくうねる波に囲まれた大地の港町コルカイ(211)の王にして
南の地の守護者《パーンディヤ》の末裔で、敵の土地を敵対行為のかどで取り上げ、
（真珠の）飾り輪のついた勝利の白い傘と目に美しい冠と
速い戦闘馬車とを持ったパーンディヤ王の
タミル文化が確立し、得難い名声と喜び溢れる通りのある、
都マドゥライでさえ（贈り物には）足りない！

そればかりか、水を湛《たた》えた池の芳香漂う岸辺に聳《そび》え立つ[212]、
生い茂ったカダンバ樹のたわわな花飾り（のような花の塊り）から
絵のように美しい、水を飲めるガートの傍らに
臙脂《えんじ》虫《むし》の（染料の）ような花粉が固まって落ちている。
蓮は、その（塊りの）ように盛り上がった乳房のような
美しい蕾を開き、美しい顔の（ように）神々しく、
（花びらは）非の打ち所のない掌を朱に浸したかのよう。
赤い花びらが重なり、赤みを帯びた金の（ような）果皮では、
悦びを求める蜂が、（自分の）喜びである快い伴侶を抱き、
翅《はね》を揺すり、マルダムの副旋律の（ような）調べを歌う。

そんな、ひんやりした池が囲んだ（田園地帯《マルダム》の）
倦む事を知らぬ村々のある東《チョーラ》の地方の守護者の末裔の王にして
敵の高い城壁の扉で、雷が己の襟首を擦って痒《かゆ》みを取るような
中空の城を破壊した、逞しい腕に腕輪が輝く王、
無比の優れた名声と素晴らしい戦車を持った（チョーラ王）センビヤン[213]の
敗れることのない強固な都ウランダイ[214]でさえ足りない！

さらに、雲がたくさんあり豊かな山の中腹の

Ciru.　60

森の孔雀に（啼くのは寒いからと）カリンガの衣を与えた、
類い稀な力のある、畏怖心を抱かせるアーヴィの末裔の王たる
大きな山国のペーハン王[215]。

また、蜂が吸うようによい香りを放つ花が落ちており[216]、
セイロン鉄木《てつぼく》が並ぶ街道[217]に生えた花の小さなムッライに
（成長の邪魔をすると降りて）大きな戦闘馬車を与えてしまった
山腹に白く輝く滝のあるパランブ山の王パーリ[218]。

また、乞い来る者たちに、響き渡る鈴をつけた鬣《たてがみ》の房々した馬と
世の人々が驚くほど心地よい素晴らしい言葉とを与えた、
（体内の戦《いくさ》の女神ドゥルガーの）怒りが増大して[219]（戦いの準備をし）、
逞しい腕に輝く恐ろしい長槍を持ち、緩い腕輪をつけたカーリ王[220]。

さらに、光り輝く青黒いコブラがくれたカリンガの衣[221]を
榕樹の根元に座っておわすシヴァ神に進んで与え、
腕には弓を携え、塗った白檀膏が乾いて引き締まり、
言葉は情愛に満ちたアーイ王[222]。

はたまた、大きな山の芳香が漂う花のある山腹の
美しいネッリ樹(223)の甘露が出る甘い実を閨秀詩人アウヴァイ(224)に与え、
(体内の戦の女神ドゥルガーの)怒りが増大し煮えたぎっている、
光り輝く長槍を持った、唸《うな》る海のような軍隊のいるアディハン王(225)。
また、(所有物を)隠さずに(226)、請うて来た人々(227)が喜び、
日々の生活に不自由しないように、戦いに秀でた逞しい腕で与えた、
　聳える頂《いただき》では、滴る(ように)雨が降り注ぎ風が止まる
そんな大きな山国の王ナッリ。

さらに、大きな枝に香りのいい蕾が密集したセイロン鉄木《てつぼく》のある
小さな丘のある素晴らしい国を踊り子たちに与えた、
黒《カーリ》い(228)馬を持つカーリ王と戦った
鬣《オーリ》の(素晴らしい)(229)馬を持ったオーリ王。

これら七人の王が、各自に起きた戦いに勝利し、
武器の棍棒のような彼らの逞しい腕(230)で与えた贈り物の類い稀な重みを
広大な海という囲いをもった広い大地が栄えるように
ナッリヤコーダン王は、唯一人で支えるとの強い意志で懸命に奮闘する。

（上流から流れてきた）香りのいい花のセイロン鉄木《てつぼく》と沈香《じんこう》
それに白檀とが、水辺で水遊びする娘たちの肩に並び筏《いかだ》（231）となる、
そんな（香木を）押し寄せる大水がもたらす、
滅び難い由緒ある家系の「偉大なランカ《マーヴィランガイ》」（232）を、胎《たい》に入るや都の名とした
素晴らしい都マーヴィランガイの諸王のなかでも
非の打ち所なく一点の傷もない、燦然と輝く剣を持ち、
偉大な虎の力を備えた、画家の（家系の）王であり、
英雄の足飾りが輝く完璧な足には、牡象（を御してできた）傷があり、
太い腕は、牝象の群れを降り注ぐ雨の（ように与え恵み深く）（233）、
多くの楽器を持つ踊り手たちの庇護者という偉大な名声のある、
ナッリヤコーダン王に見《まみ》えんと考えつつ、
我々は、（他の人には）支え難い家系の、王と王の祖先の
天にも届く高い山の豊かさとを歌い上げるために、先日行った。

そして今日、
（貧しい家では）目の開いていない、耳の垂れた子犬が
　乳の出ない乳房を求めて来るのに耐えられず
　子を産んだばかりの母犬が吠え、

がらんとした台所の梁《はり》がおちた古壁には
群れた白蟻が食った木屑に生え出た細い管状の茸《きのこ》がある。
その茸のように、胴が衰弱と飢えで苦しみ痩せて細く、
手に腕輪をした女芸人の細い爪で切り取った
風蝶草《ふうちょうそう》[234]の山を塩をもたない[235]女が茹でたのを、
何も知らない人たちの目を恥じて、扉を閉め
黒い大勢の一族郎党と集まって一緒に食べる。
そんな、人間を滅ぼすほどの飢えの苦痛がなくなるように
頬に分泌物が流れ、殺傷力をもち、脇腹に輝く鈴をつけた
目の小さな牡象[236]と、大きな戦闘馬車とを貰って
我々はそこから帰ってきた[237]。

汝ら黒い大勢の一族郎党もここでずっと（贈り物を）望んでいたが、
はっきりした気持ちをもって行けば、（途中の海辺《マルダム》には）
波立つ海近くの阿檀《あだん》[238]の、ハンサ鳥[239]の（ような白い）花が咲いているし、
初夏の始まりの日に金と見まがうセルンディの金色の花があり[240]、
辛い妊娠[241]の（ときのような形の）天竺茄子《ムンダハム》[242]の輝くサファイア（色の花）が開き、
幹の長い照葉《てりは》木《ぼく》が真珠（のような白い花）をつけ、
海辺には木立があり、白い砂浜の先には海が広がり（波が）盛り上がる。

そんな、詩歌にふさわしいネイダルの地の街道の途上の
サファイアの（ような色の）水辺の町で、「城壁《マディル》」という名の
ひんやりした海辺の町《パッティナム》「マディル・パッティナム」へ着いたなら、
（背の瘤《こぶ》が）盛り上がった駱駝《らくだ》が寝る時に（足を）折ったような（形の）
盛り上がる波が運んでくる香りのいい香木の薪で
黒い煙を出しながら赤い火を（竈《かまど》で）燃やし、
肩の広い、顔は月も望む（ほど）この上なく美しく
目は（尖った）槍の穂先の（ような）、漁民の女が作った[243]
熟成した椰子酒[244]を漁夫たちが飲んでいる。
そのとき、花園には花が房なりになった町キダンギル[245]の王である
蕾が開きかけの花輪が似合うかの王を歌い上げたなら
汝らは、笛の刻む（リズムの）速さで踊る踊り手たちと一緒に
乾燥したムツブリ[246]を焼いたのを、あちこち（の家）で得るだろう。
（森林牧地《ムッライ》の）新鮮な蕾の藤豆（の花）[247]が赤珊瑚に紐を通したよう（に並び）、
蕾が青紫のカーヤー樹が、蕾を群れた孔雀（のよう）に開き、
昼顔[248]の蔓が繁殖し、椰子の籠（のような形の花）をつけ、
房々したグロリオサが手の指（のよう）に咲き、
森林地帯《ムッライ》の街道には臙脂虫《えんじむし》が這っている。

そんな、ムッライの情趣[249]が顕著な、ムッライの花が美しい丘陵地帯の
山の洞穴から溢れ出る滝のある雄大な山に（陽が）沈み、
日脚が変わってゆく美しさを見ながら、
力強い槍の穂先のような花々が開いた小さな溜池のある
勝利の槍で勝利した町ヴェールール[250]に着いたなら、
強い日差しに荒廃するほどの、熱い日差しが照りつける小屋の
荒れ地《パーライ》の狩人族の女たちが料理した[251]、甘酸っぱい熱々のご飯を
甘いマンゴーの（ような）色艶の、小さな腕輪をした（仲間の）女たちと一緒に
野牛の炙り肉と共に汝らは得て、飢えがなくなるだろう。

（田園地帯《マルダム》に行くと）香りのいい花の、花輪を繋げた（ような）新鮮な花房の
幹の小さなガマリ樹の枝が広がり、（カワセミがその枝で）
一時も留まらない（流れの）深みを見つめてじっとしていて、
生臭い鯉[252]を咥《くわ》え獲った、口が金色のサファイア色のカワセミ[253]の
鋭い鉤爪で引っ掻いた傷跡が、蓮の緑の葉に深く残る。
そんな蓮の、茎に（小さな）棘がついた蕾が開く早朝の時間に、
蜜を味わう青い（体の）、目の赤い蜂[254]（の列）が
月に（食い）つく（月食を起こす）竜[255]のように見える。

そんな、マルダムの情趣が顕著な田園地帯《マルダム》のひんやりした水田や
風雅な人々(256)が減らない、堅い守りの大きな家々、それに
美しくひんやりしたお堀のある、かの人《ナッリヤコーダン》の町アームール(257)に着いたなら、
力強く歩む、屈強な首をした
賢い、忍耐力のある耕作牛のいる農夫の妻(258)で
うなじに牝象の鼻のような（形の）編んだ髪束《こうづか》のある、
手に腕輪をしたその女の子供が、習慣《ならわし》どおり（汝らを）留める(259)。
そして、黒くて固い杵《きね》の鉄の表面が磨り減るほど搗《つ》いて
よく籾摺りした米のお握りの白いご飯を
汝らは、足に鋏《はさみ》のついたカニの混ぜ物と一緒に得るだろう。
舌は火柱が曲がったようで、歯はぎらぎら輝き、
耳は黒い子山羊(260)（のよう）、足は（指先が）割れた
鬼娘が、脂身を食らって笑った（歯の）ような
象の巨大な足の大きな蹄は、（戦場の）死体の上を歩いて血で真っ赤になり、
気品ある象の（こめかみからの分泌液の）(261)流れが埃を鎮めた、
そんな通りのある、かの方《ナッリヤコーダン》の祭りを行なう由緒ある町は、
遠くない、もう間もなくだ、近いぞ！

歌舞人に対しても、賢詩人(262)に対しても、
尊いヴェーダ（を唱える）舌を持つバラモンに対しても、
神々の偉大な（メール）山の開いた目のように
閉じることのない門のある、かの王の有り難い地に近づく。

そして、（王のまわりに）集う、輝きを放つ秀でた賢者たちは
（王が）為すべき親切を知っていること、卑俗な仲間がいないこと、
感じのよい表情をしていること、感じよい者であることを称える。

剣に卓越した強者《つわもの》たちは
（王を）恐れる者たちに恵みをたれること、激しい怒りがないこと、
戦士の隊列の中に自身も入ること、滅ぼした敵軍を支援することを称える。(263)

白目の赤い筋が美しい、目に化粧を施した(264)女たちは
（王が）望んだことを成就すること、（女たちに）愛されること、
一人だけとの関係に集中しないこと、（女の）苦しみを理解することを称える。(265)

施し物で生活する御貰《おもらい》たちは

（無知な相手には）無知を装うことと、[266]（分かる人には）知識を十分に示すこと、[267]
（この人にはこれと）決まりを知っていて、際限なく与えることを[268]称える。
（このように称えつつ）たくさんの星々の中央の白い月のように[269]
心地よい笑みを湛える女官たちのなかにいるかの王に近づく。
竪琴には、目が緑色の黒猿がコブラ（の頭）を捕まえたかのように
美しい棹《ネック》に結び付けた、緩んではきつくなる調律紐[270]があり、
（共鳴胴の磯《いそ》で覆い革を留めた小さな穴が）宝石を並べたような美しさで際立ち、
鉢形の共鳴胴の中央に（弦が）結び付けられるように配置され、芸術性に満ち
森のクミジュ[271]樹の熟した実の色のような（黄褐色の）
名声に満ちた匠の技で壮麗になった（共鳴胴の）革と、
蜜が滴り、甘露を湛えて流す（ような甘い調べの）ぴんと張った縒った弦[272]がある。
（その竪琴に合わせ）歌う技芸を存分に発揮するために
効果が明らかな音に合わせ、甘美な楽器〔竪琴〕のドがドとなるように[273]、
音楽の理論書の規則に従って（調律して）、次々に
「年長者[274]に手を合わせて崇める王よ」、
「若い女性[275]にとっては、胸の広い王よ」、

「耕作者にとっては、陰を作る笏《しゃく》を持つ王よ」、
「戦車隊にとっては、輝く槍を持つ王よ」、
このように汝が称える前に、
非の打ち所のない、竹の皮を剝《は》いだような（輝きの）衣を着せてくれ、
コブラが怒ったような（強い）蒸留した椰子酒をくれる。[276]

さらに、森[277]に火を点《つ》けるために放つ矢の入った矢筒と
花柄が広がった飾りとを身につけた、名声ある　男《アルジュナ》[278]の兄である
ヒマラヤ[279]の（ように広い）胸の男《ビーマ》の作った、
内容の詳しい料理の教本から逸脱しない、たくさんの様々なご飯を
（淡い）光に色づいた空で、惑星と恒星とが囲む
（朝の）若い光を持つ太陽を嘲笑うような
光り輝く金の器に、（汝が）望む数々のものを気遣って（よそって）くれ、
限りない愛情をもって、かの王は座ってもてなしてくれた。
（王は）敵を力に満ちた勝利と共にその地から排除し、
勝利の槍を持った（敵の）王たちが留まっている城砦を滅ぼし、
（恵みを）求めて来た者たちと吟遊歌人たちの貧窮を取り除いた後に
敵将たちがくれた（貢物の）[280]、大きな光り輝く宝の山と、それに

（初冬の）時期の、空に牛乳の（ような）光を放ち
　（明るく）形が見える空の満月が暈《かさ》を持ったような
鋭い鑿で奮闘して彫った、彫り痕が深い、力溢れる軸箱の
輻《や》を取り巻いた、鋭い輪縁《わぶち》[282]のついた車輪、それに
　蕾に蜂のいる[281]ムルック樹の、天に高く伸びた長い枝の
　房なりの蕾が開いたような
内側が深紅に輝く塗り物のついた木の天蓋のある
卓越した仕事をする職人の技量がみなぎり、
乗って（本物だと分かる）、名声のある優雅な動きの戦闘馬車、それに
馬が（勝手に）進むのを留める力をもった逞しい足の
顔の輝く御者とを与えてくれ、[283]
かの王の贈り物と（一緒に）送り出すだろう！
　　二の腕の柔らかな、腰を素晴らしい衣で飾って揺らす[284]女たちが
　　沈香（の煙）を沁《し》み込ませるために広げた、美しく柔らかな長い髪
そんな、サファイア色の尾羽を
孔雀が白い雲間に広げ、千切れ雲が這うように踊る、
雷でさえ光って超えるのが難しい、
そんな頂《いただき》のあるクリンジ地域の王であり、摘まれた芽の花冠をつけた

他へ行くはずの名声も（王の下に）留まる、そんな
269 ナッリヤコーダン王を、汝らが求めて行くならば！

四『大竪琴奏者の案内記』（*Perumpāṇāṟṟuppaṭai*）

［解題］　書名 *perum-pāṇ-āṟṟuppaṭai* は、「長大な吟遊歌人の案内記」と「大きな竪琴を持った吟遊歌人の案内記」と二通りにとれるが、前の作品『小竪琴奏者の案内記（*ciṟu-pāṇ-āṟṟuppaṭai*）』の「解題」で述べたとおり、この作品名は後者の「大竪琴をもつ吟遊歌人の案内記」である。この吟遊歌人（旅芸人）は大竪琴（*pēriyāḻ* < *peru-yāḻ*）を「左の小脇にかかえ」ている（Peru.462）。

perum-pāṇ は、古典でも三例（本書 Matu.342 参照）、古典以降になると三〇例ほど出るある種の集団である（ちなみに、古典期にはカーストは存在しない）。TL は "a division of *pāṇar* caste" とし、TL のタミル語の説明によると「*yāḻ* を演奏するパーナル・カーストの一種」とある。TL では、その *perum-pāṇ*（大きなパーナル）の「大きな」について説明していないが、本作品からそれが大竪琴であることが分かる。ちなみに、*yāḻ* とはもともと「弦楽器」ぐらいの意味であるが、古典期には「竪琴」だったものが、五～六世紀以降リュート型のヴィーナーになるから、古典期以降の *perumpāṇ* は一四弦とか二一弦の「大型弦楽器ヴィーナーを持った吟遊歌人」である。

本作品も典型的な案内文学であるが、話者が行ったときの様子は短く（二八行まで）、「お前たちも行けば」（二一八行）以降で王の所に行くまでの景色と王の歓待の様子を描く。称える相手は、*Toṇṭai*

Peru. 74

国（本作品の四五四行の注４１８参照）の王 *Toṇṭaimāṉ Iḷantiraiyaṉ* で（注２９８と注３８２を参照）、作者は *Uruttirankaṇṇaṉār* で、本作品の他に Pattu. の第九番目の *Paṭṭiṉappālai* を残している。これら二作品のスタイルはよく似ているから、同一人の手になるのは間違いない。恐らく三世紀頃の作品。

広く大きな空に広がる暗闇を食らい尽くして、
朝明けに太陽が姿を現わして昇ると、日差しがすさまじく
燃えさかる炎の（ように）苛烈で強力である。

堅琴は、そんな厳しい真夏に緑の葉を落とす
幹の大きなパーティリ[285]の大きな花の、肉厚の花弁の
胴の真ん中が割れた内部のような（黄褐色に）染めた覆い革があり、
（胴の磯には）大きな幹に葉がついた、ビンロウジュ[286]の
仏炎苞《ぶつえんほう》の新鮮な花が（開かずに）黒くなったような
密集した穴が（唐草の模様に）[287]溶けたようについている。
それに、山の泉が干上がったような、暗さの満ちた空の口〔響孔〕[288]、
三日月が生まれたような、端まで延ばされ分岐した（弦の）[289]先、
肩が広く二の腕が竹の（ような）丸みを帯びた女の
一の腕の小さな腕輪のような、緩んではきつくなる調律紐[290]、
サファイアを広げたような、大きな黒い棹《ネック》があり、
金が延びたような（細糸を）縒って細くした弦[291]の結び目がほどよい。
（吟遊歌人たちは）そんな堅琴を左の小脇に抱え、
灼熱の太陽と共に月が（メール山を）右に回る

このひんやりした海に囲まれた世界で
庇護者を得られずに、降るはずの雨に捨てられた、
煙霧が覆う山でたくさんの果実をつけた木を求める鳥《こうもり》のように(292)
(酷《ひど》い飢えと共に)仲間とどーっと(293)出かけては戻ってくる
体にがたが来ていて憎まれ口を利く吟遊歌人よ!

酷く乾燥しきった森で(生き物が喜びに)ざわつくほど
集まった雲が雨を降らせる。

それと同様に、長い間の飢えがさらに増した黒い大勢の郎党と共に
我々も、人にやってもなくならないほどの巨万の富を貰い、
白い鬣《たてがみ》の馬と強力な牡象も得て
王の所から帰ってきた(294)。汝らも(行け、さすれば)

ティライヤン王は、広大な大地を勝ち得た(295)王で、
胸に吉祥なる(296)印のある、(297)海の色の人《ヴィシュヌ》の末裔にして
その海の波《ティライ》に由来する名前(298)をもつ、屈強な(チョーラ)王の末裔である。
ムラス太鼓を鳴り響かせ、広い空間をもつ世界に住まう生命を守護する
軍隊を持つ(チョーラ、チェーラ、パーンディヤ)三王のうちで
輝く海水の広がりの中で、巻貝の最高級品と言われる

右巻きの巻貝のような、非の打ち所のない優位性と
悪を払いのける法《ダルマ》を実行する正義の笏と
たくさんの槍を持ったティライヤン王のことを、汝らが思うなら
かの王の様子を聞け！　そして、汝の貧苦がなくならんことを。

荒れ地の道を行く人たちが泣き叫ぶのに切りつけて[299]
手元の富を奪い取る盗みが、農耕と同じく生活の手段である
残虐な強盗が、かの王の監視が行き届いた広大な国にはいないし、
雷鳴は轟かず、蛇は人を殺《あや》めることなく、
森の獣も危害を加えない。

汝らは欲するがままに、疲れたら横になり、望めば留まり、
行け、物乞いどもよ！　そして、汝の心が喜びに溢れんことを。

（街道を行く）塩商人の荷車には（道の草を）切る輪縁《わぶち》があり、[300]
分厚い外輪に食い込んだ、[301]完全な状態の輻《や》〔スポーク〕と
ムリャヴ太鼓のように大きな、木の車輪、[302]
閂《かんぬき》を結わえたような、大きな梶棒をつけた頑丈な車軸とがある。
（荷台には）雨季の山が雲を湛えたような、藺草《いぐさ》の蓆《むしろ》で幌をし、
その入り口には、象の見張り人たちの小さな小屋のような

鶏の住む檻が（括りつけられ）
笥[303]の（ような）牙の、黒い牝象の膝下のような
中が空の小さな木の擂《す》り鉢《ばち》が揺れている。
荷台の鼻先には、踊り子の舞踏場に持ってこられた
革紐できつく結ばれた甘い音の鼓のような
壺を（倒れないように）ロープで結び、漬物[304]が入れてあり、
その鼻先の席では、赤子を抱いた女が牛の背をたたいて御している。
枝に房なりのインドセンダン[305]の素晴らしい（柔らかな）葉を編んだ
葉の鬘《かずら》をつけた、肩と腕が広く美しく、
強くがっしりした、頑強な体の強健な（塩商人の）男たちは
小さな穴のある曲がった軛《くびき》を（牛に）きちんと繋いだ、
太い綱のついた荷車の脇をガードして、
小さな適度な塊りの塩の値を言いながら[306]
多くの（換えの）牛のいる塩商人たちが村々に行く[307]。
そんな街道[308]は、昼間にそこを行く人々には安全である[309]。

他方、常連でない商人が、素晴らしい利益をもたらす、
山と海の珍しい品々で喜ばせるように弛《たゆ》まぬ努力をしている。
彼らは、足を覆うサンダルを履き、上着を身につけ、

胸からは放たれた矢が貫いた傷が消え、
白い柄の輝く剣が、結んだ縞のあるベルトに
山を這う蛇のように、片側に吊り下げられている。
ぴっちりした衣は、短剣を潜ませた胴帯できつく締められ、
黒い弓を引き放つ、幅広の力強い肩と、
カダンバ樹に（おわす）戦いの神ムルガンのような
長い槍を手にした太い腕をもち、怯むことがない。
彼らは、撓《たわ》んだ波羅《ぱら》蜜《みつ》樹の大きな根元に集まった
小さな果肉の詰まった大きな実のような、
胡椒（袋）を結びつけた重荷に耐える強い背中に
傷痕がついた、耳がピンと立ったロバの隊商と共に進む。
（彼らが進む）関税を取られる街道には
弓を持ち注意深く警護する（軍隊のいる）町がある。
（町外れの）大きな森の道には小屋があり、幹の長いワタノキの
揺れる枝に実る木《き》綿《わた》の、美しい緑の実の側面が割れて広がったような
背中に縞のある栗鼠《りす》(310)と大鼠が、小屋で動き回（り悪さをす）ることがない、
そんな小屋は高く盛り上がった土地にあり、ヤマアラシの背中の（ような）屋根は
川の黒砂のような色の大きな椰子の葉の

先端が槍の穂先のように鋭いナツメヤシの葉で葺《ふ》いてある。

そこに、産後の女が鹿革の寝床で赤子と一緒に臥せっており、
その女以外の、荒れ地の歯の白い狩猟族《エィン》の女たち[311]はみな出かけ、
強く硬い鉄（の覆い）を先端につけた、美しい丸みのある素晴らしい柄[312]の、
鑿《のみ》の（ような）刃先の掘棒[313]で掘り返すように突き刺すと
暗褐色の大地の硬い粘土質の土に土埃が舞う。

柔らかい雑穀を（穫って）詰め[314]、
前庭の囮《おとり》の動物を繋いだ、根元の磨り減ったゾウノリンゴ[315]の木陰の
地面に臼（のように掘られた穴[316]）に（穫った雑穀を）注ぎ、
小さな硬い杵で搗く。
そして、深い井戸に勢いのある流れ[317]の塩気のある水を汲み上げ、
古い縁の壊れた壺を、崩れ（かけ）た竈《かまど》に乗せ、
（真水を）注がずに調理した、干し肉の（入った）穀米[318]を
神へのお供え物のようにチークの葉に山盛りにする。
汝らは、元気がない郎党と一緒にそのたくさんの料理を得るだろう。

「我らは、枯れない（造花の）トゥンバイの花[319]をつけた勇者たちの将にして、

敗走を知らない軍隊を持つ、足に輝きを放つ匠の技の英雄の足飾りをつけた
素晴らしい山国の王、かの方の芸人である」と言ったなら！

森の民は、鹿の足跡がまごつく道の脇に
雨がないときに水を求めて掘った
池を囲んだ穴の中に隠れて小さくなって、
シロゴチョウの花[320]のように
牙が反り上がった猪が（水を飲みに）来るのを待つ。
そんな真夜中の狩に飽いたら、
昼に、口の切れ上がった猟犬と一緒に、緑の茂みを叩きつつ
狭まった出口の柵に長い網を結びつけておくと
茎に棘のある、蓮の薄い花弁のような長い耳の
小さな兎が（逃げて）行くのを遮るように囲い込み捕らえて
凶暴な目の彼らは森で一緒に食らう。

そんな、厳しい密林[321]を越えた所には、エイン族の城がある。
（城の中には）敵意に溢れる敵を、恐怖で慄《おのの》くほど突き刺して
鋭い切っ先が鈍った血塗られた槍があり、鳶《とび》が現われるほどである。
広大な家には、その槍と選りすぐりの宝石のついた長い盾とを一緒に並べ、

弓弦が張られた弓と一緒にされた矢がうちやられている。
鎖に犬を繋げた、近づき難い大きな館には、
ウーハム草[322]で葺いた素晴らしい外壁があり、
山の蜂の巣のような、切れ込みのある矢尻の矢筒（に入った）矢と
速打ちのトゥディ小鼓がぶら下がる、丸い柱のある掘っ立ての倉庫[323]がある。
繁茂した棘のある垣根に囲まれた、防御林に隣接した区域には
曲がった閂《かんぬき》がついている門と
真っ直ぐな先端の尖った、長い頑丈な杭の並べられた城門がある。
そんな、無慈悲な弓を持ったエイン族の城に滞在したなら
どこの家でも、塩分を含んだ土に育つナツメヤシの花序のような
小高い地に実る米の、赤い米粒のご飯と
猟犬が咥《くわ》えてきた、巻貝のビーズの（ような）卵をもったオオトカゲの
隠しておいた揚げた肉を、汝らは得るだろう。

象が向かってきたとしても、蛇が（体の）上を進んでゆこうとも[324]
青い色の空に激しい雷鳴が轟こうとも、
妊娠している女（でさえ）怯まない勇ましさに満ちた生活があり、
（そこで）食べ物を自力で集める戦士《クシャトリア》の家系に生まれた[325]
牡虎のような黄褐色のあご鬚の武人は、

（獲物を追って）走る犬のような、鋭い弓を持った従者と共に
命令に従わない王たちの、人を寄せつけない（守りの堅い）地に入り、
朝に乳牛を奪って戻り[326]、（その牛を売って）酒の代金を払い、
家で蒸留して作った酒と甘い酒を飲み[327]、
豊かな村の広場で力強い牡牛を屠《ほふ》って食べる[328]。
鼓面に（革を）折って張った[329]タンヌマイ太鼓が中央で鳴り響くと、
弓を鳴らす力強い左腕を上げ、右側に折り曲げるようにして
昼日中から浮かれて踊っている。

そんな、眠ることのない恐ろしい場所を通り過ぎた翌日には（牧地《ムッライ》に至り[330]）
（そこには）子山羊[331]の飼葉の茎が小さな柱に結び付けられており、
小屋の藪まみれの戸口には、きつく結《ゆ》わえられた何本もの棒でできた扉があり、
（中では）茅の束で覆った弾みのある寝床に革を敷いて[332]男が寝ている。
そんな見張りのいる牡羊たち[333]は
小さな柱に長いロープで繋がれており、
その前庭には、湾曲した顔の羊と一緒に山羊がいて、
（家の）生垣には棘《いばら》が植えられ、壁には牛糞が張り付けられている。
漆黒の闇の薄れる夜明けには、そこから鳥は起きて飛び立ち、
虎の咆哮の（ような）音を立てながら攪拌棒の綱を引いて

白く開いた茸の傘のような、凝縮した塊状の
種菌《たねきん》を混ぜておいた甘いヨーグルトを攪拌し、バターを選り分ける。[334]
（ヨーグルトで）縁が汚れた大壺を花の頭当てに据え、
褐色の色艶が素晴らしく、耳に小さな耳飾りが揺れ、
腕は森の竹の（ようで）[335]髪が小さくカールした羊飼い女が
新鮮なバターミルクを売り、
その代金で得た食べ物で仲間の皆に食べさせる。
そして、バター脂《ギー》の代金[336]は蓄えておき、青金[337]を買わずに
水牛、素晴らしい牝牛、牝の子牛を得る。
そんな、（口笛を吹くために）口をすぼめた牧夫たちの家のある地に着いたら
大きな群れの蟹[338]の、小さな子蟹のような
緑（の茎）の粟の炊き上げたものを、牛乳と一緒に汝らは得るだろう。

牧夫の強い足には（革の）サンダルがぴったりし、痕が深く刻まれ、
斧の傷痕のある逞しい腕には、（牛に）苦しみをもたらす杖を持ち、
毛深い肩には天秤棒を載せた痕が残り、
上質の牛乳を塗り込んだ髪には
小高い丘の枝の花や蔓の花を一緒にして
森のたくさんの花を取り混ぜて数珠《じゅず》つなぎにした花鬘と

それと一体となって似合う衣をつけ、粥を食べ、
子牛が付いて歩く牝牛の群れと一緒に森に留まる。
そして、美しい小さな光を放つ煙が現われるように
手を使って火起こし棒で起こし、
強力な燃え木の赤い火で開けた黒い穴がある笛、
その素晴らしい甘いパーライの調べが嫌になったら、
クミジュ樹（339）の中が空《うつろ》の枝に結びつけた虎の尾蘭の繊維を縒った弦の
弓形竪琴（340）を指で奏で、そのクリンジの調べを
足がたくさんある蜂の群れ（の羽音）と思って耳を傾ける。

そんな、草の満ちた広大な場所を超えて行くと、
棘を纏い、茂った森が囲む、丈の高い牛囲いがある土地に、
牝象の群れのような穀物容れの土器のある前庭と、
牡象の足のような木の搗き臼（341）のある小屋と、
小さな荷車の車輪と犂とが立てかけられて
磨り減った長い壁と土埃の満ちた牛舎とがある。
雨季の空に広がった雲のような、
濃い色の草で葺かれた美しい家のある小さな村では
長い葉柄《ようへい》のキワタノキ（342）の花のような

短い茎のスズメノコビエ(343)の小さな実を煮た粒と
褐色の房の印度《いんど》花梨《かりん》の花のような
藤豆の大きなよく茹でたものを加えて混ぜた
甘みのあるご飯を汝らは得るだろう。

さらに行くと、村に十分な食べ物のある、赤茶けた畝《うね》を耕す農夫が
動きをよく訓練した大きな牡牛を入り口に繋いで、
牝象の口の（ような）、曲がった犂身《りしん》を持つ(344)犂の
オオトカゲの口のような、大きな犂刃を摑んで土を掘りかえして、
種蒔きして耕し、（今では）雑草が出てきた畑が刈入れ時になる。
すると、足の短い首に斑点のあるウズラが
その騒ぎに慄《おのの》き逃げてゆき、
黄白色のカダンバの芳香ある花(345)のような
育てている小さな雛を抱いて森に住む。

そんなムッライの地を通り過ぎた後、（田園地帯《マルダム》(346)では）
柔らかな鞴《ふいご》を踏む鍛冶屋(347)の仕事場の壊れた鋏《やっとこ》のような
足の先が分かれたカニの泥の穴を壊しつつ
緑のスゲを（足で）踏み潰した、角に土のついた

黒い牡牛が（かつて）戦った[348]広い（稲刈りした後の）田んぼで[349]
耕していないきめの細かな泥土を均《なら》していた農夫たち[350]が
束になった苗を植えた広い水のある田んぼがある。

そこで除草していた農夫がくれた茎が円柱形の
青睡蓮《ネイダル》の蜜の香りがする新鮮な花に、子供たちが飽きたなら、
棘のある枝の蕾を囲む副萼《ふくがく》の、口の割れた
天竺茄子《ムッリ》[351]の曲がった茎の紫の花を摘んで、
そこらのハマスゲ[352]などをたくさん噛んで（柔らかにし）、
結わえた紐で編んだ美しく素晴らしい花蔓《かずら》が
湿り気のある黒い頭に広がるように被り、
金を調べる試金石のような
ガマ[353]の小さな実の（黄色い）花粉を（互いの）胸に打ちつけ、
その皮膚は鉄を磨いたように皺がなく柔らかである。
そんな、逞しい腕の農夫たち[354]の愛しく可愛い子供たちが
古いご飯のおにぎりを嫌って、田んぼの縁に
新しい草で葺いた、覆いのある小屋の庭で揚げ米を擂《す》る。
その擂粉木《すりこぎ》の音が喧《やかま》しく、
近くの、嘴《くちばし》の曲がったオウムが身にふりかかる危害だと思う。

そんな、途切れることなく新たな収穫のある、稲穂の垂れる水田で
（刺されると）ずきずき痛む蜂の群れのような（色の）
緑色がなくなり、（黄色に）実った大きな上質米の
中が空の筒形の茎の根元を刈り取る農夫たちが、(355)
コブラが住むマルダム樹の、高く伸びた枝の陰にある
お供え物を置く広い場所に（稲束を）いっぱいに積み上げる。
集まった仲間と一緒に手を繋いで踊るトゥナンガイ踊りを踊る、
美しい小鬼たちが纏《まと》った上等な衣のような
クモの半透明な白い糸が覆った（稲束を積んだ）場所に集められた
稲束の大きな根元を崩しながら、牡牛が緩やかな歩みで脱穀する。(356)
その後、余分なものがなくなるように藁も細かな藁屑も取り除き、
（落ちた籾を）湿気がなくなるように
西風（の中）に投げて残った（籾の）堆積物が(357)
北方の赤みを帯びた黄金の山《メール》(358)より素晴らしく見える。
そんな、ひんやりした池に抱かれた（田園地帯《マルダム》の）居住区には
大きな牝牛が産んだ、曲がった（脚で）歩む子牛を(359)
繋ぐ縄を縛りつけた柱が据えられ、

そこには、梯子《はしご》が届かない（ほど）高く大きな貯蔵槽の
上部を切り開いて、詰め込んだ古いたくさんの米の
使わず長い間置かれたままの貯蔵物が高く積ん（360）である。
そんな素晴らしい家では、大工の子供たちでさえ欲しがるような
装飾を施した（自力でしか）動かない素晴らしい玩具の戦車を引き回す
男の子たちが、よちよち歩き（361）の疲れをぬぐうために、
胸が豊かな素晴らしい乳母たちに抱きついて母乳を飲み、ベッドで寝る。
そんな、美しい素晴らしい家と
昔から飢えを知らない、困惑したことのない居住区のある
豊かな素晴らしい村に留まるなら、
倦むことなく農夫たちがくれる白稲《はくとう》のご飯を
家（の庭）で暮らす雌鶏《めんどり》の揚げ物（362）と一緒に、汝らは得るだろう。
　　雲が遊ぶ、竹が生い茂る山腹で
　苦しむ獅子（363）の攻撃で、たくさんの
　群れに満ちた象が慌てふためく。
そんな（音の）、砂糖黍圧搾機が軋《きし》む音が止むことのない
砂糖黍の搾り汁を煮詰める煙に囲まれたどこの小屋でも、
汝らが砂糖黍の甘いジュースを望むなら、それを楽しむべし。

（海岸地帯《マルダム》に行けば）屋根に、野生砂糖黍(364)を並べて
（その間々《まま》に）白い枝を混ぜ、阿檀《あだん》（の紐）で結わえ(365)、
聖なるクシャ草で屋根を葺いた、小さな住まいの小屋がある。
その庭には魚取りの仕掛けがあり、砂を撒いたところには、
根本の曲がった照葉木《てりはぼく》の枝を切って作った、
緑の実がぶら下がる広い庇《ひさし》がある。
そこに、若きも老いも一族と一緒に集まり、
生臭い矢尻の弓矢のような赤い縞のある鯉と
弓のような緑のエビが跳ねる、暗い大きな池を息子（たち）と歩き回り(366)、
夏の暑さが長引いたとしても（水が）減らないように
肩が沈む（くらいの深さの）池の堤を保全する。

そんな、先の曲がった網を持った人々がいる村に着いたなら、
搗いてない籾摺りした玄米の美しい糊状の米粥を
口が開いた丸い編み籠で乾かし、
蛇が住む蟻塚(367)の白蟻の巣のように
外側が美しい、素晴らしい胚芽を混ぜて、
旨みが出るように二昼夜おいて

口がしっかりした壺で青臭さがなくなるように完熟させた
強い酒[368]を指でかき混ぜ、よい香りを放つ酒を
憔悴しきった汝らは、新鮮な魚を焼いたものと一緒に得るだろう。

（餌の）生肉を入れた新しい革（袋）を肩に結びつけた
（魚を）捕るのに長けた吟遊歌人の
（釣糸を）先端にきつく結びつけた、長い竹の釣竿[369]が揺れる。
そして、釣糸を咥えて、先端が曲がった鉄の釣針の
曲がった先端だけ残して、餌を全部取ってしまった口が裂けた大鯰《ヴァーライ》[370]は
水の近くの籐《とう》の揺れる影に（釣竿かと）怯える籐籐。

そんな、水嵩《みずかさ》が泳ぐ深さの広い池に、火が現われたかのように花開いた
神様の（ものである）明るい（蓮の）花は採らずに、
雨滴の降り止んだ高く大きく広い
広大な空にある欠陥ある弓《にじ》[371]のような（色の）
朱色の花びらの睡蓮と青い睡蓮が広がり、
様々な花が繁った、古くからある池で
花摘み人たちがとっておいてくれた、蕾が開いたたくさんの花を
汝らは、祭りの際に身につけて過ぎゆけ。

丸々とした子牛を繋いだ小さな柱のある草屋と、
とりたての泥〔牛糞〕を塗りつけた守護神の（おわす）素晴らしい寺とがあり、
家に住む鶏と犬とが近づかず、
嘴の曲がったオウムにヴェーダの音を教える
ヴェーダを守る者《バラモン》たちが住む村に滞在したなら、
大きな素晴らしい空の北の方に輝く
アルンダティー(372)のような貞節に満ちた、
額がよい香りで、手に腕輪をした（バラモンの）女たちが
勘所《かんどころ》を知って調理した、先端が光る(373)鳥の名がついた高級米(374)と、
褐色の乳牛(375)の香りのよいバターミルクに（入れて）
バター(376)で炒め(377)たシトロン(378)の青い実の薄い切り身と一緒に胡椒を混ぜて
カレーリーフ(379)の香りのよい柔らかな葉を加え（たカレーと）、
新鮮な花をつけた丈の高い木の、マンゴー樹の香りのよい青い実を小さく切った
ほどよい素晴らしいピクルスとを、汝らは取り分けてもらうだろう。
（海岸地帯《ネイダル》では）飯事《ままごと》遊びの女の子たちと一緒に水を飲むガートに集まって
水遊びする女の子たちが置いておいた金の（魚の形の）イヤリングを
餌を探していたサファイア色のカワセミが餌だと思ってついばみ、

鳥がたくさん居る扇椰子《おうぎやし》の騒がしい葉[380]には行かずに、
学識のあるバラモンが困難な（供犠の）お勤めをし終えた
犠牲獣（を結び付けた）柱に飛んでゆく。
それがヤヴァナたち[381]の（船のマストの上の）白鳥の形のランプのようで、
高い空に位置を占めた明けの明星のように柔らかく見える。

そんな、ニールペヤットゥル港町[382]まで行くと
牛乳のように白い鬣《たてがみ》の馬と共に北の富をもたらす船[383]が
取り囲み（停泊する）大きな海に隣接する地域［港］と
幾層もある家が聳える、砂のたくさんある通りと
商人が満ち溢れたたくさんの分かれた道と
使用人たちが警護する、高く聳える広壮な家、それに
田を耕す牡牛と牝の乳牛が一緒にならずに、
羊と山羊[384]と一緒に犬が群れる、食べ物に満ちた素晴らしい家とがある。
女たちは湾曲した耳飾りをつけ、
南蛮皂莢《なんばんさいかち》の柔らかな蕾の露のような
美しい宝石の帯をつけた腰には妙《たえ》なる雅な衣が揺れる。
　大きな山の山腹で（喜びに）昂じて啼く
尾羽をもった孔雀のように

女たちが歩き、金の踝飾りが鳴り響く。
非常に高い天に届く高層の家では、
縞模様の毬《まり》を動かし、腕の細い腕輪を揺らしつつ
真珠が散った（ような）砂辺では、金色のリスノツメ豆(385)で優雅に遊ぶ。

そんな海辺の町に移動したら、入るのに制限のない、
新しい旗がひらめき(386)、大勢の人が入っていく酒屋の
入り口（を入った所）の赤い花が撒かれて萎《しぼ》んだ花がある(387)前庭で
酒を沸騰させ（蒸留する）女たちが器を洗う水が流れ落ち、
少しずつ溢れ出した水が混じって濡れた泥で
黒いたくさんの子豚が遊びまわる。
（その子豚の母親の）体毛の多い牝豚と交わりに行かせず、
たくさんの米の飯を食わせて何日も穴に入れておいた、
足の短い牡豚の脂身のついた肉の塊りと一緒に
汝らは多くの酒を得るだろう(388)。
天空を支える柱のような梯子のついた
高く上るのが難しい屋上のある
天に届くほど高い高層の建物〔灯台〕の

夜に灯される光り輝く松明が
絶えず揺れ動く水深の深い海を進む船を誘う。

そんな港の裏の方に汝らが休みに行くと、
脚が臼の（ような）象の、山のような体に似た[389]、
葉がたわわなココヤシの乾いた葉で屋根を葺いた
前庭にウコンがあり、花壇にはよい香りが漂う
木立の中の、互いに離れた農夫たちの家に留まれば、
垂れた房なりのパラミツの、包み込まれた果肉の大きな実と
気根のないターリャイ「ココヤシ」[390]の若木の甘い[391]水と
乳房が（前足の間に二つに）分かれた、大きな牝象の頬の牙のような[392]
房が熟したバナナの曲がった白い実と
幹の丸い扇椰子《おうぎやし》の若い実と一緒に、他の多くの物を食べ、
たくさんの甘い珍しい品々に飽いたなら、
里芋《タロイモ》[393]と共に、柔らかな芽の後に出た山の芋《ヤム》[394]を汝らは食べるだろう。

昼間の雨の滴が落ちたような（雄花の）、幹の太いビンロウジュ[395]の
脇を囲むココヤシの（実の）三面が丸くなった熟してない実[396]が
道行く旅人たちの酷い飢えがなくなるように（ひとりでに）落ちて

ご飯を調理する大きな土鍋が揺れる。
そんな、絶えず新たな実りのある、彩《いろど》りのある海辺の村の
たくさんの伸びた木の間を行くと、
素晴らしい町の、天にも届く高層の建物の、輝く壁が取り囲む
萎れることのないヴァッリ［ダンス］(397)が行なわれている。

そんな、非常に豊かな多くの国を過ぎた後、
花房が長く伸びたグロリオサのある美しい山腹に牡象が佇《たたず》んだような(398)
蛇の寝床の寝屋にいるかの方《ヴィシュヌ》の場所である
日差しが差し込むことがない、カッコーがぬって歩く密林で、
幹が短いガマリ樹に巻きつく長い蔓草の
葉が緑で、細い花糸が後ろに反ったクルフの花(399)が
　黒い小さな土壺にパンケーキ屋がシロップと一緒に入れておいた
　　糸でくるんだ丸い《パンケーキ》ものをミルクに混ぜたかのように
影が落ちた広い砂の水溜りに落ちる。
洪水のときに水が洗い流したどの森でも、
幹の丸い、花園にあるビンロウジュの
子を孕んだお腹［樹幹］のような形の、青緑の水差し（の酒）を空にし、
毎日大いなる喜び（をもたらす）場所に顔を揃える。

輝く額には、小さな反りのある三日月を竜《ラーフ》が捕らえた[400]ような
鮫の口の形の飾りが垂れ、(髪の花に)蜂が取り巻き、
素晴らしく美しい涼やかな目は[401]ベニノキの花を取り、それと競う[402]、
そんな、純真な(遊)女たちと昼間に戯れ[403]、
得難い、古《いにし》えよりの名声をもった天上界のような
間違いなく(安定的に水の来る)花で溢れる大きな水辺で
春を享受する彼女たちと(遊び)疲れ、
その[404]地の類い稀なる勝利《ヴィシュヌ》の神を称えて、少しだけ汝らの
棹《ネック》の黒い竪琴の甘い調べを響かせ、過ぎゆくべし!

(カーンチーの郊外には[405])象使いが注意散漫なときを見て、
長い鼻が垂れた象のために踏んで作った、
バター《ギー》脂の入った握り飯を、辛い妊娠中の牝猿が持ち去る。
そんな森には、牡象のマスト期の怒りを鎮める、古い芯だけ(残った)柱があり[406]、
街道には力強い戦闘馬車が刻んだ轍《わだち》があり、
軍隊が敗れることを知らない実力を誇る、
偉大な名声が尽きることのない、たくさんの(兵士の)家族で満ち、
門は、売り買いで動き回る商《あきな》い人たちでいっぱいで閉じることがない。
防御林が囲む郊外は

四つの顔を持った人《ブラフマー》が生まれた(407)、
青色の姿のヴィシュヌ神の臍である
たくさんの花びらがある蓮の花托のように、美しさが際立って見える。
焼いた煉瓦が高く積まれた町の長い城壁には
波羅蜜《ぱらみつ》が生い茂り、
太くて柔らかな枝にはピーチク啼く鳥がいる(408)。
（その木が）果嚢(409)のある大きな果実で有名なように
都カーンチーは、祭りで有名で
魚臭い海が囲み天空が覆う、広い天の下の世界の、
あらゆる人々が崇める(410)、古えより卓越した古都である。
　　（白く輝く）美しい部分が大きくなる三日月が浮かび、
　　赤く広がる黄昏時の空に動く雲のように
　　白い象牙の黒い屍を赤い血が運び去り
　　（クル族の）一〇〇人がみな戦場で滅んだ(411)、
　　大きな戦いを勝ち抜き、台座に蓮の飾りのついた丈の高い戦車で
　　果てしない戦いをした（パーンドゥの）五王子のように
（カーンチーの王は）敗れることのない軍隊と共に戦い、
（自分の命に）従わずに歯向かってきた敵が敗北したなら(412)

（鬨《とき》の）声を上げる。
カーンチーの王よ、手ずから（下さり）恵み深く素晴らしく、
乞い来る者には守護者となって引き立て、（敵は）滅ぼし、
いずれもたやすいので、敵対する者の土地の家は滅ぼし、
求めて来る者の地域では素晴らしい富が栄えるようにする。
同盟することを願って求めて来る王たちも、
同盟関係はないが王の力を得ることを求めている王たちも、
山から流れ落ちる滝が（山のものを運んで）海へ走るように
諸王は様々（な思惑）でもって頭を垂れ、
　神々が住まう、赤い頂の（ヒマラヤ）山の
白い波が砕ける、光り輝く高い頂から
金を洗い流して下る、渡るのが難しいガンジス河で
大きな流れを（渡って）行く、恐怖におののく人々が
　一艘の舟に一緒にしがみつく
そのように、王たちは残った財産をいっぱいにして集まり
カーンチー王に見《まみ》える時を待っている。
素晴らしい（カーンチーの）町の広場では

鼻が大きな象の、牙の丸い輪を作る逞しい腕の鍛冶屋が
鉄（の輪）を素早く牙に嵌《は》める金槌《かなづち》の力強い音に怯え、
高層の家の上に住む足の赤い雄鳩が、甘い眠りを破られる。
そんな、幸運の女神《ラクシュミー》が住まう広大な町(413)では
東の海の果てから海の上で昼を作る太陽のように、王は現われ
秩序がないゆえに秩序を求める者(414)にも
必要な品々を求める者たちにも
それぞれに必要なものを与え、（彼らの）心中を察して分かる限り苦悩を取り除き、
素晴らしい顔つきで、施しという義務を為し終える。

そんな、信頼の置ける家臣と共におわす
心を閉ざすことも激することもない王に近づくと(415)
（頬の分泌物のまわりを）蜂が群れ飛ぶ象と鉢合わせ(417)した獅子(416)が
（代わりに）虎の子供を捕らえたいと思うように

賢者たちに装飾品を与えて喜捨を施す。
（王には）傷の残る敵の壁を粉砕して
敵の王冠を獲るような勝利だけでなく、
（同盟し）行動を合わせても妥協せず、貢物の食料もある。
太い腕に力強い剣を持ったトンダイヨール一族の末裔(418)よ！

兵《つわもの》のなかの兵よ！　戦士のなかの戦士よ！
富める者のなかの富者よ！　戦いで傑出した者よ！
白い波のある海で恐ろしい悪魔を殺した(419)
素晴らしい金の飾りをつけた赤い神《ムルガン》を生んだ、偉大な胎《はら》をもった
トゥナンガイを踊る美しい貴婦人《パールヴァティー》を称えて、鬼娘が話すように
「無限の施し物をもつ、名声に満ちた汝を称えながら私は来た。
偉大な王よ、永遠に栄えよ！」と言って、
左の小脇にかかえた大竪琴を、規則どおりに（演奏し）終え、
（竪琴の神への）務めを知る（先人の）定めどおりに手で拝み称える。(420)
すると王は、汝の状況を知る前に、（汝らの）その状況が
紫蒲桃《むらさきふともも》の美しいひんやりした森のある国(421)（と同じく）絶えず輝くように
移ろいやすいこの世界で、確固として移ろわぬ名声を重んじて、
離れた場所から（もっと）王に近寄ることを望んだ。
そして、汝の腰の苔のような襤褸《ぼろ》を取り除き、
湯気のように（透ける）糸の輝くカリンガの衣を
黒い大勢の一族郎党の全員に一斉に着せた。
やがて、（調理の際の）傷痕の深い、強い腕に反った片刃刀を持った
有能な料理人が料理した多量の肉の豪勢な塊りと、

穂を手鎌で刈り取って乾かした大粒の高級赤米と、
（よい粒を）選んだ米粒の丸くて長いご飯、
それに厳重に保管してあった甘味な珍味佳肴などの食べ物、
食欲が湧いてくるような（炊きたての）形の崩れていないご飯、
それらを、星が（夜空に）現われるかのように傷ひとつない器に広げた。
王は、ご馳走につぐご馳走を見て顔をほころばせ[422]
限りない愛情をもってもてなしてくれた[423]。
また、暗い空にある月のような
動き回る蜂が羽音をたてない、（王がくれた）きらきら輝く（銀の）蓮の飾りを[424]
踊り子たちは、長い黒髪に映えるように飾りつけ
　力強い海で（水を）吸い上げる雨季の雲から
　昼間に降る雨の中を稲妻が縦に走るような
その飾りが黒髪に映えるように
金の細紐で作った首飾りを身につけた。
王は、（馬の）専門家たち[425]が称える威風を湛えた、
ヴィシュヌが横たわる海の巻貝のような
白い鬣《たてがみ》の馬が一緒になって動く四頭を繋ぎ、
金の二輪戦車をくれても満足せず、

戦いで滅ぼしても服従しない[426]敵を蹴散らす
天翔《あまかけ》る馬と真新しい[427]鞍とを寄越し、
王は贈り物として汝に与える。

甘い調べのキンナラ鳥が囀《さえず》る[428]、神が住まう山腹で
孔雀が踊る、木の生い茂った茂みがあり、
牡の黒猿が飛び跳ねて落とした花が散っている森で、
牝猿がそれらをきれいにする。
そんな動物が寝る庭で、赤い火を（消えないように）守る隠者たちが
白い牙の牡象が運ぶ薪で供犠を行ない、
光り輝く滝もある山の王は！

五　『ムッライの歌』（*Mullaippāṭṭu*）

［解題］　作品名 *mullai-p-pāṭṭu* は文字どおり「ムッライの歌」である。「ムッライ」とは元はジャスミンの一種の植物名であるが、それがよく見られる地域およびそこで展開される恋愛（アハム）文学のジャンル名になった。背景となる地域は山岳（クリンジ）と平地の田園地帯（マルダム）との間の、山裾を含む森林・牧地一帯であり、季節は雨季、時間は夕方、主題は「出かけた夫を待つ妻の切なさ・苦しみ」である。初期恋愛文学では、出かけた夫の様子も夫がどこへ行っているのかも描かないが、戦役から解き放たれた夫が雨季の始まりに家路を急ぐ様子を描く作品は存在する。ところが、本作品では雨の降る中で妻が悲しむ様子を短く描いた後には（二三行）、夫の戦陣での様子が詳しく描かれる（二四～七九行）。そして最後の二〇行ほどで悲しむ妻のもとに夫が帰還してくることを示唆して作品は終わる。Pattu. で最小の一〇三行の作品だが、非常に美しい作品である。

初期の恋愛文学で戦陣にいる夫を描かないのは、恐らく戦いは公務であるためプラム（*puṟam*「外、公」）文学に属すると考えられていたのであろう。戦役から解き放たれて、「私事（*akam*「内、私事」）」に戻るのである。ところが本作品は戦陣にいる夫を描く。アハムとプラムに二大別する古代の理論にそって、本作品をアハムであるとかプラムであると論じる向きもある。しかし、この作品は、

Mul. 106

後に *akappuṛam* すなわち「アハムとプラムの両方の要素を含むジャンル」の先駆けとされる作品である。作者はナップータナール（*Nappūtaṉār*）で、本作品にしか名は残らない。本作品は Pattu. の第七番目の *Neṭunalvāṭai* と描き方がはなはだ類似している。前に述べたように、アハムかプラムかに分けられない点で初期古典よりは新しいが、ムッライ・ジャンルの描き方は初期の文学と同じであるから、初期の作品群（一〜二世紀）からそう離れていない三世紀頃の作品であろう。

広い空のある世界を雲は動き回り、
（武器の）円盤と右巻きの巻貝の印をつけた
妻ラクシュミーを抱いた大きな腕から水が[429]（右手に）注がれると、
（天に届くほど）大きくなったヴィシュヌのように[430]
動きの速い雲が、波音を轟かす冷たい海水を飲み込んで
右回りに昇って山に運んで湧き上がり、大雨を降らせる。

その束の間のほの暗い夕べに、守りの堅い古い町の近郊に行き、
たくさんの蜂が竪琴の（ような）羽音を立てるなかを[431]
年嵩《としかさ》の女たちが、筒で運んだ[432]香りのいいムッライの
蕾が開いた花を米と一緒に撒いて（神を）拝み、
前触れを示す言葉を待っている。

すると、細い綱で繋がれた幼い子牛が
（母牛がおらずに）悲しみ戸惑うのを見て、
牛飼い女が、震える（子牛の）首筋を手で撫でつつ言う。[433]
「牛飼いが手にした容赦ない牛追い棒をもって後ろに立ち、
お前たちのお母さんは、追われながら直《じき》に帰ってくるよ」と。
（年嵩の女たちはそれを聞き）「いい兆しとなる言葉を私たちは聞いた。

　あの善良な人たちがたまたま語った言葉は吉兆を示している。
褐色の美しいあなたよ、(434)敵の国を攻略して貢物を受け取り、(435)
戦士としての任務が終わって（あなたの）夫が戻るのは本当です。
ですからあなたの苦しみのもとを取り除きなさい」と
何度言っても、女はそうは思えず泣き濡れて
花のような、黒墨を施した目(436)から悲しみの真珠（のような涙）を落とす。

　そんなとき、密林の川を囲む広い果てしない森では
遠くまで香り漂うピダヴァム(437)樹や他の緑の茂みを伐採し、
狩猟族の抜け穴のある密林の砦を打ち壊し、
森の茨で覆った壁で安全を確保するように囲まれた、
音が轟《とどろ》く、海のように広い野営地がある。
そこの、小枝で葺いた傾斜する屋根が整然と立ち並ぶ通りの
四辻にある広場に、目の小さな象が見張りとして立っている。
象は、頬からマスト期の分泌物が流れ、
高く伸びた砂糖黍と穀物の穂をきつく結わえた
田園で熟した美味しい草を食べずに、それで額をぬぐって
鉄の口金をつけた牙の間の自分の鼻にもっていくと、(438)

未熟な若い兵士たちが、突き棒を使い、北国の言葉を語って
象の餌を手ずから食べさせている。

（衣を）褐色土に浸して着た、苦行するバラモンの
三叉の杖で揺れ動くかのように、兵士たちは
優れた戦いで後退しない（弓隊の）、強力な弓を矢筒に吊るし、
テントを固定し、ロープを張った場所[439]に
穂先が花形の投げ槍を地面に打ち込み、盾を並べ、
撓んだ弓がそれぞれの囲いとなるようにする。

非常に大きな別の軍団の真ん中には別個、
長い柱を彩り豊かなカーテンで囲み、王の住まいにふさわしくする。
そこでは、前腕に小さな腕輪[440]をつけ、髪が長く項《うなじ》の美しい女たちが
夜を昼にする（かのような）、取っ手が頑丈な輝く短剣を
縞模様の交差する飾り帯に差し、
油を注ぐ容器をもち、長い（灯明の）芯を灯し
取っ手のついたランプ[441]が消えそうになるたびに油を注ぐ。
そんな、長い舌《ぜつ》をもった輝くベル（の音）が小さくなる真夜中に、

蔓状のしだれとば（442）が花咲き揺れ動く、丈の低い草叢《くさむら》が
　雨滴が降りつける時に揺さぶる風に揺れ動くように
上等な布地を結んで身につけた（443）、睡魔の中でも振る舞いに優れた
偉大な古参兵たちが（444）、見張りとして（王を）囲んでいる。

他方、誤ることなく時を測って知る係官は
（王に）敬意を表わし、手を合わせて大いに賛嘆してから
「波の押し寄せる海のある大地を征服した王よ！
少量の水（で測る）（445）汝の水時計（446）はこの位置です」と言う。

馬の鞭が丸く丸まり、はちきれそうなぴっちりした
上着と外套で身を包んだ、
外見が恐ろしい、体に力が漲《みなぎ》る非情なヤヴァナたちが
「虎の鎖」（447）を外し壮観な飾りをつけている。
そんな素晴らしい王の宿営地では、美しい宝石の光で照らし
丈夫な紐のついたカーテンで区切った二つの部屋の寝台で
身体《ボディランゲージ》で話す、話すことのない舌の［唖の］
上着を着た異国人《ムレッチャー》（448）が（王の）お付きとして侍している。

王は、戦を多く望んで眠りも得られず、
投げ槍が刺し貫いて多数の傷がある、
牝象の群れを忘れた牡象や、その太い鼻が切り落とされて
激しい苦しみで蛇がのたくるような状態（を思ったり）、
蜜がしたたる（ヴァンジの）花鬘[449]をつけて見事な勝利を遂げ、
死して（赤）飯を供えられた戦士たちを思ったり、
革の盾を切り裂き、鋭い矢尻の矢が刺さった馬が
耳を伏せて[450]食べずに苦しんでいるのを考えたり、
片手はベッドに置き、もう片方の手は（頭にもっていき）
髪の房と腕輪とがつくようにして、長い間考え込んでいる。
やがて、敵を指差し、武器を持った力強い指で
垂れ下がった輝く（ヴァンジの）花鬘を元どおりに整え、
（敵を）震えさせる戦太鼓が鳴り響く野営地で[451]、甘い眠りに落ちる。
一方、そんな夫に会えない妻は悲しみに暮れ、
心を（夫のもとに）遣《や》ってしまい、自制心を失って嘆き、
長い間考えて（帰還を）確信したり、（滑り落ちそうな）巻貝の腕輪を直したり[452]、
（今度は）打ちひしがれ、ハーッと溜息をついたりしている。
矢が刺さった孔雀のように、震えて装身具を滑り落とし、

乙女の形をしたランプ立てに濃い光を灯して
あらゆる場所が輝く、七階建ての屋敷の
寄せ棟屋根の先から落ちる、大きな塊りとなった滝の（ような雨の）
甘い大きな音に聞き入りながら横になった彼女の
美しい耳に満ちるかのように、馬の音が鳴り響く。

勝利を収めて諸王が求める土地を手に入れ、大軍と共に
勝利を得る旗を掲げて、右回りに伸びる[453]
角笛と法螺とを吹き鳴らしつつ、細かな砂地の
葉が密生したカーヤー樹の、黒墨の[454]（ような）花が咲き、
新芽を房なりにした南蛮皂莢《なんばんさいかち》の素晴らしい金（色の花）がしなだれ、
白グロリオサの束になった蕾が手の平（のよう）に開き、
花びらがいっぱいになったグロリオサが血の（ような）花を咲かせている。
そんな、繁った密林の赤い土地の街道では
雨が加わり、籾が（実って）垂れたスズメノコビエのところで[455]
角の捩《ねじ》れた牡鹿と一緒に無垢な牝鹿が飛び跳ねる。

これから幾月も続く、白い雲から雨を降らせる時期に
実が熟したヴァッリ蔦のある美しい森を後にするように

急ぐ馬を御しつつ進む戦士たちの
103
戦いで輝く丈の高い二輪戦車に繫がれた馬の音が（女の耳に響く）！

六『マドゥライ詠唱』（*Maturaikkāñci*）

［解題］　作品名 ***maturai-k-kāñci*** の意味は読んで字のごとく「マドゥライの詠歎」である。マドゥライは古代三王朝の一つ、パーンディヤ朝の都であり当時のタミル文化の中心地である。本作品は、その古都マドゥライとパーンディヤ王ネドゥンジェリヤン（*Neṭuñceḻiyaṉ*）を中心に描く、Pattu. だけでなく古典全体でも最も長い七八二行の作品である。作品名には「案内文学」とはないが、「案内文学」と同様にパーンディヤ国の各地に読者を導き、王の気前よさにも言及する（一〇一～〇五行）。ことに大都市マドゥライの描写は、そのような大都市ではないところに住んでいた大部分の聴衆には大変魅力的であったろう。

　なお、作品名にも出るマドゥライという呼称は、一～二世紀の初期古典ではまったく用いられず、もっぱらクーダル（*kūṭal*）という古い呼称が用いられている。他方、マドゥライという呼び方は時代が下るほど用いられるようになるのだが、興味深いことに、本作品では第四二四行ではクーダルが、第六九八行ではマドゥライが出る。このことも、本作品も他の Pattu. の作品同様に、初期古典よりはやや遅い三世紀頃の作品であることを示唆している。[456]

Matu. 116

波が盛り上がり、大きな広がりのある
波音が轟く[457]海に囲まれ
蜂の巣がぶら下がる高い頂のある
山が立ち現われる広大な大地では
大気によって風が右回りに逆巻く。
大きな星宿の道を星は進み
昼を作る赤い太陽も
夜を作る白い月も
暗闇を消して昇り輝く。
雨は仕事を助け、あらゆる地域が栄え、
（一粒）蒔くと千の種を蒔いたのと同じ生産を得て、
土地も樹木も収益が増え、
人々の苦しみがなくなり、美しさが輝く。

（地中には）素晴らしく、非常に荘厳な
（大地を）支えて立っている力強い象（がおり）[458]、
（町の）素晴らしい通りには、見ても減ることのない目の喜びと
食べても減らない、はなはだしい豊かさがあり、
[459]両脇に高く聳える建物がある。

そこに住む、嘘を知らず、真実の言葉で有名な
素晴らしい大臣たちと共に
「とこしえに幸福であり、支配が永劫に続きますように」
と称え、さらに続ける。（460）

世界を支配してきた卓越した人々の末裔よ！
戦場で牙に（敵兵の）死骸をつけたままの牡象の群れの所で
肉を食らう多くの鬼女たち（461）が一緒になって大きな音をたて、
トゥナンガイ踊りのリズムに合わせて
頭のない戦士の死体が立って踊る。
その恐怖に満ちた戦場で
戦士の髑髏《しゃれこうべ》で作られた見るも恐ろしい鍋の中で
力強い王たちの輝く血を
怒りの火でかき混ぜて沸騰させ、
滅ぼすことも難しかった、粘り強い力で
勝利へ導く卓抜した激烈な戦いをした
戦士の腕輪をした二の腕をへらとして
かき混ぜて料理した人肉飯《めし》（462）を
手順を知っている鬼の料理人が

Matu. 118

足を据えて後退しない戦士たちのために
供犠の饗宴をする。
そんな、戦いに勝利する素晴らしい軍隊と
「南の人」という名の、近づき難い力を持った王よ、
太古の老いた神《アガスティヤ（463）》の末裔が現われたかのような
山から滝が落ちる、山岳地の戦士よ！

（象軍の）象は、頭に素晴らしい覆いと額に輝く飾りをつけ
マスト期で猛り狂い、
芳香が漂う分泌孔から分泌液が滴り落ちる。
そんな、山と見まがう大きな姿の
戦いでの働き方を学んだ巨大な象が
怒りあらわに、戦場でのっしのっしと歩き回る。
（騎馬軍の）馬が巻き上げるたくさんの埃が
広い空の太陽を隠す。
飛び跳ねる馬を繋いだ、速く力強い
戦車軍は、風のような速さで動き回り、
剣の戦闘で非常に勇敢な（歩兵軍の）
兵士たちは自分の腕で順当に勝利を成し遂げる。

チェーラ、チョーラの二人の偉大な王と五人の族長が(464)
弱体化するように、戦って彼らに勝利した。
輝く滝のある山《クリンジ》で打ち勝ち、
軍は荒れ地《パーライ》を越えて行った。
名声はどんどん上がり、群を抜いた誉《ほま》れに満ち、
さらに土地を下さり、大きく後押ししてくれた、
胸に金の花輪をつけたパーンディヤ王ネディョーンの末裔よ！

木々を倒し山全体を粉砕する(465)
白い恐ろしい稲妻のような汝よ！
ひどく鬱蒼とした茂みの防御林と深い濠《ほり》、
高く聳え立つ塔がある城門があり、
長い城壁の線状の稜堡からは弓と槍が放たれる、
そんな城を捨て置かずに
攻撃して奪取し、さらに進軍するような
卓抜した優秀さを備え、
南のカンヤクマリ、北の巨大な山《ヒマラヤ》(466)、
東と西の海を領域の果てとする、

自分の由緒を語り、命令を聞くようにさせて(467)
たくさんの勝利を収めつつ進み行く、
汝は、そんな王のなかの王である。

空が雲でいっぱいの、青い三種(468)の水のある
恐ろしさが宿る広い(469)海の
激しい波を切り裂きながら
船は激しい風に押されて岸辺に着く。
上部に長い旗をつけた帆を掲げたままでいると
快い音のムラス太鼓が轟くと同時に
金の溢れる素晴らしい品々を
国に溢れるほどたくさん降ろす。
そんな、動く大きな船は
雲に囲まれた山のように見え、
海に囲まれた動く大邸宅（のようで）、
澄んだ海はその深いお濠。
その上、質のいいことで有名な米もある
シャーリ(470)町をわが物とした卓越した王よ！

（領内の）田園《マルダム》地帯では、
水でいっぱいにしようと並んだ農夫たちの響きわたる歌声、
持ち上げるのと共に動く灌漑用の口の広い桶の音、
貯水池がいっぱいになるように田んぼを水で満たすのに
力強い牛でゆっくりと水を流す灌漑の水揚げの音、
脱穀する牛がつけた澄んだベルの音、
穀物に舞い降りる大きな鳥を追い払う音などが常に響く。
そして、花がサファイアの（ような）天竺茄子《ムンダハム》が咲く
砂でいっぱいの海辺では、漁民の女たちがクラヴァイ・ダンスの音をたてる。

あちらの祭りが続いている広場では
民が大勢いたクッタ国[471]に勝利した我らの王が
腕がムリャヴ太鼓の（ような）太く逞しい歌舞人たちに[472]、
恐ろしくもとても素晴らしい
（子象《カンル》と牝象《ピディ》という）二つの名前を持った群れと
牙の輝く牡象を一緒に与え、
金の蓮の花飾りをつけてやり、
美しさに秀でた飾りを与えている。

さらに、（我らが）ムドゥヴェッリライ町[473]は、
山を干上がらせる過酷な夏で
その上、大きな雲が雨を降らせるのを忘れたとしても、
昼間[474]に金星が輝いたとしても[475]、
変わらず大水が来て生産が増え、
稲穂の揺れる音、稲を刈り取る人々の騒音、
鳥が囀り騒がしい音がし、
水が生臭い広大な海では、常に体を動かしたがって鮫が音をたて、
その月の（ように白く輝く）海岸では、
トムトム太鼓《ムリャヴ》の（ような実の）
阿檀《あだん》[476]のひんやりした密林の激しい雨音、
漁師たちの小船が列をなして海岸に着く騒々しい音、
大きな塩田という田で、「白い塩！」と呼び売り[477]する商人の声、
それら騒がしい音声が止むことない、
つねに豊かで新たな収穫のある町である[478]。
その、皆が称賛する広く素晴らしい富が溢れる、
（農業と商業の）二種の名声に満ちた小さな村々の
たくさんの農家が溢れる四つの土地[479]の人々みんなに、

王は自分の由緒を語り、自分の命令に従うように言い置いて、[480]
風のように速く移動し、
敵の領地が滅びるように火を放って[481]、
タライヤーランガーナム[482]町の敵に恐れが生じるように駐留し、
敵王が自滅するように破壊し、
敵王のムラス[483]太鼓を奪い、戦場で供犠を行なう、
そんな、破滅させる力の優れた名声あるわが王よ！

汝は、友人〔友邦〕[484]の村を向上させ、
敵の王権を召し上げる。
（コルカイは）大きな世界にぬきんでて、
名声に満ち抜群に素晴らしく、
成長し丸く熟した素晴らしい真珠を中にもった
輝く巻貝[485]のある大きな町である。
椰子酒を作って持っている家[486]のある海辺の町である、
素晴らしい町コルカイの人々が求める英雄よ！

汝は、敵意溢れる敵が取り乱すように攻撃して駐留し、
相手が恐れを抱くほど恐ろしい力と

脂肉の豊富な飯、（血で）生臭い弓、大集団[487]〔軍隊〕をもつ。
（汝に）誓いを立てる、賑やかな住まいのある、
南方のパラダヴァル族[488]にとっては
汝は、まさに戦う牡牛たる王である！
汝は、珍しいものすべてを易々と手に入れて、
手に入れた物すべてを自分だけの物とせず、人々に気前よく与え、
多くを望んで、「ここ（ネイダル）に留まっていよう」とは思わずに、
登りに登って、冷たい露に満ちた山《クリンジ》から密林《ムッライ》を越えて、
内陸《マルダム》の国に入り、彼らの城を攻め落とし、
長い年月を経て、望む場所に滞在し、
その地が安定するようにそこで暮らす、常に戦いに勝利する王である。

さらに、数多くの敵の領地に入り、
彼らの防御林を破壊し、
実りが減ることのない大きなひんやりした田園に
（放った）輝く激しい火が呑み込む。
すると、農地という名が密林という名になり、
牡牛の棲んでいた場所に虎が棲み、

町のあった所は荒涼とした場所となる。
輝く腕輪をした無垢な女たちは
トゥナンガイ踊りの素晴らしいリズムで互いの手を握るのを忘れ、
賢者たちの学術院のあった大きな集会場では
足の爪先が二つに割れた、
恐ろしい目をした鬼女たちが回転し踊る。
精霊(489)が動き回る広くなった空き地の
案内する門衛のいる門では
悲嘆にくれる女たちが泣き喚き、
富める家々のあった町は衰弱し、
人々は豊かな親族の庇護を求めて近づく。
広壮な家が倒れ、焼け焦げた穀物貯蔵用の大壺のある村では
頭に房（のような羽毛）のあるミミズクが雌と一緒に啼き、
インドスイレンが生い茂る広い池には
象が隠れる（ほど）、スゲ(490)と大ガマが密生している(491)。
素晴らしい犂牛(492)が歩んでいた、希望に溢れた生産性の高い水田では
牡の猪がたくさんの髪房のある牝と一緒に跳ね回っていて、
生活できず、生活の道もほとんど絶え、
汝の敵の国々は、すっかり荒廃してしまった(493)。

敵に屈するのことのない腕《かいな》をもつ戦士と
響き渡る鳴き声、大きな足、反り上がった牙とをもつ
激しく怒り狂う象の軍隊とを広がらせ、
広大な海の（ような）大きな軍隊と一緒に
ムルガンのような怒りをもって、敵を攻撃する。
その時、広い空に兵士のたてる弓の音が響き、
雨のように矢が降り(494)、
騎馬軍のたくさんの馬が埃を舞い上げ、
法螺貝が鳴り、角笛が鳴る。
敵の力がなくなるように打ち滅ぼし、
敵の国も滅びるように城を奪い取り、
敵を一族もろとも力を削ぐ。
そのため、力を削がれた敵(495)は汝の道を命令のままに歩む。
広く由緒ある偉大なこの大地は申し分ないものとなり、
統治に誤りなく、法《のり》の道を示し、
偉大な先人が歩んだ足跡を過《あやま》たず、
西の地に現われた、古《いにし》えより崇められる三日月のように
汝の力が体現された勝利が、代を増すごとに増えんことを(496)！

東の地に現われた、完全に暗い月〔新月〕のように
汝の敵の富は、欠けていってなくなることを！

たとえ高い所にある（神の）世界を甘露と共に得られるとしても
真実を友とする汝は、嘘を（つかず）彼方に捨ておく。
轟く海を境目とする、広い世界の人々〔諸王〕と共に
高い世界の素晴らしい神々が（攻めて）来たとしても
汝はその敵を恐れて卑屈にならない！
南の山がいっぱいになるほど、悪魔ヴァーナン[497]が蓄えておいた
素晴らしい宝物を得たとしても（自分の物にして）
非難されてもよいとは思わず、その宝の山を人に施し、
施しへの思いと共に、汝は名声を求める。
汝よ、汝と比べられる者とは一体誰か！
敵を滅ぼす戦いに長けた王よ、この国の偉大さを私は一つ語ろう。
聞け！　そして、汝の苦しみがなくならんことを[498]！
遠くまで届き、輝く素晴らしい汝の名声が滅ぶことなく続くことを！
減ることのない富に、途切れることのない新たな収入、
費えてなくなることのない豊富な肉、

量が減ってなくなることのないたくさんの飯、
飲んでなくなることのない豊富な酒、
（芸人たちは）それらを食しても無くなることのない多くの日々を
大地が支えきれないほどたくさんの輝く黄金のある
利益が途切れることを知らない、豊かさの満ちた美しい王宮で過ごす。

（王は）竪琴の弦のよぅに響く、優美な歌を歌ぅ踊り子たちの
何もない空の手に、小さな腕輪をぎっちり嵌めさせ、
吟遊歌人たちが喜ぶように牡象をたくさん与え、
彼らの郎党が喜ぶように、城から多くの物を放出する。
また、敵の戦意が乱れるように攻撃し、
敵の剣で苦しんだ王の努力を称えながら夜明けに集まった、
王を起こす優れた詩人《アハヴァル》(499)たちには
戦闘馬車と馬を気前よく与える。
熱して作った金の、輝くヴァンジの花と
塗りが薄くなった香りのいい白檀膏とをつけた
卓越した偉大な戦士(500)たちが、彼ら詩人に相伴し
酒の大きな新しい容れ物が空になるほど飲む。

平伏する諸侯は、自国で自分たちがしたいように振る舞えるが
平伏しない諸侯の国では、平伏させて貢物を獲得する。
そのため、鳶(502)も飛ばない監視の（厳しい）野営地(501)では
鳴り響く太鼓の目のある戦太鼓《ムラス》が早朝に鳴り、
敵を滅ぼして完勝を果たし、次に欲しい地域に移動する。
そんな勝利の太鼓で溢れ、強大な力と多くの槍隊をもつ諸侯は、
海岸に打ち寄せ、波音が轟く大きな海(503)の
波が打ち寄せる砂浜の砂の数よりも多い(504)！
名声が広まるように広い世界を支配し、偉大なる資質をもつ諸侯は！

雲は、東の海から吸い上げて西の海（に近い山々）で発達し(505)、
夜も昼も途切れることを知らずに雨を降らせ、
窪地にも高台にも水が集まりに集まって
深く根付いた蔓草《カヴァライ》のある美しい穴に、滝が音をたてて落ち、
棘のある竹が生い茂った山腹では、牡象の群れが震える。
雨雲は、山で轟く雷鳴とともに広がり、
降り注ぐ多量の雨が桁違いで、流れは留まることを知らず
東の海に下る輝く水は中洲で盛り上がり、
流れる大水は、池を運ぶかのように溢れる。

（田園地帯では）牡象を隠すほど成長した
稲穂のある田んぼや輝く溜池[506]には
葉が高く伸びた、茎に棘のある輝く蓮[507]と
花蜜が放つ芳香をもつ青睡蓮《ネイダル》[508]と
たくさんの花びらが開いた青睡蓮[509]と
柔らかな葉に蜂がいる大睡蓮《アーンバル》[510]がある。

蜂が棲む、よい香りが漂う花々のある沼では
水鳥カンプル[511]の雌の甘い眠りを破るかのように
蔓草アカバナヨウサイ[512]を取り除き、力の強い魚を引き上げて
その売り値を告げる、結び目を折り返した網[513]を持った漁師の声[514]、
葦のある田園地帯での魚を大量に殺す騒ぎ[515]、
砂糖黍の搾り機や除草の音、
泥の中でももがき苦しむ牡の水牛を
多量の酒を飲んだ農夫たちが引き上げる大きな笑い声、
成長した風船朝顔《ふうせんあさがお》が茂った田んぼで
強靭な腕の耕作者が引き抜く時の、太鼓の心地よい音[516]、
雲が雨を降らす、ひんやりした聖地

ティルッパラングンラム(517)の騒がしいざわめき、
喧騒の中にいる女たちのひっつめた髪が花輪に映え《は》(518)
一緒になってともに踊る音！
そんなすべてが、広がった青い空に鳴り響き心地よく響く。
他方、鷺が鳴くなかで、家の木々のところで
魚をきれいにする吟遊歌人《パーナル》の住む区画と
マルダムの情趣が際立つ(519)冷たい池が取り囲む場所がある。(520)
またある場所では、小さな粟を刈り取り、緑の胡麻が黒く熟し、
黒い茎のスズメノコビエの黒い穂が熟し(521)、
深い穴には美しい宝石が光り、
高い山の密林(522)では素晴らしい金が地面に出てしまうほど
素晴らしく美しい頭の小さな子鹿(523)が
おどおどした目の牝鹿と動き回り飛び跳ねる。
炎の（ような）花の南蛮皀莢《なんばんさいかち》(524)の広がった影によって
まるで割られたような岩が美しく、
サファイアのような青緑の繁茂する草(525)のすべてに
金星のように輝く白い花を落とし、
蕾の縒《よ》れた昼顔とムッライとが広がる。

サファイアと見まがう青睡蓮《ネイダル》[526]が密集し[527]、
美しく澄んだ水のある柔らかな窪地に蔓草トィイルと一緒に咲き、
匠が杭打ちしたヴェリ踊り[528]の会場のように
ムッライの情趣の満ちた森[529]を飾っている。

またある場所では、よい香りの木片[530]を伐り倒し、
高い場所に広げた穂の小さなトーライ米と茎の長い白芥子[531]とが
アイヴァナ米と白稲《はくとう》[532]と一緒に束ねられ、長く伸びている。
生姜、ウコン、緑の胡椒、その他すべてが
たくさんのいろいろな珍しいものと共に、山に集まっている。
粟が作られる山腹ではインコを追い払う音、
花が宝石の（ような）藤豆の輝く芽を食む
野牛を追い払う森の民の音、
山の民が掘って偽装して隠した口のある穴に落ちた
十分成長した猪を殺す音、
幹の黒い印度花梨《いんどかりん》の、大きなしっかりした枝の
香りのいい花を「虎、虎」と言って[533]摘む騒ぎ、
黒い色合いの牡牛[534]を殺す力強い虎の咆える声、
そのようなすべての音が、輝く白い滝の音と共に山で響いている[535]。

山は茎の黒いクリンジの花でいっぱいになって美しく[536]、
類い稀な香りが高い大きな山全体を包んでいる。

またある場所は、灼熱[537]で大きな竹の緑の叢《くさむら》をたくさんの火が焼き払うと
衰弱した象は食める場所に移動し、
威勢のいい太鼓叩きたちが太鼓を叩くような（音をたて[538]）
火が節を破壊し、竹の美しさは滅ぶ。
滝が消えた、美しさのない大きな山の
藁のような草の乾燥しきった美しい密林では
逆巻く西風を溢れるほど山の洞穴に引き込み、
風が凄い海のように鳴り響く。
その音[539]がする、葉で葺かれた小さな小屋の鹿革の寝床で
小枝で作った冠をつけた、粗暴な言葉遣いの若い盗賊が
弓を手に、辻で警護する。
そのように、パーライの情趣が満ちた荒れ地[540]は
木陰すらない真夏の山に接している。
またある場所は、轟く海でできた光り輝く真珠、
鑢《やすり》で割って真っ直ぐに切られた巻貝の輝く腕輪、

商人が持ってきたたくさんのさまざまな穀物[541]、
黒い入り江の一角で作られた、甘い（砂糖漬けの）タマリンドと白い塩[542]、
高い広い場所で、強靭な腕の漁師たちが
丸々とした魚を筒切りにした、小太鼓の目の（ような）小さな切り身[543]、
それらを、広いこの地の素晴らしい宝石と共に
素晴らしい船で海上をやって来た人々が運ぶ（輸出する）ために
互いに結わえて[544]運んできた馬、それも加えたすべての物[545]が
毎日、海辺の道という道に溢れ、
ネイダルの情趣に溢れ[546]、大いに豊かさで満ちている。

このように、五つの土地[547]のすべては美しく調和している。
ムリャヴ太鼓が鳴り響く広いそこ（マドゥライ）には
祭りが続く広い通りがあり、
トゥナンガイ・ダンス[548]で優しく触れるために、芳香が漂う（遊女の）通りには
素晴らしく豊かな、新たな収穫のある階層の人の多くが集まっている。

かく、マドゥライは詩作するのに優れた[549]素晴らしい国の中央にあって、
牡猿が飛び跳ねる高く聳える頂の
孔雀が啼く密生した森では

牝猿が動きまわり、青い空に向かって伸びている。
鳴り響く風が当たっている木が密生する森には
躍る水が運んできた白い堆積した砂があり、
芳しい森を囲む水が寄せる岸辺にはどこでも
花粉の舞うコーングの花があり、他の花々が広がっている。
花輪のように広がった、幅の広い流れが素晴らしい
輝く流れのヴァイハイ川のどの沐浴場でも
たくさんの様々な花に満ちた花園が囲んでいる。
そこでは、代々続く大竪琴奏者たち(550)の居住区と
彼らの土地の豊かなことが見られる。

無尽蔵で群を抜いた巨万の富をもった、族長マーナヴィラル(551)の
アジュンビル町(552)のような領地を失った諸侯と
豊かな多くの村の領民を失った諸侯と
昔から憎しみを抱いていて、それを生きる糧とし
卓越した象軍で、敵を滅ぼす戦いに長けた諸侯(553)が
心地いい音の戦太鼓《ムラス》を戦場の中央に残して
永年の敵意をかなぐり捨てて逃げ戻り、汝は勝利を収めた(554)。
(マドゥライには)地底に達するほど深く、水がサファイア色の堀があり、

天に達するほど多層になった城塁には
古来の力が宿り神がおわす高い階《きざはし》と、
バター脂《ギー》が何度も投げられて黒くなった、しっかり繋がれた頑丈な扉がある。
（中には）雲が動きまわる山のような、高く聳える高層の建物があり、
城門は、ヴァイハイ川のように（人や物が途切れず）通り過ぎる。
それらは別々に聳えるように立ち、天空に届く。
穏やかな風の音のする、たくさんの格子窓のある素晴らしい家がある
川が横たわるかのような幅の広い大通りでは、(555)
たくさんの様々なグループの騒音が起こって騒がしい。
（彼方では）大きな風が起こした海のような音を轟かせ、
素晴らしい大太鼓《パナイ》叩きが、（祭りを）告げている。
貯水池に飛び込んだような音をたてる(556)楽器を叩き
人々が楽しみ、動き回り、活気がざわめきを呼ぶ。
絵を見るかのような二つの大市には、様々な旗が立つ。(557)
祭りを行なっている期間中、掲げられている美しいたくさんの旗や、
戦いを挑んでくる、いろいろたくさんの名前の大きな要塞を次々に奪取して
毎日掲げる素晴らしい飾りのある勝利の旗、
轟く海のような、輝く槍を持つ部隊と共に行って
鮮血の臭いが漂うほど殺戮して群れなす象の部隊を敗走させ、

それを称えて掲げられた勝利にあふれる素晴らしい旗、
酒の喜びを告げる店の幟旗と共に、
いろいろと素晴らしい[558]物を扱う人々の大小様々な幟旗が立ち[559]、
大きな山の中腹の滝のように揺れている。
パナイ魚[560]が泳ぎ巻貝が這う海で、
風が船をきつく結わえた強いロープを切り、
帆に吹きつけ、マストを根本から破壊するように吹き荒れ、
猛威をふるい、一緒に激しい風を吹き上げ、
（錨の）石を磨り減らし吹き飛ばして、船は大きく回転する。
象軍[561]はその船のようで、（前後の）二箇所で法螺貝が鳴ると猛り狂い、
槍で制御する人々を殺し、上に乗った象使いを放り投げ、
（足を）緩く縛った頑丈な鎖を優しく扱わずに、柱を壊し、
ロープから離れて動き回り、マスト期の分泌物を頬から流す。
戦車は、（太陽という）美しい目[562]がある広い空が覆われるほどの
大気を切り裂き、明るい光の太陽に近づこうとして飛ぶ
足の赤いハンサ鳥[563]の雄のように
毛が輝く馬が走って速さがいや増し、

風かと思うほど速く美しく走る。

騎馬軍は、鞭を手にした騎兵の経験による指示[564]で
（蹄が）沈む円周コースを真っ直ぐに走る方法で走り、
馬の首筋はきちんと整えられ、鬣《たてがみ》にほつれがない。

歩兵たちは、行軍すると象のように恐ろしく
酒を飲み、大きな戦に向けて戸惑いを見せる。

それら稀に見る大軍[565]が往来するため、甘い環状のお菓子の売り子[566]や、
踝《くるぶし》に英雄飾りをつけた戦士たちの
花で飾ったムリャヴ太鼓[567]の強く張った鼓面のような丸盆[568]に
芳香を放つ花を載せた売り子[569]、
いろいろなたくさんの花を広げて対にした花輪の売り子、
多くの人が集まって搗いた、花粉の（ような）粉末の売り子、
（体を）美しくする甘味な果実の仁《じん》に旨い水を含んだ緑の実《ビンロウジ》と
長い蔓草《キンマ》の葉と巻貝を焼いた石灰の売り子[570]がおり、
皆、戦闘に打って出た双方の軍の戦場（にいるか）のように
（自分たちの）快適な生活を心配し、心痛で熱い息をし、打ちひしがれ、

それら四軍が去った後に
売り子たちは、いろいろの多量の品物を抱えて動き回り、
山のような高層の建物の大きな日陰に憩う。

老いてなお優美な遣手《やりて》婆《ばば》たち(571)は
長くたわわな髪が、青い海の白い巻貝のように真っ白で
それを背中に束ねた優れ者である。
遊女たちは、赤みを帯びたグリーンゴールド(572)を纏った人形が
暮れゆく光の黄昏時の太陽の中に現われたように
褐色で(573)、その眼差しで男を悩ませ、
目は邪気がなく、(見た者が)驚き心惑うほど美しく、
口には鋭い歯(574)が綺麗に並び、
広い肩の竹の(ような)腕に、垂れてばらけたように(575)輝く腕輪をし、
若い胸には、白檀膏を塗りつけた美しい黄斑が現われ、
たわわな黒髪は、(576)墨が流れたようで、
孔雀のようであり、あどけない言葉を語り、
化粧し、優美に歩み、手をたたき、
痴《し》れ者たち(577)とさんざめいてじゃれあっている。
片や遣手婆は、側面が美しく中に仕切りがたくさんある美しい小箱(578)に

望みどおりの形の、彼らが欲しがる品々（を入れ）[579]
芳香が漂う香りのいい花をもって家々を歩き回る。

高層の建物が輝く、名声が溢れるマドゥライ[580]の
広い場所で行なわれる昼の市のざわめきは、
雲が吸い上げても減らず、川が流れ込んでも増えない、
岸に打ち寄せて音を轟かせる海のように
物品は取っても取っても減ることなく、持ち込んでも持ち込んでも増えず
罪を清める水が来る、七日月の黄昏時に行なわれる勝利の祭りの
地域の人々のざわめき（のよう）ではないか！

富豪たちは、陽光の輝きが鈍り速やかに過ぎゆく夕方の
赤い空のような、赤みを帯びた優美な色合いの明るい花柄が
人の目を打つほどちりばめられたカリンガの衣を
金の飾りをはめ込んだ小刀と共に、着《き》ばえするように身につける。
頑丈な四輪馬車の縁でひらめく上着に帯をして、
鍛え抜いた足には衣擦《きぬず》れした踝飾りが輝き、権勢を際立たせ、
美しく輝く胸では、捩《よじ》りつむいだ大きな花輪[581]と
ルビーが数珠繋ぎになったような明るい色の花輪が

塗られた白檀膏[582]の白と混じる。
そんな姿で、一陣の風のように速い馬を走らせ
歩兵がまわりを警護するなかを、風のように速く走り抜ける。
彼らは大変な富豪で、その恵み深い手で雨のように物を授ける。

富裕な女たちは、（人々が）祭りに興じているのを見ようと
装飾品と透明な小粒の宝石とが入った金の踝飾りの音を響かせ、
輝く炎で作られた、非の打ち所のない輝きの美しい金が
煌めく飾りと花の腕輪をつけ、天女が舞い降りたように（現われ）、
よい香りが漂い芳香に満ちた通り全体が一層芳《かんば》しさに満ちる。
彼女たちの美しい顔は、明るい耳飾りの輝きに照らされて光に溢れ、
頑丈な旗竿に掲げられた広く大きな旗が
澄んだ海の波のように、そよぐ風にはためいて
並び立つ高層の建物のそれぞれのテラスに
雲に隠れる月のように、現われては隠れる。

町には[583]、水と地と火と風と空との
五大のすべてを作った
輝く斧をもったシヴァ神[584]が主宰神となると

体に一点の穢れもなく輝く、神々しい光に覆われた
花は萎れることなく[585]、目は瞬きもせず、
お供えの食べ物が供えてある神々[586]に
変わらず決まりどおりにお供物を捧げるようにと告げる楽器が、
日暮れ時の祭りで鳴り響く[587]。
強い光を放つ大きな飾りを（首から）下げた艶やかな子供たちを
母親が守ろうと抱き寄せ、子供も（母親に）身を寄せ[588]、
花粉をつけた蓮の小さな蕾を、ぎゅっと摑むかのように
子供と母親たちが一体になって輝きを増し、
その愛情で麗しい女盛りの女たちが[589]
花を持ち、お香を焚いて拝み称え、
よくお世話する神様《ブッダ》のお休み所《ストゥーパ》がある[590]。
また、非常に優れたヴェーダ[591]を明瞭に分かるように朗詠し、
群を抜いた偉大さを獲得するための行ないから離れず、
人間の住むこの地上界で一つの「己《ブラフマン》」となり[592]、
神々の天上界にこの世にいながら到達する、
そんな、法《のり》の道を一時も踏み外すことなく、
慈悲ある心をもちつつ、偉大なる者たち[593]が一緒に快適に住む、

山を穿ったような、立派なバラモンたち[594]の住房もある。
さらに、蜂が群れるほど熟して蜜がいっぱいの花とお香とで
ジャイナ教の在家信者[595]が拝むと、
（ジャイナの）賢者たちは、過ぎし時〔過去〕も将来する時〔未来〕も
今のこの世ですでに存在する善い業によってよく知っており、
さらに天上界も地上界も余すところなく理解するために
大きな誓願と（その成就のために）体は衰弱することなく、
（学問に）満ち、（感官を）抑制している。
彼らは集まり、苦行のために石を穿ったような
口の小さな水差しを、たくさんの縒り糸の輪に下げて施しを得る。
池のような輝きをもった寺院[596]の壁は
銅《あかがね》で作ったように赤く塗られ、
視覚も機能しないほど高く聳えて、ただただ驚くような
香りのよい花に満ちた彼らの住房がある。
それらの建物は、小山がたくさん集まりあたりを覆っているかのようである[597]。
　裁判所では、恐れも苦しみも望みも捨てさせ、
憎しみも悦びも覚えないようにさせ、

判断は、天秤棒のように公平で
素晴らしさに満ちている。

大臣は、胸に香りのいい白檀膏を塗って輝き、
火に供物を捧げてから、(頭に) 輝く素晴らしい布《ターバン》を結ぶ。
広大な天空に上っていく聖者のように
善と悪とをよく吟味し、(気持ちを) 抑制し、
優しさと同時に正義も失わないようにすると、
批判されることはなく、名声は著しく高まり、
美徳は卓越する。

商人は、正しい道を過《あやま》たず道に従って歩む。
彼らの家は、たくさんの小さな岩のある丘陵のようで(598)
鳶《とび》が舞い降りては飛び上がり、華麗で素晴らしい。
その家には、大量の様々な品物と食べ物とが満ちて美しく、
山の物も陸の物も海の物も、その他の物もある。
彼らは、豊富でいろいろな美しい宝石や真珠や黄金を手にし、
諸国の優れた品々を呼び売りする。

滴る雨が途切れずにつねに豊かな
族長パライヤンの都モーフール(599)の議会に
四言語を駆使するコーサル王(600)が現われたかのように
自ずから際立ち輝く、偉大な四顧問がいる(601)。

通りには、巻貝を切り分ける旋盤工や素晴らしい宝石の研磨・穿孔工たち、
熱して作った(602)よい金で輝く宝飾品を作る人々、
試金石で筋をつけ調べる人々、カリンガの衣を呼び売りする人々、
銅を重さで買い取る人々、飾り帯《ベルト》を完成させる人々、
花と香料を吟味する人々、
どんな種類のどんな状態の物でもそっくりに示し
繊細に対象を思い描き、本質を見抜く目をもった画家たち、
そして、これら以外の人たちが集まり、
澄んだ海の、きらきら輝き押し寄せる波のように
たくさんの輝く小さな物も長い物も束ねてきて広げ、
若きも老いも働いている人々が集まり、
四つの異なった通りすべてで、踵《きびす》を接して立っている。
その騒ぎは、胴が湾曲した太鼓を持った踊り手たちが

仲間と共に称える、ひんやりした海のある国の王である、
輝く花を持ったチェーラ王の広い宮廷に卓越した人々が集まり、
　功名心を抱いて（議論する）、騒がしさのようである。

そんな騒ぎのなかで、甘くて香りのよいパラミツの果肉、
様々な（形の）、美しく甘いマンゴーの実、
いろいろな形の、熟していない果物や熟した果物、
雨が増えて、蔓草が広がって美しくなり
柔らかな縒れた葉が開いた、小さな小さな香草、
称賛を受けられるように作った、大きな肉の混じったご飯、
甘露を作ったような、甘い甘い小片、
地下に入り込んで潜る山《ヤ》芋《ム》等々、
美味なご飯を貰った者たちは、あちこちで食べている。

海辺の町では[603]、素晴らしい帆を掲げ
風で進んできた船が、たくさんの品物を降ろし
木の倒れる音のようにざわざわしている[604]。
遠い外国に商人が宝石を売りに行って戻ると
広い海の大きな生臭い波が

黒い入り江に押し寄せ、流れ込んで大きく盛り上がり、
恐ろしさに満ちた真夜中には、寄せていた大潮が引く(605)。
そのような夕方の市の盛り上がりによるざわめきは、
いろいろなたくさんの鳥の啼き声が起こったかのようである。
（そんな夕方には）ぎらぎらした日差しが、
熱も光も弱めて猛威を鎮め、
去りゆく太陽は昼を伴って西で山に接し(606)、
東では月齢の満ちた月〔満月〕が現われ、
月の光を広げ、昼間のような（明るい）夜が訪れると
恋慕し身を焦がす女たちは、伴侶と会うために
香り高い紫睡蓮の選り抜いたひんやりした花びらを繋いだ飾りを
素晴らしい長い髪につけ、芳しい香料が行き渡るように
麝香《じゃこう》を挽き(607)、香りのいい白檀を磨り潰し
柔らかな繊維のカリンガの衣に、よい香りを沁《し》み込ませて、
女の願いを牝鹿の（ような）眼差しに宿し、
長い灯火《ともしび》の燭台に火をともす。
こうして、広い町のあちこちで
夕べが、人恋しさを掻き立てつつ過ぎてゆく。

（遊）女たちは恥じらいつつ、優美で甘い調べの七弦の小竪琴を
雨が落ちる音のように音色を変えて奏で
欲情に燃える伴侶〔檀那〕に縋《すが》りつく。（608）
頭の後ろに水玉が集まったような花輪を結ぶと芳香が広い空に漂い、
選りすぐりの輝く丸い腕輪が煌めく腕を振って歩くと、
蕾が開きそうな新鮮な花の香りが通り全体に漂い、
この上なく似合い、より一層美しい。（609）
（彼女たちは）大きな青睡蓮の、蜂が群れるたくさんの花が開いて
香りを放っているような、素晴らしい香りの
雨に濡れた花の蕾のような（他の）花をつけて
上品な飾りをつけた（男の）胸に、痕がつくほど抱きつく。
内なる思いを隠して、多くの欺瞞に満ちた虚言をもって交わり
遠方あるいは近くから（女の外面の）美を求めてやって来た、
若い大勢の金持ちの富が尽きるほど取り上げる。
それは、小さな花粉を食べて空の花を捨てる、
羽の柔らかな蜂の群れのようである。
交わった人たちの心が乱れても、甘い関係を捨て、
果物を求めて生きる鳥《こうもり》のように（610）

華麗な一族の、他の金持ちを求める。
そんな、契りを交わして栄える悪魔のいる立派な家[611]では、
細い金の輝く腕輪と宝飾品をつけた（遊）女たちが
明るい光のランプの下で多くの人たちと集い、
まるで、青い天空に住んでいて踊る、
天女たちと一緒であるかのように、見た者の心を震わせる。
夜には、遊女たちは見事な竪琴の真ん中に据え置かれた
ムリャヴ太鼓に合わせて楽しみ踊り、
（昼は）[612]深い水のある冷たい岸辺で
堆積した砂で遊ぶのに飽きたなら、
柔らかな芽を新鮮な細い小枝から摘んだ水中の青睡蓮[613]の蕾が
見栄えするように結んだ、長い花輪が衣の縁に達するようにつけ、
よい香りを放つ家々で、女の遊戯をしている。
その頃、隊を組んだアスラたちを破り、
黄金の花飾りをつけたヴィシュヌが生まれた第二二星宿の祭りでは、
誉れ高い戦士たちが、（闘象で）猛り狂う牡象を御している。
（彼らの）顔には三日月刀が切り刻んだ傷が深く刻まれ、

（数多《あまた》の）戦いを支えてきた逞しい腕には傷が刻まれ、
古傷のある額に蜂の群れる花鬘《はなかずら》をつけて、
活気づく村で、戦う気に満ちた（象の）闘いで怯むこともない。(614)
観客たちは（自分の方に来ないように）置いた小石を
長い堤の黒い土に埋め込むようにして(615)
強い、椰子酒の蒸留酒の酔いが昂じてふらふらと歩く。
（別の所では）夫たちが喜ぶように男の子を産んだ後に(616)、
大きく盛り上がった若い乳房から母乳が出るようにと(617)、
生臭さのする産褥期(618)が終わってから、華やかなお付きの者たちと
富裕な家の女たちは池の水で沐浴する。

初産婦たち(619)は
調律紐を本体（棹）に留めて、セッヴァリの調べを奏で、
弦を結んだ素晴らしい竪琴をムリャヴ大太鼓と合わせて
繊細な音のアーフリ小太鼓が鳴るなかを
たくさんの品とお供えの食物を携え、明るい光のランプを先頭に
素晴らしい大きな孔雀のように優雅に歩んでゆき
手を合わせて拝むと、肩の大きな巫女(620)が食べ物を供える(621)。

別の所では、恐ろしげな祈禱僧《ヴェーラン》が（女は）ムルガンにとり憑《つ》かれたと、[622]
響き続ける甘い調べの楽器が鳴るなかで
（ムルガン像を）前に据え、雨季に咲くクリンジ[623]を身につけ、
カダンバの木の所で、誉れ高いムルガン神を拝んでいる。
どの広場の舞台でも、互いに手を取り腕を絡ませて踊る
クラヴァイ・ダンスや、ざわめきと歌と踊りとが混じり、
あらゆる通りで、様々な騒音が次々に生じては混じり、
誉れ高いナンナン王に因《ちな》んでつけられた名の有名な祭日には
町の祭りで大きな喧騒が上がる。
かくして宵が過ぎたあとには、
巻貝の音が止んで静まり、（店の庇《ひさし》の）支柱は倒され
売り値を叫び（呼び売りし）、広い市場を閉じる。
無垢な美しさをもった[624]輝く宝石をつけた女たちが眠るとき[625]
素晴らしい縞のある、蜂の巣のような（模様の）柔らかい薄焼き《ワッフル》と、[626]
砂糖の塊りが溶けた（シロップ状の）、料理用に用意された粗黒砂糖《ジャッガリー》を
中身と一緒に詰めて、幾つもの塊りにした丸いライスケーキと

甘い練り物のあるパンケーキ屋がまどろみつつ眠り、
祭りで踊る踊り子たちがまどろむ。
轟く音に満ちていて、（今や）静まったひんやりした海のように
寝具で寝ている者たちの目が心地よげに閉じられている。
そんな夜中の夜も半ば、悪霊も物の怪も（人の）姿をとり、
ヤマ神は（寿命を）吟味する棒を手に[627]
恐ろしい乗り物の悪魔とさまよう。
そんな時、黒い牝象の素晴らしい皮膚のような暗闇にまみれて
盗賊たちは、石も木も切り刻む鋭い剣を吊り下げ、
足には革の履き物を履き、
腿に切っ先の鋭い短い三日月刀を（隠すように）入れ、
黒い繊細な作りの、細かな黒砂のような彩りの
飾りの（ような）群青のベルトをし
腰には、柔らかな紐のついた梯子をたくさん見事に巻きつけ
地面を掘る鑿をもち、宝飾品を求めつつ徘徊し
瞬きする一瞬に表われては消え、隠れ場に身を隠す。
他方、力強い牡象[628]が探す強力な虎のように
警備隊は、目は眠らず、恐れを知らず、信念をもち、

知者たちが称えるように雄々しく、[629]
分厚い教本[630]の指示を踏み外さず、細々《こまごま》したことを極めている。
彼ら町の警備隊は、矢は滅多に的を外さず、
戦闘馬車が走り回る大通り[631]に、水が溜まって流れるように
雨が集中して降った夜半の時でさえ
懈《け》怠《たい》なく立っていて、じっとせず進んで動き回る。
それゆえ、神がさまよっている心が打ちひしがれる夜中でも
（住民は）恐れを知らず安全である。

次の真夜中〔丑三《うしみ》つ時〕の区切りを過ぎて（夜明けになると）
萎《しぼ》んだ蕾が開き、香りが漂い芳香に満ちた溜池で
花粉を食べる蜂が、花のところで羽音を立てるかのように
（ヴェーダを）暗唱するバラモンがヴェーダを朗誦し、
竪琴奏者は、リズムをとり弦を甘く鳴らし
マルダムの調べを奏でる。
象使いは、恐ろしい牡象の口にお握りを入れてやり、
厩《うまや》に入れられた、丈の高い戦車用の馬は草を食んで腹を満たす。
様々な品をたくさん置いた店では[632]、牛糞を溶かした水できれいにし
酒屋は酒の値段を叫び（呼び売りする）。

妻たちは、愛する夫たちのきつい抱擁のなかで眠って、
暗闇が弱まり（明るさが）広まる夜明けにふさわしく、
目を射るほど輝く稲光の（走る）紐のような
輝く金がきらきらする装身具の音をたてて陽気に歩き回り、
頑丈な塀のある素晴らしい家の扉を軋ませて開く。
（外では）飲んで、酔いを隠すようにろれつの回らない言葉で
老いても意気軒昂な者たちが声を発する。
（王の前で）直立した詩人[633]が称え、跪《ひざまず》いた詩人[634]が語りかけ、
王付きの詩人[635]と共に[636]時を告げると、
低い音のムラス太鼓が轟く。
牡牛が次々に鳴き声を上げ、
羽が斑《まだら》模様の雄鶏が夜明けに時を告げ、
雄鷺と発情したハンサ鳥とが（雌を求めて）鳴き、美しい孔雀が鳴く。
牝と交わる大きな牡象が吼《ほ》え、
頑丈な檻に棲む力強い動物たちが、虎と共に咆《ほ》える。
光り輝く宝石をつけた（遊）女たちは、
雲が去った青い色の空に稲妻が縦に走るような姿で[637]、
酒に酔って、（檀那に）腹を立てて首飾りを千切る[638]。
中庭には、その太い糸の首飾りからこぼれた真珠と

火が燃える炉から金が飛び散ったように、
美しく柔らかな熟してないココ椰子の白い実が落ちており、(639)
新たに砂が撒かれた庭で、(640) 虻《あぶ》や蜂が羽音を立てるなか
柔らかな萎れた花と一緒に（下女が落ちた）真珠を掃き集めている。(641)

そんな、夜から甦る浮き浮きする夜明けに
太い腕に傷のある戦士たちを敗走させたあと、
（戦場の）真ん中に残った牙が高く反り返った象や
(642) 戦場で捕らえた飛ぶような速さの馬と、
怒りに燃え、力溢れる情け容赦ない戦士たちが
敵を死滅させてから、(643) 槍を（追い）棒として (644)
村を焼く松明の下に集めた牝牛の群れも（町へ連れてきて）(645)、
国の素晴らしい城の（敵を）苦しめる門で
毎日、手を合わせて繁栄するように拝み称えて
日々貢ぐためにもってくる素晴らしい宝石なども
素晴らしく大きなガンジス河が海に流れ込むように
果てしなく豊かな多くの珍しい品々と共に（町に流れ込み）
多くの称賛と大きな名声に満ちたマドゥライは
まるで天上界が美しくなって（この世に）現われたようである。

そこには、アショーカ樹の枝に密生した[646]、
赤い火のような明るい花に蜂が群れている。
女たちは、その森に輝く光を放ちながら昇る太陽の
光り輝く朝の日差しが現われたような
金で覆った非の打ち所のない光り輝く装飾品を纏い
大地に光が達するように際立ち荘厳に見える[647]。
彼女たちは孔雀の際立った特徴である優美さに満ち、
色艶はマンゴーの芽の美しさのようで、
黄斑が蕾の背の筋のように（体に）現われ、歯は尖り、
ふくよかな耳には（マカラ魚の形の）[648]輝く耳飾りが下がる。
顔は、神の池に生い茂った、花弁が炎の（ような）蓮の
花粉が落ちた、大きな輝く花のようである。
そんな、選りすぐりの腕輪をした女たちの芳香の漂う肩を抱いて、
王は、花輪で満ちたベッドで眠り、
完璧な眠りをとって、爽快な気分で起きる。
そして、胸に強く堅い[649]白檀の軟膏を塗り
光を放ち輝く真珠の首飾りをつける。

首から下がる（様々な）花が混じった花輪には
尾に縞のある蜂の群れが群れ、
金で作った大きく美しい指輪が
力溢れる太い腕の腕輪と共に輝く。
そして、糊付けした[650]カリンガの衣を
衣の飾りが栄《は》えるように一点の隙もなく纏い、
汝の姿はまるで、匠が作った色づけした像に
ムルガン神が入り込んだようである。

戦士たちは、洪水が押し寄せたときの堰堤《えんてい》のように、
敵を中央で寸断し、敗走させる戦いを好む。
剣術に長けた汝の勝利を称えるため、
胸に弓を抱いて矢を携え、
逞しい腕で馬を制御して走らせる、彼ら戦士たちを呼べ。
城塁に石を砕いて作った小さな溝がある、
優れた要塞都市では、苦しみつつも前進する戦士たちを呼べ。
荒々[651]しい牡牛の新鮮な皮を脱毛せずに被せた
鼓面の大きな戦太鼓が止むことなく鳴り、
火が広まったような（敵の）軍隊の中央に（進み）[652]

巨大な素晴らしい象を戦場で倒し、
天晴《あっぱ》れ（傷で）倒れた、尊厳ある戦士たちを呼べ。
卓越した彼らに、身につけていた金製の造花のトゥンバイを
「貴殿は誰か」と問わずに、順番につけてやる。
彼らの鎧は、柄に差し込んだ槍と矢で圧迫されて乱れ
各部が千切れて色が薄れており、
胸は力強い軸受けのように肉がこそぎ落とされている。
彼ら、天上界のように繁栄する町《マドゥライ》が美しくなるように
際立った貢献をした威力あふれる戦士たちを呼べ。
丈の高い象の隊列を捕らえた、
白檀膏も色あせ、（様々な）花を取り混ぜた花輪をつけた
偉大な行ないをした戦士たちを呼べ。

「彼ら以外にも誰であれ来たれ。他の者たちも集めよ」と言って
制限せず入り口で止めずに、そこにいて
「吟唱詩人よ来たれ、歌い手よ来たれ、
新参の詩人も踊り手も来たれ」と言って、
大きな一族を率いる物乞いすべてに（653）
長柄に蓮の文様のある丈の高い車を、象と一緒に気前よく与える。

あちこちで酒が作られており
木ごとに山羊[654]が吊るされ、
脂身の肉を焼いて[655]柔らかくなったものが用意され、
油が溶けて炒めた肉が（ジュージュー）音をたて、
色のついた香ばしい煙が
大きな町《マドゥライ》では、曇り空のように広がって見える。
汝は、（先祖の）パル・サーライ・ムドゥクドゥミ王[656]のように
素晴らしい供犠を成し遂げ、
また、古来の（全学問を修得する）誓いをもった[657]
優れた賢者たちの集い《サンガム》に参加して得た名声に溢れ、
卓抜した（先祖）ニランタル・ティルヴィン・ネディョーン王[658]と同様に
驚きと優秀さとを備えた有徳の偉人たちの多くがもつ
真に偽りのない素晴らしさをもって世に現われた。
汝は、得難い品々をもたらして一族を繁栄させ、
偉大な教えを学んで名声を確かなものとし、
大海の中央の太陽のように、また
多くの星の真ん中の月のように、
隆盛を誇る一族と共により繁栄し、素晴らしく輝く。
汝はまた、不朽の名声を根付かせ、

美しい花輪をつけ偉大なる名声に満ちたマーラン王を祖先として、
敵に勝利して壊滅した真実の剣を抱く、たくさんの若いコーサル族が
慣わしどおりに、汝の真実なる言葉を聴いて道を歩む。(659)
775 金の飾りをつけた(大臣など)五種の人々(660)と共に称賛を受ける、
勇敢さに満ちた素晴らしい小領地の族長たちや
その他の者たちとでいっぱいになった、
装飾物の輝く名声あふれる学術院では、汝を称賛し言祝《ことほ》ぐ。
輝く飾りをつけた女たちが金の器から掬い出した
780 よい香りを放つ蒸留酒を飲みながら
王よ、日々楽しみ快適に暮らさんことを!
782 汝が得た、限られた素晴らしい人生を!

七　『長きよき北風』（*Neṭunalvāṭai*）

［解題］　作品名 *neṭu-nal-vāṭai* は文字どおり「長い‐よい‐北風」である。一〇五～〇六頁の『ムッライの歌』の「解題」で述べたように、この作品も「出かけた夫を待つ妻の切なさ・苦しみ」を描くムッライ・ジャンルに属する。しかし、通常ムッライの作品の背景は森林・牧地であるのに対し、この作品はマドゥライを思わせる田園地帯の大都市（二九行）の宮廷（一〇七行）であり、季節は雨は降っているが雨季というより表題の「北風」が示すように寒期である（七二行）。また、そこで待つのは牧地の村の女ではなく王妃であり（一〇六～〇七行）、出かけた夫とは王（一八七行）である（この作品の奥書によると、王はパーンディヤ王ネドゥンジェリヤン（*Neṭuñceḻiyan*）だが、作品そのものにはその名は出ない）。このように、初期恋愛文学からすると本来のムッライ・ジャンルからは大きく逸脱しているが、作品前半の寒さと悲しみにうち震えるヒロインの描写も、後半の戦陣にいる王の描写も見事である。また、宮廷内部の細かい描写も本作品の特筆すべき点であろう（ただし、内容の細部は実ははっきり分からない）。

本作品のトーンは『ムッライの歌』に非常に似ていて、一八八行という小品ながら美しい。しかし、設定がより正統的な『ムッライの歌』と比べると伝統とは大きく離れており、別の言い方をすると斬

Netu. 162

新である。したがって、『ムッライの歌』よりはやや新しい作品となるであろう。この点からしても、作者はナッキーラル（*Nakkīrar*）と言われるが、初期古典の四大詩人のナッキーラルではなく、仮託であろう。

大地が（寒さに）震えるように、[661] 右回りに上がって（山を）囲み、
雲が誤ることなく新たな雨を降り注ぐ。

牡牛の群れの列を別の場所に散らすと、
（牧地《ムッライ》では）大水を嫌う、曲がった杖を持った牧夫たちが
（慣れた）場所を離れる寂しさもあって心が乱れる。
グロリオサの長い花びらの花鬘の、たくさんの雨水と混じって
体に降りかかる酷い冷たさに苦しみながら
他の多くの人と手に篝火《かがりび》を持ち、[662] 顎をがちがちさせ震えている。

鹿は食むのを忘れ、猿は縮こまり、
鳥はかたまって（地面に）降りて、
母牛は、子牛が（乳を）飲むのを止めるように乱暴に押し退ける。

まるで山国の寒さのような、冷たい風が吹く昼間には、[663]
細い蔓草の昼顔が、蕾の外側の白い花の
金のような（色の）糸瓜《へちま》と共に、そこここの茂みに咲いており、
緑の足のコウノトリの柔らかな翼の群れが、
黒い泥土が広がった、湿った白い砂のところで

赤い縞のあるペリカンと一緒に、あちこちで捕らえようとすると、
カヤル魚が流れに逆らって逃げる。

激しい雨が尽きて雨がなくなり、昇って膨らんだ白い雲は
広く大きな空で雨（の降らせ方）を学んでいる。
（田園地帯《マルダム》では）美しい場所に広がる田にいっぱいになった雨水で
たわわに実り、さやの膨らんだ稲から現われた稲穂が垂れ、
根元の大きな檳榔樹《びんろうじゅ》のサファイアのような（色の）背に
ふさふさした椰子の葉の（下に）広がった固まった大きな房は(664)
少し樹液が満ちて膨らみ、側面が丸くなって、
澄んだ液を含んだ青い実が甘みを得るように熟している。
山の頂の色とりどりの花の密集した、広大な密林では
冷えきった枝をはり、輝く雨滴が滴る。

（田園地帯《マルダム》の）豊かな由緒ある町では、高層の建物が聳え、
川が横たわったような広い長い通りで
葉の蔓をつけ、肩幅が広く美しく、腕が力強くがっしりした、(665)
頑強な体の、強健な男たちが
蜂が群れる（香りのいい）蒸留酒を飲み、

喜びが昂じて雨滴の冷たさを気にもせず、
前後に垂れた大きな撓《たわ》みのある衣を着て、望む場所を歩き回る。

大きな竹のような上腕には白い巻貝の腕輪がぴっちりし、
体はたおやか、歯は真珠のようで、
目は切れ長で美しく涼やかで、ずっしりした耳飾りに栄える、
そんな純真な乙女たちが、花台においた
季節にふさわしい蕾をつけた、緑の茎のピッチ・ジャスミン(666)の
美しい花びらが開くいい時分に香りが漂うと
頃合いを知り、鉄で作った燭台に浸された灯芯に火を灯し、
米と花とを撒いて、(家におわす神を)拝む。
その頃、豊かなバザールでは皆が夕べを称える。

家に棲んでいる、足の赤い雄鳩は
愛らしい雌と一緒に、広場で(餌を)求めて食べもせず
(雨で)夜であれ昼であれ困惑して心を乱し、
居場所を軒の庇に変えている。
警備された大きな邸宅の、少数の小さな使用人たち(667)が
藤豆のような(黒紫色の)香りのついた石(668)でたくさんの香辛料を挽き、

北の人々がもたらした、白い明るい色の丸石[669]が
南側では（原料の）白檀と共に（使われずに）捨ておかれている。

長い黒髪の女たちは花輪を飾らず[670]
たわわな黒髪に少しだけ花をつけ、
ひんやりした香りのよい三友花《さんゆうか》[671]の薪で火を作り、
黒く硬い沈香と一緒に白い砂糖粒[672]を燻《いぶ》している。

腕っ節の強い鍛冶屋が美しくなるように作った
赤い明るい色の丸型の送風機が（使われずに）畳まれて
湾曲した柱に蜘蛛が糸を張った白い蜘蛛の巣が垂れ下がり、
空に届くくらい高く伸びた上の方に
初夏には寝台に南の（薫）風をもたらす。
そんな上層階の窓は開かず、きっちり閉じられ
しっかりした門扉は閂《かんぬき》をかけたまま放ってある。

ひゅーという（北風が）雨滴を散らすので
口の小さな水差しから誰も冷たい水を飲まず、
口の広い香炉[673]にある赤い火を楽しんでいる。

踊り子たちは、歌と合わせるように（竪琴の弦を）結びつけるために
寒さで台無しになってしまった、甘い音を出す素晴らしい弦を
丸く膨らんだ熱い胸に擦りつけ、[674]
黒くて曲がった棹《ネック》の小竪琴に調弦する順に据えている。

他方、夫と離れている女たちは悲嘆にくれている。[675]
ああ、雨音が響き寒期は去らない！

まさにこの時期に、大空の太陽が大地いっぱいに光を広め、
（東西に立てた）二本の棒の間に引いた線に違《たが》わずに西方に昇って[676]
（東西の）片側に偏らない真昼時に、[677]
建築規範書を熟知した匠[678]が慎重に紐を張り、
四方位をとり、（四方を司る）神に意を払い、
有名な王向けのように、大邸宅を配置する。

全体を完全に取り囲む、高いしっかりした城壁の門扉には
ぶ厚い鉄を貼り、赤い朱を塗り
対になった壮麗な扉を調整すると、閉じ具合が絶妙である。

（北天の）星座にちなんだ名の、取り付けにふさわしい銘木に（彫られた）
青睡蓮の開いた花のところに、新しい取っ手が据えられ
　閂《かんぬき》で貫いてきつく閉じる鎹《かすがい》には
手仕事に優れた匠が打ち込んだ穴が開けられている
門の枠組みは柱の丈が高く、白芥子と貼り付けたバター《ギー》脂が美しく、
勝利の旗を掲げたまま、象が入れるように
框《かまち》は、山の形をなして高くなっている。

中には、吉祥天がおわし非の打ち所がないほど素晴らしく
運んできた砂が広がる美しい宮廷の中庭があり（679）、
その入り口付近では、毛が長くきれいな色の牡のヤクと
足の小さなハンサ鳥とが走り回っている。

そこでは、厩にいるのを嫌う鬣がふさふさした馬が
餌の草を噛む侘《わび》しさを漂わせる音に、
月の光のお陰で明るく広い中庭の
噴出口の鰐型の開いた口の送水管から湧き出る、
溢れんばかりに流れ落ちる滝のような音が重なり、
それに、近くにいるたわわな長い尾羽を揺らしながら

優雅でお高くとまった孔雀の、角笛とまがうような甘い啼き声が混じり
生い茂った山のざわめきのように響き渡る。

そんな王宮には、技術に優れたヤヴァナの手になる像がついた
素晴らしい素焼きの手燭にバター脂《ギー》がいっぱいになるように注ぎ、
太い灯芯の、色づき伸びた火先《ほさき》が
細くなるたびに、よい具合になるようにして、
あちこちの様々な場所に広がる暗闇がなくなるようにする。

偉大さの際立つ高貴な方（パーンディヤ王）以外には
男たちが近づくことのない、非常に警備の厳しい建物〔後宮〕の
外観は、山のような高さが連なり、
あちこちの旗は、虹が横たわったようで、
（白い）漆喰は、銀のように輝いている。
丸い太い柱は、サファイアのように濃紺であり、
高い外壁は、銅で作ったような作りで
美しい形のたくさんの花をつけた比類ない蔓草が描かれ、
（奥の院の）胎という名の、目もあやな素晴らしい（王妃の）居所がある。

寝台は、頑丈な脚は大太鼓と見まがうほどで、
額には戦いでよいとされる美しい筋が広がる、四〇歳(680)になった象が
戦って斃《たお》れ、そのままになっている牙の端を切り落として、
技量ある匠が、美しさと優雅さとが釣り合うように
鋭い鑿で彫った、大きな葉（の彫り物）が中央に据えてある。
寝台の柱は、（妊娠した）女の膨らんで揺れる乳房のように
上端が膨らんでおり、中央は丸くなっていて、
（下端は）大蒜《にんにく》(681)の大きな球根に似ていて脚部によい効果を与え、
円形の寝台架は、広範な地域にまで大きな名声が広がっている。
（寝台架の）留め具は、輝く細い糸で縫った紐が栄えて美しく、
真珠をつけた格子窓（のよう）に下がり、
（寝台は）虎の縞模様を刺繍した、華麗な色合いの
帯状の薄物で覆われている。
そこに、完璧に色のついたたくさんの羽毛を混ぜて、
力強い獣が獲物を狩る様子を染め付け、
広い森のジャスミン《ムッライ》や多くの蕾でいっぱいになるように花を撒く。
ふんわりと覆われた寝具が盛り上がっていて、
番《つがい》となったハンサ鳥の純白の羽毛の枕が

対になって高くなるように広げてベッドに置かれて、
糊付けして洗ったカリンガ布の、花柄をあしらった清潔な布が広がる。
その寝台には王妃がおり、伴侶に捨ておかれて
以前なら真珠の首飾りをつけていた、重く大きな胸には
今ではほどよい長さの既婚者の徴《しるし》のバッジが下がり、
美しい額には、細い柔らかな毛がほつれている。
大きな光を放つ耳飾りを外した
小さな耳たぶには、耳飾りの跡があり少し延びている。
産毛が金の腕輪で磨り減った長い腕には
右巻きの巻貝の質素な腕輪と結婚の印の糸が結び付けられている。
赤い指には、大鯰《ヴァーライ》の裂けた口のように曲がった、
赤い色合いの（目立たない）指輪がつけられ、
（以前は）素晴らしい花柄の衣が覆い、盛り上がり曲線を描いていた腰は、
（今では）美しい斑点が広がる輝く糸のカリンガ地でもって
色を塗ってない絵のように、美しさがない。
侍女たちは、（マンゴーの）芽のような色艶で美しい黄斑が広がり、
柔らかな腕は美しい竹のように丸みを帯び、胸は（蓮の）蕾のようで、

胴は、飾り帯を締めて結び、丸みを帯びた細いくびれがある。
彼女たちは、穏やかに（王妃の）素晴らしい足をさすり、
白いものが混じった、芳しい柔らかな長い髪の
赤い口の乳母たちは、王妃の悲しみようがあんまりなので
集まって、短い物語や長い物語を何度も語り、
「素晴らしいご主人は、今にも帰って来られる」と言って、
喜ばしいことごとを語っても、王妃は頑是なくひどく泣いている。

（戦場では）粒子の細かな塗り物を塗った、強力な丸い柱を
乳が出ない空の乳房のような天幕(682)を支える支柱とし、
新たに作られた蜜蠟が（防水）効果を及ぼしている。
天幕の上空には、頑丈な角をもった牡羊座を頂点として
空に広がり動き回る、大きく膨らんだ軌道の
太陽とは軌道が大きく異なる、目立つ（夫の）月(683)といつも一緒の
（妻）ローヒニー(684)を羨む王妃を（王は）思いやって長い溜息をつく。
王妃は、美しい瞼にいっぱいになって、溢れて落ちる、
美しい涙の雫を、赤い指を目尻に添えて少し拭い、
寂しさと共に臥していると、恋しさはいっそう募る。

そんな王妃の、苦しい耐え難い悲しみが終わるように
ああ、今や、勝利して戦いが終わってほしい！

象は、輝きを放つ額飾りをつけて、偉大な仕事を遂行し、
長く太く大きな鼻が（斬られて）地上に転がっている。
戦士たちは、牡象を戦場で殺し偉業をなした。
王が彼らの輝く剣での深い傷を見るために外に行くと、
燭台の炎は北風の冷たい旋風が吹きつけるたびに震え、
火先が南になびいて垂れる。
円形の燭台に、そんな素晴らしいたくさんの大きな炎を灯し、
頭にニーム（の冠）をつけ、柄が頑丈な槍をもった
先を行く将軍が順に（傷ついた戦士を王に）示す。

その後、背にベルをつけた足の大きな牝象と一緒に
鞍をはずしていない、跳びはね元気のいい駿馬[685]が
黒い泥だらけの（野営地の）通りを、吹きつける雨の雫を散らしつつ進む。
戦士たちは、肩から垂らした美しく素晴らしい衣を左手に摑み
剣を肩に結わえている。
王は、彼ら勇猛な戦士の肩口に（右）手を置き[686]、

Netu. 174

顔は穏やかで、柄に結び付けられた（真珠の）飾り紐のある、
185 王家の白い傘がぼとぼとと音をたてて、強い雨から王を守る。
　しーんとした真夜中にも王は睡眠をとらず、
僅かな供の者たちと動きまわる王の
188 これこそが、多数の敵と敵対する野営地の仕事である！

八　『クリンジの歌』（*Kuṟiñcippāṭṭu*）

［解題］　作品名 *kuṟiñci-p-pāṭṭu* は、文字どおり「クリンジの歌」である。クリンジとは、古代恋愛文学（アハム文学）の五つのジャンルの一つで、山岳地を背景に出会いから結婚前の恋愛の様々なテーマを描くジャンルである。この作品でも、そのアハム文学の伝統をかなり色濃く反映しているが、一～二世紀の初期恋愛文学では、一つの作品ではごく限られた局面（小テーマ）しか描かないのに対して、この作品では後のコーヴァイ（*kōvai*）文学のように、それらの小テーマをひとつの恋物語のように連続して描いている。

物語は、まず乳姉妹《ちきょうだい》であるヒロインの友人が自分の母親（ヒロインの乳母）に、ヒロインが病を得たかのように衰弱しているのは、実は恋の病であることを「暴露」するところから始まる。そして、「暴露」まで悩んだことやヒロインが男と出会ったときの様子を描いていく。

作者は、古典で最も偉大な詩人カビラル（*Kapilar*）とされるが、初期文学のカビラルの作品とはまるで作風が違う。ことに顕著なのは、一八〇～八六行の男と出会ったときの様子であり、初期恋愛文学の伝統に親しんでいた聴衆であれば面食らったであろう。したがって、作者がカビラルというのは仮託であって、カビラルが「クリンジの詩人」と呼ばれるほどもっぱらクリンジの作品を作ったた

Kuri.　176

めに、この作品もカビラルのものとされたのであろう。

この作品は、作中で九九種の植物を描いていることでも有名である。この植物名の列挙の仕方や文学的意味については六一行の注７０５を見てほしいが、描き方には音的あるいは韻律的な美しさもないし、列挙の仕方にも何の工夫もない。そのことも作者がカビラルでないことを示唆している。

ご機嫌麗しく、お母様。ねえ聴いてください（687）。
額が明るく、髪は柔らかでたわわな私の友人《ヒロイン》は
稀に見るひどい病で（痩せ細り）、素晴らしい装身具がゆるゆるです（688）。
そこで、あなたは通りのあそこで知恵者たちに尋ねたり、
神を崇め拝んで、さらに色とりどりの花を撒き、
様々なたくさんの姿の神を称え、
香煙と芳香とを燻《くゆ》らしても（病の原因が）分からず、
あなたも取り乱し苦しんでます。

（彼女の）素晴らしい美しさは消え、香りのいい肩も痩せてしまってます。
他人も腕輪が緩んだことを知ってますし、（彼女も）一人苦しんでいます。
だから、心のうちを隠して生きる、逃れ難い自分の苦しみを
人に語るように私を促し、友人は言いました。

「真珠とルビーと金とは、繋がりが切れて
飾りの形が壊れたとしても、また繋げることができます。
でも、高貴さと偉大さと善い行ないとがなくなったなら
一点の曇りもなくきれいにして、栄光ある名声を取り戻すのは
非の打ち所のない聖者にとって容易《たやす》いとは

由緒ある血筋の賢者たちは言いません。
（母たちの）[689]愛情と（私の）無垢という美徳とを失い、
丈の高い戦車をもった父の（家の）堅い警備を破って（逢引きを重ね）[690]
「これが、（あの男《ひと》と私との）私たち二人が考えた契り[691]」と言って
（秘密の恋を）私たちが暴露して[692]、いったい非難されるのでしょうか。
彼ら親族が道義をわきまえ（ず、結婚を認め）ないとしても[693]、
耐えていれば、次の世でも結ばれるでしょう[694]」
と言って、鹿のような眼（のあの娘《こ》）は戸惑い、心を乱し、
終わることのない（恋の）病を得て、痩せ衰えています。

私も、強い敵意を抱いて軍を進める二人の偉大な王の
戦いの間に立つ賢者たちのように
（お母様と彼女への）二つの大きな恐れ[695]で耐えられません。

（嫁に）やれ[696]ばすべてうまくいくし、家柄も身分も格も釣り合っている。
（しかし、親族がそう考えているとは）考えずに、
孤立した私たちが決めた、監視の厳しいなかでの困難な行ない〔隠れた逢引き〕が
どう行なわれたかを、あなたによく分かるように私は語ります。
どうか、怒らないでください。

小穂《しょうすい》をつけた丈の高い竹を求めて、頭を上げた象が
真珠で満ちた[697]牙のところに降ろした鼻のように
穂先が垂れ、若穂でなくなった大きな穂の
素晴らしい小さな粟に群れる鳥を追って、
「日が落ちる前にみんな戻りなさい」とあなたは行かせました。
ですから、いろいろな音に満ちた木の高い所[698]に
見張りが作った高い小屋に、虎への恐怖をもって登って
そこの山の籐《とう》[699]が栄え[700]るように束ね[701]た
タリャルとタッタイとクリルなどの鳥追い器[702]で
インコ[703]を幾度となく追い払っていました。
強い日差しが焼きつけ、暑さが酷いときには
空を飛び回る鳥は、欲情する（雌のいる[704]）塒《ねぐら》に至ります。
雲は、水でいっぱいの青い海が（水が）欠乏するほど水を吸い込み、
広い大きな空で、吹きまくる風と混じって
　ムラス大太鼓が轟くような
心地いい音の雷鳴と一緒に、列になって上昇します。

稲妻は、戦太鼓の心地よい音を合図に、輝く装飾品をつけた
ムルガンが敵《アスラ》に向けて突き出した、輝く葉形の槍の（穂先の）ようです。

その稲妻が集まって束となって、山の上に降り注いだとき
あの男《ひと》の高い山の頂から落ちる、
輝く素晴らしい布地のような、水が澄んだ白い滝で
ずっと、私たちは大喜びでそこを離れず水遊びしました。
水晶を散らしたような、大きな山の池の水を掬っては
深く連なる山腹で、楽しい歌を歌い、
金のなかで輝くサファイアのような
水の滴る項《うなじ》に落ちた、背中の長いたわわな黒髪を乾かし、
目の内側は赤くなっていました(705)。

花びらの大きな輝く赤[一]カーンダル《グロリオサ》(706)、[二]アーンバル、[三]アニッチャム(707)、
ひんやりした池の[四]クヴァライ《すいれん》、[五]クリンジ(708)、[六]ヴェッチ、
[七]センゴドゥヴェーリ(709)、[八]テーマー(710)、[九]マニッチハイ(711)、
独特の芳香を放ち、房の開いた[一〇]ウントゥール(712)、[一一]クーヴィラム(713)、
火のような赤い花の[一二]エルジャム(714)、[一三]スッリ(715)、[一四]クーヴィラム(716)、
[一五]ヴァダヴァナム(717)、[一六]ヴァーハイ(718)、白い花の咲いた[一七]クダサム(719)、

一八エルヴァイ(720)、一九セルヴィライ(721)、花がサファイア色の二〇カルヴィライ(722)、
二一パイニ(723)、二二ヴァーニ(724)、たくさんの花をつける二三クラヴァム(725)、
二四パスンビディ(726)、二五ヴァフラム(727)、たくさんの花房をつける二六カーヤー、
花が広がった二七アーヴィライ(728)、二八ヴェーラル(729)、二九スーラル、
三〇クリーップーライ(730)、三一クルナルカンニ(731)、
三二クルギライ(732)、三三マルダム(733)、花の広がった三四コーング、
三五ポーンガム(734)、三六ティラカム(735)、甘い芳香を放つ三七パーティリ、
三八セルンディ、三九アディラル、大きなひんやりした四〇チャンパカ、
四一カランダイ(736)、四二クラヴィ(737)、芳香を放つ野生の四三マンゴー(738)、
四四ティッライ(739)、四五パーライ(740)、岩に広がる四六ムッライ(741)、
四七クッライ、四八ピダヴァム(742)、四九シルマーローダム(743)、
五〇ヴァーリヤイ(744)、五一ヴァッリ(745)、丈の高い香りのいい五二ネイダル(746)、
五三ターリャイ、五四タラヴァム、茎に棘のある五五ターマライ(747)〔蓮〕、
五六ニャーラル(748)、五七マウヴァル(749)、香りのいい心地いい五八コフディ(750)、
五九セーダル(751)、六〇センマル(752)、六一シル・センクラリ(753)、
六二コーダル(754)、六三カイダイ(755)、香りの優れた芳香ある六四ヴァリヤイ(756)、
六五カーンジ(757)、花の青い蜂のいる芳香漂う六六ネイダル(758)、
六七パーンガル(759)、六八マラーム(760)、たくさん花をつける六九タナッカム(761)、
七〇イーンガイ(762)、七一イラヴァム(763)、花房が垂れ下がる七二コンライ(764)、

[七三]アドゥンブ(765)、栄《は》える[七四]アーッティ(766)、長い蔓草の[七五]アヴァライ(767)、
[七六]パハンライ(768)、[七七]パラーサム(769)、たくさん花をつける[七八]ピンディ(770)、
[七九]ヴァンジ(771)、[八〇]ピッティハム(772)、[八一]シンドゥヴァーラム(773)、
[八二]トゥンバイ(774)、[八三]トゥリャーイ(775)、炎のような花をつける[八四]トーンリ(776)、
[八五]ナンディ(777)、[八六]ナラヴァム(778)、芳香ある[八七]プンナーガム(779)、
[八八]パーラム(780)、[八九]ピーラム(781)、緑の[九〇]クルッカッティ(782)、
[九一]アーラム(783)、[九二]カールヴァイ(784)、香りのいい大きな[九三]プンナイ樹(785)、
[九四]ナランダム(786)、[九五]ナーハム(787)、[九六]ナッリルナーリ(788)、
黒く大きな[九七]クルンドゥ(789)と、[九八]ヴェーンガイ(790)などと、
ラック(791)を広げたように膨らんだ素晴らしい外見の美しい[九九]プリャフ(792)、
それらが山にあり、とても美しいなかを私たちは歩き回りました。

そして、雨が洗った大きな岩が連なり
たくさんの鳥という楽器のある(793)、動物が争う山腹（の畑）で
大きな澄みとおった（鳥追いの）声を折にふれて発し、
インコを追い払いつつも、蕾の花びらを摘んでは
コブラのフードの（ように）広がった腰に枝葉を縫いつけ、
たくさんの様々な色の美しい花輪を
私たちの柔らかな黒髪の房に栄えるように結びつけ、

綺麗な新芽が炎が輝くような形のアショーカ樹の
花粉が落ちた、ひんやりした木陰に私たちはおりました。

すると、男の人[794]が油をすり込み、カールした香りのよい房々《ふさふさ》した長い髪に、
ひんやりとした香りのよい塗り物の香りが漂うように塗り込み、
湿り気が乾くと指でほぐして、硬い沈香木[795]の素晴らしい香煙を炷《た》き込め、
縞模様の美しさが際立つ蜂が
（髪のまわりで）竪琴のような羽音を立てるほど沈香油をなじませていました。
サファイア色の黒く大きな髪房には
山のも、平地のも、枝のも、山の泉にあるものも
色とりどりの花を選って混ぜた、ひんやりした香りのよい花輪をつけ、
美しい頭には（椰子の葉の）白い裂片の花鬘をつけていて、
畏敬の気持ちが生じるほどでした。

緑の茎のピッチ・ジャスミンから選び抜いた花びらを集め、
美しい花房の一差しを（頭に）つけ、
赤い火のようなアショーカの明るい（色の）花を片耳に差し、
美しい新芽の（落ちた）[796]広い肩を揺する。
力が漲《みなぎ》る広い盛り上がった胸には白檀膏を塗っていて

Kuri. 184

それが昔からある、香りのよい花飾りと相まって栄《は》えていました。
（その花飾りが）赤い掌の筋にまで達した、太い前腕の大きな手[797]には
色のついた（弓弦を）張った弓を持ち、矢を選んでいました。
優雅な柄《がら》の腰帯を（衣が）揺れないように結び、
美しい生地が栄える金のきれいな踝飾りが揺れるたびに、
申し分のない足に結び直します。

男の猟犬は、敵国に破滅をもたらす近づき難い力[798]で
敵を打ち負かす槍をもった大勢の若い戦士のようで
筍のような[799]（尖った）歯は輝き、爪は大きく、
強い怒りがいっそう激しくなり、近づくにつれ猛り狂って、
目を据えて、飛びかからんばかりに近づいてきました。
私たちは震えて立ち上がり、立派な足は萎えてしまって
心には苦しみが満ち、狼狽《うろた》えてどこかに逃げようとしました。

その時、牡の野牛が敵意をもって（他の牡を）追い払い自信に満ちて、
その群れの牝を求める牡のような、美しさに満ちたその男が来て、
私たちがうろたえているその場で、怖がっているのを心配し、
数々の優しいことや心地よいことを適切にはっきり語りました。

あの男《ひと》は、五つ編みの髪の卓越した美しさを称えてから、
「輝く腕輪をし、体はしなる柔らかさ、丸い臍（800）は美しく、
大きな涼やかな目は穢れのない、あなたたち若い女《ひと》よ！
獲物は去り、私は取り逃してしまった」と言いました。

私たちはそれに何も応えなかったので、男は苦にして取り乱し、
「見失った獲物のことに答え（801）ないとしても、
穏やかなあなた方よ、我々と話すのも罪なのですか」と言いました。
クリンジ第二旋律で満ちたパーライ竪琴の名手が手にした
竪琴の弦がブーンと鳴る、
そんな羽音の雌蜂と雄蜂が大いに求めて留まる、
花粉がいっぱいついた開いた花のついた強靭な枝を、男は引き千切り、
鉤棒で制御できない牡象のような大きな獲物を捕らえるために
放たれてギャンギャンいう犬の群れの耳障りな咆え声を止め、
私たちが応えるのを待っていました。

他方、藁で葺《ふ》いた支柱の細い小さな小屋では
牝鹿の目のように目の美しい妻が杯を満たしてくれると
その蜂蜜酒の蒸留したものを飲んで上機嫌になり

Kuri. 186

見張りを忘れたときに、象が食べてしまって
広い畑が減退したため、その減少に耐えられなくなり
コブラのように（撓《しな》った）美しい弓を取り出しました。
苦痛は増大し、大きな怒りが体中にみなぎり、
矢を放ち鳴り物を叩き、森がザワザワといっていました。
（小屋の）男たちは口をすぼめて口笛を吹き(802)、音を立てて追うと、
凶暴な象が、雨季の激しい雨の中の雷鳴のように猛り叫び、
大きさに見合う、黒く荒れた大きな鼻を黒い地面に擦りつけ、
激しい怒りでマスト期の分泌物が増えて(803)
木々をなぎ倒しつつ、死神のように戻ってきました。

私たちは、逃れる場所も分からずに、ワーッといって、
完璧な丸い輝く腕輪を鳴らしながら、恥じらいも忘れ、
心を震わせながら、急いであの男《ひと》に近づき、
悪霊にとり憑かれた孔雀のように震えていました。
すると、長い矢柄に切り目の入った矢を引き絞り、
凄い速さで、巨大な象の美しい顔を射抜くと
傷からほとばしり出る血が顔に溢れて滴り、
斑点と縞のある額が傷つきじっとしておれずに

象は、弱々しく逃げ去りました。
ムルガン神による病を得た女たちのヴェリの会場のように、[804]
がっしりしたカダンバ[805]樹の太い幹に巻きつけた
垂れた花輪のように手を繋いで、私たちは離れずに、
泡立つ渓流が飛び跳ね、動き回る波が打ちつける、
岸辺のバナナのように震えていると、あの気高い男《ひと》[806]が
「綺麗な細い髪の女《ひと》よ[807]、震えないで。なにも怖がらないで。
君の清らかな美しさを僕は楽しもう[808]」と言って
非の打ち所のない（あの娘《こ》の）輝く額を拭い[809]、暫く考えて
私の顔を見てあの人は（安心させるように）微笑みました[810]。
そんな状態で、恥じらいと恐れとが入り混じって
急いで離れようとしてもあの人は離れさせず、
抱き寄せ、胸がつくほど抱きしめました。
熟した黒胡椒が散る、高く広大な山の泉[811]に
幹の太いマンゴーの木の甘い果実が落ちたような
蜂が出した蜜と一緒になり、

花が開いた波羅蜜《ぱらみつ》の香りのいい果実の、熟し（て醱酵し）た果汁(812)を
水と思って飲んだ孔雀がふらつい(813)ている。
それはまるで、大きな村の祭りを行なうのに広げられた所で
集められたいろいろな楽器の甘い音が奏でられると
踊り子がロープに乗って踊る(814)時のようである。
その山腹では、山の妖精たち（の踊り）によって踏みにじられ、
空に届く山の頂で、欲するままに摘み取られたグロリオサ(815)の
ひんやりした香りのいい花が広がり、
素晴らしい広い帯が広がったように美しく栄えている。

そんな山国のあの男《ひと》は、私たちを求めて得られる大きな勝算があり
私たちの胸のうちを察し(816)（抱きしめたとき）理解したのでしょう。
あの男は、「祭りを行なうかのように、素焼きの大きな容れ物のご飯を
やって来る人たちに限りなく（供する）豊かな家の
きれいに広く開け放した門口では、たくさんの人が食べる。
また、新鮮な肉を散らしたバター《ギー》脂がたっぷりのご飯を
この上なく優れた家系の高名な人々が一族と馳走として食べて
残った余りものを、この上なく好ましいものとして
（結婚して）君と一緒に食べる(817)のも素晴らしいこと」と言って、

（会った）その場で、世の決まりを支持すると（私たちに）納得させ、
高い山の盛り上がった場所におわす神《ムルガン》を称え、手を合わせて拝み、
歓喜が生じるような誓いを真《まこと》の言葉で確約した。[818]

美しく甘く澄んだ（渓流の）水を飲んで心を落ち着かせ
苦難に満ちた密林に住む牡象がもたらした出会い[819]により
天空を所有し住まう、輝く神々も望むような
花でいっぱいの森でその日の日中を過ごした。

昼が過ぎて、七（頭の馬に引かれた車）に乗って[820]（空を）下り、
たくさんの光あふれる太陽が山に交わり隠れると、
鹿の群れは木の根元に集まり、
牝牛の群れは子牛の呼ぶ声のする牛舎にいっぱいになるように入る。
音の鳴る角笛のような声の、口の曲がったアンリル鳥[821]は
高く伸びた大きな扇椰子《おうぎやし》の葉陰で（雌を呼ぶ）鳴き声を発し、
コブラは宝石を吐き出し、あちこちで牧夫たちは
アーンバルの調べの、美しく甘い笛の澄んだ音を奏でる。
大睡蓮《おおすいれん》の美しい花びらの蕾が開き[822]、
豊かな家では、花の腕輪をした女たちが光をあちこちに灯し、

黄昏《たそがれ》時にバラモンはお勤めをし、
山の民は空に届く見張り台の高い所で松明に火をつける。
雲が大きな山を囲んで暗くなり、
森では（動物が）ギーッと声を上げ、鳥の群れが啼く。

そんな、強い敵意を抱いて王が進軍する時のような
慌しい夕方が近づくのをみて、（あの人は）
「（君の）華奢な腕を取り、君の親族が（君を僕に）くれたら、
私たちは国の皆に知らせる素晴らしい結婚をしよう[823]。
輝く飾りをつけたあなたたちよ、それまで数日思い惑わないで」と
素晴らしい愛の言葉を、（私たちの苦しみが）終わるように語り、
伴侶（牝牛）と番《つが》った牡牛のように、私たちと一緒に来て
休むことのない太鼓（の音）のする、由緒ある村の入り口の
（皆が水を）飲むガートに（私たちを）置いて、あの人は戻ってゆきました。

その時から、あの日のように恋焦がれて、
毎日[824]、夜に来るのがあの人の常です。来るたびに、
（村の）[825]番人がすばやく動こうとも、激昂する犬が吠えようとも、
あんたが眠りから起きようとも、月が出ていようとも、

竹のような柔らかな肩[826]での甘い眠りを
あの人が必ずしも得られず戻っても、嫌になることなく、
若さを（無駄に）過ごしてしまうこともありません。
善良[827]ゆえ自分を失うこともあの人にはありません。

あの娘は、（この噂好きな）恐ろしい村で偽り（の噂）[828]が生じると考え、
（結婚が解決の道と）確信して、雨が打ちつける花のようにうち萎れ、
瞼は（重そうに）垂れ、泣き濡れた大きく華やかで涼やかな
潤んだ瞳からは、拭った涙の雫が胸に落ちて、
日々、網に捕らわれた孔雀のように美しさが失われて痩せ衰え、
夜には、（男がやって来る山道の困難を）心配して苦しんでいます。[829]

「洞穴に潜む虎も獅子[830]も熊も、
角が円筒形の野牛の牝も牡も、牡象も、
力で滅ぼそうと、獰猛なたぎる怒りに満ちている。
稲妻も、悪霊も、獲物を求める大蛇も、
静まり返った黒い溜池の、超え難い渦のところに蠢《うごめ》く
足の曲がった入り江鰐も沼鰐も大鰐もいる。
盛り土も、滑りやすい地面も、古い足跡のある斜面も、

Kuri. 192

悪霊もコブラも、その他のものも
260 大きな痛手をもたらす、逃れられない苦しみが
261 あの人の来る、累々と連なる山の裂けた所にはある」と（心配して）！

九　『町と別れ』（*Paṭṭiṉappālai*）

［解題］　作品名 *paṭṭiṉa-p-pālai* は、内容の美しさと相まって優れた題名である。*paṭṭiṉam* とは海辺の町をさすが、具体的にはタミル国第一の大河カーヴェーリ河口の町 *Kāviri-pūm-paṭṭiṉam*（カーヴェーリ河の花咲く港町）のことである。*pālai* とは古代恋愛文学の五つのジャンルの一つで、乾季で真夏の真昼の広漠たる荒れ地を背景にし、男女の「別れ」をテーマとするが、本作品ではその地勢や気候はほとんど描かれず「別れ」のみを描く。物語は、まず雨が降らない乾季の様子から始まり、そんな季節でも水をたたえるカーヴェーリ河とその近郊の田園地帯、そのカーヴェーリ河の河口に位置する素晴らしい町カーヴェーリパッティナムの様子を描く（二〇四〜二一七行）。そして、本作品の主題となる、「そんな素晴らしい海辺の町をたとえ得たとしても、長い黒髪の、輝く宝石をつけたあの女《ひと》を置いて、私は戦いに行きはしない」とヒーローが自分の心に語る。

この「自分の心に語る」というのは、注142にも述べたように、古代恋愛文学の伝統では独り言ではない。「心」はヒーローあるいはヒロインとは別個のもので、しばしば彼らに反駁したり唆《そそのか》したりする存在である。そのことを承知していないとこの作品は分からない。というのも、時代は英雄行為を求め死をも恐れず、まわりも戦死を美徳とする時代である。(831) ところがこの作品では、「女を置いて戦いに行かない」と言い、作品の最後の三〇〇~〇一行でも「戦いは恐ろしい」から置いて行かない、と呆れるほど時代的風潮に反している。文学的設定であり独り言であっても、このようなことは許されなかったであろう。唯一考えられるのが、恋愛文学でヒロインに会えない男が、椰子の葉を切って作った、切り口の鋭いマダルと呼ばれる馬に乗って自殺を口にするという主題[832]の転用で、本気ではないが口にしてみるということであろう。このことは従来の研究で触れられていないが、まったく新しい試みである。したがって、この主題となる一節(二一八~二〇行)の後に戦いに言及するから、本作品を英雄文学(プラム文学)であると言うことあるが、それは甚だしい誤りである。

　作者は *Uruttirankannanār* で Pattu. 第四番目の Peru. の作者でもある。両作品とも町の描写の仕方など似ていて、文献学的にはひどく読みにくい。しかし、恐らく歌であれば分かりやすく素晴らしかったのであろう。実際美しい作品である。

この上ない名声のある輝く金星[833]が
（北にあるはずが）場所を変えて南方を通ったとしても[834]、
雲を歌い雨滴を食べ物とする鳥《ひばり》[835]が
弱ってしまうほど雨を降らせず、
雲が（降雨の）望みを欺いたとしても、自ら《カーヴェーリ》は欺かず、
（西の）山に源をもつ海（のような水量）のカーヴェーリ河[836]は
水が広がり（両岸に）豊かさをもたらす。

そんな、収穫が絶えることのない広大な稲田では
緑の砂糖黍の、よい香りが漂う圧搾機のところで
（搾り汁を煮詰めるために）火を燃やすために
水のある田んぼに茂る青睡蓮《ネイダル》[837]の美しさが褪せて花が萎れる。
その田んぼのその場所で[838]
実をつけた優良品質の稲の穂を食む、
お腹の（大きな）水牛の、たくさんの子が
（家の）茅《かや》置き場の陰で眠りを得る。
そこには、房なすココヤシや、塊りとなったバナナ、
実をつけたビンロウジュ[839]や、香りのいいターメリック、
ひと塊りになったマンゴーの実や、房となった扇椰子《おうぎやし》、

食用球根の里芋《タロイモ》(840)、葉鞘《ようしょう》のある生姜などがある。

その大きな家の広い庭で(841)
額が輝き無垢な眼の、精緻な（作りの）飾りをつけた女たちが
干したご飯を啄《つい》ばむ鶏に
投げつけた先端が丸い金の（魚の形の）耳飾りが、
足に金の飾り(842)をつけた息子たちの
馬はないが動く三輪の小さな戦車の、行く手の道を遮る。

そんな、妨害する敵以外には困った敵もない、
夥《おびただ》しくたくさんの住まいのある素晴らしい村(843)と
小さなたくさんの町のある、大きく広いチョーラ国では
白い塩の値を大きな声で叫び（呼び売りし）(844)、
米を運んできた舳先《へさき》の頑丈な船を
厩に佇む馬のように、岸辺の切り株に繋いでいる。

（王宮には）そんな入り江が囲む庭と
新鮮さが溢れる木立の大きな、花が咲き乱れる花園とがあり、
雲が去った広い空で（夫の）月につき添う、

（妻である）第一〇星宿の白い星(845)のような形の
十分に頑丈で盛り上がった堤には
芳香が漂う多彩な花が広がって模様が美しく、
素晴らしい煌めきの（小さな）池と
（現世と来世の）二つの歓びと結びついた大きな池とがあり(846)、
（チョーラ王朝の徴の）虎の印をつけた扉(847)と
吉祥天がおわす頑丈な城壁とがある。

名声が続き、褒め言葉がますます広まり(848)、
正義が続く（救貧院の）広い台所では
ご飯から炊きこぼした多量のゆで汁(849)が
川のように広がって流れ、
牡牛が（それを求めて）先を競ってどろどろになっている。
そこを、たくさんの戦車が走って埃がいっぱいになり、
埃を浴びた牡象のように
様々な技巧にみちた絵のある
白い王宮(850)を汚れで染める。

ひんやりした小さな池のある素晴らしい庭の

大きな牡牛のたくさんの牛舎と
苦行の場所とがある(851)、（植物が繁って）垂れ下がる林では
つやつやした頭髪を束ねた牟尼《むに》が火（を用いた）奉納儀礼をする。

その聖火の奉納の煙を嫌い、
郭公(852)が仲間の黒く大きな雌と慌てて飛び去り、
醜い小鬼《こおに》(853)が守護している、入るのが難しい城塞都市で
礫《れき》を啄ばむ綺麗な鳩と一緒に避難所として棲む。

（城の外の）古木のある闘技場の
縞模様の砂が盛り上がった(854)広い場所では
大きな集団を形成する一族の
力強い仕事をする戦闘士(855)たちが
海のエビの焼いたものを食べたり、
田んぼの亀の茹でたものを食べ(856)たりし、
砂地（に広がる）アドゥンブの花を身につけ、
水の（中に咲く）大睡蓮《おおすいれん》(857)の花を纏ったりしている。

（闘技場では）多くの人々が

青い空に右回りに上がる恒星と交わる惑星のように
広い空き地に混じって、
手と武器とでもって体が触れるくらい近づいて
大きな闘争心でもって、背を向け（て逃げ）ることなく、
大きな戦いで敵愾心をもった猛々しい者たちが石を投げると、
その投石器に驚いて、鳥が逃げる。

逃げた先の郊外には、茶色の扇椰子《おうぎやし》があり、
子豚を連れた豚とたくさんの鶏がおり、
壁面が焼きレンガの井戸(858)があり、
牡の羊とインドヤマウズラとが遊ぶ。

そこの小さな茅葺《かやぶ》きの屋根のある家には
盾を並べ槍をしっかり据え(859)、
英雄記念碑(860)の槍のような
釣針のついた長い竿が立てかけられている。
その家の中央の、月（の中央）にある暗い部分のような
魚網を乾かす砂の庭先では、
気根のある阿《あ》檀《だん》(861)の根元に低く伸びた

白い三色《さんしき》昼顔(862)の花のひんやりした花輪をつけた男たち(863)が
　家にとり憑いた強力な霊のために
　子を宿(864)したサメの歯を据える。

そうして、頭が赤茶けた(865)（体の）黒い漁師たちは
ぎざぎざの茎の阿檀《あだん》の花を身につけ
（幹の）ざらざらした扇椰子《おうぎやし》の酒を飲み、
緑の葉の腰蓑をつけた褐色の女たちと一緒に、
広々とした群青の冷たい海に漁に行かずに、
満月のとき(866)に怠惰をむさぼり、食べて踊る。

海辺の木立は水の生臭い香りがして、砂と花とがあり、
青い山を飾る（赤い）雲のように、また
母親の乳房にしゃぶりつく赤子のように(867)、
海の澄んだ水と　河《カーヴェーリ》　の水がもつれ合い、
河口《プハール》の町(868)では、波が盛り上がり音が轟く。

（人々は）(869)そこで、罪がなくなるように海で水浴びしたり、
（海水の）汚れがなくなるように真水に浸かったり、

（子供たちは）蟹を追ったり盛り上がる波と戯れたり、
（砂で）人形を作ったり、（波でできた）多くの文様に驚嘆したり[870]、
尽きることのない情熱をもって昼間は遊んでいる[871]。

（夜になると）到達し難く、古《いにし》えより卓越した天国のような
いつもどおり花の満ちた（プハールの）大きなガート[872]では
伴侶〔檀那〕と一緒になったあどけない女たちが
絹の服を脱ぎ、（木綿の）素晴らしい服を身に纏ったり[873]、
甘いジュースを止めて酒を飲んだり[874]、
男の花鬘を女たちが身につけたり、
女の花輪を男たちが（戯れて）つけたりしている[875]。

（海上では）長い柱のある高層の建物〔灯台〕の明るい灯火を見て、
（舳先の）曲がった小船の漁師たちは輝く灯火を数えている。
（通りでは）音楽に耳を傾けたり、劇を楽しんだり、
白い月がもたらす喜びを楽しんだりして、
夜更けに（疲れて）目を閉じ、
偉大なるカーヴェーリ河の、よい香りが混じる
きれいな砂地で眠りにつく。

（夜が明けると）白い花房とぎざぎざした葉柄の
阿《あ》檀《だん》のある海辺の幹線通りでは
素晴らしい王の品々を守る、
　昔から誉れ高い仕事をする人たちが
　　燃え[876]盛る光の主《あるじ》〔太陽〕の
　　馬車に繋いだ（七頭の）馬のように[877]
毎日、倦むことなく
通行税を取る。

　　　雲が常に変わらず（海から）吸い上げた水を
　　山に注ぐと、その水が（再び）海に散る、
　そんな雨を降らせる雨季のように
海から[878]陸地に揚げたり、
陸地から海（の船）に拡散したり、
計り知れないたくさんの品々が
限りなく（港に）集まりあふれて、
警護が厳しい、厳重に保護された場所で
力に満ちていて、強い恐れを呼び覚ます

（チョーラ朝の）虎の刻印を押してから出荷させ、
価値に満ちたたくさんの品々が
満杯の荷の山に積まれる。

雲に達するほど高い建物の前庭では
頂で雲が動き、山腹に大きな竹がある山で
動きまわる山羊のような
爪が鋭く足が曲がった牡犬が
牡羊と一緒に跳ね回り、
広い中庭には、小さな踏み段のついた高い梯子と
ベランダとたくさんの仕切りと
狭い通りの入り口とがある。

そこでは、赤い足、ぴっちり合わさった腿、
緑の飾りの広がった腰、
清潔な服に赤珊瑚のような色艶の体、
孔雀のような優雅さ、鹿のような（おどおどした）眼差しの
オウム[879]のように口ずさみ、物腰の柔らかな女たちが
（南）風が入る窓に近づき、

聳える山の山腹で細かな花粉を落とす(880)、
グロリオサ(881)の美しい花びらで覆われた束のような
幾重もの腕輪をした手を合わせて祈る(882)。

(階下では) ムルガンのヴェリ踊り(883)を踊る女たちと一緒に
(祭りの音が) 広がり(884)、笛が鳴り竪琴の音が響き、
ムリャヴ太鼓が轟き、ムラス太鼓が鳴り響き、
祭りが絶えることがない。

そんな広い市場には、完璧で卓越し神聖な
花の飾りのある (寺院の) 門には多くの人が拝む旗がある。
流れくる川(885)の水がもたらした白い砂のある、森の中の川の
姿の美しい砂糖黍の (白い) 輝く花のような(886)
実った穀物の入った大きな壺(887)に
詰まった(888)素晴らしい品々 (の傍ら) に
白い玄米のお供え(889)を散らしている。
ビンロウジを注ぎ、新鮮な牛糞を溶いた水で塗った(890)ところに
柱に付けられた覆いの木枠の(891)
上に付けられた上質の布の幟《のぼり》もある(892)。

多くの学問を修め（あらゆる学問を修めるという）
伝統的な誓い[893]をもった優れた学匠たちが
論争するのを示す、掲げてある畏れ多い旗[894]や、
（繋がれた）柱を揺する（マスト期の）牡象のような
揺れる船でいっぱいになった
心地よい港町プハールの波のある港の
（船の）高いマストのほれぼれする旗、
それに、魚を切り分けて肉を切って、
（それらの）肉を炒める音の響く前庭に
砂を盛り花を撒き[895]、
多くの人々が入っていく家〔酒屋〕の
お供え物のある入り口の、酒の販売を示す幟旗[896]、
その他いろいろの旗もみな一緒になって
様々な色や形のたくさんの旗の影で、日が射し込む場所もない。

そんな素晴らしい町の外れでは
素晴らしい不滅の名声をもつ神々のご加護のもと、
海上を（船で）やって来た、伸び立つ（ような）歩みの馬[897]や、

(山から)荷車で持ってきた黒い胡椒(898)のずだ袋、
北の山《ヒマラヤ》(899)に生じた宝石と金と
西の山《ガーツ》に生じた白檀と沈香と
南の海の真珠(900)と東の海の赤珊瑚(901)、
ガンジスの物産(902)とカーヴェーリ河の物産(903)、
セイロンの食品(904)とビルマの産物(905)、
珍しい品々と大きな品々とが、潰されるほど集まり
その先端がはっきりしないほど広い通りがある。
港でも陸上でも
(人々が)(906)安心して心地よく眠り、
各集団は栄え、互いに敵意を抱く(907)ことはない。
漁師の家の前庭には魚が散らかり
肉屋(908)の小屋には動物が溢れる。
(人々は)(909)殺すこと〔殺し合い〕(911)を拒み(910)、盗みを避け
神々を崇め、お供え物を食べる。
素晴らしい牝牛とともに牡牛を保護し(912)、
四ヴェーダに通じるバラモンは、名声を広める。

商人は（客が喜ぶ）品々や新鮮な食材をもたらし、
徳に違《たが》わず、心がこもり、慈悲[913]に満ちた生活をする。
　湾曲した犂を大事にする農夫たちの
　長い軛《くびき》の真ん中の目釘のように
彼らは偏らず、素晴らしい心をもち、
（商売の）汚点となるのを恐れて真実を語り、
自分のものと他人《ひと》のものとをきちんと分け、
買い取っても過分に取らず、売り与えても過少に与えず、
たくさんの物品を呼び売りして気前よく売る。
彼ら商人は、昔から物で溢れ
　素晴らしい由緒ある知恵をもった（旅芸人の）一統[914]が
　祭りを行なう由緒ある町へ行き集まるように
（集まって）居住区の様々な集団と一緒になって馴れ親しみ、
言葉は様々であるが、申し分なく快適に
国を異にする人々（商人）は快適に暮らす。

そんな非の打ち所のない素晴らしい海辺《カーヴェーリパッティナム》の町を
たとえ得たとしても、長い黒髪の、輝く宝石をつけた
とこしえなる（わが）心[915]よ！　あの女《ひと》を置いて私は行きはしない。

爪が鋭く、縞模様の曲がった虎の子が檻の中で育ったように
（チョーラ王は）敵に捕らわれの身であって偉大さに満ち、
大きな鼻の象が、穴に落ちて（上がるのが）困難な縁を崩し
穴を破壊して（上り）、牝象のもとに行くかのように
研ぎ澄まされた感覚で探求し、
敵が多数いる強力な防御壁を登り、剣を抜いて
強力な支配権を、慣例に従い自分のものにした。

獲得した貢物に興じないで、（次の）戦いを望み、
象は牙で守りの堅い敵の城門を壊してから城を破壊し、
前足の蹄で束髪にしている敵の黒い頭を転がす。
そんな、背丈の高い力強い牡象と
磨かれた鈴をつけた馬と共に、敵兵《つわもの》どもを倒すために
大きな素晴らしい空に鳶《とび》が舞って広がっているとき、(916)
戦いを望んで、まるで岩丘に叢《くさむら》が広がるような
勝利の象徴キワタ(917)とウリニャイ(918)の花とをつけ、
悪鬼《あっき》の眼のような大きな太鼓の目の、素晴らしいムラス太鼓が
野営地で振動して鳴り響き、大きな音を轟かせると、

（敵の）戦意は萎えてしまって、緒戦で壊滅させて、
（敵が）縮み上がるように進んで、心地よい田園地帯《マルダム》から追い払った。
すると[919]、（かつては）白い花穂の砂糖黍と優良種の稲とが広がり、
大きな花びらの紫睡蓮と青睡蓮《ネイダル》[920]とが入り混じり、
鰐が群れていた広い溜池には
（今では）太い匍匐茎のギョウギシバ[921]とスゲ[922]とが広がり、
田んぼと池とが紛らわしくなり、（灌漑されず）水がなくなり[923]、
角が折れた牡鹿と一緒に牝鹿が飛び跳ねている。
（かつては）遊女たち[924]が水も飲めるガートに入って、
黄昏時に燭台に火を灯して輝いており、花を飾り、
床は牛糞を溶かした水を塗っていた所に（今では）皆で上がり祈っている。
（かつて）旅人が滞在していた公共の会館には、
（今では）その太くて長い柱が磨り減るほど体を擦りつけつつ
大きな素晴らしい牡象が牝象と一緒に住んでいる。
（以前は）通りには非常に高価な香りのよい花が撒かれて、
由緒ある知恵に満ちた踊り手たちが、ムリャヴ太鼓の音と調和した
弦楽器の、縒って作った弦の甘い調べに熱心に耳を傾けていたが、

（今では）そんな大きな祭りはなくなり、恐ろしさに満ちた広場では
小さな花と（棘のある）ハマビシ(925)とギョウギシバが繁茂して、
恐ろしい口をしたジャッカルが現われて恐怖を呼び起こす。
泣くような声のミミズクと雉が一緒に啼くと
群れなす悪鬼《あっき》と共に、髪を垂らして踊りながら、
死体を食らう鬼女が溢れ、
柱が曲がった(926)高層の建物の広い入り口には（乞食が）溢れている。

（かつては）台所には食べても絶えないご馳走の多量のご飯があり、
壁が輝く素晴らしい家の高い所《ベランダ》から緑のオウムが喋りかける、
そんな牛乳が溢れた素晴らしい町では、
（今では）足に革の履き物を纏い、トゥディ太鼓を鳴らしながら集まり
恐ろしい弓を手にした荒れ地《パーライ》の盗賊が盗みを恣《ほしいま》まにしている。
食べ物がなく、空になった穀物倉庫の内からは
嘴の曲がった梟《ふくろう》の啼き声が真昼に響く。
攻め難い防御壁のある町の美しさが滅びて
徹底した破壊を行なっても、王は満足することがない。

「限りなく山を掘り返す者で、海を吹き飛ばす者である！

空を落とす者で、風向きを変える者である！」と
自分が意図していたことをすべて成し遂げる。
すると、オリ国[927]の多くの人々は屈服し、
由緒あるアルヴァー国[928]の王たちの企ては潰え、
北の王たちは衰微し、西国《チェーラ》の王たちは勇気を失い、
南国《パーンディヤ》の王の力は朽ちるように自滅した。
そのような王たちの大きな城砦を制圧する、
足が屈強で力強い偉大な軍隊が、勇猛さと力とをもって
赤い目で怒りに満ちて睨むと、
とるに足らない牧夫たちの家系は滅び、
彼らの長であるイルンゴーヴェール[929]の一族が衰亡する。

すると、彼らの森林を開墾して[930]居住地とさせ、
貯水池を掘り、生産性を上げさせ、
高く聳える大きな館のある都ウライユールから（人を）移動させた。
そして、宮廷[931]と高く大きな建物を建てさせ、
（大きな）入り口と共に小さな入り口をしつらえさせ、
稜堡ごとに矢の束を備えさせた。
「我々は戦う」と誓って、

290 「我々は逃げない」と敵に背を見せないでいると、
吉祥天女《ラクシュミー》がおわす（王の）大きな偉大な要塞は
稲妻のような光を放つ一方で、彼らの輝きは衰えた。
紐を締めたムリャヴ太鼓をもった（敵の）王たちがつけていた緑の宝石を
（今は）金の腕輪をした（王の）息子たちが足に結びつけ、
295 大きく美しく力強い英雄の踝飾りをつけて、走り回って遊び、
完璧な飾りをつけた女たちは、（蓮の）蕾のような胸を揺らしている。
（王の）褐色の白檀膏(932)が取れてしまった胸に輝く飾りをつけ、
ライオンのような恐ろしさに満ちた力のある王、
ティルマーヴァラヴァン(933)の敵に向けて掲げられた
300 槍よりさらに恐ろしい、（私が行く戦場の）森は！
301 （心よ、）王の笏よりさらに心地よい、（あの女《ひと》の）広く柔らかな肩(934)は！

一〇『山から滲み出る音』（*Malaipaṭukaṭām*）

〔解題〕 作品名 *malai-paṭu-kaṭām* は本作品の第三四八行から取ったもので、「山に／山から - 生じる - 分泌物」というのが語義である。「分泌物」とは注162で述べているマスト期の象が流す分泌液のことで、山を象に見立て、そこで生じる様々な音を象の分泌物と言っているのである。この作品は、一四世紀頃までは『踊り子の案内文学（*Kūttar-āṟṟuppaṭai*）』と呼ばれていた。

作品名のいかんにかかわらず、本作品が「案内文学」であることは、「どこどこの道を行け」というような例が随所に出ることからもはっきりしている（例、三七三〜七五行）。ただし、他の「案内文学」と異なるのは、他のものが途中の道々や宮廷の様子、ことに宮廷でのご馳走を描くのが主眼であるのに対して、本作品では文字どおり「道案内」の要素が強く出ていることである。文学史的に言うと、Tiru. は別として、Pattu. の他の三つの「案内文学」と比べて明らかに完成した様子を示している。したがって、同じく三世紀頃のものとしても、他のものより少し（四半世紀から半世紀程度？）時代が下ると考えられる。

恵みの雨雲が広がった黒い空の
雲の中で雷が鳴り響く、
そんな音を出す強い革紐で結わえたムリャヴ太鼓、アーフリ小太鼓や、
薄く溶かして作ったような、輝く金属の薄い皿状のシンバル、
輝く群青の孔雀の羽の美しい房をつけた角笛、
両目の間に垂れた象の命である鼻のような（大きな）竹笛[935]、
第五音階の音を鳴らす小さな素晴らしい竹笛、
歌に和す、甘い（調べの）笛が一緒にされている。
さらに、真ん中で結わえられた締め具の音のするタッタイ太鼓、
クリアな細かな音の鳴る強い鼓面のエッラリ太鼓、
正確なリズムを刻む拍子をとる（片面の）パダライ太鼓などを詰め
雨季の時期の波羅蜜《ぱらみつ》の実の房のような
楽器の合切袋《がっさいぶくろ》を、長い担ぎ棒に結わえて汝たちは持ち運ぶ。

そんな山の中腹には、ミロバランノキ[936]が芽吹いて成長し、
その岩を広げて据えられた斜面に
真っ直ぐ立てて据えたかのような、立って進むのが困難な細い道がある。
そこには、妻と一緒の山の民が弓矢を番《つが》えて持っているが、
邪魔せずに旅人たちを行かせる。

そんな、層をなす山の頂の道の辛さを気にすることなく
石が砕けた荒れ地の高いところの道を通ってゆく。
(大竪琴の棹の)腕輪が変形したような九本の房になった調律紐(937)で
白胡麻の粒(938)ほども音のピッチが狂わないようにする。
そうして主調音を選び、束ねて縒った弦を
非の打ち所がないように緩めては締めつける。
(磯《いそ》に)スズメノコビエの穂がたれたような小さな穴を刻印(939)し、
(覆い革を)音がおさまる共鳴胴に膠《にかわ》(940)で貼り付けて、
輝く穴が密集するように(小さな)鋲を打ち込み、
新しいもので作られた白い象牙の落帯《らくたい》(941)をつけると、
新しく覆った(共鳴胴の)覆い革は、金のようである。
　女のよい香りが漂い蜂が集まる五つ編みの髪が
　盛り上がり揺れ動く、素晴らしい胸の間に
　静かに髪が落ちた場所のような
(覆い革の)中央には中木《なかぎ》があり(942)、そこに結ぶように弦をつけて、
その範囲内で、弦を分けるように広げて結びつけている。
曲がって伸びた棹《ネック》は、目の細かい鑢《やすり》をかけてきめ細かく上品で
ブルーベリー(943)の実が裂けて現われたような黒い色をしている。

そんな、音の大きな大堅琴を正しく調整し、
（規範書の）指示に違うことなく、
名声に包まれ富に満ちた宮廷の集い《サンガム》で歓迎されるように
生硬さがなくなった男の歌人《うたびと》たちは、トゥライ唱法で大いに歌い上げた。
彼らと一緒に、高く聳える大きな山を障害なく進んだために
踊り子たちは、（走って）力がなくなった犬の舌のように動く
柔らかな小さな足で、小石に骨を折りつつ
群れをなす孔雀のように、髪をしどけなく垂らして歩いていた。
彼女たちの目には、怯えた鹿[944]のような赤い筋があって（美しく）、
輝く腕輪をして、長《おさ》である汝の後を歩き、
池に入ったように気持ちのよい、ひんやりした木陰のある
洪水で洗い流された砂がつづく密林で、旅の苦痛を拭い去った。
生まれたばかりの赤子のいない[945]、
美しい飾りをつけた、踊り手たちの集団の長よ[946]！
清い花で満たされた岸に打ち寄せる素晴らしい川が
高い山の頂から海に駆け抜けるように[947]、
我々は王宮から戻ったところである。

汝らも、果物があふれる森へ仲間と食べに急ぎ飛び立つ、
鳥《こうもり》の群れのように、(948) ナンナン王を思って行け。
王の胸には美しい模様が描かれ、花輪には蜂が群がる。(949)
王は、たわむ竹のように丸い腕の、
花のような涼やかな目の女たちの夫で、(950)
敵国に破滅をもたらす近寄りがたい力がある。(951)

名声の称賛という種を蒔《ま》き、願望という鍬で耕す乞食にとっては
王は、新たに出てきた豊かな水のような優しさをもち、
知識のために耳を傾けるのではなく、善い行ないを知るために思いを巡らす。
弓を支える太い腕にふさわしい大きな飾りをした
先王ナンナンの息子のナンナン王への思いだけで
慕いつつ汝らが行くのであれば
汝らはまさに、好機に現われた鳥《こうもり》のようである。(952)
私と出会ったことで、行く道の広さや滞在できる所などを聞けるから。

他国とは違う豊かさが溢れ出る王の国でできる食べ物のことも、
山や林のことや動物が求める密林のことも、
不滅の名声が人々に残るように多くの敵を破り、

彼らの稀有な飾りを身につけて、
賢者たちに雨のように王が注ぐ贈り物のことも、
敵を拘束する力のことも、
王を称える者たちに国全体を与えたとしても、さらに哀願者を探し
きれいな雨を過たず降らせる雲のように
朝に沸き立つ王宮から贈り物を止めどなく注ぐことも、
優れた学匠の集まった、学に満ちた言葉を語る学術院で
たとえ能力があっても学を示せずひっそり去る者たちには
徳に秀でた王の側近たちが
失敗ではないと語り諭して思いやっていることも、
大地が震えるほど恐ろしく強烈な力をもち
偉大なる名声をもったニヴァラム山を望んで住まう
毒という食べ物が喉にある神《シヴァ》についても、
広がっていた暗闇がなくなるように、昼を作るために昇る
太陽のような王の、非の打ち所のない素晴らしさについても、
敵の土地がたとえ遠く離れた地であっても
そこで力を現わして打ち勝ち、敵を殺して積み上げ、
巨大な象軍の傍らで、輝く槍をもつ戦士(953)たちに贈り物を与える、
そんな義務を果たした王の先祖たちの歴史についても、

お堀に、獲物を求めて動き回る曲がった足の鰐と
波を立てつつ沈んでいるのを掘り出した石があり、
城壁は、山のように高く空に届く、
そんな名声が知れ渡るように、豊かな王の由緒ある町についても聞け。

今、汝が行く地方は
まさに、いっぱいの収穫で溢れ、新たな富が
町にまたやって来た。これがその実態！
稲妻が雲を切り裂き、雨は降り止まず、
蒔かれた種すべてが望んだように育ち、
その雨滴と共に、大きな山岳の広い台地《ムッライ》では
昼顔(954)が、広く黒い空のスバル座のように
細い蔓草に白い花を開かせている。
サファイアのような色の胡麻の種が蒔かれた高台の畑のわきの、
多量の雨を抱え込み大壺のようにいっぱいになった池のある森のおかげで、
たくさんに枝分かれした緑の胡麻は、
病気で赤色が広がらず、緑が消えた黒い実が
一摑みで七杯の油が取れるほど成長している。
曲がった莢《さや》の黒粟は、遊びで闘う象の子が絡ませる鼻のように

刈り取るのにふさわしくなっている。
藤豆は熟成したヨーグルトが広まったかのように花が散り、
切り株ごとに、鎌のように曲がった莢をつけている。
大きな台地の畑のスズメノコビエは水牛のような岩が広がる道で
議論士(955)の手の指のように、枝分かれした穂が垂れ下がり、
鎌でもぎとられている(956)。
白く実るアイヴァナ米と白稲《はくとう》は
ミルクを滴らせたように実り、たくさんの稲穂を風が分ける。
茎の甘い砂糖黍は、
槍をもった軍隊が退却するかのように
風のすごい音と共に垂れて束状になって撓み、
千切れることのない高さで刈り取られ、圧搾機に怯える。
素晴らしいたくさんの竹の籾は、
雨で発芽期を過ぎた花でいっぱいの森で、搗く時期となった。
雑草だらけの庭には、鍬入れせずに蒔いた白芥子《しろがらし》(957)が繁っている。
稲の白い茎の見える水田には、
長い香りのよい青睡蓮《ネイダル》が黒っぽい花を咲かせている。
生姜(958)は大きくなって作り物でない人形（のような根）が育ち(959)、
美しく熟して、刺激性を帯びている。

蔦がよく育った山の芋《カヴァライ》(960)は、力強い牝象の下肢のように
どの穴にも素晴らしく延びている。
森のバナナは、槍の柄に結び付けた穂先が象の顔に突き刺さったように、
果指の花が消え、半開きの子房の大きな先端が（地に）着き(961)
小高い丘を囲んでいる(962)。
実が入り膨らんで揺れ動く印度《いんど》棘竹《とげたけ》は
実がびっしりついた房が熟している。
広大な岩のところでは、黒紫の実の紫蒲桃《むらさきふともも》が
時期でないのに木が実をつけたために、風で落ちている。
（喉の渇きを癒す）水を含んだチョウマメ(963)は、変形して広がっている。
葛《くず》ウコン(964)は、澱粉でいっぱいである。
甘いマンゴーは果汁が満ちて、食べる者を去り難くしている。
茎の長いパンノキは、果肉が割れて大きな種を散らしている(965)。
指が添えられた、鳴り響く太鼓の目のあるアーフリ小太鼓のような
ミミズク（の雌と雄と）が鳴き交わす、長く連なる山岳では
下でも上でも雲が発達してぶつかり合い、道は狭く歩き難い。
そこを行く踊りを生業とする者たちのムリャヴ太鼓のように
枝が揺れ動く波羅蜜《ぱらみつ》はぶら下がり、熟して垂れている(966)。

炎のような、明るい赤のグロリオサの
雨で成長した新鮮な蕾を
肉と思い、知らずに摑んだ背が褐色の鳶《とび》が
肉ではないので、食べずに落としたかのように
炎のようなたくさんの花びらが広がる。
そんなヴェリ踊りの会場のように広いあちこちの場所では
新婚の家のように芳香が漂う。
そんな広大な山の山腹の人々には、蜜や山の芋《ヤム》があり、
肉でいっぱいの籠をもち、(967)小さな目の豚の欠陥部位を捨て、
戦って斃《たお》れた象の牙を担ぎ棒として
肉でいっぱいになった物を運ぶ。
彼ら山の民の非常に大量の収穫のある小さな村に入ったなら、
必ずや黒い大勢の一族郎党と数多の調理された料理を得るだろう。

その日はそこで休み、夜も一緒に滞在し、
（翌朝には）燃え盛る炎のような明るい花房を一族諸共《もろとも》身につけ、
花が赤くなったアショーカ樹のある真っ直ぐな道を行き、
揺れ動く竹の音のする、激しい上り下りの道のある
山腹に隣接している村に至り、

「我々は、敵を苦しめないで戦に勝利を収める、強力な行動力と
威厳ある勝利とをもった（ナンナン）王の踊り子だ！」と言ったなら、
汝らは自分の家のごとく（入り口に）立ち止まらず入れるだろう。
村人は、汝らが主《あるじ》であるかのように、何も尋ねもせず親しみを示し、
長旅の労苦がなくなるように優しいことを語る。[968]
そして汝らは、注ぎ入れたバター脂《ギー》の中で調理した
ぶ厚い肉の塊りと、色づいた大栗を炊いたものを得るだろう。
そして、山に登って得てくる輝く山の珍品を肴に
竹筒に注ぎ込まれた、熟成した蜂蜜酒の蒸留したものを
十分に飲み、また椰子酒を楽しむ。
翌朝には、酔いで生じた汝らの眠気がなくなるように
渓流が運んできた（パラミツの）果実が割れた白い種子と
やって来る勢いを止めて仕留めた野牛の肉付きのいい肉と
ヤマアラシを殺して得た新鮮な肉の切り身、
それらと牝犬が咥《くわ》えてきたイグアナの肉とを混ぜて
白い外皮で、果実の柔らかい繊維で覆われた[969]
甘い[970]タマリンドと混ぜて素晴らしいバターミルクとしたものを
印度棘[971]竹の成長した穂の実と竈《かまど》の水がめに注いで、

ガンボジが密生する山腹にいい香りを漂わせながら混ぜる。
そうしておいて、かぐわしい黒髪の房に香りのいい花を飾って
クラヴァ族の女が調理した真っ白な炊いたご飯を
汝らは、心に大きな喜びと欲しがる気持ちとが入り混じるなか、
子供が順に呼びとめたら（入って）[972]、どの家ででも得るだろう。
戦争をする強い慈善家（ナンナン）の所で（得ようと）思っていた
贈り物を忘れるほどに、汝らの滞在が長くなるのは当然である。
そのような所である、かの王の山にある国は！
花びらの並んだ紫睡蓮のいい香りの花に触れてしまったり[973]、
山の精霊たちの住まいを見てしまったりして、
命が消え入るほど動揺し怯えるのも、当然である。
そんなときは、幾日も滞在せずに平地へ下れ。
収穫期の高台の畑を食い荒らしてしまうので、
猪を恐れて、すべての山道に据えた大きな石の仕掛けの
見つけ難い罠がある、まさにそんな道である！
汝らは濃い暗闇の中では動かずに、日の光が広まる明け方に行け。

多くの人が一緒には行かない道に決めたなら
盛り上がった所が砕けて小石がある低地の裂け目には
コブラが隠れて身を潜める穴が幾つもある！
十分注意して、木で叩いてよく見て(974)
踊り子《ヴィラリ》たちは、幾重もの腕輪をした手を合わせて神を称えながら
小さな物のいる道を避けて、（道を）右にとって進め。

実って緑が消えた高台の畑を囲んでいる山の民は
嫌々高い場所にある見張り台に登って手を叩く。
そうして、石投げ器で放たれる強烈な石が
広大な山中の茂みに集まる象の、昼間ののんびりした状態を破り、
大きな竹の新鮮な枝に当たると、
キーッと声を発して指の黒い黒猿が子猿と一緒に落ちる。
そんな、命を滅ぼす定めをもったヤマ神のように
石が来る速さに負けずに、木に隠れつつ行け。

強力な牡象を引き込んで滅ぼす(975)大鰐が身を潜めていて、
夜中のような暗さが立ち込めた山(976)の際の
あぶくが動き回る深い池のある小道と

池に（滝のように）流れ落ちる密林の流れのある道には
滑りやすい場所がいくつもある。
滑らないように、蔦が生い茂り絡みついた柱を摑んで、
羊のような小さな頭の息子たちと
汝らがそれぞれ互いに気をつけて行け。

アコン(977)の実が垂れて(978)揺れ、生い茂る山腹の
落ちたら死ぬ深い池の近くには
危険な場所を覆い隠している小さな苔で
足が踏ん張れない滑りやすい地面もある。
汝らは、すべての道で枝が小さな細竹と
手触りのよい葦《エルヴァイ》の杖を持って行け。

聳え立つ広大な山には、斑点のある象(979)の顔が隠れるようにして
雨が降るように矢を放つ(980)、命を奪う弓をもつ前衛隊と共に
栄えある戦いを求める象がいる。
山の頂には、繁茂する輝く花のある池があり、
山の流れに沿う道の、古い壁に囲まれた、
めったに拝めない有名な神を拝観したいなら

拝んでから汝らは通り過ぎよ。
拝まないなら、汝らの楽器に少しも触れるな(981)。
かの王の豊かな山は、驚くほど細かな雨が降るから。

尾羽の根元が竜舌蘭《りゅうぜつらん》(982)のように白い孔雀が
森で（雨で踊り疲れて）(983)ぐったりしていたとしても、
早打ちの太鼓をもった踊り子の息子たちのような
牡猿が、長い竹の枝で飛び跳ねたとしても、
屹立した高い山の山腹にある、戦闘馬車の車輪のような（形の）
悪霊も欲しがる蜂の巣(984)を見ても、
さっと（通り過ぎて）見ないようにせよ、見るのはよくない。
列になって歩んでゆく、足の柔らかい汝ら（踊り子）が道を間違えるから。

山に続く道がある密林に向かってゆくときに
見張り台で動物を見張る番人の矢で猪が死に、
バターのような白い脂身が詰まり、
胸の傷が酷《ひど》く、牙が地面に食い込んで
道で斃れて横たわる、首が黒くて粗い
暗闇が切り取られたような（真っ黒の）猪を見たなら、

汝らは、森で乾いた竹を擦り合わせて起こした火で
濃い煙が上がらなくなるほどよく燃やしてから、焼いて毛をこそぎ落とす。[985]
そして食べてから、この上なく澄んだ水晶とまがうほど透明な水を
紫睡蓮のある美しい新鮮な泉で、疲れを取り除くために飲んでから、
余った肉を持っていた大きな容れ物に詰め込み、[986]
腕輪が（母親の）手からなくなった（原因の）、頭の小さな息子たち[987]と
夜の間は進むのを止めて、途中の山の洞窟で
汝らの家のように入って休め。

夜には一緒になって寄り添い、移動を止めて、
空に（光が）広がった夜明けに起きて、
森にある美しい道をとれ。

まるで池のような、広い緑の美しい場所では
力に満ちた（マスト期で）猛り狂った牡象の力を滅ぼすほどの
横たわる木のようなニシキヘビ[988]（のいる道）を避けて行け。
人は、はるか遠く離れた地まで香る花でも食べたことを忘れるが、
ふさわしくない果物であれば、（食べない）習慣を破って、
大きな恐れを拭ってまで、近づかないものだ。

花柄《かへい》が長い花も、大きな木の大群も
左も右も、（一人前の）人間なら考えてよく見て、
印《しるし》に気づいて、あれもこれもと近づかずに行け。
バンヤン樹では、たくさんの枝に果嚢が熟し、
鳥の声がたくさんの楽器のように音が重なる。
そんな、国を見渡す広い山の頂をゆっくり越えて行け。

大きな影のある、木が密生する雑木林の
太陽が焼きつけることのない高台の広い所で、
（クラヴァ族は）方角に惑うことになったとしても、
威力の衰えない強い弓をもって獣を求めて歩き回るが
そんな山の民クラヴァでさえも迷うような森に向かったら
広い場所の岩に集まって「オーッ」と叫んで
進むのを止めて、汝らの楽器をかき鳴らせ。

気持ちいい音のする滝がある、恵み豊かな山の頂近くには
密林を守って住んでいる森の民がいる。
立てるくらいの深さの水場で、誤って体力を失った人たちが
水の苦しみで慌てるように、汝らが急ぎ慌てて到着すると

彼ら森の民は食べるのにいい果物を見つけ、
身につけるのにいい花を示し、
障害物に満ちた道を彼らは先導する。
そこで、汝らの心の不安がなくなり、
バタバタする一族ともども、心地よくなるだろう。
（土地を）知る者が語る方向を頭に入れて、
小さな山も長い山も示されたとおりに下ると、
初めてだと、見ても頭を悩ます困難に満ちた山腹の
満開の花が広がった筋状の影の所で、汝らは疲れて座るはず。
そうすると、あちこちで起こる音を汝らは聞く[989]だろう。

牡鹿が触れる大きな（波羅蜜《ぱらみっ》の）実が傷だらけになり
（蜜が）滴って山全体に芳香が漂うあらゆる場所で
渓流で遊び楽しむ天女たちが
流れの速さにかまわず、手を入れて（水を）掬うたびに発する、
汝らの楽器の音のような甘い声[一]、
延びた牙が輝く群れを離れた牡象が
山の上の見張り台にいる森の民の高台の畑に入って、
食べようとするのを妨げる大きな声[二]、

深い洞窟の巣で、鋭い刺をもった
ヤマアラシを殺すのに辛酸をなめた山の民の嘆く声、(990)三
虎が跳びかかってきたので、夫の胸の
長い痕のある傷を癒すために、看護と言って
黒砂のような、たわわな黒髪の山の女たちの歌う声、四
（雨季の）初日に花をつけた、金色の房の印度花梨《いんどかりん》を
身につけるために（虎、虎と）はしゃぐ大きな声、五
子供がお腹に出来た、頭が柔らかなおどおどした牝象に
力が及ぶ所にいた夫（の牡象）が離れた瞬間に
明るく輝く強力な虎が（牝に）跳びかかったと、
群れと共に大声を放ち、広い山に轟く音声、(991)六
指の黒い猿が抱えるのを忘れ、
自分の小さな子が険しい裂け目に落ちてしまったために、
柔らかな葉を共に食んだ仲間と一緒になって
悲しみに暮れ、尽きることなく嘆く声、七
ヤセザルが絶望するほど、眺望の素晴らしい高い山に
しっかり据えた竹梯子(992)を伝って登り
大きな成果を収めた蜂蜜の採集（の騒ぎ）(993)八、
攻め難い(994)砦を滅ぼした森《ムッライ》の民の喜び（の声）九、

槍が優美な偉丈夫《ナンナン》には、新たないい足掛かりだと言いながら、
昼前から酒を手にした山の民が女房と一緒に
鹿革の小さな太鼓が鳴ると、ワーッと言って
空に届く山の頂で踊るクラヴァイ踊り（の音）[一〇]、
素晴らしく美しい、丈の高い戦車が道をやって来るかのような
山の流れが響く洞窟に轟く音[一一]、
大きな渦巻きに落ちた凶暴な象の
激しい怒りを鎮めて大きな柱に繋ぐために
（北の言葉が）混じった言葉で調教する象使いたちの騒ぎ(995)[一二]、
音の鳴る竹の道具を鳴らし、どの高台の畑でも
インコを追い払う娘たちの発する大きな声[一三]、
群れから離れた、揺れ動く瘤のある立派な（牧地《ムッライ》の）牡牛と
山《クリンジ》から来た荒れ狂った牡の野牛《バイソン》が、互いに引かずに
力をもって傷ができるほどぶつかり合うと
（ムッライの）牧夫たちと山《クリンジ》の民とが一緒になって囃したて、
大きな花びらの野生のジャスミン(996)もクリンジも萎れるほど
素晴らしい牡牛同士が戦うワーッという叫び[一四]、
たくさん詰まった波羅蜜《ぱらみつ》の果肉が熟した甘い実を食べた後に
中に残る果心の実を取るために

グロリオサの花びらのような芳香が漂うヤシの葉で
子牛を追いたてる子供たちの大声、[一五]
雨降りを見るかのように、どの圧搾機もギシギシと
砂糖黍の茎の節を潰す砂糖黍の音、[一六]
粟を脱穀する女の子たちが大声で歌う脱穀の歌、[一七]
里芋《タロイモ》とウコンとを育て上げた人々が番人となり
（根を食う）猪を追い払う山の中の響き、[一八]
こういった(997)すべての音が満ちて全部一緒になり、
低地の音も高台の音も溢れ、
他の多くの音と共に、数え難いほど限りなく続き、
象の分泌液が滲み出るごとく、それらの音が山の全方位に滲み出る。(998)

かの王の素晴らしい場所のある山は、
彩りのある部分を結わえた花輪をつけた女たちがいて
ムリャヴ太鼓が止むことを知らない広場の祭りのようである！
目にいいものを見たり、（耳にいいものを）聞いたり、
食べるにいいものをたくさん楽しみ、
もっと楽しみが自分たちに訪れるようにと思いながら、
昔から同じ血筋の親族であるかのように過ごしたら、

栄光に満ち、戦に優れ、胸に吉祥天がおわす、
かの王の、雷が轟き渡る大きな山を後にして、
驚くほど素晴らしい声の踊り子たちが[999]
芳香漂う黒い山腹でクリンジの調べを歌って、
手を合わせて（山の神を）拝み崇めてから汝らは去れ。

墨を塗ったような黒い山に、乱れた綿のように雲が広がる。
その、手が触れるかのような黒い雲の集まりが
降らしたような小糠雨《こぬかあめ》が滴って
行き先もはっきりしない。

急ぎ足の仲間と共に担いできた、汝らの楽器が濡れないように[1000]
井戸のような山の洞穴の中に入れ。
大きく丸い巨石が崩れる山に近寄らず、
山のあちこちに現われる、耐え難く深い穴では
立ち止まってじっと見ても光が届かない。[1001]

そんな大地の狭い所では、ムリャヴ太鼓の担ぎ棒で
杖を足代わりにして、注意が散漫にならないように
寄りかかりつつ通り過ぎよ。障害はあまりに多いから！

槍が熱せられたような、尖った石のある、
丘陵の陽の光が照りつける難儀な道では
日差しの激しさが鎮まるときに行け。(1002)

山の要塞には、名声が拡大するかの王《ナンナン》の側を離れないお供の者たちと
背丈が非常に高く、雲と見まがうたくさんの象とがおり、
（攻めてきた）王を滅ぼす。

編んだように絡み合った狭いどの道でも、
先を行く人が曲げて激しい勢いで戻る太い枝から
甘い調べの素晴らしい竪琴の共鳴胴と
しっかり塗り物を塗ったムリャヴ太鼓の鼓面とを保護しつつ、
（先を行く人と）手を繋いで離れずにゆっくりと進め。

牡象同士が戦っているような、一箇所に集まった岩丘には
雨が降る木立のある場所がたくさんある！
敵が屈服せずに敗北する時に、(1003)恥を知る戦士たちは

鬨《とき》の声を上げつつ卓越した生き様を示した。
その戦士たちの不滅の名声と名前を書いて立てた記念碑が
汚名への不安をかき立てるかのように、たくさん並んでいる。
快いリズムで汝らの（弔いの）歌が望みどおりできたら
古くからの仕来りどおり、汝らの竪琴[1004]を携えて（次へ）急げ。

馴染みなく、元の道でいいのを知らずに違う所から戻ったら、
道が交差している所をきれいにし、（違う道には）草を結んでおけ。

行く先の地名がそこで分かるように[1005]
細かく割った石で書き刻んだ、幹の素晴らしい菩提樹が
荒れ地の道の分岐点に神々しく立っている。
そんな考えただけでも身震いし、敵でさえ近づかないような
荒れ果てた地が非常にたくさんある！

王は蜜蜂が飛び交う花鬘をつけ、戦車を惜しげもなく与え
（手元には）何も残さないほど気前がよい。
王のことを考えているなら、我々のような者にとっては
王の非常に富んだ、多くの由緒ある村がまさにそれだ！

疲れたときには休み、恐れずに進みゆけ！

現われた虎に怯え、倒された伴侶の牝鹿を思って、
森では、牡鹿がそこを動かずに啼き声をあげている。
そんな森をいつものように通ると、弓の音に怯えた
赤い目の野牛の牡が、目の前の藪に急いで駆け込む。
芳《かんば》しい蔓草があるその森では、他所に行っていた牡牛の中の
巻貝のように白い乳牛の群れを牧童たちが囲み、
腕輪をした女たちが嬉々としてそれを連れてきて乳を搾る。
それを得たいと思って村へ来た
汝らの渇望は遠くへ去り、蘇生するだろう。

呼び売りする籾の混じったたくさんの脱穀した米のような
（様々な色の）牡と牝が混じる羊が山羊と一緒になって、
メェーと森の中で海の潮騒のような大声を出している。
汝らが夜にそのたくさんの山羊の群れに入ったなら、
ミルクやポリッジを調理も待たず得られるだろう。
柔らかな羊毛を詰めた寝台のような
（羊の）体から剝いで、踏みなめした革の寝台に

（獣避《よ》けの）火を伴侶として汝らは眠って、それから行け。
声が届く距離を超える（飛距離の）、鋭く素晴らしい矢と
撓んだ弓をもった猟師たちの群れに会ったなら、
「不屈の精神で敵を滅ぼし、蔓草のごとくほっそりした
美しい女の夫〔ナンナン〕の所へ我らは行く」と言えば、
彼らは、肉と山の芋《ヤム》とを一緒にくれる。
見張り以外に悩ます者はいないが、
そこでは彼らの指示に従え。それがそこのやり方である！
花開き蜜が滲み出るカダンバ樹《くびながたまばなのき》の柔らかな花房と
象がへし折ったヤー樹(1006)の明るい新芽と
（その他の）蕾とでいっぱいの、人を魅了する花鬘を
乾いた虎の尾蘭の紐で映えるように身につけ、
岩丘のすきまの岩の割けた道で「いーい気持ち」と言いながら(1007)
汝らは（風を）いっぱいに吸い込み、身を躍らせつつ進め。
赤い印度《いんど》花梨《かりん》の花のような(1008)
竹がつける（赤みを帯びた）実を炊いたものと、(1009)

高地に育つ米に散らした（黒い）藤豆の彩り美しい酸味のある粥を
（昼に）苦しんだ汝らの疲れが、夜の間になくなるように
広い場所に木摺《きず》りを打ち込んで作った、
草で葺いたどの家でも、汝らは得るだろう。
金を小さく刻んだような、小粒で揃った玄米[1010]の
搗いて作った褐色の部分の残る白いお握り[1011]に
ひんやりとした精製されたバター脂《ギー》を中に沁《し》み込ませておき、
汝らが滞在するなら、それを毎日得るだろう。
粗黒砂糖《ジャッガリー》をふるいにかけた粉のような
食べる者が止められなくなる、細かい粉末の黒大粟《くろおおあわ》の
柔らかな木のような燃料に、火おこし棒で火をつけて
寒さを遠ざけて快適に眠り、
夜明けの日の光の中で、鶏（の声）に耳を傾けながら先へ進め。

幹が暗褐色のガマリ[1012]と、水が打ち寄せるギョウギシバのある、
柔らかい耕地（水田）[1013]がずっと続く村ごとに、
竪琴の素晴らしい調べがたくさんあって、それが変わるように、
ひんやりした池のあるかの王の国の、森や牧地の村ごとに、
幾日滞在しても少し立ち寄っただけでも、素晴らしいものが変わる。

ガマが生い茂るマルダムの地で芳香が漂うなかで
池の中で漁師がかき回して網で捕まえた、背中が黒い大鯰《おおなまず》と、
（堤に）いる漁師が投げた長い糸のついた釣竿にかかった（1014）
目の赤い、牝象の鼻のような雷魚（1015）の
トゥディ太鼓の目のような筒切りの身とを混ぜて、
風船朝顔《ふうせんあさがお》の花鬘をつけた、酒を売る彼らの女房たちが（調理する）。
カニが動き回る田の傍の、高くなった場所に積んだ、
山のような籾の山を裾から崩して（籾摺りし）、
それで収入を得る農夫たちがご飯をくれると
彼女たちは、できたての多量の蒸留酒を波打つ大壺から注いでくれ、
早朝の淡い日の光のもとで、汝らは（それらを）どこでも得るだろう。
魚の骨を取り除いて作った白い切り身の入った白いご飯を
「蜂が群れるほどいい香りが漂う、蜜の滴る花鬘をつけ
頑丈な戦車をもったナンナン王でさえ、これらの食べ物で十分だ」と
見た者が驚くほど、仲間と一緒に食べて
牡牛を追う農夫たちの騒ぎと和するように
見事な竪琴でマルダムの調べを奏で、しばし留まってから先に進め。

白稲《はくとう》を刈り取る人々のタンヌマイ太鼓に恐れをなして(1016)
赤い目の水牛の群れから離れた牡の水牛が
鳴き声を上げて力強く速足でやって来るのを逃れて、
汝らは、（陶工が）作る壺の轆轤《ろくろ》のように泡が回転し
速い流れを水門が遮るのを超えて流れる、
見る者の目に心地よく、いつも新たな収穫をもたらす
セーヤール川の片方の堤を通って進みゆけ。

王の町には厚く高い城壁があり、財宝の蓄えがあり(1017)、
始まりが分からないほど古く由緒ある家々が集まり、
人ごみで広い場所を確保できないほど立派な大きな市場通りと、
川が横たわったような(1018)大通りと、敵も（入るのを）恐れる
汁が流れるような、枝分かれした狭い通りとがある。
海のような、雷雲のような、騒がしい音が鳴り響くなかで
山のような、雲のような、高層の建物は高く伸び、
憎しみは消え、愛情をもって快適に住み暮らし、
ひんやりした大きな庭園では、多くの蜂がぶんぶん音をたてる。
かの王の古えの勝利に満ちた由緒ある町は、そう遠くはないぞ。

（王に）従わない敵の、黒い頭が刎《は》ねるられると鳶《とび》が群れる、
そんな（戦いに）勝利する輝く剣をもつ戦士たちが
内門で黒い柄の槍を持って警備する、
警護の厳しい城門を怖がらずに入れ。
中庭にいるのは、遠くから来た御貰《おもらい》たちである。
「勝利の戦いに満ちたムルガンの（ような王の）大きな勝利を思って
きっとやって来たのだ。保護すべき人々だ」と言って、
汝らを見た人々は皆、等しく優しさをもって見て、
客人として立っている銘々の人のところへ近寄って、
重苦しい不安に悩まされてきた汝らの苦しみを拭い去る。

（城内の広場には）炎が吹き出たような花のカダンバ(1019)樹があり、
群れと一緒に行くのがきつく、足がもつれゆったり歩む野牛、
若い象の子供、
声を出せない足の曲がった熊の子供、
高い山にとりついて分かれて進む、足の曲がった山に住む山羊、
固い頭の大きな羊、
コブラと戦って殺した目の小さなマングース、
洞窟に隠れた虎が捕らえようとして諦めた

怯えた目をした、耳の大きな野牛の子供、
朱を広げたような赤い土地の砂利の上を這う、
足の曲がったオオトカゲの雄、
山で優雅に歩く無垢な目の孔雀、
（雌の）灰色野鶏に呼びかける鳴き声を出す雄がいる。(1020)
（木立には）山波羅蜜《ぱらみつ》のムリャヴ太鼓のような大きな実、
黍粉《きびこ》を混ぜたような、よい香りの熟していないマンゴーから
果汁が滴り、それが熟して甘い珍しい実、
雨で繁って広がり、蕾が大きくなった蔓草、
担いで持ってきた重い荷物と見まがう山の芋《ごようどころ》がある。(1021)
大きな水晶を小片に割り、多くの富を生む美しい宝石、
輝きを放つ虎が戦った、傷がたくさんある象の
牙に真珠をもった(1022)大きな力に満ちた群れと、
巻貝を壊したような、花びらの細い（白い）グロリオサ、
セイロンテツボク、ティラカ樹、いい香りの硬い白檀、
蔓が黒く黒胡椒の実が房なりになった緑の胡椒、
素晴らしい竹筒で熟成させた蜂蜜酒の蒸留酒、
密林に佇む水牛の（乳の）竹筒に入れた甘いヨーグルト、
青い色の熟成した蜂蜜が流れ出たような連なる山の

車輪のような、流れ出る蜜のある（たくさんの）目のある蜂の巣、
一緒に（実が）くっついたパンノキ、そんなものがあり、
西方の山で生じた、ひんやりした巨大なカーヴェーリ河が
海の非常な深みへと河口を速く流れるように、
耐え難い戦があった高い城門を、これらがどんどん通って
雲のように大きな象の
粉状の糞に満ちた城内の広場に到着する。(1023)

雨（の大きな音）のような、ムリャヴ太鼓の中央の練り物のところを鳴らし、
長い竹笛の穴のところで音が鳴り、
棹《ネック》が黒い小竪琴がマルダムの調べを奏でると、
甘い声の踊り子たちは、その弦の（響きの）大きさを超えずに
節回しを心得て一体となって和し、
昔からの決まったやり方のなかで、自分の個性に違《たが》うことなく
無上の力をもった神を称えた後に、新しい歌を歌う。

「古来の正しい教えから逸脱せず、
素晴らしい名声のある道を歩んだ人々の末裔（の名声）が
今日ここでなくなることなく、世と共に留まり、

中道を明らかに知る、偉大な者は他にいないかのように
施しという義務を果たしてきた偉大なる汝よ」と言って、
勝利による多くの名声を、それらの勝利と共に称賛する。
しかし、王は過去の栄光を語っても答えず、
「私を求めて来ただけで十分だ。道中の苦しみが大きかったろう」と言って
これからの戦いに備えている将軍たちと共に大勢で、
栄華に満ちた王宮の広場に汝らが来るように望み、
「おぉー」と言う汝の一族を、素晴らしい場所に座らせる。
高い玉座や激することのない(1024)大臣たち、
莫大な相続物、研ぎ澄まされた洞察力とをもちながら
王のなかには、「自分には何もない」と言って手を広げてみせ(1025)、
名声と共に自ら滅びる王が多く、それは
高い山から流れ落ちる水量の多い滝があり、流れの激しい
目に心地よいセーヤール河の、波が盛んに打ち寄せ
積み上げられた、真砂の数よりも多い！
それゆえ、「王と我々の定められた人生が栄光と共に過ぎんことを(1026)」
と言うと、かの王は広い空間をもたらす空のような大きな心で

乞うて去ってゆく汝らより大いに喜ぶ。
そして、糸目の痕が分からないほど細い糸の
心地よさげなカリンガの衣を
踊り子の完璧な、まるで無いかのような（細い）(1027)胴につけさせる。
また、犬が咥えてきた新鮮な肉の塊りと
長い白稲《はくとう》(1028)と玄米が邪魔し合わないように調理し、
汝らが、来た初日のように渇望に溢れていて
長く滞在したとしても、（その料理を）得るだろう。
一方、留まらずに、「我々は戻りたい、我々の故郷の村に」と
穏やかに言い出して去ろうとしたら、
汝らの頭《かしら》は（金の）蓮をつけてもらい、
踊り子たちは、美しい色の華麗な輝く飾りをつけてもらい、
列になって水の流れのように歩む丈の高い戦闘馬車と、
象囲いに入れられていない山と見まがう象、
牡牛がベルの音を鳴り響かせる（牝牛の）大きな列、
金の鞍をつけ、たわわな鬣が刈り込まれた馬、
大地が食って埋もれていた宝物の蓄え等々を
貧しい旅芸人(1029)が手を掲げると、そこにいっぱいになるように

ゆるい腕輪をした大きな手を下に向け、宝石を注ぐために
まるで、ますます豊かさで満ちて竹が生い茂る、
ニヴィラム山の頂にざーっと雨が降るかのように、
580 富がなくなることも知らぬ気に、贈り物を与える。
そして、出立の前日には贈り物と共に送り出す。
山の滝が、勝利して上がる旗のように見える、
583 そんな、山に囲まれた所在地のある国の王は！

解説

本書は、一〜三世紀頃のタミル古代文学のうちの、『パットゥパーットゥ（十の長詩）』（以下Pattu.）の全訳である。タミル古代を知る資料としては、インド内外の資料や考古学的資料、それにタミル古代文学がある。これらのうち、内外の資料、考古学的資料は僅かであるのに対して、古代文献群は非常に豊富である。なかでもこのPattu.は、タミル古代の各地に関する、現代で言う「旅行案内書」のようなものだから、タミル古代の言語・文学・歴史・文化・社会・宗教の研究には必要不可欠な資料である。以下に、本書を嗜《たしな》むために、文学の名称、年代、内容、Pattu.の特徴、それに当時の詩人や作詩法などを述べておこう。

一　タミル古代文学の名称

紀元前後からのタミル古代には多量の作品が作られ、タミル古代文学とかタミル古典文学、あるいはサンガム（またはシャンガム）文学と呼ばれる。(1) サンガム文学とは、当時の文化の中心地であった古代パーンディヤ王朝の都マドゥライにあった宮廷学術院サンガム（サンクリットのサンガ sangha に由来する）で、詩人たちが文法や詩論を学び作詩したという、「サンガム伝説」に基づいた呼称である。[2] これらの呼び方にはそれぞれ一長一短がある。[3]

古代文学だと、原始的で未開という負の価値観が付く。古典であると、規範的なよいものと思えるが年代も文献もはっきりしなくなる。サンガム文学だと地域も時代も文献もはっきりするように思えるが、インドとインド以外ではサンガム文学の内容は大きく異なる。インドでサンガム文学という場合、一般的に以下の作品群を指して言う。（一）「二大詞華集」（『エットゥトハイ（八詞華集）』と『パットゥパーットゥ（十の長詩）』）、（二）詩論も含む広義の文法書『トルハーッピヤム *Tolkāppiyam*（古い文典）』、（三）箴言詩などからなる「パディネンキージュカナック *Patinēṇkīlkaṇakku*（十八小品）」、（四）「二大叙事詩」あるいは「双子の叙事詩」と呼ばれる、ジャイナ教叙事詩『シラッパディハーラム *Cilappatikāram*（踝《くるぶし》飾り物語）』と仏教叙事詩『マニメーハライ *Maṇimēkalai*（宝石の帯）』である。

しかし、（一）と（二）とは一部の作品を別とすれば紀元後一〜三世紀の作品で、しかもタミル固有の文化を背景としているのに対し、（三）と（四）とは、四〜六世紀頃と時代も下り、バラモン教、ジャイナ教、仏教など北インド文化の影響を色濃く反映し、文化的背景も（一）や（二）とは異なる。次に、（一）と（二）とには時代的・文化的に共通性があるとはいえ、（一）が恋愛や戦争を主題とした文学であるのに対し（二）は文法書であり、文献としては性格をまったく異にする。ことに、タミル文化にあっては文法書は「イラッカナム *ilakkaṇam*（示すもの、規範書）」、文学書は「イラッキヤム *ilakkiyam*（示されるもの、規範に則った文学作品）」と呼ばれるように、対立するものである。

このような次第だから、古代社会に関するインド人の研究で「サンガム（またはシャンガム）」と言う場合にはくれぐれも気をつけてほしい。他方、そのような紛らわしさを避けるために、インド以外のタミル文学研究者は、サンガム文学と言う場合には（一）の「二大詞華集」のみを指し、サンガム文学という呼称そのものを避けて「タミル古代文学」と呼ぶことが多い。しかし、サンガム文学という呼称はある種の纏まりを持っていて便利である。ただし、それはタミル以外のインドの専門家の場合であって、本書は一般書としての性格も持ちあわせているので、（一）の「二大詞華集」を古典文学、それらが作られた時代を便宜上、古典期と呼ぶこととする。

二大詞華集　タミル古典文学は、三～七八二行からなる長短あわせて約二三八〇の作品が今日に伝わっている。またそれらから知られる詩人は四七〇名あまりである。[4] それらの作品は、おそらく五世紀頃から作品の主題・長さ・用いられている韻律などから詞華集に編まれ、さらに時代が下って表一に示すような「二大詞華集」となった。[5]

〔表一〕二大詞華集

エットゥトハイ *Eṭṭuttokai*（八詞華集）

作品名	詩の数	詩の長さ	詩人数
一．ナットゥリナイ *Naṟṟiṇai*（よきジャンル）	四〇〇（四〇〇）	九～一二行	一七五
二．クルンドハイ *Kuṟuntokai*（短詩集）	四〇二（四〇〇）	四～八行	二〇五
三．アイングルヌール *Aiṅkuṟunūṟu*（短詩五〇〇）	四九九（五〇〇）	三～六行	五
四．パディットゥルパットゥ *Patiṟṟuppattu*（十の十）	八六（一〇〇）	様々な長さ	八
五．パリパーダル *Paripāṭal*（パリ韻律による歌）	三三（　七〇）	様々な長さ	一三
六．カリットハイ *Kalittokai*（カリ韻律の詩集）	一五〇（一五〇）	様々な長さ	五

七. アハナーヌール *Akanāṉūṟu*（恋愛詩〔アハム〕四〇〇）	四〇一（四〇〇）	一三〜三一行	一四五
八. プラナーヌール *Puṟanāṉūṟu*（英雄詩〔プラム〕四〇〇）	三九八（四〇〇）	様々な長さ	一五七

（詩の数は現存する数。カッコ内に本来の詩数を示す）

パットゥパーットゥ *Pattuppāṭṭu*（十の長詩）

作品名	行数	作者
一. ティルムルガーットゥルパダイ *Tirumurukāṟṟuppaṭai*（ムルガン神への誘い）	三一七	Nakkīrar
二. ポルナラーットゥルパダイ *Porunarāṟṟuppaṭai*（歌舞人の案内記）	二四八	Muṭattāmakkaṇṇiyār
三. シルパーナーットゥルパダイ *Ciṟupāṇāṟṟuppaṭai*（小竪琴奏者の案内記）	二六九	Nattattaṉār
四. ペルパーナーットゥルパダイ *Perumpāṇāṟṟuppaṭai*（大竪琴奏者の案内記）	五〇〇	Uruttiraṅkaṇṇaṉār
五. ムッライパーットゥ *Mullaippāṭṭu*（ムッライの歌）	一〇三	Nappūtaṉār
六. マドゥライカーンジ *Maturaikkāñci*（マドゥライ詠唱）	七八二	Māṅkuṭi Marutaṉār
七. ネドゥナルヴァーダイ *Neṭunalvāṭai*（長きよき北風）	一八八	Nakkīrar
八. クリンジパーットゥ *Kuṟiñcippāṭṭu*（クリンジの歌）	二六一	Kapilar
九. パッティナパーライ *Paṭṭiṉappālai*（町と別れ）	三〇一	Uruttiraṅkaṇṇaṉār
一〇. マライバドゥガダーム *Malaipaṭukaṭām*（山から滲み出る音）	五八三	Peruṅkaucikaṉār

なお、これらは詞華集（アンソロジー）であり、選にもれた作品もあったはずで、実際、それらの

一部は詩論や韻律論の注釈に残っている。

二　古典文学の年代

インドではわれわれの言うような歴史記述をしないから、個々の作品も、そこに出る多くの王や族長、詩人に関しても絶対年代は分からない（仮託の問題もあるので、相対年代も怪しい）。そこで、勢い内外の資料を援用して、これまでにも様々な年代確定の試みがなされてきた。内外の資料ならびに勘案すべき要点は以下のごとくである。

前三世紀頃のアショーカ碑文には、古代タミル地域にチョーラ、パーンディヤ、ケーララ（古典文学ではチェーラ）、サティヤプッタ（サティヤプラ）などの国々があるとある。同じ頃のサンスクリットやギリシャの記録にも同様の記述があるから、本訳書にも出てくるチョーラ、チェーラ、パーンディヤという古代三王朝が、前三世紀頃には南インドに存在していたことが分かる。

前三〜二世紀頃から後三世紀頃までの、タミル各地に残るタミル・ブラーフミー碑文（文字はブラーフミーで言語はタミル語）には、古典文学に記述のある族長の名が読みとれるし、碑文の文法と古典の文法が似ている。それらの研究は、[Mahadevan 2003] によって格段に進んだ。ただし、刻文の字体の変化による年代論では、詳細な年代確定とはなりえない。

後一世紀頃のギリシャ語の『エリュトラー海案内記』や二世紀のプトレマイオスの『地理学』には、アラビア海の季節風（ヒッパロスの風）によって、ローマと南インドとの間で盛んに海洋貿易が行なわれていたことが記され、インドの港町にも言及されている。他方、南インド各地からもその交易を立証する多数の考古学的な発見がなされている。ことに、前一〜後二世紀頃と思われるポンディシェリー郊外のアリカメードゥの遺跡から発掘された、多数のローマとの交易を示す出土品は有名である。また、古典文学作品には、ローマとの交易やヤヴァナ（ローマ人またはインド・ギリシャ人）がインドで暮らす様子も生き生きと描かれている。

このような次第で、古典文学は紀元後間もない頃のものということで一致していた。しかし、それがいつ頃でどのくらい続いたのかについては諸説あった。それらのなかで、今日、研究者たちに共有されている古典文学の年代論の礎を築いたのは Nilakanta Sastri である。彼は「八詞華集」の Patir.（十の十）に付けられた「添え書き（*patikam*）」を分析し、Patir. が古代三王朝のうちのチェーラ朝の王統史であり、それは二系統あり各々三世代および四世代からなるとした [Sastri, K. A. N. 1957: 503-08]。それらチェーラ王の事績を、古典文学に描かれる他の王や族長との戦いや戦場と共に詳細に分析し、古典文学が四世代（長くとも五世代）、一世代を約二五年として約一〇〇年の間に作られたとした [Sastri, K. A. N. 1957: 514]。

問題はこの四世代一〇〇年をどこにおくかである。そこで Sastri は、Patir. 第五編で描かれるチェーラ王セングットゥヴァンが、五世紀頃の叙事詩 *Cilappatikāram*（踝飾り物語）でセイロンのガジャバーフ（Gajabāhu）一世と会うことが描かれており、他方、Geiger によると *Mahāvaṃsa*（大史）に出るガジャバーフ一世の治世は紀元後一七三〜一九五年である。このことからチェーラ王セングットゥヴァンの治世時期が知られ、それをもとにチェーラ王統期および関連する他の王や族長を考えると、およそ紀元後一三〇〜二三〇年になり、古典文学もその時期になるとしたのである [Sastri, K. A. N. 1957: 514-18]。これが有名な「ガジャバーフ同年代論（Gajabāhu synchronism）」である。

ただし、「ガジャバーフ同年代論」には、セングットゥヴァンとガジャバーフが会ったというのは単なる物語で史実を反映していないとか、ガジャバーフの年代が正しくないといった反論が出されていた。しかし、その後各地から膨大な量のローマ貨幣が発見され、しかもその貨幣の銘文からはっきりした年代が分かる。それによると、ローマ貨幣はTiberius（後一四〜三七）からCaracalla（一九八〜二一二）までの一二代の皇帝の貨幣が途切れることなく見つかり、各皇帝の貨幣の分量分布からもローマ交易の盛衰を窺うことができる。こうして、Nagaswamyは貨幣史の観点から古典の年代を早くて一〜二世紀で、三世紀頃に最も栄えるとし、「ガジャバーフ同年代論はもはや古典の年代を考えるのに要の問題ではなくなった」とした[Nagaswamy 1995: 25, 95]。

しかし、確かに古典文学ではローマ交易と思われる記述はあるものの、貨幣史での盛衰と合致するほど文学の記述は確かではない。また、インドでは出土していないが、初代ローマ皇帝アウグストゥス（前三一〜後一四）の貨幣にインドとの交易のことが記されている[Nagaswamy 1995: 77]。したがって、古典文学に描かれた海洋交易は紀元前のことかもしれず、従来の年代論は一世紀程度繰り上げる必要があるかもしれず、目下詳細に調べている。

それにしても、これまでの年代論では作品間の相互年代論という視点が欠けている。従来の研究では文法的変化やサンスクリット語彙の使用率ということだけに関心が払われているが、それらから得られるものは少ない。他方、作品の主題や内容の変化ということが無視されてきた。筆者は、かつて古典文学の八割近くを占めるアハム（恋愛）文学の内容や主題に着目して分析した。その結果、主題も内容も発展しており、Ain. に含まれる作品は他の恋愛作品集より明らかに時代が下ることや、最古の文法・詩論であるTol.Por. にも新古の層があることも分かった[Takahashi 1995: 16–24]。同様に、

Pattu. の作品には明らかに初期のアハム文学やプラム文学より発展した内容形式があることが看て取れる（具体例は次節で見る）。さらに最近では、Tol. 全体の内部年代についても筆者は新たな発見をしている[6]。

さらに、後述するように、筆者には古代の詩人や旅芸人の姿がより明快になった。それにより、かつては文学の形式や内容の変化は緩やかであると考えていたが、今では詩人や吟唱歌人（旅芸人）の置かれた環境の厳しさから、文学の変化・発展の速度は、これまで考えていたより速く、世代交代とともに変化した可能性を考えるに至っている。前述したように Nilakanta Sastri は一世代二五年とした。文化芸術の場合、おそらく一世代は三〇年程度になるだろうが、それでも世代という概念を取り入れることによって、一世紀を四半世紀に分けて考えることができ、従来の一世紀を前半と後半とする分け方よりは、より細かく考えることができるようになった。

このような次第で、Tol.Por. の記述と古典の各作品との関係、さらにテーマの発展に要する時間などを総合的に勘案して、筆者は目下新たな年代論を構築中であるが、以下に暫定的で大雑把な年代を記しておこう[7]。

1　初期古典文学（一～二世紀）：「八詞華集」の Nar., Kur., Ak., Pur.
2　中期古典文学（三世紀）：「八詞華集」の Ain. と Patir., そして「十の長詩（Pattu.）」
3　後期古典文学（四～五世紀）：「八詞華集」の Kal. と Pari., それに Pattu. のなかの Tiru.
4　〔参考〕文法書・詩論である Tol. の詩論部分 Tol.Por. の古層が二世紀、音韻論（*Collatikāram*）および統語論（*Eḻuttatikāram*）、それに詩論の新層部分は三～四世紀

三　古典文学の主題と変化

古典文学は、主題からアハム（恋愛）文学とプラム（英雄）文学とに二大別できる。アハム *akam* とは「内」という意味で、それが人間活動の内的な側面や私的な側面、ことに私的な側面の極みである恋や愛を意味するようになり、アハム文学といえば恋愛文学を表わす。他方、プラム *puram* は「外」という意味であり、人の活動の公的な側面、なかでも英雄的活動ということから、プラム文学は英雄文学とされる。[8] これらはいずれもかなり様式化していて、作品の背後にある文学上の約束事に通じていないと作品を十分には理解できない。本作品でも、初期古典文学ほどではなくとも、それらの約束事は踏襲されており、それらを知らないと理解できないものがある。それらの約束事で最も重要な部分は、恋愛文学で言われる五つの地域をもとにしたジャンルであるので、それらをまとめて表にすると左のようになる。

〔表二〕アハム文学の五つのジャンル一覧表

	場所	季節	時間
クリンジ	山地	寒期、冬前期	真夜中、日中*
ネイダル	海辺	（特になし）	黄昏時、午後*、夜半*
パーライ	荒れ地	冬後期、夏	真昼
ムッライ	森林、牧地	雨季	夕方
マルダム	田園	（特になし）	早朝、日中*

動物	猿、象、虎	鮫、ワニ	象、(虎)	鹿	水牛、鯉
	蜂、コブラ	エビ	山犬、蜥蜴	牛、羊	鰻
植物	竹、パラミツ、白檀	テリハボク、アダン	オーマイ	南蛮サイカチ	マンゴー
	マラバルカリン	ネイダル、ニャーラル	ヤー樹	ムッライ	砂糖黍
鳥	孔雀、オウム	鷺、アンリル鳥	野鳩、鷲	野鶏	鷺
主題	出会い	恋の苦悩	別れ、駆落ち	待つ不安	遊女による
結婚の前後	～結婚前*	出会い*～結婚前*		男の帰途*	妻の不機嫌
	結婚前	結婚前	結婚前・後	結婚後	結婚後

(この表は詩論 Tol.Por. をもとにしているが、それ以外に文学で描かれているものには＊をつけた。詩論では他にも、神、食べ物、職業、太鼓、竪琴、旋律等を挙げるが、あまり出ないので省略した)

表二の意味するところは、作品にこの表の場所・季節・時間・動植物などの何かが詠まれていると、それがキーワードとなって、俳句の季語が特定の季節を示すように、表の最後の主題を連想させるということである。例えば、「雨季」を示す語が出れば、それだけで場所は森林、牧地で、時間は夕方、主題は「妻が旅に出た夫を待つ不安」ということと関連していることを示している。また、この逆もあって、「待つ不安」が描かれていれば、季節は雨季で場所は森林か牧地であることが類推される。

Pattu. での変化　この文学伝統は、中期古典文学である Pattu. でも踏襲されているが、変化している部分もある。まず、アハム文学の変容である。八番目の Kuri.（クリンジの歌）は典型的なアハム文学であるが、初期アハム文学では一つの作品で一つの小テーマしか描かないのに対して、この作品では後のコーヴァイ文学(9)（*kōvai*）のように、「出会い」からはじまる一連の小テーマを連続して描いている。

次は、アハム文学の変容のみならず、アハムとプラムの内容が混合している事例である。従来の研究では、Pattu. も古典文学であるからアハムとプラムという二大別の伝統を踏襲していると単純に考えられていて、Pattu. の個々の作品もアハム文学あるいはプラム文学のいずれかに分類している。例えば、九番目の Patti.（町と別れ）はプラム作品だと言う論者がいるが、これは完全に誤りである。というのは、一〜二一七行はカーヴェーリ河口の町 *Kāviri-pūm-pattiṉam*（この「町（*pattiṉam*）」という語が作品名の一部をなす）およびその近郊の様子を描いており、それが次に続いて、「そのような町を得たとしても／長い黒髪の、輝く宝石をつけた女を置いて／私は［戦いに］行きはしない」（二一八〜二二〇行）と作品の主題が出るのである。その後に戦いに関することが出るが、「戦い」ということが出たからプラムというのは間違いで、この「女を置いて戦いに行く」というのは、「戦いのための別れ」というアハム文学のパーライ・ジャンルの大テーマなのである。では、これをアハム文学と言えるかというとそれも正しくはない。というのもこのテーマは理論上のもので、実際の初期アハム文学では、その大テーマのなかにこの作品のように「これから戦いに出かける」という小テーマはないからである(10)。

五番目の Mul.（ムッライの歌）と七番目の Netu.（長きよき北風）では、アハム文学の「旅に出ている夫を待つ」というムッライ・ジャンルに属するものであるが、雨の中で夫の帰りを悲しみに耐えつつ待つ妻と、戦陣にいる夫を描いている。これらは初期アハム文学であれば、「夫を待つ妻」と

「戦いが済んで帰ることを思う夫」と別々に描く。さらに、戦いや戦場の野営地の様子は本来プラム文学の主題であり、前述のPatti.と同様に、アハムとプラムの混合が見られる。それのみならず、アハム文学の内容も変化している。初期アハム文学では、夫の帰りを待つのは雨季であり場所は森林か牧地である。ところがNetu.では、雨は降っているものの季節は明らかに寒期であるし、場所はマルダム（田園地帯）の都市の宮殿である。このように、これらも初期アハム文学の伝統とは大いに異なっている。

このように、Mul.やNetu.、それにPatti.では、初期アハム文学の伝統から変容しているだけでなく、詩論Tol.Por.のアハムとプラムという二分類にはすでに馴染まなくなっていて、後代の詩論の「プラムの要素が混じったアハム文学（*akappuṟam*）」というのが正しい[11]。

四　Pattu.の特徴

タミル語の作品は、他のインド諸語の作品と異なり、注釈や碑文を除けば一九世紀の前半まではすべて韻文である。したがって、古代に文字文化はあったものの、古典文学の諸作品は、基本的に詩人または吟遊歌人が聴衆を前に吟唱したと思われる。ことにPattu.の場合には、初期古典文学の韻文作品としての特色に加えた特徴がある。それは、定動詞を用いずに動詞の接続形（接続分詞）を多用することである。次に、タミル文学は内容の点でもインドを代表するサンスクリット文学とは大いに異なり、それを一言でいうと、現実的・写実的なことである。この違いは、研究の方法論の違いにもなる。以下、それら二点について述べておこう。

動詞の接続形（接続分詞）の多用　古典文学では、定動詞あるいは述語は一作品に一つしか用いず、他は動詞の接続形（以下、接続分詞）で繋げる。これは、聴衆にまだ作品が終わらないということを示すためだと思われるが、長くて数十行の初期古典文学と異なり、Pattu. では数百行に及び、この構文が作品の理解を著しく難しくしている最大の要因である。

接続分詞とは筆者の造語で、英語では一般には verbal participle [Agesthialingom 1979] とか adverbial participle [Rajam, V. S. 1992] と言われ、古い文法書ではサンスクリット文法と同様に absolutive とか gerund と言われることもある。伝統文法では定動詞 *vinai-muṟṟu*（字義「動作の完結」）に対して不定形 *vinai-y-eccam*（字義「定動詞の欠如」）と言われるものである。「動詞の接続形」と言うのがよいのだが、やや冗長なので接続分詞としている[12]。なお、本書で不定詞と言っているものも、伝統文法では *vinai-y-eccam* の一つで、特に不定詞として分けてはいないが、後述するように不定詞の用法は接続分詞と異なることもあるので、本書では別立てしている。

接続分詞は、例えば「起きて、支度をして、家を出た」というときの「〜して」である。一〇行程度までの作品であれば、これがあっても作品の構造を捉えるのはそれほど難しくない。ところが作品が長くなるにつれ文の構造、つまり「誰（何）がどうした」かの把握は困難になる。Pattu. の場合には、すべての作品がこのような文章で、定動詞も述語もほとんど出ずに接続分詞（あるいは不定詞）のみで続いていくのである。それによる解釈の難しさを、C訳の著者は「作品を部分部分に区切ることができず、（略）内容は行から行にわたり、言ってみれば、作品の最初から最後まで一気に続く」と言っている [Chelliah 1962: 4]。この文章の難しさは、中世の注釈者をも大いに悩ませたらしく、語順や行を入れ替えたりして解釈することが多い。しかしながら、古代に聴衆が作品を実際に耳で聴いていたときには、抑揚とか間合いがあって、われわれのようにそれらが全く失われている文字テキストだけを扱う場合とは違って、作品の理解は容易であったのだろう。

そのような、文章に区切りのないPattu.の内容理解の鍵となるのが、前述した不定詞である。しかし、筆者も『エットゥトハイ』の諸作品を訳している頃には、不定詞を他の接続分詞と区別する必要はほぼ感じていなかったし、これまでの文法書でも不定詞のこのような用法は記されていない。本旨を逸脱するが、文法書とはこのようなもので、歴代の解釈の集成に過ぎないのである。

本書は散文訳であるから、不定詞などを目安に文章を述語や定動詞で区切り、文脈をとりやすいように空白行も入れている。ちなみに、現存唯一の古注を著わしたNacc.は、しばしば文法を無視し語順を大幅に変更して注釈するため、研究者には迷惑がられることもある。筆者も研究者向けの『学習帳』に携わっていた頃には、それらの部分は無視した。しかし、今回散文訳を作るにあたって、Nacc.の注釈が的を射ていることも多いことが分かった。

写実性　インドを代表する文学であるサンスクリット文学は、気宇壮大で時空を超越していることが少なくない。しかし、これは見方を変えると荒唐無稽と思えることも少なくない。それに対して、タミル古典文学は写実的・現実的で、表現も仰々しくない[13]。Pattu.は、そのような古典文学のなかでも最も自然や社会の描写が詳しい。それは、Pattu.の作品の多くは今日で言う「旅行案内書」に相当するものだからである。ことに植物は詳しく、また、古代の弦楽器や農具、建物の内部などの詳しい描写もPattu.のみである。
したがって、同じ文献研究でも研究の仕方は異なってくる。サンスクリット文学研究であれば、文献学の常道に違《たが》わず、ある語句が諸々の文献でどのように描かれるかを調べればよい。他方、タミル文献研究では、同様の文献研究で済む場合もあるが、写実的であるから実際の様子を知らないと、解釈ができなかったり内容を誤って解釈してしまう例がたくさんある。

しかし、写実的であるのも良し悪しである。良い側面は、写実的であるがゆえに現物があればテキストが分かる例が多々あるということである。例えばCiru.200では象が体からなんらかの液体を流している。その液が、牡象が荒れ狂うマスト期[14]にこめかみから流す分泌物であるということを知るためには、象は汗腺をもたず汗をかかないことを知っていなければならない。しかし、象が汗腺をもたないなどということは文学テキストには出ない。他方、写実的であるから動物学の知見に頼ればテキストを理解できる。

また、古典文学では植物を描くことが文学的伝統である。なかでもPattu.は、あたかも植物を描くのを競っているかのごとく、数行の中に数種の植物を細かく描く。しかし、文学テキストでは、枝ぶりや、花の形や大きさ、色などのすべてを描いていないことも少なくない。例えば、ココヤシ(Poru. 180–81)に稲のような花序があるとは文学テキストのどこにも書かれていない。しかし、植物事典や実際の写真等を見れば分かる。そして、それが分かっていないと作品の文脈が分からない。これも、古典文学が写実的だから起こることである。

以上は、古典文学の写実性のもつ良い側面で、動植物のように現物が残っている場合にはそれを参考にできる。しかしながら、現物が残っていないものとなると、理解は非常に難しくなる。ことにインドの場合、西洋や中国に比べて、古代に関しての資料は圧倒的に少なく、Pattu.で詳述される弦楽器、農耕具、建築物やその調度品、船の様子などについてはほとんど資料がない。弦楽器についてはレリーフなどに弓形ハープらしきものが残っているが、Pattu.の微に入り細を穿つ描写を分析するにはほとんど役に立たない。

さらに、接続分詞の多用と現物がなくて分からないという二つの問題は不可分であることも少なくない。例えばPeru. 90-97では狩猟族の女たちの誰かが農作業しているのだが、接続分詞を七つも使っているために誰が何をしているのか判然としない。そのうえ、そこには農具が出てきて何かを採取しようとしているのだが、対象とするものが分からないために「刈り取り」をしようとしているのか「掘り出し」をしているのかも分からない。作業の内容が分かれば農具の様子も少しは分かるのだが、それもはっきりしないのである。なお、これらの写実性とテキスト解釈のさまざまな具体例については、それぞれ関連部分の訳注を参照してほしい。

五　詩人、旅芸人、作詩法

本書には、歌舞人《うたまいのひと》（*porunar*）、歌姫（*pāṭini*）、踊り子（*āṭumakaḷ, viṟali*）、踊り手（*kōṭiyar, kaṇṇuḷar, cenniyar*）、女芸人（*kiṇaimakaḷ*）、歌人《うたびと》（*pāṇmakaṉ*）、吟遊歌人（*pāṇar*）、それに固有の呼称は出ないが、竪琴や笛を演奏する人々とか太鼓を叩く人々などが出ている（出現箇所は索引を参照のこと）。ただし、本書の訳注でしばしば述べたように、これらの人々の名称と芸とは必ずしも一致せず、例えば、踊り子といっても踊るだけではなく歌も歌うし、吟遊歌人といっても歌も歌い楽器の演奏もしていたりして、彼らの実態はよく分からない。

なかでも問題なのが、本書で「歌人《うたびと》」としたパーナル *pāṇar* で、辞書TLでは「タミル古代のbard や minstrel 階層の人々」と言う。しかし、bard も minstrel も複雑な語誌をもっていて、どのような訳語を用いるかによって彼らの印象が変わってしまう。例えば、一般的な辞書だと bard を「吟唱詩人」、minstrel を「吟遊詩人」とするが、一番網羅的に訳語を示しているランダムハウス英和辞典では、bard に「口承詩人、放浪楽人、吟遊歌人」、minstrel に「吟遊詩人、吟遊楽士」という訳語を挙げている。「放浪楽人」や「吟遊楽士」と呼ぶのと、「吟遊詩人」と呼ぶのとでは彼らに対するイメージは相当に異なってくる。

筆者は、以前は [Kailasapathy 1968] などの先行研究によって、これらの人々を「吟遊詩人」と呼んでいたが、その後、本書 Pattu. を精読したり、豊富なしっかりした資料が残されている他地域の放浪する詩人や芸人についての書を読んだりすることにより、現在では彼らを「旅芸人」としている。[15]一方、今回改めて調べてみると、Kailasapathy たちは自分たちの論旨に沿うように多分に事実をこじつけている。彼らの論旨は、古典文学はバード（bard）が常套句を用いて即興で作った作品であり、それは西洋の古典、ことにギリシャ古典と同様であるとすることで、そのことは彼の著書名 *Tamil Heroic Poetry* に如実に現われている。以下に少しこの問題に立ち入って見てみよう。

詩人　ここで詩人とは、古典文学の詩歌を作った人である。Kailasapathy はそれをバードだとした。ちなみに、彼は筆者が旅芸人とした踊り子を含むすべての人々をバードだと言っている（p.94）。他方、古典文学の個々の作品には奥書や詞書が記されていて、そこには作者名が記されている。それらの作者については、詳細な研究 [Pillai 1940] があり、それによると古典文学（二大詞華集）の作品総数は二三八二で詩人総数は四七三である。ただし、詩人の仮託の問題や名前の分析の仕方によっては詩人総数の違いが生まれる可能性は残るし（注4参照）、そもそも奥付や詞書は後代に付けられたもので、誤った伝承も含んでいる可能性もある。それらも念頭に置いて Pillai の研究を見てみよう。

それによると、二〇詩以上残っている多作な詩人は一六名で、うち五名は一〇〇詩以上作っている。つまり、これら一六名だけで古典文学の作品の約半数を占めていることになる。ちなみに、これら多作の作者のうち、カビラル（Kapilar）とパラナル（Paraṇar）を古典期の二大詩人、彼らにナッキーラル（Nakkīrar）を加えて三大詩人、さらに女流詩人アウヴァイヤール（Auvaiyār）を加えて四大詩人と言うこともある。他方、三つ以下の作品しか載録されていない詩人も三八〇名おり、作者未詳の作品は一〇二である。また、詩人名の分析から、職業や家系、出身地、宗教（ジャイナ教、仏教、ヒンドゥー教など）が分かる場合もあり、詩人のなかには王や族長が三一名いたことが分かる。また、名前から三〇名の詩人は女性であったことも分かる。

しかし、ここで問題なのは彼ら「詩人」がバードであったかどうかである。人名から見るかぎり、前述したようなバードに関係する呼称をもつ者はクーッタル（*kūttar*）とプラヴァル（*pulavar*）が数例あるのみである。クーッタルは「踊り（*kūttu*）」から派生した語で、「踊り手」一般を示すが、古典文学にこの語は出ないから、ここでのクーッタルはやや後代の例である「舞踏監督」の可能性があり、そうなるとバードという呼称はふさわしくないだろう。また、プラヴァルとは、近現代では「詩人」を表わすが、古くは「感官、知識（*pulam*）」をもった人で、古代には「学匠」や「匠」を意味する例もあるものの、(16)古典文学には「プラヴァルが歌う（吟じる）」という例も少なからず存在するから、当時もすでにプラヴァルは詩人も表わしていたのは確かである。さらに、先に王族を思わせる作者名が三一あると述べた。中世フランスやドイツでは王族出身の吟遊詩人がいたが、Kailasapathyの言うバードは無文字社会の原初的バードである。したがって、ここに王族が出るのはおかしい。ちなみに、Kailasapathy はなぜか [Pillai 1940] に言及していない。

このように、約四七〇の詩人名からはバードを示唆する例はないということになる。しかし、Kailasapathy は古典文学で最大の詩人カビラルでさえ“court bard”と呼んでいる（九六頁）。こうなると実態とは関係なく、どう呼ぶかということになる。なお、カビラル（Kapilar）という名は、明らかにサンスクリットの文学や哲学に出る仙人や作者名である Kapila に由来しているし、そもそもカビラルがバラモンであるのはほぼ間違いない。したがって、彼は前述のパーナル・グループの人間でさえないから、バードと呼ぶのはおかしい。なお、筆者は多くの詩人（歌人）、少なくとも四大詩人を含めた多作の一六名は、文字社会のなかの詩作の専門家だと考えている。以下、このことについて作詩法の観点から見てみよう。

作詩法　これについて要となるのは、オーラル（oral）をどう理解するかであり、筆者も長らく悩んでいた。その解決に役立ったのが、[Ong 1982] ならびにその邦訳［オング 1991］である。西洋ではギリシャ古代叙事詩の研究のため、[Parry 1928] や [Lord 1960] などオーラル文化の研究が古くからなりなされていた。それらの研究を発展させ、新たな視点を加えたのが [Ong 1982] である。その新たな視点とは、「声の文化」（［オング 1991］の訳者たちによる orality の画期的名訳）を、「一次的声の文化（primary oral culture）」と「二次的声の文化（secondary oral culture）」に分けて考察したことである。「一次的声の文化」とは文字を知らない社会（しばしば非文字社会とか無文字社会と言われる）での声の文化で、「二次的声の文化」とは文字社会における演劇、歌なども含めた声の文化である。われわれは、ややもすると前者ばかりをオーラルな文化と考えがちだが、後者にもオーラルな文化はあるのである。

オングによると、これら両者では思考や創作などが決定的に違う。例えば、林、畑、田、斧、鍬、鋤というものを二分類させると、「二次的声の文化」にいるわれわれは林、畑、田という自然とか耕地と、斧、鍬、鋤という道具に二分する。他方、「一次的声の文化」の者は林と斧、田畑と鋤鍬とに二分する。というのは、彼らには自然や道具といった抽象的概念がなく、斧だけあっても林の木がなければ意味がないといった具体的な思考しかないからであると言う。また、作詩などの創作では定型表現や常套句の組み合わせはできても、作品全体の構想を立てられないと言う［オング：110–24］。

これらのことは、タミル古典文学を考えるうえで非常に参考になる。まず第一に、文字を知る「二次的声の文化」でも、例えばわが国の中世の連歌師のように、即興はその主要な要素であり、常套句の多さだけが即興を示すものではないからである。また、タミル古代でも、英雄記念碑等を例に、文字文化は相当普及していたことは、本書の訳注で何度も言及した。このことは、古典文学には多数の常套句があるから、作詩（oral composition）は即興（improvisation）で、バードという原初的な歌人によって作られたというKailasapathyの主張とは異なることになる（「原初的な歌人」は筆者の補いである）。

第二に、古典期最大の詩人カビラルの作と言われる次のAk.82では、「二次的声の文化」の特徴、すなわち、はじめに作品の構想があって、それに基づいて作品が作られたことを明瞭に示している（全訳は［エットゥトハイ：119–20］参照）。以下は、恋人の男の山国の描写である。

揺れ動く竹の織り成す光の（当たる）スポットでは
西風がその風という笛の音となり
流れ落ちる素晴らしい滝の冷たい水の心地よい音が

たくさん置かれた太鼓のごとき間隔の短い音となり
群れなす牡鹿が呼ばうするどい声という竹笛とともに
山の花咲く側面の蜂（の羽音）は竪琴となり
心地よいたくさんの音、声を聞き、ざわめきはきわだち
牝ザルの素晴らしい群れが動き回るのを眺めつつ
竹の生い茂る近く（の場所）では歩みつつ踊る孔雀が
ステージに入る踊り子のようにみえる

ここで、「風の音のような笛の音」あるいは「笛のような風の音」、「滝のような太鼓の音」あるいは「太鼓のような滝の音」、「蜂の羽音のような竪琴の音」あるいは「竪琴のような蜂の羽音」、「孔雀のような女の歩み」あるいは「女の歩みのような孔雀の歩み」などが、文学に出る定型表現である。ところがこの作品では、それらすべての定型表現を分解して、「風が笛の音である」というように、主語と述語を通常の定型表現とは逆転させている。これは、オングの言うところの、作品の構想をあらかじめもった典型的な「二次的声の文化」の特徴である。

では、古代において、詩人や作詩はどうであったのだろうか。当時の詩作の様子については全く記録がない。他方、一九世紀の著名な詩人（Sri Pillai，一八一五〜七六）に関してはきちんとした資料が残っているので、それを見てみよう。言うまでもないが、彼は完全な文字社会に属している。彼は町の有力者から町の由来譚（プラーナ）の作詩を依頼される。詩人は感謝して、その場で依頼主を称《たた》える詩を即興で作る。その後、詩人は午前中に詩作し、午後に弟子たちに口述筆記させるという日々

を過ごし、月を経て完成した原稿に手を入れている。やがて完成すると、依頼主をはじめとした町の有力者や一般聴衆を集めてお披露目会をする。なお、後日その同じ作品を弟子たちが別の会場で朗誦することもあったが、師である作者自身の朗誦ほどは会場が盛り上がらなかったという[17]。

古代でもおそらくこれと同様であったろう。すなわち、制作はカビラルなどの宮廷詩人（歌人）の場合には依頼による場合もあったろうし、即興の場合もそうでない場合もあったろう。披露する場所も村や町の共同広場や会館、さらには宮廷の場合もあったろう。そして、旅芸人である吟遊歌人のなかには、著名詩人によって作られた詩歌を町や村で歌うこともあったと思われる。

六 Pattu. のテキストと韻律

タミル語の作品は、インドでも珍しいことだが、一九世紀後半になって散文が発達するまで、注釈を除けばすべて韻文で作られ、それらのテキストはオウギヤシの葉である貝葉（パームリーフ）に記され伝えられてきた。貝葉版のテキストは、行や詩脚の区切りが一切なくただ羅列されているだけである。それが一九世紀の初期の印刷本になると行に区切られ、やがて近代本になると行のみならず詩脚にも区切られるようになるのである[18]。

それ以降、それら既に韻律的に区切られた刊行本をもとに、欧米の研究者たちはタミルの韻律を分析してきた。そのやり方は、サンスクリットや他の多くの言語のように、長・短の音節をもとにタミルの韻律を理解しようとするものである。しかし、それは西洋音楽のシステムでインド音楽や雅楽などを理解しようとするようなものであって、ある程度は説明はできてもすべては理解できない。同じことはタミルの韻律にも言える。したがって、韻律表記された版本から韻律を分析できても、行も詩脚もない貝葉写本から刊行本のように韻律的に正しいテキストを作ることはできない。

ここで、タミルの韻律の理解の要となるのが、これまでタミルの「韻律の単位」と言われてきたアサイ（*acai*）である。TLではこれを“metrical syllable”と定義するが、これを西洋の研究者は“metrical unit”（韻律の単位）と言い換えた。それは前述したように、西洋の長短の音節で全く性質の異なるタミルの韻律を説明しようとしたからである。しかし、タミルの音節は全く独自なものであって、その感覚やリズムを習得するには、UVSの自叙伝によると、タミルの詩歌を専門とするタミル人でも、少なくとも一〇年以上かかっている。そのため、今回はあえてアサイと原語表記し、TLの正しいが分かりにくい定義（metrical syllable）を「タミル的音節」と和訳することにした。

タミルの韻律　古典文学で用いられている韻律は、アハヴァル（akaval）とヴァンジ（vañci）である。『エットゥトハイ（八詞華集）』では一部の例外を除いてアハヴァルだけであるが、Pattu. ではPoru., Matu., Patti. でアハヴァルとともにヴァンジも用いられている。そこで、それら二つの韻律が出て、しかも特殊な頭韻も出ているMatu.145-46を例とする。オウギヤシの葉である貝葉（パームリーフ）に記された写本テキストでは、以下のように、行にも韻律的にも全く区切りがない。

yariyavellāmeḷitiṉiṟkoṇṭuriyavellāmōmpātuvīci

これを韻律的に区切ると、次のようになる（UVS第四版）。

yariyavellā meḷitiṉiṟkoṉ
ṭuriya vellā mōmpātu vīci

これを見ると、一行目は二つ、二行目は四つの部分からなっているのが分かるであろう。これらの区切りは単語ではなく詩脚である。二詩脚からなる韻律がヴァンジ、四詩脚からなるものがアハヴァルである。参考までに単語（±文法的接辞）に分けるとどうなるか、訳語とともに示しておこう。なお、ここでは一行目行頭の *y-ariya v-ellām* の *y* とか *v* のようなわたり音も省いている。

ariya ellām eḷitiṉiṉ koṇṭu
uriya ellām ōmpātu vīci
珍しい物　すべて（を）　易々と　手に入れて
所有物　すべて（を）　（自分で）抱え込まず　（人に）気前よく与え

以下、タミルの韻律を小さな単位から順に説明する。

〈アサイ - タミル的音節〉　タミルの音節はアサイ（*acai*）と言って、繰り返すが長短の音節ではない。アサイは、ネール（*nēr*）とニライ（*nirai*）からなる。実際は、それらに *-u* のついたネールブ（*nērpu*）、ニライブ（*niraipu*）もあるが、今は単純に説明する。子音をC, 短母音を V̆, 長・短の母音を V で表わすと、ネールは (C)V(C), ニライは (C)V̆CV(C) となる。ここでカッコは現われない場合もあることを示している。長短では示せないので、ネールを「—」で、ニライを「=」で表わしている。

〈詩脚〉詩脚をシール（*cīr*）と言うが、アハヴァル韻律では、タミル的音節が二つ、ヴァンジでは三つが組み合わさって詩脚を作る。先の例では、一行目は＝＝—（*yari yavel lā*）という詩脚と、＝＝—（*melit iṉir koṉ*）という、いずれも三つのタミル的音節をもった、二つの詩脚からなっているから、この韻律はヴァンジである。二行目は、＝—（*turi ya*）、——（*vel lā*）、—＝（*mōm pātu*）、——（*vī ci*）と、いずれも二つのタミル的音節をもった、四つの詩脚からなっているから、この韻律はアハヴァルである。

〈行〉行はアディ（*aṭi*）と言うが、先に述べたように、四詩脚あるいは二詩脚からなる。先述したように四詩脚からなるのをアハヴァル、二詩脚のものをヴァンジと言っている。例外として最後から二行目は三詩脚からなるが、これは聴いている者に作品の終わりを示唆するものである。

〈頭韻〉通常、頭韻とは行頭で韻を踏むもので、モーナイ（*mōṉai*）と言うが、タミルではあまり用いられない。代わりによく用いられるのが、行頭から二番目以降の音節が韻を踏むエドゥハイ（*etukai*）というものである。ここの例で言うと、一行目と二行目とで *(ya)riyavellā* と *(tu)riya vellā* のようになっているのがそれである。このエドゥハイは、『ティルックラル』など五世紀頃から盛んに用いられるようになり、さらに中世の作品（例えば一二世紀頃の『カンバ・ラーマーヤナ』）ではこの頭韻の使用が普通になる。他方、初期古典文学ではあまり用いられていないから、Pattu. はエドゥハイ使用の萌芽期にあたる。

七　Pattu. の研究史と本書

タミル古典は、先に見たとおり「二代詞華集」からなるから、それぞれの詞華集を個別に論じるとすれば、恋愛・英雄行為・宗教といった内容や、対話形式を含むか（Kal.）独白か（それ以外の詞華集）といった形式の差、あるいは韻律の違いなどの論点がある。ところが、インド人の研究は、ある詞華集の時代背景、そこに出る王や族長、地勢的背景（五つのジャンル）、さらには古代の教育とか女性の愛と結婚といった、個別の詞華集で論じる必要のないものばかりである。そのような Pattu. の研究書に、[Vithiananthan 1950] や [Meenakshisundaran 1981] があるが、ほとんど見るべきものはない。

他方、Pattu. には、古代社会の様子が他のタミル古典文学に見られないほど詳しく描かれているから、古代の歴史を記述する書（例えば [Sastri, K. A. N. 1957, 1976]）や古代社会の研究書（例 [Pillay 1975]）であれば、例外なく Pattu. への言及はかなり多い。それらでの記述が正しいかどうかは、ひとえに原文の読みが正しいか否かにかかるのだが、本書の訳注のあちこちで述べたように、原文の読みや解釈にはさまざまな問題がある。

そのような次第だから、全訳はあるのだが注意が必要である。全訳は長らくC訳（一九六二）のみであったが、正しい訳と言うには程遠い。その後V訳（二〇一四）が出た。V訳は、訳の解説で原語をどう解釈したか出ており有用である。しかし、前述したように細部の解釈は注釈でも見解が分かれるほどであるから、問題がある部分も多い。

これらに対し、［高橋 2017］では一字一句すべての問題を掘り起こしつつ、詳細な訳注と共に直訳に近い訳文を提示したが、研究者には役に立っても一般読者には詳しすぎて読みにくい。そこで本書では、［高橋 2017］の直訳から、なるべく原文の趣を残しつつ意訳し、前述したような、過去の研究や翻訳で足りない部分は訳注で補っている。

（1）「サンガム」は英語で Sangam とか Saṅgam と表記されるが、後者は二〇世紀半ば頃まではむしろ標準表記で、わが国でもかつてはシャンガムと言われていた。同様のことはサータヴァーハナ朝の呼び方も同じで、古くはシャータヴァーハナと言われていた。これらはどちらが正しいというわけではなく、読み方の変化（より正しくは流行）によるものである。

（2）サンガム伝説の和訳およびその内容については［高橋 1991］を、またそのサンガム伝説で一〇〇年以上にわたって同定されていなかった作品を同定したものとしては [Takahashi 2015] をそれぞれ参照していただきたい。

（3）それらの呼称の長短や、タミル古典学の動向については、［高橋 2007］を参照していただきたい。

（4）通常、古典文学の作品数と詩人数は、それらの研究でもっとも優れた成果である [Pillai 1940] に従い、作品数二三八二、詩人数四七三と言われる。しかし、作品数に関しては、三行詩と数百行の詩とを一つと数えることや、断片だけが残る作品も一つと数えることに対する違和感から、約二三八〇としている。また、詩人数に関しては、例えば「マドゥライの何某の息子であるA」と「マドゥライのA」と単なる「A」など、どこまでが形容句でどれが本名かなど多くの問題があるため、筆者は概数で示すことにしている。

（5）「二大詞華集」に最初に言及しているのは一三〜一四世紀の注釈家 *Pērāciriyar* で、彼はタミル最古の詩論 Tol.Por. 三六二と三九二で *Pattu-p-pāṭṭu* や *Eṭṭu-t-tokai* ではなく *pāṭṭu* と *tokai* として言及している。

（6）「新たな発見」の骨子は、（一）筆者はすでに最古の文法・詩論である Tol.Por. にも新古の層があることを述べたが [Takahashi 1995: 16–24]，その最も新しい層は「案内文学（*āṟṟuppaṭai*）」の定義も含めた英雄文学論（*puṟattiṇai-y-iyal*）であること、（二）その英雄文学論では英雄文学のテーマを術語（専門用語）を使って説明することが多く、「案内文学」を述べる詩節 Tol.Por.(Iḷam) 88 では、一〇のテーマのうちで五つが術語と共に述べられているのに対し、「案内文学」では「〜の局面」と言い、*āṟṟuppaṭai* という術語を使っていないこと、（三）他方、詩論に先立つ「統語・文法論」のある部分では *āṟṟuppaṭai* という術語がすでに用いられていることである。これらをどう考えるかであるが、これまではサンガム伝説の記述もあって、最初から順に書かれたという思い込みがあった。しかし、統語・文法論は詩論より後に成立したと考えれば、前述の術語の問題のみならず、Tol. の他の様々な問題点も一挙に解決する。

（7）「大雑把」というのは、初期古典文学のなかにも（ことに Pur.）明らかに後代のものも含んでいるからである。

（8）プラム文学をどう訳すかについては、［高橋 2008b］を参照されたい。

（9）出会いから結婚前の諸テーマ、結婚、そして結婚後の諸テーマを、四〇〇の作品であたかも一つの恋愛物語のように描く文学で、八世紀頃から現われる。

（10）このことについては、[Takahashi 1995: 211–14] を参照のこと。ことにアハム文学に「戦いに出かける」というテーマがないことについては、前掲書 p.212 を参照されたい。

（11）後の詩論の分類や *akappuṟam* については、[Takahashi 1995: 7 fn] を参照のこと。

(12)「動詞の接続形」ということについては、国語学の上野善道・東京大学名誉教授にご教授いただいた。

(13) 本書で扱うPattu. にも、サンスクリット文化の影響を受けたと思われる大仰な表現が出るものの、それらはごく一部である。その後、後期古典期（四〜五世紀）にはサンスクリット文化の影響は強くなり、さらにヒンドゥー教の帰依信仰運動であるバクティ期（六〜九世紀）以降になると、タミル文学でも写実性が薄れ仰々しい表現が増える。

(14) マスト期は、サンスクリット文学では発情期として頻繁に描かれるが、実際には発情とは関係ないことについてはPoru. 172の注162を参照されたい。

(15) それらは、ヨーロッパ中世の旅芸人の研究書である［ヴォルフガング・ハルトゥング 2006］や［マルギット・バッハフィッシャー 2006］、わが国の江戸時代後期の芸人の［棚橋／村田 2004］などである。

(16) Tol. では多くの規定の後に「〜とプラヴァルは言う」という句がつくが、この場合は「学匠たち」である。また、本書Netu.76では建築の「匠」、Malai.88では戦いに通じた者という意味で「戦士」が出る（ちなみに、TLではWinslowにあった「戦士」という意味を省いてしまった）。

(17) オングのことやこの詩人の例は、筆者の小論［高橋 2014］ですでに論じている。

(18) 手元に一八三九年刊行のNārāyaṇa Pārati, *Kōvinta-catakam* がある。これはタミル人による最初期の印刷物であるが、Zvelebil によると、作者は一八世紀初頭のバラモンで、社会規範などに関する一〇〇頌（*catakam* < Skt. *śataka*）の作品である [Takahashi 1995: 483]。これを見ると、行には区切ってあるが、詩脚には区切っていない。

(1022)　「象牙に真珠がある」という表現については、注106を参照のこと。

(1023)　本書の「解説」で述べるように、Pattu. のすべての作品の原文には文章の区切りはない。ここもそうで、近代注Kや現代注Nは529行で区切る。その場合は「品物が城門をどんどん通る。汝らは城内の広場に到達する。」となる。

(1024)　「激することのない」という表現はPeru.447にも出ている。

(1025)　「広げて」は *malar* の訳である。古注はここを「駄目だと手を振る」とするが *malar* は「花が咲く」というのが本義であるから、本書のような意味であろう。

(1026)　ここの訳は直訳で、「我らの」の原語は *nam* である。タミル語には一人称の複数形に対話相手を含む場合と含まない場合があり、*nam* は対話相手を含んでいる。すなわち、「我々の」とは、語っている芸人たちと対話相手の王（たち）を含んでいることになるから、原文を意味のあるようにとると本書のような訳になる。ちなみに、一人称の複数形の対話相手を含まない場合のよい例として、Malai.53を見てほしい。そこでは、先にこの王を訪ねて歓待を受けた旅芸人グループが、これから行こうとしているグループに「我々は行って来たところである」と言うのだが、この場合の「我々」には対話相手であるこれから行くグループは含まれていない。

(1027)　「細い胴」というのは女性の素晴らしさを表わす定型表現で、なかにはその細さが蔓草のようだと言うこともある（Kal.1:7, 56:10, Pur. 139:4, Tiru.101）。しかし、それを「空の胴」とまで表現するのは大仰で、恐らくサンスクリット文学の影響であろう（「蔓草のように細い」というテキストも多くは後期古典の作品であることに注意）。

(1028)　「白稲」は *veṇṇel* の訳で、これについては注532を参照してほしいが、古注はここでは固有種の *veṇṇel* すなわち「野稲」とはとらずに、*veṇ nel* と分けて「白い稲」としている。

(1029)　「旅芸人」とした *pulavar* は詩人・賢者を表わす語として有名だが、その解釈が問題であることについては注953で述べたとおりである。

land” とか “dry land” と言われる。実はそのことを知っていないと、辞書だけでは前述のようには分からない。言い換えると、既知の事項であるから辞書で後づけで説明できるのである。ちなみに、TL ではそれぞれの語源は、*nan̲cey* が *nal-cey*（よい土地）、*pun̲cey* が *pul-cey*（劣った土地）としているが、DEDR では *nan̲cey* は “*nan̲ai* to wet” などと同語根の語とし [DEDR 3630], *pun̲cey* は “*pun̲am* upland fit for dry cultivation” と関連づけている [DEDR 4337]。

(1014) 「釣竿」は *tūṇṭil* の訳である。*tūṇṭil* が TL の示す「釣針」だけではなく「釣竿」も示すことは、注369で述べたとおりである。ここは「仕掛けておいた長い糸の釣針にかかった」とも解釈できそうである。行頭の「（堤に）いる」は *nilai-y-ōr* の訳であるが、*nilai* は “standing, staying” であるから、直訳すれば「立っている人々」である。つまり、前の2行では網をもって池の中で魚を獲ろうとしている漁師を描いているのに対し、ここでは池の岸辺に立っている漁師を描いている。仕掛けだけをして突っ立っているというよりは、釣竿で釣っているととった方がよい。

(1015) 「雷魚（*varāl*）」は TL によると “1. Murrel, a fish, greyish green, attaining 4 ft. in length, *Ophiocephalus marulius*. 2. Black murrel, a fish, dark greyish or blackish, attaining 3 ft. in length, *Ophiocephalus striatus*. 3. A freshwater fish” であるから *Channa* と同義である。とすれば英語 Snakehead Murrel だから［魚類今昔 250］、雷魚の一種。海に住むものと池などに住むものとがいるという［同 79］。

(1016) この行は Nar.350:1, Pur.381 とまったく同一で、Ak.204 もほぼ同じである。

(1017) この行全体が、Ak.378:1 と同じ。

(1018) この部分はよく分からない。古注が「汁（*cāṟu*）」を「祭り」ととり、「祭りのように人々が集まり」としたので、余計分からなくなっている。前後を見ると、大きな市場通り、川の流れのような大通り、そして狭い通りがあるということである。その文脈からすれば、「汁のような」としかならない。

(1019) インドボダイジュの花はほとんど目立たないし、サラノキであれば白い花をつけるから、ここはカダンバとなる。それらの詳細と *marāam* については、注8を参照のこと。

(1020) この行全体が、Kur.242:1 と同じ。

(1021) 「山の芋」とした *nūṟai* は TL によると “*Dioscorea pentaphylla*” であるから、ヤマノイモ科ゴヨウドコロ、英名 five-leaved yam［集成: 917, 要覧: 495］で［集成］では「Stem prickly. 芋は澱粉性で食用、ただしディオスコリンがあり生食不可」という。

TL で言う“husked rice”には「玄米」も含まれていることがはっきり分かる。

　また、Peru.275 の *avai-y-ā aciri*（搗いてない *arici*）が「玄米」であることも分かる。というのも、古注はその *arici* を *koḻiyal-arici* と言うのだが、それを TL では“ill-cleaned rice”と定義しているからである。これらの例から、*arici* という語には「玄米」を示唆する訳語をつけてないが、それを含意していることが分かる。つまり、TL の *arici* の定義である“husked rice”は、籾を取り除いた後の「玄米」も含めた「米粒」のすべてを含んでいるのである。ここの部分（Malai.440-41）は「玄米」と解釈しなければよく分からない。他にも、単なる「米」ではなく「玄米」と解釈しなければならない例はあるかもしれないが、タミル文学の翻訳で「玄米」とはっきり述べている例は残念ながら存在しない。ことは古代の食生活、なかでも米文化に関わる問題である。より真剣に取り組む必要があるだろう。

(1011)　この部分はよく分からない。異読が２つあるのも先人が読んでよく分からなかったからだろう。異読も含めれば元の韻文では*(v)eṇṇeṟintu* または *(v)eḷḷeṟintu* となる。語頭を *(v)* とカッコで囲んだのは、本来の *v* ではなく母音と母音をつなぐ渡り音である可能性があるからである。したがって、元の韻文を理論上可能であるすべての形で単語単位に区切ってみると、様々な形が想定される。そのような読みのなかで、古注はこの部分を *veṇṇeṟintu* と読み、*veḷḷai eṟintu* と注釈している。しかし、古注がそれで何を言おうとしているのか分からず、近代注Kでは *veḷḷai* を「山羊」ととり、「山羊を切り刻んでその肉を混ぜて」とし、現代注Nでは *veḷḷai* を「白色」ととり、「白い色が残らないように」とする。詳細は『学習帳２』を参照のこと。

(1012)　ガマリについては注171を参照してほしいが、平凡社百科 portia では「サキシマハマボウ」、「材は強く、心材は暗赤色」とある。

(1013)　「柔らかい耕地（*mel aval*）」と似た表現に *meṉcey*（< *mel-cey*「柔らかい - 耕地」）がある。TL で *meṉcey* をみると“wet land; *naṉcey*”となっている。つまり、*mel-aval*, *meṉcey*, それに *naṉcey* の３語は同義語である。しかし「柔らかい耕地」や「湿った耕地」では何のことか分からない。そこで *naṉcey* を調べると“wet lands, opp.to *puṉcey*”となっており、そのタミル語での説明をみると「米作のできる水田」とあり、ここに至ってようやく「柔らかい耕地」が水田であることが分かる。ちなみに反意語とされる *puṉcey* を調べてみると、“land fit for dry cultivation only” [TL] とあるから、「畑作できる土地」つまり「畑」である。これらのうち、*naṉcey* と *puṉcey* とは経済・政治・人類学ではよく使う語で “wet

「寒（coldness）」と好ましい「冷（coolness）」とは、なかなか見極めが難しい（後者が多い）。*taṇṇeṉa* の例を見てみると、多くは水や（水に濡れた）花などと関連しているが、風と結び付けられた例が２つある（Ak.78:9, Nar.236:8）。前者は「北風」を描いているから「おおさむ」ということであるが、後者（Nar.236）は、山から吹いてくる風が岩の間を通ってきて心地いい様子を描いていて、ここと同じ状況である。ここでは「風」も出てこないが、Nar.236 に倣って解釈しなおすと、最も無理がないことが分かる。

(1008)　印度花梨は注29に述べたように、赤みがかった黄色の花をつける。古注はこの部分を藤豆（436）にかかるとするが、竹の実の写真を見ると、むしろ次行の竹の実にかけるとも考えられ、文章としてはその方が自然である。

(1009)　竹は数年に１回花をつける。わが国では67年周期で花をつける孟宗竹や12年周期の真竹が有名であるが、東南アジアではもっと頻繁に花をつけるようである。花が咲いた後には、イネ科の植物だから稲穂のように実（籾）をつける。

(1010)　「玄米」は *arici* の訳である。*arici* は、TL によると “rice without the husk; any husked grain” などであるが、以下省略して “husked rice” と呼ぶ。米は、脱穀、籾摺り（これもわが国ではしばしば「脱穀」と言う）、精米という手順を踏む。したがって、“husked rice” とは普通は「籾摺りした米」である。ところが、現代タミルでは *arici* とは単に「米」を意味する。一般的に、稲穂についた米すなわち「籾米」を *nel*, 炊いた米すなわち「ご飯」を *cōṟu* というから、*arici* とは籾米から籾を取り除いてはあるが調理していない「米粒」のようである。

では、TL に言う “husked rice” には玄米は入っていないのだろうか。そもそもタミル語で「玄米」は何と言うのであろうか。「玄米」は普通英語では “unpolished / uncleaned / unmilled / brown rice” などと言われる（『人文社会37万語対訳大辞典』のみが “husked rice” を「玄米」としている）。調べてみると、「玄米」や「精米」を表わすタミル語はなさそうである。しかし、*arici* の用例を調べてみると、Poru.113 に「*muravai* が消えた、崩れていない *arici*」とある。TL はこの *muravai* を “streaks in unpolished rice” と定義している。しかし出典のはずの注釈を見ると、*muravai* は *vari*（streaks）としか言われていない。“in unpolished rice”（精米されていない米［玄米］の中の）という表現はどこから来たのだろう。そこで TL の *muravai* のタミル語の説明を見ると「*arici* にある線」と言っている。つまり、TL はここでは *arici* を “unpolished rice”「精米されていない米」あるいは「玄米」と言っているのである。ここから、

で竪琴であることが分かるために、「竪琴」の代わりに「棹」と言ったのであろう。

(1005) 394-98行はよく分からない。そのためか古注は補いが多すぎる。問題は、この行の「名前」(*peyar* 名声)、次行の「石」(*kal* 英雄記念碑)、それに「神性」(*kaṭavuḷ* 神＝死んだ英雄)を古注ではそれぞれカッコ内のようにとり、386-89行と同様に英雄記念碑を描いているとしていることである。しかしそうすると、どうしても無理な補いが多くなり全体の意味も分からなくなる。筆者はこの行の *peyar* を「名前」すなわち地名ととって以下を解釈している。

なお、これまでのインド学の大きな誤りの1つは、口頭伝承が強調されすぎ、文字文化が発展していないと思い込んでいたことである。文字文化が発展していないなら、どうしてアショーカ碑文をはじめとして各地にブラーフミー碑文(紀元前3-2世紀)が残っているのか(非文字文化なら読む人がいない)、タミル地域の英雄記念碑でも文字が読める人が相当数いなければ英雄の名や事績を記しても意味がない。つまり、これまで信じられているのとは裏腹に、文字文化はかなり進んでおり、文字を読める人もそれなりにいたのである。ここで「地名」と読んだのもそのためである。

(1006) ヤー樹(*yā*)は、荒れ地に特有の植物としてパーライ・ジャンルのキーワードとなるほど文学にはよく出るのに、TLでも[サンガムの植物: 771-72]でも、どの植物か特定できていない。文学では、幹が太くて乾燥に強く、樹皮に水分を含む大木として描かれている。

(1007) 432-33行の内容は、単語・文脈・古典の伝統のすべてから考えても、何を言わんとしているのかはっきりしたことは分からない。古注は「雨に降られ」を補い、この2行を「岩の丘の所で割けた小径で“雨に降られ”、「冷たーい」と言いながら／汝らは(雨水を)飲み(*uṇ*)、(水を)浴びて(*āṭu*)、(残りの水を)もって(*koḷ*)進め」としている。原文の *uṇ, āṭu, koḷ* の語感からするとこの解釈をとりたくなる。

しかし、原文からは「雨が降る」というのはどう考えても出てこない。まず、この部分ではデカン高原や南インド特有の巨岩が思い起こされ、場所はどう見ても荒れ地(パーライ)である。したがって季節は乾季の夏のはずである。そこに通り雨でさえ降るとすればパーライの趣とは著しく異なる。V訳では「雨」ではなく「岩の間から出た水」としており、一見ありそうであるがパーライの情景からすると考えられない。

解釈の鍵となるのは、この行の最後の *taṇṇeṉa* である。TL によると、それは “expr. of (a) being cool, refreshing; (b) being merciful” で、古典に約30箇所出る成句である。この *taṇ* も含め、タミル文学では、嫌なが行頭に立つ例は古典には1例もなく珍しい。他方、古典と同じ頃かやや後の時代に作られた詩論を含む文法書 *Tolkāppiyam* には16例ほどあって珍しくない。論書のスタイルを真似た可能性がある。

(998) 本作品の作品名 *Malai-paṭu-kaṭām* はこの行の一節からとった。山(*malai*)を象に見立て、山から響いてくる様々な音が、まるでマスト期の象の頬(山肌)から流れ出す(*paṭu*)分泌液(*kaṭām*)のようだと言っているのである。作品の一節を作品名や作者名とする例は、古典には少なくない。詩人名では Kur.54 の *Mīṉeṟi Tuṇṭilār*(魚を釣り上げた - 釣竿たる人)などがある(Kur.54 については[エットゥトハイ:25]参照)。しかし、詩人が自分の名前を作品から引くことはありえないから、詩人名も作品名や表題も作品の編纂時(あるいはさらに後)に付けられたのであろう。Pattu. の他の作品名から考えて、本作品の原題は *Kūttar-āṟṟuppaṭai*(踊り子のための案内記)であったと思われる。

(999) 「踊り子」とした *viṟali* については、すでに注149や Malai.50 の訳注946でも述べた。TL では "1. Female dancer who exhibits the various emotions and sentiments in her dance. 2. Woman of the *pāṇ* caste. 3. Girl who is 16 years old" の3つの意味を挙げるが、そのうちの一番目の「踊り子」があまりに有名である。しかし、この作品全体とこの箇所で明らかなように、*viṟali* とは踊りもするし歌にも秀でた、ある種の女芸人である。

(1000) ここでは*-āmal* という接続分詞否定形の接辞を使っているが、これを使うのは古典に13例で、ここの他には、後期古典といわれる Kal. に10例と Pari. に2例である。そして、後代の「十八小品」に18例、6世紀以降のバクティ文学では900例以上ある。つまり、この接辞は時代が下るにつれ用いられている。この例も本作品の年代が下ることを示している。

(1001) 368-72行は幾つか問題があって分かりにくい。そのような場合の常で、古注は語順を大幅に入れ替えているし近代注Kは大幅に補いを入れていて、一層分かりにくい。しかし、原文とともに説明する必要があるので、詳しくは『学習帳2』を参照してほしい。

(1002) このあたりの描写は本当の「道案内」となっている。「案内文学(*āṟṟuppaṭai*)」といわれる作品のなかで、この作品だけが本来の意味での「道案内」である。

(1003) 「敵が屈服せずに敗北する時」という表現は、Peru.419 や 491 にもある。「講和」するのではないことに注意。

(1004) 「竪琴」は *maruppu* の訳で、本来は竪琴の「棹」である(注115を参照)。しかし、ここは「棹」ではおかしい。包んであっても「棹」の部分

じる音」18種が列挙される。なお、この題名については348行と注998を参照してほしい。

(990)　古注および訳は「ヤマアラシが刺で自分たちを貫き、殺され斃れた山の民の嘆き」とするが、ヤマアラシは攻撃的ではあっても、その鋭い刺が殺傷力を持つほどではないらしい。この文章が写実的か文学的虚構かは別としても、本書の訳の方がいいだろう。

(991)　象の鳴き声は「最大約112dBもの音圧（自動車のクラクション程度）があり、最長で約10km 先まで届いた例もある」[Wiki.「象」2020.7.30閲覧]。象は様々なときに鳴くようだが、死んだとき鳴くという記事はない。古注も「その牝象が仲間と共に鳴く」とするから、死んだのではなく警戒のために鳴いたと考えるべきだろう。

(992)　「竹梯子」は *mālpu* の訳である。*mālpu* に TL では「竹梯子」としているが、同義語として挙げる *kaṇṇēṇi* は普通の「梯子」ではなく、「竹の節が踏みことなる、一本の竹棹」（TL）である。*mālpu* は他にも3つの用例があるが、それらを見ても実際の様子は分からない。TL の元資料である Winslow では *mālpu* も *kaṇṇēṇi* も「ある種の梯子」としているから、「竹棹の梯子」の方が近いのであろう。ただし、ここの文脈や、Malai.238-39 の「高い山で、戦車の車輪のような形の、ぶら下がった、山腹にある蜜蜂の巣」を採るには、「竹棹の梯子」は合わない。

(993)　本書では、山に響く様々な音に18種を数え上げ、便宜上漢数字で示している。しかし、八・九・一〇を示す原文だけは「音」や「騒ぎ」というような語が出ずに、内容がどこで切れるのかはっきりしていないために、注釈でも解釈が異なっている。

(994)　「砦」とした *kuṟumpu* には、「荒れ地（パーライ）地域の村」と「砦、城砦」という意味がある。後半の「森の民」とはムッライ（森林・牧地）の森の住民である。村同士が戦うという例はないし、注釈のように砦を滅ぼす村の民というのはさらにない。次の319行がなければ「攻め難い荒れ地（パーライ）の村を滅ぼした森（ムッライ）の民の喜び（の声）」とすることができて理解しやすいが、319行との関わりから本文のように訳した。

(995)　象使いに北インドの人々がいたことについては、Mul.35 にはっきり描かれている。

(996)　「野生のジャスミン」の原語は *kuḷavi* で *kāṭṭu-mallikai*（森の茉莉花）とも呼ばれ、学名は *Jasminum angustifolium* である。調べると「花は直径1インチぐらいで7か8枚の細い花びらをした星型」[Wiki. 2020.8.4閲覧] とある。

(997)　「こういった」と、数々のものを列挙した後にまとめ上げる言葉 *eṉṟu*

285　Malai.

している（DEDR なし）。文法上は〈名詞＋ *paṭu*〉で動詞化すると一般に言われるが、それだとこの場合には意味をなさない。筆者は *aḻuntu* と「沈む、飛び込む」などを表わす *āḻ* [DEDR 396] とは関連があると思っているが、いずれにしても、この部分は古注の言うように「垂れ下がる」という意味であろう。

(979) 「斑点のある顔」*pukar mukam* は象の顔を表わす定型句で、「雲の色のような顔」と解釈されることもある。

(980) 「矢が雨のごとく降る」という表現については、Matu.183 の注494を見よ。

(981) ここの描写から、旅芸人が神を称え拝むときには楽器を演奏していたことが分かる。後のバクティ運動との関係で興味深い。

(982) 「竜舌蘭」は *alakai* の訳である。TL によれば、"colocynth, *pēykkommaṭṭi*; century plant, *kāṭṭukkaṟṟāḻai*" である。前者なら *Citrullus colocynthis* でコロシント［要覧: 328, 集成: 519］、後者なら *Agave americana* でリュウゼツラン［集成: 896］、アオノリュウゼツラン［集成: 488］であるが、どちらも文脈に合わない。そのためか、古注は *alakai* を *alaku*（宝貝）としているが、やや無理がある。ここは無理せずリュウゼツランの縞模様ととることにする。

(983) 雨が降ると孔雀が踊るというのは、サンスクリット文学とも共通した言い方である。

(984) ここで描かれる蜂の巣の様子は、ネットで「ハニーハンティング」などで検索するとよく分かる。

(985) 「焼いて毛をこそぎ落とす」の原語は *iṟāvu* で、TL の定義はこの古注の解釈を典拠としている。

(986) 「腕輪が手になくなった」は、古注によると「子供を産むと母親は腕輪を外す」からで、子供はその原因となったから「その原因となった」を補って、「腕輪が手になくなった原因となった」とある。なお、ここで「腕輪」は *puḷ* であるが、通常「鳥」である [DEDR 4319]。TL はここを典拠に「腕輪」も挙げるが、130例ほどある古典の *puḷ* に「腕輪」という例はない。ただし、10世紀頃の作品 *Kallāṭam*（71:1）に、「腕輪」を意味する例があるから古注の勝手な解釈ではない。

(987) 「小さな頭」は、注釈は「褐色の頭」としているが、原語の *puṉ talai* という成句は様々な意味がある（注865参照）。Malai.217 では子供の頭を「羊の頭」のようだとしているから、「小さな頭」がよい。

(988) 「猛り狂った牡象を殺すニシキヘビ」とは現実的ではないが、同様の例については注975を参照のこと。

(989) 次行から348行まで、この作品の題名ともなっている様々な「山で生

ばしば現われる。TL によると、それらは苦み（*kaippu*）、甘み（*iṉippu*）、酸味（*puḷippu*）、塩味（*uvarppu*）、渋み（*tuvarppu*）、辛み（*kārppu*）である。これらのうち、古典でよく出るのは甘み、酸味、塩味で、料理では酸味と塩味である。

(971)　インドトゲタケ（*kaḻai*）は TL によると *mūṅkil* と同義であるから、学名 *Bambusa arundinacea* である。したがって、和名は先のようになる［集成：962］。

(972)　子供が客人を呼びとめることについては、注259を参照のこと。

(973)　注釈によると「紫睡蓮の花は神が望む花であるから」とする。

(974)　ここの部分はよく分からない。古注は「木に登って、手を叩いてみて」とするが、なぜ木に登るのかも、なぜそこで手を叩くのかも分からない。そこで諸訳は適当な補いをしている。本書では前の行と関係づけているが、「木」とした *maram* は大部分が「樹木」の意味であり、「太い枝（棒）」という例は Patir.74:9 のみである。一方、次の行の「神を称える」と結びつけるのであれば、「木のところで手を叩いて（仰ぎ）見て」ともなるが、その場合はまるで樹木崇拝があって柏手を打っているようだし、古典には樹木崇拝の例も、ましてや柏手を打つような例はない。本書 Poru.48-52 には、踊り子が森に住まう神に祈りを捧げる様子が描かれるが、自然な描写である。

(975)　「引き込む」とした原語の *kara* は「隠す」である。「牡象を殺す大鰐」とはずいぶん大仰だが、同様の例は後の第260-61行にも出てくる。

(976)　「山の際」は *varaippu* の訳である。原語には「山の際」という意味があるわけではなく、土地や家、寺院などの周縁、あるいは周縁をもつものから「池」などの意味がある。古典には「山」や「丘」という解釈があるが、それらは「山（*varai*）」からの類推か、あるいは山際のはっきりした山の意味であろう。注釈は「防御林」としているが、本作品では山（クリンジ）を下って森（214）であるムッライに至る地域である。本書の訳の方が文脈にかなうであろう。

(977)　「アコン」は *puḻaku* の訳である。TL によると "mountain madar, *Calotropis*" であるから、ガガイモ科の植物で、恐らくアコン（*Calotropis gigantea*）［要覧：413］であろう。

(978)　「垂れて」は *aḻuntupaṭu* の訳であるが、TL によると「系統などが長く続く」という意味である。しかし、TL が典拠とする Matu.342 でこそこの意味は合うが、Ak.83:6 や Nar.2:1、Nar.112:7 などでは植物が「長く垂れる」、Nar.97:1 では川の「流れが続く」という意味で、TL の定義は適切ではない。TL は *aḻuntu* の動詞として「押しつける、沈む」などという意味を出し（参照 [DEDR 285]）、名詞としては「水の深さ」を出

上では過去の関係分詞とも定動詞の過去・中性複数形ともとれる。ただし、この前後の描写では、定動詞形はすべて *-aṉ-a*（*-aṉ-* は中間接辞）となっているから、ここだけ妙な感じがする。しかし、この後の155行では *malint-a* とあり、近代注K詳注も「中性複数形」とわざわざ断っている。ここは、内容から中性複数形の定動詞で、「バナナ」の述語と考えるべきであろう。

(963)　チョウマメ（*uyavai*）は *kākkaṭṭāṉ* [TL] と同じという。それを見ると学名は *Clitoria ternatea typica* であるので、和名はチョウマメとなる［集成: 258］。*uyavai* はタミル文学でここにしか出ない。にもかかわらず TL が同定しているのは、よく知られた植物なのだろう。注釈では「喉が渇いたときに癒してくれる水をもった」とある。英語名 mussel-shell creeper から、花あるいは葉に水を湛えるのだろう。

(964)　クズウコンとした *kūvai* は、TL によると英名 East Indian arrowroot, 学名 *Curcuma angustifolia*, したがって和名はインドアロールート［要覧: 546］である。aroowroot は和名クズウコン［集成: 1091］、地下茎から澱粉をとる。「クズウコンという和名は、澱粉の採れる植物クズと見かけの似たウコンを合わせたもの」[Wik. 2020.7.3 閲覧] である。

(965)　パンノキとした *āciṉi* は、TL によると *īrappalā* と同義というのでそちらを見ると、学名 *Artocarpus incisa* であるから和名はパンノキ［要覧: 29］である。なお、パンノキに関しては、種のあるなしで和名と英名とで混乱があるので注意が必要である（参照［集成: 25］、Wiki. 日本語版・英語版）。

(966)　141-44行を近代注Kでは語順どおり読んでいるが、古注は「パラミツが上にも下にも」とまるで語順を変えている。したがってC訳もそうなっている。

(967)　これだけ肉を食べていることをおおらかに描写するというのは、まだヒンドゥーやジャイナ教の影響がないということで、Pattu. は遅くとも3世紀頃であろう。

(968)　インドにおけるこのような客のもてなしについては、注259を参照のこと。

(969)　写真で見ると、タマリンドの莢は薄い褐色であるが白っぽく見えるものもある。Wiki. には「果実は長さ7-15cm、幅2cm ほどのやや湾曲した肉厚な円筒形のさやで、黄褐色の最外皮は薄くもろい。1個ないし10個の黒褐色で扁平な卵円形の種子との間隙はペースト状の黒褐色の果肉で満たされる。この果肉は柔らかく酸味があり、食用とされる」とある（2020.7.6 閲覧）。

(970)　古典期の後の6世紀頃から「六種の味（*aṟu-cuvai*）」という表現がし

や、ここの槍術や戦術に秀でた者を表わすのである。辞書でも、TL の元資料である Winslow には “warrior” があるのに、TL では省かれてしまっている。

(954) ここから145行まで、20の植物が列挙される。この植物の列挙の意味するところについては本書の解説を参照してほしい。また、昼顔とした *mucuṇṭai* については、注248を参照のこと。

(955) 「議論士」(*vāti* < Skt. *vādin* 字義「言葉を持つ」) は、わが国ではあまり見られないので適当な訳語が見つからないが、インドの思想界では様々な学派の学者が互いに議論を挑み戦わせるのは普通であったから、あえて珍奇な訳語を充ててみた。彼らの議論がどんなに盛んであったかは、Patti.171 で街中に議論する場を提供する店すらあったことからも明らかである (注894)。なお、「議論士」が出るのは古典ではここのみである。

(956) わが国のように鋭利な刃物をもつ文化からすると分かりにくいが、ここは鋭利な刃物をもたない様子がよく現われている。

(957) シロガラシ (*aiyavi*) は、TL によると学名 *Brassica alba*,〔集成〕〔要覧〕になく、和名は Wiki. による (2020.7.1閲覧)。

(958) 生姜 (*iñci*) は、TL によると学名 *Zingiber officinale* で、“one of the important drugs used in almost all Tamil medicine” とある。

(959) 古注によると、生姜の球根状の根を人形に譬えるのは慣例である。

(960) カヴァライ (*kavalai*) は、TL によると「*kiḻaṅku* の一種」という。そこで *kiḻaṅku* と同様に「山の芋」としておいた (注183参照)。

(961) この行は、実際のバナナの花と実がつく様子が分からないと訳せない。写真などは「バナナ」でネット検索すると出てきてよく分かる。文章の説明では Wiki. がよく、「花 (花序) は偽茎の先端から出て、下に向かってぶら下がる。花序は一本の果軸に複数の果房 (果段) がつき、各果房には10本から20本程度の果指から成っている。大きな花弁に見えるのは苞葉で、果指の部分が本当のバナナの花である。果指一つ一つが一本のバナナに成長し果房がバナナの房となる」[Wiki. 2020.7.1 閲覧]。したがって、原文でいう「花」は偽茎の先端の子房〔牧野〕のことで大きくてぶら下がるから、原文の *uyar* は “greatness” が正しい。

(962) 古注はこの *cuṟṟiya* を過去の関係分詞とし、次の行の *paḻutta* を中性複数形の定動詞ととった。したがってこの部分は「丘を囲んだ森のバナナは (略) 実が熟している」となる。ところがそうなると、132-33行のインドトゲタケの描写が分からなくなるし、この前後の植物描写が原文ではすべて「述語、主語。」となっているのに、ここだけ妙な構文になる。
cuṟṟiya (*cuṟṟi-y-a*) は、動詞の過去語幹に *-a* が付いたもので、形の

典』（388頁以下）を見て、はたと気づいたことがある。それは、この書の絵を見るとそれぞれの芸人の差異は歴然としているのだが、絵を見ずに個別の芸人の内容を文字で表わすと、「歌う」、「舞う」、「楽器を演奏する」等となり、どれも普通名詞で、別々の芸人集団の舞い方の違いなどは分からないのである。同じことが古代タミルの芸人集団についても言えるのではないか。つまり、タミル古代の様々な芸人に関しても前掲書のようなものがあったなら、それぞれの芸人の差異は一目瞭然なのではないか、別の言い方をすれば、古代の人々にとっては様々な芸人集団は、その名を聞けばどのような楽器を持ってどんな踊りをするのか分かったのであろう。

(947)　この行は Ciru.143 や Peru.28 と全く同じであるから、奪格および動詞の非過去（non-past）についても注237を参照のこと。

(948)　54-55行は、注138に述べたように定型的な言い方である。「案内文学」の場合には、そのコウモリのように王の贈り物を求めて行くという流れであるから（Malai.66, Peru.20, Pur.370）、ここはやや離れているが、64-65行の「ナンナンを思って、行く」にかかる。

(949)　原文は「造花の花飾り」と「身につけた本物の花輪」との両義にとれる。花輪に「蜂が集まる」というのは、タミル文学ではよく出るから（Tiru.200, Peru.385, Malai.30）、それからするとここは本物の花のようにも思える。しかし、花が豊富なインドでは造花の方が価値が高い場合がある。ここも原意は蜂も見まがうほど見事な出来栄えの花の装飾品だろうが、あえて普通にとった。

(950)　C訳は補注で「当時は一夫多妻制であった」（p.326）と言うが、ここは王であるから後宮の女たちのことである。

(951)　この行全体が、Kuri.128 に同じ。

(952)　原語は *puḷḷiṉir*「鳥たる汝ら」で、注釈では「鳥によって吉兆を告げられた汝たち」としている。確かに、旅に出るときに鳥（主にカラス）が予兆するというのはよくあり、*puḷ-ḷ-urai*（字義「鳥が語る」）という表現があるくらいである。しかし、ここは54-55行の「果物を求める鳥（コウモリ）のように」求めて行けば得られると言っているのだから、「その鳥のように汝らは確かになれる」と素直にとった方がよいだろう。

(953)　「戦士」とした *pulavōr*（*pulavar* という形がよく知られる）は、「感覚、知識」を表わす *pulam* [DEDR 4344(b)] に由来する語で、「優れた感覚、知識をもつ者」すなわち「詩人」「賢者」としてよく知られている（注262参照）。しかし、その意味があまりに強調されたために [Kailasapathy 1968]，この語が持つ本来の側面が忘れられることともなった。つまり、この語は学芸に関する知識のみならず、他の分野である建築（Netu.76）

まず「踊り手」とした語は *kaṇṇuḷar* である。TL はこの語の男性単数形 *kaṇṇuḷaṉ* を見出しにして、“actor, dancer; masquerader” という訳をつけている。*kaṇṇuḷar* は理屈の上では男女通性複数形であるから女性も含む可能性があるが、TL では actor, dancer の女性は actress, dancing-girl としているから、TL がここで「男の踊り手たち」を意味しているのは明らかである。なお、注釈でも *kūttar*（“actors, dancers” [TL]）と言っているから男である。

kaṇṇuḷar は *kaṇ*（目）- *uḷ*（内・存在）から来ていると思われるが、*kaṇṇuḷ* だけで用いられている例があり、TL では “1. Acting, dance. 2. Fine, delicate workmanship in jewelry” という訳をつけている。この1と2との関係は分からないが、2は恐らく日本語の「（見る）目がある」に近い。他方、*kaṇṇuḷar* の TL の最後の訳語 “masquerader”「仮面舞踏師」というのは、*kaṇ-uḷ-ar*（目が内にある者）であると解釈したからであろう。ただし、後の作品を見ても、*kaṇṇuḷar* の例に「仮面をまとった」などと形容するものはない。このように、あるものを語義から分析するのは一般的であるが、広義の文脈からその内容を分析したものは、先の *porunar* の例と同じく *kaṇṇuḷar* にもない。

kaṇṇuḷar は辞書の定義では「男の踊り手」だが、本作品には「男の踊り手」は後に別の言い方で1度出るだけある。その代わりに頻繁に登場するのは *viṟali* と呼ばれる女の「踊り子」で、それもすべて複数形の *viṟali-y-ar* で出る（42, 201, 358, 570）。したがって、辞書の意味にとらわれなければ、ここで「長」が率いているのは女の「踊り子」ととるのがむしろ自然である。しかも、この直前の40行後半から46行（あるいは49行）まではその「踊り子」たちの様子が述べられているから、文脈的にもその方がしっくりくる。前の行で近代注Kが「産後間もないように見えない」と解釈したのは、そのような文脈を反映していると思われる。

また、上に触れたが、「踊り手」とした *kaṇṇuḷar* は、第164行では *vayiriyar*（“professional dancers, actors” [TL]）と言われている。これを単純に考えると、これら両者は同義語となってしまう。さらに、先行する第40行では吟遊歌人の代表格である *pāṇar*（複数形）もこの集団にいて歌っている。彼らは「踊り手」のなかに含まれるのか、それともその「集団」に含まれるのか、文法的にも内容的にも分からないのである。ちなみに、前述した「踊り子」*viṟali* は注149でも述べたが、よく出る割には実態はよく分からない。一般に「踊り子」とされるが、本作品の358-59行で明らかなように、歌も歌っている。このように、古代の様々な旅芸人は調べれば調べるほどよく分からなくなるのである。

そのようななかで、筆者はある時『絵でよむ江戸のくらし 風俗大事

291　Malai.

その中木が皮膜面の上に出ていたのか下に隠れていたのかははっきりしない。しかし、機能の点からも皮膜の維持の点からも、中木が皮膜の上に出ていた方がよい。この形式については、インドの楽器が原型というサウン・ガウ（ビルマの竪琴）の今日の作り方が参考になるだろう。つまり、はじめに弦を通す穴を弦の数だけ中木に開けておき、その後に皮膜となる革の2箇所に切れ目を入れて、そこに中木が上に出るように通すのである。すると弦を通す穴が開いた中木は外に出ているのだから、弦を張るのも新たに替えるのにも楽であるし、皮膜も傷めない。また、この様子は、Poru.4 の「（皮膜面が）鹿の蹄の跡のように二つに分かれている」という描写にもぴったりである。偶蹄類の蹄は中央で分かれているから、その蹄の跡の中央は古注の言うように上に筋あるいは棒状に出ていたのである。なお、後に発展するリュート型の弦楽器ヴィーナーの「駒」は、タミル語で *kutirai*「馬」という [*Pakkiricāmipārati* 2002: 388]。

(943)　ブルーベリーとしたのは *kaḷam* で、TL によると *kaḷā* と同じで、その *kaḷā* に6種を挙げる。*Vernacular List of Trees, Shrubs and Woody Climbers in Madras Presidency* によると、いずれもツツジ科（*Vaccinium*）の黒い実をつける植物である。

(944)　注釈では「獣と敵対してついた」としているが、女性の場合には目に赤い筋が入っているというのは充血しているのではなく、目の美しさの形容句であるからおかしい。他方、戦いに臨む英雄の場合にも「赤筋の入った目」というが、その場合は興奮して充血しているのである。

(945)　この行は次の行との関係で解釈が難しい。そのためであろうか、注釈者たちは通常の注釈に加えて別途詳しく注釈をしている。ことに、原文の *puṉiṟu* には「産後」と「新生児」の両義があるから、次行の「踊り手たち」に女性もいるならば、近代注Kのように「産後ではない様子の踊り手たち」となるし、女性がいなかったのであれば、古注のごとく「新生児のいない集団で、美しい飾りをつけた（男の）踊り手」となる。古注はさらに「新生児がいないのは、新生児を連れてこなかった」からだと言う。古注の解釈は文学としては面白みがないし、文脈としても不自然さがあるが、次行からすれば仕方がない。なお、この集団は男の子を連れてきていることは本作品の217, 236, 253行から分かる。

(946)　49-50行は、一見なんでもないようだが多くの問題を含んでいる。それは、本書の第二番目の作品 Poru. の *porunar*（注107参照）と同様に、本作品でも「踊り手」としたものや、その構成員である「集団」というものがよく分からないからである（本書のこれまでの作品では「一族」としてきた）。

一〇 『山から滲み出る音』(Malai.)

(935) 古注はこの竹笛を *neṭuvaṅkiyam*（長い竹笛）と言う。Malai.533には「竹の長い（あるいは「大きな」）竹笛」という表現が出て、古注はそれを *peruvaṅkiyam* と言う。この *peruvaṅkiyam* をTLは“long wind-instrument shaped like an elephant's trunk”とする。ちなみにここで「象の命」を「鼻」と補うのは、*ākupeyar* と呼ぶ文法上の用法による（注50参照）。

(936) 「ミロバランノキ」は *kaṭu* の訳で、学名 *Terminalia chebula* [TL], 和名ミロバランノキ［集成：584］である。

(937) この行から第36行までは *pēriyāḻ* の描写である。なお、調律紐という訳については、注59を参照のこと。

(938) ゴマやアワが、ごく些細な量や数を示すことについては、注116を参照のこと。

(939) 25-26行の解釈は、[Yāḻnūl: 87-88] がよいと思われる。

(940) 「膠」は *pacai* の訳で、辞書には「糊」の訳もある。三味線や蛇皮線では、米や小麦から作った糊（グルテン糊）で革を胴体に貼り付けるから、「糊」の可能性もある。

(941) 「落帯」は *yāppu* の訳である。TLはこの部分を典拠に“ligature stretched across the pot-like portion of *yāḻ*”とする。

(942) 「中木」については、Poru.4で「鹿の蹄の跡のような（中木で）分かれている共鳴胴」と、共鳴胴の表面を1枚の革で覆い、その中央に中木があると解釈した。これまで *yāḻ* の弦の上端については、棹（ネック）にペグ（Yāḻnūl 99-101）や細帯（*tivavu* [*Pakkiricāmipārati* 2002: 388]）、調律紐（*tivavu*, 注59参照）で留めると、内容は異なるものの、幾つかの考え方がある。ところが、弦の下端についてはどこにどのように留めてあったのかなど研究がない。例外としてYāḻnūlでは、数本の弦を「駒」の上を通して「緒止め」で留めるとしているが [Yāḻnūl 94-98], これは後代のリュート型のヴィーナー等には当てはまるが、今問題としているのは弓形ハープの竪琴であるから参考にはならない。しかし、弦の下端が上端と同様に重要であるのは言うまでもない。［音楽大事典：1910b］では、民族楽器の竪琴の弦の下端について「弦端を胴の皮膜面に直接留めるのは無理なので、皮膜の上面または下面に接して棒を通すか、膜面から木片を突出させてそれに留める」と述べている。

本書では、ここに述べられた皮膜を通した棒を「中木」と呼んでいる。その原語の *unti* とはそもそも「臍、お腹」（参照 [DEDR 624]）、さらには「渦、中洲、中央」などを示す語であるから、*yāḻ* であれば共鳴胴の真ん中あたりにある何かとなり、「中木」という解釈は妥当であろう。

うのが自然である。

(925) ハマビシ（*neruñci*）は、学名 *Tribulus terrestris*,「果実は塊状、径1.2cm、5個の小乾果からなり、各乾果の表面に小こぶと2本ずつの刺」［要覧：211］とある。

(926)「曲がった柱」を古注は「曲がった足」ととらえ、前行の「鬼女に結びつけるべし」と言っている。古注のこの解釈は誤りであるが、「「曲がった柱」のある高層の建物」では何を言っているのか分からない。

(927) オリ国（*oḷināṭu*）は文献としてはここのみしか出ない。Tol. Collatikāram (*Cēṉāvaraiyar*) 400 の注釈に「タミルの12の方言」の1つとして出るが、場所は分からない。

(928) アルヴァー国（*aruvāṇāṭu, aruvānāṭu*）は文献としてはここのみしか出ない。Tol.Collatikāram（*Cēṉāvaraiyar*）400 の注釈に「タミルの12の方言」の1つとして出て、TL によると南アルコット郡あたりである。

(929) イルンゴーヴェールは「偉大な牧夫の長（*irum-kō-vēḷ*）」の意味であろう。PPI によれば「五大族長」の1人である。古典ではここの他に Pur.201 と202 の詞書に出るのみで詳細は分からない。

(930)「開墾する」は *koṉṟu*（*kol* の接続分詞）である。*kol* の中心的な意味は「殺す」[DEDR 2133] であり、「耕す、開墾する」というような意味はないが、ここ以外にも「耕す」（Kur.155, 198, Nar.121）とか「開墾する」（Ak.133）という意味で使っており、TL ではここをもとに *kāṭukol* と一語にとり "to clear the forest" としている。「殺す」と「耕す」との関係については、注151も参照のこと。

(931)「宮廷」を古注は「寺院」としているが「宮廷」の方がいい。それについては注850を参照してほしい。

(932) 直訳すれば「赤い白檀膏」。しかし、タミル語の「赤」は「褐色」も意味する。粉末の白檀を見れば分かるが、褐色である。

(933) ティルマーヴァラヴァン（*tirumāvaḷavaṉ*）とは、聖なる（*tiru*）偉大な（*mā*, あるいは「黒い」）チョーラ王（*vaḷavaṉ*）という意味で、古注がカリカーラン *Karikālaṉ* と同定した。*karikālaṉ* とは「黒い（焼け跡の）足の（*kāl*）男（*aṉ*）」という意味であるから、*tiru-mā-vaḷavaṉ* と同じであるという。*Karikālaṉ* に捧げられた Poru. では、彼は *karikālaṉ vaḷavaṉ*（Poru.148）と呼ばれている。*tirumāvaḷavaṉ* については [PPI 433-35] に詳しいが、これら両者が同一かどうかについては確たる証拠はない。

(934) 肩が性的な意味をもち、「肩を抱く」というのは「女を抱く」と同義であることについては、注12を参照のこと。

(920)　ネイダルについては注42を参照してほしいが、ここでもネイダルが海岸部でないところに出ている。

(921)　ギョウギシバは *putavam* の訳で、TL は "Bermuda grass" としか示さない。同義語から学名 *Cynoddon dactylon* PERS で、［集成：940］によると「gluish green leave in sandy place; 匍匐茎、芝生用・牧草」とある。

(922)　スゲとした *ceruṇṭi* には3種類ある（注240）。ここはギョウギシバとの関連から、根茎をもつスゲであろう。

(923)　第240行からは、チョーラ王に滅ぼされた地域が荒れていることを言っている。しかし、242-44行では溜池が消えた様子が、そしてここから次の行では田も池も荒れて水がなくなっていることが窺える。つまり、平和時には人の手が加わって灌漑されていたことを示しているので、それを補った。

(924)　「遊女」は *koṇṭi-makaḷir* の訳で、TL は "captive women" と "prostitutes" の2つの訳語を出しているが、前者の出典はここの古注である。古注は、戦いに勝利した王が戦利品（*koṇṭi*）として得た虜囚の女たちと言う。この注釈を受けて、タミル国では「このような女たちの貞節を汚したりせず、寺院での奉仕などをさせていた」（近代注K）と一般に言われる。ちなみに、敵から得た戦利品や貢物に言及する作品は幾つかあるが、女を略奪したり戦利品とするという例は古典にはない（ただし、5世紀頃の Patir. 第5章の奥書に敵の女たちの髪を編んで作ったロープで大きな荷車を引くという描写はある）。

さて、この箇所であるが、前後の文脈を見ると古注の解釈はおかしい。まず239行では敵を緒戦で破りマルダム（田園）地帯から人民を追い払ったとある。マルダムとは大都市とその周辺の水田地域で、古代では最も豊かな地域である。そこで豊かな水田も灌漑用の池も荒れ果て、雑草が生い茂り鹿が飛び跳ねている（240-45）。そして、かつては旅人で満ちていた公営会館では（人がおらず）象が住み（249-51）、賑やかな祭りの音に満たされていた広場は（252-55）雑草だらけで（256）、ジャッカルが吠え（257）、鬼女が死体を漁り（258-60）、町には盗賊が徘徊している（265-66）。

仮にこの246-48行が「虜囚の女たち」であるとすると、そんな戦い敗れて荒れ果てた地に敵国の女たちが逃げもせずそのまま留まって奉仕していることになり奇妙である。他方、246-48行の主語が遊女たちであるとすれば、寂れ果てたマルダムの豊かな町に残り、かつては自分たちの技芸を披露した場所で祈るのも自然である。そもそも、246行ではガートが出るが、遊女のガートや川での水遊びはよく出る描写であるから、聴衆にとってはガートと出ればそこに入っているのは遊女であると思

いるとされ、実際 *mutuvāy* という語は詩人や旅芸人などの修飾語として表われ、その後ろには *vēlaṉ*（ムルガンを称える司祭）、*iravalaṉ*「哀願者、乞食」（本書 Tiru.284, Ciru.40 参照）、*kōṭiyar, pāṇaṉ*「ダンサー、吟唱詩人」（Patti.253）、*peṇṭu / peṇṭir*「占い女」などが来る（他にも *palli*「トカゲ」、*kuyavaṉ*「陶工」という例がある）。

次に、*okkal* は「身内、親族」を意味する語で、古典だけで50例はあるが、その大部分が旅芸人の身内である（本書の Poru.61, Ciru.139, Peru.25, Malai.50 などを参照）。さらに、次の行の「祭りに集まる」のも普通は旅芸人である（Poru.1-3, Ciru.201, Peru.296, Matu.628, Kuri.192）。そのようなわけで、古典に親しんでいる聴衆であればおのずと旅芸人を想起するはずである。しかし、不思議なことに古注はこの *okkal* について述べていない。近代注Kは *cāṉṟōr*「知者」とするが、古典世界という広義の文脈には合わない。

(915) 218-20行がこの作品の主題で、*Paṭṭiṉappālai* という作品名ともなっている。*paṭṭiṉam* とはもともと「海辺の町」を表わす。本作品では200行以上にわたってこのカーヴェーリパッティナムを称えてきた。そんな町をもらってもあの素晴らしい女と別れないと言うのである。*pālai* というのは古代恋愛文学の五大ジャンルの１つで「別れ」を主題とする。なお、ここでの「心」の意味するところについては、本作品の「解題」を参照のこと。

(916) 「舞って広がっているとき」の部分は原文では分かりにくい。そこで、古注は語順を変え補いを入れて「鳶が動き回り、兵士たちが倒れるように先に来た前衛隊を滅ぼし」と言い、近代注Kは「大空を舞う鳶のように戦場で埃が舞う」と補いを入れたりしているが、本書の訳で十分であろう。「鳶が舞う」というのは、戦死者が出ることを察知しているからである。

(917) 「キワタ（*pūḷai*）」は Peru.84, 192 にすでに出ており、注342でも述べているが補足する。TL は *pūḷai* で、ヒユ科（*Amaranthaceae*）の植物３つと「勝利のシンボルとしてつけられる花」という訳語を出している。ここではその意味を訳で補った。

(918) ウリニャイ（*uḻiñai*）は、学名 *Cardiospermum halicacabum*, 英名 Balloon vine, 和名フウセンカズラである。英雄文学の７つのジャンルの１つ「敵の城砦の攻略」（229行を参照）の名称ともなっていて、この戦いに際して兵士たちはこの花を身につけたと言われる。和名もあるが、ここでは英雄文学のジャンル名ともなっているので原語をカナ表記した。

(919) 次行から296行までは、この戦いによって町がどう変わったかを述べているので、「かつては」と「今では」を適宜補っていく。

見られたということである。また、供犠も普通に行なわれていたのは、本書の Tiru.96（5-6世紀頃）ではバラモンが、この Patti.54 では牟尼が供犠を行なっていることでも明らかである。つまり、バラモンも含め殺生は普通に行なわれていたのである。したがって、この行の「不殺生」と「不偸盗」とをバラモンだけが実践していたというようには読めない。

では、ここはどう解釈すべきなのだろうか。そもそもこの作品は、チョーラ朝の海の都カーヴェーリパッティナムを賛美する作品である。そうであれば、例えば Pur.20 では王を称えて「米を炊く火と、赤い太陽の燃える火を除いて／汝の蔭に暮らす者たちは、他に火を知らない。／彼らは、虹という美しい弓以外には殺戮の弓を知らないし／鋤以外には武器を知らない」（[エットゥトハイ：200] 参照）と言っているのと同様に、この作品は、町は平和で豊かであり、住民は殺し合いや盗みをせずにみな徳に満ちていると、文学的表現としてやや大仰に言っているのであろう。

(911)　『マヌ法典』(3.135) には「祖霊への供物は努めて知識に専心する者たちに与えられるべし。しかし神々への供物は規則にしたがって（それらの）四種の者たちの全てに（与えられるべし）」（渡瀬訳）とあるから、供物を食べるのはバラモンのみではない。したがって、この行の主語は「町の人々」でもありうる。

(912)　ここは明らかに牛の崇拝が認められる。他方、本書の Peru.143 とその訳注328に示したように、祭りで人々は牛を屠って食べている。したがって、この行の主語はバラモンということになる。この行は、古代タミル社会では牛の崇拝は限定的であったことを示している。

(913)　「慈悲」は ***niḻal*** の訳で、その本義は「影」である。常夏の国における「影」の意味がよく分かる例である。

(914)　「卓越した知恵をもった（旅芸人の）一統」は ***mutuvāy okkal*** の訳である。以下に、なぜここで「旅芸人」を補ったかを述べておく。まず、***mutuvāy*** という表現を TL は成句としては採録していないが、古典だけでも20例ある。***mutu*** とは「古い」というのがもとの意味だが [DEDR 4954], 幾つかの例では「古い由緒ある智」を意味しており、TL は ***mutu*** のみで “vast knowledge” という訳語を載せている。他方、***vāy*** は「口」[DEDR 5352] や「真理」[DEDR 5351] を表わしている。ちなみに、「真理」を表わす語はいくつもあるが、なかでも ***uḷ, mey*** にはそれぞれ「心」、「体」の意味もあるから、民間語源説ではおのおの「身・口・意」の「真実」であるとする。タミル人の ***mutuvāy*** の理解にはこの語源説が反映されているから「由緒ある真実の知恵」となる。

旅芸人の多くは詩も吟唱するが、詩人の言葉にはこの知恵が含まれて

297 Patti.

のだろう。ちなみに、Matu.255-57で淡水魚を獲って呼び売りする様子を描くが、古典には魚屋は出ない。語頭の *valai-ñar* は「漁網たる人」がそもそもの意味であるから「漁師」であって「魚屋」ではない。ただし、この行と次の行では、*valaiñar* と *vilaiñar* というように、語頭の1音だけが異なる、後の文学では必須の *mōṉai* という頭韻を踏んでいる。そのために「魚を売る人」というような言い方をしなかったのだろう。なお、現代では漁民はアウトカーストで、その理由は魚を殺すからと言われるが、これはヒンドゥー教が浸透してカーストの概念が広まってからの後づけの理屈で、古代では殺生を理由に忌み嫌われていた様子はない。ただし、魚の生臭さは古代から嫌なものとされており、漁民が蔑まれるようになったのはその生臭さゆえであろう。これらを含め、タミル古代にカーストという概念がなかったことについては［高橋1994］を参照してほしい。

(908)　「肉屋」は *vilai-ñar* の訳で、語義は「商い人」である。古注はここを「殺した獲物を売る者たち」すなわち肉屋としている。商人が単に自分の小屋に動物を置いておくとすれば、運搬に使う牛またはロバであろうが、203行から商人を述べるのにここで運搬用の動物を述べる必要はないから、前行の魚屋と共に肉屋を述べているという解釈は正しいであろう。ただし、「動物」とした *mā* は "amimal, beast (esp. horse, elephant)" [DEDR 4780] のように四足動物一般を表わす語であり、それらの動物の「肉」を示す語ではない。するとここでは、肉屋が自分の小屋に動物を置いていることになる。インドの肉屋を描いた例はないが、13世紀のヨーロッパの肉屋を描いた作品には「肉屋街では、店で動物を殺すため、通りに血が流れ、日光で乾いていく。積み上げられた臓物やくず肉にはハエがたかっている」（『中世ヨーロッパの都市の生活』73）とある。細部はインドとは異なっているとしても、古代のインドでも生きている動物を店でさばいていた可能性がここから読みとれる。

(909)　ここから202行までは主語がはっきりせず解釈も様々であるが、主語によってタミル古代社会にヒンドゥー文化がどの程度浸透していたのかが変わってくる。古注（14世紀）は199-202行全体の主語をバラモンと捉えるが、それはその頃にはタミル社会は完全にヒンドゥー化されていたからであろう。筆者は199-200行を「町の人々」、201-02行をバラモンと考えるが、その理由は各行で見ることにする。

(910)　この行の「殺すことを拒み」を「不殺生」と言えるかどうかは大問題である。本書のいわゆる「案内文学」で見たとおり、肉食は古典期には普通であるし、後期古典期の『ティルックラル』第26章でも「肉食しないこと」を強調しているから、逆説的に言うと5-6世紀でも肉食は多くは許容されていたが、*Taittiriya Brahmana* 1.26.6-7 で6種の誓戒が述べられ亀の肉は禁止されているという。逆説的に言うと、亀肉はかなり食べられていたことになる。したがって、亀はここで言う「食べ物」のひとつである可能性が高い。その場合、セイロンから海亀を輸入して肉は食し、内外の需要に応えるべく亀甲を利用したことになる。

(905) 「ビルマの産物」であるが、TL はここを典拠として *kāḻakam* を「ビルマ」としている。しかし、この作品の作られた後3世紀頃の、今日「ビルマ」と言われる地域の様子はよく分かっていない。したがって、*kāḻakam* の意味や用例で「ビルマ」とされる地域について考える必要がある。しかし、*kāḻakam* の用例は古典に7例（Tiru.184の「衣」参照）、後の叙事詩に6例ほどあるが、いずれもある種の衣である。PPI はこの衣がビルマ製ではないかと言うが、語源も含めてその関連は分からない。

TL は *kāḻakam* はまた *kaṭāram* と同義語と言う。*kaṭāram* とは "1. Brass or copper boiler, cauldron. 2. Burma (some say, Sumatra)"（TL）である。*kaṭāram* は古典には例がないが後代の文学に10例ほどあり、そのなかには、例えば13世紀の *Mūvar-ulā* 19-3 のように、インド周縁部の地域と思われる *koṅkaṇam* や *koṅkam* と共に挙げられている例が幾つかあるから、今日のビルマ地域であってもおかしくはない。また、「ビルマ」という意味の典拠として、TL は碑文（SII ii, 107）の「東の海の守護も難しい地のカダーラム」を挙げるが、マレー半島のどこかである可能性がある。

マレー半島であれば、TL の一番目の意味である「銅または青銅の大鍋」というのも頷ける。というのも、マレー半島は青銅を作るのに欠かせない錫の生産地であるからである。このように、ここの *kāḻakam* は「ビルマ」でおかしくないであろう。なお、北インドの神像は主に石像であるのに対し南インドのそれは青銅製である。このことは、南インドでは古来マレー半島との海運業が盛んで、錫も重要な交易品であったことを示唆している。文学ではこの部分から、ビルマあるいはマレー半島と交易があった可能性を指摘できるだけである。考古学等の研究成果が待たれる。

(906) ここで「眠る」の主語は分からないので補った。古注は「海では魚などが、陸地では動物が眠る、と解釈をする人もいる」と言っている。

(907) この行が何を意味しているのかはっきりしない。最後の「散らかる」は動詞 *piṟaḻ* の訳であり、他にも「輝く」とか古注の言うような「跳ねる」という意味もあるが、それらのいずれでも、漁師が魚を獲ってきて家の前に置いていることになる。しかし、魚をただ単に庭に放り出していることはありえないから、漁師はそこで魚の処理をするか売っている

299 Patti.

(902) ガンジスの物産に言及するのは古典ではここのみであるが、内容には触れられていない。14世紀の古注によると「象、ルビー、真珠、金など」であるという。このうち、真珠については『実利論』2.11.2で真珠の産地として北インドの地名も挙げられているから北インドでも真珠が採れていて、それがタミル地域でも知られていたということになる。Peru.320に「北の富」とあるが、それと同じかどうかは分からない。

(903) 「カーヴェーリ河の物産」の部分の古注は欠けているから、その当時(14世紀)どう考えられていたかは分からない。他方、近代注Kによると「砂糖黍や米」であるという。本書はカーヴェーリパッティナムという港町がいかに賑わっていたかを描く文学作品であるから、必ずしもその物産の詳細を考える必要はない。ただ、古代南インドの米の生産地である、いわゆるマルダム(田園地帯)について改めて考えるよい機会であろう。というのも、15世紀のトメ・ピレスが、「このマラバル地方全体はコメを欠いている。土産のものはほとんどない」[東方諸国記: 169-70)と言っているからである。そうであれば、古代南インドでも、恐らく15世紀と同様にマラバル(ケーララ)地方では米の生産があまりなく、今日のタミル地域の米を直接あるいは東海岸から運んでいた可能性がある。ただし、文学ではこれらについてはまったく言及していない。

(904) セイロンは古典に5回出るが、*īḻam* はここのみで(語源未詳)、他の箇所ではランカー(*laṅkā*)に由来する *ilaṅkai* が使われている(Ciru.119-20参照)。「セイロンの食品」は次の「ビルマの産物」と共に、単に諸国と貿易が盛んであったことを述べているだけだろうが、文学に出るくらいだから、セイロンとの交易はよく知られていたのであろう。しかし、古注のこの部分の注釈は欠けていて14世紀頃の交易品は分からない。近代注Kによると、セイロンからチョーラ国に食べ物を輸入したことはないから、この部分はパームリーフの書き手が書き誤ったもので、セイロンの「食べ物(*uṇavu*)」ではなく「物産(*uḷavu*)」の間違いという。確かにその方がいいかもしれないが、テキストは写本も含めあくまで「食べ物」である。

ではその食べ物とは何であろうか。『エリュトラー海案内記』によると、「亀甲は本書に挙がっている商品の中で言及回数が最も多く、紅海やインド洋沿岸の各地から地中海世界へ輸出される最重要産物の一つであった」という[エリュトラー海案内記1: 61]。そして同『案内記』61節ではセイロンに言及し、その産物として亀甲を挙げている。また、プリニウスは「彼らは(セイロン人—筆者注)また漁、とくにカメ漁を好む」と言う[プリニウス6.25.91]。

一方、土田龍太郎氏(東京大学名教授)によると、亀の肉は法典類で

大きな真珠貝（*ippi*）の真珠が広がった（ような）砂浜」と、真珠貝を母貝とする真珠に言及している。また、バクティ期以降になると「真珠を持った真珠貝」とか「真珠貝の真珠」という言い方が数例ある。他方、巻貝であるが、*kōṭu*（原意「曲がったもの」約20例）、*varampuri*（「右巻きのもの」約10例）、*vaḷai*（「丸いもの」約40例）などと呼ばれ100近い例があるものの、「巻貝（*vaḷai*）が産む真珠」（Ain.195:1）とか「真珠をともなった巻貝（*varampuri*）」（Ak.201:5）のように、巻貝が母貝であるとはっきり述べる例はあまりない。つまり、古典では巻貝をよく描くものの、真珠の母貝としての巻貝には興味がなかったようである。

巻貝の採取方法であるが、Kal.85:12 や131:22 では巻貝は、多分に文学的誇張であるが「深い海」にあるといい、Ak.350:10-11 では漁師が船から「輝く青く広い海で、攻撃的なサメを避けて巻貝（*valampuri*）の所に潜る」とあるから、潜水採取が古代に行なわれていたことが分かる。また、古注は Matu.136 への注で「真珠貝を潜って採取する（*caṅkukuḷi*）」と言っているから、14世紀には真珠の潜水採取は広く知られていたようである。ちなみに、16世紀のリンスホーテン（1562/63-1611）は「漁夫とか真珠取りのなかには鮫に襲われて命を落とす者が多い」と述べているから［東方案内記：415］、『案内記』で真珠採りを罪人にやらせるという記述も合点がいく。

最後に、タミル学の立場から『実利論』2.11.2 に述べられた真珠の産地を考えてみる。まず、コルカイがサンスクリット文献では知られていないことからすると、タームラパルニーは河そのものではなく、コルカイを含んだ川の下流域や河口を含んだ一帯を言っていると思われる。また、パーンディヤカ・ヴァータ（*pāṇḍyaka-vāṭakaṃ*）は「パーンディヤ国の囲む地域」ととれないだろうか。そうであるとすれば、今日も真珠の潜水採取で知られるマンナール湾となり、『案内記』や古典の記述とも符合する。

(901)「東の海の赤珊瑚」であるが、注121に述べたように、赤珊瑚は古典で女性や子供の口の色の譬えとしてしばしば登場する。そしてこの部分から、赤珊瑚はタミル国の東側の海であるベンガル湾で産出される名産品であったことが分かる。しかし、古典では真珠と異なり珊瑚の採取については一切言及がなく、具体的な産地は分からないし注釈もそれについては何も述べていない。したがって、ここで言う「東の海」がどこなのかはまったく分からない。なお、『エリュトラー海案内記』によると、真珠がインドの特産物として古代ローマに盛んに輸出されていたのに対し、タミル文学でしばしば言及される珊瑚はインドから輸出されていないどころか、地中海からインドに輸入されていた。

義はサンスクリット語の *hima-ālaya*「雪の住まい」）は古くからタミル地域でもよく言及され親しまれている。文学でヒマラヤ地域で宝石を産することに言及するのはここだけであるが、宝石は古代ローマ時代から胡椒と並んでインドの主要輸出品であり、カシミールは19世紀まで世界最高のサファイアの産地として知られていた。タミル文学は現実世界を描くから、ここもヒマラヤであろう。

(900)「南の海の真珠」だが、タミル文学では真珠を好んで描くが、その採取方法や種類（ことに海真珠か淡水真珠か）、産地などはここのようにはっきりとは描かないのが普通である。しかし、西洋やサンスクリットの文献も念頭において改めて古典を精査してみると、様々なことが分かる。

まず産地だが、西洋の『エリュトラー海案内記』には真珠がコルカイ近海で潜水採取されているとあるし（注211参照）、サンスクリット資料の『実利論』2.11.2 では真珠の産地として10箇所を数え上げている。この真珠の産地の同定は難しいようだが（[Olivelle 2013: 527-28] 参照）、研究者の多くは「真珠は、タームラパルニー河、パーンディヤカ・ヴァータ、パーシカー河、クラー河、チュールニー河、マヘーンドラ山、カルダマー河、スロータシー河、「湖水（フラダ）」、ヒマーラヤで産出する」（上村訳）のように、パーンディヤカ・ヴァータ（未詳）以外は河川・湖沼を真珠の産地と考えている。

他方、古典では、本書の Matu.315 に「海がもたらした輝く真珠」とあり、他にも「海の真珠」と述べる例がいくつもあり（Ain.105, Ak.13, 103, 130, 280, Pur.58, 377, 388 など）、「海真珠」には言及しているものの、『実利論』のように河川の真珠（淡水真珠）については述べていない。さらに、その真珠が採れる海であるが、Nar.23:6 の「真珠を産む広いコルカイの前の海」という明瞭な例をはじめ、「コルカイの前の海」（Ain.185:1-2）などとコルカイあるいはその近海で真珠が採れていることを述べる作品は少なくない（Ak.27:9, 130:9-11, 201:4-5, Ciru.55-61）。なお、ここで「前の海」と訳した *muṉ tuṟai* であるが、*tuṟai* はガートを表わす代表的な語であるためにしばしば「前の海岸・港」と訳されるが、ここの場合は「海」である。

真珠の母貝であるが、『実利論』2.11.3 では「真珠貝・螺貝・その他が、［真珠の］母胎である」（上村訳）とあり、『占術大集成』80.1 では「その中で真珠貝からできたものが極上である」とある（注106参照）。この記述を別としても、一般的には真珠の母貝として真珠貝を思い浮かべるであろう。しかしながら、タミル語には真珠貝を表わす単語は、サンスクリットからの借用語を除いては *ippi* [DEDR 2535] しかなく、しかも用例も少ない（３例）。ただし、そのなかの Pur.53:1 では「素晴らしく

る貨幣経済の浸透の問題も相まって興味深い問題である。しかし、この部分からそれらのいずれかはっきりしたことは分からない。仮に「酒の販売」としておく。

(897)　古代における馬の輸入については Peru.319-21 や Matu.322-23 にも記述がある。「伸び立つ（ような）歩みの馬」は直訳であり、恐らく馬の脚が長く丈が高いことを言っているのであろう。直訳と意訳の間には訳者の解釈が入り、古代社会の様子を知るには、この解釈という作業はきわめて重要な意味を持つ。翻訳に頼るとその解釈の持つ重要性に気がつかないので、あえて直訳した。

(898)　古注は186行を「海上を風で運んできた黒い胡椒」とする。「胡椒」とした *kaṟi* は TL では “pepper, *miḷaku*” で、学名は示されていないがタミル語の *miḷaku* から学名は *Piper nigrum* だから、和名はコショウ［要覧: 89］である。ちなみに、クロコショウ（黒胡椒、black pepper）とかシロコショウ（白胡椒、white pepper）とかは、この南インド原産といわれる「コショウ」の製造方法の違いによってできるものであって植物名ではない。他方、英語の pepper の語源といわれるサンスクリット語の *pippalī* は学名 *Piper longum*, 英名 Indian long pepper, 和名はインドナガコショウ［要覧: 89］またはヒハツ［集成: 151］である。このナガコショウは古典には出ず、後の文学でもごくわずかしか出ないから、ナガコショウはタミル地域ではあまり用いられていなかったのであろう。

さて、コショウの産地は西ガーツ山脈である。古注がコショウを海上輸送してきたと言っているのは、この箇所が東海岸の港町を描いており前の行で海上輸送を描いているからここもそうだと考えたか、あるいは遠く離れた産地の西ガーツ山脈からここで描く東海岸の港まで荷車で運ぶことは困難と考えたのかもしれない。しかし、古代にインド東海岸から西海岸に塩の道とでも言うべきものがあり、塩を荷車で運ぶという例は多数あるから［高橋2011］、胡椒も西ガーツからいったん西海岸の港に運んで海上を運ぶのではなく、そのまま東側に下って荷車で運んできたと、原文を素直に読めばよいだろう。なお、「胡椒」とした *kaṟi* は英語の curry（カレー）の語源として知られるが、古典期にカレーを示す用例はなく、ほぼ全例が「コショウ」である。

(899)　「北の山」は *vaṭa malai* の訳で、文字どおりの訳である。これを一語とした *vaṭamalai* に TL では「メール山（スメール山、須弥山）、ヒマラヤ、タミル北限のティルパティ山」という意味を挙げており、メール山とする典拠をこの部分の古注に求めている。しかし、メール山は今日ではチベットのカイラーサ山に同定されるが、もともとは古代インドの世界観で世界の中心にそびえる神話上の山である。他方、ヒマラヤ（原

ではなく、わが国の料理屋などで見られる「盛り塩」のようなものと考えざるをえない。ここもそのような「お供え」であろう。

(890) 「牛糞を溶いた水で塗る」は *meḻukku* の訳であるが、用例が少なく、古典ではここと Matu.661 に出るだけで詳細は分からない。ただ興味深いことに、Matu.661 もここと同じような内容で「様々な品をたくさん置いた店では牛糞を溶かした水できれいにして」とあるから、店の地面に塗って掃除しているのであろう。ビンロウジ（注286を参照）は、古くから寺院などに奉納されるし儀式にも用いられたとするが、古典期にそのような例はない。ただし、この行からすると清めと関係があるのは明らかである。牛糞は、サンスクリットのダルマ文献には、例えば「家は掃くか（牛糞その他を）塗布することによって（略。清められる）」［マヌ法典 5.122］などとあるように、清めとして広く用いられているが、古典では牛糞という語およびそれを清めとして用いられる例は稀である。

(891) 「柱に付けられた覆いの木枠」は、古注とそれに従ったＣ訳の解釈である。他方、近代注ＫとＶ訳では「槍が据えられた、覆われた盾の」とし、戦死した英雄を祭る英雄記念碑（*naṭukal*）だと考えている。その解釈の根拠は、恐らく165行に出る *pali* であろう。しかし、*pali* は注889に述べたとおり、狭義の「捧げ物」だけでなく広い意味での「お供え」もあるから、英雄記念碑にこだわる必要はない。また、*kāḻ* [DEDR 1370] には槍の柄を示す例が Ak. に４例ほどあるものの、通常は柱など棒状の物全般を示す語である。それらを別としても、英雄記念碑は注642で述べたように、普通は村の郊外や荒れ地にあり、町の繁華街にあるのは奇妙である。ここは古注の解釈に従った。

(892) 167-68行を素直に解釈すると本書のようになり、旗は旗竿に垂らしたものではなく幟である。

(893) この行は Matu.761 とまったく同じである。

(894) インドの哲学・仏教文献では、様々な学派の論客が議論を戦わせるのがよく描かれる。タミル文献では *Iṟaiyaṉār Akapporuḷ*（シヴァ神の恋愛文学論、５世紀頃）への、タミル文学史上最古の注釈（*Nakkīrar* 作、８世紀頃）にそれが描かれている。それら論客（注955参照）たちは、宮廷のアカデミー（Poru.188 参照）だけでなく、ここで描くように街中にも「議論店」とでも呼ぶようなものがあって、そこで議論を戦わせていたというのは興味深い。

(895) 庭に砂を撒くことについては、Peru.266 や Netu.90 にも描写がある。また、Peru.338 では、ここと同様に、酒屋の庭に花を撒いている。

(896) この部分は「酒の値（を記した）幟旗」ともとれる。旗に酒屋であることを示していたのか酒の値段を記していたのかは、タミル古代におけ

ススキに似るが、ススキのように垂れずに幹と葉の上に直立しているから、旗を花穂に譬えるのは理にかなっている。しかし、「〜のような」と出たときに、その比較の対象となる語は普通はそのすぐ後かやや後に来る（本書の Poru.28, 34, 37, Ciru.6, 13, 20 などを参照)。そのことはこの作品と同じ作者によるとされる Peru. でも同じである（Peru.10, 35, 56, 78 など)。稀に数行離れたものにかかることもあるが、そのような場合にはその間にある行（本作品では163-67行）の全体がその行（ここでは168行の「幟」）と関係する場合である。しかし、本作品では163-67行はそのように読めずに完全に文脈から浮いており、古注の言うようには読めない。したがって、ここの比喩はごく普通に読んでみる。

(887)「壺」は *mañcikai* の訳である。この語は用例が少なくはっきりしない。古典ではここにしか出ず、古注（14世紀）は「貯蔵庫」、別の注釈（同時期？）では「穀物入れの容器」としている。*mañcikai* は後の作品に９例ほどあるが、それらのうち６例では「牛乳を攪拌するための壺」で、他に「ヤヴァナの *mañcikai*」というのが１例ある（いずれも9-10世紀頃のジャイナ教叙事詩 *Perunkatai*)。後者は「ヤヴァナの」とついているからワインなどを容れるいわゆるアンフォラであろう。さらに、本作品では *koḻu* という形容詞がついている。この用例は多数あるが、圧倒的に多いのは「豊かであること」、ことに「丸々とした魚（*koḻu mīṉ*)」という例が17例もある。それらのことから、ここでも「丸い大きな壺」と解釈した。

(888)「詰まった」は「詰まり（*tāḻ*）を持った（*uṭai*)」ととったが、この行は分かりにくい。古注は *tāḻ* を「掛け金」、*uṭai* を「持った」ととり、この行を「掛け金のある、素晴らしい穀物の所に」としているが、前半と後半がつながらない。他方、近代注Kでは *tāḻ* を動詞「垂れ落ちる」、*uṭai* を「布」ととって「長びつ（本書では「壺」）とその下に垂らした布に（広げられた）素晴らしい穀物とに」としている。この行だけならその解釈は最も無難なのであるが、次の行とつながりが悪くイメージが湧かない。つまり、穀物を入れた小箱とか壺とかの容器から布を垂らし、そこに各種の穀物を置き、さらにそこにお供えの米粒を撒くということになるからである。本書では、穀物を入れた容器の傍らか容器の端にお供え物を供えていると考えた。

(889)「お供え」は *pali* の訳である。*pali* はサンスクリットの *bali* に由来し、神、霊、カラス、蛇（コブラ）などへの「供物」や托鉢行者への「お布施」を意味する。したがって、この後の167行の注891で述べる近代注Kのような解釈が出るのはむしろ当然である。しかし、180行では酒屋の入り口に *pali* があり、そこでは宗教儀礼などにおける狭義の「捧げ物」

305 Patti.

代の差によると考えることも可能だが、恐らくは恋愛文学のヴェリ祭が特殊なもので、今日でもヒンドゥー寺院でもよく見られるトランス状態で踊るような祈りが、古くからムルガン信仰にあったと考えるべきだろう。また、ムルガン信仰も、海辺の町ティルッチェンドゥール（Tiru.78-125 参照）がムルガンの聖地の１つであるように、古くから海辺にも広がっていたのであろう。

(884) このあたりの不定詞ならびに接続分詞の解釈で、全体の解釈が大いに変わってくる。まず前々行の「手を合わせて祈る」であるが、その主語は高層階にいる女たちであることは間違いない。問題は、「祈る」で文が区切れるか否かで、区切れるとすれば、「高層の建物にいる女たちが窓辺に寄って祈る。そして地上ではヴェリを踊る女たちが」となり、一見なんら問題がないように思える。しかし、４、５階にいる女たちが窓辺で何かに手を合わせて祈るという図は、我々には分かりやすくともインド学の立場からは想像し難い。それよりは、地上から聞こえるムルガンへの祈りに「和して」ムルガン神に祈ると考えた方がいい。その場合は、「高層の建物にいる女たちが祈り、地上のヴェリを踊る女たちと和す。他方」となる。しかし、ヴェリを踊る女たちと「和す」とすると、それも妙である。というのも、ヴェリというのは祈りというよりは、むしろトランス状態での踊りであるからである。しかも、高層階にいる女は明らかに上層社会に属しているのに対して、ヴェリを踊る女たちはむしろ下層に属している（ただし、注486にも述べたように、古代に身分差はあったがカーストはまだ存在していないから注意してほしい）。

しかし、以上に述べたようなことは文献学からすると難しいだけであって、歌とすれば、海辺の町カーヴェーリパッティナムには豪華な高層の建物があり、そこには高貴な美しい女がいて、階下ではムルガンの祭りなどの多くの祭りの楽器の音が聞こえ、いつも賑やかであるというだけのことで、本書のような補いは聴衆には自然なものであったのだろう。

(885) 159-82行はプハールの町の中央通り（159-71）と海岸通り（172-82）の様々な店や施設、船などとそれぞれの旗を描いている。しかし、ここから168行までがどんな店（または施設）なのかよく分からない。古注は穀物店（あるいは香料店）としていて、現代注Ｎでは恐らくそれを受けたのだろうが穀物店としている。他方、近代注Ｋは英雄を祀った場所としている。しかし、いずれの解釈も問題を含んでいる。このように解釈が分かれるということ自体原文がよく分からないことを示しているが、以下に何が問題なのかをそれぞれの行の注で述べていく。

(886) 古注はこの砂糖黍の花穂を168行の幟にかけて「花穂のような旗」としている。そのため後の注釈も訳もそれに従っている。砂糖黍の穂は珍しいことではない。

(877)　太陽が「七頭の馬で引く車に乗るもの（*saptāśva*）」と呼ばれることについては、[菅沼「スーリヤ」]を参照のこと。

(878)　原文では「海にあって」である。今日の奪格と呼ぶものが、本来ここのように「どこに（処格）あって」であったことについては、注236を参照のこと。

(879)　古注はこの行の「風」を「南風」としている。古典では東風（*koṇṭal*）、西風（*kōṭai*）、南風（*teṉṟal*）、北風（*vāṭai*）が出るが、それらのうち北風と南風の示すものははっきりしていて、北風は寒さや冬を、南風は初夏の香りのよい風を示す（南風については Netu.61 を参照）。それらに対し、東風と西風（ことに後者）は複雑で、西ガーツ山脈の東側と西側ならびに昼と夜（すなわち陸風と海風）などがあるようである。ここは心地よい風のはずだから、注釈のとおり南風であろう。

(880)　古注は「花粉」ではなく「蜜」とするが、*nuṇ tātu* は定型句で古典に18例あり、すべてが「細かな花粉」である。ここは山腹に群生するグロリオサに言及していて、「花粉」でも「蜜」でもどちらでもいいが、定型句であることから他の例に倣った。

(881)　グロリオサ（*kāntaḷ*）は注31で述べたように、しばしば女性の指に譬えられる。ここは、腕の先のそのような美しい指をもった手の様子が、束になったグロリオサの茎の先の、細い花弁の花の姿と重ねられている。

(882)　このあたりの情景は分かりにくい。まず「祈る。」で区切れるかどうかをみておく。138-45行は高層の建物の描写であり、146-54行はそこにいる女たちの描写である。女たちがどこにいるかであるが、151行に「風が入る」とあるから、比較的上層の階にいるのは間違いないので「階下」と補った。なお *māṭam* はしばしば「高層の建物」としているが、Mul.86 では「七階建ての高層の建物」とあり、同じ表現は後代の文学にも出る。ただし、「七」という数字をそのまま受け取る必要はない。というのも、タミル古代で数字を表わすものとしてよく出るのは「たくさん」と「一」以外に「七」ぐらいであるから、「七」はそのものではなく１つでもたくさんでもない「幾つか」とか「若干」とかのある種のまとまりを示すだけと思われるからである。

(883)　ヴェリ踊りとは、本来は注528で述べているような、ムルガンを宥めてヒロインの病を治すための祭りであるが、ここのヴェリはそれと関係があるようには思えない。また、1-2世紀の初期恋愛文学では、ヴェリは山の神であるムルガンのいる山岳地（クリンジ）で行なわれているのにここでは海辺の町、しかも山から遠く離れたカーヴェーリ河口のプハールで行なわれている。この違いは初期とこの作品（３世紀頃）との年

307 Patti.

最後に「あどけない女たち」とした *maṭa(m) maṇkaiyar* についてである。*maṭam* が女の三大美徳の1つの「無知を装うこと、信じやすいこと」であることは注47で述べた。*maṇkai*（*maṇkaiyar* の単数形）は、TLでは“1. Woman. 2. A girl between 12 and 13 years” の意味を出しており、そのうち後者は中世の詩論で女性を年齢で7段階に分けるときの呼び方の1つである。12-13歳に限定する必要はないが、古代恋愛文学のヒロインは若く、遊女も同様に若い。問題なのは、遊女が「純真」だとか「あどけない」と言えるかどうかであるが、Ak.256:10 では遊女を *maṭam* と関係した *maṭantai*（“1. Woman, lady. 2. Woman between the ages of 14 and 19. 3. Girl who has not attained puberty” [TL]）と言っているし、Peru.384-87 でも「純真な女」と言及している。そもそも古典期の遊女は、近代の研究でしばしば「妾」と解釈されるくらいで、単に性を売って生業とする女ではないから、「純真」としても不思議ではない。なお、若くあどけないことから、102行で砂で人形を作る女の子とここの女が同一と解釈することも可能である。

(873) この部分は、「昼に着ている絹の服から、夜用の木綿の服に着替える」としてしばしば言及される。しかし、「絹の衣」は原語の *paṭṭu* から明らかであるが、後半の「木綿の服」の原語は *tukil* で、辞書では「素晴らしい衣、豪華な服」[TL] と材料については述べていない。タミル人研究者は、高級な衣類だと絹織物と解釈しがちで、綿と見えることも絹と見えることもありはっきりしない（古注がこの部分を「交わりのときに柔らかく白いものを身に纏う」とするが［古注 : 541］、夜用の「白いもの」が何であるかは述べていないのもそれが理由だろうか）。同様のことは、やはり高級衣類の1つである「カリンガの衣（*kaliṅkam*）」にも言えるが、*kaliṇkam* は注52に述べたように、間違いなく綿である。それが分かれば、Pur.398 で *pū-m tukil kaliṇkam* すなわち「花柄の素晴らしい布のカリンガの衣」と言っていることから、*tukil* も木綿地であることが分かる。また、辞書 TL でも *tukiṟpīcam* < *tukil-pīcam* という語を挙げ「綿の種」としているから、*tukil* は木綿である。ちなみに、*pīcam* はサンスクリットの *bīja*（種）である。

(874) 注釈では「（自分たちにふさわしい）甘いジュースを止めて、（夫にふさわしい）酒を飲んだり」と補いを入れているが、本書のように補いを入れなくても十分に分かる。

(875) 109-10行はなぜそんなことをしているのか分からない。現代注Nでは「交わりで取り乱し、互いに相手の飾りをつける」としているが［現代注N : 334］、戯れていると考えれば十分と思い補った。

(876) 関係分詞が2つ続く例は、これまでにも Tiru.3 と Ciru.13 に出ていて、

(870) 「多くの文様」は *pal poṟi* の訳である。古注がこれを五感としたため(この場合は *pal poṟi* は「たくさんの感官」)、「日中はずっと、強い熱意をもって、すべての感覚で感じる喜びを味わい」(C訳)のように一般的に解釈されている。しかし、そもそも原文では99行から「～したり」とずっと海辺や岸辺で遊ぶ動作を並列で述べてきているから、ここもそれらと同様に何らかの遊びの方が自然である。

(871) 古注と Rajam 版ではここで区切りこれ以降を夜の描写とするが、近代注Kでは105行で区切る。近代注Kのように105行で区切ることができると解釈しやすいのだが、古典の文章という観点からするとここで区切るのが正しい。

(872) この行には幾つかの問題がある。まず、「伴侶」は *tuṇai* の訳であるが、この語の基本的な意味は「仲間、助け合う者」で、そこから「伴侶、夫、妻、兄弟姉妹、友人」なども派生する(DEDR 3308)。注釈では「夫たち(*kaṇavar*)」と言っているが、この後の108-10行の描写からすると遊女と一緒にいるように見える。というのも、いかに若く新婚の夫婦であれ、108行のように若い妻が酒を飲むというのはありえないし、109-10行のじゃれ合い方も普通ではない。それは後の146-51行で高層の建物にいる女が描かれるのだが、その描写と較べるとよく分かる。言うまでもないが、146-51行の女こそが古典で描かれる女である。さらに言うならば、この作品の作者は、伝統によると Peru. の作者でもあり、その Peru.385-90 の描写はここと非常に似ていて、そこでは遊女を描いている(Peru.388-89 はここの104-05行とまったく同一であることにも注意)。これらを考慮に入れると、ここも描かれているのは遊女である。なお、古典の遊女は高級遊女でありパトロンがいる。そこでここでは「檀那」とした。

次に、「一緒になった」とした *puṇarnta* である。この語は動詞 *puṇar* "unite" の過去関係分詞である。*puṇar* の名詞は *puṇarcci* で、現代タミル語では「性交」を表わす代表的な語である。しかし、もしそうであるとすると、ここは「交わり→着替え→飲み物→飾り物の交換」となりおかしい。そこで、古注は「飲み物→着替え→交わり→飾り物→寝る」というように語順を変えて解釈している。しかし、語順の入れ替えが誤りである以上に、そもそも古典では性的な表現や描写は好まれないということを忘れてはならない。つまり、「交わり」などという直接的な表現が出るわけはないのである。「一緒になっている」が本来の意味で、ここでもその意味でよいのに、時の変遷と共に変わってきて(恐らくサンスクリット文学の影響)、14世紀頃には「交わり」となっていたのであろう。本書では古い意味で訳した。

(865) TL は *puṉ talai* を一語として *puṉṟalai* という見出しで出し、ここを引用して「赤い髪の頭（ruddy-haired head）」としている。*puṉ talai* という句は多数あるが（46例）、多くは子供や牝象などにかかっており、TL もそれらの例から「小さな頭」や「柔らかな頭」という訳語も出している。*puṉ* の本来の意味からすると、ここも「くすんだ」ぐらいがよいだろうが、14世紀頃の漁師を見ているはずの現地の注釈者に従う。

(866) 「満月」は *uvavu* の訳で、その語には「新月」と「満月」の両方の意味がある。月と漁の関係はいろいろで、地域や魚の種類などで新月がいい場合も満月がいい場合もあるようである。夜の漁について述べたテキストはないので、ここが新月か満月かははっきりしない。ただし、漁と切り離せば、満月はしばしば言及されるものの新月への言及はないこと、また漁に素人の一般聴衆からすると「満月に仕事をしない」方が違和感がないと思われることから「満月」としておいた。なお、満月を狂気と結びつける西洋文化とは異なり、インドでは月は昼間の暑さから解放してくれるよいイメージしかない（この後の Patti.114 でも月を愛でていることが描かれる）。男たちが漁をせずに飲んでいるという描写は Ak.196 にもあるが、そこは田園地帯の池の淡水魚の漁場である。

(867) 95-96行が、何の比喩か分からない。古注は、95行は「黒い（青い）海水の上に赤茶けたカーヴェーリの水が広がること」で、96行は「（そのように）一つになることの比喩」と言う。たしかにそれ以外にはとれないが、あまり分かりやすい比喩ではない。後者は、河（子供）が海（乳房）に吸い付くようであるのだろうか。全く同じ比喩は、後代の Ciiv.100:1-3 の1-2行に（順番は Patti.96-95）、「母親の胸にしゃぶりつく赤子のような、また／黒い山を飾る（赤い）雲のような／美しい雲が纏わりつく、細かな水滴がなくなることのない山の頂」とあるが、これなら比喩も分かりやすい。

(868) 「河口」は *kūṭal* の訳である。この語はマドゥライの古名として有名だが、もともとは「着く、一緒になる」を意味する動詞 *kūṭu* [DEDR 1882] の名詞で、川と海が一緒になることから、ここのように「河口」を意味することもある。他方プハール（*pukār*）は「入る」を意味する *puku* [DEDR 4238] から派生した名詞で、海から陸地に入り込むことから「河口」を意味する。

(869) この行から103行までは誰が主語なのかはっきりしない。99-100行は「町の人々」、101-02行は「子供たち」をそれぞれ主語とすると分かりやすい。しかしその場合には、103行の「昼間は遊ぶ」の主語は誰になるのだろうか。大人も子供も含めた「みんな」とするとよさそうに見える（その場合、99行の「水浴び」も遊びになることはおいておく）。

そうなるとここに「漁民」が出る必要はない。闘技場で格闘士たちが格闘技をしているのだろうが、「格闘士」とするとあたかもそのような職業があったように思えるので避けた。なお、行頭の「力強い（*karum*）」には“cruel”の意味があるのだが、古典にそう解釈する例がないので「力強い」としておいた。

(856)　アドゥンブについては、注173を参照のこと。

(857)　オオスイレン（*āmpal*）については、注510を参照のこと。

(858)　「インドヤマウズラ」は *cival* の訳で、TL は“Indian partridge, *Ortygorius ponticerianus*; quail, *Ooturnin coromandelicus*”と2種を挙げている。ここはそのどちらか分からないが、前者にとっておいた。

(859)　この行から81行までは分かりにくい。そのため古注も近代注Kもこの行の最後は接続分詞なのだが、関係分詞のように読んでいる。もし関係分詞であれば、英雄記念碑には盾と槍を立てかけるから、「盾と槍を添えた英雄記念碑の防御壁のような」となって意味が通る。しかし、現在のテキストではそうはなっていないから、ここは82行の「家」に釣竿のほかに盾と槍とが立てかけられていると考えざるをえない。

(860)　「槍」とした *araṇ* は防御する物や施設で、古典では「城」や「城壁」が普通である。しかしここはそれでは読めない。そこで古注は英雄記念碑に描かれた英雄であるとしているが、それでも意味が通らない。ここは、TLも示しているように後代の同義語辞典に挙げられた「槍」であろう。

(861)　アダンについては、注238を参照のこと。

(862)　「サンシキヒルガオ」とした *kūtāḷam* は、TL によると学名は *Givotia rottleriformis* であるが［集成］にも［花綴り］にもない。TL の英訳 convolvulus に従った。

(863)　「花輪をつけた男たち」の原語は *kōtai-y-ar* は共生・複数形であるから、男か女かそれとも男女か分からない。*kōtai* は TL によると“garland of flowers, worn by women”であるから、「花輪をつけた女たち」となりそうである。「花輪」にはいろいろな言い方があるが、*kōtai* と出ると大部分の例は女性であるが、男性の場合もある（*kōtaiy-aṉ*, Nar.50:2）。TL のもととなった Winslow の“a flower garland”の方が TL よりいい。注釈ではここを「男」としているが、90行では酒を飲んでいるので、注釈の言うとおりであろう。

(864)　サメは「卵生のほか、胎生の種類が存在する。狭義には、哺乳類のように胎盤を形成する型のものを指すが、魚類では子宮の中で卵を孵化させる、いわゆる卵胎生も胎生に含める」[Wiki.「サメ」、2019.7.25 閲覧] とあるから、ここの描写は正しいことになる。

意味する例は5世紀頃から現われることからも明らかである。したがって、もしここが古注の言うように「寺院」であるとするならば、きわめて特異な例となる。他方、ここの *kōyil* が古典の他の例のように「王宮」だとすると、いかに城塞都市の内部でも、そのすぐ前を戦車が走り、建物（壁ではない）が汚れるというのも妙である。それゆえ、古注は「寺院」と解釈したのであろうが、それでもここは「寺院」より「王宮」の方が意味が通る。

(851) この行は解釈が難しい。ことにここの「苦行の場所（*tava-p paḷḷi*）」は直訳すると「苦行の庵」または「苦行の場所」である。古注は「苦行するジャイナ教徒の庵（あるいは「場所」）と仏教徒の庵」と言う。ここで興味深いのは古注がバラモンに言及していないことである。恐らく、古注の時代の14世紀頃には、苦行するのはジャイナ教徒と仏教徒であり、バラモンは含まれていなかったのであろう。近代注Kは「苦行する者たちの場所」としているが、それならば原文どおり「苦行の場所」でいい。

(852) 「郭公」は TL では *Eudynamis honorata* というが、[Birds of India: 415] の *Eudynamis scoloacea*（Asian Koel, Indian Koel）がそれに相当するようである。雄は黒、雌は黒い斑模様。ネットでは Indian koel で画像が出るが、[Birds of India] の *E. scoloacea* に同じである。

(853) 「醜い小鬼」は *pūtam*（< Skt. *bhūta*）の訳である。英訳では goblin のみを挙げているが、TL の *pūtam* の英語の意味の全文は "demon, goblin, malignant spirit, described as dwarfish with huge pot-belly and very small legs" となっている。悪鬼（*pēy* [Patti.236], *kūḷi* [Patti.259]）や鬼女（Tiru.47-56, Matu.25, Patti.260）などと区別するために「醜い小鬼」としておいた。なお、悪鬼については、注461を参照のこと。

(854) タミル語の単語とその英訳を見れば、この行の内容がはっきりしないことが分かるであろう。そのため、近代注Kでは「大きな」の *irumai* について、「ここでは、*irumai* は大きいことではなく近いことを示す」とする。すなわち「より近い」親族であるという。タミルおよびドラヴィダ諸語の親族名称は複雑で、父方か母方か、父方（あるいは母方）の兄弟か姉妹かでそれぞれ名称が異なるほどであるから、この注釈も一理ある。しかし、そもそも59-62行は誰がどこで何をしているのかはっきりせず様々に解釈ができる。

(855) 「戦闘士」は *kali mākkaḷ* の訳である。*kali* には様々な意味があるが *kali mākkaḷ* という句はここのみである。古注はこの句を「海の民」すなわち「漁民（*paratavar*）」と解釈し、近代注Kは *maṟavar*「戦士」としている。漁民 *paratavar* は少し後の第90行前後で再び出るし、58行までの描写は海岸部ではなく、59行の *kaḷari* は戦場ではなさそうである。

「海辺の村」としているのだが、*pākkam* には山岳地の村を表わす場合も少なくなく、あえて「海辺の村」と特出する理由はなさそうに思える。Winslow では「区域」が中心的な意味で、そうだとすると [DEDR 4053] がむしろ妥当である。ただし、*ciṟu / cil kuṭi pākkam*（小さな／僅かな家のある地域）という句が多いことからすると、それらがよく出る「山岳地（クリンジ）または海岸部（ネイダル）の村」あるいは「小村」かもしれない。

(844)　これはいわゆる「呼び売り」である。これについては注477を参照してほしい。

(845)　「第一〇星宿」は *makam* の訳で、これはサンスクリットの *maghā* に由来する（“N. of the 10th or 15th Nakshatra (sometimes regarded as a wife of the Moon)” [Monier]）。「白い星」は *veṇ mīṉ* と分けているが、多くの例では *veṇmīṉ*（金星）として出る。しかし、ここは文脈からしても古注の言うように *veṇ mīṉ*（白い星）で、金星とは別物である。

(846)　これら2つの池を、古注は5世紀頃の叙事詩『踝飾り物語』（Cil.9:59）に出る、カーヴィリ河口の都 *Kāviri-p-pūm-paṭṭiṉam* にあったとされる「ソーマのあった池（*Cōmakuṇṭam*）」と「太陽の池（*Cūriyakuṇṭam*）」であるとしている。

(847)　この行から第58行までは、何がどこにあるのかよく分からず、語彙や文法の解釈もまちまちで、2つある翻訳は半分想像で補っている。以下、問題のある箇所は以下の注で補っていく。

(848)　注釈ではこの行を現世でのこと、次の行を来世のこととするが、その解釈には従わなかった。

(849)　「コメのゆで汁」は *kañci* [DEDR 1107] で、英語では conjee または congee とされるが、タミル語が語源である（OED 参照）。TL では conjee の他にも rice-water という訳語も出すが、どちらも分からないだろう。インドではわが国の米の炊き方と異なり、米が炊き上がる頃にゆで汁をこぼす。conjee とはそのゆで汁のことである。ここでは、そのゆで汁が川のように流れている、すなわちチョーラ国が豊かであることを示している。

(850)　「王宮」は *kōyil* の訳であるが、古注は「寺院」とする。しかし、寺院だとすると続く行で寺院の庭にたくさんの牛舎と林があることになりおかしい。*kōyil* というのは、そもそも *kō-y-il*（渡り音が変わって *kō-v-il* とも言う）で「王の家」というのがもとの意味であった。それがやがて「王の家（王宮）」は「地上の王の家」と解釈され、それに対して「天上の王の家」すなわち「神の家（寺院）」も意味するようになった。このことは、1-3世紀の古典では *kōyil* はすべて「王宮」であり、「寺院」を

313 Patti.

(837) ネイダルについては注42を見てほしい。

(838) 8-12行は、「田んぼが広がるところの隣に砂糖黍畑があり、それを搾る小屋があり、そこで搾り汁を大釜あるいは大壺に入れて煮詰めるために、その熱でネイダルが萎れる、そんな田園地帯」を描写しているのだろうが、このような散文的な説明ほどには原文でははっきりしない。分かりにくいのは、海岸地帯の名称にもなっている睡蓮のネイダルが出てきていること、ついで水田と砂糖黍畑の関係であろう。

まずネイダルについてであるが、注42でも述べたようにネイダルには数種あって、その注をつけたTiru.74 前後でも田園地帯(マルダム)に咲くネイダルを述べている。また、Patir.13:3 ではもっと直接的に「砂糖黍の耕作地に咲いたネイダル(*karumpu iṉ pātti pūtta neytal*)」と言っている。しかし、ここで問題になるのが砂糖黍の耕作地が畑なのか水田なのかということである。種類によっては砂糖黍も水田で作られるものがあるらしいが、普通は畑で栽培される。ただし、砂糖黍栽培には多量の水を要するとのことで、砂糖黍畑と水田とが隣り合っていても不思議はない。

(839) ビンロウジュについては、注286を参照のこと。

(840) タロイモについては、注393を参照のこと。

(841) 文脈からすると、ここは水田に囲まれた田園地帯(マルダム)の家である。マルダムの家が *nakar* すなわち「大邸宅」と描かれるのはここのみで違和感がある。また、「庭」としたのは *muṟṟam* の訳である。TL は *muṟṟam* に "1. Courtyard of a house. 2. Inner yard of a house. 3. Esplanade, open space" などを挙げ、[索引集]ではほとんどが "courtyard" としている。英語の辞典では "courtyard" を一般に「(建物・塀で囲まれた)中庭」とするが、タミル古代の大邸宅の様子ははっきりしないし、TL の訳語の出し方からしても、「中庭」とせずに単に「庭」でよいだろう。

(842) この句は戦車がおもちゃであることを示している。Pattu. でよくある言葉遊びである。

(843) タミル古代の、国、県、郡、市、町、村というような区分ははっきりしない。ここの「村」と次の行の「町」とはその訳も含めて、両者の関係もよく分からない。原語はそれぞれ *pākkam* と *ūr* であるが、*pākkam* は "seaside village, town, village" [DEDR 4047] を表わし、*ūr* は頻出する語であるが "village, town, city" [DEDR 752] とその内容は多岐にわたり多くの場合に内容がはっきりしない。古注はこれら両者について特に述べていないが、近代注Kは両者を並列としている。本書でも並列ととっている。なお、TL は *pākkam* の意味をここを典拠として

kāviri が先であって *kāvēri* は後に使われるようになったことを示唆している。

ところが、TL は *kāvēri* が訛ったのが *kāviri* であるとする。それはともかく、TL は *kāvēri* を "< *Kāvērī*. *Kāvēri* river, as the daughter of *Kavēra*. Cil. 7:2" と言っているが、これでは混乱するばかりである。語源をサンスクリットの *kāvērī* に求めるのはよく分かる（サンスクリットでは *e* は常に長音であるから *kāverī* が正しいが、便宜上タミル的に表記する）。というのも *kāvērī* という河は *Mahābhārata* や *Rāmāyaṇa* にも出てくる古典以前の古い語であり、*kāvērī*（「リ」が長音）がタミル化して *kāvēri*（「リ」が短音）となることは十分にありうるからである。しかし、次の説明部分は出典も含めて混乱を招くおそれがある。まず、Cil.7:2 というのは *kāvēri* という語が出る箇所で、その後の「カーヴェーリ河、カヴェーラの娘として」という説明は Mani.3:55-56 にもとづくものだからである。そこでは「枯渇することのない水のある女神カーヴィリ、その父であるカヴェーランがおわすカヴェーラの森（*tavā nīr kāvirippāvai taṉ tātai // kavēraṉ āṅku irunta kavērāvaṉam*）」とある。しかし、この部分はサンスクリット文化とタミル文化が入り乱れている。まず、サンスクリット語としては *kāvērī* はカヴェーラ（*kavēra*）ではなくカーヴェーラ（*kāvēra*）から派生したはずである。ところがこの Mani. では父親はカヴェーラ（*kavēra*）となっている。次に、河である「カーヴェーリ」はタミル原文では「カーヴィリ」である。そこで、PPI では *kāviri* とは「タミルナードゥ最長の河で、「森の広がり（*kā-viri* ― 筆者注）」を意味し、それが *kāvērī* と転訛し神話が作られた」と言う。*kāviri* が *kāvērī* に転訛することはありえないが、タミル文化史からするとこの説明はある程度当たっている。

筆者の結論を言うと、サンスクリット語の *kāvērī* がタミル語の *kāviri* にまず転訛した（タミル語では長音の連続は好まれない）。しかし、4-5世紀頃からタミル文化にサンスクリット文化が浸透するにつれて、もとのサンスクリットに近づけようとする試みから、タミル語に訛った *kāvēri*（「リ」が短い）が用いられるようになったが、すっかりタミル語化した *kāviri* が相変わらず用いられ続けた、と考えていいだろう。ちなみに、本作品の主題となっている町は *kāvirippaṭṭiṉam* と呼ばれ、*kāvērippaṭṭiṉam* と言われることはない。最後に、肝心のこの語のカナ表記であるが、英語では TL の影響か *Kaveri* または *Kāvēri* が多く、その影響かわが国でもカーヴェーリというのが普通である。現代タミルではカーヴィリという方が多い気がするが、語源も勘案して「カーヴェーリ」とすることにする。

5304], 近代注Kはそのようにとっているが、山岳地帯（クリンジ）のヒーローが豊かとか富裕層の出であるという例はない。ここは古注の解釈が正しい。

(828) 「噂（*alar*）」は恋愛文学の大テーマの１つである（参照 [Takahashi 1995: 140-44]）。そのため、ヒロインとその友人は男に結婚を促すことになる。

(829) 以下、最後の261行まで、注824にも述べた、結婚前の重要なテーマの１つである「男が夜の逢引きのためにやって来る夜道の困難」を述べる。

(830) 「獅子」は *āḷi* の訳である。*āḷi* については、注155を参照のこと。

九 『町と別れ』（Patti.）

(831) 戦士の母親が、息子が敗走したという噂に激怒して戦場で死体を探し回り、発見して喜ぶという、有名な作品に Pur.278 がある［エットゥトハイ：275-76］。

(832) マダルを扱った作品に Nar.146 や220 がある。［エットゥトハイ：90-91, 96-97］を参照のこと。

(833) 「金星」を *veṇ-mīṉ*（白い星）と言うのは古典でここのみであり、通常 *veḷḷi*（白）と言う（Nar.230, Patir.13:25, 24:24, 69:14, Pur.35:7 など）。

(834) 金星が北にあるということについては情報が見つからないが、アストロアーツのホームページによると、夏は低い位置になるが、その他は高い位置、すなわち北方向のようである（https://www.astroarts.co.jp/special/2010venus/index-j.shtml; 2023.3 閲覧）。タミルナードゥは北緯10度程度だから、金星はほぼ北方に位置しているのだろう。

(835) 古注はこの鳥をヒバリ（*vāṉampāṭi* “Indian skylark, Alauda gulgula” [TL]）と言う。辞書によると、ヒバリを表わす語には *kār-uṇi*（「雲を食べるもの」、古典に例なし）、*taṟ-pāṭi*（「自ら歌うもの」、例なし）、*māṉam-pāṭi*（「空で歌うもの」、例なし）、*vāṉam-pāṭi*（「空で歌うもの」、Ain.418）などがある。なお、「雨滴を食べるヒバリ」という表現は、他にも「雨滴を求める鳥（*tuḷi nacaip puḷ*）」（Pur.198:25）や「雨滴を求めて空で歌う鳥（*tuḷinacai vēṭkaiyāṉ micaipāṭum puḷ*）」（Kal.46:20）があり、Ain.418:1-2 でも、「ヒバリが乾きに弱って／なくなった雨滴を求め森の中で探す」と言う。しかし、普通ヒバリは開けた場所を好み、地上の草の実や昆虫を餌としているのはよく知られており、「雨滴を食べる」というのが何に由来するのかはっきりしない。

(836) 「カーヴェーリ（*kāvēri*）」という呼称についてであるが、タミル文学ではカーヴィリ（*kāviri*）という言い方が圧倒的に多く、ことに古典期には *kāvēri* という言い方はまったく用いられていない。このことは、

このみである。なお、「初めての出会い」の後の様子については、[Takahashi 1995: 73-74] を参照のこと。

(819)　「牡象がもたらした結びつき（*kaḷiṟu taru puṇarcci*）」は、後代に好まれるドラマチックな出会いとなり、この表現はそのまま恋愛文学の術語となる。

(820)　太陽は *saptāśva*（7頭の馬→7頭の馬に引かれた乗り物に乗るもの）と呼ばれる［菅沼: 194］。

(821)　アンリル鳥（*aṉṟil*）とは、ヤシに住み、常につがいをなし一瞬たりとも離れない、愛の象徴として文学では好んで描かれる。Winslow はナイチンゲールとするが、他の辞書では現実の鳥と同定していないので、ここでも原語とした。

(822)　ハスやスイレンは一般に朝方に咲くが、オオスイレン（これについては注510を参照のこと）は「夜開性で夜七時から翌朝十一時ぐらいまで開花」［花綴り: 225, 集成: 147］である。

(823)　231-32行は、タミル古代（インド古代）の結婚の様子を如実に示している。まず231行だが、結婚とは女の親族が男に「嫁にやる」ことである。タミル最古の詩論 Tol. では、結婚について以下のようによりはっきり述べている。「*kaṟpu*（結婚）と言われるものは、儀式と結びつき／（女を）取るにふさわしい性質を持った男が／女を与えるにふさわしい性質を持った人々（女の親族）が／（女を男に）与えるときに（彼女を）受け取ることである」[Tol.Por.(Iḷam.) 140]。ちなみにここで「結婚」と訳した *kaṟpu* とは、恋愛文学で「結婚後の愛」を示す術語で、もともと *kal*（知る）から派生した名詞で「世間が知ること」であり、そのことが232行にはっきりと書かれている。ちなみに、恋愛文学は結婚前と結婚後に二大別され、「結婚前の恋」を *kaḷavu* というが、その原義は「秘密」や「世間に知られていない」ことである。

(824)　この行以下は「夜の逢引き（*iravukkuṟi*）」を描く。そして、240-41および252-61行は、恋愛文学の術語で言うところの「夜の逢引きのために男がやって来る山道の困難（*iravukkuṟi iṭaiyīṭu*）」を述べている。

(825)　原文では二人称の単数形 *nī* であり、現代なら目下の者か親しい相手にしか使わない。それに対して二人称の複数形は文字どおり複数形（お前たち、あんたたち）か尊敬体（あなた）である。現代では、家庭内で子供は父親に複数形を使うが、母親に対しては単数形で呼ぶのが普通である。ここでもそれと同様の現象が見られる。

(826)　女の肩が性的なシンボルであることについては、注12を参照してほしい。

(827)　「善良」は *vaḷamai* の訳である。その本義は「豊かさ」であり [DEDR

317　Kuri.

「女の額」と訂正しているが、C訳の元訳こそが伝統的な恋愛文学の解釈である。

(810)　男が女の友人を見て「微笑んだ」というのがどういうことか分からない。そこでC訳では「あたかもこの愛が永続するというかのように」と補っている。本書でも、恋愛文学の発展史および本作品が時代は少し下るとしてもそれほど恋愛文学の伝統から逸脱していないものと考え「安心させるように」と補った。

(811)　この行から198行までは199行の男の在所である「山国」の描写である。これは、恋愛（アハム）文学のヒーローの在所や、ヒーローの通る荒れ地などの場所を描くときの常套手段で、風景描写をしてから「そんな国のあの人」とする。そのように作品に風景を描き込み、それぞれの風景から醸し出される豊かさ、怖さ、寂寥感などを味わわせることになる。個々の例については『エットゥトハイ』の作品群を見てほしい。

(812)　原語（*tēṟal*）には「果汁」と「酒」の両方の意味があり、本書ではしばしば「蒸留酒」としている（注76を参照）。しかし、ここは文脈から自然醱酵していると考えた方がよいだろう。原語には「醱酵」はないが、古注も言うように「酒」のはずであるから「醱酵した」と補った。

(813)　「ふらつく」は *taḷar* の訳である。辞書では、病気、疲れ、老齢で弱っていることを示す語である（参照 [DEDR 3127]）。しかし、ここは後述するロープに乗って踊る踊り子の頼りない足取りを言っているので辞書では適切な意味が見出せない。他方、Ain.66:3, 403:5, Peru.250 では子供の歩み、すなわちよちよち歩きにもこの語（*taḷar*）を使っているから、必ずしも辞書の述べるように病や衰弱と結びつく語ではない。

(814)　ここで、踊り子（*āṭu-makaḷir*）がロープに乗って曲芸じみたことをしていて、語彙の意味する以上のことをしていることに注意してほしい。古代の芸人を語の意味だけで判断してはならない。

(815)　グロリオサ（*kāntaḷ*）については、注31を参照のこと。

(816)　この部分は恋愛文学の術語で言うところの *pirivaccam*（出会いの後にヒロインが男とこのまま別れることになるのではないかと恐れること）に相当する。それをヒーローが察して、以下のように「誓って（*vaṉpuṟai*）」安心させる。

(817)　205-07行の描写は古代インドの風習で、『マヌ法典』（3.116）には「夫婦は、ブラーフマナ（の特別客）、家族、扶養人が食べ終わってから、残りものを食すべし」（渡瀬訳）とある。つまり、この部分は直接的には言っていないものの結婚の約束をしているのである。

(818)　この部分は、注816で述べたヒロインの不安を取り除くためのヒーローの誓いの言葉（*vaṉpuṟai*）で、その「確約」が描かれるのは古典でこ

tal, Ain.24)」、あるいは「食べられ、楽しまれる（*uṇ-tal*)」）ものである。このように、*nalam* は明らかに処女性と関係のあるものである。しかし、それはS. V. Pillaiの言うように「この処女性を、最も狭義の肉体的なものと考えるべきではないが、かといって、それとはまったく関係ないと考えてもならない」ものである [S.V.Pillai: 59]。したがって「処女の、あるいは処女性と密接に結びついた美しさや美徳」とすれば説明とはなるのだが、そもそもタミル文化では日本文化と同様に性的な表現は好まれないから「処女」というような語も使いたくない。そう考えると「清らかさ」という語がタミルの語感に近いと思われる。なお、このような *nalam* については、『ティルックラル』第112章「女の美しさを称讃して言うこと」も参照してほしい。

次は、「僕」という訳に関してである。タミル恋愛文学の大問題の１つが、ヒーローやヒロインがどういった類いの人物かということである。例えば、山岳地帯（クリンジ）ではヒロインは豪族の娘であるが、海岸地帯（ネイダル）のヒロインは漁師の娘でありヒーローは大きな町の名家の男、という設定が多い。ただ、主人公たちのそのような出自を別として、古代恋愛文学は職業的詩人が宮廷を活動の中心舞台とした、いわゆる宮廷文学であるのは間違いない。タミル語の自称に言い方の区別はないが、宮廷で恋愛文学のヒーローが「おれ」とか「おいら」と言ったとは思えない。そのため、筆者は「私」とか「僕」としている。

３点目は「楽しもう」である。単語の意味としては、*nukar* は“enjoy, eat”であり、文法的には *nukarku* は、Rajam はここを典拠に *-ku* を一人称単数の非過去の語尾とする [Rajam: 618]。したがって、字義どおり訳せば「僕は楽しもう」であるが、その意味するところは「(*nalam* を) いただこう」ということでもあり、注806に述べたように、初期恋愛文学の伝統からすれば非常に奇異である。

(809)「額を拭い」というが、誰の額であるのかはっきりしない。額（*nutal*）という語であるが、古典に300例ほど出ていて大部分は女の額である。ことに「輝く」という形容詞がつけば普通は女の額である（例外的に女の父親（Ain.94:5）や夫（Pur.283:5, 314:1）の場合もある)。他方、古代恋愛文学の伝統からすると、初めての出会いで男が女の額に触れることは考えにくいし、ここは男は象を追っていたのであるから、汗をかいている男が自分の額を拭うのは自然である。しかし、注806に述べたように、ここは後の恋愛文学の伝統を反映していると考え、女の額ととった。

注釈や訳では、古注は何も述べず、近代注KやV訳が「女の額」とし、C訳では「男が自分の額の汗を」としている。C訳の復刻版の編者は

319　Kuri.

あなたは、いったいどなたですか。／私を苦しめるあなたよ、私はあなたを食べてしまうぞ」／と言って、項（うなじ）を愛撫した／たくさんの雨を含んだ土のように、私の心は溶けたけれど、／恋の苦しみに陥ったことをあの人に知られることを恐れ、／心にもないひどいことを言い、抱いていた手を払い、／おののく牝鹿のように離れ、立っていた」（全訳は［エットゥトハイ：114-15］を参照のこと）。

この作品をヒロインの発話としても不自然ではないように思えるが、初めての出会いのときから女に触れるというのは初期の恋愛文学の伝統にはない。そこで、最古の詩論 Tol.Por. では「女の友人が、女の恋に気がつく（ついて言う）こと」という大テーマのなかの小テーマの1つとして、「女の友人が、本当のことあるいは嘘を言って、女の心を探ること」を挙げる（Tol.Por. 112:5-6）。つまり、Ak.32 は一見ヒロインが友人に語るように見えるが、実は友人が嘘を語って、ヒロインが動揺するかどうか探っている、という設定だと言うのである。なお、Ak.32と Tol.Por. 112 との関係については[Takahashi 1995: 95-96] で述べているが、現在では新たな根拠から Ak.32 をもとに Tol.Por. 112 が書かれたと考えている。

他方、初対面で相手の身体に直接触れるとか、この作品のように男が女を「食べてしまうぞ」などとからかう様子は、後期アハム文学である Kal. には存在する。したがって、この Kuri. も明らかに後期アハム文学（3世紀以降）の伝統を反映した作品である。

(807)「細い髪（*cil ōti*）」は定型句で古典に18例あり、そのうち16例ではこのように *am*（美しい）が付いている。問題なのは *cil* である。というのも *cil* の基本的な意味は「(物や量が）小さい、少ない」であるからである [DEDR 1571]。そこで DEDR では TL にはある “fine” という意味を省いている。しかしながら、女性（実は少女）の髪の量が多いことは「ふさふさした髪」（例 *pal kūntal*）という表現が数十例あることから（直近の例では Netu.54）、ここの *cil* が「少ない」ではないことは明らかである。したがって、ここは「細い」でなくてはならない。子供の髪は一般に細く、ここでも恋愛（アハム）文学のヒロインが若い（12-13歳）ことと符合する。

(808)「君の清らかな美しさを僕は楽しもう」という部分には、注意すべきことが3つある。まず、「清らかさ」は *nalam*（*nalaṉ*）の訳である。この語は *nal*（良い）から派生し、善、徳、美、名声などを示す[DEDR 3610]。しかし、アハム文学では、女（ヒロイン）のもつある種の美しさや美徳を表わしている。それは、母親によって守られ（例 Nar.34）、ここでも明らかなように、やがて男（ヒーロー）によって「取られ（*koḷ-*

男が自分と犬とのことを言っているかのどちらかであろう。

(802)「口をすぼめて口笛を吹く」は *maṭi viṭu vīḷai* の訳で定型句である。ここ以外にも、Ak.191:8, 274:9, 394:11 があり、いずれもここと同じ意味である。

(803) マストについては、注162を参照のこと。

(804) ここで言う病およびヴェリについては、注528に述べているのでそちらを参照してほしい。問題なのは *kaṭuppa* という語で、それは比喩を表わす語で「〜のような」という形容詞、または「〜のように」という副詞として機能する。しかし、ここではその比喩表現がかかるはずの名詞も動詞もはっきりしない。そこで古注は例によって語順を変えて、「ヴェリの会場で山羊を殺して血が迸るように、象の血が迸って」と172行の「ほとばしる」にかけている。しかし、タミル語の語順は日本語のそれとほぼ同じであるから、比喩表現がそれ以前の語にかかることはありえない。そのためか、近代注Kは「ヴェリの会場のようにその場所が見える」と、女たちがいる「場所」という語を補っている。しかし、古典の80を超える *kaṭuppa* の例を見ると、比喩の対象となる語はすべて表現されていて、近代注Kのように補わなければならない例はない。つまり、近代注Kの解釈もありえない。現行のテキストから見る限り、内容的には本書のように解釈する以外にはない。

(805) カダンバについては、注８を参照のこと。

(806) ここから恋愛（アハム）文学での男（ヒーロー）と女（ヒロイン）との「初めての出会い」が描かれる。この Kuri. という作品は冒頭部分の1-12行を見れば明らかなように、ヒロインの友人が自分の母親（ヒロインにとっては乳母）にヒロインの秘密の恋を「暴露」している。「暴露」とは古代恋愛文学の重要なテーマの１つで（詳しくは[Takahashi 1995: 162-67] を参照）、初めて二人が出会ったときの様子が描かれる。1-2世紀の初期恋愛文学では、出会いは偶然で、それによって二人とも恋に陥るものの、男も女も互いにその恋心には言及しない（[エットゥトハイ: 119-20, 124-27］を参照）。しかし、この作品では「僕は君を楽しもう（いただこう）」（181）と言い、挙句は「額を拭う」（182)、「抱き寄せ」(186)、「胸がつくほど抱いた」（186）のように、女に触れ抱いている。しかも、それを友人のいる前で行なっている。このようなことは初期恋愛文学の伝統からすればありえない。

そのありえない様子は、初期の作品の Ak.32 で男が初対面で女に触れたことに、詩論では特別のテーマを立てたことに現われている。Ak.32 では、一人で山の粟畑に鳥追いに行っていたときに男と会う。その時のことを友人に語るという設定である。「男は「妖精のように立っている

321 Kuri.

(786) ナランダム（*narantam*）については、注189を参照のこと。

(787) ナーハム（*nākam*）については注104を参照のこと。

(788) ナッリルナーリ（*naḷḷiruṇāṟi*）は、古注によると *iruvāṭci* のことであるとし、TL もそれに従っている。*iruvāṭci* は、学名 *Jasminum sambacflore-manoraepleno* [TL], 英名 Tuscan jasmine [TL] である。これに対し、Samy は *naḷḷiruṇāṟi* は *naḷ-ḷ-iruḷ-nāṟi* すなわち「真夜中でも匂うもの」という意味で、*iruvāṭci* も *iru-vāycci*（2つの口をもつもの）の崩れた形で、それは2方向に花開くジャスミンだから *Jasminum sambac*, 和名マツリカ［集成:623］であると言う [Samy: 95-96]。Samy の読みの方が深い。

(789) クルンドゥ（*kuruntu*）に TL は4種の植物を挙げるが、Samy はそのうちの *Atalantia missionis*, "a species of wild lime" であると言う。和名未詳。

(790) ヴェーンガイについては、注29を参照のこと。

(791) ラック（*arakku*）は、TL ではサンスクリットの *rakta* に由来すると言うが、[DEDR 199] ではドラヴィダ諸語にもともとあった語とし、サンスクリットの *lākṣā*, *rākṣā*, *alakta(ka)-* などとの関連も示唆している。

(792) プリャフ（*puḻaku*）については、注977を参照のこと。

(793) 山の鳥の鳴き声を楽器に譬えているものに、Malai.269 もあるから参照のこと。

(794) ここから127行目まで、男（ヒーロー）の頭から足までを順次描く。このような描写を注119に述べたように *kēcātipātam* と言う。

(795) これについては、注102を参照のこと。

(796) 「落ちた」という古注の補いは補いすぎに思われるかもしれないが、直訳すれば「新芽のある」であるから、この補いが過多であるわけではない。

(797) 「大きな手（*taṭa-k-kai*）」というのは定型句で古典に80例ほどあり、Pattu. だけでも22例ある。タミル語の *kai* は、日本語の「手」と同じで、腕と手首（掌）とを区別していない。TL で "arm, hand" という訳語を与えているのはそのためである。

(798) この行全体が、Malai.59 に同じ。

(799) 筍については、注303を参照のこと。

(800) 「丸い臍（*a vāṇku unti*）」という表現は Ak.390:10 や Pur.383:12 にもある。

(801) 「我々と」は *em* の訳で、一人称複数形の斜格である。第142行で男は「私はもっている（*uṭai-y-ēṉ*）」と自分のことを一人称単数で語っているから、ここも一人称単数形 *eṉ* が来てもいいはずである。写本のミスか

Asoka tree [TL/Samy], 和名ムユウジュ［集成: 306, 要覧: 200］。

(771) ヴァンジ（*vañci*）に TL は数種の植物を挙げるが、ここは学名 *Salix tetrasperma* [TL/Samy], 英名は Four-seeded willow [TL] または Indian willow [Samy], 和名ヨツシベヤナギ［集成: 15］である。

(772) ピッティハム（*pittikam*）については、注666を参照のこと。

(773) シンドゥヴァーラム（*cintuvāram*）は、学名 *Vitex trifolia* [TL/Samy], 英名 Three leaved chaste tree [TL/Samy], 和名ナンヨウハマゴウ［集成: 770］、古典ではここのみ。

(774) トゥンバイ（*tumpai*）については、注319を参照のこと。

(775) トゥリャーイ（*tuḻāy*）は、学名 *Ocimum sanctum*（Linn.）[Samy], 英名 Sacred basil [TL/Samy], 和名カミボウキ［集成: 777, 要覧: 445］である。古典に4例。

(776) トーンリ（*tōṉṟi*）については、注31を参照のこと。

(777) ナンディ（*nanti*）は、学名 *Tabernaemontana coronaria* [TL/Samy], 英名 East Indian rosebay [TL], 和名サンユウカ［集成: 642-43］。

(778) ナラヴァム（*naṟavam* = *naṟavu*）については、注402を参照のこと。

(779) プンナーガム（*puṉṉākam*）に TL は3種を挙げる。そのうち1つはプンナイ（和名テリハボク）であるが、Samyは93行にもプンナイが出るので、ここは *Calophyllum elatum* (Bedd.), 英名 Poon tree であろうと言う [Samy: 94], 和名未詳。古典ではここのみ。

(780) パーラム（*pāram*）は、学名 *Gossypium herbaceum* [TL/Samy], 英名 Indian cotton plant [TL/Samy], 和名シロバナワタ［要覧: 294］、古典でここのみ。

(781) ピーラム（*pīram*）は、学名 *Luffa acutangula* [TL/Samy], 英名 Sponge gourd [TL/Samy], 和名トカドヘチマ［集成: 525, 要覧: 329］、古典に5例。

(782) クルッカッティ（*kurukkatti*）は、学名 *Hiptage madablota* [TL/Samy], 英名 Common delight of the woods [TL], 和名未詳、古典に3例。

(783) アーラム（*āram*）については、注190を参照のこと。

(784) カールヴァイ（*kāḻvai*）は、古注によると *akil* に同じだという。そうであれば、注102に述べたとおり、学名 *Aquilaria agallocha*, 英名 Eagle-wood, 和名ジンコウ［集成: 494, 要覧: 311］である。一方、Samy は *akil* は *Dysoxylum malabarium* であると言う。そうであれば和名はホワイトシダーとなる［要覧: 253］。

(785) プンナイ（*puṉṉai*）については、注182を参照のこと。［要覧: 120］によると「花径2-2.5 cm」とあるから、ここの「大きな」は花ではなく樹木にかかっている。

るが、それがこの花かどうかは文脈から分からない。

(753) シル・センクラリは古注によれば *ciṟuceṅkurali* と一語であり、TL は古注に従って *karuntāmakkoṭi*（a mountain creeper）とする。ちなみに TL では *ciṟuceṅkurali* という見出しはない。Samy は「小さな（*ciṟu*）センクラリ（*ceṅkurali*）」と2語に分け、センクラリは学名 *Trapa bispinosa* (Roxb.)?, 英名 Singara nut とする。古典ではここのみ。

(754) コーダル（*kōṭal*）については、注31を参照のこと。

(755) カイダイ（*kaitai*）を古注は *tāḻam-pū* すなわち「*tāḻai* の花」ととっているので、注390, 238を参照のこと。古典に10例。

(756) ヴァリャイ（*vaḷai*）は、TL によると *curapuṉṉai*（long-leaved two-sepalled gamboge, *Ochrocarpus longifolius*）に同じとある。和名未詳。古典に15例。

(757) カーンジ（*kāñci*）については注171を参照のこと。古典に40例以上出る。

(758) ネイダル（*neytal*）については注42を参照のこと。古典に多数。

(759) パーンガル（*pāṅkar*）は、TL によると学名 *Salvadora persica*, 英名 Tooth-brush tree, Samy によると蔓草の一種で *Harwickia pinnata* (?). 和名未詳。古典に他に2例（Kal.103, 111）。

(760) マラーム（*marāam*）については、注8を参照のこと。

(761) タナッカム（*taṇakkam*）は、TL では学名 *Gyrocarpus jacquini*, 英名 Whirling nut, Samy は学名 *Gyrocarpus Americanus,* 英名なし。和名未詳。古典ではここのみ。

(762) イーンガイ（*īṅkai*）は、TL によると学名 *Mimosa rubicaulis*, 英名 "species of sensitive-tree", Samy は *Acacia caesia*（Willd.）とする。和名未詳。古典に20例。

(763) イラヴァム（*ilavam*）については、注120を参照のこと。

(764) コンライ（*koṉṟai*）については注180を参照のこと。

(765) アドゥンブ（*aṭumpu*）については、注173を参照のこと。

(766) アーッティ（*ātti*）は、学名 *Bauhinia tomentosa* [TL/Samy], 英名 Holy mountain ebony [TL/Samy], 和名キバナモクワンジュ［集成：234, 要覧：155］、古典ではここのみ。

(767) アヴァライ（*avarai*）については、注247を参照のこと。

(768) パハンライ（*pakaṉṟai*）については、注174を参照のこと。

(769) パラーサム（*palācam*）は、学名 *Butea frondosa* [TL/Samy], 英名 Palas-tree [TL]（flame of the forest [Samy]）、和名ハナモツヤクノキ［集成：236］、古典ではここのみ。

(770) ピンディ（*piṇṭi*）は、学名 *Sarasa indica*（Linn.）[TL/Samy], 英名

(739) ティッライ（*tillai*）は、学名 *Excoecaria agallocha* [TL/Samy], 英名 Blinding tree [TL/Samy], 和名シマシラキ［集成: 352］、古典に5例。

(740) パーライ（*pālai*）は、古代恋愛文学の5つのジャンルの名称の1つになっているほどなのに、どんなものかはっきりしたことは分からない。Samy によると、学名 *Wrightia tinctoria* (R.Br.), 英名 Deyer's oleander だから、和名はアイノキ［要覧: 412］である。

(741) ムッライについては注150を参照。ここは形容句から Samy の言うとおり学名 *Jasminum auriculatum*, 英名 Eared jasmine である。

(742) ピダヴァム（*piṭavam*）は、学名 *Randia malabarica* (Linn.) [TL/Samy], 英名 Bedaly emetic nut [TL], 和名未詳。

(743) シルマーローダム（*ciṟumārōṭam*）は、学名 *Acaria catechu-sundra* [TL], 英名 Red catechu [TL]（*Acaria sundra* (DC), "sundra" [Samy]）、和名未詳。

(744) ヴァーリャイ（*vāḻai*）は、学名 *Musa paradisiaca*, 英名 Plantain [TL]（*Musa superba* (Roxb.), Wild banana [Samy]）、和名リョウリバショウ［要覧: 543］。

(745) ヴァッリ（*vaḷḷi*）は、注48と397に述べたが、踊り、植物、その植物名に由来するムルガン神の妻としてよく出るのに同定できていない。TL は Creeper としか示さず、学名も出していない。Samy によると *Dioscorea* の仲間で英名なし。

(746) ネイダル（*neytal*）については注42を参照してほしい。[Samy: 90] は、このネイダルは Kuri.84 のネイダルと同じであると言うが、ここは注42に述べたマルダム地帯のネイダルであろう。

(747) ターマライ（*tāmarai*）は、学名 *Nelumbium speciosum* [TL/Samy], 英名 Lotus [TL/Samy], 古典に多数。

(748) ニャーラル（*ñāḻal*）については、注176を参照のこと。

(749) マウヴァル（*mauval*）に、TL は "1. Wild jasmine. 2. Arabian jasmine. 3. Lotus" を挙げる。ここは形容句も何もないからどれか分からない。

(750) コフディ（*kokuṭi*）は古典ではここにしか出ない。TL によると a variety of jasmine creeper, Samy によると学名 *Jasminum officinale* で英名なし。

(751) セーダル（*cēṭal*）は、学名 *Nyctanthes arbor-tristis* [TL/Samy], 英名 Night-flowering jasmine [TL], 和名インドヤコウボク［集成: 626］、古典ではここだけ。

(752) センマル（*cemmal*）は、学名 *Jasminum grandiflorum* [TL/Samy], 英名 Large-flowered jasmine [TL]（Spanish jasmine [Samy]）、和名タイワンソケイ［要覧: 399］、古典には "faded flower" とされる例が数例あ

垣を作っていることが述べられている（Kur.18:1, Nar.232:4）。

（730） クリーップーライ（*kurīippūḷai*）は、TL によると Woolly caper で *ciṟupūḷai*（小さなプーライ、学名 *Aerua lanata*）と同じである。[Samy 82-83] も同じ記述をしている。［集成：93, 要覧：53］では *Aerva lanata* となっており、和名ホクチビユである。*pūḷai*（注342参照）は古典に10例ほどあるが、*kurīippūḷai* はここのみである。

（731） クルナルカンニ（*kuṟunaṟuṅkaṇṇi*）について、TL では *kuṉṟi* を見よとある。*kuṉṟi* は学名 *Abrus precatorius* (Linn.) [TL/Samy], 英名 Crab's eye [TL] / Indian liguorice [Samy/要覧], 和名トウアズキ［集成：220, 要覧：141］、古典ではここのみである。

（732） クルギライ（*kurukilai*）は、TLS に a tree として挙げているが、学名も英名も示していない。Samy はこれは植物名ではなく、次のマルダムの修飾語であるとする。そうであれば「白い葉の」となる。古典を含め主要作品に 6 例ほどあるが、どれも形容句なのか木の名前なのか分からない。しかし、TL が典拠とする、「十八小品」の 1 つ *Nāṉmaṇikkovai*（8-10世紀頃）35.3 では「芽を出す *kurukilai* のある国の方（*taḷirkkum kurukilai naṭṭār*）」といっているから木の名前であろう。

（733） 古代恋愛文学のジャンル名にもなっている有名なマルダムについては、注25で詳しく述べているのでそちらを参照してほしい。

（734） ポーンガム（*pōṇkam*）は、TL によると「*mañcāṭi*（red-wood, *Adenanthera paronina*）の一種」とある。古注によるとこれも次のティラカムも *mañcāṭi* とするが、Samy によると学名は *Ormasia travencoria*（Bedd.Fl.）で英名はなしである。古典ではここにしか出ない。

（735） ティラカム（*tilakam*）は、"barbadoes pride; *mañcāṭimaram*" [TL] とある。Samy は学名 *Adenanthera pavonina* (Linn.), 英名なしとする。古典ではここのみ。

（736） カランダイ（*karantai*）は、学名 *Sphaeranthes indicus* (Lin.) [Samy], 英名 Indian globe-thistle [TL/Samy], 和名未詳。英雄文学のジャンルの名前の 1 つである。

（737） クラヴィ（*kuḷavi*）は、TL によると Wild jasmine で学名は *Jasminum angustifolium*, しかし Samy によると、学名 *Pagostemon vetitum* で英名は Patchouli である。Samy の分析の方が優れているように思える。古典に21例。

（738） 「野生のマンゴー（*kali-mā*）」は Samy の説で、学名 *Mangifera indica*（Linn.）、英名 Wild mango とする。他方、古注およびそれに従った TL では（*kali mā*）と 2 語にとらえ、「繁茂するマンゴー」としているが、Samy の解釈の方がいいだろう。

(721)　セルヴィライ（*ceruviḷai*）は古典を含めたタミル主要作品でもここにしか出ないので、その実態は分からない。TLは学名を出さず、英名White-flowered mussel-shell creeperと言う。Samy は *kākkaṇam*（*Clitoria ternatea*）の白い花をつけるものだという[Samy: 81]。その学名によると、和名はチョウマメとなる。それは青い花をつけるようであるが［集成：258, 要覧：165］、ネットでは白い花のものも出ている。

(722)　カルヴィライ（*karuviḷai*）は、学名 *Clitoria ternatea typica* [TL], 英名 Mussel-shell creeper [TL], 和名アオチョウマメ［集成：258, 要覧：165］。古典に6例あり、いずれも「青い」とされている。

(723)　パイニ（*payiṉi*）は、TL では a kind of tree peculiar to hilly tracts としか言わないが、[Samy: 81] によると学名 *Vateria indica*, 英名 Piney tree で松脂で有名で花は香りがよいと言う。*Vateria indica* であるなら和名インドコーパル［要覧：115］で「樹脂は良質ワニス」とある。古典ではここのみである。

(724)　ヴァーニ（*vāṉi*）はここにしか出ないから同定できない。Samy は別の典拠から *Eunonymus dichotmus*（Wall）ではないかと言う[Samy: 82]。和名未詳。

(725)　クラヴァム（*kuravam* = *kurā* [TL]）は、学名 *Webera corymbosa* [TL/Samy], 英名 Common bottle-flower [TL], 和名未詳。古典に4例あり、たくさんの花をつけ（Kur.341:1）、香りがいいとある（Ain.344:2）。

(726)　パスンピディ（*pacumpiṭi*）は TL によると英名 Mysore gamboge で *paccilai* を見よとある。*paccilai* は、学名 *Garcinia xanthochymus* [TL/Samy] であるから、和名キヤニモモ［集成：188, 要覧：125］である。古典に3例あるが詳細な描写はない。

(727)　ヴァフラム（*vakuḷam*）は、学名 *Mimusaps elangi* [TL/Samy], 英名 Pointed-leaved ape-flower [TL], 和名ミサキノハナ［集成：609, 要覧：388］である。古典にここ以外に1例あるが具体的な描写はない。［集成、要覧］によると海岸地帯の植物で、花は白く芳香を放ち、心材は堅いので車軸などに用いられる。[Samy 82] によると、現代では *makiḻam* と呼ばれる。

(728)　アーヴィライ（*āvirai*）は、学名 *Cassia auriculata* [TL/Samy], 英名 Tanner's senna [TL/Samy], 和名ミミセンナ［集成：246, 要覧：160］、古典に6例あるが、Kur.173:1 に「黄金のような」花とあるように黄色の花をつける。

(729)　TL はヴェーラル（*vēral*）に Small bamboo, spiny bamboo の2種を挙げるが、学名は示していない。[Samy 82]は小さな竹の一種で、学名は *Arundinaria wightiana* と言う。和名未詳。古典に5例あり、これで生混乱を生じたと言う。*cuḷḷi* という語はここと Ak.149:8 しか出ず、Ak.149 の当該箇所を古注で「*Cuḷḷi* という美しい大きな川（*cuḷḷi am pēr yāṟu*）」と読んだため、PPI や［索引集］では「川の名」としている。一方、[Samy: 78-79] は、*cuḷḷi* が他のドラヴィダ諸語で湿地の植物を意味することから（DEDR 2707 参照）、「（川岸に）*cuḷḷi* のある大きな川」として、学名 *Barleria prionitis* としている。この Samy の議論は説得力があり、そうであるとすれば和名はトゲバレリヤである［集成: 818］。なお、Samy は英名を挙げていないが、“https://karkanirka.org/2009/04/23/99tamilflowers_index/”［2020.4.23 閲覧］では “porcupine flower” としている。

(716) TL はこの箇所の *kūviram* を同定できなかったのか、a mountain tree としている。他方、Samy は *Crataeva religiosa* としているが、古典ではここしか出ないし、古典以後でも主だったテキストでは1例しかなく内容は分からない。恐らく近現代の植物からの推測だろう。*Crataeva religiosa* であれば英名 Marsh dalur, 和名ギョボクである［集成: 203］。なお、Samy は名前も葉も似ている *kūviḷam*, *Aegle marmelos* (beal), ベルノキ［要覧: 229］と混同しないようにと言う [Samy: 81]。

(717) ヴァダヴァナム（*vaṭavaṉam*）はここにしか出ないから、文献学的にはどういう植物か分からない。ただ、この語は *vaṭa vaṉam*（字義は「北のヴァナム」）となるから、Samy は *vaṉam*（Holy basil, *tuḷaci* [TL]）の一種 *Ocinum gratissimum* ではないかと言う [Samy: 81] 。であるとすれば和名はトリーバジル［要覧: 445］となり、メボウキの仲間である。

(718) ヴァーハイ（*vākai*）は、学名 *Albizzia* [TL] / *Albizzia lebbeck* [Samy], 英名 Sirissa [TL] / Siris [Samy 81], 和名ビルマネムノキ［集成: 225, 要覧: 151］である（英語の sirissa, siris はサンスクリットの *śiriṣ* に由来）。古典に13例あるが、文献からは「輝く花」としか出ない。実物は緑がかったネムノキ特有の冠状の花をつける。

(719) クダサム（*kuṭacam* < Skt. *kuṭaja*）は古典ではここにしか出ない。TL は *kuṭaca-p-ppalai* と同じであり、学名 *Holarrhena antidysenterica* [TL/Samy], 英名 Conessi bark [TL/Samy] とする。和名コネッシ［集成: 644］。

(720) エルヴァイ（*eruvai*）に、TL は “1. European bamboo reed. 2. Species of Cyperus. 3. Straight sedge tuber” の3種の植物を挙げ、そのうち二番目の意味（species of Cyperus）はここの古注を典拠としている。古注が正しいとすれば、Samy によると *Typha aungustata*, 英名 Bulrush であるから、和名はヒメガマとなる［集成: 1054］。古典に4例（Ain.269:1, Nar.156:7, 261:9, 294:4）ある。

心）も萎える。／アニッチャムの花が、芳香を放ちつつ萎れるように」とあり、その注釈から TL では“flower supposed to be so delicate as to droop or even perish when smelt”という訳をつける。Samy は *Anagallis arvensis*（Linn.）かあるいは「想像上の花」と言う。

(708) クリンジ（*kuṟiñci*）はタミル古代の5つの地勢の1つである「山岳地」を示す名称ともなっているとおり、山岳地に育つ。なかでも12年に1度咲くものが最も有名で、最近では2018年に咲いた。TL でも数種挙げるが、キツネノマゴ科 *Strobilanthes* 属の植物である。学名 *Strobilanthes* [TL/Samy], 英名 a species of conehead [TL], *Strobilanthes* については［集成: 831, 要覧: 465］を参照のこと。

(709) センゴドゥヴェーリ（*ceṅkoṭuvēri*）は、学名 *Plumbago rosea* [TL/Samy], 英名 Rosy-flowered leadwort [TL/Samy], 和名ルリマツリは［集成: 604］である。古典ではここのみ。

(710) テーマー（*tēmā*）は「甘い（*tēm*）マンゴー（*mā*）」とも読めるが、TL も Samy も *tēmā* として出していて Sweet mango としている。マンゴー（*mā*）は、学名 *Magnifera indica* [TL/Samy], 和名マンゴー［集成: 416, 要覧 :268］である。*mā* は多数出るが、*tēmā* としては古典ではここを含め3例のみである。

(711) マニッチハイ（*maṇiccikai* < *maṇi-c-cikai*）は、学名 *Ipomea sepiaris*（Koen.）[Tl/Samy], 英名 Crab's-eye [TL], 和名はフサアサガオ［集成: 737］である。［集成: 737］によると「蔓草、花淡紫色、中央紫色」とある。古典ではここのみ。

(712) ウントゥール（*untūḻ*）は、学名 *Bambusa arundinacea*（Willd.）[Samy], 英名 Large bamboo [TL], 和名インドトゲタケ［集成: 962］、パイパー［要覧: 511］、古典では2例でここと Malai.132 のみ。

(713) クーヴィラム（*kūviḷam*）は、学名 *Aegle marmelos* [TL/Samy], 英名 Beal [TL/Samy], 和名ベルノキ［集成: 375, 要覧: 229］。古典に2例でここと Pur.158:9。

(714) エルジャム（*eṟuḻam*, *eṟuḻ*）は古典ではここにしか出ず、どの植物か同定できないが、TL はここを根拠に a hill tree with red flowers とする。Samy は深紅の花をつける *Rhododendron arboreum* ではないかと言い [Samy: 80], 他方 [Samy: 102] では *Calycopetris floribunda* とも言う。後者の場合は “https://karkanirka.org/2009/04/23/99tamilflowers_index/”［2020.4.23 閲覧］によると英名 Paper flower climber である。和名はない［要覧: 378］。

(715) スッリ（*cuḷḷi*）について TL は何も述べない。古注は *marā*（これについては注8を参照のこと）としており、Samy はそのため以後かなりの

がない場合には原語表記し、和訳では原語をカタカナ表記し、訳注で植物の学名や英語名から分かる範囲で和名を述べることにする。なお、これまでこの部分の文学的あるいは文化史的な意味に言及したものは、Samy がごく簡単に触れたもの以外にはない。

この部分を仔細に見ると、ここでの植物の列挙の仕方には工夫らしい工夫はなく、単に単語を羅列しているとしか思えない。まず韻律だが、何の工夫もないからまったく美しくない（これについては、朗誦している場面が "https://karkanirka.org/2009/04/23/99tamilflowers_index/"（2020.4.23 閲覧）の動画にある）。もっと美しく仕立て上げるなら、例えば *tillai*（77行）と *kullai*（78行）のように最初の1音節だけ違うタミル独特の頭韻（*mōṉai*）を多用したり、第76行で *k*- 始まりの単語を集めているように *k, c, t, p* などどれかの音で整えたりと、より工夫できたはずである。また、植物の列挙の仕方にしても、例えば後代の *Auvaiyār* の *Koṉṟaivēntaṉ*（10世紀）のようにアルファベット順に並べるとか、あるいはタミル古代の5つの地域ごとに、山岳地（クリンジ）の植物、牧地（ムッライ）の植物というように地域別に列挙することもできたはずである。そもそも、この作品は山地（クリンジ）を背景としたクリンジの重要テーマを描いているのであるから、ここで出るのは本来クリンジの植物だけでよいはずである。しかし、実際には他の4つの地域の植物にも及んでいて、内容的にも奇妙である。

では、なにゆえこのように多数の植物をなんの脈絡も工夫もなく列挙したのであろうか。伝統的には、古典期最大の詩人である本作品の作者カビラルが弟子であるアーリヤ王にタミル文化を教えるためとされている。しかし、それならばもう少し作品的に美しく、あるいは魅力的に表現できたはずである。筆者は長らくそれを考えてきたが、ある時落語の「じゅげむじゅげむ」との類似点に思いが至った。つまり、なんの意味も脈絡もない単語の羅列というのは誰にとっても暗唱するのが難しい。しかし、まさにそれゆえに口頭芸術にとっては芸の見せ場となるのである。つまり、この部分も単なる単語の羅列ゆえに、かえって古代の旅芸人には芸の見せ場であったのであろう。そう考えると、Kuri. のこの部分の意味も理解できるのである。

(706)　赤カーンダル（*ceṇkāntaḷ*）は、学名 *Gloriosa superba* [TL/Samy], 英名 Red species of Malabar glory-lily [TL], 和名ユリグルマ／グロリオサ［集成：890］。

(707)　アニッチャム（*aṉiccam*）は、古典に1例（内容は分からない）と5世紀頃の『ティルックラル』に1例あるのみである。その［クラル 90］には「（客のやって来るのを見て）表情を変え客に接したなら、客（の

(703) タミル語ではオウムとインコとを区別しない。そのため Wilden 以外の古典の索引では *kiḷi* をすべて“parrot”（オウム）としている。若い娘が山（クリンジ）の粟の実を収穫の時期に *kiḷi* という野鳥から守るというのは、ヒーローとの出会いや昼の逢引きとの関連で古代恋愛文学では重要なテーマである。ティナイという小粒の粟の穂にオウムが来るというのは考えられないので、このテーマでの *kiḷi* はインコである。

(704) 注釈はありがた迷惑である場合と、ここのように古代から中世に至るすべての文献をもとに適正な解釈をしている場合とがある。ここは一見 *vīḻ* で頻出する「落ちる、降りる」を意味し [DEDR 5430],「鳥が降り立つねぐらに至り」となるように思える。しかし、注釈では「欲する」という意味にとっている。この意味は「落ちる」という用例と較べると少ないものの、動物や鳥の雄が雌を求めるという例は少なくなく、ことに雄鳥が雌を求める例は Ak.47:11-12, Nar.31:4, 71:8-9 などに見られるから、注釈のようにとった方がよい。ちなみに、TL では *vīḻ*（または *viḻu*）の中に互いに無関係な「落ちる」「欲する」の両義を入れているので、DEDR では後者を落としたと思われるが、これら両者は本来別の動詞であったはずで、Winslow では別立てしている。

(705) 原文では以下99種の植物を列挙し、「内側が赤くなった目の私たちは（略）これこれの花のある山の中を歩き」と97行に続くのだが、それでは散文訳にはならないので便宜上ここで切った。

ここで、ここから第96行まで99種の植物の列挙について述べておく。ただし、この99種という分け方は古注によるもので別の分け方も可能である。しかし、以下を見てみれば分かるが、稀に短い形容句が付くものがあるが大部分の植物は単に名称を述べただけであり、なかにはネイダルのように2度出てきたり（79, 84行）、この作品にしか出ない植物もある。また、第73行のクルギライのように形容句なのか植物名なのか分からない例もある（そのような例が幾つかあるために植物の数え方も一定しない）。したがって植物の同定は難しいどころか、植物名かどうかも分からないものは同定のしようもない。

そのような次第であるから、近代注Kでも、例えば最初の植物であれば、原文の「赤カーンダル」を「赤いカーンダルの花」と言い換えるだけであるように、この部分をあまり重要視しない。しかも英名もないものもあるから、その場合はタミル語の原語表記をするのが普通である。しかし、幸い本作品のこの部分の植物については P. L. Samy の優れた研究がある [Samy 1972]。Samy は古注やそれに従った TL も検討し、さらに古典の用例や実際の植物も考慮に入れて研究している。そこで、本書では Samy に示された学名と英語名を示すが、英訳の部分では英語名

331 Kuri.

rattan, *Calamus rotang*. 2. switchy rattan, *Calamus vimanalis*, cf. [DEDR 4175])、それに *vañci* [DEDR 5216] がある。

(700) 注釈ではこの部分を「山の籐で美しくなる」と、主格である「籐」を具格に読んでいる。なお、このような例をもって近代の文法書では「主格の具格的用法」と述べる。

(701) 古注はこれを、41行の「小屋」にかけて解釈し「籐で編んだ小屋」としている。しかし関係詞がそれ以前に来る語にかかることはない。ここでは次の行の「タリャル」かそれ以下の鳥追いの器具にかかる。したがって、ここの *valanta* は籐を「編んだ」のではなく「束ねた」であろう。

(702) これらの原語の *taḻal* も *taṭṭai* も *kuḷir* も古典には数回出るが、いずれも形状やその音などについてはほとんど言及がない。そのためか、TL は出典をこの箇所に求め、どの語にも「穀物畑からオウムを追い払う器具」と「投石具（sling)」という訳語を与えていて、違いが分からない。ただ *taṭṭai* のみはその器具が "split bamboo" からできているとする。*taṭṭai* の形状については TL が典拠とする Ak.388:2 しかなく、そこでは「竹を切って作った、粗い切れ目のタッタイ」とある。ここで「切れ目」とした *vāy* からすれば、竹を横に切った「口」でもあるし、縦に切り込んだ切れ込みの端の部分でもあるから、ここの部分のみでは「切れ込みを入れた竹」とは分からない。他方、[DEDR 3042] によると、他のドラヴィダ諸語では "Ma.taṭṭa, a large rattle; Ka.taṭṭe, a thick bamboo or anareca-palm, split in two; Kod.taṭṭe, wooden bell on cattle" とある。これらから *taṭṭai* は竹に縦に切れ込みを入れたものであることが推測される。この切れ込みが1つか数条に及ぶかははっきりしないが、DEDR での他の言語のものを考慮すればどうやら切れ込みは1つであったようである。英訳では "rattle" とするものが散見されるが、「がらがら」ではなく、どちらかといえばカスタネット状のものであろう。

taṭṭai がそのようなものであれば、前の行の最後の「束ねた」は、この行の先頭のタリャルにかかることになるが、その形状に言及しているのはここのみだから詳細は分からない。イメージとしては［楽器126-27］のクラッパーが参考になるかもしれない。クリルについては、[PPI] は「リラのような器具」と記しているが、文献からはリラを示唆する例は出ない。最後に、これらの器具の英訳として出る "sling" であるが、鳥追いの投石具については、Ak.292:11 に「(山の民が) 素早く投石器 (*kavaṇ*) で投げた小さな石」というのが出るし、戦場での「投石器」で、本書の Patti.72-73 でそれ（原語 *kavaṇ*）を兵士が使っている様子が描かれている。しかし、それらの投石器具の詳細については何も分からない。

fn.127]。それに対しヒロインの実母はもちろん、乳母も重要な役割を果たしている [ibid: 173-78]。

(690) この部分と第21行の字面上の訳は、「父の厳しい監視を逃れて／私たち二人が考えた契りはこれ」である。しかし、アハム文学の伝統を知らなければ、それでは前後の文脈がまるで分からない。そこで補うと、「ヒロインに対する厳しい監視（*kāppu mikuti*）」はアハム文学の重要なテーマの１つであるが、よく出るのはクリンジ（山岳地帯）でのヒロインの家で、このように「父親の、警備の行き届いた大きな家」である。その場合は、「厳しい監視」を逃れて訪ねてきたヒーローと「夜の逢引き（*iravu-k-kuṟi*）」を行なうのである。

(691) インドを代表すると思われているサンスクリット文学と異なり、タミル文学ではわが国の文学と同様に性的な表現を好まない。「契り」という訳は原文のニュアンスそのままである。

(692) 古代恋愛（アハム）文学は、内容から「結婚前の恋（*kaḷavu*）」と「結婚後の愛（*kaṟpu*）」とに二大別でき、前者が過半を占める。*kaḷavu* とは「盗む、奪う」を意味する動詞 *kaḷ* から派生した名詞で「人の目を盗む」ということから「秘密の恋」を示し、文字どおり主人公の男女およびその友人のみが知っている。それを暴露すれば公知となる。「結婚後の愛」である *kaṟpu* とは「知る」を意味する *kal* から派生した名詞で、「公に知られること」がその本来の意味である。なお、*kaḷavu* や *kaṟpu* については[Takahashi 1995: 8],「暴露」について誰が誰に暴露するか、どのような状況で暴露に至るか、暴露の結果どうなるかなどについては [Takahashi 1995: 162-67] を参照のこと。

(693) 「親族」は補いである。この補いを入れないとここの部分の意味が分からない。そこで古注は、「このように暴露した後、長老たちが私たちを会わせないとしても」としている。

(694) 13行からここまでが、ヒロインが語った内容である。

(695) 注釈は「あんた（母）に対する恐れと女（ヒロイン）の苦しみへの恐れ」と言う。

(696) 古典期の詩論では「嫁にやる」、「嫁をもらう」という言い方をしている [Tol.Por.(Iḷam.) 140]。

(697) この表現については、注106を参照のこと。

(698) TL はここを典拠に *cēṇōṉ* に "one who keeps watch over a field from a platform on a tree" という訳語を与えている。

(699) 言語によっては「籐」と「竹」とを区別しないこともあるが、タミル語では区別され、トウを表わすものとしてはここの *cūral*（common rattan of south India, *Calamus rotang*, [DEDR 2727]）と *pirampu*（1.

味も挙げていないが、ここは注釈のとおり「月」でなくてはならない（近代注Kの「稀な語（*aruncol*）」に載っている）。

(684)　「ローヒニー」の原語は *urōhiṇi* で、サンスクリット語の *rohiṇī* の音写である。ローヒニーは星座の1つで、5つの星からなり牛車の形をしており、また月のお気に入りの妻である。[菅沼] や Monier などを参照のこと。

(685)　「駿馬」は *kali mā* の訳である。これは定型句で古典に20例以上あるが、それらのいずれも注釈ではここと同じく *kali* を *cerukku* と言い換えている。*cerukku* の主要な意味は「高慢、傲慢」[TL] であるから（参考 [DEDR 2853]）、あまりいい意味ではないはずである。ところがここの例では、*cerukku* は明らかにいいニュアンスで用いられている。*cerukku* の解釈の問題点については、注624を参照のこと。

(686)　「右手」は補いを含んでいるが、注1に述べたとおり、右は「浄」、左は「不浄」であるから、ここは右手でなければならない。

八　『クリンジの歌』（Kuri.）

(687)　ここまでの言い方（*aṉṉāy vāḻi vēṇṭu aṉṉai*）は定型句であり、古典に二十数例ある。それらすべてが、ヒロインの友人がヒロインの乳母である自分の母親にヒロインの恋を暴露する設定である。古代恋愛文学では、登場人物とその各々の役割も決まっていて、ヒロインは友人に愛の哀しみや切なさを訴え、友人は常にヒロインと一心同体になって励ます存在である。1-2世紀の初期恋愛文学では、作品ではそれら登場人物の一人が他の登場人物の一人に語るという形式で、対話という形式はない。それら登場人物のなかでもヒロインあるいはその友人が語る作品は全作品の8割近くにおよぶ。

　なお、英語ではヒロインの友人はかつては “maid” と訳されることが多かったが、やがて “(heroine's) friend”, そして近年では “confidante” とされることが多い。“confidante” は一見最も内容を反映しているように思えるが、ヒロインの友人は乳母の娘であるからヒロインと友人とは乳姉妹となり、両者は親しくはあっても身分的に対等というわけではない。したがって、やや古い英語ではあるが “maid” がやはり最もふさわしい。なお、ヒロインの友人が乳母の娘であることについては、[Takahashi 1995: 160 fn.120] を参照のこと。

(688)　これは恋の病による定型的な表現であるが、「（体が痩せ細って）腕輪が滑り落ちる」というのがより一般的な表現である。

(689)　古注は「両親の」と言う。しかし、アハム文学では父親は重要な役割を果たしていないし [Takahashi 1995: 6], 話者ともならない [ibid: 161

(675) 「悲嘆に暮れる」の原語は *pulampu* である。この語は古典の恋愛文学によく出て、ヒロインの恋の切なさや悲しさを描く場合に使われる語であり、“lament” や “grieve” という訳語が与えられ、筆者もそう思い込んでいた。ところが、このたびあらためて TL を見てみると、この語の基本は「声を出す」ことで、DEDR でもそれが確認できる（“to sound, speak foolishly or incoherently, wail, cry out, grieve, utter repeatedly” [DEDR 4304]）。もしそうであるなら、ここも夫が旅に出ていて留守で、ヒロインはその悲しさを大いに喚いていることになり、静かに悲しむというこれまでの筆者の理解とは異なることになる。

しかし、注釈ではほぼ例外なく *taṉittal*（“to be solitary, lonely”）と言い換えており、TL では *pulampu* の見出しのもとにこの訳語も出しているのである。したがって、語源はどうであろうと、この語の状況は「大いに喚く」というよりは、言葉を発したとしても「静かに悲しむ」程度でよいことになる。

(676) 古注は「二地点に立てた二本の棒の間に影が傾かないように進む場所を描く」と言うが、建築学の常で具体的なことはよく分からない。現代注Nの言うように、「東西が一直線になるように昇り」ということでいいだろう。なお、「西方に昇って進んでいく」というのは、西ガーツ山脈の東側にあるマドゥライから描写しているからである。

(677) 「真昼時」は *arainā̱ḷ* の訳である。TL には「真夜中」しかないが、TIP では「真昼」も出る。

(678) 「詩人」としてよく知られる *pulavar*（注262参照）を「匠」とすることについては、注953を参照のこと。

(679) 庭に砂を撒くことについては、Matu.684 および注640を参照のこと。

(680) 「四〇」の原語は *taca nāṉku*「10の４」である。*taca* はサンスクリットの *daśa* に由来し、タミル古典で用いられているのはここのみである。

(681) TL は *uḷḷi* に「玉ねぎ、ニンニク」の両方の意味を挙げる。古代の食材ならびに工芸的な好みという点でも興味はあるが、古典ではここにのみ出る語であるし、ドラヴィダ語源辞典でもどちらか分からない [DEDR 705]。CreA によると現代でも両義に用いられるようである。ここは仮にニンニクとしておいた。

(682) 「空の乳房（*vaṟu mulai*）」という表現はここ以外に４例あるが、いずれも貧しさや老齢で「乳が出ない」ことを表わしているから、ここは天幕がせり出すほど張ったものではないことを示している。

(683) 「月」は *celvaṉ* の訳である。この語は「富を持つ者」が中心的な意味で [DEDR 2786], そこから「主、神」という意味も派生する。TL では古典に例のある「太陽」（Ak.299:1, 360:2, Pur.34:18）も「月」という意

昼」と「真夜中」とを表わし、実際「真昼」を意味している例もある(Kur.311:4)。そこで、ここを「真昼」にとると、文法的にも内容的にも不自然さが解消し、これ以前は夜であることを暗示し、これ以降は「昼には」から始まることになる。なお、TL は *pāṉāḷ* で「真夜中」だけを示しているが、上に見たように「真昼」の用例もあるし、TL の元本の Winslow では「真夜中、真昼」の両義を示しており、TIP も同様である。

(664)　この部分はよく分からない。しかし、牧野の絵やネット上の写真を見ると、たくさんの葉の下に実が房なりになって固まってなる。恐らくそのことを言っているのであろう。

(665)　31-32行全体が、Peru.60-61 と同じである。

(666)　「ピッチ」の原語は *pittikam* だが、*picci*, *pitti*, *pittikai* みな同じで [DEDR 4139], 英名 Large-flowered jasmine [TL] である。学名は Samy によると *Jasminum angustifolium* で蔓草である。今日では *picci* と呼ばれている。

(667)　「小さな使用人」が前半の「大きな」に対比しているのは間違いないが、何を意味するのかよく分からない。注釈では「邸宅で、体の小さな、些細な仕事をする使用人たち」と言う。なお、今日でも低カーストの者は食が足りていないから体は小さいことがある。

(668)　「香りのついた石」の原意は「よい香りのする石」、石自体に香りがするのではなく、いつも香辛料を挽いていて、それで香りがついているのだろう。

(669)　この行全体が、Ak.340:16 と同じ。

(670)　夫が旅に出ているときには女は髪を飾らない。それもあるだろうが、前後からすれば近代注Kの言うように「雨季であまりに寒いため」であろう。

(671)　サンユウカ（*takaram*）は、TL によると学名は *Tabernae montana*, キョウチクトウ科のサンユウカの一種である［集成: 642-43, 要覧: 411］。白花をつけ芳香があるという。古典では普通はその樹木から採れた鬢付油を意味するが、ここは樹木そのものである。

(672)　「砂糖粒」とした *ayir* は古典に20例ほどあるが、すべて “fine sand” という意味である。しかし、現地に詳しい注釈者の解釈に従う。

(673)　香炉については、小学館『日本大百科全書』「香炉」に詳しい。

(674)　ここで「踊り子たち（*āṭalmakaḷir*）」は、寒さで駄目になった竪琴の弦を胸に押しつけた後に調弦している。これからすると、踊り子たちも竪琴を演奏するように見える。つまり、旅芸人の種類と役割ははっきり分からない。それについては、注118や136も参照のこと。

（PPI によると *Iḷam Cēral Irumporāi* と同一人物）である。

(659)　前の行とこの行は分かりにくい上に、前後との関係も分かりにくい。「たくさんの若いコーサル族」は「若いたくさんのコーサル族」とも言われ、古典に3例出るが、「若い」が何を意味するのか分からない。[PPI 334] では、叙事詩 Cil. に対する14世紀の注釈に「コング国（*Koṅku*, 今日の *Tuḷu* 地方）の太守（＝若い）のコーサル」の意味であるととるが、古典には「年長／格上のコーサル」という言い方もあるから、PPI が正しいかは分からない。「若い」という語は注143にも述べたように、兵士によく使われるからここの文脈に合う。なお、コーサルについては注600も参照のこと。

(660)　「五種の人々」とは、大臣（*amaiccar*）、祭官（*purōkitar*）、将軍（*cēṉāpatiyar*）、大使（*tavāttoḻil tūtuvar*）、スパイ（*cāraṇar*）である。

七　『長きよき北風』（Netu.）

(661)　「震える」は強動詞 *paṉi* の訳で、それには「震える」と「震わす」という自動詞と他動詞とがある。ここが他動詞であると、「（雲が）大地を（寒さで）震わせつつ」となり我々にはむしろその方が自然である。しかし、古注は訳文のように自動詞にとっているし、他の10を超える用例すべてで自動詞にとっている。我々には不自然に思えるタミル語における自動詞の用例については、注101も参照してほしい。

(662)　ここを字義どおりにとると「手にとる火を持つ者たち」となり、注釈では「牧夫たちが手をかざして火で暖をとる」としている。この解釈は原文のニュアンスとは少し違うし、暖をとっているのであれば次の「歯をがちがち震わせている」のもおかしい。また、古典では夕方には牛舎に牛を連れ戻すが、野に放っている場合には、夜に牛をジャッカルなどの獣から守ることが重要な仕事であったはずなので、本書ではそのように訳した。

(663)　「昼間」は *pāṉāḷ* の訳である。ところが古注が *pāṉāḷ* を「真夜中」としてこの行で文章を切ったために、この行はひどく落ち着きが悪く文章の流れが分からなくなってしまった。つまり、古注の解釈であると、「母牛は子牛を乱暴に押し退けて、真夜中には！」となるのであるが、原文には詠嘆の区切り（！）を示す語がなく、そのために注釈では *pāṉāḷ-ē* と *-ē* を入れている。なお、この行の落ち着きの悪さを補うために、古注は「この行を Netu.166 に繋げよ」と言うが、それは無理である。古注が *pāṉāḷ* を「真夜中」としたのも無理はない。というのも、*pāṉāḷ* の40例ほどの用例も大部分が「真夜中」を示しているからである。他方、*pāṉāḷ* は *pāl-nāḷ* すなわち「真ん中 - 日」という意味で、理論上は「真

に分かると思い、あえて補わなかった。

(648)　「炎」は *cuṭar* の訳で、「輝き」と「炎」という意味をもつ。蓮の花を形容するのに同様な語としては *eri*（火）もある。他方、本書の Peru.481 のように、明らかに「炎」を意味する語（*aḻal*）が来る例も数例ある。したがってここも「炎のような」が正しい。

(649)　ビャクダンの心材が堅いことは［集成］にも［要覧］にも記述がないが、ネットで検索すればよく出る。

(650)　「糊付けした」の直訳は「飯粒をたくさん加えた水の」である。

(651)　「鼓面」という訳については、注502を参照のこと。

(652)　注釈は「火が広まったように敵軍の只中に進み」とするが、「ような」とした *aṉṉa* は形容詞的な働きをするから、本書の訳の方が素直である。

(653)　ここで述べた「吟唱詩人（*pāṇar*）」、「歌い手（*pāṭṭiyar*）」、「踊り手（*vairiyar*）」はみな旅芸人である。しかし、それら各々の実態は、注118や注136でも述べたようによく分からない（分かっているように書いているものは誤りである）。他方、「詩人」とした *pulavar* は旅芸人ではなく職業詩人で賢者とされる（注262参照）。しかし、彼らとて貧しかったのはここから分かる。

(654)　ドラヴィダ諸語では羊と山羊との区別はなく、ここの *mai* にも "sheep, goat" の両義があり（DEDR では記述なし）、言語による区別はできない。

(655)　「焼いて」は *cuṭu* の訳である。この語は、"to warm, heat; to burn up; to roast, toast, bake, fry, cook in steam" [TL] などと、料理に関しては焼く、フライにする、炒める、蒸すなどすべての意味がある。[DEDR 2654] で他の言語を見ると、"burn" が基本的な意味で、料理にすれば "roast" となる。

(656)　王の名の原語は *pal-cālai-mutukuṭumi*（たくさんの - 供犠を行なうホール - パーンディヤ王の称号）で、ここにしか出ない。

(657)　この行は、Patti.170 とまったく同じである。

(658)　この名は「大地がもたらす富を持つネディョーン」という意味で、元は TL にもあるようにヴィシュヌの化身の1つヴァーマナ（注295を参照）のことを言っている（*Neṭiyōṉ* については注584を参照のこと）。そして、これは *Nilan-taru-tiruviṟ-pāṇṭiyaṉ* と同人物である。*Nilan-tarutiruviṟpāṇṭiyaṉ* について、TL は Tol. の序文（遅くても8世紀頃）を典拠に "*Pāṇṭiyaṉ* of the second Sangam in whose court *Tolkāppiyam* was first approved and published" [TL] と説明している。そうであれば、この行の前後は古典伝説で知られる内容に言及しているということになる。なお、同名の王は Patir.82:16 にも出るが、それはチェーラ王

回も出る。そのことから古代タミルの人々は萎れた花にある種の情感を抱いていたことが分かる。

(642) 「戦場」は *pakaippulam*（*pakai-p-pulam*）の訳で、「戦場」と「敵国」の両方の意味がある。ここは前後の文脈から「戦場」であって「敵国」ではない。なお、古代で戦場となった場所がどこかは興味深い問題である。Matu.152-76やこの後のMatu.690-92などでは町村が戦場になっている一方で、「大合戦で四軍が滅びた後、この平和な村はどうなるのだろう」と歌うPur.63（『エットゥトハイ』参照）や、英雄記念碑（*naṭukal*）が村の郊外（Patti.78-79）や荒れ地パーライ（Ak.67, 131）にあることを描く作品は、戦場が町や村ではないことを示唆している。

(643) 「敵」は *āḷ* の訳である。古注はこれを「戦士」としているが、その基本的な語は単なる「人」で「戦士」というのはその派生的な意味に過ぎない[DEDR 399]。したがって、ここは「人」つまり「村人」と読む方が素直である。そうであれば、詩論 Tol.Por.(Iḷam.) 61:4-5 の、英雄文学の緒戦（*veṭci*）の14のテーマのうちの第六のテーマである「完全なる、住民の殺戮（*muṟṟiya ūr kolai*）」と合致することになる。

(644) この部分は「槍を牛追い棒として」と「槍を棍棒として」と両義に解釈できる。古注は前者ととり、文章の繋がりが悪いので例によって語順を変えて692行にもっていき「牛追い棒として集めた牛」とする。しかしこれほどの語順変更は認められない。「棍棒として」ととり素直に考えれば、直後の「村人」以下にかかり「村人を撲殺する」となるだろう。しかし、槍で全住民を撲殺するのは困難であるし、そのようなことをする意味もない。ましてや古注のように直後の *āḷ* を「村人」でなく「戦士」であるとするなら、槍を「牛追い棒」であれ「棍棒」であれ「棒」として使うのはおかしい。しかし本文では「槍を棒として」となっているのだから、ここは「牛追い棒」となり692行の「牛を集める」にかかると考えざるを得ない。恐らく朗誦に工夫を凝らし、聴衆が本書で示したような内容にとれるようにしたと思われる。

(645) 詩論では、緒戦ヴェッチではまず敵地に入って、住民を皆殺しにして（691行）牛を奪う。ここはその緒戦の典型的な例のように思えるが、詩論では村に火を放つのは緒戦に続く本格的な戦いであるヴァンジの第二番目のテーマである（Tol.Por.(Iḷam.) 65:1, *eri parantu eṭuttal*）。

(646) アショーカ樹の花については、ネットなどの画像を参照のこと。

(647) 「際立ち荘厳に見え」るのが何かは本文にはないが、古注は「貞節」であるとする。女の貞節（*kaṟpu*）は、古典末期から崇められるようになり、5世紀頃のCil.では、ヒロインであるカンナギは物語の最後で貞節の女神となる。しかし、ここでは何が「際立つ」のかを補わずとも自然

339 Matu.

なって」とし、C訳は「女の顔が稲妻のように輝く」と言う。筆者は「明るい部屋で酔った女の姿が稲妻のように揺らめく」のではないかと考える。

(638) 678-80行で描かれる「女」とは誰なのであろうか。この部分は、明け方の描写であるようにも思えるし、前の晩遅くともとれる。どちらにしても、古典では、一般の家庭の女が酒を飲むというのは考えられない。そこで、ここは遊女の描写であろうと推測できる。遊女が晩あるいは明け方に酒を飲むという例も文学にはないのだが、聴衆にとっては十分に想定できたであろう。

次に、女性が怒ったときに装身具、ことに腕輪を壊すというのは文学でも（Ak.186）現実世界でも普通にあることである。では、遊女は誰に腹を立てて首飾りを壊すのであろうか。これは、［高橋1990］で述べているように、古典の遊女は特定の檀那（パトロン）をもった高級遊女であり、男にとっては妾的存在である。したがって、遊女は檀那の妻（ヒロイン）とは張り合い、また場合によっては男（ヒーロー）が身持ちの悪いことを女同士で共感する存在でもある。ここは、朝になって家に帰るという男（檀那）に対して「拗ねている」ととると一番問題がない。「拗ねる（*pulattal*）」というのは、遊女をめぐるヒロインの愛の哀しみを描く恋愛文学の術語である。

(639) 「落ちる」は *paṭu* の訳である。「落ちる」は *paṭu* の主要な意味であるにもかかわらず、TL は採録していない。ここは TIP によった。

(640) TL はここを典拠に、*tarumaṇal* に「祭りなどの際に、新たに砂を撒くこと」という意味を挙げている。結婚式の際に式場に撒かれる例として Ak.86, 221 があるし、恋愛文学でヒロインの恋の病をムルガンの引き起こした病と勘違いしてムルガンを宥める儀式 *veṟi* 祭で砂を会場に撒く例では Ain.248, 249 などがある（ヴェリ祭については [Takahashi 1995: 164-66] を参照）。しかし、ここや本書の Peru.266 や Netu.90, あるいは Ak.187, Nar.143などでは必ずしも祭りとは関係ない。

(641) 681-85行は文章が乱れていてよく分からない。そのような場合の常で、古注は大幅に語順を変えて解釈しているが、そう都合よく解釈できない。本書ではできる限り原文に即して分かるように解釈したが、それでも分からないのは、誰がどのようにしているかである。動詞 *cīr* は「掃き清める、拭い去って綺麗にする」ことである。しかし、原文のままだと「こぼれた宝石を萎れた花を掃き散らして庭を綺麗にしている」ことになりおかしい。また、古注の解釈だと普通の家庭の女が怒って首飾りを引き千切り、その後すぐに後悔して庭を綺麗にしていることになり、それも妙である。なお、「萎れた花」は *cemmal* の訳でここ以外にも何

(632) 「店では」の部分を、古注は「店の者が店を牛糞を溶いた水できれいにする」と言い換えている。本書の訳でも古注のように「店では、店の者が」という意味なのだが、そのような補いをしなくとも本書の訳文で日本語として分かるであろう。

(633) これから *cūtar, mākatar,* それに *vētāḷikar* という、いずれもサンスクリット起源の3種類の詩人が出てくる。*cūtar* はサンスクリット文学によく出る *sūta* に由来しており、「立って称える者（*ninṟu-ēttuvār*）」とも言われる。*mākatar* と *vētāḷikar* については以下の注を見ていただきたい。これら3種の詩人が同時に出るのは、ここと Cil.5:48（5世紀頃）と Mani.28:50（6世紀頃）と、いずれもやや時代が下ってサンスクリット文化の影響が大きくなった時代の作品においてである。

(634) 「跪いた詩人」の原語は *mākatar*（<Skt. *māgadha*）で、「座って称える者（*iruntu-ēttuvōr*）」とも言われる。TL の説明は "professional ministrels who assuming a sitting posture in the presence of sovereigns sing their praises and exploits, said to be born of Kshatriya mothers and Vaisya fathers" である。

(635) 「王付きの詩人」とは *vētāḷikar*（"a class of panegyrists attached to kings" [TL]）の訳で、*vaitāḷikar*（< Skt. *vaitālika*）が訛った形である。Monier によると "a bard, panegyrist of a king (whose duty also is to proclaim the hour of day)" とある。

(636) 「時」は *nāḻikai* の訳である。現代注Nによると、本来「24分という時間」であるが、ここは *ākupeyar*（*ākupeyar* については注50を参照のこと）であり「時間を告げる者」のことを指していると言う。そうであるとすると、その本来の役割が時を告げることである、前注で述べた *vētāḷikar* の他にもその役割を担った者たちがいたことになる。いずれにしても、670-71行の状況は原文からはよく分からないが、最も素直に読むと本書の訳のようになる。マドゥライの王宮の様子などまるで知らない聴衆からしてみれば、あるときには「立った詩人」が王を称え、またあるときには「座った詩人」が王を称えているよりは、王のまわりには様々な詩人がいて、朝から王を称えている。そこへ時を告げる詩人が来てその詩人と共に（付格）皆で時を告げるという本書の訳文のような情景の方が華々しいのではないだろうか。

(637) 前の行とこの部分は、一見すると「青天の霹靂」のように見える。しかし、注釈でも訳でもこの部分をそう解釈していないから、そのような言い方はタミル文化にはないことが分かる。一般に *minnu nimir-*（稲妻が光る）という句は、武器（槍）や装身具が光るときの譬えに使われる（Matu.665-66）。そのためか、古注は「女が雲に稲妻が走るような姿に

た例が30ほどあるが、*matar* の後に続くのは「潤んだ目（*maḻai kaṇ*）」のように女性の目が22例ほどで、そのほかに女性の飾りが来るものが3例ある（Ak.99:3-4, Kur.348:4-5, Pur:378:20)。これらも、TIP の意味であれば難なく理解できる。

(625)　ここは、「女たちの町がまどろむとき」ともとれる。そもそも *paḷḷi* とは、TL によると “hamlet, herdsmen's village, hermitage, temple (esp. of Jains and Buddhists), palace, workshop, sleeping place” のように「限られた場所・空間」を本義とするように見える。[DEDR 4018] ではそうとっており、TL に含まれた “sleep” という意味を排除している。しかし、後に見る *paḷḷi-koḷ*（Netu.186）は明らかに「睡眠をとる」であるし、他にも明らかに「睡眠」を示している例は二、三あるし（Nar.195:3, Pur.245:5)、「横になる、臥すこと」を示す例も少なくない（Kur:142:4, 359:3, Pur.197:15, 302:3)。したがって、*paḷḷi* に「眠る、寝る」の意味があるのは明らかで、TL はここを典拠に *paḷḷi-y-ayar* を “to sleep” としているが、DEDR よりむしろ TL が正しい。

(626)　「薄焼き」は *aṭai* の訳語である。TL は “thin cake” と共に “wafer” を挙げているから「ウエハース」であるが、今日ではあまり使わない語なので同類の「ワッフル」としておいた。ウエハース（wafer）もワッフル（waffle）も語源は同じで、「蜂の巣」を意味する北部ドイツの wafel だと言われるが、ここをみると遅くとも紀元2-3世紀には同じようなケーキがインドにあったことが分かる。なぜこのような模様をつけたかであるが、恐らく甘いものの代表である蜂蜜を連想させるためであろう。

(627)　「棒」とはヤマの持ち物であり、乗り物は水牛である［菅沼：326］。

(628)　古注は「力強い牡象を餌として探す虎」と本書とは主語と目的語を反対にしている。しかし、そうであれば *kaḷiṟu*（牡象）は次の *pārkkum* の目的語であるから *kaḷiṟu-p* とならなければならない。

(629)　近代注Kは「盗みの技を知る者たち（*aṟintōr*）が、盗人を見抜くことができると称える雄々しい者」とする。

(630)　何の専門書か分からない。近代注Kは「富を蓄える業を持った書」とする一方で、161頁では UVS を引いて「盗みの書」とする。UVS は「盗みを極めることにも警護することにも結びつく書」としている。インドではそれぞれの分野で規範書とも言うべきものがある。例えば、本書だけでも、料理の書（Ciru.241）とか建築の書（Netu.76）が出てきている。したがって、UVS の言うように「盗みの教本」でありそれを「防御するための書」というのが、インドの文脈では正しい。

(631)　「大通り」は *teru*（道）の訳である。これを「街道」とすることについては、注217を参照のこと。

uṟu-ttal という見出し語も出しておくべきであった。

(616) 古典では、男の子しか描かれない。『マヌ法典』(3.67以下)などが説くように、インドの家庭では祖先供養をはじめとした様々な供犠を行なうのは男である家長のきわめて重要な役割であるから、そのために男の子を得ることは欠かせない。ここもそんなインドの事情を反映している。

(617) 母乳がいつ頃出るようになるかだが、一般に産後数日から2週間後で6割程度は出るようである。そこで、早く母乳が出るように沐浴する。

(618) 破水すると独特の生臭い匂いがすることもあるようであるから、破水のことか。

(619) 「初産」の原語 *kaṭum-cūl* の字義が「辛いお産」であることについては、注241を参照のこと。

(620) 古注はここの主格を付格にとり「巫女と一緒に」とし、訳ではV訳が「巫女と一緒に捧げる」、C訳が「食べ物を巫女と分け合う」としている。しかし、信者が持ってきたお供え物を祭官や僧に渡し、彼らがそれを神に供えるのはごく普通であろう。ここも女が持ってきた食べ物を巫女に渡し、それを巫女が供えるということであろう。その方が文法的にも文脈的にも自然である。

(621) 600行からここまで、何組の女を描写しているのかはっきりしない。古注によると、「金持ちの女たちのある者が男児を産み、産褥期を終わらせるために沐浴する。するとそれを見て、初産の女たちがたくさんのお供えをもって、巫女と一緒に音の鳴るなかを神に手を合わせて祈り、供え物を食べさせる」。あまりに語順を入れ替え過ぎだが、母乳の出る時期などをよく調べるとこのようになる。

(622) ここからいわゆる「ヴェリ祭」が描かれる。ヴェーランおよびヴェリ祭については、注528を参照のこと。

(623) クリンジに関して「雨季に咲く」というような表現は文学にはない。他方、実際にはクリンジには数種あり、TLでも7種類を挙げている。それらのうちには雨季や雨と関係のあるものもあるのかもしれない。なお、通常のクリンジについては注536も参照のこと。

(624) 「無垢な美しさ」は *maṭam matar* の訳である。*maṭam* は注47に述べたように、古典における女性の三大美徳の1つである。他方、次の *matar* という語は、TL では「高慢、虚栄心」という意味で、古注も同じ意味の *cerukku* と言い換えている。しかしそうであるなら、ここは「無垢で虚栄心に満ちた」となって意味をなさない。

他方、古典の2箇所で *matar* は「美しい」を意味している(Patir.21:35, Pur.378:20)。TL ではこの意味を出していないが、より新しい TIP では「美しい」の意味も出している。古典には *matar* を用い

という直接的な表現はない。遊女ならば「檀那を抱く」ことはありうるだろう。このような判断を反映したのがRajam版と思われる。

なお、タミル文学における遊女は、古典期には前述のように妾的存在である場合が多いが、時代が下るにつれジャイナ教や仏教の影響もあり、以下570-78行に描かれるように、悪しき存在として描かれるようになる。ジャイナ教徒による5世紀頃の『ティルックラル』第92章の10詩はそんな遊女を描くが、一例を挙げると「愛を求めず金を求める選びぬかれた腕輪を身につけた女、／その甘美な言葉は身の破滅をもたらす」［クラル 911］とある。本作品ではそのようなやや時代が下った遊女観を反映しており、明らかに古典初期の作品ではない。

(609) この行に対し古注は過度の読み込みをして、「多くの檀那と交わった交わりで衰えた飾りを、後に素晴らしい美しさが現われるように」と言う。

(610) この言い方については、注138を見よ。

(611) この「家」だが、古注をはじめとしたすべての注釈で、「果実を求めるコウモリのように、神の住まう華麗な一族の金持ちの家へ、遊女が富を求めて行く」とする。しかし、ここは遊女の家でないとおかしい。恐らく古注はサンスクリット文学の *abhisārikā*（男のもとに通う女）を読み込んだのであろう。C訳のみ原文に忠実で、「コウモリのように女を求め、……する女の家」としている。

(612) ここは単純に「夜中に演奏し踊り、（そして昼になると）岸辺で」ということである。

(613) 直訳すれば「水の睡蓮」であるが、同語反復でおかしい。古注は「水中に咲くクヴァライ」と言うが、これが正しいであろう。水の中に睡蓮が咲く例は多いらしく、ネットでは「水中睡蓮花」とさえ言われている。

(614) 590-99行の大意は「ヴィシュヌ神の誕生を祝う祝日に（591)、象の戦いの催しがあって、観衆はそれを見ながら酔っ払っている（599)」と思われる。しかし、「象の戦いの催し」が文中ではっきり出ないために、理解を難しくしている。これは「闘象」で、かつてはアリーナで行なわれ、今日でも村などで行なわれる行事である（「elephant fight India」で検索すればネット上に写真も出てくる)。ここは象軍の戦士たちによる「闘象」のショーであるととらえると、前後がよく読める。

(615) 古注は「長い土手の黒い土地で、礫が象の足に刺さって鋭い痛みを与えるようにして」とする。なお、TLの見出しには *uṟu* の強動詞形（*uṟu-ttal*）はなく、使役形の *uṟuttu-tal* という形を出している。しかし、古典にはここと同様の *uṟuppa* という語形は11例ある。この *uṟuppa* は明らかに *uṟu* の強動詞 *uṟu-ttal* から派生したはずの不定詞であるから、

うち大臣（493行）を除いたもの」と言う。

(602)　金の製法については百科事典等に記載がある。それらに従えば、ここは「溶かして」ではなく「熱して」がよい。

(603)　536-44行では、古注は語順を自在に変えていて、そのため分かりにくくなっている。ここでは主に近代注Kに従い、素直に読んでいる。

(604)　「ざわざわ」は *olleṉa* の訳で、13例ある。滝の流れる音（Ain.233, Nar.107）、木の倒れる（折れる）音（Ak.143）、戦闘馬車の車輪の音（Pur.144）、車輪が草を切る音（Ak.160）、太鼓の音（Ak.301）、石投げ器を回す音（Ak.329）、人の叫び声（Kur.28）、鍛冶屋がハンマーを打つ音（Pur.170）。これらからすると、ドーン・ドスン・ガラガラ・ザーというような音である。

(605)　539行からこの行までは分かりにくく、夜に船がやって来ると解釈するものもある。しかし、544行で内容は切れ、545-58行では夕方の様子、さらに559-89行では夕暮れの後、宵から夜中にかけての遊女の様子を描くから、ここまでは夕方の市（543）で、この540-42行は夕方の市の賑わいの比喩で、満潮が夜中に引くときの鳥のざわめきととるべきである。なお、潮の干満については平凡社百科の「潮汐（ちょうせき）」を参照のこと。

(606)　この作品の場所であるマドゥライの西方には西ガーツ山脈が見えるから、ここはきわめて写実的である。

(607)　麝香は「乾燥した香臥中には暗褐色ないし黒褐色の粉末として存在する」（平凡社百科）。

(608)　559-61行と562-89行との関係は分かりにくく、そのため諸版で解釈が異なる。Rajam 版では559-89行の全体を一区切りにして「遊女の生活」と標題をつけているが、近代注Kでは559-61行に「良家の子女の振る舞い」、562-89行を「遊女の様子」と分けている。解釈が分かれるのは、この後に続く「恥じらい」という表現と561行の「（女が）伴侶を抱く」という表現であろう。

「恥じらい」というのは、古代恋愛文学では女の三大美徳の1つである（女性の三大美徳については、注47を参照のこと）。問題なのは遊女が「恥じらい」をもつか否かが時代によって変遷することである。1-2世紀の古典恋愛文学では、「遊女」は「高級遊女」であり主人公の男は「檀那」である（これについては、［高橋1990］を参照のこと）。したがって、Ak.16 が典型だが、「遊女」はあたかも主人公の「妾」のように描かれることが多いから、この後に続く「恥じらいつつ」竪琴を弾くのもありうる。他方、561行では原語の *tuṇai* は「伴侶」で、古典で「女が男の胸を抱く」という例は幾つもあるが、ここのように「男に抱きつく」

イナ教徒や仏教徒は平地で生活していた」としている)、「山を穿ったような」の「ような」を無視している。つまり、石窟に暮らしていたのではなく、大きな岩山を掘り出したような、石造りの住房であったと言っているのである。

(595)　古注によれば、475行以下は「ジャイナ教寺院（*amaṇa-paḷḷi*）」である。本文にそのようにはっきり書かれているわけではないが、ここに *cāvakar* と出ているから、ジャイナ教のことを述べているのは間違いない。というのも、この語はサンスクリット語の *śrāvaka* に由来し、タミル語ではジャイナ教の在家信者のみを表わし仏教のそれは表わさないからである（タミル地方と同様にジャイナ教徒の多いカルナータカ地方のカンナダ語でも同じである)。ちなみに、前述したジャイナ教徒を示す *(c)amaṇar*（< Skt. *śramaṇa*）もサンスクリット語と異なりタミル語ではジャイナ教徒のみを表わす。

(596)　「寺院」は *nakar* の訳で、この語とほぼ同様の意味を表わす語に *nakaram* がある。TL は両語ともサンスクリット語の *nagara* から由来したとする。確かにサンスクリット語の *-a* で終わる名詞がタミル語で*-am* 語尾の中性名詞になるのはよくある（DEDR では *nakar* はドラヴィダ語族の語としている[DEDR 3568])。他方、*nakar* と *nakaram* のように *-am* 語尾を持つものと持たないものとの両方の形を持つ名詞は少なくなく、それらのすべてをサンスクリット起源とする従来の考え方には疑念を抱かざるをえない。

(597)　この行は、第501行（注598参照）と対比して見るべきで、もろもろの寺院等がマドゥライの平地に小さな山のように見えると言っているのである。

(598)　以下では、平坦なマドゥライの町に大店の素晴らしい建物が、まるで大きな岩がたくさんあるように見えると言っている。大きな建物といえども、小山のような（488行）宗教関連施設（453-87行）と較べると、巨石のようだというのである。

(599)　パライヤンについて、TL も PPI もチョーラ国の将軍にして族長とパーンディヤ国の将軍にして族長の２人を挙げ、ここを典拠にして後者としている。しかし、モーフールの場所については分からない。

(600)　コーサルは武勇と正直（真実語）でよく知られた部族名で、しばしばアショーカ碑文に出るサティヤプラ（*Satyapu(t)ra*）に同定される。Ak.15:5 では *Tuḷu* 国のコーサルと言われているから、今日のカルナータカ州南部のトゥル地方の一族だろう。コーサルについて、詳しくは[PPI: 334] を参照のこと。

(601)　近代注Cは「王の五つの顧問（大臣、神官、将軍、大使、スパイ）の

「ストゥーパ」]。つまり、ここがストゥーパのようなものであれば、それは神（仏陀）のお休み所（墓）であって、信者が見守り世話しているという奇妙な文脈も理解されるのである。また、バラモンやジャイナ教徒の住房に関してはそれぞれ関連する表現が出ているのに、ここでは仏教に関することがまったく出ていない理由もおのずと解消する。

ただし、注583に述べたが、453-78行の全体の構造ならびに453-60行と461-67行との関係を考えると、この解釈はしっくりこない部分もある。むしろ、453-67行を一体にとらえ、467行の寺院をヒンドゥー寺院とするのが最も無理がない。

ただしその場合には、この行はC訳のように「外［の世界］を守護する神（ヴィシュヌ神）」と解釈したくなる。というのも、「お世話する」とした *puṟaṅkākkum* はもともと *puṟam kā* という合成語からなっており、合成語であれば「守（*puṟam*）・護（*kā*）」なのだが、*puṟam* には「外」すなわち「外界」という意味もあり、「外界を守護する神（ヴィシュヌ）の祠」となりそうだからである。世界を維持するのはヴィシュヌ神だから、この解釈は的を射ているように思える。ただし、残念ながら古典にはもちろん、後の文学にも *puṟam-kā* を2語に分けて「外界を守る」となる例はない。また、そもそも原文の構造からこの解釈は無理があるのである（詳しくは『学習帳2』を参照）。

(591)　「ヴェーダ（*vētam*）」というサンスクリットを音写した語が出るのは、ここの他に Matu.656, Pari.3:66, Pur.15:17の4箇所のみで、最後のPur.15以外はいずれも初期古典より時代が下るテキストである。

(592)　古注は「一つのものであるブラフマンが彼らとなり」。現代注Nではウパニシャドの有名句"*so aham asmi*"（われはかくあり）のこととする。

(593)　古注は *cīvaṉmuttar*（解脱者）とし、近代注Kでは *meyyuṇarvuṭaiyōr*（真理の感知者）と言う。

(594)　「バラモン」とした *antaṇar* には、「慈悲深い人、バラモン、賢者（ムニ）」などがあり、時代が下るにつれ「バラモン」を意味するようになるが、古典期には必ずしもバラモンとは限らない。また、この部分を見るとバラモンが行者のように暮らしているようである。C訳は「リシ」と訳しているが、現代のバラモンを見ていると、この部分は過ぎたる描写に思えるからであろう。他方、Mul.37-39では、兵士たちが戦地で弓に矢筒を掛けた様子が「（衣を）褐色土に浸して着ている苦行するバラモン（*pārppār*, 字義「（真理を）見る者」）の三叉の杖が揺れるよう」とあるから、当時は苦行するバラモンもいたのだろう。

なお、この部分をもとに、バラモンが山地の石窟で生活していたとよく言われるが（C訳注でも「当時はバラモンが山の石窟で生活し、ジャ

ことはしないし、古典にはそのような描写はない。本書のように再帰代名詞の「彼ら」を「子供たち」ととると、自然な描写になる。

(589)「女盛りの女」は *pēr-iḷam-peṇṭir*（字義「大きな－若い－女」）の訳である。TL は「32から40歳の女、30から55歳の女」の意味を出しているが、これは16世紀を中心とした数百年の間に、プラバンダ（*pirapantam* < Skt. *prabandha*）と呼ばれる様々なジャンルの作品のうちのウラー（*ulā*）に現われた解釈である。ウラーはいろいろな年代の女たちがパトロンである神が町を進んでゆくのを見て恋に陥ることを描いているが、通常それらの女たちは年齢により7段階に分けられる。そのうち最後の段階の女が前述の「大きな若い女」で、36歳以上、32-40歳、30-36歳など諸説ある。しかし、古代恋愛（アハム）文学のヒロインは注12や335に述べたように12-13歳ぐらいであるし、古代においてTLのいうように三十路を過ぎた女がこの部分のように幼子を連れているのは考えにくいし、古注の「若い女」だけでは原語の趣がなく、原語は恐らく「娘盛りを過ぎた女」ぐらいの意味であろうから、このように訳した。

(590) この行はいろいろと問題があるが、古注（14世紀）がここを仏教寺院としてからはその解釈が踏襲されて、TL もここの古注をもとに *kaṭavuṭpaḷḷi*（< *kaṭavuḷ paḷḷi*）を「仏教寺院」としている。しかし、仏教寺院とするには問題もある。第一に、この後に来る468-74行のバラモン寺院と475-78行のジャイナ寺院の描写では、それらを明らかに示す語や描写があるのに対し、この部分では仏教に関連する表現だけでなくそれを暗示する表現さえも全くない。第二に、ここは文脈からすれば参拝者（信者）が主語となるから、「信者が守護する神の寺院」となり奇妙である。そして最後に、「寺院」とした言葉 *paḷḷi* の問題である。

したがって、古注の仏教寺院という解釈には疑問を抱かざるを得ないが、最後の「お休み所」とした *paḷḷi* の意味とインドの建築史とを考え合わせると、古注の解釈に落ち着くことになる。まず *paḷḷi* であるが、TL は多くの意味を示すが古典によく出るのは、“1. Place, 9. Sleeping place or bed, 10. Sleep, 11. Sleeping place of animals” であり、やがて4-5世紀から仏教、ジャイナ教、ヒンドゥー教などが盛んになるにつれ、“5. Hermitage, 6. Temple, place of worship, especially of Jains and Buddhists” などが出るようになる。ちなみに、[DEDR 4018] ではサンスクリットの *palli* / *pallī*（small village）との関係も示唆している。

他方、インドの建築史から見ると、ストゥーパを除いた本格的な寺院建築は5-6世紀から始まる。そのストゥーパであるが、「造立とその供養はもっぱら在家信者によって行なわれ」ていたとされる［平凡社百科

施設と」とあるのに対して、453-60行のヒンドゥー教と461-67行の施設との間にはそれがない。また、461-67行は仏教寺院とされるが仏教との関わりをまったく見出せない。さらに、上にも触れたが「施設」としたものが何かということもはっきりしない。これらをそれぞれの関連行で検討していく。

(584) 「シヴァ神」の原語は *neṭiyōṉ* で、*neṭu*（“long” [DEDR 3738]）から派生した語で「偉大な者、神」を表わす。TLは *neṭiyōṉ* にヴィシュヌ神しか挙げないが、古注はシヴァ神とする。古典では、*Murukaṉ* (Ak.149), *Paracurāma* (= Skt. *Paraśurāma*, Ak.220:4), *Kaṇṇaṉ* (= Skt. *Kṛṣṇa*, Patir.15:39), *Indra* (Pur.241) など、様々な神を表わしている。またバクティ文学（6-9 世紀）では、しばしばシヴァもヴィシュヌも *neṭiyavaṉ* と描かれるから、ここの *neṭiyōṉ* もシヴァあるいはヴィシュヌととれる。また、この語にかかる修飾語句からしてもどちらにでもとれそうである。453-54行の世界の創造は、通常ブラフマーを想起させるが、シヴァ、ヴィシュヌ両神の信仰が盛んになるにつれ世界の創造はシヴァのリンガが行なうとも言われるようになるし、ヴィシュヌがそれを主張することもある［菅沼: 291］。直前に出る「輝く斧をもつ」であるが、「斧をもつ神」といえば普通はヴィシュヌの化身パラシュラーマであり、前述したAk.220:4 では「王の一族（クシャトリア）を滅ぼした斧の輝きをもった *neṭiyōṉ*」とあるから、これは明らかにパラシュラーマである。他方、武器として斧をもつのはシヴァも同様で、詞華集 Ak. のシヴァ神への賛歌では斧をもったシヴァ神が描かれている。シヴァ神が斧を武器としてもつことについては、[*Purāṇic Encyclopaedia* : 725] や［菅沼: 164］を参照してほしい。

(585) 「花が萎れない」や続く「瞬きもしない」などは、「汗をかかない」、「影のない」などと同様に、ヒンドゥーの神々の特徴を表わすものである。

(586) ここの「神々」とは、近代注Kによるとヴィシュヌやムルガンなどである。

(587) 古注がこの行を453行の前にもってゆき、「夕方の祭りで楽器が鳴り響くときに、神々を祭り供犠を捧げる」としたために、以後のすべての注釈と訳とがそのようにしている。本書では文章どおりに解釈している。

(588) これ以降、再帰代名詞「彼ら（*tām*）」が何回か出る。古注はここの「守ろうとする者」を「夫」ととり、以下の再帰代名詞を「夫」とするから、ここの「子供も母親に身を寄せ」や464行の「一体になる」も「夫婦」を描いていることになる。しかしそうであるとすると、原文からもいろいろ奇妙な所が出るし、この行の後半も「夫婦が抱き合うように寄り添って」となってしまう。インドの夫婦は現在でも人前でそのような

(579)　421-23行は、誰が誰の家で何をしているのかはっきりしない。というのは、遣手婆が出るのは古典ではここだけで、彼女たちが何をするのか分からないからである。他方、遣手婆といえば、タミル文学史上最もすぐれた叙事詩 Cil. 第３章で、高級遊女マーダヴィが宮廷の王の前で芸を初披露した後に、せむし女（遣手婆）が通りでマーダヴィの花輪をもって「この花輪を買う人はいませんか」とマーダヴィの檀那となる人を求めるシーンが有名である。それとの類推からすれば、ここは遣手婆が檀那となるべき男の家を巡りつつ花をもって歩いているともとれる。しかし、本書では古注に従った。

(580)　クーダル（***kūṭal***）というのはマドゥライ（***maturai***）の古名で古典に16回出るのに対し、新しい名称のマドゥライは３回しか出ない。他方、古典テキストより後に付けられた詞書に記された人名では、クーダルは１度も出ず、それに対してマドゥライは109回も出る。テキストに出る古都の旧名称と詞書に出る新名称との関係などについては、［高橋：2005］を参照のこと。

(581)　「捩りつむいだ大きな花輪」の部分は原文では分かりにくい。古注は「世の人々の力を凌ぎ、その名声によってどこでも展開する１つの大きなニームの花冠」と言う。そのため後の注釈や諸訳はそれに従う。しかし、この注釈では何を言っているのか分からず、それぞれの訳は部分的に省いたり補ったりしている。様々に考えたが、このように訳せば最も素直で分かりやすい。なお、古注の言うニームとはマドゥライを都とするパーンディヤ王朝の象徴としての植物である（ニームそのものについては、注156を参照）。ここで「花の冠」とすることについては次注を参照のこと。

(582)　「白檀膏」とした *āram* には「真珠や宝石の首飾り」という意味もあり、諸訳はそれをとり入れている。しかし、それだと437-39行で３種の花輪をしていて、胸でそれらが混ざっていることになる。男が化粧として胸に白檀膏を塗るというのは頻繁に出るから、その胸に緑と赤の花輪が躍っているととった方がよい。

(583)　この行から488行まではマドゥライの宗教およびその関連施設が描写されており、14世紀の古注以降の解釈では、453-60行がヒンドゥー教、461-67行が仏教、468-74行がバラモン教、そして475-78行がジャイナ教の各々の様子と施設とが描かれているとされている。ところが、この解釈には文法的にも内容的にも難点がある。まず、この453行から460行のヒンドゥー教と461-67行で描かれる宗教施設との関係である。というのも、461-67行、468-74行、475-78行のそれぞれ最後の行では、明らかにそれぞれが並列関係を示す接尾辞「～と（***-um***）」が入っていて「～の

典では *cem* は400例以上あるが、それらの大部分が「赤」で「素晴らしい」というのはほぼ徳義に関連していて、「素晴らしい金」とはならない。そこで「赤みを帯びた」とした。

(573)　ここから420行まで、何度も男女通性複数形が出る。しかし、それらが男か女か、またすべて別々の「人々」なのか、あるいはどれかとどれかが同一なのかなど、文法的にはよく分からない。ただ、この「褐色の人々」を別とすれば、以下のそれらは女の美しさと美徳を述べているから女を指しているのは間違いない。古注はこの語から420行の「笑う者たち」まですべて同格としている。したがって、注571に述べたように、以下はすべて遊女の描写となる。ただし、ここの「褐色の人々」だけは「男」とも考えられる。そうであれば、次の他動詞「悩ませてきた」の目的語になり、注釈のように「男たち」と補いを入れなくてもよくなるし、次行の「黒い／美しい人々」とかぶることもない。肌が「黒」ではなく「褐色」とは、南インドでは色白であり魅力あることを示すので、ここは「褐色のいい男を散々悩ませてきた」ともとれる。しかしながら、「褐色の」が男にかかる例はないので、「褐色の女」とする古注に従った。なお、413行の「邪気のない」については、注47を参照のこと。

(574)　「鋭い歯」とは、古典では女性の若さとその美しさを示す形容句の1つで、「歯の鋭さに舌も話すのを恐れる」とさえ言われる（Kur.14, Pur.361）。

(575)　古注は「塗った白檀が溶けて散ったような黄斑（*cuṇaṇku*）」とするが、近代注Kや現代注Nのようにこのままでいいであろう。

(576)　「墨」は *mai* [DEDR 5101] の訳語である。TL では最初に “collyrium for the eye” を、ついで “ink” という訳語を出している。collyrium は通常の英語辞典に出ないが、目の化粧に使う墨である（注454を参照）。また “ink” だけでは分かりにくいが、これは “India [Indian/China/Chinese] ink” のことで、すなわち「墨」である。

(577)　「痴れ者」の原語は *kallā māntar* で、直訳すれば「学ばない／無知な／無学な 男たち」である。「無知／無学」を表わす *kallā* については注143で述べたが、ここの場合は後に来るのが「若者」ではなく「男たち（*māntar*）」であるから「未熟」では不都合である。直訳すれば「無学な男たち」であるが、遊女と遊ぶのは無学とは限らないから、この訳は不適切である。古注は「情欲の喜び以外に何も学ぼうとしない若者」としていて、ここの文脈に合ったよい説明である。本書では、学の有無とは関係ない訳語を用いた。

(578)　「小箱」は *ceppu* の訳だが、形状が分からない。C訳では “large and well-made tray” とするが、[DEDR 2772]からすると小箱である。

の、そう呼ばれる金があるというだけで内容は分からない。そこで、タミル文学は一般にきわめて写実的だから、「オウムの翼」という言い方から *pacum-poṉ* を探ってみる。鳥類図鑑でみるとインドのオウム（タミル語ではインコも含む）の翼の色は、すべての種類に共通で黄緑色である [Birds of India: 70–73]。したがって、「オウムの翼」という金は今日のグリーンゴールド（わが国の青金）またはイエローゴールドの可能性が出てくる。このことは、TL の元資料である Winslow の辞書を見るとより明らかになる。というのも、Winslow では *pacum-poṉ* は "Fine gold. 2. Gold of a greenish yellow, as distinguished from *cempoṉ*" とあり、*pacum poṉ* は *cem-poṉ*（赤い金）と対比したもので「緑の金」と言ってもいいことが分かるからである。「緑の金」がグリーン（またはイエロー）ゴールドなら「赤い金」とは今日のレッド（またはピンク）ゴールドであろう。この「赤い金」は古典に6例あり、TL では "superior gold" の訳語を与えている。ちなみに、「自然に存在する金には通常10%程度の銀が含まれており、20%を超える物は、エレクトラム、青金」と呼ばれるが、必ずしも青いわけではなく一般にはグリーンゴールドと呼ばれている（Wiki.「金」2020.6.1 閲覧）。つまり、*pacum poṉ* は「緑色の金」というよりは「青金」というような固有の金の名称であるようである。

次に、この青金が「素晴らしい金」と言われる理由をみておきたい。青金は銀が含まれているため純金より硬く、わが国では工芸品や装身具の製作に好んで用いられてきた［小学館国語大辞典］。また、古代西洋では（Wiki. では古代インドでも）銀が金より価値が高かったとする記述があり（小学館『日本大百科全書』「銀」、Wiki.「銀」2019.8.9閲覧）、そうであれば青金が上等な金であるのも分かる。しかし、少なくとも古代南インドで銀が金と同等あるいはそれ以上の価値をもっていたかどうかは疑わしい。というのも、「金」を表わす語はいくつもあり、なかでも *polam* [DEDR 4551] は100例を超え、ここで出る *poṉ* [DEDR 4570] にいたっては300例近く出るのに、「銀」を表わすのは *veḷḷi*（原義「白」、[DEDR 5496(a)]）のみで、それも7例ほどしか出ていないからである。したがって、インド（少なくともタミル地域）では、金は銀よりもはるかに好まれていたことが分かる。では、工芸的に優れていたからかというと、恐らくそうではないだろう。銅を含んだ「赤い金」と同様に、銀を含んだ青金も合金という意識はなく、色味と趣が異なるがゆえに、通常の金と同等かあるいは場合によってはより重宝され、上等な金とされたのであろう。さて、肝心のこの行の解釈であるが、語頭の *cem* には、「赤」（参考 [DEDR 1931]）の他に「真っ直ぐなこと、正しいこと、善いこと、素晴らしさ、美しさ」（参考 [DEDR 2747]）がある。しかし、古

のビンロウジと共に噛むパーンの材料の1つである。しかし、「日本に於いては、キンマとはビンロウジと石灰（酸化カルシウム）とキンマの葉を噛む習慣を考慮して、そのすべてをまとめてキンマと呼ぶことが多い」[Wiki.] とあるが、この日本における用法は正しくないので注意を要する。

それよりも、ここで文法に従って訳すと、パーンの材料であるキンマと石灰を別々の人々が売っていることになり奇妙である（注釈も諸訳もそうとっている）。というのも、普通はパーンの材料のビンロウジ、キンマ、そして石灰は一緒に売られるからである。古代には別々に売られていたと考えることも可能であるが、そんな意味のないことをしたとは思えない。そこで本書では「キンマを売る人」と「石灰を売る人」とを同格にとった。

(571) ここで「老いた女たち」を描き、410行から420行まで「美しい女たち」を描き、421-23行でここに出た「老いた女たち」が「美しい女たち」の家々を巡って物を売ることを描いている。しかし、古注はこれらの「女たち」が何者なのかをはっきり述べないし、近代注Kでもそれを述べない。したがって、諸訳でもそれらははっきりしない。ただ、現代注Nのみは、「老女」と「女たち」そして420行の「男たち」との3者を対比して述べ、「女たち」が遊女であり「男たち」が客であることを暗に示している。そのことは、遊女が男の客を相手にしているとしかとれない第420行の描写から明らかである。そうであれば、ここの「老女」は「遣手婆」となる。

(572) この行の原文は *cem nīr-p pacum poṉ* で、普通にとれば「赤い性質の緑の金」となるが、これでは何のことか分からない。*pacum poṉ* という表現は古典に11例あり、TL は p*acum-poṉ* を一語にとって“1. Fine gold. 2. A kind of gold, *kiḷiccirai*”という意味を出している。この一番目の意味をとれば、この箇所は「赤みを帯びた素晴らしい金」となり、分かりやすい。ところが、TL の二番目の意味の出典はここ Matu.410 である。つまり、古注がこの行を「赤い性質を持った「オウムの翼（*kiḷi-c-ciṟai*）」という金」とした解釈を TL は採用したのである。辞書はともかく、*pacum-poṉ* の文学での用例をみてみると、6 例（Ain:74:2, Patir.16:15, 39:14, Pur.9:9, 40:3, 289:6）の古注では「黄緑色の金」ととり、Pur.141:1 のみ「素晴らしい金」としているが、それらのどれをみても文脈からこの *pacum poṉ* という金の詳しい様子は分からない。

そこで、「オウムの翼」という名称から *pacum poṉ* を考えてみる。「オウムの翼」は原語で *kiḷi-c-ciṟai* で、TLによると「色がオウムの翼に似た金」とある。この *kiḷicciṟai* の用例は後代の文学に2例ほどあるもの

scandens”とする。しかし、もしそうだとすると湖沼等にいる淡水魚（和名キノボリウオ）で文脈に合わない。先に挙げた *paṉai* も TL が示すように淡水魚である。したがって、*paṉai* にしろ *paṉaimīṉ* にしろこの文脈には合わない。また、古典にはここにしか出ないから実態は分からない。

(561)　以下、古代インドの4軍、すなわち象軍（375-83）、戦車隊（384-88）、騎馬軍（389-91）、歩兵軍（392-93）を述べる。

(562)　近代注Kは「太陽を空の目という」と言う。

(563)　ハンサ（Skt. *haṃsa*）は、ミルクの混じった液からミルクだけを飲み分けると言われる架空の鳥で、ブラフマー神の乗り物とされる。その歩み（*haṃsa-gati*）はサンスクリット文学では女性の歩みに比せられる。古典でも「ハンサ鳥の美しい雌のような優美な歩み（のヒロイン）」（Ak.279:15）と出ないことはないが、よく出るようになるのは古典以降の文学からである。

(564)　古注によると、5種の歩み方と18種の曲がり方である。

(565)　ここは上に述べたインドの4軍、すなわち象軍、戦車隊、騎馬軍、歩兵軍を言っている。

(566)　古注は、この部分を「お菓子と、花をつけた頭と、踝飾りとをもった戦士」としている。しかし、語順を変えているし、戦士たちがお菓子をもっているというのも妙である。そこで諸訳は「お菓子を売る人々、盆載せに花を乗せた売る人々」としていて分かりやすい。ただし、文法的にはこのような解釈は認められない。正しくは「お菓子と花とをもつ人々」とするのがいいのだが、お菓子と花の両方を売るというのは内容としていささか不思議である。他方、注570で述べるように、文法どおりに訳すと内容が分からない。ここは、文法を離れた諸訳と同じように訳しておく。

(567)　「花で飾った」は、近代注Kによると「戦太鼓を花などで飾り拝礼した」と言う。ムリャヴ太鼓については、注82を参照のこと。

(568)　古注にとっても395-96行は分かりにくかったらしく、語順を大幅に変えて解釈している。他方、近代注Kは語順を変えずに解釈しており、こちらの方が正しい。

(569)　「花を載せた売り子」は *pū-v-iṉ-ar* の訳である。名詞に直接（あるいはここのように中間接辞 *-iṉ* をつけて）人称語尾をつける形は韻文ではよく用いられる。直訳すれば「花である者たち」であるが、ここは意訳すれば「花を売る人々」である。花や菓子を売り歩くのは現代では女性であるからここも「売り子」とした。

(570)　キンマはコショウ科の植物（したがって蔓草の一種）で、石灰と前行

(553) 王や族長の形容句として、「(敵を) 滅ぼす戦い (に長けた)」が出る例は20ほどある。そのうちでも、この行と同じ「卓越した象軍で」がつくものも4例あり、Ak.373:16 は行全体がここと同じである。この最後の「が」については次注を参照してほしい。

(554) 古注は第348行の最後の「諸侯」を対格ととっているため、文脈が分かりにくくなっている。本書のように主格にとれば349-50行が分かりやすい。なお、「勝利する」の原語は「(敵の) 背中を得る (*puṟam-peṟu*)」である。

(555) この行全体が、Nar.200:3, Netu.30 と同じである。

(556) 古注は「貯水池の水を手で掬って水遊びするような」としている。

(557) 古注は「昼のバザー (*nāḷaṅkāṭi*)」と「夕方のバザー (*allaṅkāṭi*)」の2つと言うが、ここは同時に開かれている2つのバザールの方がよい。

(558) 「素晴らしい物」を、古注は「学問」、「喜捨」、「苦行」などととる。UVS が補うように、Patti.159-80ではバザールに様々な幟旗がひらめき、なかでも169-71ではあらゆる学問を修めた各派の学匠たちが論争する場 (店) を示す幟旗が立っている。しかしそこでも酒屋の幟旗 (Patti.180) やもろもろの旗 (Patti.181) がたなびいている。ここもいろいろな商品を売っている様々な店の幟旗ととった方が自然であろう。

(559) 前の行とこの行では「幟旗」という訳語を使っている。原語は *koṭi* で、辞書には “banner, flag, standard, streamer” [TL] とあるが形状が分からない。しかし、形状が分からないと、次の行の「山腹の滝のように揺れる」という比喩も分からない。また、英語の翻訳では “flag” とすることが多いが、単に「旗」としたのでは店の看板代わりのはずなのに風がなければたなびかないので意味がない。そこで、かねてより幟 (「昇り旗」の略) ではないかと思っていたが、Patti.167-68行には旗が木枠に取り付けられている様子が出るから、幟の逆さL字形の枠のことを言ってように思え、店頭にある旗とはわが国でよく見る幟であると考えるに至った。しかしそうだとすると、今度は次の行の「山腹の滝のように揺れる」とぴったりこない。そこで改めて各種の図などを見てみると、どうやら旗竿の先端中央に木枠を据え、そこからわが国の幟の旗のようなものを垂らす形式だと分かる。そうであれば「滝のように揺れる」というのも分かる (同じ例は Malai.582)。

(560) 「パナイ魚」は *paṉai-mīṉ* の訳であるが、*paṉai* という魚もいるから (“a fresh-water fish, rifle green, attaining 3 in. in length, *Polyacanthus cupanus*” [TL])、「パナイという魚 (*mīṉ*)」とも「パナイ魚と (他の) 魚」ともとれる。しかし TL はここを典拠に *paṉaimīṉ* と一語にとって、“climbing-fish, rifle green, attaining 8 1/2 in. in length, *Anabas*

有の土地であると考えられていたことが分かる。これらについて詳しくは [Takahashi 1995: 56-57, 215-19] を参照のこと。

(548)　トゥナンガイは、注36にあるように、女たちが腕を折り脇を打つような踊りである。「触れる」は *taḻūu* の訳で、「抱擁すること」というのが本義であるが、古注はここをある種の踊りとし、TL ではそれを根拠に "women's dance with clasped hands" という訳語も出している。*taḻūu* が単独で出る他の類例では、祭りの際に踊られる踊りでトゥナンガイと同義とされる。ここのように2語が同時に出る例では（Nar.50:3, Patir.52:14, Matu.160)、*taḻūu* は本来の "embrace, embracing" であるので、本書のようにした。

　なお、古注は「遊女の通り」とするが、次の行で金持ちの男たちが集まると言っているから、祭りに遊女たちが出てきて踊っているととらえた方がいいだろう。なお、遊女とは高級遊女で、彼女たちが住む特定の通りがあったことは、古典にはしばしば出てくる。詳しくは、索引で「遊女」を見てほしい。

(549)　パーンディヤ王朝の首府マドゥライには、サンガムと呼ばれる文芸院（アカデミー）があって、そこで詩人たちは詩論を学び、詩作を競ったといわれる。今日タミル古代文学がサンガムと呼ばれるのは、その伝説に由来する。サンガム伝説については、［高橋1991］や [Takahashi 1995] を参照のこと。

(550)　「大竪琴奏者」は *perum-pāṇ* の訳で、「十の長詩」の第4作品の題名 *Perumpāṇ-āṟṟuppaṭai* からも窺える。TL では「カースト」という語を使っているが、古典期にはまだカースト制は普及していない（注486参照)。

(551)　マーナヴィラル・ヴェール（*māṉa-viṟal-vēḷ*）とは「威厳に満ちた－勝利をもった－族長」の意味で Malai.164 にも出るが、そこでは族長 *Naṉṉaṉ* の称号であるから、TL もこの句を称号としている。他方、PPI ではここをもとに人名としている。人名からどの人物がどれと同じかを言うのははなはだ難しい。例えば、前述した *Naṉṉaṉ* であるが、人物に関して最も優れた書のひとつである PPI にしても、それを14に分けている。

(552)　PPI ではこの名の町は2つあるととっている。1つは Cil.25:177, 28:205 に出るチェーラ王 *Cēraṉ Ceṅkuṭṭuvaṉ* の大臣の町、もう1つはここと Pur.283:5 に出る *Māṉa-viṟal-vēḷ* の町である。しかし、Pur.283:5 では *Aḻumpil-aṉ*（アジュンビルの男）と出るが、*Māṉa-viṟal-vēḷ* との関係は示していない。いずれにしても、ここはパーンディヤ朝の町である。

う」とある［東方見聞録2：125-26］。さらにその後の17世紀でも、北インドでは「ウズベク方面から、確実に毎年二万五千頭以上を受け入れている」（『ムガル帝国誌（一）』、岩波文庫、266頁）という記録があり、インドでは良馬の飼育が難しかったことが分かる。つまり、ある時期から南インドでは西方アジアから、北インドでは内陸アジアから馬を輸入していたようである。

(546)「ネイダルの情趣に溢れた」という言い方については、注194を参照のこと。

(547)「五つの土地」とは、247-70行のマルダム、271-85行のムッライ（森林・牧地）、286-301行のクリンジ（山岳地帯）、302-14行のパーライ（荒れ地）、そして315-25行のネイダル（海岸地帯）である。ここでは、古代恋愛文学の「5つのジャンル（*aintiṇai*）」に相当する5つの地域がはっきり描かれている。ところが、5世紀頃の叙事詩 Cil.11:64-66 に「ムッライ（牧地）とクリンジ（山岳地）とがその本来の姿から変わって、素晴らしい本来の姿が滅び、震えるほどの酷さを得てパーライという様相を呈する」と述べられているために、パーライは「特定の地域」ではなく、クリンジとムッライが酷暑に乾燥した「状態」であるという考えがある[UVS 1950: 371]。するとタミル地域はパーライを除いた「四つの土地（*nāṉilam*）」からなることになる。この「四つの土地」という考えはクリンジ等の言葉は出ないが、古くは Pur.17 や Pur.49 にも現われ、バクティ以降は *nāṉilam* という語もかなり用いられるようになる。そして19世紀末になると、古典が再発見され、タミル古代は黄金期であるとの考えも広まり、美しいタミル地域には、沙漠のような荒れ地パーライはないと広く考えられるようになり、前述したようにパーライは固有の土地ではなく、土地の状態の一時的な変化と考える人がインド人には多い。

しかしながら、古代恋愛（アハム）文学でのパーライのテーマは「富を求めて出かける男との別れ」、または「駆け落ち」で、行く先は灼熱の荒れ地である。ところが、後に残された人々、すなわち仕事のための別れのときは女（ヒロイン）とその友人、駆け落ちのときは女の母親や乳母はクリンジ（稀にネイダル）にいるように描かれる。もしもクリンジが真夏にパーライになるのなら、残された人々の地もパーライのような状態になければならない。ムッライについても同じで、ムッライは男が仕事（多くは戦争）から戻るのを女が待つのがテーマである。出かけていった場所は理論的にはパーライであるが、待っているヒロインのいるのは牧地である。ムッライが夏に荒れ地になるのであればこれもおかしい。そこで、本書のこの部分同様に古典期には明らかにパーライも固

を言っているのか一見分からない。古注も迷ったようで、例によって語順を変えて「様々な国の人々」も加え、「様々な国の人々が一緒になって」としている。しかし、ここは海上交易で馬を船で運ぶのだから、本書のように「馬を互いに結んで」ととれば語順も変えず補いも最少ですむ。

(545) 321-23行は海上交易を描いており、パーンディヤ国から宝石または宝飾品を輸出し馬を輸入しているのが分かる。従来これはローマとの交易であると何の疑いもなく考えられてきた。しかし、後述するようなインドでの馬の状況や、それを勘案した上でのPeru.319-21の解釈、すなわち馬が北西インドのバクトリア地方から輸入されていたらしいことを考慮に入れると、ここでの交易がローマとの交易であるとは簡単に言えず、北インドやバクトリア地方との交易である可能性もある。

参考までに、インドの馬について述べておく。インドに馬がいたことは、前1000年代のヴェーダ期から頻繁に文献に出ることから明らかである。他方、在来種の馬が外来種の馬より劣っており、またインドでの馬の交配育成は困難であったために、馬の輸入がかなり後代まで続いていたことも事実である。しかし、いつ頃からどこと馬の交易をしていたのかは定かではない。というのも、古代の馬の交易に言及する作品がインドにも、年代が明らかな西洋の文献にもないからである。一般に、インドでは古くからアラビア半島やペルシアから馬を輸入してきたと言われるが、アラビア半島とインドとの交易に言及している最古の記録の1つである『エリュトラー海案内記』(1世紀)では、インドとの馬の交易には触れていない。それどころか、ギリシャやローマの資料やアラビアの碑文という一次資料をもとにした蔀氏の考証によれば、紀元前後の時代には、現在のヨルダンからイエメンへかけての地域の広義のアラブ人の間では、馬はまだ家畜として使用されておらず、1世紀半ば頃エジプトから馬が移入され、1世紀末にようやく馬が増えたようである[エリュトラー海案内記1: 195-98]。

他方、南インド古代の馬の交易に関しては、本書のこの箇所とPeru.319-21、それにPatti.185しか一次資料はなく、その後は13世紀のマルコ・ポーロの『東方見聞録』まで記録がないのである。『東方見聞録』によると「またこの王国(南インド東海岸部、筆者注)には馬を産しない。(略)ホルムズ、キッシュ、デュファール、エシエル、アデンの商人たちは——これらの地方はどこでも各種の馬に富んでいる——最良の馬を買い入れ海船に積み込んで(略)もたらしてくる(略)この王は年に二千頭は優に買い付けるし、兄弟の四王も同じくらい買っている。しかるに一年もたつと、各王の手持ちの馬は百頭ばかりに減ってしま

振りの赤紫の花である。なかでも、西ガーツ山脈の避暑地コダイカナルなどに12年に1度咲くクリンジは有名である。

(537)　ここから314行まではパーライ（広漠たる荒れ地）の描写であるので補った。

(538)　古注のように、「音を立て」を補わないと意味が分からない。しかし、原文を見ると、なぜこれを補えるのか分からない。

(539)　Matu. は一行一行は難しくないのだが、行と行との関係が分かりにくい。この行の「音」がまさにそうで、古注はこの「音」を314行の「真夏の山」にかけ、近代注Kはこの行の「小屋」にかける。

(540)　「パーライの情趣が満ちた荒れ地」という言い方については、注194を参照のこと。

(541)　「穀物」は *kūlam* の訳で、TL によると “grains, especially of 18 kinds, viz *nel*, *pul varaku*, *tiṉai*, *cāmai*, *iṟuṅku*, *tuvarai*, *irāci*, *eḷḷu*, *koḷḷu*, *payaṟu*, *uḻuntu*, *avarai*, *kaṭalai*, *tuvarai*, *moccai*” である（18 種と言いながら16 種しか挙げていない）。

(542)　247-325行はパーンディヤ国をなす「5つの土地（*aintiṇai*）」を述べており、315-25行はその5つの土地の1つであるネイダル（海岸地帯）を描いている。ところが細かく見ると全体の文脈がよく分からない。古注は、解釈しやすくするためと、原稿テキストのままだとタマリンドが海岸部でできることになりおかしいと考えたのか、語順を変えて「入り江の一角でできた白い塩、それに甘いタマリンド」とし、近代の注釈も諸訳もそれに従っている。しかし、言うまでもなく語順の変換は認められない。そこで調べてみると、タマリンドは温暖あるいは熱帯地域だとどこでもできるために、古注と同様にタマリンドが海岸部にあることが不思議に思えるが、じつは海岸部も栽培には適しているらしい（https://www.crfg.org/pubs/ff/tamarind.html, 2020.3.25閲覧）。したがって現テキストの語順のままでなんら問題がない。

(543)　319行の「高い広い場所」がどういう意味をもつのかはっきりしない。恐らく風通しのよい少し高い場所で干物を作るなど魚の処理をしているのだろう。「太鼓の目のような」とあるから、ここは魚を筒切りにしているのだろう。そうであるとすると干物作りというのは妙である。他方、16世紀のリンスホーテン（1562/63-1611）によると「インディエは魚が豊富で、（略）ペイシェ・セーラというのがあるが、これは鮭のように筒切りにして塩で漬けると実に美味で、また長もちする」［東方案内記: 413］とある。ここも詳細は分からないが、この塩漬け作業であろう。

(544)　「互いに結わえて」の原文は「結んで一緒に（*puṇarntu uṭaṉ*）」で、何米ととるのが正しいだろう。そうであれば、*aivaṉa veṇṇel* という全体の意味もおのずと決まってくる。それは、Malai.564 の *aivaṉam veṇṇel*（もっとも Malai.564 の異読には *aivaṉa veṇṇel* と *-m* が落ちた形もある）と同じで、「*aivaṉam* 米と *veṇṇel* 米」である。ただし、このように読むためには、本来 *aivaṉam veṇṇel* と *aivaṉa* ではなく主格の *aivaṉam* でなくてはならない。例外として、これら２語の関係が、文法用語で「接続詞「と（*um*）」を省いた複合語（*ummaittokai*）」という複合語であればありうる。本来この複合語は TL が *ummaittokai* の項目で示す例のように *irā-p-pakal*（本来の形は散文なら *irāvum pakalum*）「夜と昼」のように用いられるのだが（出典 Naṉ.368 注釈）、Winslow は同じ箇所から *kapilaparaṇar* という例を挙げている。これは、古典の二大詩人である *Kapilar* と *Paraṇar* の２人を併記して言っているのだが、前者の語末の *-r* が落ちて複合語となっている。ましてや、中性名詞で最も多い語尾 *-am* の *-m* が落ちても違和感はないであろう。最後に、ここの解釈とは直接関係ないが、この注の第一パラグラフで述べたように、UVS が古注の解釈の揺れを述べた後に、「これらのこと（*aivaṉam* と *veṇṇel* との関係およびそれぞれの内容）は研究するのに値する」と言っているのは大変興味深い。というのも、UVS は古典から16世紀頃の様々な文学や文法書の諸写本を見て諳んじている。その UVS にしても、*aivaṉam* と *veṇṇel* の関係や各々の中身が分からなかった、あるいは写本研究と個別の語彙の意味内容の研究は別物であることを示しているからである。

(533) 「虎、虎と言って」は、続く「騒ぎ」が分かるようにするための補いであるが、「虎」と言うことについては、注29を参照のこと。

(534) 古注は牡豚とし「牡牛もまたよし」と言う。「黒い色合い」ということから「豚」としたのだろうが、295行で野豚（猪）が出ているから野牛とした。

(535) 291-99行は、Malai. を想起させる。

(536) この前後のマルダム（270）、ムッライ（285）、パーライ（313）、ネイダル（325）で、古注はこれらをそれぞれのジャンルの主題（*uripporuḷ*）とするが、ここのみは５例ある定型句の「黒い茎（*karum kāl*）」がついているから花の名である。したがって、他の部分も花の名であると思われる。それよりも、Matu., Ciru. その他では「５つのジャンル（*aintiṇai*）」が確立されており、少なくともこの箇所から、ジャンル名は花の名に由来していることが分かる。

なお、クリンジ（*kuṟiñci*）とは、“squarebranched conehead, *Strobilanthes kunthianus*” [TL] で、４年から12年に１度、山肌に群生する小

とある。茎の長さに言及しているのはここのみで、「茎の長い白芥子」が成句であるわけではない。

(532)　「アイヴァナ米と白稲」は *aivaṉa veṇṇel* の訳である。この言い方はここと Kal.43:4, Nar.373:4 の 3 箇所に出る。他方 *aivaṉam veṇṇel* という言い方も出る（Malai.114）。古注はここと Kal.43:4 の注釈で「*aivaṉam* という *veṇṇel*」と同格にとっている（TL が *aivaṉam* も *veṇṇel* も "mountain paddy, wild rice, *Oryza mutica*" としているのは、この古注にもとづくものであろう）。ところが、UVS も指摘するように Malai.114 では古注は「*aivaṉam* と *veṇṇel*」と 2 種の米に分けている。そもそも *veṇṇel* とは、*veṇ nel*（白い米）であるから固有の品種であるのかどうか分からない。

そこで、*veṇṇel* について詳しく調べてみると、TL と PPI が米の一種としている以外には、注釈も訳もそれが米の特定の品種なのか、そうではなく「白い」という形容詞がついた「米」なのかあまり注意を払っていないように見える。*veṇṇel* という語は古典に26回出ており、それらの用例を調べてみても、固有の品種なのか「白い米」なのかはっきりしない。ところが、古典以降の作品に *cennel, veṇṇel, annellu* と 3 種の米を併記した箇所がある（13世紀のアハム（恋愛）文学の詩論 *Akapporuḷ Viḷakkam*, 23:11）。*cen-nel* とは、字義は「赤い米」で、本書にも何箇所か出る高級米である（"a kind of superior paddy of yellowish hue" [TL]）。*annellu* は *an-nel* のことで、字義は「よい米」であるが文脈からは固有名詞かどうか分からない。しかし、いずれにしてもこの例から *veṇṇel* が固有名詞であることが分かる。このことは、*veṇṇel* の古典における全用例から得られる感触とも合致する。

また、TL では *veṇṇel* を山岳地の野生種のように言うが、水田に満ちた田園地帯でも（Ain.48, Ak.96 など）、海岸地帯でも（Ain.190, Kur.269, Nar.183 など）とれている。さらに、*veṇṇel* をタンヌマイ太鼓を打ち叩きながら刈り取りする様子を描く作品が 3 つ（Nar.350:1, Malai.471, Pur.348:1）あることからすれば、単なる野生種ではなく栽培種であろう。他方、*aivaṉam* について調べると、3 作品では「アイヴァナム米を撒いて（*aivaṉam vitti*）」と明瞭に述べているから（Kur.100:1, 371:2, Pur.159:17）、栽培種である。ただ、*veṇṇel* の場合と異なり、*aivaṉam* は全10例とも山岳地帯と関係がある。つまり TL の定義は文学とはかなり違う。

以上、*veṇṇel* が米の品種名であり、山岳地帯以外のいろいろな場所で栽培されること（自生ではない）、*aivaṉam* が山岳地帯でのみ栽培されていることが分かる。すなわち、古注とは異なり、これら両者は別々の

361 Matu.

(526) ネイダル（青睡蓮）については注42を見てほしいが、ネイダルは海岸地帯そのものを表わすほど海岸部と密接に結びついた睡蓮なのに、ここはムッライ地域である。

(527) 282-84行は分かりにくい。ことに284行がどこにかかるか分からない。そこで古注は大幅に語順を変えており、後の注釈（近代注Kと現代注N）もそれに従っているから意味が分かりにくい。翻訳も注釈の意味をとりかねているようで、かなり適当な訳である。詳しくは『学習帳2』の注を参照してほしい。

(528) タミル地方では、山岳地帯（クリンジ）と密接な結びつきをもった神にムルガンがいる。ムルガン神は、後にタミル社会がヒンドゥー化するにつれ、シヴァ神の息子・軍神スカンダ（仏教の韋駄天）と同一視されるようになるのだが、タミル古代には、ムルガン神が若い娘にとりついて病を引き起こすと考えられていた。このような時、人々はヴェリ祭を執り行ないムルガン神を宥めた。儀式は、まず会場をしつらえ、供物を捧げ、ヴェーラン（*vēlaṉ*, ムルガンの持ち物である「槍（*vēl*）を持つ者」の意）と呼ばれる祭司を呼び祈りを捧げる。すると、ムルガンが憑依したヴェーランが狂ったように踊り（この踊りをヴェリ（*veṟi*）と呼ぶ）、やがてムルガンの言葉を告げる、というように進む。アハム文学では、恋煩いに痩せ衰え、容色の優れない娘（ヒロイン）を見て、母親が本当の病気と勘違いし、ヴェーランを呼んでヴェリの儀式を執り行なおうとするという設定である。

そのようなヴェリ祭をテーマとする作品として、『エットゥトハイ』のKur.362, Nar.34, Ak.22を参照してほしいが、それらでは供物として子山羊を捧げ、その血を混ぜて赤くなった穀物（ムルガンは「赤い者（*cēyōṉ*）」とも呼ばれる）を会場に撒き、花で飾っている。この箇所（第283-84行）は、一面に咲いた青紫あるいは赤紫のスイレンの花が、ヴェリ祭の会場の床面に似ていると言うのだろう。しかし、前述したようにヴェリ祭は山岳地帯（クリンジ）に特異な祭りである。しかもネイダルというスイレンは、ここ以外にはごく少数の例外を除き海岸地帯（ネイダル）のものである。なぜそれらをムッライ・ジャンルに結びつけるのか分からない。なお、このような「ジャンルの混合」は*tiṇai-mayakkam*という術語で呼ばれている。

(529) 「ムッライの情趣の満ちた森」というような表現については、注194を参照のこと。

(530) 「木片」とは、古注によると「沈香や白檀など」である。

(531) TLによると、学名は*Brassica alba*だが［要覧］［集成］にない。Wiki.によると和名はシロガラシで、「成長すると草丈45cm程度になる」

(522)　271-85行はムッライを描いている。ムッライは平地であるマルダム（田園地帯）とクリンジ（山岳地帯）の間の地域であるから、山裾が含まれる。そこで「山の」を補った。

(523)　「子鹿が動き回り」の原文では、「子鹿」は中性単数形、「動き回る」は非過去・中性複数形である。単数形の主語に対して複数形の述語が来ることについては、注493を参照のこと。

(524)　南蛮皀莢については、注180を参照のこと。牧地（ムッライ）に見られる樹木で、葉を落としたあと、雨季になるとあらゆる枝から衣を垂らすように鈴なりの黄金色の花をつける[Samy: 91]。そのため、古代恋愛文学（アハム文学）では雨季の牧地を背景とするムッライ・ジャンルのキーワードとして、好んで用いられる。

(525)　ここは「サファイアのような青々した草」としたいところだが、タミル語では「青」と「緑」とが重なることはない。ここで「サファイア」としたのは *nīlam* であり、TL ではサンスクリットの *nīla* に由来するとしている。サンスクリットの *nīla* の基本的な意味は “name of a dark colour,（esp.）dark-blue or dark-green or black” [Monier]であるから暗緑色を含んでいる。他方、それに由来したとされるタミル語の *nīlam* は、TL によると “1. Blue, azure or purple colour. 2. Blue dye, indigo. 3. Sapphire. 6. Black colour. 7. Darkness. 8. Blue nelumbo” である。したがって、タミル語の「青」は「暗色」、「紫」、「黒」を示すことはよくあるものの、「緑」を示すことはない。また「サファイア」には様々な色のものがあるが、ここで言う「サファイア」は「青」の副次的意味であるから正確には「青サファイア」のことである。

他方、「緑の草」とした「緑」の原語は *paim* で、これは「緑」であり「黄緑」や「黄」を示すことはしばしばあるが[DEDR 3821],「青」を示す例はない。このように、タミル語で「青」と「緑」が重なる例はないのに、古注をはじめ諸注釈では「サファイアのように緑の草」としていて奇妙である。唯一の例外が近代注Kで、そこでは本書のように「輝く」を補っている。そう解釈しないとここの文意はとおらない。ちなみに、ドラヴィダ諸語でいうと、「青」と「緑」が重なる語が Brahui [DEDR 2149], Koḍagu（Coorg）[DEDR 3821], Kota [DEDR 4356] の諸語に各1例あるものの、タミル語には存在しない。

「青」を基本的な意味とする語としては、サンスクリット語起源とされる *nīlam* あるいは *nīl* 以外にない。しかし、基本色の1つである「青」を示す語がサンスクリット起源の語しかないというのはおかしい。筆者は、他にもよくあるが、もともとタミル語であった *nīl* に-*am* という語尾がついて *nīlam* という形ができたと考えている。

くないと解釈したのか、注釈では「魚を捕らえ積み上げる」としている。他方、［高橋2008a］で論じたように、古典で畑を耕すのに原意が「殺す」を意味する *kol* をしばしば使っている。古代タミルの生命観がジャイナ教のそれと通じることはこの例でも明らかであろう。

(516)　「引き抜く時の太鼓の心地よい音」の部分を、古注では「引き抜く時の太鼓の［音］、それに心地よい音の（次行）雨」としているが、そのようにもとれる。

(517)　マドゥライの南方6 kmほどのところにあるムルガン神の聖地である。Tiru.1-77、ことに74-77行を参照のこと。

(518)　古注は「夫たちの花輪と映え」と「夫たち」を補っており、後の注釈も訳もそれに従っている。しかし、そうであるとすると、次行の「一緒になって踊る」は夫婦一緒に踊ることになるが、古典で男女が一緒に踊るという例はない。

(519)　「マルダムの情趣が際立つ」という表現については、注194を参照してほしいが、「マルダムの情趣」とは「マルダム（田園地帯）に囲まれた地での男女の痴話喧嘩（*ūṭal*）」である。

(520)　ここで、タミル古代の5つの地域の1つ、マルダム（田園地帯）を述べたあと、ムッライ（森林・牧地、271-85行）、クリンジ（山岳地帯、286-301行）、パーライ（荒れ地、302-14行）、ネイダル（海岸地帯、315-25行）と5つの地域をそれぞれ描写する。そして、この行を含め、それぞれの地域の描写の最後の行（第285, 301, 314行）は、最後のネイダルの描写の終わる325行を除くすべてが、文末が接続分詞＋ *oru cār*（ある場所）という形で終わっている。

　この形式に関して、近代注Kと現代注Nとでは、前の接続分詞を関係分詞にとり「（略）したある場所」とする。しかし、これらの解釈は文法的にありえないし、行の終わりをもって主題を終わらせず、そこに次の主題をもってきて次へ繋げるというのは、歌の構成からしてもおかしい。古注は倒置ととり「（略）して（いる）、ある場所は」としている。しかし、もしそうであるなら、ネイダルの描写の最後の325行もそうなっているはずであるのに、「（略）して（いる。）かくして」と次の行に繋げている。したがって本書のように解釈すべきである。

(521)　「スズメノコビエ（*varaku*）」については、注343を参照してほしいが、文学ではこの穂や実についての記述は出ない。Wiki. によると、この穂は「熟すと褐色に」なるというから、ここは「黒い」が正しい。茎についてはここと同じ言い方「黒い（？）茎のヴァラフ（*karum kāl varaku*）」が他に3例あるが、他の語での言い換えがないから、*karum*（黒い？）の意味ははっきりしない。実物を見ているはずの注釈に従う。

ルに出るが、ここの他にも数箇所ではマルダム・ジャンルであり（Tiru.74, Peru.214, Patti.11, 241）、Matu.282 ではムッライ・ジャンルとして出る。それらは恐らく海岸部のネイダルとは別種であろう。なお、251行のスイレンも含めて、［花綴り：225］も参照のこと。

(509)　「青睡蓮」は *nīlam* の訳で、[Samy: 90] によると、注42に述べた *Nymphaea stellata* のうち青の濃い種類であるという。［サンガムの植物: 781］では学名 *Nymphaea nouchalia*, Burn. とするが、これは *Nymphaea stellata* と同じである［集成: 147］。なお、この行頭の「たくさんの」とした *vaḷ* には「大きな」「尖った」という意味もあり、古注は「大きな」ととっている。実物を見るとそのいずれも合うが、文学からはどれが正しいか分からない。ここと まったく同じ *vaḷ itaḻ nīlam* という言い方は他にも２例あって（Ak.270:1, Kur.365:5）、それらのいずれも古注では「たくさんの」ととっているし、実際の様子からも「たくさんの」がよりふさわしく思える。

(510)　「大睡蓮」は *āmpal* の訳である。スイレンの一種で、TL によると学名 *Nymphaea lotus*, 白い大ぶりの花が咲く。［花綴り：225］によると、花の大きさは径15cmから25cmになる。他方、［サンガムの植物:12-25］によると、学名 *Nymphaea pubescens*, Willd.（英名 Waterlily, 和名オオスイレン。参照［集成: 147］）で、赤、白、青の３種があるという。

(511)　カンプル（*kampuḷ*）については、水鳥であること以外には描写がなく細かなことは分からない。

(512)　「アカバナヨウサイ」は *vaḷḷai* の訳である。TL では学名 *Ipomaea aquatica*, ここの和名は［集成: 736］による。［要覧: 430］では「湿地性匍匐草」とある。

(513)　「結び目を折り返した網（*koṭu muṭi valai*）」は定型句で６例ある。形状ははっきりとは分からないが、この表現からすると網の目はそれほど細かくなかったのではないだろうか。

(514)　以下267行まで、田園地帯の様々な物音や声を描く。

(515)　「大量に殺す」の原語は *nūḻilāṭṭu* で、TL は “massacre, carnage” とする。この語はまた、英雄文学のテーマ「自分の体に刺さった槍を引き抜き、それで敵を攻撃すること」を表わす術語であり、そのことは Malai.87 の前後で描かれている。この語は、*nūḻil-āṭṭu* と２語からなり、*nūḻil* は「虐殺、堆積」などの意味の他に、やはり英雄文学のテーマ「自分の敵を殺した後に、勝利した兵士が槍を振り回しながら踊ること」を表わす術語である。これらからすると、用例も少なく語源も定かではないが、「大虐殺」という意味を含んでいるのは確かである。しかしながら、魚を大量に獲るにしても「大虐殺」というのはこの情景にふさわし

する黒い塗り物と勘違いしたのである。しかし、「鼓面の中央部」では訳にならないから、従来どおり「太鼓の目」という訳語を使う。ちなみに、現代の太鼓ではこの「目」という言い方はせず、単にそこにある黒い塗り物を *cōṟu* と言うのみである。

(503)　「海」とした原語 *munnīr* については注297を、その海が「青い」か「広い」かについては注469を参照のこと。

(504)　234-46行の文脈はとりにくい。ただ、ここの *palar-ē* と次の行の最後の *kaḻintōr-ē* には *-ē* があり、これらが手がかりになる。古注もここの文脈はとりにくかったのか、珍しくそれらの *-ē* について説明しており、この行の *-ē* は文法用語で *piri-nilai* と言われる区切りの *-ē* で、次行のそれは *īṟṟu-acai* つまり作品あるいは一連の描写の終わりを示す *-ē* であると言う。そして「諸侯は（234）偉大な資質のある人々であり（237）、（その数は）多い（236）」と解釈している。この接辞 *-ē* に文法家は5または6種を数え上げる（詳しくは Winslow または TL を見てほしい）。古典には4700例以上用いられており、Pattu. のような長詩以外の個々の作品では、ごく少数の例外を除いては作品の最後は *-ē* で終わっている。そしてそれらの最後の語は主語で、述語はそれ以前に来るのがほとんどである。前述の古注の解釈はそのようになっている。

(505)　238-44行はこのままでは分かりにくい。古注も同様であったらしく、大幅に語順を変えている。しかし、この程度ならば聴衆は補いがなくても理解ができたであろう。古注は「西の海で発達し」を「西の海に近い山々で発達し」と補っているが、その山々は西ガーツ山脈のことである。これもタミルの風土に親しんでいた聴衆であれば、自然に補って解釈していたと思われる。

(506)　この行の情景は、Matu.171-72 に同じである。

(507)　248-49行の「葉が高く伸びた棘のある茎」というのはハスの特徴をよく描いている。というのも、一般にハス（蓮）とスイレン（睡蓮）との違いはあまり知られていないが、属も違うし見た目にも随分異なり、ハスの茎の描写と一致するからである。［花綴り：222-24］によると、両者の大きな違いは、ハスの葉は成長すると葉柄が水面から高く突き出て葉を空中に広げ、花も空中に高く突き出て咲くが、他方、スイレンの葉はだいたいは水面に漂うように広がり、花も水面あるいは水面から多少出て咲くという。またスイレンの根はごつごつした塊茎でハスのような蓮根は作らない。なお、インドでは蓮根はあまり食べられず、スイレンの茎の方がよく食べられるという。

(508)　ネイダルは古典で約120回描かれ、タミル古代の海岸地帯の呼称ともなっているほど有名なスイレンで、実際その大部分はネイダル・ジャン

(502)「太鼓の目」の原語は *kaṇ*（「目」、DEDR 1159(a)）である。太鼓と関連して出るこの「目」は50例ほどあるのだが、古典の訳でも［索引集］でもすべて“eye of the drum”となっており、筆者もこれまでは「太鼓の目」としていた。というのも、インドの太鼓には鼓面（または皮面）の中央に黒い円形の練り物が貼り付けられているものがあり、それを「目」というのは理解しやすいからである。

ところが、よく調べてみると「目」とは必ずしもその黒い貼り物ではないようである。まず、ここにも出る戦太鼓（ムラス）では、鼓面に脱毛していない牡牛の皮を使っているという描写が幾つかある（Nar.93:11, Pur.63:7, 288:3-4）。その場合には、上記の黒い練り物はないから「太鼓の目」では何のことか分からない。次に、古典には *ākuḷi, kiṇai, kuḷir, muḻavu, paṇai, paṟai, patalai, taṇṇumai, tuṭi, muracu/muracam* など、たくさんの太鼓が出るのであるが、それらのどれにも「目」があるという例がある。仮にその「目」なるものが前述の黒い練り物あるいは練り物がついた状態であるとすると、古代の太鼓にはすべてそれがあったということになる。そもそもこの練り物は「ただ皮を張っただけの太鼓に特徴的なけたたましい音を和らげて、音楽的な響きにする」ものであるから［中川1994: 77, 80］、戦太鼓のような大型の太鼓はもちろん、すべての太鼓につける必要はない。実際、現代の太鼓にはこの黒い練り物（現代では *cōṟu*「ご飯」といい、鉄やマグネシウムを含んだ練り物）がついていない太鼓も少なくない。

一方、古典ではこの練り物を *maṇ*（「土」が中心的な意味）と言うのだが、ムリャヴ太鼓（*muḻavu*）だけは「練り物がついた」という表現が10箇所ほど出て、なかには「練り物をつけたムリャヴ太鼓の目」という表現が数例ある（Ak.155:14, 346:14, Nar.100:10-11, 139:5-6）。鼓面の中央に黒い練り物がついているから「目」と言うのであれば、この例では「練り物をつけた太鼓」だけでよく、最後の「目」は、むしろ「鼓面」あるいは「鼓面の中央部」と言うべきであろう。

そこであらためてTLを見ると、*kaṇ* に“centre of a drum-head where it is rapped”という意味を出しており、そのタミル語の説明でも「ムラス太鼓をはじめとした太鼓の叩く場所」となっており、この説明がどうやら古典に出る「太鼓の *kaṇ*」の場合に最もふさわしいことが分かる。さらに、TLの元資料であるWinslowを見ると、*kaṇ* に“The eye. 2. A hollow mark or spot”と二番目に「（目のように見える）穴のような場所」が出ている。つまり、鼓面の「目」というのは、鼓面の中央部を長い間叩いていてそこがまわりの皮より少し濃く変色した部分のことを言っているのである。それを研究者が実際にインドの太鼓の幾つかに存在

の主語に対して複数形の述語が来るのは普通である。名詞の複数形語尾（*-kaḷ*）の用例は古典期にはほとんどなく、よく用いられるようになるのはバクティ期以降の6世紀頃からである。

(494)　「矢が雨のように降る」という表現はサンスクリット文学の模倣であろう。他にも「矢がモンスーンの雨のごとく降り」(Pur.287, Malai.226)など、同じような表現がある。

(495)　古注は大海に囲まれたリング状の七大陸（*tīvu* < Skt. *dvīpa*）の1つの *nāval-an-tīvu*（字義「ナーヴァルの素晴らしい陸」）と言う。しかし、これは後に成立したプラーナ（由来譚）によるものであろう。

(496)　この行全体が、Cil.25:92と同じである。

(497)　ヴァーナンとは、「南方の偉大なアスラ（悪魔)。彼はヴィシュヌ神の息子カーマンを投獄する。なぜならカーマンはヴァーナンの娘のウシャーとの結婚を強く望んだからである。彼の城はヴィシュヌ神に略奪されるソー城（*cō*）である。ヴィシュヌ（クリシュナ）はソーの通りで「壺の踊り」（*kuṭakkūttu*）を踊る」[PPI]。

(498)　この行は、Peru.38と類似する。

(499)　「アハヴァル（*akavar*）」は、TLによると「朝に歌で王を眠りから起こす詩人（bards)」で、文学で出るのはここだけである。他方、詩論では「非の打ち所のない、素晴らしい名声を求めて眠っている王に対し、詩人が称賛する眠りから起こす局面」と英雄文学の *pāṭāṇ* ジャンルの一テーマとなっている[Tol.Por.(Nacc.) 91]。「眠りから起こす局面」の原文 *tuyile-ṭainilai* は英雄文学の術語である。この部分では王を起こしているのかどうかはっきりしないが、アハヴァルといえば詩論で言われているような詩人として理解されていた可能性が高い。なお、ここで言う「詩人」（*cūtar* < Skt. *sūta*）が *akavar* と同じであるとされている。

(500)　古注は「新しい」ではなく「緑の（*paccai*)」としている。しかし「緑の容れ物」とする理由が分からない。C訳は「葉で作られた器」と訳している。

(501)　「監視の（厳しい)」は *pārval* の訳である。*pārval* は動詞 *pār*（見る）から派生した名詞で、TLは「見ること、監視」などの意味を挙げる。しかし、ここの文脈からその意味するものがとりにくい。そのためか、UVSは脚注で「*pārval* とは王が自分の敵が遠くにやって来るのを見張っているのに適した、高さのある防御林（*araṇ*)」と言い、C訳では「野営地のテントが高い」、V訳は「野営地の（城）壁が高い」と補っている。筆者も当初は注釈のせいで迷ったが、単純に捉えると「鳶も飛ばない監視の、野営地」、つまり「監視が厳しく野営地の上空では鳶さえ飛べない」となる。注釈はときにありがた迷惑になる。

であり [DEDR 1655], 後にはカーストの意味ももつ。古注はここで「身分の低い *kuṭi*」と言っているが、古注の言う *kuṭi* はカーストであろう。南インド古代におけるカーストについては様々な意見があるが（詳しくは［高橋1994］を参照)、簡単に触れると、古典期にはヴァルナ制度を知ってはいたが、カースト（ジャーティ）という概念はまだなく、それが発展しはじめるのはバクティ期（6-9世紀）以降である。今日では漁民や椰子酒作りは低カーストであるが、ここの注釈から14世紀の古注の頃にはすでに低カーストになっていたことが分かる。

(487) 「集団」は *kūvai* の訳なのだが、すべての注と訳ではそれを「クズ（葛）ウコン（注964参照)」と解釈している。するとこの行は、「肉の入った飯、生臭い弓、たくさんのクズウコン」となる。食べ物の羅列かと思えば「弓」が入っていて、何を言っているのか分からない。古注は「*kūvai* は集団（と読んで）もよい」と言っているが、その読みしか考えられず、なぜ他の注釈も含め「クズウコン」と解釈しているのか分からない。

(488) 「パラダヴァル（*paratavar*)」は通常「海岸部の住民、漁民」を意味し、古典でも40例ほどある。それらの例のすべてが「漁民」を示していて、特定の部族あるいは王朝を示しているものはない。しかし、TL はここで注釈が言っていることを典拠に「支配者群の１つ」としている。

(489) 「精霊」は *aṇaṅku* の訳である。この語はいろいろな意味を持ち、古注は「家の神」とするが、古典でよく出るのは森や山にいる「霊」が多い。

(490) 「スゲ」とした *cerunti* には、注240に述べたように灌木とスゲとの２種があるが、ここは文脈からスゲである。

(491) 171-72行と似た情景は、この後247-48行にも出る。

(492) 「猪」の原語は *kēḻal* で、TL には “Hog, boar, swine. *paṉṟi*” とある。ここで言い換えられている *paṉṟi* も “hog, swine, pig, *Sus indicus*” [TL] であるから、古典期にはこれらの訳語に示されるように「豚」と「猪」は区別されていない（学名のラテン語 *sus* も「豚類」一般を表わす語である)。日本語の「猪」も、もとは「ヰ（い）の肉（しし)」の意味で、「ヰ」とは「豚類」であるという。ところが、現代の日本語では「猪」と「豚」は明確に区別されており、他方、本作品でも言葉の上では分からないが文脈から「猪」か「豚」か分かることがある。ここは、もともと豊かな水田が広がっていたが、今は戦争で荒れ果てた所で跳ね回っているのだから「猪」である。ちなみに、現代タミル語では「豚」は先に述べた *paṉṟi* であり、「猪」は「森の豚（*kāṭṭu-p-paṉṟi*)」という。

(493) 「国々」と訳したが、原語は *tēem* で三人称中性単数形である。それに対してこの語の述語が前に出る *āyiṉa* で、それは三人称中性の複数形である。古典では、名詞の複数形が未発達であるから、このように単数形

ェーリー河を囲んだタンジョール地区、後者はチェンナイの南西部の北アルコット地区にある。

(483) ムラス太鼓（*muracu* または *muracam*）として TL は“1. Drum, tabour. 2. A drum of the agricultural tracts. 3. War drum”の3種を挙げるが、ここは文脈から戦太鼓であろう。ここからも分かるように、ムラス太鼓は「王家の太鼓」として、各王家にとって特別な意味を持つ神聖なドラムである。彼らは宮廷の特別の台座（*muracu-kaṭṭil*, Pur.50奥付）にこれを安置し、花を奉納し、時には血を注ぐこともある（Pur.368, 369）。この台座は神聖なものである。その様子は Pur.50 に描かれ、そこでは王家の太鼓であるムラス太鼓の台座と知らずに上がってしまった詩人を、寛大な王は怒って殺（あや）めずに詩人が眠りから目覚めるまで扇で煽いでいたことが描かれている（[エットゥトハイ：206-08]を参照のこと）。このドラムが壊れることは大変に不吉である（Pur.238）。したがって、敵に勝つと勝利の証としてその敵方のムラス太鼓を奪い破壊する（Pur.26, Patir.44:14-17, 79:11-12）。このドラムの胴体は敵国の守護樹（古代には *kaṭi-maram*, 後には *kāval-maram* とも呼ばれる）を倒して作ることもある（Patir.44:15-16など）。なお、ムラス太鼓は原語では *muracu*（93例）または *muracam*（43例）と言われる、*-u* または*-am* 語尾の両方を持つ典型的な名詞である。

(484) インドでは、同盟国や友邦を「友人」と呼ぶことについては、[クラル 381] およびその訳注を参照のこと。

(485) 古注は134行を巻貝にかけて、「巻貝は名声に満ちていて抜群に素晴らしく、中には丸く成長し光り輝く素晴らしい真珠がある」とする。注106に法螺貝があるように、巻貝は真珠の母貝の1つであるから、古注のように解釈できないでもない。しかし、前行の「名声に満ちていて抜群に素晴らしい」というのは、巻貝の形容句としてはあまりに大仰であるし、巻貝はしばしば描かれるものの、そのような形容句がついた例はない。それに対して、真珠は古典期からパーンディヤ国の最も優れた産物の1つとして有名であり、5世紀頃の叙事詩 Cil. の、ヒロイン・カンナギの踝飾りの中に入っているのはルビー（ダイヤともとれる）でパーンディヤ王妃のそれには真珠が入っているというのはこの物語の山場ともいえるほどで、ここで真珠が出てくる意味が分からなければ作品として成り立たない。そのように考えると、133-34行は真珠にかかり、その真珠が中にある巻貝と考えた方が自然であり、本書ではそのようにとった。なお、古典の真珠に関しては、少し詳しく述べる必要があるので、それについては注900も参照してほしい。

(486) 「家」は *kuṭi* の訳である。この語は「家、家系」などを基本とした語

(477) タミル古代に「呼び売り」することはよくあったらしく、*pakar* はそれを表わす語で、古典だけでも30例ほど出る。TL によると *pakar* は“1. To tell, utter, declare, say, announce, pronounce, publish. 2. To hawk, sell. 3. To give” であるから「売ると告げる」がもとの意味であろう([DEDR 3804] では「売る」という意味が収録されてない)。「売ると告げる」という表現は、他にも *koḷḷai cāṟṟu*(Peru.64, Matu.256, Patti.29)、*noṭai navil*(Matu.622)、*noṭai nuval*(Matu.662)などがあって、いずれも呼び売りを示している。

(478) 「新たな収穫(*yāṇar*)」という語は田園地帯(マルダム)と結び付けられることが多いが、海岸地帯(ネイダル)の場合も少なくない(Ak.90:10, 220:19, 300:14, Nar.30:3, 210:4)。

(479) 普通「四つの土地」といえば、山岳地帯(クリンジ)、海岸地帯(ネイダル)、森林牧地(ムッライ)、田園地帯(マルダム)を言う。

(480) この行全体が、Matu.72, Patir.90:8 と同じである。それらをみると、どうやら王は開戦時に自分の由緒を語るようである。

(481) 「敵国に火を放つ」というのは、緒戦(*veṭci*)に続く本格的な戦い(*vañci*)の小テーマ(*tuṟai*)の1つで *eri-parantu-eṭuttal*(Tol.Por.(Iḷam) 65:1)という。

(482) タライヤーランガーナムとは、第55行で言及されているチェーラ、チョーラの2王と5人の族長(*Titiyaṉ, Eḻiṉi, Erumaiyūraṉ, Iruṅkōvēṇmāṉ, Porunaṉ*)との連合軍とパーンディヤ王ネドゥンジェリヤンの戦いが行なわれた古戦場である。本文では *ālaṅkāṉam* と出ているが、「タライ *talai*(優れた)」という接頭辞がついたタライヤーランガーナム(*Talaiyālaṅkāṉam*)という名称がより一般的で、TL でも TIP でも後者しか見出し語に出していない。このタライヤーランガーナムだが、例えばこの部分の UVS の脚注のように、しばしば7-8世紀のシヴァ派聖典(*Tēvāram*)に出るシヴァの聖地 *Talaiyālaṅkāṭu* と混同される。というのも、*Talaiyālaṅkāṉam* は *talai-y-āl-am-kāṉam* という4つの単語からなり「優れた - バンヤン樹 - 美しい - 森」で、*Talaiyālaṅkāṭu* は最後の「森」を表わす *kāṉam* が *kāṭu* に変わっただけで意味は同じであるからである。ちなみに、後者の場合にはバンヤン樹とは明らかに「シヴァ神がその下で瞑想したバンヤン樹」である。

しかし、戦場である *Talaiyālaṅkāṉam* もしくは *Aḻaṅkāṉam* とシヴァの聖地である *Talaiyālaṅkāṭu*(単に *Aḻaṅkāṭu* と呼ばれたり「聖なる(*tiru*)」をつけて *Tiruvālaṅkāṭu* と呼ばれたりすることもある)とは別で、文献的にも前者が古典に7例あるのに対して後者は古典には例がなく、すべてバクティ期以降である。ちなみに、今日では、前者はカーヴ

371　Matu.

だとするが、この名は碑文も含め文献記録にはまったく出ていないから詳細は分からない。ただし、古注が書かれた14世紀頃には知られていた可能性があるし、前後の文脈からしてもどこか分からない一般の「町」を意味していたとは思えないので、古注に従っておく。この町についてPPI はさらに一歩進めて、今日のネッロール（*Nellūr*）と同じとする。というのも、ここの原文で前の行最後の「米もある（*nelliṉ*）」とこの行の先頭の「町（*ūr*）」が結びついた *nelliṉūr* が *nellūr* となったと考えているからである。ただし、今日のネッロールはチェンナイの北方180kmほどのところにあり、チョーラ国の町であったはずだからありえない。

(471)　クッタ国（*kuṭṭanāṭu*）とは、古代タミルの12の「洗練されていないタミル語を話す地域（*koṭuntamiḻnāṭu*）」の1つで、今日のケーララ州のコッターヤムやクイロンあたりの地域である [TL]。

(472)　「逞しい歌舞人」は *muraṇ porunar* の訳である。古注は「違う流派のタダーリ太鼓奏者たちに」と言っている。なぜこのような解釈が出るかといえば、*porunar* には注107で述べたように「戦士」と「旅芸人」の2つの意味があるが、ここはすぐ後に贈り物を与えると出てくるから「戦士」ではなく「旅芸人」である。そして、その旅芸人 *porunar* はタダーリ太鼓（*taṭāri*）を持っていたからであろう（Poru.71）。一方、「逞しい」とした *muraṇ* の通常の意味は古注の言うように「敵対する」であるが、「粗野、強力」という意味もあり、[DEDR 4971] によるとむしろその意味がもとの意味の可能性がある。

(473)　ムドゥヴェッリライ（*mutu-veḷḷil-ilai*, 字義「成長した - キンマの - 葉」）という町はここにしか出ない。古注によると、海岸部にあった、ある族長の町だったという

(474)　原文は「来る昼間に」で、恐らく「来るべき昼に」の意味であろう。しかし、それが馴染みのない奇妙な表現であるのは、古注が語順を変えて「昼に現われる星」としたり、近代注Kで「普段と異なって現われる昼間」としていることからも明らかである。

(475)　金星は「明けの明星」「宵の明星」というように、明け方か夕暮れにしか見えない［平凡社百科］。「金星　昼間」でネットで検索すると、事件と関係があることもあるようで、ここは文脈から不吉あるいはよくないこととの関係を示唆している。

(476)　ムリャヴ太鼓とアダンについては、それぞれ注82と注238を参照してほしい。アダンの実は上の方にあればココナッツのように、下の方にあればパイナップルのように見えるから、ここは数種あるムリャヴ太鼓のうちのトムトムである。他に同じような表現がないから、実物を知らないと、ここの比喩の意味も、どのムリャヴ太鼓なのかも分からない。

ないが、タミル語の説明では *aṉṉam*（“food, victuals, especially boiled rice” [TL]）と言っているから、日本語の「ご飯」と同義である。

(463) サンガム伝説には、パーンディヤ朝の都マドゥライに王朝の庇護を受けた学術院サンガムがあった。サンガムには「初めのサンガム」、「中間のサンガム」、「終わりのサンガム」があったとされ、「初めのサンガム」にいたのがタミル学芸の祖アガスティヤ神である。

(464) 後の 第127行に出る古戦地タライヤーランガーナムでの、パーンディヤ王ネドゥンジェリヤンとチェーラ、チョーラの２王と５人の族長（*Titiyaṉ, Eḻiṉi, Erumaiyūraṉ, Iruṇkōvēṇmāṉ, Porunaṉ*）との連合軍との戦いは非常に有名で、Ak.36 など文学で何度も言及されている。

(465) 古注は「木々を焼き払い、山を灰にする」とする。この方が美しいが、原語からはこの訳は出てこない。

(466) 70-71行の全体が、Pur.17:1-2 と同じ。

(467) この行全体が、Matu.124, Patir.90:8 と同じ。

(468) 「三種の水」とした *munnīr* については、注297を参照してほしいが、それをもったものとして「海」をも意味する。ただし、ここは次の行にも「海」が出るので原義で訳した。「海」の前の形容詞 *-iru(m)* については次注を見てほしい。

(469) 「海」（*kaṭal, parappu, pauvam*）などの前に形容詞 *mā, iru(m)* が付くことがしばしばある。しかし、これら両語とも「大きい」と「黒い」の意味をもっているから、それらのいずれの意味か分からないし、注釈によっても解釈が異なる。ちなみに、タミル語の「黒」は「紺、青、紫」をも表わすから、海に関しては「青」ととるのがいい。これらを含んだ表現としては、*mā kaṭal* が９例、*irum kaṭal* が８例、*irum pauvam* が５例である（これらとは別に「大きい海、大海、大洋」をはっきり表わす *perum kaṭal* は53例ある）。これらが「青」と「大きい」のいずれを表わすのか、韻律との関連も含めいろいろ調べてもはっきりしない。手がかりになるのは *mā iru(m)*（*iru mā* はない）と形容詞が２つ付く場合である。Nar.159:1 では *mā irum parappu* と言い、Patir.42:21 では *mā irum teṇ kaṭal*（*teṇ* は「透き通った」）とする。かねてより、言語によって「大きな青い海」か「青い大きな海」かはある程度決まっていると思っていたが、古典でも「青い色の大きな海（*nīl niṟa perum kaṭal*）」という例が４つもある。また、「青い大きな入り江（*nīla irum kaḻi*）」という例もある（Ain.116:2）。したがって、上の *mā iru(m)* も「青い大きな」であろうし、*mā* ＋海は「青い海」、*iru(m)*＋海は「大きな海」である可能性が高い。

(470) この町は、古注によると *Cāliyūr*「米（*cāli* < Skt.*śāli*）の町（*ūr*）」

た新たなヴァラフ穀、／その穂先を大鹿が食《は》み、切り株は小さくなって人形のよう」と Kur.220:1 では言い、Nar.121:2-4 では「きちんと並べて植えられた、葉の湿ったスズメノコビエの／枝分かれした房を咀嚼する、綺麗なおどおどした牝鹿が／麻の種の落ちる美しい森で、牡鹿と棲む」と、ここと同じイメージを描いている（それぞれの訳については［エットゥトハイ］を見てほしい）。

六 『マドゥライ詠唱』（Matu.）

(456) マドゥライはタミル古代随一の文化都市であるから、マドゥライ出身の詩人は多かったようで、名前にマドゥライを冠する詩人は100を超える。ところが、面白いことにマドゥライの古い呼び方であるクーダルを冠する詩人名は1例もない。このことは、詩人名を記した詞書が後代のものであることをはっきり示している。なお、詞書の起源等については［高橋2005］を参照のこと。

(457) 「海」を表わす *munnīr* については、注297を参照のこと。

(458) ここの「象」とは、大地を八方位で支える神話上の象でサンスクリットで *aṣṭadiggaja* と呼ばれるものである。それはともかく、14-15行は文章・文法・文脈のすべてに問題がある。詳細は『学習帳2』に譲るが、それらのすべてを解決したのが本書の訳である。

(459) 「両脇」は *pūrimam* の訳である。この語はここのみで、古典のみならず後の主要文学でもまったく出ない。TL ではここを典拠に "side of a street" という意味を挙げている。異読に *pūriyam* とあるが、それだと "1. Town, village. 2. Agricultural town. 3. Royal street. 4. Royal residence" [TL] であるから、一層分かりやすい。

(460) 以下、209行までマドゥライを都とするパーンディヤ王を称え、それ以降はパーンディヤ国の美しさや豊かさを称える内容となっている。

(461) 「肉を食らう鬼女」はしばしば「食屍鬼」とも言われる。ランダムハウス英和で ghoul の訳として出て、「食屍鬼（しょくしき）：東洋の伝説中の悪鬼で（墓を暴いて）死体を食べたとされる」とある。他方、似たものに「屍鬼」と訳される語があるが、これはサンスクリットの *vetāla* のことで、「人間の死体に憑いてこれを活動させる鬼神」（平凡社百科「屍鬼二十五話」）、またリーダーズ＋プラスでは英語化した vetala の訳として「（インド伝説）ヴェーターラ、毘陀羅（びだら）、起屍鬼、屍鬼〈人の屍体にとりついてこれを立たせ、怨む者を殺させる鬼神〉[Skt]」とある。サンスクリットの *vetāla* はここの英訳のように goblin「悪魔、小鬼」とも訳されるので、ここでは区別して「鬼女」とした。

(462) 「めし」は *cōṟu* の訳で、TL は "boiled rice" という訳語しか出してい

(448) 「ムレッチャー（*milēccar*）」はサンスクリットの *mleccha* に由来する。TL では「野蛮人、未開の異国人、異国の言語を話す人、非アーリア人、猟師」などを挙げる。古典ではここのみであるから、具体的にどの国を指しているのか分からない。*milaiccar* とも表記される。

(449) ヴァンジ（*vañci*）は、学名 *Salix tetrasperma*，英名 Indian willow/Four-seeded willow，和名ヨツシベヤナギで、古典では川の岸辺などに育つとある（[集成: 15] では、水田の付近）。チェーラ王朝の都ヴァンジにはこの木がたくさんあったことからその名がつけられたとされる [Samy: 79]。「領地を狙う敵王との戦い」を主題とするプラム（英雄）文学のジャンルの1つヴァンジは、その戦いに際し戦士がこの花を身につけたことに由来する。

(450) 「馬　耳を伏せる」で検索できるほど馬の特徴的な動作で、警戒、怒り、興奮、相手の馬を威嚇するときなどにこの動作をするらしい。

(451) この行と次の行を、あたかも夫が妃を伴って野営地にいるととる解釈がある。しかし、文法的にそうはとれないし、ムッライという全体の文脈を離れることになる。

(452) 腕輪が滑り落ちるというのは、恋愛文学のヒロインが愛の苦悩で痩せ細ることを示しており、この場合は、夫の帰りを待つ苦しみで痩せ細っていることを示している。

(453) 「右回りに伸びる」は、もとの韻文では *valaṉērpu* だから、*valaṉ ērpu* も *valaṉ nērpu* もありうる。UVS および Rajam では前者「勝利がはっきりした」、近代注Kは後者「勝利にふさわしい」であるとする。しかし、注1でも述べたように、*valaṉ ērpu* というのは古典だけでも19例も出る定型表現で「右回りに上がる」である。そのような定型表現を、咄嗟に別の意味にとるというのは聴衆にとっては無理であったろう。法螺貝だと *varampuri* と右巻きのものが最高級品で古典では16例出る。同様に角笛も右回りのものを指すととれる。古代のホルンについては［楽器: 66-67］その他を参照のこと。

(454) 「黒墨」は *añcaṉam*（<Skt. *añjana*）の訳である。TL は *añcaṉam* に “collyrium, black pigment for the eyelashes” とか “blackness” という訳語を充てているから、インド学者なら collyrium が黒墨であることが分かるが、普通に英和辞典を引いたのでは「点眼薬」しか出ないから何のことか分からないだろう。OED では “Any application for the eyes, as the koh'l used by eastern women” と言っているから、いわゆる kohl すなわち「コール（墨）」と分かる。

(455) スズメノコビエについては、注343を参照のこと。なお、鹿がスズメノコビエを好むということは「以前降った雨のおかげで、畑に生い茂っ

(438) この行が何を言っているのかはっきりしないために、諸訳も適当である。

(439) 39-44行は非常に分かりにくい。なかでもこの40行は分かりにくく、注釈は大幅な補いをし、諸訳もかなりはしょって訳している。原文を素直に解釈すれば本書のようになる。

(440) 「夜を昼にする」がどこにかかるか古注をはじめ筆者が見た注釈では言っていない。素直に考えると、すぐ後の「輝く短剣」にかかりそうだが、もしそうであるとするとやや大仰である。C訳の注を見ると「誇張を避けるためか（第49行の）ランプにかかるという注釈がある」と言っている。

(441) 「ランプ」に、近代注Kは「（女性の）人形のスタンドが付いたランプ（*pāvaiviḷakku*）」と言う。

(442) 「シダレトバ」は *atiral* の訳で、TL は “wild jasmine, *kāṭṭumallikai*” と “hog-creeper, *puṉali*” との2種を挙げる。[Samy: 84] は、古典の描写から、このうちの hog-creeper（*Derris scandens*）であると言う。そうであれば、和名はシダレトバ（マメ科）で［集成: 266］、デリスとしてよく知られる。

(443) 古注は「ターバンを結んで、上着を身につけた」と「上着」を補っている。

(444) 「偉大な古参兵」を直訳すると「大変な老人たち」となり、彼らが見張りするというのはおかしい。それゆえか、古注も近代注Kも「偉大なる振る舞いをもった護衛たち」とし、C訳は “well-tried and trusted body-guard” としている。これでないと意味をなさないが、このような語順の入れ替えは正しくない。

(445) ここの場合は家臣であるが、王に対して「汝」と二人称単数形を使うのは古典では普通である。理由としては、古代の詩人は賢者で恒久の真理を語る者として王より格が高いと思われていたか、あるいは親しみを込めてそうしたという2点が考えられる。恐らく前者であろう。

(446) 「水時計」は *kaṉṉal* の訳である。TL の説明の全文は “perforated hourglass that fills and sinks at the expiration of a *nāḻikai*” である。注釈は *vaṭṭil* すなわち “clepsydra; a small vessel with holes in the bottom, floating on the water and sinking at the end of a *nāḻikai*, being a contrivance for determining time” [TL] と言い、こちらの方が TL の説明も詳しい。いずれもいわゆる漏入型の水時計である（［平凡社百科「水時計」］を参照）。

(447) 「虎の鎖」なるものについては、TL もここを引用して「鎖の一種」と言うのみで、他に用例もなく詳しいことは分からない。

（*Vāmana*）のことを言っている。それについては注295ですでに述べたが、ヴィシュヌが倭人ヴァーマナとなってバリのところに行くと、バリは喜び、望むものは何でも与えると言った。倭人は自分が３歩で歩けるだけのところをくれるようにと願った。バリが聞き入れると、途端にヴァーマナは巨大な姿になり、全宇宙を２歩でまたぎ、第３歩でバリの頭を押さえ、三界を取り戻したという。前の行は、贈り物や願いをかなえるときに、贈与者が受贈者の右手に水をかける儀式（*nīrvār-ttal*）のことを言っており、バリがヴシュヌの願いをかなえたときにヴィシュヌに水をかけたと言うのである。

(431)　蜂の羽音を竪琴の音に譬えるのはよくあることである。また、蜂が群れるというのは香りがよいことを示す慣用句であり、次行の「香りのいいムッライ」にかかる。この他にも、我々には奇妙に思えるが、男や女の髪に飾った花輪やマスト期の象のこめかみから流れる分泌物に蜂が群れる様子はよく描かれる。

(432)　次行の「米と一緒に」があるために、この部分が分かりにくくなっている。そこで古注は語順を変えて「筒に入れた米」としているが、そのような語順の変更はありえない。恐らく詩を朗誦するときには、声の抑揚や区切りで本訳のように感じられるようにしたのであろう。

(433)　古注は「寒さで震える自分のうなじを撫でる手の女」としているため、諸訳もそれに従っている。この作品は古代恋愛文学の５つのジャンルのうちのムッライ（*mullai*）を歌い上げている。ムッライとは、場所は森林・牧地、季節は雨季、時間は夕刻、テーマは軍務などで出かけた夫を待つ妻の不安である。初期（1-2世紀）の作品ではこれらは共通しているものの、Pattu. ではやや趣が変わる。そのなかの Netu. はやはりムッライに属していて、雨季の中で「夫を待つ不安」をこの作品ときわめて似た状況で描いているものの、雨季をはっきりと寒さと結び付けている。したがって、古注の解釈が正しいかもしれない。しかし、古注のように解釈すると流れが悪いので、素直に訳してみた。

(434)　「褐色」は *mā* の訳である。褐色の女というのが美女の形容句であることや *mā* が黒とは限らないことについては、注111を参照のこと。

(435)　「敵国を攻略して受け取った貢物を持つ戦士」というのがクシャトリアの本来のあり方であることについては注325を参照のこと。

(436)　「黒墨を施した目」は *uṇ-kaṇ* の訳で、美女の定型句の１つである。注264も参照のこと。

(437)　「ピダヴァム」は *piṭavam* は *kuṭṭippiṭavam* に同じで、TL によれば *Randia malabarica* である。文学では香りがよく枝に棘があると描かれる。[Samy: 86-87] では花は白く、やがて黄ばんでくると言う。

ある国」と訳した。

(422)「顔をほころばせ」は *mukaṉ amar* の訳で、古典に8例あるが意味ははっきりしない。恐らく *mukam-malar* “to wear a cheerful countenance” [TL] と同様の意味であろう。

(423) この行全体が、Ciru.245 と同じである。

(424) 古注は、恐らく直前の「炎が輝く」という形容句から「金の蓮」としたのだろうが、「金の蓮は月との比喩としては適切でない」と述べている。近代注Kは、「月のような」ということからか、「銀の蓮」としている。直前の句は「輝く光が輝く」ととれるので、ここでは近代注Kのように「銀の蓮の飾り物」ととった。「蜂が羽音を立てない」というのは、この「蓮」が植物ではなく飾り物であることを示すための、Pattu. で随所に出る言葉遊びである。

(425)「専門家」は *nūlōr* の訳で、「専門書、学術書（*nūl*）」に「通じた者（*-ōr*）」が元の意味である。

(426)「戦いで滅ぼしても服従しない敵」という表現は、他にも Peru.419, Malai.386 にある。

(427)「鞍」は *paṭai* の訳で、ここを典拠に TL は “saddle” としているが、その形状等は分からない。

(428)「キンナラ鳥」*kiṉṉaram* はサンスクリットの *kiṃnara* であり、通常「人間の身体と馬の頭、あるいは馬の身体と人間の頭をもった神話的な存在。カイラーサ山の上にあるクヴェーラの天国に住む楽師・合唱隊員としてガンダルヴァと共に天上の音楽を奏でる者」[菅沼: 134]、また仏教経典では緊那羅などと音訳され、歌神、歌楽神などと訳される。ところがタミル語では “a sweet voiced bird credited with musical powers” [TL] とされるように鳥である。しかし、いったいいつ頃から鳥になったのかは分からない。

五　『ムッライの歌』（Mul.）

(429) 古注は、「円盤と右巻きの巻貝（をもち）、胸に押しつけた（抱いた）ラクシュミーを支える大きな腕の」と語順を変えて解釈し現代注Nもそれに従っている。近代注Kはそれを「単語を分け、つけ直した」と言うがそのとおりで、原文を素直に読むと近代注Kの方が近い。[菅沼: 84] によると、ヴィシュヌは4本の腕を持ち、第一の手には法螺貝、第二の手には円盤、第三の手には棍棒、第四の手には蓮華を持っている。しかし、図像によっては円盤と巻貝を掌に描き込んだようなものもあるので、原文どおりに訳した。

(430) ここはヴィシュヌの化身の1つである倭人（こびと）ヴァーマナ

は「象と鉢合わせした獅子の／撓《たわ》んだ筋のある子供が（象の額を）捕らえたいと思うように」と言う。この読みだと、獅子の子でさえ非常に強く、王はその獅子の親のように強いとなるのだろうが、あまりよい比喩とも思えない。それに対して、近代注Kによると「象に打ち勝った獅子が、次に虎（原意は「撓んだ筋」）の子供を捕らえたいと思うように」となり（『学習帳』ではこちらにとっていた）、「すでに打ち勝った王よりもさらに強い王を求め、その王の城に昇り王冠を取ろうと思うことの譬え」と言う。しかし、獅子がマスト期の象を倒し、その後に「虎」を襲うのであればともかく、凶暴な象の後に「虎の子供」を襲うというのでは、近代注Kの言う譬えにはならない。本書では近代注Kの読みに近いが、「獅子（王）はマスト期の象（凶暴な敵）に会って、その後は虎の子供（力は強大ではないが、知恵に秀でた賢者）を自分のものにしたい」と解釈した。

(418)　「トンダイヨール一族の末裔」とは、この作品が称える王 *Toṇṭaimāṉ Iḷantiraiyaṉ* のことである。トンダイヨール（*Toṇṭaiyōr*）とは、今日のティルパティ（Tirupati, 古名は *Vēṇkaṭam*）およびその周縁地域であるトンダイ国（*Toṇṭai-nāṭu* または *Toṇṭai-maṇṭalam*）を治めていた一族で、[PPI: 469] によるとカーンチーは彼らの封臣によって治められていたという。*Iḷantiraiyaṉ* については注298および本作品31-37行を参照のこと。

(419)　「海に住む悪魔を滅ぼすムルガン」という主題は、初期古典のムルガンでは出ずに、ヒンドゥー化が進んでからのもので、後期古典である Pari.5 には出てくる。

(420)　この行の補いは近代注Kに従う。同注が示すように、Malai.536-38 に類似した描写が見られる。

(421)　ムラサキフトモモ（*nāval*）は学名 *Eugenia jambolana*, 英名 Jaumoon-plum, 和名ムラサキフトモモ［集成: 541, 要覧: 349］であり、サンスクリットで *jambu* である。したがって、ここで言っている国とは、古代インドの世界観での中心にある須弥山の南方の洲（大陸）、ジャンブドヴィーパ（閻浮提）のことである。Monier によると、ジャンブドヴィーパにある無数のこの木（*jambu*）の果汁によりジャンブ河ができているという。***nāval am taṇ poḻil*** は定型表現で、古典ではここと Pari.5:8、後期古典で Cil.17, 1:3, 25:173, Mani.22:19 などに出る。同内容を示す表現には ***nāval ōṇkum tīvu***「ナーヴァル樹が繁茂するドヴィーパ」（Mani.9:17）、***nāvalam cūḻ nāṭu***「ナーヴァラム樹が囲む国」（***Tivviyappirapantam*** 3270:4）など、時代が下るほどよく出る。なお、ここで ***poḻil*** という語には「森」と「国」という意味があるので、「森の

379　Peru.

ときの常で古注は大幅に語順を入れ替えている。しかし、この作品の聴衆は耳で聞いてその語順のまま分かったはずであるから、語順の入れ替えをするのは誤りである。他方、翻訳では分からないところは省くか過剰な補いを入れ、しばしば文法を無視している。近代注Kの解釈は最も素直であるが補いが多い。タミル語の語順は日本語と同じだから、原文の一語一語を文法どおりに日本語にして、補いを可能な限り少なくして解釈してみた。

(406)　牡象がマスト期のとき（注162を参照）、それを鎮めるために象の足を結びつける木である［近代注K、現代注N］。そうしておいて餌もほとんど与えないでおくとマストは短期で治まる。

(407)　ブラフマーは「叙事詩の中では、ブラフマーはヴィシュヌ神のへそ、あるいはへそより生じた蓮華から生まれたと伝えられる」［菅沼：291］とある。

(408)　注釈ならびに訳では「鳥の群れが、密生した枝にいる」とするが、文法上はそうはならない。

(409)　「果嚢」は、集合果（「多数の花が密集した結果、果実期に花序全体が1個の果実のように見えるもの。例：クワ・パイナップル・イチジク」［牧野］）をもち「果のう内には雄花，雌花，虫えい花があり花間苞がある」［牧野「ベンジャミンゴム」］ようなもので、パラミツもその1つ。

(410)　カーンチーはヒンドゥー教、ジャイナ教、仏教の聖地として古来有名であったようである。わが国では

玄奘の『大唐西域記』により仏教の聖地として有名であるが、後の発掘によるとヒンドゥー教寺院が7割、ジャイナ教寺院が2割、仏教寺院は僅か1割に過ぎない。

(411)　ここから417行までは『マハーバーラタ』の大戦争に言及している。

(412)　「従わない敵どもの敗北の時」という表現は、他にも Peru.491, Malai.386 にある。

(413)　「昼を作る太陽」と同様の表現は Matu.7 にも出る。

(414)　古注は「力ある者たちによって苦しみを受けている者」とする。

(415)　「蜂が群れ飛ぶ」は *poṟi vari* の訳である。この語は「斑点と筋」ともとれるから、その場合は「斑点と皺のある象」となる。しかし、ここはマスト期（注162を参照）で頬から分泌物を流し猛り狂う象の方が、獅子の強さを示すのにふさわしいだろう。

(416)　「獅子」は *vayamāṉ* の訳である。*vayam-māṉ* はもともと「強い獣」で、辞書には “lion; tiger” と出るが、ここで言う “lion” とは注155で述べた神話上の動物 *āḷi* である。

(417)　「虎」は *koṭu-vari*（曲がった縞模様を持つもの）の訳である。448-49行は幾通りにも読めて、内容も何の比喩なのかもはっきりしない。古注

(401)　「涼やかな目」*maḻai-k kaṇ* は定型表現で（81例）、それらすべての例で古注は“cool eye”とする。*maḻai* の代表的な意味は「雨」「雨雲」であり、それから派生して「水」という意味もある。したがって、「潤いを帯びた目」ともとれなくはないが、伝統的にそうはとっていない。“cool”（冷たい）は、常夏の国にあっては「快」である。したがって、「涼を湛える目」が原意に近い。

(402)　この部分を、古注、近代注Kともに「酒（*naṟavu*）を飲んで（*peyarttu*）物柔らかになった（*amaitta*）」としているが、動詞 *peyar-ttal* に「飲む」に近い意味はない。他方、古注で酒とした *naṟavu* には、ベニノキ（学名 *Bixa orellana*, 英名 Arnotto または anotto）という意味もあり、ベニノキの花びらは女性の目に譬えられることもあり、Ak.19:9-10 では、男が恋する女の目を「ベニノキの赤い花びらのよう」と言っている（実際の花は薄いピンク）。ここでは、こちらの解釈をとった。古注は、次行以下の、女たちが客である旅芸人たちと川で水遊びをするという描写に影響を受けているようである。というのも、男と川で水遊びをするのは、古典では常に遊女であるからである。

(403)　古典では、普通の女が男と川遊びをするという例はない。それに対し、男（ヒーロー）が遊女たちと昼に川遊びをするというのは、「遊女のための別れ」という大テーマの1つであるから、ここで言う「女たち」は遊女以外には考えられない。しかし、貧しい旅芸人が遊女と遊び楽しむというのは奇妙である。というのも古典で遊女といえば高級遊女であり、そのようなことは考えにくいからである。注388で述べたように、Peru.336-45 の酒屋で飲み食いしているという設定同様に、ここも奇妙である。また、遊女が「純真な女たち」というのは不思議に思えるかもしれない。それは前述したように遊女とは高級遊女で、檀那がいて妾のような存在であって、誰にでも春をひさぐわけではないからである。より詳しくは注872を参照のこと。

(404)　古注によると *Tiruvekkāvaṇai.*

(405)　第411行には「古都」とあり第421行には「カーンチーの王」とあるから、その「古都」とはカーンチーのことである。するとこの第393行から第407行まではその古い都であるカーンチーへの途中あるいは町とその郊外を描いているように見える。しかし、この部分の文脈を理解するのは著しく困難である。というのは、森（396）、街道（397）、多くの家族の居住区（399）、市場らしき場所（400）があり、その後に城門あるいは家々の入り口（400）と郊外の防御林（401）が出て、町の城壁（405）が出てくるからである。これでは市場や人々の居住区が城門の外に見えるし、第396行の森と防御林（401）の関係も分からない。このような

381　Peru.

(392)　インド象の牝は牙が外に出ず頬の中に隠れていて、その先端は尖っておらず丸い。

(393)　「里芋」とした *cēmpu* に、TL は "1. Indian kales, *Colocasia antiquorum*. 2. A garden plant, *Colocasia indica*" の2種を挙げる。文学では、「葉が大きい」(Ak.178:4, 336:1, etc.)、その葉が「牡象の耳に似る」(Kur.76:3-4, Kal.41:2) などが出る。[集成] にも [要覧] にも TL の挙げる学名は出ないが、調べると *Colocasia antiquorum* は *Colocasia esculenta* に同じと言うので、後者で調べると [集成: 1035] ではサトイモ、[要覧: 535] ではタロイモとあり、「日本のサトイモは本種の一系」とある。

(394)　「山の芋」とした *kiḻaṅku* については、注183を参照のこと。

(395)　「ビンロウジュ」については、注286を参照してほしいが、ここの前半で補った「雄花」を古注は「幹」としている。しかし、[牧野] の図やその他の写真などを見ると、雄花の方がふさわしいように思える。

(396)　ココヤシの実は「果実人頭大、鈍3角形」[要覧: 523] という。

(397)　「ヴァッリ (*vaḷḷi*)」には「蔓草」と「山岳地の女たちが踊る踊り」の2つの意味がある。そこで「萎れない方のヴァッリ」、つまり「ヴァッリ・ダンス」であると言っているのである。Poru.12,159, Ciru.110 同様に、言葉遊びである。

(398)　現代注Nによると、たくさんのグロリオサのある山が蛇のベッド、そこにいる象がその上に寝るヴィシュヌという。

(399)　「クルフ (*kuruku*)」は古注では *kurukkatti* "*Hiptage madablota*" [TL] また *mātavikkoṭi* と言う。[集成] [要覧] ともに出ないが、ネット検索で出る。ただし、*kuruku* という植物が出るのはここのみで詳細は分からない。したがって、この行の訳は、本当に同定されているかどうか不確かな注釈 (注釈では「光沢のない背面と黒い筋のある」とする) とネットの画像を参考に分かる範囲で訳してみただけで、正確かどうか分からない。

(400)　ここは月食のことを言っている。竜とはサンスクリットのラーフ (*Rāhu*) のことで、日食や月食はそのラーフが太陽や月を飲み込むと考えられている。悪魔ラーフは「神々が大洋を攪拌して不死の霊水アムリタを手に入れようとした時、彼は変装して神々の仲間に入り込んでアムリタを飲んだ。その時、太陽神スーリヤと月神ソーマが彼の正体を見破り神々に告げたため、ヴィシュヌ神はラーフの首を切り落とした。その首は大空へはね上げられて大声でわめいた。このようにして、天空におけるラーフの首と太陽・月の長い戦いが始まった。ラーフが太陽や月を捕らえ飲み込むとき、太陽・月は光を失うのである。」[菅沼: 340]

シャ人が関わっている可能性もあることを指摘しておきたい。

(384)　ドラヴィダ語では山羊と羊を区別しない。ここの *ēḻakam* も *takar* も共に“sheep, ram, goat”という意味をもっている。

(385)　「リスノツメ」は *kaḻaṇku* の訳で、学名 *Caesalpinia bonducella*, 和名リスノツメ［集成：237］である。画像で見ると鞘に入っているのは灰色、乾燥すると灰褐色、その後のものが「黄緑」である。

(386)　「新しい旗」は *paim koṭi* の訳である。この句には「緑の蔓草」という意味もあるから、「緑の蔓草が揺れる」ともとれる（C訳はそうとっている）。しかし、酒屋であることを示す旗（幟）が立っているという描写は Matu.372や Patti.180 にも出るから、ここは「新しい旗」であろう。なお、「幟」という語を出したが、それについては注559を参照のこと。

(387)　「撒かれて萎んだ花」とは、Patti.177-79 では同じく酒屋で花を撒きお供えを供えていることから、ここも今日“flower kolam”と呼ばれる、色形の様々な花で作った円形の飾りのようなものであろう。

(388)　「案内文学」で旅芸人が酒屋で酒を得るというのは奇妙である。金を払うのであれば当たり前だし、料理と酒が旅芸人にただで振る舞われるというのもありえないだろう。旅芸人の夢を描いたのであろうか。なお、「金を払う」と書いたが、この酒屋の様子からするとバーターではありえず、貨幣が使われていたと考えざるを得ない。

(389)　これが何の比喩なのか分からない。古注は「象の体のようにざらざらなココヤシ」、近代注Kは「象の体のように大きく育った葉のココヤシ」、C訳は「象のようなざらざらしたココヤシの幹」とするが、本書では「農夫の家」にかかるととっている。

(390)　「ターリャイ（*tāḻai*）」には“fragrant screw-pine”（通称 pandanus）と“coconut tree”とがある。前者には「支柱気根」と呼ばれる気根がある。ここは、Pattu. の作品でよくある言葉遊びで、*tāḻai* には2種あるが、ここは気根のない方の *tāḻai* すわなちココヤシであると言っているのである。

(391)　ココヤシの若木の液体の旨さについてはダーウィンに記述がある。「C. ダーウィンの日記（キーリング諸島）、（1836年4月）7日から11日：（略）概してココヤシの樹々は一本々々が別々に生育しているのだが、ここでは若木が背の高いその親木の下に多くあり、その長く曲がった葉状体により最も日陰の多い木陰をなしていた。このような木陰に坐り、手近に大きな束になってぶら下がっているヤシの実の冷たく心地良い液体を飲むことがどれほど美味なものであるかは、それをしたことのある者だけが理解出来る」（http://kozuchi.blog.so-net.ne.jp/2012-02-12, 2022.2 閲覧）。

383　Peru.

なぜこの定義を引いたかというと、古典のヤヴァナを考える上で重要だからである。ヤヴァナは古典で数箇所描かれ、ここ以外にも彼らが工芸に優れていたことや（Mul.59-62, Netu.101-02）、彼らの船が優れていること（Ak.149:9, Pur.56:18）等が出てくる。他方、紀元1-3世紀頃のローマと南インドの交易は、1世紀頃の『エリュトラー海案内記』や南インドの考古学上の発見から疑いはない。したがって、これまでの研究では、例外なく彼らは西方のギリシャ人またはローマ人であるとされてきた。しかし、この思い込みを排除して、この後の第320行等をみると、ヤヴァナにはバクトリア（Bactria）のインド・ギリシャ人も含む可能性が見えてくる。

(382)　[PPI: 501] によると、この町に関しては2説あり、1つは本作品で称える王 *Toṇṭaimāṉ Iḷantiraiyaṉ* の町で、今日の *Madurantakam* 郡の *Nīrppēr* 町という説（UVS）、他は *Māmallapuram* すなわちマハーバリプラムという説である。

(383)　インドでは、気候風土上の問題から良質の馬は育たず、17世紀でもウズベキ方面から大量に輸入している（詳細は、注545を参照）。では、タミル古代ではどうだったのだろうか。当時（1-3世紀）はローマとの交易が盛んであったことから、一般には西方すなわちアラビア方面から馬が輸入されていたと考えられている。

しかし、古典には馬の交易に関する記述がここを含めて3箇所（他はMatu.321-23, Patti.185）あるのだが、仔細に見ると交易先も交易相手も記述されていない。そのようななかで、この箇所は馬の交易先を明瞭に述べているように思え、Maloney はここを典拠に「サンガム期に馬を北から輸入していた」と言う [Maloney 1997: 16]。しかし、ここでは「馬と共に北の富」としかなく、どこの馬か、貿易ルートはどこかなどが問題として残る。

まず、ここで描かれる場所は、前の行にあるようにインド南端に近い東海岸の港町である。そうであれば、西海岸（マラバール）を迂回して来るルートも、ガンジス下流など東海岸（ベンガル湾）ルートであっても、「北の富」は理解できる（後者の場合、「北の富」はこの作品と同じ作者によるとされる Patti.190 の「ガンジスの物産」と重なる可能性がある）。どちらの航海ルートであれ、ここで言う「馬」は、そこまで船で運んできていたのか、「北の富」と同時に船に乗せられたかのどちらかである。ただ、注545にあるように、当時はアラビア半島でもまだ馬の飼育は十分に確立していないようであるから、北西インドやその内陸部（バクトリア地方を含む地域）の馬を、北インドで乗せたと考えるのが最も無難である。なお、この場合には、バクトリア地方のインド・ギリ

しか訳さず「牛乳から作ったバターで」（C訳）と「牛乳から作ったバターミルクで」（V訳）としている。それらの訳はともかく、インドでの乳製品の作り方が分からないと原文は分からないであろう。

インドでの乳製品は、まず生乳を煮沸して加熱乳を作り、そこへ種菌（乳酸菌＝残り物のヨーグルト）を加えて、乳酸醗酵させ凝乳（ヨーグルト＝カード）を作る。それを攪拌して、醗酵バターとバターミルクに分離し、その醗酵バターを再加熱して乳脂を分離してバターオイル（ギー）を作るのである。これについては、［高橋2014］を参照のこと。

(377)　古注は前の306行を「バターミルクの中のバターに」とするから、ここの *uruppu uṟu*（熱を得る）が浮いてしまう。そこで古注は語順を変えて、「熱く煮立てたバターの中にシトロンの実のスライスと胡椒を入れて混ぜ」としている。しかし聴衆は耳で聞いていてそれで理解できたはずであるから、原文の語順どおりで理解できるように解釈すべきである。

(378)　「シトロン」は *mātuḷam* の訳である。[DEDR 4808] は Ma., Ka., Tu., Te. で *Citrus medica* とする。近代注Kは *kommaṭṭimātuḷai*（“citron, a tree, *Citrus medica-medica*” [TL]）とする。したがって和名はマルブシュカン（丸仏手柑）である［牧野］。*Citrus medica* には2種あって、もう1つが *Citrus medica* L. var. *sarcodactylis* で、これが有名なブシュカン（仏手柑）である［集成: 379, 要覧: 233］。なお、仏手柑はしばしばブッシュカンと言われるが、植物学的にはブシュカンである。

(379)　「カレーリーフ」の原語の *kañcakam* は *kaṟivēmpu* と同じで、“curry-leaf tree, *Murraya koenegii* ” である。［集成: 388］も［要覧: 237］も和名をナンヨウサンショウとしているが、香辛料としてはカレーリーフとも呼ばれているので、分かりやすいようにそうした。［集成: 388］では「葉をライスカレーの香料に入れる（食べるのではない）」とある。

(380)　古注は *pulampu* を “be solitary” の意味にとっているから、和訳すれば「ぽつねんと立った」ぐらいだろうか。しかし、オウギヤシの葉はそのような姿ではない。

(381)　ヤヴァナ（*yavaṉar* < Skt. *yavana*）についての定義はどれもほぼ同じだが、次の「古代インドにおけるギリシア人の呼称。語源的にはイオニア Iōnia がペルシア語のヤウナ Yauna を経て、サンスクリットのヤバナとなったもの。パーリ語を含む古代インドの俗語ではヨーナ Yona とする。インドでは前4世紀にアレクサンドロスの侵入が、前3-前1世紀にはインド・ギリシア人の西北インド支配があった。その後ヤバナという語は、外国人一般、すなわちローマ人、中央アジア系民族、イラン人、外来のイスラム教徒、ヨーロッパ人などの意味に用いられている」（平凡社百科「ヤバナ」）という定義が最も簡潔で網羅的であろう。

世紀頃の同義語辞典 *Tivākaram* 7:250 では *vaḷicam*（釣竿）と同義としていて「釣針」は出てこない。そこであらためて TL で *vaḷicam* を調べると “fishing rod; *tūṇṭil* ” としているから、TL は *tūṇṭil* の項で “fishing rod” を出すのを忘れたことが分かる。なお、DEDR は TL をもとにしているから、*tūṇṭil* で “fish-hook, fishing tackle, hook” [DEDR 3379] と TL の誤りをそのまま記述している。辞書は注意して用いる必要がある。

(370) 「大鯰」は *vāḷai* の訳である。TL によると学名 *Wallago attu*, 英名 Freshwater shark で、ナマズの一種。美味で、大きいものは1.8mにもなるという。

(371) 「欠陥ある弓」というのは、近代注Kによると弓弦がないからである。TL ではここを引き *kuṟai-vil* “rainbow” とする。

(372) 「アルンダティー」は *ciṟumīṉ* の訳である。字義は「小さな星」で、サンスクリット語では *arundhatī* といい、大熊座に属する非常に小さく辛うじて見える星 Alcor である。アルコルは「古来視力をためすのに用いられた」という［リーダーズ＋プラス］。アルンダティーは人格化され聖仙ヴァシシュタの妻で、非常なる貞節で有名である。これについて、詳しくは［菅沼］を参照のこと。

(373) 「先端が光る」は *cuṭar-k-kaṭai* の訳である。これを、古注は「日の終わり」すなわち「夕方」とする。しかしそうだとすると、「勘所を知って調理した夕方に」となり妙である。そこで古注は語順を変えて、「女たちが夕方に、勘所を知って調理した鳥の名のついた米」としている。しかしそれは文字テキストを見ているからできるのであって、この語順で古注のように「夕方に」が入ったのでは聴衆には分からない。古注以前には *cuṭar-k-kaṭai* を一語にとって「ホタル」として、「ホタルの（ような光の）米」とする解釈があったようである。それに対し古注は「そのような例はない」とその解釈を退けている。本書では「光の端をもった米」と素直にとった。

(374) この「高級米」を、近代注Kは “*karuṭaṉ-campā*”「ガルダ米」とする。TL によると、それは “a superior kind of paddy, red, white, yellow, maturing in five months” である。ガルダ鳥はヴィシュヌ神の乗り物であり、体は人間で、頭、嘴、翼、爪は鳥の形をしている。詳しくは［菅沼: 118］を見よ。

(375) 「褐色」は *cētā*（*cētu ā*, “red cow”）の訳で、古典に5例ある。タミルでは「赤」と「褐色」は区別されないことが多い。

(376) 古注は「バターミルクの中のバターに（略）混ぜ」と *veṇṇey-iṉ* の *iṉ* を処格にとっている。しかしそれでは何を言っているのか分からない。その結果、2つある英訳ではいずれもバターミルクかバターのいずれかではなく油を使った「揚げた物」ととった。

(363) 「獅子」は *yāḷi* の訳である。*yāḷi* について詳しくは注155を参照してほしいが、*yāḷi* を南インドにはいなかったがライオンと訳すこともある。ライオンと象とが戦うというのはサンスクリット文学のモチーフで、古典では象と戦うのは常に虎である。ここでもサンスクリット文学の影響が窺える。

(364) 「野生砂糖黍」は *vēḻam* の訳である。TL では *pēykkarumpu* に同じとあり、それは "kaus, a large and coarse grass, *Saccharum spontaneum*" であると説明がある。しかし kaus では通じない。そこでネットでこの学名を検索すると容易に "wild sugarcane" と出る。ちなみに和名は「野生サトウキビ」である。

(365) 「あだん (*tāḻai*)」と267行のテリハボク (プンナイ) は、典型的な海岸地帯 (ネイダル) の植物である。266行の「砂を撒いた」も海岸地帯を想起させる。しかし、この部分も、Pattu. によくある、地域間相互の交流を示していて、田園地帯でも海岸地帯の特産物を使っていることを示している。なお、[要覧: 539] ではアダン (シマタコノキ) の「葉繊維は漂白後帽子、細工物」とあり、タコノキ属の他のものも籠、敷物などに用いている。また、「気根の繊維はロープ」にするともある [集成: 1050]。267行のテリハボクは、「マホガニー代用」で船を作るほどの良材である [集成: 182]。

(366) 「歩き回る」は *vaḻaṅku* の訳である。この語には「動き回る」という意味もある。「歩き回る」か「動き回る」かは池の深さによって異なるが、273行で池がさほど深くないことが述べられている。

(367) コブラが蟻塚に住むというのは、他に Ak.64:10 や Patir.45:2 にも出るし、仏典にはよく出る。

(368) 「強い酒」は「強い - 性質の (*nīr*) - 酒」の意訳である。*nīr* の最も一般的な意味は「水」であるから、近代注Kは「お湯の中で煮て、椰子繊維で漉した」とするが、ここは麹で醗酵させた酒であろうからこの記述のようにとる必要はない。ただし、注243で述べた、古典でしばしば「濾過」を表わす用語が用いられることとあわせ考えると興味深い。

(369) 「釣竿」は *tūṇṭil* の訳である。古典に *tūṇṭil* は10箇所出るが、TL も [索引集] もすべて "fish-hook" としている。しかし、この箇所や Ain.278:3, Ak.36:6, Kur.54:4 などはどうみても「釣針」ではなく「釣竿」である。Cre-Aの優れた現代タミル語辞典をみると *tūṇṭil* は "fishing rod" であり、釣針は *tūṇṭil muḷ* (釣竿の針) とあるが、古典期から1800-2000年離れた現代の意味を古典に持ち込むわけにはいかない (古典の研究者は参考にしようとさえしない)。そこで調べてみると、9

それによると学名 *Typha elephantia*, 英名 Elephant grass である。[集成] にも [要覧] にも学名では出ないので、英名で調べてみると、[集成: 955] では学名 *Saccgaryn arundinaceum*, 和名ワセオバナ、[要覧: 509] では学名 *Pennisetum clandestinum*, 和名ネピアグラスで、ともにイネ科の植物である。ところが、*Typha elephantia* をネットで見ると、ガマ科 (*Typhaceae*) の植物として出て [en.m.wikipedia.org], 画像もまさにガマである。さらに、[en.m.wikipedia.org] によると、*Typha elephantia* と *Typha latifolia* は同義とあり、[牧野] ではそれは「ガマ」とあり、ここの描写にふさわしい。

(354) 「逞しい腕の農夫たち」という一句が、このあたりの解釈をはなはだしく難しくしている。というのも、ほとんどの場合には、語順のとおりに解釈していけばいいので、ここでは前の行の「柔らかな皮膚の」は「農夫」にかかることになり、さらに214-19行も花鬘を作って被るのも「農夫」となる。本来はテキストを読んでいたのではなく、聴衆は耳で聞いていたはずである。この一句と前後の関係が分かるように、声の強弱や速さなどで工夫していたにちがいない。

(355) つい20行前では田植えをしていたが、ここでは稲刈りをしている。それについては、第210行の注349を見てほしい。

(356) 「脱穀した」は意訳であり、直訳すると「牡牛の歩みで (籾を) 落とした」となる。稲束をばらして稲穂を地面に敷き、その上を牛を歩かせて脱穀するのである。今日では、ばらした稲穂を道路に敷き、そこを通る車で脱穀することもある。

(357) 上のようにして脱穀した後、藁等を取り除き籾を掃き集める。それをざる等に入れて、風のあるときに空中に放り投げると、砂利などは近くに落ち、その先に籾が、さらに先には細かなクズが飛んでいく。西風の「西 (*kuṭa*)」に意味はなく、「北 (*vaṭa*)」と対比し音を揃えているのであろう。

(358) 「黄金の山」と同様の表現に「赤い金の山 (*cem-poṉ-varai*)」があり、TL は "Mt. Meru, as golden" としている。

(359) 「歩む」は *naṭai* の訳で、その基本的な意味は「歩み、歩くこと」であるが、TL はここを典拠に「脚」という意味も採録している。つまり「曲がった脚の子牛」である。

(360) 古代において、大工はエリート職であることに注意してほしい。

(361) 子供のよちよち歩き (*taḷar naṭai*) は Ain.66:3, 403:5 にも出る。

(362) 「揚げ物」は *vāṭṭu* の訳で、調理に関する他の多くのタミル語と同様に、「焼いた物」と「揚げた物」の両方を表わす。ここはタミルの5つの地域のなかでも最も豊かな田園地帯 (マルダム) であるから、単に焼いた物

の行が「長い葉柄の」でここでは「短い茎」の方が面白いだろう。

(344) 平凡社百科の「犂」の項のインド犂の説明に「犂身が犂底・犂柄と一体化した犂で、犂身が犂底へと変化していく屈曲部の上方からまっすぐに犂轅がのびて、牡牛2頭用の軛《くびき》に接続され牽引される」とある。図としては、『大日本百科全書』(小学館、1986年) 915頁のベンガルのインド犂の図を参照してほしい。「牝象の口のような」とは、鼻が柄、そこから犂底へ屈曲していく部分を「象の口」と言っている。ちなみに、インド象の牝はアフリカ象の牝と違い、牙は外へ出ていない。

(345) カダンバについては注8を見てほしい。古注は「白色の」とするが、カダンバを見ると花は黄白色であり、その方がテキストに合う。

(346) ここから296行までは田園地帯(マルダム)の各地を描く。

(347) インドの土着の製鉄に関する資料がないので、ベックの言うように「主として現在の製造法の考察から再構成しなければ」ならない(ルードウィヒ・ベック: 1-(2), 268)。

(348) 牛同士の闘牛は、文学ではここ以外に出ない。文学では4世紀頃の詞華集 *Kalittokai* (『カリ韻律の作品集』) に、「結婚を求めて、放たれた牡牛を勇敢さを示すために捕らえる」という一種の婿選びの儀式 *ēṟukōḷ* が描かれている。それについては、[高橋1991] を参照のこと。

(349) ここで、*ceṟu* が単なる「一区画」ではなく「田んぼ」らしいことが第211行で農作業していることから分かる。他方、212行では田植えする水を張った田んぼが出てくる。この両者の関係は我々日本人には分からないが、南インドは常夏の国であるから、田植えをしている隣の田んぼでは稲刈りをしていることがある。それを示すように、この後の229-31行では稲刈りをしている。したがって、ここ210行は稲刈りの終わった田んぼである。

(350) Pattu. の諸作品は、定動詞がないために誰がどこで何をしているのか分からないことがしばしばある。ここから223行の「子供たち」の所までも、その例に漏れず実に分かりにくい。しかも、注釈もはっきり述べていないから翻訳も混乱している。本書では、注釈にはないが適宜補いを入れて誰が何をしているのかはっきりさせる。

(351) 「ムッリ (*muḷḷi*)」は "Indian nightshade, *Solanum indicum*" [TL]。[要覧: 455] によると、和名シロスズメナスビ、テンジクナスビ、「有刺、花は紫」とある。図は [集成: 789] を参照のこと。

(352) 「ハマスゲ」は *pañcāy* の訳である。この語は *Cyperus rotundus tuberosus* [TL], [集成: 1057] によると、英名 Nut grass, 和名ハマスゲ、「草原、海岸砂地に多い」とある。

(353) 「ガマ」は *kampu* の訳である。TL では *campaṅkōrai* を見よとあり、

を示している。

(336)　ギーは、攪拌して得られたバターを火にかけて煮詰めるとできる脂である。「インド北部グジュール族ではギーは通貨の代わりをしている」［乳利用の民族誌：176］。

(337)　「青金」は *pacum-poṉ* の訳である。この語に TL では“1. Fine gold. 2. A kind of gold. See *kiḷiccirai*”と２つの意味を挙げている。*kiḷi-c-cirai* の字義は「オウムの翼」で、TL によると“gold resembling the parrot's wing in colour, one of four kinds of *poṉ*”であるから、どうやら青金らしい。金を好むインド人にとっては「素晴らしい金」はすなわち「青金」であったのではないかと思われる。「青金」については、注572で詳述しているので、そちらを見てほしい。

(338)　粟（*tiṉai*）については、注84を参照のこと。ティナイはクリンジ（山岳地帯）に固有な穀物であるが、ムッライはクリンジに隣接する地帯であるから、ここに出てもおかしくない。

(339)　クミジュは英名 Coomb-teak から推測できるように良材である。詳しくは注271を参照のこと。

(340)　TL はここを典拠として「弓形のリュートの一種」と言う。英訳で見ていたときは気がつかなかったが、和訳してみると、リュートはギター型だから、それが弓形ではありえない。つまり、TL は“lute”を弦楽器一般として使っている可能性がある。それは別として、この弓形竪琴なるものは、タミル作品ではここにしか出ない。

(341)　「搗き臼」は *tirimaram* の訳で、この語は後代の作品も含めここにしか出ないので、具体的にどのようなものか分からない。ただ、*tiri* は“grind”で *maram* は“tree”であるから、TL の訳（wooden mill for grinding grain）は正しいだろう。木臼でも「挽く」ことはできるようだが、一般に「搗く」ことが多いので「搗き臼」とした。この箇所の英訳では“grind-stone”とされる。

(342)　「キワタノキ」は *pūḷai* の訳である。TL はここを典拠に“Javanese wool plant, *Aerua javanica*”と言う。

(343)　「スズメノコビエ」は *varaku* の訳である。これは TL では“common millet, *Paspalum scrobiculatum*”である。［要覧：508］では、「スズメノコビエ／コドラ、汎熱帯雑草、高さ90cm、葉は細長で15-45cm、貧民が食用、家畜飼料」とあり、［集成：954］に図がある。粒は粟や稗とは全く違っていて、米粒の半分くらいである。しかし、この粒は前の行のキワタノキの５葉の赤い花とは似ても似つかない。むしろキワタノキの実がはじけて出た綿と比べているのだろうか。このスズメノコビエの前の形容句「短い茎」は「細い茎」とも訳せる。しかし作品としては、前

から、近代のRajam版では、この部分をクリンジ地域（山岳）とする。

しかし、筆者はTol.のこれらのジャンルの結び付けをこじつけだと考えているから、必ずしもこの部分をクリンジ地域と結び付ける必要はないであろう。そもそもクリンジの下の縁の部分の山裾とムッライの森林・密林部分、さらにその密林部分とパーライの荒れ地部分の区別は明らかではない。したがって、強いて言うならクリンジとムッライの境界部分とイメージしてよいだろう。

(325) 自力で食べ物を獲得するのが本来のクシャトリアであることについては、土田龍太郎氏の優れた論考［土田：2016］を参照のこと。

(326) 前の行からここまでは、タミル古代の様々な戦いのうちの緒戦ヴェッチ（*veṭci*）を描いている（ヴェッチについては、注645を参照）。そして以下は、そのヴェッチの小テーマ *uṇṭāṭṭu*「牛を強奪したことを祝って兵士たちが飲めや歌えのお祭り騒ぎをすること」（字義は「飲んで踊って」）を描く。

(327) 古注は「家で準備した酒に甘みのある米の酒を入れて飲み」とする。

(328) 「牡牛」は *viṭai* の訳である。この語は牡牛も牡羊も意味する。古注をはじめ諸注釈では「牛」とするが、翻訳では「羊」とする。しかし、羊を「力強い」と形容するのはおかしいので、本書では牛ととる。牛とすると、本作品が作られた2世紀末から3世紀初頭頃に、バラモン教がタミル地域には浸透していないことになる。Ak.265でも牡牛を屠って食べているが、それは荒れ地の蛮族である。

なお、「屠って食べる」は *keṇṭu* の訳である。TLはここを典拠に「屠って食べる」としているが、同じような例はAk.265:12やAk.284:10に見られ、それぞれ牛と鹿を屠って食べるとある。なお、*viṭai* については、注88も参照のこと。

(329) ここでの革の張り方は、恐らく膠を使ったものである。革の張り方については［楽器：141］を、ここの描写を思わせる円筒型の太鼓の図については［楽器：142］を参照のこと。

(330) ここから205行までは、ムッライの描写である。

(331) 「子山羊」は *maṟi* の訳である。これについては 注260 を見よ。

(332) 古注は羊の革を、藁のベッドの上に敷くとしている。

(333) 「牡羊」は *utaḷ* の訳で、古典ではここにしか出ない。参照［DEDR 610］。

(334) ヨーグルトを攪拌棒でかき混ぜると、バターとバターミルク（162行）とに分かれる。

(335) 「竹のような腕」というのは定型表現で、二の腕の肩と肘の関節部分が竹の節のように出て、腕の部分は関節部分より細いということを言っている。そしてそれは同時に女が若い（12-13歳、別説に15-16歳）こと

うに各地を描写し、そこで振る舞われる料理に言及したあと、別の地域に移動するのが普通だから、聴衆（読者）はそこで風景が変わることを予期するはずである。その期待に違わず、106-16行で森の民が狩猟し獲物を食べる様子が描かれる。そして、この後、そういう地域を越えてゆくと狩猟族のいるパーライ地域を描くのである。そういえば、注251でも述べたように、Ciru.164-77 もおかしかった。というのも、Ciru.164-73 は典型的なムッライの描写であるが、Ciru.174-77 にはパーライの狩猟族の女たちが出て料理を振る舞っていた。そして、そこで料理を振る舞われて、178行以下でマルダム（田園）へ移動していた。古注はこの部分の *arum curam* を「過酷なパーライの地」としている。しかし、以上のような次第だから、ここは「密林」と訳した。

(322) ウーハム草は、TL によると “broomstick-grass, *Aristida setacea*” である。和名は不明。

(323) 「掘っ立ての倉庫」は *pantar* の訳である。*pantar* は *pantal* とも言われ DEDR では “pandal, storehouse, arbour” の訳語を与えている [DEDR 3922]。英語の “pandal” は、言うまでもないがタミル語の *pantal* を音写したものであるから、インド通を除いては、タミル語の意味が分からないと英語の辞典を見ても “pandal” の実態は分からない。TL や TIP のタミル語の説明によると “pandal” とは「柱を立てて、ココヤシの葉で編んだ屋根を載せた場所」とある。この意味を踏まえたうえで英語辞典の “pandal” を見ると、言わんとすることが分かる。OED では “A shed, booth, or arbour, esp. for temporary use”, 英和辞典では「《インド》パンダール《大テント；中で催し物が開かれる》」[リーダーズ＋プラス] とか「（インドで公の集会に使用するための）仮小屋」（ランダムハウス英和辞典）とされているが、要は数箇所に支柱を立て、屋根をココヤシの葉で葺いた仮の小屋である。[DEDR 3922] で他のドラヴィダ諸語の例を見ると、主に結婚式、ついで祭りなどのために設置されることが分かる。この意味との関わりで問題なのは “storehouse” という訳語である。TL はその出典として Patir.55:4 を挙げており、伝統的な解釈では「素晴らしい金などの富がある *pantar*」とあるから “storehouse”（倉庫）となりそうであるが、やや原意とは離れる。前の「丸い柱」との繋がりもあるので「掘っ建ての」を入れた。

(324) この行から146行までが、タミル古代のどの地域を描いているのかはっきりしない。以下の140-43行で明らかなように、ここでは緒戦ヴェッチを描いている。伝統文法 Tol.Por. では、英雄文学と恋愛文学の各々の7ジャンルをそれぞれ結び付けていて、それによると、「ヴェッチはまさにクリンジ（に対応する）プラムのそれである」（Tol.Por.2.1）となるが、恐らく文学的な描写あるいは定型表現としてこのように言ったのであろう。

(318) 古注は「塩気のある水を汲み上げてきて（98）、（その水で）洗い流さずに調理した、塩気のある干し物」とする。「干し肉（*vāṭūṉ*）」は他に例がないのでどのようなものか分からないが、古注は「塩気のある干し物（*uppukkaṇṭam*）」とし、TL はこの古注を引いて *uppukkaṇṭam* を挙げ、「塩漬けにして干した肉または魚」とする。塩漬けのものは、より薄い塩分を含んだ水で洗うと旨みが残ると言う。ここが塩漬けした肉であろうがなかろうが、素直に読めば、本書のように真水を加えずに塩分を含んだ水だけで味付けするととれるだろう。

(319) TL はトゥンバイに数種の植物を挙げる。文学では数箇所で「金色の花」をつけるとあるが、TL のどれを見ても一致しない。[Samy: 93] は "bitter toombay, a common weed, *Leucas aspera*" であるとし、乳白色の花をつけると言う。古典では、緒戦である *veṭci*（敵地で牛を奪う戦い）、*vañci*（敵地での本格的な戦い）、城を巡る攻防（*uḻiñai*）など数種の戦いがあるが、*tumpai* とは両軍による大合戦である。兵士たちはそれら各々の戦いで、その戦いを示す同名の花をつけた。したがって、ここで兵士たちは大合戦に直面していることが分かる。

(320) 「シロゴチョウ」の原語は *pukaḻā-vākai* で、直訳すると「愛でられないヴァーハイ」である。ヴァーハイは芳香を放つから、これは特に香りがないのだろう。TL では "West Indian pea-tree. See *akatti*" とあるから、学名は *Sesbania grandiflora* で、［集成：309］によると和名シロゴチョウ、「花は腋生の総状花序に疎着、白又は紅色、大型蝶形」とある［要覧：201］。

(321) 「厳しい密林（*arum curam*）」は定型句で、古典に60例ほど出る。TL では *aruñcuram* と一語として捉え、"bare, open, torrid plain" と定義する。要するに古代の５つの土地のうちのパーライであり、そこは太陽が照りつけ樹木もまばらな灼熱の土地である。*curam*（"1. Fever. 2. Desert tract. 3. Jungle. 4. Narrow and difficult path. 5. Way" [TL]）だけでも、古典学者ならパーライを想起する。しかし、パーライであるとすれば森（林）や森の民（116行）が出るのはおかしい。森の民 *kāṉavar* は、多くがクリンジ（山岳）に、少数がムッライ（森林・牧地）を描く作品に出るからである。

初期古典に馴染んでいれば、隊商が進んでゆく通行税を取るような街道のある森は（80-82行）はクリンジの山裾またはムッライだと思うだろう。ところが、続く83-105行ではパーライに特有な狩猟族（*eyiṉ*）の女たちが出てきて、食事を振る舞ってくれる。「案内文学」では、このよ

り出す」と訳している。原文に近いが、地中に埋めておく必要があるのだろうか。この部分を素直に読むと、第92行で「掘棒」を使っているから、「(除草した）柔らかい草（*pul* の原意）を埋める」とするのが、本来一番素直な解釈である。というのも、「除草」とは、平凡社百科によると、「鍬、すき、プラウ、カルチベーター（培土刃付き）などで土を反転して雑草を埋める」ことであるからである。ただ、この解釈だと97行の「杵で搗く」と繋がらない。そこでこのような訳とした。

しかし、それでも問題がないわけではない。というのも、古注は原文の「草（*pul*)」は *pullarici* と言うのだが、*pullarici*（*Cynosurus egyptius*）は、食糧難あるいは飢饉のときの食べ物で立派な穀物とは言えない（字義も「つまらない米（*pul-l-arici*)」である）。*Cynosurus egyptius* を調べると、今日でも世界各地で飢饉のときなどに食用に供されている雑穀である。してみると、そのつまらない雑穀を客に饗することになる（102行）。さらに、91-93行では明らかに土を掘り起こしている。しかし、*Cynosurus egyptius* の画像を見ると、土を掘り起こす必要はなく穂だけ摘み（刈り）取ればよさそうである。

また、穀類であれば、一般的には刈り取り→乾燥→脱穀→籾摺りという手順を踏むはずである。ところが、注釈のとおりだと、刈り取りの後に乾燥もせず、やにわに脱穀（97行）している。乾燥した穂を刈り取ったともとれるが、その場合には91-93行の土を掘ることの意味が分からなくなる。

(315)「ゾウノリンゴ」は *viḷavu* の訳で、*viḷā* とか *viḷavam* とも呼ばれる。Tiru.37 で出た *veḷḷil* と同じであるから、これについては注30を参照してほしい。

(316) この行は *nila ural* の訳で、直訳すれば「地面の臼」である。TIP は *nila-v-ural* という見出し語を立て、「地面に臼のように掘られた穴（*nilattilē ural pōla-t tōṇṭappaṭṭa kuḻi*)」と説明しているので、それに従った。

(317)「勢いのある流れ」は *val ūṟṟu* の訳である。古注は、本書の訳とは反対に「僅かな流れ（*cil ūṟṟu*)」としている。*val* には「力」と「速さ」の意味しかないし、*val ūṟṟu* という表現はやや後代の作品に1例あって、そこでは「勢いのある流れ」となっている。したがって、語感からすれば本書の訳でよいだろう。一方、ここで描いているのは乾燥した荒れ地であるパーライであるから、深い井戸ですらそのような「勢いのある」水が流れているとは考えられない。したがって、古注の言うことの方が事実としては正しいかもしれないが、原文から「僅かな流れ」と解釈するのは無理がある。作者は、写実を旨とするタミル文学としては珍しい

とり、前の行の述語のように解釈している。近代注Kも本書同様に第66行で区切りとしている。他方、古注およびRajam版では、第65行で一区切りとして、そんな道路と第81行に出る道路とがあるとする。その場合、第65行の最後の不定詞は目的・様態を表わし、「安全となるように」となり、一見第66行以下と合うようにも思えるが、第66行の「そこを行く人」と第67-76行の武装した人との関係が分からなくなる。

(310) テルグ語版の『ラーマーヤナ』には、ランカーに渡るために橋を作っているときに、リスも石積みを手伝っていたが、リスは石に挟まれて怪我をしてしまった。そのとき、ラーマ王子が「可哀そうに」と3本の指で背中をさすった。そのときの痕がリスの背中の縞だという話がある[河田(下)73]。それはともかく、我々のイメージとは異なり、インドのリスは家に入ってきてゴミや食べ物を漁り悪さをする邪魔者である(そのため漢字表記した)。それを知らないと、この行の後半が分からない。

(311) 「狩猟族」は *eyiṉ* の訳で、それは荒れ地(パーライ)の狩猟族で、その女を *eyiṟṟi* という。「白い歯」という表現は女の美しさを表わすときの定型表現で、注釈のように「雑穀を得て喜んで」ととる必要はない。

(312) 注152で述べたように、古代南インドの(農耕具は地域によって異なるから)農耕具は、その訳語も含めてよく分からない。91-93行も同様で、ここで描かれる農耕具と、それで何をしているのかは、原文では本書の訳文のように判然としない。本書では「掘棒」と見立て、個々の単語のもつ様々な意味のなかからその形状と作業内容を解釈しているので、明瞭に見えるだけである。例えば、「丸みのある」と訳した *kaṇai* には「鍬や鶴嘴などの木の柄」という意味があり、「柄」と訳した *kōl* には「鋤(鍬)刃」という意味がある。そのためか、近代注Kでは、「片側に刃床、もう一方に鉄のキャップを被せ掘棒になる柄」ととっている。近代注Kの解釈が原文に対して一番素直なのだが、掘棒と鍬(鋤)を兼ねる必要もないし、使いやすいとも思えない。

(313) 掘棒は、平凡社百科によると、「可食性の根茎や塊根を掘り出したり、土を軟らかくしたり、突いて植穴を作ったり、除草のためなどに用いられる棒」とあり、ここの文脈とぴったり合う。

(314) この部分の前後のつながりが分からない。注釈によると「女たちが耕して、雑穀(*pullarici*)を得て嬉しくて白い歯を見せる」(94行)、そして「その雑穀を臼で搗く」(96-97行)としている。しかし、古注が「採る」とした語(*aṭakku*)の基本的意味は「圧する、押しつける」であり[DEDR 63], 注釈の言うような「穫る」という意味はない。「埋める」という意味はあるから、C訳では「地中に埋めておいた柔らかい雑穀を取

395　Peru.

木で囲んで」というのが原文の *cūṭṭu*「輪縁」で、「軸受け」は古注による補いである。この注釈のために、後の注釈や英訳ではみな「車軸」と入れている。しかし、本書では、「輪縁」を広義の、車輪の外縁部ととってこのように訳した。

(302)　古注は「大きな木で作った車輪」とするが、車輪は木を輪切りにしたものだと弱いので、縦に切り出した材木を丸めて車輪にする。したがって、材料が「大きな木」である必要はない。なお「車輪」に関してはWiki. がよく書かれている。

(303)　「筍」は *muḷai* の訳である。この語に TL では「筍」という意味を挙げていないが、TIP では挙げている。古典でも「筍」という意味の用例は3例あり（Ak.148:13, 218:2, Kur.346:1)、いずれも象の食べ物として出る。また *mūṅkil muḷai*「竹（の）- 子」という例もあるが（Ak.85:8, 241:6)、「竹」を表わす語は10を超え、用例も多数あるのに対して、「筍」がほとんど出ないのも興味深い。

(304)　「漬物」は *kāṭi*（"pickles" [DEDR 1436]）の訳である。古注によると、「タマリンド（*puḷi*)、ネッリ（*nelli*）をはじめとしたものを漬けておいたもの」で、Peru.308-10 で描く漬物 *ūṟukaṟi* と同じという。また、この語（*kāṭi*）を「ギー」とする解釈もあったようである。

(305)　「インドセンダン」は *vēmpu* の訳で、これは注156で述べたようにパーンディヤ朝の象徴である。そこで、この部分がパーンディヤ国の人であることを述べているという主張もあるようである［現代注N : 273］。

(306)　「値を言う」は *koḷḷai cāṟṟu* の訳で、いわゆる「呼び売り」である。これについては注477を参照してほしい。

(307)　古注はこの「村々に行く」というのを、「村のように動く」と解釈してもいいと言っているが、塩商人の隊商の規模が大きいことはしばしば述べられる。

(308)　「街道」は *neṭu neṟi* の訳で、文字どおりには「長い道」である。古典には「長い道（*neṭu vaḻi* [6], *neṭum teru* [8])」や「大きな道（*peru vaḻi* [9], *perum teru* [3], *viyaṉ teru* [2])」という表現がかなり出る（上の[ ]内の数はその例数)。これらのなかで、辞書で「幹線道路、ハイウエー」としているのは、*peru-vaḻi* のみである。しかし、前注で述べたように、塩商人の隊商の規模が大きいことからすれば、ここも「幹線道路」であろう。また、前述した他の「長い道」や「大きな道」も幹線道路であるのは、まず間違いない。「幹線道路」や「街道」と「長い道」や「大きな道」とでは、想起される社会の様子がまるで違う。翻訳の難しさの一例である。

(309)　本書では、この行の最後の原文では不定詞を同時性を表わす不定詞と

そこでヴィシュヌ神は倭人ヴァーマナとなって、バリ（Skt. *bali*, Ta. *vali*）のもとに行くと、バリは喜び、望むものは何でも与えると言った。倭人は自分が3歩で歩けるだけのところをくれるようにと願った。バリが聞き入れると、途端にヴァーマナは巨大な姿になり、全宇宙を2歩でまたぎ、第3歩でバリの頭を押さえ、三界を取り戻したという。

(296) 「吉祥なる」とはラクシュミー（吉祥天女）のことで、ヴィシュヌの妻である。

(297) 「海」は *munnīr* の訳である。*mun-nīr* は「三つの性質（をもったもの）」あるいは「三つの水（をもったもの）」が原義である。「三つの性質」とは「大地を形成、維持、破壊すること」で、この解釈は12-13世紀の注釈者 *Aṭiyārkkunallār* には出ていて、古注は Peru.441 でそれを引いている（出典は Pur.9 への古注）。また同じ箇所で古注は「三つの水」が「泉の水、川の水、雨」という解釈があることも示している。

(298) 前々行の「ティライヤン」とは *tirai-y-aṉ*, すなわち「波（*tirai*）たる男」という意味である。古注は次のような逸話を述べる [UVS: 214]。ナーガパッティナム（*Nākapaṭṭiṉam*）でチョーラ王が、ナーガ国の姫と結ばれて男の子をもうける。姫はこの子をどうしようと考え、トンダイ（*Toṇṭai*）国に戻そうと考えて、その印をつけて海に放つと波が運んでくれた。それにより *Tiraiyaṉ*「波たる男」と名づけられた。

(299) この行から41行前半の「残虐な強盗」までは、古代の5つの地勢のうちのパーライ（荒れ地・沙漠）の典型的な描写で、そこの住民は盗賊である。［エットゥトハイ：156-58］の Ak.375 の訳を参照のこと。

(300) この行から第65行までは塩商人、ことに彼らの荷車の描写である。ここでこれほどまでに荷車を描写する理由は判然としない。荷車が当時非常に珍しいものであったとは思えない。塩商人の荷車が特殊であったのだろうか。それはともかく、以下の部分の荷車の詳細については必ずしもはっきりせず、古注と近代注K、現代注N、それに翻訳では様々に解釈している。ことに翻訳は原文とはほど遠い場合が少なくない。なお、タミル古代の様々な職業集団のなかで、塩商人は最も頻繁に描かれるものの1つであることについては、注208を参照してほしい。

(301) 「外輪」は *cūṭṭu* の訳である。外輪は通常は車輪の一番外側につけた金属または木製の輪で外縁または輪縁である。古注も「*cūṭṭu* とは、（車輪の）縁に付けられた、丸く作られた木」と言っているから、当時（14世紀）の *cūṭṭu* は「輪縁」であったのだろう。しかし、古注もおかしいと思ったのか、この行と次の行の語順を大幅に変えて補いを入れて、「太鼓のような軸受けに打ち込まれた、しっかりとしたスポークに、円形にした木で囲んで留められた車輪」としている。ここで「円形にした

端（磯）で覆い革が鋲のようなので留められていると考えるからである。

(288) 響孔を、Poru.12 では「喉びこのない、相応な［大きさの］空いた口」と言っている。これが言葉遊びであることについては、注28を参照のこと。

(289) 「弦の先」とした部分は、*yāḻ* をリュート型と考える Yāḻnūl では、三日月のような「緒止め」と言う [Yāḻnūl:94]。つまり、弦が共鳴胴の上に平行に並び、それを「駒 *unti*」で受けて「緒止め」でまとめると考えているのである。古注は原文をほぼ繰り返すだけで、何を意味しているのか示していない。それに対して、近代注Kでは（p. 22)、「三日月の両端のように延ばされた端。これは弦を伸ばすため」としている。つまり、棹に結び付けられた弦の上端と、共鳴胴に結び付けられた弦の下端、それに共鳴胴と弦とが三日月のようだととっている。恐らくこの解釈が正しいだろう。

(290) 「緩んではきつくなる調律紐」と全く同じ表現が Ciru.222 にあるので、その注270も見てほしい。

(291) この部分全体が Ciru.34, Pur.135:5, 308:1 に同じである。

(292) 「たくさんの果実をつけた木を求めるコウモリ」という句については、Poru.64 の注138を見よ。

(293) 「憎まれ口」は *pulavu vāy* の訳である。*pulavu* とは「魚や肉の青臭さ」を示す語であり [DEDR 4552], それが転じて「嫌なもの、不快なもの」となった。前者なら「生臭い口の吟遊歌人」となるが、古典に「口が生臭い」というような例はない。もっとも、吟遊歌人（*pāṇar*）は、しばしば「魚を獲る」と言われるから、「生臭い口」と結びつけてしまいそうである。現代注Nで「古注は生臭い口の詩人とはとらずに」とわざわざ言っているのは、そのような事情を反映している。古注は「学んだ学問を無にして語る」と言うが、前後の文脈との関係が分からない。C訳107頁の脚注に「吟遊歌人が己のためにパトロンを見つけられないような自分の学問を責めている」と言っているが、古注が言いたいのはこのことのようである。しかし、古注は原語とかけ離れすぎている。本書では、パトロンが見つからずにいらいらしていることを表わしているととり、「憎まれ口を利く」とした。

(294) この行は Ciru.143 と全く同じであるから、奪格および動詞の非過去（non-past）については Ciru.143 の注236を参照のこと。

(295) 「広大な大地を勝ち得た」とは、ヴィシュヌ神の第五番目の化身ヴァーマナ（*Vāmana*）「倭人（こびと）」の逸話のことを言っている。あるとき、悪魔バリが天界・地上・地下の三界を支配していたことがあった。

なく、すべて敵軍あるいは敗軍の王が貢物を捧げるのである。詩論[Tol. Por.(Nacc.) 63:11] は、英雄文学で緒戦（*veṭci*）に続く本格的な戦い *vañci* の小テーマを述べた部分であるが、そのうちの *koṟṟavaḷḷai* に、古注は「敗軍の王から受けた貢物」と注釈している。

(281) 「蜂（*citar*）」を古注は「「散らばる」としてもいい」と言い、近代注Kではそれに従っている。その場合、「散らばる蕾の」となる。

(282) 「ムルック樹（*murukku*）」は *muḷḷumurukku* に同じで、TL によると学名 *Erythrina indica* で、和名は「デイコ」[要覧：177] で（[牧野] では「カイコウズ」)、「花は深紅色で卵形、群生」とある。

(283) 原文では「御者」の前に *pāṇṭil* という語がある。*pāṇṭil* にはいろいろな意味があるが、古注が「牡牛」としたため、後のテキストおよび訳が妙なことになっている。本書では *pāṇṭil* を「戦闘馬車」ととったが、繰り返しを避けるために訳文では省いた。

(284) 女性が腰を揺らして歩くのは、サンスクリット文学でよく出る「ガチョウの歩み（*haṃsa-gati*）」で、美女の形容句。古典ではここのみである。

四 『大竪琴奏者の案内記』（Peru.）

(285) パーティリ（*pātiri*）に TL は黄色と紫と白という 3 種のノウゼンカズラ科の花を挙げている。他方、Poru.6-7では、竪琴の胴に張った革の色は、「（他人には）分からないほど小さな胎児のいる褐色の女の美しいお腹」の色のようだと言っているから、ここは黄色のパーティリ、すなわち "yellow-flowered fragrant trumpet-flower tree, *Stereospermum chelonoides*" [TL] であろう。ただし、[集成] [要覧] に記述なく和名は分からない。

(286) *Areca catechu*, [集成：974] ではビンロウジ（ビンロウジュ)、[要覧：520] ではビンロウ（アレカヤシとも)。なお、*areca palm* は [要覧：520] で *Chrysalidocarpus lutescens* Wendl., アレカヤシ。この呼び名であるが、漢名は「檳榔」、[牧野] によると「和名は漢名檳榔に樹をつけて音読み」。広辞苑・平凡社百科・一般の辞書・ネットでは、木そのものはビンロウ、ビンロウジュ（檳榔樹)、アレカヤシと呼ばれ、その実がビンロウジ（檳榔子）であるとされるが、小学館国語大辞典では、ビンロウそのものが「ひろくビンロウジ」と呼ばれるとあるから、[集成] は間違いでない。ただし、一般に通用しているから誤解を避けるために「ビンロウジュ」とする。なお、ビンロウジの核の小片はキンマなどと共にパーンの原料であるのは有名である。図は [牧野] を参照していただきたい。

(287) これを補ったのは、[Yāḻnūl: 87] で述べられているように、共鳴胴の上

15cm（略）花は径2.5cm、橙黄、短筒状、先端5裂。液果は黄熟、卵型、長さ2.5cm。材淡一桃色、（略）耐久性小。建築、家具の内張り、楽器、彫刻、（略）」。[Yāḻnūl: 84] によると共鳴胴（*pattar*）の材料の1つ。ネットで見ると、実ははじめ緑、熟したものは黄褐色になる。

(272) 「ぴんと張った」と「縒った」の語順が変わった、「縒って細くなった弦」という表現が Ciru.34 に出ている。竪琴の弦については、注204を参照のこと。

(273) 「ドがドとなるように」の部分は、古注では「*cempālai* という音色になるように」と言う。

(274) 「年長者」とは、古注によると *aiṅkuravar* すなわち「王、師、母、父、兄」[TL] である。

(275) 「若い女性」は *iḷaiyōr* の訳である。*iḷaiyōr* は「若い人」が原義であるが、古典では「兵士」という意味で頻繁に出る（ただし、TL ではその意味は採録されていない）。古注は「兵士」ととり、この部分を「（敵）兵が（槍を）投げるのを受ける胸」とする（*iḷaiyōr* は「若い女性というのもよし」とも言う）。しかし、英雄文学も含め、胸で槍を受けるというような例はない。前の行を受けて「若者に胸襟を開く王」ととれればいいが、「広い胸」が「胸襟を開く」ことを示す例はタミル文学にはない。他方、男の胸は注9に述べたとおり、古代恋愛文学では性的なシンボルを示すから、ここは「若い女」とすれば自然にとれる。

(276) ここはどうみても蒸留酒である。蒸留酒の造り方や *tēṟal*（clarified toddy）を蒸留酒とすることについては、注76を参照のこと。

(277) ここで「森」とは *kāṇṭavam*（< Skt. *khāṇḍava*）のことで、それは “a forest, sacred to Indra and burnt by Arjuna as an offering to Agni” [TL] で、そのことが次行のアルジュナにかかる。

(278) 「兄」の原語は「前に生まれた者」である。他方、次行のビーマ（*Bhīma*）の別名の1つは *Arjunapūrvaja* で、文字どおり「アルジュナの前に生まれた（者）」である。次行の「ヒマラヤ」と同様に、サンスクリット語をタミル語に意訳している。

(279) ヒマラヤはタミル語では、普通、サンスクリット語の *himālaya*（*hima-ālaya*「雪の住まい」）に由来する *imayam* を使う（古典で13例）。しかし、ここでも前の行と同様に、サンスクリットの *hima-ālaya* をタミル語の *paṉivarai*（chilly mountain）と意訳している。ちなみに、古典で *paṉi-varai* という言い方は4例出るが、ここ以外は文字どおり「寒い山」である。

(280) ここの部分を古注は「自軍の将軍たちがもたらした」としているために、すべての訳もそうなっている。しかし、英雄文学でそのような例は

を受けていると思われる。

(262)「賢詩人」は *pulavar*（単数形は *pulavaṉ*）の訳である。*pulavaṉ* は「感覚、知識」を意味する *pulam* から派生して、「感覚、知識をもった者」の意味で、実際には「賢人、詩人」などを意味する。古代では、賢人と詩人は別物ではなく、知恵を持った詩人という意味なので、「賢詩人」とした。

(263)この2行は自軍ともとれ、「恐れる兵士たちを励ますこと、激しく怒らないこと、戦列に自ら入っていくこと、滅びそうな軍を立て直すこと」となる。しかし、それでは情けない軍隊を持っていることになるから、注釈と同じに敵軍に対するものとする。

(264)「目に化粧を施した」は *uṇ-kaṇ* の訳で、美女の定型句の1つである。下瞼にほとんど化粧したと分からないほど美しく自然に墨を引き、それは槍の穂先（Ciru.158 参照）やカヤル魚（注252参照）に譬えられる。

(265)この2行は一般論として捉えることもできる。その場合、「望んだことを成就すること、人から愛されること、一方に偏らないこと、人の苦しみを理解すること」となる。これだと男らしさ、王の資質を描くことになる。それらは法・財・愛といった人生の三目的を述べる『ティルックラル』でも述べられる。しかし、それらは美しい女がことさらに称えることではないだろう。214-15行の解釈のように注釈どおりがいい。

(266)「無知を装うこと」は、古注では「自分が語ることを分からない相手のときは、無知を装うこと」である。

(267)「知識を十分に示すこと」は、古注によると「相手が分かるときには、よく知識を示すこと」である。

(268)「際限なく与えること」は、古注によると「乞うて来る者たちのランクを知ってそれに応じて与えることと、学のない者には与えず、優れている者には限度なく与えること」である。

(269)サンスクリット語の月の言い方の1つに「星の王（*ṛkśarāja*）」がある（小林史明氏による）。

(270)「緩んではきつくなる調律紐」という表現が「緩めては締めつける調律紐」となると分かりやすいが、原文がそれぞれ自動詞で古注も自動詞ととっている。単語は違うが、まったく同様の表現が Peru.13 にある。なお、調律紐という訳については、注59を参照のこと。

(271)クミジュ（*kumiḻ*）は *peruṇkumiḻ* に同じで、それは “coomb teak, *Gmelina arborea*” [TL] である。*Gmelina arborea* は［集成: 760］によると「クマツヅラ科、(E) Indian Bulang, (J) キダチヨウラク。Leaf 4-18cm wide. Flower 25mm wide, orange-yellow」とある。［要覧: 435-36）もほぼ同じで、「葉は（略）多くは全緑、葉裏白毛、長さ7.5-

kai のみで "younger sister" [TL] を示すから、*taṅkai* に似た他の語（参考[DEDR 3015a]）、*eṅkai*（< *em-kai*「我々の妹」。TL では *eṉ-kai* に由来するとするが、連声的にありえない）、*nuṅkai*（< *num-kai*「あなたたちの妹」）、それに *naṅkai*（< *nam-kai*「我々の妹」）からすると、*taṅkai* はもともと *tam-kai*「彼らの妹」であったと思われる。しかし、その元の意味は古典期にはとうに失われている。問題なのは、これらの語が、辞書や［索引集］などが示すように、本当に親族をさす語なのかどうかである。さまざまな言語で親族語が血縁関係のない人々にも親しみを込めて用いられるように、タミル語でも血縁関係のない他人を「妹」と呼んでいたと思われる。それが明らかなのは、Tol.Por.(Iḷam.) 145 で高級遊女を「愛しい我らの妹たち（*kātal eṅkaiyār*）」と呼んでいることである。そう考えてみると、幾つかの例では、女性を親しみを込めて呼ぶ場合に使われていそうである。いずれにしても、この箇所では現代注Nのみが *makaḷ*「女性」としている。

(259)　夕方にやって来た客をもてなすのはインドに古くからある習慣で、『マヌ法典』では「訪れてきた特別客（アティティ）に対して、座席と水、また食べ物を規則にしたがって最善を尽くして敬った後与えるべし。」(3.99) や「夕方日没時にやって来た特別客（アティティ）は家長によって追い返されてはならない。適時にであれなかれ、到着した（特別客）は、食事をせずにその家に留まることがあってはならない。」(3.105) など、幾つもの規則を列挙する（訳は渡瀬信之氏による）。タミル古代でもそれが行なわれていたのは、幾つもの作品が示している。例えば、Kur.118 では夕方に客を呼び入れる様子が描かれるし、Kur.292 では男（恋愛文学のヒーロー）が客を装って女（同ヒロイン）の家に入ることを描く。

(260)　「子山羊」は *maṟi* の訳である。*maṟi* は [DEDR 4764] によると、基本的意味は動物や人、稀に鳥の若いものであり、ここもヤギかヒツジか分からない。耳の形からすれば、ヤギの方が耳を立てていることが多いようである。鬼娘だから垂れた耳というのは合わないような気がして、ここは「山羊」とした。

(261)　象には汗腺がなく、汗もかかない。ここで「流れる」のは、注162で述べたマスト期の象が流す分泌液である。ここと同じ内容が *Harivaṃśa* 16.30 に書かれている（土田龍太郎東京大学名誉教授による）。ただし、そこでは「象たちのマスト期の分泌物が流れ出ることによって（*dvipānāṃ madavārisekāt*）」と、はっきりと *mada* という語が出ている。荒れて凶暴な象を通りに出すのもおかしいし、その分泌液で通りの埃が鎮まるというのも大仰である。ここはサンスクリット文化の影響

染んでいるコイよりやや細長い。化粧として下瞼に黒く墨を施した女の目が、この魚の形に似るとしばしば言われる。Pur.195 では「カヤル魚の背びれの棘のような白髪」と出るが、カヤル魚の背びれは、胴の高さの３分の２にも及ぶほど立派なものである。

(253)　カワセミは小魚やエビを、爪ではなく口で咥えて獲る。口は雄は黒、雌は下嘴の先端がオレンジ色をしているために、「クチベニ」と呼ばれることもあるという。金色とはこのことを言ったのか。カワセミがコイの一種であるカヤル魚を獲るというのは、わが国の17-25cmという小振りのカワセミに馴染んでいると奇妙だが、[Birds of India: 404-05] によるとインドには36-38cmのものがいるから、小振りのカヤル魚であれば不思議はない。

(254)　「蜂」とした *cēval* は「鳥の雄」を意味する語で、「蜂」の意味は辞書にはない。また、*cēval* が蜂を意味する例は古典にない。文脈から「雄カワセミ」ととれなくもないがカワセミは蜜を吸わないらしいし、目も赤くない。したがって、ここは古注が言うように「蜂」ととる。なお、羽をもつもの（鳥や昆虫）を一緒くたにとらえることについては、注138を参照のこと。

(255)　タミル語で *karum-pāmpu*（黒い - ヘビ）というが、サンスクリットの *rāhu* である。

(256)　「風雅な人々」は *antaṇar* の訳である。*antaṇar*（単数形は *antaṇaṉ*）は古典後期（4-5世紀）からバラモンを指すことが多くなる。古典前・中期（1-3世紀）の作品でも、「ヴェーダを知るバラモン」とか「供犠をするバラモン」とバラモンに言及する作品は少なくないものの、C訳のように、ここをバラモンとすると、まるで社会がヒンドゥー化しているように思える。そのためか、近代注Kあるいは現代注Nでは、ここを *cāṉṟōr*（学識ある人、高貴な人）と解釈しているが、その方がいいだろう。なお、*antaṇar* は、*am*（よい）*taṇ*（心地いい）*-ar*（三人称複数語尾）と考えられていて、［クラル 30］では「法を身につけた者はアンダナルと言われる。／良い、心地好さ（という衣）を身につけ、すべての生き物に対するゆえに。」と説かれる（もっとも、この部分がバラモンを指しているかどうかは不明）。

(257)　[PPI: 84] は、ここを含め、*Āmūr* に６つ挙げるが、それらの関係、町の場所など分からない。

(258)　「妻」とした語は *taṅkai* である。この語はすべての辞書ならびに［索引集］で “younger sister” の意味しか出ない。しかし、もしも「妹」であるとすると、この女には子供がいるから（192行）、この農夫は妹夫婦あるいは出戻りの妹と住んでいることになるが、それはありえない。

でも事情は同じらしいが、詳しくは [McHugh 2021] を参照のこと（情報提供は高橋健二氏による）。

(244)「熟成した椰子酒」は *paḻam paṭu tēṟal*（直訳は「年月を - 置いた - 椰子酒」）の訳で、最後の *tēṟal* が “pure, clarified toddy” と言われること、およびそれを「蒸留酒」と訳すことについては、注76を見てほしい。

(245) キダンギル（*Kiṭaṅkil*）は PPI によると、「アームールコーッタム（*Āmūrkkōṭṭam*）のある場所で、そこの族長が *Nalliyakkōḍan*」である。

(246)「ムツブリ」は *kuḻal* の訳である。それは、TL によると “milk-fish, brilliant glossy blue, attaining 3 or 4 feet in length, *Chanos salmoneus*” であるから、和名はムツブリとなる。

(247)「藤豆」の原語は *avarai* で、“field-bean, *Dolichos lablab*” [TL] であるから、和名フジマメとなる［集成: 272, 要覧: 183］。いずれも花の色は白または紫というが、写真等を見ると、白以外は薄いピンクからやや紫がかった赤までいろいろである。このピンクまたは赤紫の花を赤珊瑚と較べたのであろう。

(248)「昼顔」は *mucuṇṭai* の訳である。TL によると、それは学名 *Rivea ornata* である。これは *Convalvulus ornatus* と同じであるというからヒルガオ科の植物である。［要覧: 249-32］にも［集成: 724-44］にも記述がなく和名は分からないが、蔓草状の茎であること（Netu.13, Malai.100-01）や縒れた蕾をもつこと（Ak.235:9, Matu.281）から、昼顔としておいた。

(249) これは古代恋愛（アハム）文学でのムッライ・ジャンルのことを言っている。ムッライ・ジャンルは、季節は雨季、時刻は夕方、そして主題は「妻が、旅に出た夫の帰りを待つこと」である。

(250) ヴェールールというのはここにしか出ず、場所も名の由来も分からない。しかし、古注はヴェールール（*vēl-ūr*「槍の町」）について古くから伝わる由来譚を記している。それは「ナッリヤコーダン王は、自分の敵が数で優勢なことを恐れ、ムルガン神を礼拝してかの神の祠に花を供え、「敵を滅ぼしたまえ」と夢の中で願うと、その場で花を自分の槍として創造してくれた」、その槍で戦いに勝ったので町の名を「槍の町」としたという。参照 [PPI: 798]。

(251) 前の行とここは奇妙である。173行まではヴェールールという町はムッライ地帯にあることを述べているから、そこに荒れ地（パーライ）出身の狩人族の女が料理していると考えざるを得ない。

(252)「鯉」とした *kayal* はコイの一種である。TL は学名 *Cyprinus fimbriatus* とするが、［魚類今昔: 144, 249］では、*Labeo fimbriatus*, 英名 Fringed-lipped peninsula carp とし、同書の写真によると、我々が馴

い」という意味で、*kaṭum-cūl* の多くの例でも、ここと同様に、「初めての妊娠（期間）」よりは「辛い妊娠（期間）」の方が合うように思える。では、なぜそれが「初めての妊娠（期間）」となるかといえば、初産婦と経産婦との出産に要する平均的な時間を考えれば分かるだろう。

(242)　TL はムンダハムに5種挙げる。それらのうち、ここは描写内容から Indian nightshade, 学名 *Solanum indicum* と思える。［集成: 789］によると、ナス科のシロスズメナスビで「小低木、葉は小、葉裏棘多し、花紫、果白」である。［要覧: 455］にはテンジクナスビという別名もあるのでこちらを採用した。この行は、古典のテキストと実際との関係をよく示している。通常、文献学というのは、あるものが様々な文献でどう描かれているかを示すものである。ところがムンダハムに関しては、文献では花の色が紫あるいは青であることと、どこかに棘があること、花は「リスの歯のよう」とあるから（Kur.49:1）小さいらしいことしか述べない。そこで文献テキストを離れて、植物辞典の記述やネットの画像で実際の姿形を探ると、この文脈に合うのは「花」ではなく「実」であることが分かる。そのような作業をしないと、「初めての妊娠のときのような形の花の」というような誤訳をすることになる。

(243)　「作った」は *ari* の訳である。酒との関連で *ari* が用いられる例は古典に10箇所あるのだが、［索引集］でも英訳でもそれらを “filter”（濾過する）としている。TL では *ari* に “filter” という訳語は出していないがそれに近い訳語を出している。[DEDR 213] では TL のそれらの意味を採録し、タミル語の *ari* を “to sift, separate the larger from smaller bodies, separate by washing” とし、他のドラヴィダ諸語では “filter” という訳語があることを示している。したがって、タミル語でも “filter” という訳語を使うことはさほど問題はない。

しかし、内容としては “filter”（濾過）という訳は誤解を招くだろう。というのも、注76で述べたように、古典には数種の酒があるにもかかわらず訳語は “toddy” だけで、当然ながら椰子酒を想起させる。そこで、「濾過」があっても不思議ではないと感じさせるからである。しかし、実際には通常の椰子酒作りの過程で「濾過」はしないし、本書のこの部分では女たちが酒を作るために火を使って煮炊きしているのは明らかであるから、やっているのは「蒸留」であろう。「蒸留」が簡単なことも、次行で「椰子酒」としたのは *tēṟal* すなわち “pure, clarified toddy” [TL] で、それが蒸留酒であることも注76で述べている。タミル古代の酒やその作り方（醸造、醱酵、蒸留など）はよく分かっておらず、その事情を反映して、辞書でもそれらに関しては記述が不十分であることを念頭に置いておいてほしい。ちなみに、古代の酒に関してはサンスクリット語

形（現在と未来）であると言われる。そうであれば、訳は「帰ってくる（だろう）」となる。ところがここは、古注のいうように過去形として読まないと内容的に合わない（例えば128行参照）。この例からも明らかなように、文法記述というのは様々な論者の解釈の集大成に過ぎない。この *-tum* を例にとると、古典には多数の定動詞形が存在するのだが、それらを最初に記述した最古の文法書 Tol. ではそれらを列挙して、この *-tum* を一人称複数の定動詞と記述している（Tol.Collatikāram [Nacc.] 204）。ところが、その時制を記述していないために12-14世紀の注釈者たち5名のうち Nacc. を除く4名が、様々な例と共に非過去形と解釈した。その結果、近現代の古典文法書ではすべて *-tum* を非過去と記述しているのだが、ここを見れば明らかなように、それは誤りである。

(238) 「あだん」は、学名 *Pandanus odoratissimus*, 英名 Fragrant screw-pine である。和名シマタコノキあるいはアダン［要覧: 539, 集成: 1052］であるが、わが国では琉球でアダンと呼ばれているのに対し、タコノキというのは植物学以外にあまり用いられていないようなのでアダンとする。古典でも海岸地帯（ネイダル）を代表する植物としてよく出る。なお、タコノキという名称は、幹から気根を地面に向けて放射状に出し、それがあたかもタコが足を伸ばしたように見えるところから来たようである。

(239) ハンサ（Skt. *haṃsa*）は、ミルクの混じった液からミルクだけを飲み分けると言われる架空の鳥である。その歩みは女性の歩みに比せられる。現地の像や絵ではガチョウのように描かれる。

(240) セルンディ（*ceruṇti*）と呼ばれる植物には、TL によると少なくとも3種ある。古典に最もよく出るのは、学名 *Ochna squarrosa*, 英名 Panicled golden-blossomed pear tree で、黄色の花をつけると描かれる樹木である。[Samy: 84] によれば、文脈によってはスゲの仲間の *Cypress bulbosus* ととれることもあるが、これも美しい黄色の花をつける。

(241) 「辛い妊娠」は *kaṭum-cūl* の訳で、TL では “first pregnancy” と言う。しかし、この部分は妊娠した時のお腹の形がナスビに似ているということで、「初めて」の妊娠とは必ずしも関係がない。この *kaṭum-cūl* という表現は古典に18例あるのだが、本書の Matu.604 などを除けば「初めて」とは関係がないように思える。他方、DEDR は TL の解釈を支持し、*kaṭumpu-p-pāl*（牛の初授乳）という言い方とともに「初めて」と関係があることを述べる [DEDR 1136]。*kaṭum-cūl* の *kaṭum* とは、[DEDR 1135] によると “severity, harshness, frlocity, anger, heat, speed” である。この *kaṭum* という語はよく使われるのだが、多いのは「辛い／厳し

に「カーリという馬」という意味を出している。近現代の訳も同様である。しかし、「カーリ王がカーリという馬を持っていた」という伝承や故事はなかったようで、古注も「*kāri* を黒い馬と言い、また（次行の）*ōri* を鬣と言う人もいる」と述べている。それに古注の解釈は文法的にも誤りで、「カーリという馬」と同格にはならず、属格で「黒さを持った馬」すなわち「黒い馬」となる。また、「カーリという馬」ととったのでは詩としても面白くない。詩人は格好の言葉遊びとして「黒い」を意味する *karum* とか *kariya* というような形容詞を用いずに、王の名前と同じ名詞 *kāri*「黒さ」を用いたのであろう。

(229)　古注は「オーリという馬」としていて、TL, PPI, 近現代訳もそれに従っていること、それが誤りであること等は、前注に同じである。

(230)　「棍棒のような逞しい腕」は定型句で、古典に５例ある。

(231)　「筏となる」は *puṇai āku* の訳である。古注は「娘たちの（属格）腕にとって（与格）筏となる」としている。しかし、*puṇai āku* という言い方は11例あり、それらを見ると、ここは「腕が筏となる」あるいは「腕という筏になる」のはずで、文脈からすれば「高級な香木が、腕という筏になる」であろう。

(232)　TL も PPI もここを典拠に *māvilaṇkai* を述べる。なお、ここと同様の描き方をするものに Pur.176:6-7 があり、「偉大な *Māvilaṇkai* の主である、小竪琴を持った貧しい者たちの称賛の言葉をまとうナッリヤコーダン」と言う。

(233)　Ｃ訳に従ったが、この補いがないと分からない。

(234)　「風蝶草」は *vēḷai* の訳で、TL によると *vēḷai* は “black vailay, *Gynandropsis pentaphylla*” である。したがって和名はフウチョウソウとなる。風蝶草は花が風で蝶が舞うようであることから来ていると言う。

(235)　料理に塩もないというのは、貧しさを言うときによく使われる。

(236)　「そこから」の「から」は奪格として説明されるが、タミル語には本来奪格（ablative）はない。ここの「そこから」も文字どおりにとれば「そこに‐いて（*avan niṉṟu*）」で、*niṉṟu*「いて」は *nil*（いる）の接続分詞である。このように、古典期には〈処格±「あって／いて」〉という形があり、それがサンスクリット語の文法に揃えて、あるいは近世以降は英文法に倣って奪格と呼ばれるようになったのである。現代タミルの奪格語尾は *-il-iruntu* と言われるが、これも処格の語尾 *-il* に存在を表わす動詞 *iru* の接続分詞である *iruntu* がついたもので、もともとは「どこどこにいて」の意味である。なお、古典における奪格については［高橋2000］を参照してほしい。

(237)　「帰って来た」とした *varu-tum* の *-tum* は、通常一人称複数の非過去

ける足首飾り」があるから、「足首飾りと腕輪をつけた」とも解釈できる。しかし、*kaḻal toṭi* は定型句で、古典の16例すべてで「緩い腕輪」である。

(220) カーリ王は *Mullūr* 地方の王で（Ak.35)、オーリ王（Ciru.111）を戦いで破って殺し、*Kolli* 山を確保する（Ak.209)。

(221) 前行の「輝く」とこの行の「青黒い」がどこにかかるのか分からない。古注はそれらが「衣」にかかると捉え、語順を変えて「コブラがくれた光り輝く青い衣」とする。しかし、「コブラがくれたカリンガの衣」というのは妙な表現である。というのも、注52で述べたように、カリンガは注釈や TL で述べているような単なる衣ではなく、カリンガ地方で作られる木綿の高級繊維あるいは衣料である。そのためか、コブラとした *nākam* をナーガ族と解釈してC訳では「ナーガ族の職工」とし、[PPI: 85] もナーガ族とし、*nākam* を植物ととればもっと自然な読みとなると指摘する。つまり「輝く青い花糸のナーガ樹がもたらした衣」である。

(222) アーイという名を冠する人物には、他に *Āy Aṇṭiraṉ* や *Āy Eyiṉaṉ* がいる。それらの人物と関係があるのかどうかは分からない。この部分から「恵み深い王」であることが分かるのみである。

(223) ネッリは、学名 *Phyllanthus emblica*, 英名 Emblic myrobalan, 和名アンマクロク／ユカン／マラッカの木。この木の果実は、インド古来の医学アーユル・ヴェーダで薬効の高い植物として有名。文学では、「美味しい」、「甘味な」と言われるが、［花綴り：162-64］によると、１つ食べるのでさえかなりの辛抱がいるほど渋いという。しかし、その渋みと酸味がひいた後には、口中にほのかな甘みが残る。

(224) 「アウヴァイ（*Auvai*)」は *Auvaiyār* や *Avvai* とも呼ばれる古典期最大の女流詩人で、カビラル、パラナルと共に古典期の三大詩人と呼ばれる。*Auvai, Auvaiyār, Avvai* はいずれも「老女」を意味するが、同じ行のネッリの実をパトロンのアディハン王（２行後）に貰い、稀にみる長寿を得たと言われる（Pur.91)。

(225) 正式名は *Atiyamāṉ Neṭumāṉ Añci* で、単に *Añci* と呼ばれることが多い。アウヴァイのパトロンである。

(226) 古注は「心に思ったことを隠さずに語り」とし、近現代の注釈もそれに従っている。しかし、*Naḷḷi* を描いた９つの作品のいずれにもこのようなことを書いていない。むしろ、Ｖ訳のように自然にとった方が「恵み深い王」となる。

(227) 現代注Ｎのみこのように解釈し、古注その他は「友人」としている。しかし、「恵み深い王」であるなら、素直にそのまま「誰でも来た者」ととった方がよいであろう。

(228) 古注は「カーリという馬」ととり、TL も PPI も *kāri* の見出しのもと

方法ならびに採取地については、後の注900を参照してほしい。

(212)　この行から77行までは詳しい状況が分かりにくく、古注は大幅に語順を入れ替えている。

(213)　「センビヤン（*Cempiyaṉ*）」は、TL では *śaibya* に由来し「シビ（*Śibi*）の末裔のチョーラ王」とするが、PPI では「シビ（*Śibi*）に由来するというのは怪しい」と TL の語源説に疑義を挟んでいる。

(214)　ウランダイ（*Uṟantai*）はウライユール（*Uṟaiyūr*）とも呼ばれる、チョーラ朝の都。[PPI: 148] によるとカーヴェーリ川の南岸のシュリーランガム（*Śrīrangam*）の近郊だという。

(215)　ペーハンの正式名は *Vaiyāvikkō-p-perum Pēkaṉ*,「恵み深い王（*vaḷḷal*）」として知られる。Ak.262:16, Pur.141:12など９作品で描かれるが、同時代人に見える。なお、ここから第111行まで、「恵み深い七王（*ēḻu-vaḷḷal*）」が述べられる。「恵み深い七王」に誰を数え上げるかには諸説あって一致しない。個々の「恵み深い王」は、古典にはしばしば出るが、七王が列挙されるのはここのみである。これら７名は、いずれも小国の王または族長であるが、便宜上「王」と訳す。

(216)　古注は「香りのいい花から蜜を落とす」とするが、Tiru.302 およびその注104を見れば分かるが、大きな花を落とすというのは定型的な言い方だから、注釈のようにとらなくてもいい。

(217)　「街道」と訳したものの原語は *neṭu vaḻi* で、直訳すれば「長い道」で、古典に６例ある。同様に「長い道」という言い方には *neṭum teru* もあり、こちらは８例ある。他方、「大きな道」という言い方もある（*peru vaḻi*［９例］、*perum teru*［３例］、*viyan teru*［２例］）。*peru-vaḻi* に TL は “high road; trunk road” という訳語を充てているように、「長い道」とか「大きな道」というものは、「幹線道路」とか「街道」であることが多い。

「街道」とか「幹線道路」であれば、交通量や物流の大きいことが想起されるが、「長い道」では必ずしもそれが分からない。英訳ではそのまま “long way” とすることが多いが、やはり “trunk road” とか “high way” とすべきであろう。TL では *teru* に “1. Street. 2. High way, public road” という訳語を与えている。「戦車が通り過ぎる通り（*tēr vaḻaṅku teru*［Matu.648 など３箇所］）」とか「にぎやかな通り（*ārppa teru*［２例］）」という言い方もあるが、これらも文脈からすると「街道」であって、一般の「通り」ではない。

(218)　古典期で最も有名な族長で、その国のあるパランブ山もともに描かれる。彼が有名なのは、古典期最大の詩人カピラル（*Kapilar*）を友人として傍に置いていたからである。

(219)　「緩い腕輪」は *kaḻal toṭi* の訳である。*kaḻal* には、有名な「戦士がつ

よれば「12の〈卑俗なタミル語を話す地方（*koṭun-tamiḻ-nāṭu*）〉の1つで、今日のクイロンやトラヴァンコールに相当する地域」である。

(206)　ヴァンジ（*Vañci*）はチェーラ朝の首都で、今日のタミル内陸北西部のカルール（*Karūr*）。パールガートを介して、東西貿易の要であったことが容易に想像できる。注319も参照のこと。

(207)　ヌナヴ（*nuṇavu*）としてTLは4種を挙げる。Ak.345:16では「幹が黒く、大きな枝には白い花をつける」とある。この*nuṇavu*と同じであれば、学名*Morinda citrifolia*, 和名ヤエヤマアオキとなる［集成: 699］。

(208)　51-61行は、塩商人の隊商を描く。タミル古代文学に出てくる職業は数々あるが、塩商人の隊商は最も頻繁に描かれる。Pattu.でもPeru.46-65では荷車の詳細な記述がある。また、注307で述べるが、Peru.65の「村々に行く」を古注が「村のように動く」としているように、塩商人の隊商はかなり大きいと描かれている。その他、彼らの様子、塩の産地、隊商の通った道、なぜことさらに塩商人を描いたかなどについては、［高橋2011］を参照のこと。

(209)　52-53行はよく分からない。そのようなときの常で、古注は語順を変えて「小さな木片を鑿で穿ち、手作りで美しくした「飾り」をつけた胸」としており、訳もそれに従っている。しかし、この語順はどう考えても無理がある。そこで、本書のような訳にした。また、そこでの「飾り」は*ceppam*で、辞書には「小箱」という意味を挙げていないが、古くは*-am*で終わる名詞が*-u*語尾で終わることも多い。したがって、ここの*ceppam*は*ceppu*（小箱）と同義ととれる。

(210)　「華奢な」とした*nalkūr*には「苦しむ」という意味もある。もしそうであるなら、「（上体の重みに）苦しむ腰」となり、完全にサンスクリット文学の影響を受けていることになる。

(211)　コルカイは、タミル南部のティルネルヴェーリ（*Tirunelvēli*）地方のターミラバルニ川（*Tāmiraparuṇi*）の河口にあった古代パーンディヤ王朝の港町であり、その近海で採れる真珠は古くから有名である。それに言及している最も古い記録は、紀元後1世紀中頃の西洋の記録『エリュトラー海案内記（*Periplus Maris Erythraei*）』であり、その第59節には「コマレイからコルコイまでは真珠の潜水採取をやっている地方が延びており、（その仕事は）罪人たちによって行なわれている。それはパンディオーン王の支配下にある」［エリュトラー海案内記2：30］とある。ここでコマレイ、コルコイ、パンディオーンは、それぞれ（カンヤ）クマーリ、コルカイ、パーンディヤに相当する。

古典でもコルカイに言及する作品はあるものの、真珠の採取についてこの『案内記』ほどにはっきりした記述は存在しない。真珠やその採取

(201)　「黄斑」は *cuṇaṅku* の訳である。古代恋愛文学では、黄斑（他に *titti, titalai*）は、女の体に広がり、美しさを示すと同時に、愛に満たされた状態も示す。反対に、愛に苦しむときには青色の斑点（*pacappu, pacalai*：DEDR 3821）が広がるとされる。斑点という訳語は奇妙にも思われるだろうが、体全体に広がったり、体の一部、例えば額や目に現われたりするある種の実体であるから、「色つやがよい」とか「顔色がよい」という訳は誤りである。

(202)　これは、第30行のムッライにかかる。「ムッライのような歯」という表現およびムッライについては、注150を参照のこと。

(203)　「ムッライの情趣にあふれた貞節に満ち（*mullai cāṉṟa kaṟpiṉ*）」という表現は、他に Ak.274:13, Nar.142:10 に出る。*mullai cāṉṟa* という句については、注194を見ること。また、ムッライの花は貞節の象徴でもある。

(204)　「縒って細くなった弦」は *puri aṭaṅku narampu* の訳である。「弦」とした *narampu* は、TL では様々な訳語と共に“catgut, chord, string of a lute”という訳語が与えられている。ところが、弦の材質が分からない。そこで調べていくと、サウン・ガウ（ビルマの竪琴）の弦が細い糸を何本も束ねて縒って作っていることが分かった。これを参考に改めて *narampu* の出るところの文脈を調べてみると、古典期の竪琴の弦（*narampu*）もサウン・ガウと同様であることが分かったのである。

それまで分からなかった最大の理由は、*puri* の意味がはっきりしないことである。*puri* にはここに関係する意味として、名詞では“making; cord; twist; string, as of a lute”などがあり、動詞としては“(v.t.) do, make; (v.i.) be-twisted”などがある。そして、古典には *puri narampu* という表現が7例もあるが、この成句の意味がはっきりしない。そのことは、*yāḻ* に関する代表的な研究書ですら *puri* は *puri-narampu* と同じとしていることからも明らかである [Yāḻnūl: 122]。他方、弦の様子が分かれば *puri narampu* も「縒って作った弦」と分かってくる。例えば、Patti.254 の *tiri puri narampu* は「(細糸を) 縒って作った弦」あるいは「縒った糸からなる弦」であり、Malai.23 の *cukir puri narampu* は「細くした縒り糸からなる弦」である。なお、前述の細糸の原料であるが、Peru.181 によれば、少なくとも弓形竪琴ではトラノオラン（注132参照）の繊維である。

なお、この行全体が Peru.15, Pur.135:5, 308:1 と同じである。

(205)　「チェーラ王」は *kuṭṭuvaṉ* の訳である。それは「クッタ国を統治するチェーラ王」[TL] で、この名を冠するチェーラ王は多い（参照 [PPI: 281]）。なおクッタ国（*Kuṭṭam*）は *Kuṭṭanāṭu* とも呼ばれるが、TL に

の場合の「山」とはヒマラヤであって、西ガーツ山脈ではない。古注は、恐らく「大地の女神」からヒマラヤを想起したのであろうが、後代の文学を見ても、タミル文学で「大地の女神」をヒマラヤと結びつけたものはない。したがって、ここは、本書の訳のとおりでいいだろう。

古注はこの部分を次の行の「美しい胸」にかけて「宝石を生む山の（ような）乳房」とするが、ここは語順どおり素直にとればいいだろう。なお、「美しい胸」は *aṇi mulai* の訳で、「美しい／宝石の飾りをつけた乳房」が原意である。*mulai* は「女性の胸」すなわち「乳房」であるが、注12にも述べたように、タミル文化では性表現は好まないから、「乳房」と直接的な表現をとらず「女性の胸」とした。

(193) 「真珠の首飾り」は *āram* の訳である。この語は「真珠や宝石のネックレス」[TL] であるが、タミル文学では「山から宝石が流れてくる」という例はないし、またこの句が次行の「流れる水」にかかることから、ここは白い真珠の首飾りであろう。

(194) 古代恋愛文学の5つのジャンル名に「満ちた（*cāṉṟa*）」とか「確立した（*niṉṟa*）」という動詞がついた表現はしばしばあり、「それらのジャンルの、それぞれの詩的情緒が顕著な」という意味である。ここはそれらのジャンルのうちの「パーライの情趣」であるから、真夏に日中の暑さの中での道行（恋愛文学では「別れ」）が詩的情緒になる。

(195) この行は分かりにくい。そのようなときの常で、古注は語順を変えて「細かな雨が世界に施しをし」とする。しかし、それでもこの行と前後の行の繋がりは分からない。この行は、C訳にもあるように（正確ではないが）、次行の「ギーで整えた髪」が「流れ落ちる雨のように美しい」ととるのが正しいだろう。

(196) 本書では、歌詞である原文の韻文を、理解しやすいように散文にして訳しているが、以下数行は原文の語順どおりでも理解が可能である。そこで原文の一端を知れるように、あえて手を加えずに訳してみた。

(197) ドラヴィダ諸語には「雌の孔雀」を表わす語はないが、注釈に従った。「孔雀が互いの孔雀の陰に隠れる」ともとれそうだが、孔雀の生態を調べると、通常は「雄一羽と雌数羽からなる小規模な群れを形成し生活する」[Wiki.] とあるから、注釈が正しいことが分かる。

(198) 「犬の舌のような」は、次行の「足」にかかる。「犬の舌のような女の足」については、注131を参照のこと。

(199) 「巨大な」は *irum* の訳である。この語には「大きい」と「黒い」の2つの意味があり、注釈では「黒い象」としている。

(200) 女性の脚を、なだらかに細くなる象の鼻に譬えるのはサンスクリット文学の伝統であり、初期古典には例がない。

字で「山の芋」とした。

(184)　王の傘は、太陽の光から守るように、領土とそこにいる民を守護するシンボルである。

(185)　「法の道」とは *aṟaṉ* の訳語で、サンスクリットの *dharma* に対応する語として用いられる。DEDR ではこの *aṟaṉ*（あるいは *aṟam*）を [DEDR 311] で、「道」を示す *āṟu* を [DEDR 405] で扱い、それぞれ別のものとしているが（ただし、相互に比較せよとしている）、恐らくは同語源である（少なくとも民間語源説では、両語は同語源としている）。

(186)　王の笏は、王の裁きのシンボルであり、間違えた裁きをすると曲がると言われる。

(187)　ここは、灼熱の太陽で領土が完全に干上がるために他の王たちは震え上がるが、カリカール王のチョーラ国にはカーヴェーリ川があるので（248行）、その恐れはないということを言っている。

(188)　クッライについては、注79を参照のこと。

(189)　ナランダムは、TL では “a fragrant grass” としか出ないが、[Samy: 103] は学名 *Cymbopogon flexousus* (Wats.), 英名 Cochin lemon grass とする。和名はマラバルレモングラスである［要覧: 506］。

(190)　「白檀」の原語は *āram* で、学名 *Santalum album*, 英名 Sandalwood tree, 和名ビャクダン［要覧: 45］である。英名からも分かるように、しばしばサンダル（*cāntu, cāntam, cantu* [DEDR 2448]）と言われる。一方、この木はサンスクリットでチャンダナ（*candana*）であり、それが音写され栴檀（センダン）となったが、植物名としてはビャクダンである（［花綴り: 279-83］)。この木の心材からは油が採られ、芳香に富み、また体を冷やす効果があり貴重なものだが、成長が遅いため高価である。古くから西ガーツ山脈で栽培され、ローマとの交易ではインドの主要輸出物の１つであった。

(191)　１カラム（*kalam*）は96リットルである（刻文学者 Y. Subbarayalu タミル大学名誉教授による)。

三　『小竪琴奏者の案内記』(Ciru.)

(192)　「サファイア」は *maṇi* の訳である。この語には「宝石」と「サファイア」の両方の意味があり、古注は「宝石のある山」としている。*maṇi* が山と共に用いられる例は幾つかあるが、それらは「*maṇi* 色の大きな山」(Ain.209)、「*maṇi* 色をもった大きな山」(Ain.224)、「*maṇi* 色の長い／高い山」（Nar.244）のように、明らかに「サファイアの色の山」である。では、古注が「宝石のある山」とするのはなぜであろうか。UVS 注にもあるように、「山が生んだ宝石」という表現はあるが（Pur.218, 377)、そ

（注31参照）。学名 *Gloriosa superba*, 英名 Malabar glory lily, 和名ユリグルマまたはキツネユリ［集成: 890, 要覧: 485］、その赤い花びらはしばしば炎に譬えられる。

(179)　ミズスマシノキの原語 *tēṟu* は *tēṟṟā* に同じ。学名 *Strychnos potatorum*, 英名 Clearing-nut tree, 和名ミズスマシノキ。「種子の粘液は水中の塵を沈殿させるので濾過水の飲料化に用いる」ためにこの名があるらしい［集成: 631］（参考［要覧: 402］）。

(180)　「南蛮皀莢」は *koṉṟai* の訳である。これは、学名 *Cassia fistula*, 英名 Indian laburnum または Golden shower tree, 和名ナンバンサイカチ［集成: 247］である。英名 Golden shower tree が示すように、黄金色の花房を多数垂らす。その姿は、同じくマメ科の藤（フジ）を想起すればいい。

(181)　TL によると、*kāyā* には 2 種類ある。"1. Ironwood tree, *Memecylon edule,* 2. Oblong cordate-leaved bilberry, *Memecylon malabaricum*" である。両者とも海岸地帯の低木で、前者は和名ソメモノコメツブノボタン［集成:572, 要覧: 358］でピンクの花に青色の花糸をつける。後者は和名マラバルノボタン［集成: 571］で花は虹紫色である。果実はいずれも黒または黒紫である。*kāyā* は古典には20箇所ほど出るが、「サファイア色のカーヤー」と出るのはここと Kal.101:5 だけで、それが花の色なのか実の色なのか分からない（サファイアは青だが、タミル語の青は紫や黒も示す）。ただ、Mul.93 では「カーヤーは黒墨の（ような色の）花をつける」とあるから、［索引集］も Samy も言うように前者 Ironwood tree であろう。

(182)　「てりはぼく」は *puṉṉai*（cf. Skt. *punnāga*）の訳である。学名 *Calophyllum inophyllum*, 英名 Mastwood / Alexandrian laurel, 和名テリハボク。古典では、その純白の花、黄色（金色）の花粉（Ak.230 参照）、輝く緑の葉、芳香がしばしば描かれる。［花綴り: 192-94］によると、もともとは海岸に好んで生える木で、マラバール海岸（インド南端の西海岸部）に特に多く、高さ18 m くらいになる中高木で、5、6 月頃、濃緑の葉をバックに、芳香ある 4 弁の純白の花を咲かせるという。

(183)　「山の芋」とした *kiḻaṅku* は、TL によると "esculent or bulbous root as potato, yam, turnip, parsnip, palmyra root" で、学名を示していない。ところがタミル語から派生発展したマラヤーラム語の *kiḻaṅṅu* は "bulb, yam, *Dioscorea aculeata*" となっている [DEDR 1578]。*kiḻaṅku* は、TL が示すように様々な食用根（実際には担根体と呼ばれ、地下茎でも根でもない（平凡社百科「ヤマノイモ」））を表わすようであるが、ここは最もよく知られた「ヤム」としておく。ところがヤムであると馴染みがないが、我々のよく知る山芋もヤマノイモ科でヤムの仲間であるので、漢

蔓草であると言っている。

パラミツは山岳地帯（クリンジ）の代表的な植物であるから、田園地帯を描いているこの部分には合わない。しかし、流通によって田園地帯にパラミツがあってもおかしくはない。しかも、この行の後半と次行の描写からするとパラミツのようにも見え、そのせいか古注は *pākal* と *palā* との2つに分けて「*pākal* の果実と、房なりになった褐色の果肉をもったパラミツの実とを食べている」としている。そこで植物辞典に頼ると、［集成: 528］の図と説明（Seeds with red pulp）あるいは［要覧: 330］の説明から、この行の後半と次行はニガウリの描写と捉えて間違いない。

(173) アドゥンブ（*aṭumpu*）は、学名 *Ipomaea biloba*, 英名 Hareleaf, ヒルガオ科の植物である。文献には Kuri. で73番目の植物として出る。

(174) 「風船朝顔」は *pakaṉṟai* の訳で、TL は gulancha と Indian jalap の2種を挙げる。gulancha は学名 *Tinospora cordifolia*, 和名イボナシツヅラフジ［集成: 144］で、Indian jalap は学名 *Ipomaea turpethum*, 和名フウセンアサガオである［集成: 742］。いずれも［要覧］にはない。

(175) プング（*puṉku* = *puṉkam*）は、TL によると、学名 *Pongamia glabra* であるから、*Pongamia pinnata* と同じである。［集成: 301, 要覧: 197］によると、海岸に育つマメ科の中高木とあるから、195行から198行までは海岸地域ネイダルであることが分かる。なお、文学では5例ほど、花が「炒り米（*pori*）」のようであると述べるが、［集成、要覧］では花は紅紫色（ネットでは薄紫）の、マメ科によくある花である。

(176) 「ニャーラル（*ñāḻal*）」は文学に頻繁に描かれるが、それらによると海岸部に育つ樹木で小さな薄黄緑色の花をつける。その花はしばしば魚の卵やシロガラシの実のようだと言われる。葉は柔らかく光沢あり美しい。TL によると、英名 Orange cup-calyxed brasiletto-climber wagaty, *pulinakakkoṉṟai* を見よという。*pulinakakkoṉṟai* は "fetid cassia, *Cassea sophera*" [TL] である。[Samy: 88] は恐らく *Heritiera littoralis* とし、［サンガムの植物：288-91］は *Cassia sophera* Linn. ではないかとする。*Heritiera littoralis* であれば、西表島などで有名なサキシマスオウノキ［集成: 485］、*Cassia sophera* Linn. であれば、和名オオバノセンナ［集成: 253］となるが、どちらも文学に描かれる姿とは一致しない。

(177) タラヴあるいはタラヴァム（*taḷavam*）は、別名 *cem-mullai*（赤いムッライ）であり、学名 *Jasminum humile*, 英名 Golden jasmine. その名のとおり、ジャスミンの一種で赤い花をつける。

(178) グロリオサ（*tōṉṟi*）は *ceṇkāntaḷ* とも言われ、*kāntaḷ* の一種である

たがって、本書のように解釈するのが最も無理がない。なお、近代の注釈も翻訳も古注に基づいているため、この部分は原文と照らし合わせて読むと分からない。

(166) 「ココヤシ」とした語 *tāḻai* は普通はアダン（Pandanus）であるが、ここはそうではない。というのも、Pandanusは森を作らないからである。

(167) この補いは古注による。「血を混ぜた赤いご飯」は、Tiru.233 にもある。

(168) 古注は、「田園地帯（マルダム）にいるカラスが、海岸地帯（ネイダル）の亀を食べる」と、本作品（Poru.）第226-27行で描写されるタミルの4つの土地（注164参照）のそれぞれが密接に結びついているということと関連させて解釈している。しかし、ここは川や沼の亀ととることができ、古注のように深読みする必要はない。

(169) ノッチ（*nocci*）は学名 *Vitex agnus-castus*, 英名 Chaste tree, 和名テイソウボク／セイヨウニンジンボクである。TL によると、3葉のものと5葉のものとがあるという。この木の花は、通常薄い青（薄い紫）または白であり（Nar.184, 293, Pur.272）、花は房なりになって咲く。ノッチはしばしば「黒い（*mā*）ノッチ」と表現されるが、この「黒い」とはノッチの花房のことである。なお、タミル語で「黒」は青、薄青、薄紫をも意味する。ノッチはまた、「城砦を守る」という英雄文学のジャンル名ともなっており（Pur.109, 271［エットゥトハイ：222-25, 271-72］を参照）、その戦いに際して兵士たちはノッチの花を腕につけたという。

(170) 近代注Kは、「田園地帯（マルダム）の女の子が海岸地帯（ネイダル）の砂で飯事の家を作っている」と、214行以下と同様に、タミルの4つの土地（注164参照）のそれぞれが密接に結びついているということを意識して解釈している。確かに、1例を除き古典のほぼ全例が、飯事（*vaṇṭal*）といえば海岸地帯の飯事遊びである。近代注Kのように川砂ととることもできるが、深読みする必要はないであろう。

(171) ガマリの原語は *kāñci* で、学名 *Trewia nudiflora*, 英名 River portia. 名のとおり、湿潤な森の流れに生育する。小木に薄緑の大きな花が垂れるようにつき、その花粉も緑または薄青である [Samy: 90]。［要覧：229］では和名ガマリとある。

(172) ニガウリとした *pākal* に関して、TL では2つの見出しを掲げている。一つはパラミツ、もう一つは "balsam-pear, climber, *Momordica charantia*" で、後者は植物辞典によればニガウリである（［集成：528］、［要覧：330］）。*pākal* は古典に9例出ており、［索引集］ではどれも "balsam pear" としている。しかし、それらの用例ではこの植物の描写はなく、形状等は分からない。ただ、いずれも地勢は田園地帯（マルダム）か荒れ地（パーライ）であり、うち2例で（Ak.177:9, Pur.399:6）

がそのままカナ表記しているものである。英語の “must(h)” は「牡象のさかり、発情」であるから「発情期」でよいと思うかもしれない。しかし、長い間発情期とされてきた、こめかみから粘液を分泌し凶暴になる牡象は、最近では発情とは関係がないと考えられている。というのも、動物学者や象に毎日接し判断を誤れば自らの生死に関わるような象使いや動物園の飼育係などの大部分が、それがさかりとは関係ないとしているからである。

象の荒れる時期は、放っておくと毎年数週間から数箇月におよび、象使いにとっては使い物にならないし年に2-3回の牝の排卵期を逃し子供も得られない。そこで、この荒れる時期を少しでも短くするために、インドでは牡象の後ろ足を支柱に結びつけ餌を制限する。そうすると数日から数週間で治まるようである。古典では、この荒ぶる牡象を支柱に結びつける様子が幾度となく出てくる（参照 Peru.396, Matu.382-83）。

他方、興味深いことにサンスクリット文学では実際には発情とは関係ないマダム（*matam*）を発情期の象として好んで描き、そのように荒ぶる象をそこに現われたヒーローが竪琴やリュートで鎮めるというのはしばしば見られるシーンである。ちなみに、タミル語の *matam*（発音は madam）は、TL ではサンスクリットの *mada* に由来するとしているが、[DEDR 4687] ではサンスクリットの *mada* とは別系統の語であると解釈している。

(163)　古注は「富や身体をはじめとしたものは移ろいやすいこの世で、名誉を重んじ」とする。

(164)　この行の最後から第227行まで、カリカール王が支配するチョーラ国の自然を描写する。それらは、山岳地帯（クリンジ）、山岳地帯と豊かな田園地帯（マルダム）の間の山裾の森林・牧地（ムッライ）、田園地帯、そして海岸地帯（ネイダル）の4つからなる。しかし、どこからどこまでがそれら4つのどこを描いているのかはっきりせず、どの版本も区切り方が一致しない。また、諸注釈に従うとかえって迷う場合もある。本書では独自の解釈をほどこし、その根拠を述べていくことにする。

(165)　古注は「稲の実るチョーラ国」と、この語が第248行の「カーヴェーリ川が（恵みを）もたらす国（チョーラ国）」にかかるとするが、この解釈には無理がある。というのも、聴衆はこの文脈から浮いた「稲」という語を50行以上先まで覚えていられるとは思えないからである。他方、[牧野] で「ココヤシ」を見ると、「葉えきから包葉に包まれた花序を出」すとあり、この花序が [牧野] の図でもネットの写真でも稲にそっくりである。また、Peru.130-31には「ナツメヤシの花序のような米の、赤い米粒のご飯」とあり、ヤシの花序と米が似ていることを述べている。し

417　Poru.

(156)　ニーム（*vēmpu*）は、学名 *Azadirachta indica*, 英名 Neem, Margosa, 和名ニーム／インドセンダン。常緑の高木で、花は白く、オリーヴほどの大きさの実をつける。枝も葉も実も苦く（[花綴り：174-76]、[要覧：250]）、そのため *vēmpu* には「苦み」という意味もある。ニームの木陰は病を癒すと言われ、よく知られた木であるが、古典にはその実際の様子は描かれない。パーンディヤ王朝の象徴としての植物である。古典で「三王」と出たときは、チェーラ、チョーラ、パーンディヤという古代三王朝の王を指す。ニームはパーンディヤ王朝、アール樹はチョーラ王朝、オウギヤシはチェーラ王朝の象徴としての植物である。

(157)　「花びらのない蓮」というものはないから、造花の飾りであるということを言うための言葉遊びである。

(158)　「黒い髪」は *pittai* の訳である。この語の TL の英語の説明では "lock of hair" としかないが、タミル語の説明では「男の頭髪」とある。これに対し、女性の髪は *kūntal* であることは近代注Kが述べている。

(159)　159-62行は、王がくれたものを男と女が自分で飾るのか（C訳）、王が手ずから飾ってくれるのか（V訳）、文法的には分からないし古注も述べていない。近代注Kと現代注Nでは、吟唱女に関しては「吟唱女が飾るようにくれる」とする。

(160)　「丈の高い戦闘馬車（*neṭum tēr*）」は定型句であり、古典に90例ほどある。*neṭum* の基本的意味は「長い」であるが、縦に長ければ「高い」、横に長ければ「大きい」となる。*neṭum tēr* のすべての用例を見ても、*neṭum* がそれらのどの意味かははっきりしない。ただ、古典では戦車隊が描かれ（例 Pur.63）、しばしば「頑丈な戦車（*tiṇ tēr*）」と描かれる（40例）。戦闘用であれば、長い馬車や大きな馬車は機動性に優れないし、丈が高くなければ弓なども使えない。したがって、*neṭum tēr* は大部分が「丈の高い戦車」であろう。ただし、*tēr* でも大型のものはあったようで、Ak.316 では男の馬車に複数の遊女が乗っている様子を描いている。戦闘馬車の乗員数であるが、恋愛文学の主人公が戦いを終えてヒロインのもとに帰るときに、御者（*pākaṉ, valavaṉ*）に「戦車を速く走らせよ」と命じる場面は頻繁に描かれるから、少なくとも戦闘用の馬車は２人乗りであったようである。また、丈の高い戦闘用の馬車（*neṭum tēr*）の場合、４頭の馬で引いていると述べる例が数例あるが（Ak.104:6, 334:11-12, Peru.489-90, Pur.63）、その他に馬の数に言及する作品はない。

(161)　古注は、「馬を進めるのにいい、尖りのついた棒を取り」とする。

(162)　「マスト期」は *matam*（Skt. *mada*）の訳で、ここのように牡象が猛り狂う。牡象の特徴であるので補った。この「マスト」とは英語の "must" あるいは "musth" を、それに相当する日本語がないために日本の研究者

たのであって、狭義の「犂」や「犂刃」ではない。

他方、古代タミルで牛を使った犂耕がよく行なわれていたことは、文献にしばしば言及されている（Ak.41, 262, Kur.391, Ciru.190, Peru.197-98, 325, Matu.173）。それらのうち、Matu.173 のみが水田であとは畑である。また、Patti.205-06 には犂轅（りえん）も描かれているから、犂耕がよく行なわれていたことは間違いない。しかし、タミル古代の犂の形状は、文献からはよく分からない（Peru.199-200 で描いているのは、恐らく犂であろう）。平凡社百科の「犂」のなかの「インド犂」では「犂身が犂底・犂柄と一体化した犂で、犂身が犂底へと変化していく屈曲部の上方からまっすぐに犂轅がのびて、牡牛2頭用の軛（くびき）に接続され牽引される。（略）インド犂は無床ないしは短床が多く、犂底の幅も小さいため深く耕すのに適している。しかし犂先は犂底の先端のみにとりつけられ、かつそりがないので、耕土を両側にかえすのみである。無床の場合にはインド犂は掘棒に牽引用の心棒をとりつけた形態をしており、犂が掘棒から発展したことをうかがわせる。内陸アジアの乾燥地帯になると、同じ短床のインド犂でも犂底の平面形は幅広の3角形状となって、深く土中に入らず浅耕用のものに変化する」とある。

恐らくこの説明は、タミル古代の犂としても当てはまるであろう。田んぼを耕すものは無床のもので、乾燥地の畑を耕すものは、上記の説明の最後の部分の犂底の広いものであろう。なお、図としては、小学館『日本大百科全書』915頁のベンガルのインド犂の図を参照してほしい。以上のような次第で、この部分の訳ではあえて漢字を使わず「すき」とした。

(153) 「去ります」の原語は *cēṟum* で、*cēṟu* “go” の一人称複数非過去形で、古典に15例ある。この他にも、*cēṟi*（命令形）、*cēṟal*（動名詞）など、*cēṟu* から派生した用例が合わせると数十例あるが、TL はこの語を挙げておらず、動名詞の *cēṟal* のみを挙げ、それが *cel* “go” の派生語であると言う。しかし、*cel* から *cēṟu* への変化は、タミル語の規則では決して自明ではない。そのため、[DEDR 2781] では *cel* に *cēṟu* を入れていない。

(154) ここまでが、案内人がすでにカリカール王のもとに行って来て、歓待され贈り物を得た様子で、以下は「汝らが行ったなら、同じようにそれらを得るだろう」ということを描く。

(155) 「獅子」は *āḷi* の訳である。*āḷi* は *yāḷi* とも言われ、ライオンとされることもあるが、ドラヴィダ諸語にはライオンを表わす語はなく、ここも TL の言う神話的な動物である（*yāḷi*, “a mythological lion-faced animal with elephantine proboscis and tusks” [TL]）。

419　Poru.

しばしば少女の尖った歯に譬えられる。ここは、米粒であるから、マッリカなどと違って、小振りで細身のムッライでなくてはならない。

(151)「畑」は *kollai* の訳で、古代タミルの5つの地域のうちのムッライ(森林・牧地)にある畑である。*kollai* が「殺す」を意味する動詞 *kol* から来ていることとタミル地域へのジャイナ教の広まりとの関係については、[高橋2008a]を参照のこと。

(152) 古典には何度か "plough" あるいは "ploughshare" と英訳される語が出る。しかし、以下に述べるように、それらを狭義の「犂(すき)」や「犂刃」とはとれない。英英辞典では、農耕具のうち plough (plow) は「犂」で牛や馬あるいは現代ではトラクターで引く農具であり、spade は「鋤(すき)」で、柄の先端に刃をつけて足などで土壌に先方に押し込むスコップ型の農具、そして hoe は「鍬(くわ)」で、柄の先端に刃をつけるが、その刃は引き手側に向き、手前に引いて耕す農具と、はっきり訳し分けている。他方、日本語では鋤や鍬で土地を耕すことを「すく(鋤く)」と言うように、英語のようにはっきり区別してはいない。また、英和辞典では plough (plow) を「すき」あるいは「犂、鋤」としているものが多い。

では、タミル語ではどうかといえば、"plough" を表わす語としては、*kalappai* [DEDR 1304], *kāṟu* [DEDR 1505], *ēr* [DEDR 2815], *ñāñcil*, *nāñcil* [DEDR 2907], *mēḻi* [DEDR 5097] などがあるが、これらのうち、*ēr*, *ñāñci*l, *nāñcil*, *mēḻi* は同義語として *kalappai* を挙げる。*kalappai* は動詞 *kala*「混ぜる、結合する」から派生した名詞であるから、本義は「混ぜること」、すなわち「土を掘り起こして混ぜること」を意味し、耕すこと全般を意味する語である。つまり、タミル語では「犂」「鋤」「鍬」は必ずしもはっきり区別されていないものの、タミル語英語辞典ではそれらに相当する原語に "plough" という訳語を与えていることが分かる。それを裏打ちするように、「鋤(spade)」や「鍬(hoe)」を表わす語はほとんど出ず、出たとしても、spade と hoe との区別はない(*kuntāli*, *kuntāḷi* [DEDR 1722], *kottu* [DEDR 2091] を参照のこと)。

同様に、"ploughshare" も狭義の「犂刃」ではなく、犂・鋤・鍬の刃である。例えば *kōl* であるが、この語の基本的意味は「棒、杖、枝」であり、総じて棒状のものを意味するが、TL では21の訳語のうちの1つに "ploughshare"を挙げ、*koḻu* と同義とする。*koḻu* は "bar of metal, bullion; ploughshare; awl" であるから、明らかに棒状のものでしかも細いものである。したがって、後に Peru.91-92 で描かれるように *kōl* は「掘棒」であり、*koḻu* も同様であろう。このように、タミル語の辞書で言われる "plough" や "ploughshare" は農耕具を代表してその訳語を使っ

sheep, sheep")。

(147)「煮たもの」は *puḻukku* の訳で、その基本的意味は "boil, steam" [DEDR 4315] である。

(148)「腰の部分」の原語は *parāarai* で、古注は「腿の上部」と言う。山羊または羊の肉の部位については、切り方によって腿の上部までと腰までを含む場合があり（http://vin-en.cocolog-nifty.com/blog/files/Agneau.pdf, 2022.12.5 閲覧）、通常「腿肉」と呼ばれる部分である。

(149)この行の最後は不定詞なのだが、その役割がよく分からない。ここでの可能性は、様態（〜のように）か同時性（〜しているとき）である。古注は様態ととって「リズムに合わせて踊るように」とするが、この「ように」がどこにかかるのかは示していない。他方、他の書では内容は異なるが、同時性ととっている。近代注Kは「踊りつつ」とする。現代注Nでも近代注Kと同様に、踊り子たちが「踊り、王を喜ばす」と言う。C訳は「(宮廷の) 踊り子が踊っているときに」と解釈している。

内容からするとC訳のように、宮廷の踊り子が踊って旅芸人を歓待してくれているとするのが一番よさそうである。しかし、「踊り子」と訳した *viṟali* は様々な踊り子のなかで最もよく出る踊り子で、旅芸人として描かれるのが普通である。それが宮廷の踊り子になっているというのはいささか不思議であるし、仮にそのようなことがあったとしても、様々な技芸に優れた旅芸人を前にして、宮廷の芸人がもてなすというのも妙である。他方、旅芸人のうちの踊り子たちだけが、宮廷で芸を披露していて、後の旅芸人たちは飲み食いしているという設定も奇妙である。奇妙だが、旅芸人の一団の踊り子たちが浮かれて踊るととっておこう。

なお、この作品では *viṟali* は初出であるが、第57行の *kōṭiyar*(踊り手) のうちの女性ダンサーととってよい。それは、やはり「案内記」である Malai. の第50行で「踊り手たち（*kaṇṇuḷar*）の長よ」と呼びかけるが、その後踊り手として出るのは *viṟali* であるからである（Malai.201, 358, 535, 570)。ここの例でも明らかであるが、旅芸人の実際の様子は実はよく分からない。

(150)ムッライ（*mullai*）とは、インドに40種類もあると言われるジャスミンの一種である。TL は *mullai* に *Jasminum sambac*（英名 Arabian jasmine, 和名マツリカ（茉莉花、摩利迦））など5種を挙げ、［サンガムの植物: 419］は19種を挙げるから、ムッライがジャスミンの代名詞的な名称であることが分かる。これらのうち、[Samy: 86] も［サンガムの植物: 403 ff.］も古典期のムッライは *Jasminum auriculatum*（英名 Eared jasmine）であると言う。これは、インドで最も有名なマツリカと形は似るが、マツリカより花の先端がやや尖り小振りな白い花で、古典では

がはっきりしない。ことに前半の「雨／雲かと戸惑う」が何にかかるかが分からないのである。そのようなときの常で、古注は語順を変え、「酩酊をもたらす酒を、雨のように宮廷で何度も注ぐこと」としている。原文の感じではこの解釈が最も意味が通るようにも思えるが、原文の語順から乖離している。分からなかった最大の理由は、最後の語を古注をはじめどれも「宮廷で」と処格にとったことで、本書のように「宮廷の」と属格にとればすっきりする。

(142)　「心が確信して」というのは不思議に思えるかもしれない。「心 (*neñcu*)」は処格ともとれるから、「心で喜ぶ」とは文法的に可能である。しかし、古典ではある人とその人の心は別物で、「心がその人をそそのかす」とか「人が（己の）心を説得する」というのはよくある。ここも、その伝統を受け継いだものである。

(143)　「未熟な若い衆」は *kallā iḷaiñar* の訳である。直訳すれば「学ばない／無知な　若者たち」である。これが何を意味するのかはよく分からない。古注は「王にふさわしい賛歌を完全にマスターし、自分の後ろに控えている若者」、すなわち旅芸人の仲間とし、近代注Kもこれに従う。他方、現代注Nではこの若者を王の家来ととる。本書では、旅芸人の仲間ととっている。「無知な若者たち」という表現は古典に8例あり、うち5例では「若者」とは「兵士」で（Mul.35, etc.）、2例では旅芸人の仲間である（Poru.100, Ciru.33）。しかし、これらの例からは、なぜ若者が無知なのかよく分からない。古注はここで、「各々の僅かな仕事以外のことを少しも学んでいない」と言っているが、この解釈は正しいだろう。そこで、本書では「知識や経験を欠く、未熟な若者」ととった。他方、*kallā*（字義「学ばない（関係詞）」）を冠する表現は50以上あり、猿や象が最も多く、人間の前についているものも数例ある。しかし、それらを見ても *kallā* が何を意味するのかはっきり分からない。

(144)　この部分はよく分からないが、なるべく原文に素直に訳した。古注は「それを聞いて、「彼らをすぐに呼ぶように」と使いの者たちに言って、「私が行った後に彼らがやって来るように」と命じた」とする。なお、「すぐに」は *katum-eṉa* の訳で、定型表現で古典に22例あり、「さっと」と瞬時を表わす。

(145)　行儀芝（*turāay*）の TL のタミル語の説明では“*aṟukampullāl tiritta paḻutai*”すなわち「*aṟukam*（=*aṟuku*）草で編んだ紐」である。*aṟuku* は学名 *Cynodon dactylon*, 英名 Harialli grass, 和名ギョウギシバである［要覧: 507］。

(146)　ドラヴィダ諸語には「羊」と「山羊」の区別はない。しかし、この *turuvai* に限っては、TL は「羊」とはっきり言う（“a kind of fleecy

(136) 「踊り手たち」の原語は *kōṭiyar* である。辞書には“professional dancers”の訳語しか出ていないし、古典に出る19例すべてを注釈では *kūttar*（dancers）としている。他方、それらの用例では、*kōṭiyar* が太鼓を持っていると出るのが7例あり、そのうちの2例は太鼓の種類は分からないが（Matu.523, Malai.236)、他の5例ではムリャヴ（*muḻavu*）という半球形の大型の太鼓である（Patti.236, Malai.143, etc.)。また、Ak.111:9 では竹笛をもっている。したがって、我々が想起する本格的な「舞踏家」とは異なり、太鼓を叩きながら踊る「民間芸能の踊り手」であろう。

それはともかく、そもそもこれまで歌姫を描写してきて、なぜ突然踊り手が出るのか分からない。そこで、C訳では「吟唱詩人（bard)」と訳しているが、この方が妥当であろう。このように、注118でも述べたが、古代の旅芸人については実はよく分からない。ただ、この後の第60, 63行も考え合わせると、前の行の楽器（竪琴）をもっているのは、上記の踊り手ではなく集団を率いている長である。

(137) 「黒い大勢の一族郎党（*irum pēr okkal*)」という言い方は慣用句で、古典に18例ある。統率する詩人・芸人が集団で移動しているということである。「黒い」というのは、現代のインドでもそうであるが、身分の低いことや、貧しさゆえに顔や体を洗えないことを示唆しているのだろうか。

(138) 類似の表現は、Kur.172, Peru.20, Pur.173:3, 370:11 にある。果物を餌にするものにフルーツコウモリがいるが、インドオオコウモリも果物（バナナ、イチジク、パパイヤ、マンゴー）を餌とし、昼は休み夕方になると果実を求めて飛び立ち、それらを食べる。そのためインドでは害鳥とされる。コウモリは生物学では鳥ではないが、日本語でも、「蝶々とんぼも鳥のうち」という言い方があり（広辞苑)、ドラヴィダ諸語でも、ある言語で「コウモリ」を指す語が、違う言語で「蝶」や「ゴキブリ」、「コオロギ」を示す場合がある（参照 DEDR 1216, 2606)。羽を持っているものを一緒くたに考えるようである。

(139) 古典では、恋愛文学の主人公（ヒーロー）に言及するときにはしばしば尊敬体である複数形を使うし、英雄文学では詩人に尊敬体の複数形を使うのが普通であるが、王や族長を言うときは尊敬体ではない単数形を使う。

(140) 施しを求めて王のもとを訪れるときは、普通は歌を歌いつつ城門をくぐる。Pur.110 では、「歌を歌う者として来れば、贈り物を得る」という（全訳は［エットゥトハイ：225-26］を参照のこと)。

(141) ここの原文は「雨／雲かと戸惑う、喜び／酒／酔いをもたらす宮廷で／宮廷の」と、様々な意味があって、どのような読みをとっても内容

他方、タミル初期古典には「ぴっちりした腿」という表現は出るものの（Ak.96:11, Nar.170:2）、それを象の鼻に譬えるものはない。ただ、Pattu. では、他にも Ciru.19-20 にここと同じ表現が出る。

(131)　犬の舌のような女の足という表現は、ここの他に、Ciru.17-18, Malai.42-43, それに Nar.252:10-11 にある。Wilden は、Nar.252 の訳注で、蓮の花のような足、という表現があることから、犬の舌のように「赤い」女の足だろうと言うが [Wilden 2008: 563], ここも含めた 4 例とも女の足の色は出ていないし、Ciru.17-18 以外の 3 例では「小さな足」にかかっているから、「犬の舌のような小さな足」がよい。近代注Kが引く Ciiv.2994 でも *nāy nā-c cīṟaṭi* と「犬の舌の（ような）小さな足」となっている。

(132)　「虎の尾蘭」の原語は *maral* で、*peruṅkurumpai*（*Sanseviera zeylanica*）と同じである。それは「*Sansevieria nilotica* Baker, チトセラン、トラノオラン。昔は *Sansevieria zeylanica* Willd. で呼ばれていた *Sansevieria* の代表種。葉長約 1 m、幅4-5cm、暗緑色に白黄の横縞斑紋、革質、厚肉。花は総状花序、白色、6 弁、芳香」［要覧: 487］である。トラノオラン（虎の尾蘭）と呼ばれるように、葉には縞が入っている。［集成: 901］では、*Sansevieria trifasciata* Plain をこれとし、“Flowers greenish. Fruits 8mm, orange” と言う。注釈はいずれもこの語を「トラノオランの実」と「実」を補っている。例として、近代注Kが指摘するように、後代の文学に「*maral* のたくさんの実のような水疱」（Ciiv.2339:2）がある。

(133)　マラー樹は、注 8 に述べたように数種あるが、古注はそれらのうちのどれなのか述べない。ここでは葉を落としたマラー樹の影が網を編んだようだとあるが、同様の描写は Ciru.6-12 にもあり、そこでは、踊り子たちが酷熱の荒れた地を昼間に歩かず「焼けつく大地のマラー樹の線状の（模様の）木陰で憩う」（12行）とある。奇妙なことに、そこでは注釈はそのマラー樹をカダンバ樹としている。本書では、注 8 に述べた数種のマラー樹のどれが葉を落としてその木陰がそのような模様を描くのか確認できないので、マラー樹とそのままにしてある。

(134)　この行は、通常語順を変えて「(歌姫は) 苦しみに耐え、葉のないマラー樹の陰で」とする。しかし、この作品は歌であり、聴衆が耳で聞いてそのまま分からなくてはならないから、そのような語順変換はありえないし、文法的にも誤りである。

(135)　「竪琴をもった」は、次の行の「踊り手たち」にも「長」にもかかりうるが、次注に述べるように、ここは「長」にかかるととるべきである。次注も参照のこと。

に譬えられる。ビンバは和名ヤサイカラスウリ（カラスウリの仲間）で学名は *Coccinia indica*, タミル語では *kōvai* という。興味深いのは、サンスクリット文化の影響が強まる6世紀以降になると、タミル文学でも女性の口は *kōvai* に譬えられるようになることである。逆の言い方をすると、この点でも古典期にはサンスクリット文化の影響が小さかったということである。

(122)　「(U字形の) 握り」は *kaṭai* の訳であるが、古注はそれを *kuḻai* “loop” と言い換えている。これから、古代インドの鋏が、西洋古代の鋏と同様に、U字形の握りの和鋏（握りばさみ）と同じような形であったことが分かる。

(123)　「恥じらい (*nāṇ*)」は、*accam*「おどおどしていること」や *maṭaṉ*「無知を装うこと、信じやすいこと」と共に、古典における女性の三大美徳の1つである。詳しくは [Takahashi 1995: 65 fn 3] を、また *maṭaṉ* については注47を参照のこと。

(124)　「乙女の美しさ」という訳の原語は *nalam* である。*nalam* は *nal*「善」から派生した語であるが、古典恋愛文学では処女性と密接に結びついた美しさである。[Takahashi 1995: 71, 117] を参照のこと。

(125)　「二の腕と大きな肩」は *tōḷ* の訳である。*tōḷ* は注12に述べたように、肩から二の腕にかけての部分を表わす。日本語には相当する語がないので、腕と肩とに訳し分けた。

(126)　「細い爪」は *vaḷ ukir* の訳で、定型表現で22例ある。*vaḷ* には「鋭さ」と「偉大さ」の両方の意味があり、この成句の場合、[索引集] ではほとんど「鋭さ」とする。古注はここを「偉大さ」ととるが、「オウムの嘴のような」という比喩、また女が若いことから「鋭さ」の方がいいだろう。

(127)　「黄色の斑点 (*cuṇaṅku*)」とは、我々には奇妙に思えるが、古代恋愛文学では、女が幸せなときに現われるとされる。それに対して、女が恋の病により苦しんでいるときは、*pacappu* あるいは *pacalai* と言われる青白い斑点が現われる。これらに関しては、[Takahashi 1995: 93 fn 39] を参照のこと。

(128)　女性の乳房を「椰子の葉脈でさえ（盛り上がった胸の）間を通らない」などという大仰な言い方は初期古典にはみられない。サンスクリット文学の影響であろう。

(129)　ここは「(細く、胸の重さに) 苦しむ（耐え難い）胴」ともとれる。そうであれば、この表現はサンスクリット文学によく出る言い方である。古注は「あると人には感じられない苦しむ胴」と言っているから、サンスクリット的な表現と解釈しているのかもしれない。

(130)　女性の腿を象の鼻に譬えるのはサンスクリット文学ではよくある。

単語の意味に合うが、そもそも楽器の形状が分からないのではっきりしない。本書では、*yāḻ*の他のすべての部位との関係から「弦の上端で、調律紐との結び目」であると考えているが、これが語義および内容から最も無理がない。

(118) Poru.23-24で、旅芸人が弾き語りをしていることが分かる。では、弾き語りをしているのは誰であろうか。古注は Poru.48 の「歌姫(*pāṭiṉi*)」であるとし、近代の諸本はそれに従っている。しかし、文法的にも内容的にもそれは必ずしも自明ではない。まず第3行で「歌舞人よ」と呼びかけ、続く第4-22行でパーライ竪琴の描写をし、ここの第23-24行でそのパーライ竪琴を弾き語りしている。そして、続く第25-46行で、歌姫の美しさを頭の天辺から足の爪先まで描く。ついで、その歌姫が第47-52行で森の神に祈りを捧げ、その後ふたたび歌舞人の描写となるのである。したがって、流れからすると、「歌舞人が弾き語りし、(略) 美しい歌姫が祈りを捧げ」というのが自然であろう。

このように、作品の重要部分がなぜ分からないのかというと、古代の旅芸人の様子、すなわち、どんな旅芸人がいて、どの旅芸人がどんな芸を披露するのか分からないからである。古注の解釈に従うと、歌姫は、単に吟唱するだけでなく、楽器の大変な名手ということになる(第23-24行)。また、古注は Ciru.47 の *pāṭiṉi* への注で、*pāṭiṉi* は美しく「教養豊か」であると言っている。しかし、この解釈も怪しい。というのも、本作品の第57行に出る、一般に「プロのダンサー」と言われる *kōṭiyar* も民間芸能の踊り手程度であるからである(注136参照)。

そのような *pāṭiṉi* からしても、作品の流れからしても、また第56-57行、第60行そして第63行からしても、第23-24行で竪琴を弾き語りするのは、歌舞人(第3行)である旅芸人の長(おさ)であろう。

(119) この行から46行目までは、頭から足まで順番に歌姫の美しさを描く。このような描写を *kēcātipātam*(<Skt.*keśādipāda*「頭(の天辺)から足(の爪先まで)」と言い、文学的な技法である。

(120) ワタノキの原語である *ilavu* は *ilavam* とも言う。以下の説明のように赤い花をつける。“red-flowered silk-cotton tree, *Bombax malabaricum*” [TL], 和名ワタノキ、“Flowers large, red, varying orange to yellow”[集成: 478]。また「パンヤ/キワタノキ、20-30m、花は大、紅色5弁、落葉時に開花」[要覧: 298]。花や実についてはネット検索してほしい。

(121) 古典では、女性や子供の口の色は赤珊瑚に譬えられ、Patti.189では赤珊瑚がタミル国の名産品であることを述べている。それに対して、サンスクリット文学では女性の口(唇)は植物の1つであるビンバ(*bimba*)

化大学教授井上貴子氏による)、それを別としてもここでの棹の形の描写、すなわち「コブラが鎌首をもたげたような」ということからすれば弓形ハープであろう。また、同じく *yāḻ* の描写をしている Malai.21-36 のうちの第35行では「曲がって伸びた棹の *yāḻ*」とはっきり書かれているから、弓形ハープすなわち竪琴である。そのことは、この行の最後の「棹」とした語 *maruppu* にも現われている。*marappu* の原義は「動物の角」または「象の牙」で（参照 DEDR 4720)、「*yāḻ* の棹」というのはその派生的な意味で、他にも Malai.35, Pur.242:2 等でも同じ意味で用いられている。さらに、古典ではここ以外にも *yāḻ* の形として「湾曲をもつ *yāḻ*」という表現が何度か出る (Ak.331:10, Netu.70, Malai.534, Pur.127:1, etc.)。ここで、「湾曲」としたのは *kōṭu* で、その原義は "crookedness"（参照 DEDR 2054(a)）であり、象の牙、動物の角、巻貝はそれから派生した意味である。したがって、古典期には *yāḻ* は明らかに曲がった棹（ネック）をもった弦楽器で、弓形ハープあるいは竪琴である。

しかし、これらの用例にもかかわらず、これまで古典期の *yāḻ* はほとんどの翻訳や研究書でリュートとされており、最も詳しい研究書である Yāḻnūl ですら、この箇所をもとに *yāḻ* をリュート型と捉えている [Yāḻnūl: 119]。つまり、曲がっているのは、リュートやヴィーナーの棹の先端部分と考えているのである。なお、本書では *yāḻ* を「竪琴」と訳しており、その形はインド起源だとされるサウン・ガウ（ビルマの竪琴）に似ていると思える。

(116)　アワ、ゴマ、カラシ粒が、非常に小さい物や量の譬えとなるのはタミル語も同じで、*tiṉai-y-aḷavu* ("very small quantity, as much as a grain of millet" [TL]) という言葉があるほどである。文学でも、「たとえ芥子粒ばかりの（大きさの）親切がなされようと／（親切の）価値を知る者は椰子の実の大きさと考える」［クラル 104］というような例は少なくない。したがって、ここは「ほんの僅かな狂いもない」ということである。同様の表現は、Malai.22 にも出る。

(117)　「結び目」は *toṭaiyal* の訳である。これと Peru.15 の *toṭai* とは、同じ *toṭu* "(vi) be-united, (vt) join" から派生した名詞で、ともに "fastening, tying, succession" などを基本的な意味とする [DEDR 3480]。しかし、内容ははっきりせず、弦の端という部分あるいは弦が並んでいる様子を言っているようである。

Yāḻnūl は、そもそも *yāḻ* をリュート型としているのであまり参考にはならないが、「弦を、ある決まったルールで、音を注意して聞いて結び付けた指板」ととっている [Yāḻnūl: 134]。Vaithilingam は "well formed set of strings of *yāḻ*" とする [Vaithilingam 1977: 67]。いずれも *toṭai* という

に近い色、すなわち「黒」よりもやや色白の色なのである。TL は *māyōḷ* を“1. Dark-coloured woman. 2. Woman of dark-brown colour”とするが、この定義は正しいだろう。

(112)「一片で覆った」の原語は *pollam pottiya* である。古注はこの部分を「二つの（革の）端を一緒に縫った」としたため、この句は伝統的に「革を共鳴胴の中央で縫い合わせた」と考えられてきた。TL もこの古注を典拠に *pollampottu-tal* と一語にとって“to sew together, as two pieces of cloth”と定義している。筆者も長らくその解釈に惑わされ、『学習帳』ではこの部分をそのように訳した。しかし、共鳴胴の縁（いわゆる「磯（いそ）」）で革を鋲で留めたり落帯のようなものが張ってあることは、Ciru.223-24, Peru.4-9, Malai.25-29 で言及されている。それであれば、1枚の革で共鳴胴の表面を覆い、磯でその革を鋲で留めると考えた方がよさそうである。

そこで先の第4行と共に幾度も考え直しているうちに、胴の中央で革を縫い合わせずとも、一枚革の中央に中木が通っていると考られることが分かってきた（「中木」については注942を参照）。しかしそうなると *pollam pottiya* をどう考えたらいいのだろうか。*pollam* の用例は主要文学にはなく、TL の典拠も10世紀頃の同義語辞典である。それからすると *pollam* は布などの切れ端のようであるから、革を切ったものと考えて間違いない。*pottu* という動詞も「覆う」が基本的意味であるから、古注に惑わされなければ本書のようにすんなり解釈できる。

(113)「鋲」とした *āṇi* はペグ、釘などを意味する語である。この行の前半からすると、この部分は[Yāḻnūl: 99-101]のように糸巻きのペグを描いていると考えたくなる。しかし、前後の文脈からするとここはどうみても共鳴胴の縁（磯）の部分のようである。この *āṇi* という語は、*yāḻ* を描く Malai.27 にも出ていて文脈もここと似ている。そこで両者とも磯の部分で覆い革を留める「鋲」と解釈して前後を見直すと、『学習帳』の解釈よりはるかにすっきりする（『学習帳』では、中木に突き出た弦を留めるためのペグと捉えていた）。ただ、ここでいう「穴」がなんなのかという疑問が残るが、世界の様々な弦楽器や太鼓などの革の張り方を見てみると、革を留めるため、あるいは鋲を打つための小さな穴がはじめから革の縁に打たれているものがあるから、恐らくそれであろう。

(114)　響孔は人間や動物の口ではない。そこで「喉びこのない口」と言っている。注28で触れたように、これも言葉遊びの1つである。

(115)「竪琴」とした *yāḻ* が竪琴のような弓形ハープ型かギターのようなリュート型かについては、様々な意見がある。図像学的には、インドでリュート型の弦楽器が出てくるのは5世紀前後であるとされるが（大東文

偶蹄類であろう（注釈では「鹿の蹄」)。つまり、共鳴胴の表面に偶蹄類の蹄の跡のように中央に線状あるいは棒状のものが、古注の言うように「浮き出て」いたのであろう。その出ていたものは、後に各部分を分析していくなかで改めて詳しく述べるが、本書では三味線などで「中子（なかご)」とか「中木（なかぎ)」と呼ぶもの［音楽大事典: 1076］ととらえ、以下「中木」と呼ぶこととする。なお、「中木」については注942を参照してほしい。

(110)「革」の原語の *paccai* を TL は "covering, as of the body of a *yāḻ*; *pōrvai*" として、第８行に出る「覆い（*pōrvai*)」と同義とする。*paccai* は Pur.165、308 で竪琴の革として、Pur.288 では太鼓の革として出るし、*pōrvai* も Ak.136:23, Nar.310:11, Pur.369:20, 387:3, 399:24 でそれぞれ各種の太鼓の革として出る。しかしながら、ここと Peru.6, 9 では *paccai* と *pōrvai* が同時に出ていて、２語の関係が分からないと訳せない。古注はいずれの場所でも、最初の *paccai* を主語、後の *pōrvai* を述語ととっている。[Yāḻnūl: 84] は古注の解釈を踏襲したのか、覆う前の革を *paccai*, 覆った後の共鳴胴の革を *pōrvai*（第８行）と言う。しかし、注112で述べるように、古注の解釈に問題がないわけではない。それゆえか、近代注Kはそれぞれ別の革としているが、そのため両者の関係も、それぞれどこに使われているのかも分からない。注109に述べたように、共鳴胴は何らかの木をくりぬいて瓢箪を半分にしたような形であるから、共鳴胴の表面と裏面に革を使ったとは考えられない。したがって、近代注Kのように *paccai* と *pōrvai* とを２枚に分けることはできない。*pōrvai* とは *pōr* "cover" から派生した名詞であるから（参照 DEDR 4590)、「覆い」が元の意味で、本書のようにとれば問題ない。

(111)「褐色の女」は *ceyyōḷ* の訳である。*cey-y-ōḷ* は *ce-*「赤」からなり、TL は "ruddy or fair-complexioned woman" とする。つまり、女の体の色が黒くなくやや色白（fair)、すなわち褐色であるということを言っている。南インドの人々は、北インドと比べると一般に肌の色が黒く、北インドの人のように色白な人はいない。それでも、黒ではなく褐色程度の人は多い。それが女性の場合特に好まれ、新聞の求婚広告などで "fair" と表現される。同様に、女性の美しい色艶を述べる語として *māyōḷ* という語がある（Poru.14)。この語は「黒」を意味する *mā-* に由来すると考えられ、一般に「黒い女」と訳されるが正しくはない。というのも、古典で美しい女の色艶（*mēṉi*）は「出たばかりの芽（*taḷir*)」（16例）のようだとか、「泥水（*kaliḻ*)」（１例)、「金（*poṉ*)」（６例)、「サファイア（*maṇi*)」（６例)、「赤珊瑚（*pavaḷam*)」（１例)、「マンゴー（*tēmā*)」（１例）などと言われるからである。つまり、どれも「黒」とは関係なく、「褐色」

429 Poru.

ても考え直さなければならない。

まず、「共鳴胴」である。原語は *pattal* だが異体である *pattar* も含め [DEDR 4079], いずれにも「共鳴胴」という意味は出ていない。それどころか、TL の補遺である TLS には *pattar* で "a part of *yāḻ*" としているように、*pattar* どころか、*yāḻ* についてもはっきりしたことが何も分からないことを示している。ただし、TL では *pattal* の訳語 "wooden bucket" 以外に、異体である *pattar* では "wooden through for feeding animals; coconut shell or gourd used as a vessel" という意味も出しており、文学でもヤシの実などを半分に割ったような形の鉢のようなものは出てくる。したがって、ここで言っている *pattal* とはそれと同じような形状の胴体であることは間違いない。このことは、Ciru.224 で *akaḷam*（"jar, large earthen pot, bucket" [TL]）という語を使っていることからも明らかである。

この形状は民俗楽器の竪琴の共鳴胴に共通していて、［音楽大事典:2738b］では「胴の形状には、木の実などの殻状あるいは鉢形と形容できるもの、箱状のもの、円筒形のものと三様がある」とある。また、［音楽大事典:1910b］では、その共鳴胴は「木を容器状にくりぬいたものが多い」とも言う。

古典ではこの胴の材料については触れていないが、後にインドの代表的な弦楽器となるヴィーナーやシタールなどの共鳴胴の材料である瓢箪とは異なり（瓢箪自体も古典には出ていない）、訳語にあるとおり木であったと思われる。[Yāḻnūl: 84] では *kumi*, *murukku*, *taṇakku* を材料として挙げる。しかし、筆者が確認したかぎり、古典以降の文学でもこれらが *yāḻ*（後代には竪琴よりもむしろリュート型の楽器）の材料として描かれてはいない。ただし、*kumiḻ*（注271を参照）は Peru.181-82 で竪琴の一種である弓形竪琴（*vil-yāḻ*）の材料として描かれるが、それはここで言っているような共鳴胴は持たないから、材料とは考えられない。

なお、インドの竪琴から発展したサウン・ガウ（ビルマの竪琴）は、「カリン（花梨）の一種 padauk から作られている」とある［音楽大事典:963ab］。padauk とは学名 *Pterocarpus macrocarpus* で *vēṇkai*（学名 *Pterocarpus marsupium*, 和名マラバルキノカリン）はその仲間である。両者とも心材は高級家具用として知られているから、*yāḻ* の共鳴胴も *vēṅkai* であった可能性がある。

この行の前半は、その共鳴胴の上の面を描いているようである。蹄については、平凡社百科の「蹄」やネットで「蹄・奇蹄類・偶蹄類」などを参照してほしいのだが、本文で「分かれている」とあるから、ここは

る「戦士、英雄」と、ある種の「芸人、歌人」を表わすが、それらは本来は別々の語である。そのため、TL では2つの見出しに分けているしDEDR でも別々の語としている[DEDR 4540, 4541]。これまでの「戦争詩人」という解釈は、これら別々の語が混同されたのである。本作品 *Porunarāṟṟuppaṭai* は、旅芸人としての *porunaṉ* を最も詳細に描く作品であるが、以下を見れば「歌舞人」がふさわしい訳であり、戦いとは関係がないことが分かるであろう。「戦争詩人」であるとすると、王の軍隊に随行して戦場で戦士たちを鼓舞する詩人が想起されるが、実際にはそのような例はない（*porunaṉ* を「戦争詩人」と誤訳するようになった経緯などについては、[Takahashi 2015] を参照してほしい）。

(108)　Pattu. には、ここの他に Ciru.221-27, Peru.4-15, Malai.21-36 の4箇所で竪琴の詳細な描写がある。問題なのは、なぜこのような描写をするかである。Pattu. の作品群ができた当初は、これらは読み物ではなく、吟唱歌人が聴衆を前に歌い上げたものであったろうから、歌人にとっては聴衆の注意を引き付けるために、竪琴は格好の材料であったと思われる。そこで「ご覧じろ」を補った。Ciru.221-27以外の作品で、作品の冒頭部分に竪琴の描写が出るのは、そのことを示していると思われる。他方、Ciru. で作品の後半で出ているのは、アジア各地の仮面舞踏劇などで、聴衆が眠気や疲労のために注意が散漫になったときに滑稽話を入れるのと同じで、注意を再び喚起するためであったろう。

(109)　この行から第22行までは、タミル古代の弦楽器 *yāḻ* の描写である。古代の *yāḻ* に関しては文学以外には何の記録も残っていない。最古の文学である古典には *yāḻ* は少なからず出るものの、その形や構造を詳しく描く作品は、この部分（Poru.4-22）と Ciru.221-27, Peru.4-15, Malai.21-36 の4箇所のみであり、これらを詳細に分析すれば *yāḻ* の様子も分かりそうなものだが、記述がはっきりしない上に、唯一の古注を見てもよく分からない。そのため辞書（TL）でも *yāḻ* およびその各部の定義は曖昧なままである。そのような次第だから、これら Pattu. の4箇所という同じ資料を用いながら、*yāḻ* の詳細な研究の1つである Yāḻnūl では、*yāḻ* は棹（ネック）がフラットなリュート型の弦楽器ととらえて各部を分析している。また、そもそも *yāḻ* とは弦楽器全般を指していた語のようで、後の弦楽器の代表的存在であるリュート型のヴィーナーもその1つであるから、*yāḻ* の各部に言及するときに辞書でもしばしば "lute" を使う。そのため今日まで古典のほとんどの研究と訳で *yāḻ* を "lute" としている。

しかし、結論から述べると、この時代の *yāḻ* は注115で詳しく述べるように「棹」が湾曲した、いわゆる弓形ハープの楽器である。そうであれば、これまでリュート型を念頭において解釈してきた *yāḻ* の各部につい

るから、その実の外見も中身もパラミツにそっくりで、実が房なりになってたくさんつく。

(104) セイロンテツボク（*nākam*）は、[Samy: 95] によると *Mesua ferrea*（英名 Ceylon ironwood, 和名セイロンテツボク［要覧: 126］)。［集成: 194］では「花白くサザンカに似ている」また“Flowers white, fragrant, 8-10 cm wide”とあり、ネットの画像でも確認できる。そしてこの部分と Ciru.88 では、その大きな花が落ちる様子が描かれる。他方、TL で述べられる *nākam* の5種は、どれも花が大きくない。したがって、Samy の解釈に従った。

(105)「大きな牝象（*irum piṭi*）」という表現は古典に24例あるから定型句である。ただ、*irum* には「大きい」と「黒い」の2つの意味があって、古注では大部分の例で「黒い」ととっている（タミル語の「黒」は灰色、青、茶褐色など幅広い色を示すことに注意)。*irum piṭi* は Pattu. に6例あり、古注は「黒い」と「大きい」とで解釈を分けている。ここは古注によれば「大きい」である。この後ろに「巨大な牡象」とあるので、ここは「黒い牝象」がいいようにも思われるが、牝象がその大きな体で寒がるという方が説得力がある。

(106)「象牙に真珠がある」という表現は、本書（Kuri.36, Malai.518）以外にも、Ak.282, Nar.22, Patir.32:3, Pur.161 などにも出るが、文献からはどのようなものかは分からない。サンスクリット文献 *Bṛhatsaṃhitā* 80.1 では、真珠は「象、蛇、真珠貝、法螺貝、雲、竹（ヴェーヌ)、魚、野豚にできる。その中で真珠貝からできたものが極上である」［占術大集成2：81］とあり、これら8種のなかで「梵文学に親しまれた真珠は蛇と象の二種」であり、ことに象の額にできる真珠はしばしば描かれ、「常に複数に出て、その広い額より次々にほとばしり出る様が描かれ」るという［原実：175-79]。このようにサンスクリット文学では象の額に真珠ができるとある。それに対し、タミル文学では象の額にできるという例はなく、あるのは象牙にできるという描写のみである。ちなみに、象の牙にできるとされる真珠は、ネットで「elephant pearl」とか「gajamuthu」で検索するといくつも出てくるように、実際の生活の中で知られていたことが分かる。タミル文学は、架空の事物や事象を描くことは稀であるから、恐らくここもそれら実際に知られている象牙の中の真珠であろう。なお、真珠については注900も参照してほしい。

二 『歌舞人の案内記』(Poru.)

(107)「歌舞人」の原語は *porunaṉ*（*porunar* の単数形）で、これまで「戦争詩人（war bard)」とされてきた。この *porunaṉ* には、古典に頻繁に出

(97)　近代注Kと TIP は *kāṭukiḻāḷ* とする。そうであれば「「ヴィンディヤ山に住む女神」(ヴィンディヤヴァーシニー) といわれるように、もとヴィンディヤ山の住民に崇拝されていた処女神」[菅沼：225] となる。

(98)　古注は「愛を引き起こすカダンバの花輪」とする。ムルガンが *Kaṭampaṉ* (カダンバをつけた男) と呼ばれることについては注8を参照のこと。

(99)　タミル古代には、理由は定かではないが、神や王を単数形で言うのは普通である。なお、英雄文学の詞書で、詩人某が王誰々を称えて歌うという場合には、詩人は尊敬体である複数形で、王は非尊敬体である単数で表わされる。

(100)「くれんことを」という部分は *-mati* という語尾が付いている。この形は通常、命令形あるいは祈願形である。一方、古注は三人称単数未来形で「神はくれるだろう」としている。そのため、TL もそれを典拠に、命令形とともに三人称の接辞を挙げている。[Rajam: 816 fn] も、ここが伝統的に「神がくれるだろう」と解釈されていると言う。しかし、古典で *-mati* が三人称である例はない。本書のように普通どおり祈願形ととればいいであろう。

(101)　この行から316行までは「滝」の描写が続き、「そんな滝のある (316) 山の神 (317)」となっている。このあるものを延々描写して、最後にそのあるもの (ここでは「滝」) が出るという構造は Pattu. の他の作品でも同じである。ただし、それでは散文では分かりにくいから、本書では316行に出る「滝」をこの行頭に出している。しかし、それより問題なのは、他動詞と自動詞が混在することである。298行までは、滝が「揺れ (自)」、「転がし (他)」、「裂き (他)」で問題ない。しかし、300-03行は本書の訳のとおり自動詞なのだが、諸家は他動詞ととって「滝 (の流れ) は蜂の巣を砕き (300)、果肉をぐちゃぐちゃにし (301)、花を落とし (302)、猿を震わせ (303)」としており、確かにその方が流れがいい。詳細については [学習帳：67-69] を参照のこと。

(102)「沈香」は原語で *akil* で、学名 *Aquilaria agallocha*, 英名 Eagle-wood, 和名ジンコウ [要覧：311] である。

(103)　パンノキ (*āciṉi*) は、[集成：25] では Breadfruit tree (タネパンノキ) と Seedless Breadfruit tree とを示し、前者は "full of large seeds" と言う。しかし、[要覧：29] では Bread-fruit tree は無核、Bread-nut tree は有核としていて、[集成] とは英語が逆である (Wiki. も [要覧] に同じ)。恐らく [集成] は [要覧] よりも古い研究を反映していて、同様に TL もその古い分類をもとにしているから、ここは breadnut であろう。それはともかく、パンノキはパラミツ (ジャックフルーツ) の仲間であ

で、この行の最後の2語の語順を反対にして、「栄光に満ちた（ムルガンの）旗で美しく飾り」としているが、それで文脈がはっきりするわけではない。そこで、本書ではこの行をもって区切りとした。というのも、この行は不定詞で終わるから、同時性を示していると考えることができ、「ムルガンは（略）し、他方クラヴァの女たちは（略）する」と自然な流れになる。ただ問題は、旗を持つムルガンの起源が分からないことである。他方、注55で触れたように、Tiru.122 ではムルガンは旗を持っているように見える。

(87)　「クラヴァの女」の原語は *kuṟamakaḷ*（*kuṟam-makaḷ*）である。辞書には *kuṟam* にはクラヴァ・カーストの意味しかないが、注46で述べたとおり、ここもクラヴァ・カーストの女というよりは、山地の女と解釈した方がいい。

(88)　「牡牛」とした *viṭai*（< Skt. *vṛṣa*）は、牛、水牛、野牛、羊などの牡を意味する。古注は *kiṭā* と言い換えるが、*kiṭā* も水牛、牡牛、牡羊を意味するから、それらのどれを指しているのか分からない。近代注Kは羊の牡としており、訳も牡羊である。しかし、ここの修飾語からすれば、羊または山羊（この両者はドラヴィダ諸語では区別されない）はありえないので牡牛とした。近代注Kや翻訳で牡羊とするのは、ヒンドゥー教の影響で近現代では牛を屠り食する習慣がなくなっているからであろう。*viṭai* については、注328も参照のこと。

(89)　「小さなウコン」は *pacumañcaḷ* の訳である。「緑のウコン（*pacu-mañcaḷ*）」ともとれるが、TL ではウコンの一種としている。ウコンには、春ウコンと秋ウコン（カレーに使うのはこちら）など、幾つかの種類がある。

(90)　「夾竹桃」は *kaṇavīram* の訳で、TL によると学名 *Nerium odorum-carnea* であるから、和名はキョウチクトウである。［集成：649］では、花に芳香があると言い、色は白、ピンク、赤などである（［要覧：409］も参照）。

(91)　古注は「血が混じった」とする。

(92)　古注は「神はいないと思う者」、C訳は「ムルガンを崇拝しない者」とする。

(93)　古注は *piṇimukam* を「孔雀（ととること）もよい」と言っており、TL はここを典拠に「孔雀」という意味を挙げる。しかし、ここはその前の形容句から「象」であろう。

(94)　スカンダの父親が火の神アグニかシヴァかは、物語によって異なる。

(95)　七聖仙に誰を数え上げるかについては、伝承によって異なる。

(96)　これについては、Tiru.58 および Tiru.90-103, 106-18 を参照のこと。

ルガンが出てくるから、ムルガンはこの女たちと一緒に「山ごとに遊ぶ」(217行)ということを言っていることが分かる。そうであれば、198-205行の「女たち」も197行と結びつけず、217行と結びつければなんら無理はない。ただ、ここと212行に出る「女たち」との関係は古注も気になったようで、205行の女たちを「自分(ムルガン)を拝む女たち」とし、212行の女たちを「自分を拝み賛歌を歌う女たち」とわざわざ述べている。やはりしっくり来なかったのが分かる。

(81)　神々からスブラマニヤ(ムルガンのサンスクリット名の1つ)へ様々な贈り物が与えられるが [*Purāṇic Encyclopaedia*, 748], ここの部分で合うのは孔雀と雄鶏のみであり、ガルダ鳥は息子の孔雀を、アルナは息子の雄鶏を与えたとある。

(82)　TLによると、ムリャヴ(*muḻavu*)と呼ばれる太鼓には少なくとも“1. Drum. 2. Large loud-sounding drum, hemispherical in shape. 3. Tomtom”があったらしい。三番目の“tomtom”はしばしばインドを代表する太鼓の1つであるムリダンガムだと言われる。ここは「太い腕」のことを言っているからこのトムトムのことであろう。他にも大きな半円球型の太鼓も描かれることがあるが、Ak.168 ではムリャヴが桴《ばち》で叩かれていることが述べられている。なお、tom-tom に似たものにtam-tamがあるが、クラッシックオーケストラではよく用いられる銅鑼をタムというため、それと区別するためトムトムは小太鼓の1つを指すが[楽器: 136, 146 など]、ジャズなどのドラムセットでは小太鼓はタムタムというのが普通である。

(83)　「女の肩を抱く」というのが性的な交わりを示すことについては、注12を参照のこと。

(84)　「粟(*tiṉai*)」とは、TL によれば学名 *Setaria italicum*, 英名 Italian millet, 和名アワである[牧野]。古典には数種類の雑穀が出るが、山岳地帯(クリンジ)に固有のものとしてよく出る。

(85)　古注は「牛を繋ぐ柱」としていて、TL もそれをもとにその意味を採録している。しかし、古典で何かを「繋ぐ柱(*kantu*)」として出る場合は、すべて象を繋ぐ柱である(Nar.62:2, Peru.396, Matu.382, Pur. 57:11, 178:1)。そこでここでも象を繋ぐ柱とした。

(86)　伝統的な解釈では、前の行で文を区切って、「これこれの場所にムルガンは現われる」と「ムルガンは現われる」を補い、この行から山の民(クラヴァ)の女と結びつけ、女が旗で飾るとする。しかし、文脈からすると、すでに第219行で旗を据えていて、さらにここで同じことをするのは妙である。また、文章的にも前行の最後に「ムルガンは現われる」と補えるようには思えない。注釈者もこのあたりの解釈は迷ったよう

に受ければいいのである。

タミル古代でも、このようなものが用いられていたのは想像に難くない。文学では「女たちが酒を作る」という例が Peru.339（酒の原語は *kaḷ*）と Ciru.156-59（原語は *tēṟal*）とに出る。したがって、自然醱酵ではないのである。とくに後者では、女たちは竈に火をくべて酒を作っているとあるから、前述したような方法で蒸留していたのは間違いない。

(77) クラヴァイ踊りとは、一般には牧地（ムッライ）または山岳地（クリンジ）で踊られる、女たちの踊りである。そうであれば、196-97行は「男たちは酒を飲み、女たちはクラヴァイを踊る」なのであろうか。ここにクラヴァイが出るために、以下198-205行の「女」がどこへかかるか、解釈に違いが出るのである（注80を参照のこと）。

(78) この行と次の部分（198-205）の「女たち」との関係ははっきりしない。というより、そもそも190行以下で何を描いているのかはっきりしないのである。まず、191行にムルガンを祭る司祭ヴェーランが出るが、ここの文脈でのヴェーランの役割がはっきりしない。すでに注75に述べたように、どこまでヴェーランの記述なのかで解釈が分かれるのはそのためである。次に193-97行も、ムルガンの住まう山では山間部族が（楽しげに？）飲んで踊っていると言いたいのだろうか。もしそうであるなら、ムルガンの住まう山には司祭ヴェーランも（190-92）、山間部族もいる（193-97）ということを言っていることになる。本書ではそのようにとっている。198-205行の「女たち」とこの部分との関係であるが、単に193-97行の森の民との関係のみならず212行の「女たち」との関係も考えなくてはならない。しかし、それらについては注80で述べることにする。

(79) 「カミボウキ」の原語 *kullai* には "wild basil" と "sacred basil, *Ocimum sanctum*" とがある。古注によると後者であるから、和名はカミボウキとなる［集成: 777］。［要覧: 445］によると「全草芳香。（略）花冠極小。帯紫色。（略）種子は湿ると粘状物を出し、目に入れて埃を除去。ヒンズーの聖草」とある。

(80) 198-205行の「女たち」と193-97行の森の民との関係ははっきりしない。197行のクラヴァイ踊りは、注77に述べたように普通は女性たちの踊りである。そこで近代注KとC訳では、女たちが山の民と一緒に踊るという解釈をとっている。そう解釈するためには原文に *-ē* というような接辞が付いていると、そこが音的に強調となって文章の区切りを示すことができて好都合である。実際、近代注Kは *-ē* を付けているが原文にはない。そこでテキストを読み進めると、第212行に「（女たちの）一群と共に」と、同じように付格の語がある。212行を見ると、その後にム

(“clarified toddy” [TL]) の訳である。しかし、“toddy” も “clarified” の意味も、インド英語として理解しないと分からない。まず “toddy” であるが、それを一番きちんと定義した *Oxford English Dictionary* を要約すれば、「様々なヤシ、ことにクジャクヤシ (*Caryota urens*) の花序を切ってそこから染み出した樹液、ならびにその樹液を醱酵させた酒」で、つまり椰子酒である。

しかし、この行で明らかなように、椰子酒とは関係ない蜂蜜酒にも “toddy” という訳語を用いている。さらに調べると、*ariyal, kaḷ, naṟā, naṟavu, tēm, patanīr, piḻi, maṭṭu, matu* など、椰子酒と関係ない語にも辞書では “toddy” という訳語を用いているから、“toddy” の本来の意味はどうであれ、タミル語では酒一般に用いられていることが分かる。

次に、*tēṟal* の訳語として出る “clarified” とは何であろうか。辞書を見ると「〈液体・バターなどを〉清澄にする、浄化(純化)する」とあるから、*tēṟal* とは「自然醱酵した椰子酒などの酒から不純物などを取り除いたもの」となりそうである。しかし、自然醱酵した椰子酒は2-3%と酒としては弱いのに対して、例えば Ciru.237や Pur.376:14 では、酒は「コブラが怒ったように」強いとあるし、Pur.392:16 では「サソリの一刺しのように」強いとあるように(これら2つの例では、酒の原語は *tēṟal* である)、酒がかなり強いことを示す場合があるから、単に「浄化した」というような訳語は不適切である。

そこで参考になるのは、インド関連で頻繁に用いられる “clarified butter” という表現である。しばしば「澄ましバター」と訳されるが、これでは何のことか分からないし実態も分からない。実は、*COBUILD English Dictionary* で clarified を引くと “Clarified butter has been made clear by being heated” と例として出る。つまり、clarified butter とは、バターを加熱調理して水分を完全に飛ばした、インドで古くから用いられる、バターオイルと言われることもある「ギー (ghee)」である。したがって、“clarified toddy” とは、自然醱酵したアルコール度数の低い原酒を火で蒸留した酒ということになる。

では、どのようにして蒸留酒をつくったのであろうか。それを考えるには、今日でもアジア各地で見られるような、いたって素朴な蒸留器を参考にすればいい。すなわち、アルコール度数の低い液体を入れた鍋を竈の上に置き、その上に水を入れた容れ物を、下の鍋から蒸気が外に出ないように載せる。そして下の鍋を竈で熱する。すると、アルコールは約76-78度で蒸発するから、上に上がって水を入れた容れ物に触れ水滴となり滴る。その滴るものを受けるような容器を鍋の上方にかざしておき、そこから外へ流れるような管を付けておいて、それを別な器や壺

437　Tiru.

文字である。

(70)　第五の聖地クンルトル・アーダルを描く190-217行の文脈はとりにくい。そのため様々な解釈がなされている。問題となるのは190-97行と198-205行との関係と、その190-205行と206行以下との関係である。注78, 80に注意してほしい。

(71)　ナツメグ（*naṟaikkāy*）は、*naṟai-k kāy* と分けると「よい香りの実」であるが、一語にするとナツメグとなる。この果実と種子については［要覧: 74］や Wiki. を見てほしい。

(72)　ヴェーラン（*vēl-aṉ*）は、ムルガンの持ち物である「槍（*vēl*）をもつ者」という意味で、ムルガンの司祭である。タミル古代には、ムルガン神が若い娘にとりついて病を引き起こすという俗信があった。そこで、初期古典恋愛文学では、恋の病で容色の優れないヒロインを両親が見て、ムルガンがとりついたためと勘違いして、ムルガンを宥《なだ》める儀式であるヴェリ祭（*veṟi*）を行なう。その祭りの祭司がヴェーランである。ヴェーランはムルガンが憑依して狂ったように踊り（*veṟiyāṭṭu*）、やがてムルガンの言葉を告げる、というように進む。ヴェリ祭についてはこの後の Tiru.218-22 や Tiru.245 にも描写されるが、恋愛文学での様子については『エットゥトハイ』の「ナットゥリナイ三四」も参照のこと。

(73)　和名ヒッチョウカは［要覧: 89］による。原語は *puṭṭil* だが、古注はこの実が *puṭṭil*（basket）に似るからであると言う。

(74)　「白クーターラム（*veṇ-kūtāḷam*）」は、TL によると“white catamaran tree, *Givotia rottleriformis*”であるが、古典には例が少なくその様子は分からないし、学名からも詳細は分からない。

(75)　古注はこの部分までヴェーラン（191行）の描写とし、諸訳もそれに従っている。他方 Rajam 版では192行と193行とでそれぞれ区切り194-97行で区切っており、Rajam 版を底本としている現代注Nもそれに従っているように見える。近代注Kでの解釈は分かりにくい。それらに対して、本書では192行までを一区切りとし、193-97行がもうひとつの区切りだと考える。しかし、この行末は対格、具格、属格、処格の語尾ともとれる斜格形成語尾（*-iṉ*）であり、ここの場合は、強いて言うなら属格である。つまり、この語は「胸の」「胸をした」「胸をもった」として他の語にかかる。古注はこの語を先行するヴェーランにかけているが、古典の場合に属格の語がそれに先立つ語にかかったり、属格の語をもって主語が変わることはない。したがって、この「胸をもった」は次行の「森の民」にかかると考えるのが自然である。なお、男の胸については、注9を参照のこと。

(76)　「蜂蜜酒」の「酒」は *kaḷ*（“toddy” [TL]）、「蒸留した酒」は *tēṟal*

てチューニング・リングとしている。

yāḻ の構造を詳しく描くのは、古典では Pattu. のなかの Poru.4-22, Ciru.221-27, Peru.4-15, Malai.21-36のみである。それらで *tivavu* を見ると、この「チューニング・リング」で間違いないようである。ただし、本書ではサウン・ガウを意識して、チューニング・リングを「調律紐」としている。

(60) 「四大神」を古注は「インドラ、ヤマ、ヴァルナ、ソーマ」と言う。他方、近代注Kは古注の説を否定し、「ブラフマー、ヴィシュヌ、シヴァ、そしてインドラ」としている。また近代注Kは「バラモンの神、王（クシャトリア）の神、ヴァイシャの神、スードラの神と言う者もいる」と述べる。文脈からすると近代注Kの「ブラフマー、ヴィシュヌ、シヴァ、そしてインドラ」が一番ふさわしく思える。

(61) 「三神」は、古注によると「ブラフマー、ヴィシュヌ、シヴァ」、近代注Kは「(先の四大神のうち) ブラフマーを除いた三神」つまりヴィシュヌ、シヴァ、インドラと言う。ヒンドゥー教の三大神ということからすれば古注かもしれないが、文脈からすればこの後ブラフマーが出るから、近代注Kの方がいいだろう。

(62) 近代注Kに従う。例えば *āttitaṉ* は12神のようで1人であると言う。

(63) 古注および［菅沼］によると以下の4つの神群の33神である。*ātittaṉ* (< *āditya* "sun") 12神群、*uruttiraṉ* (<*rudra* "one of *ēkātacaruttirar*") 11神群、*vacu* (<*vasu* "a class of god = *aṣṭavacukkaḷ*") 8 神群、*maruttuvaṉ* (<*maruntu* "the twin physicians of *svarga*") 2 神群で、計33神となる。

(64) 18神とは、*tēvar, acurar, taittiyar, karuṭar, kiṉṉarar, kimpuruṭar, iyakkar, viñcaiyar, irākkatar, kantaruvar, cittar, cāraṇar, pūtar, paiccacakaṇam, tārāakaṇam, nākar, ākāyavācikaḷ, pīkapūviyōr* である。

(65) 古注は「(世界の) 創造、維持、破壊という仕事を、かつてのように得るために」とするが、前の文脈から三神にのみ限定するのは難しい。

(66) 「六つの行ない」とは、*ōtal* (ヴェーダの学習)、*ōtuvittal* (ヴェーダの教授)、*vēṭṭal* (供犠を行なうこと)、*vēṭpittal* (人のために祭司として務めること)、*ītal* (布施)、*ēṟṟal* (贈り物を受けること) である。

(67) 「三種」とは、古注によると「四角 (*nāṟcaturam*)」、「三角 (*muccaturam*)」、「弓形 (*vilvaṭivam*)」である。

(68) 「三種の聖なる火」とは、古注によるとシュラウタ祭の供犠における *ākavanīyam* (Skt. *āhavanīya*), *takkiṇākkiṉi* (Skt. *dakṣiṇāgni*), *kārukapattiyam* (Skt. *gārhapatya*) の3種である。

(69) 「六文字 (*āṟeḻuttu*)」とは、古注によると *na, mō, ku, mā, rā, ya* の6

439 Tiru.

する。しかし、この行では「樹皮をまとっている」とし129行では「鹿の革をまとっている」とあるからそれらは別々のリシと思えるが、上の例では「樹皮の服をまとい巻貝のように白い白髪を束ねたリシ」と同一人と考えられる場合もある。

(57) 「右巻き」のものはよいことや目出度いことを意味することについては、注1を参照のこと。

(58) ガンダルヴァはしばしば「天上の楽師」と呼ばれる。140-43行はそのことを述べている。近代注K（p.63）では *yāḻōr*（*yāḻ* をもつ人）とは慣例的にガンダルヴァを指すとある。それはともかく、ここで「ガンダルヴァ」としているタミル語は *mēvalar* であるが、TL ではこの語に "foes" の意味しか出していない。恐らく [DEDR 5086] の *mē* "excellence" や *mēl* "sky" から派生した語であろう。

(59) 「調律紐」は *tivavu* の訳である。古注は *vārkkaṭṭu*（"that which is tied by thongs" [TL]）と言う。*tivavu* は、TLによると "bands of catgut in a *yāḻ, yāḻttaṇṭiluḷḷa narampukkaṭṭu*" である。英訳の後のタミル語の説明からすると「*yāḻ* の棹（ネック）にあるガット結び」となるが、この説明だけではよく分からない。他方、TL が大きく依存している Winslow の辞書によれば、*tivavu* とは、"Frets of a guitar, or places where the wires are struck with the fingers, *viṇaivalikkaṭṭu*"，すなわちギターやリュートのフレットである。［ラルース世界音楽事典：1532］によると、「リュートのフレットは、単なるガット（あるいはナイロン）弦を棹のまわりに結びつけて作られている」とあり、上の TL の説明も分かってくる。*yāḻ* の先行研究である Yāḻnūl でも、*tivavu* を前述の、リュート型の棹に結びつけるフレットとして図解している[Yāḻnūl: 121-22]。しかし、後に述べるように（注115を参照）、古典期における *yāḻ* はリュートすなわちギター型ではなく弓形ハープ型の竪琴であるから、TL や Yāḻnūl の述べるようなフレットは存在しない。

では、*tivavu* とは何であろうか。竪琴の弦の端をネックに留める方式としては、「糸巻をネックにねじこむもの、木片などをネックにしっかり固着させて弦を結びつけるもの（ねじることはできない）、布あるいは樹皮などの繊維をネックに巻いて輪をつくり、弦を輪に結びつけるものなどがある。この第三の方式は、輪を引っ張って回し、あるいは位置を移動させることができる」［音楽大事典：4.1907b］とある。そして、この第三の方式の輪を「チューニング・リング tuning ring」などと呼び、その輪による調弦は、サウン・ガウ（ビルマの竪琴）のように糸巻きをもたない竪琴でも、糸巻きをもつものでも行なわれる（［楽器：172-73］参照）。インド音楽の専門書 [Pakkiricāmipārati 2002: 385] では、図解し

(49)　古注は「喜びと共にある」とする。

(50)　「槍」は *cuṭar* の訳である。*cuṭar* は「光」であり「槍」の意味はない。しかし、タミルには *ākupeyar*（直訳「生じる - 名前／名詞」）というものがあり、「ある単語がもともともっていたものと結びついて、長い間慣例的に用いられる副次的な意味をもつ名詞および名前」という文法用語で、ここの場合「光」が元の意味で、それが「光るもの」、「光る武器、ことに槍」というのが副次的な意味である。

(51)　古注は「勝って誉れ高き名声に満ち、敵の体を切り裂き曲がった、槍を再び取ろうと広げた腕には」と言う。

(52)　カリンガとはインド半島北東部のオリッサ海岸地方の古い呼称であり、『カウティリヤ実利論』2.11.115 では綿の７つの産地の１つとして挙げられている。一方、タミルの側では、辞書ではカリンガの衣は“fine cloth, rich attire” [TL] としか言わないし、研究でも綿織物とはっきり言及したものはない。それどころか、タミル人研究者は高級な衣類だと絹織物ととらえることが多い。筆者はかねてより、カリンガは新婚の花嫁を描く Kur.167 や新婚初夜を描く Ak.86、高級遊女を描く Nar.20 などを見れば分かるように、普段着ではなく特別なときに着る高級な衣類であったらしいことや、材質も『実利論』の記述を待つまでもなく、古来インドの特産物である綿であろうと述べてきた。そのことは、Kur.167 で「洗いざらしのカリンガの衣」と言っていることや、Nar.90 でカリンガの衣を糊付けしていることを述べていることから類推される。というのも、絹の衣でも糊付けはできるが、綿織物ほど簡単ではないからである。なお、Kur.167, Nar.20, Ak.86 の和訳については、拙訳［エットゥトハイ：45-47, 79-82, 120-24］を参照されたい。

(53)　古注によると「滅ぼした敵を戦場で悪魔に生贄として捧げる儀式（*kaḷavēḷvi*）のために上で揺らす」、現代注Ｎでは「英雄の踝飾り（*kaḻal*）をつけるときに落ちた腕輪を上げる」である。

(54)　古注は「六つの顔の各々にふさわしいように」。

(55)　この「（羽に）たくさんの目のある孔雀が勝利の旗」という表現は Ak.149:15 と同じである。ムルガンの持ち物としては槍が有名であるが、孔雀または雄鶏が描かれた旗を持つこともある。Ak.149 は、その旗を祭りの場に掲げていることを描いている。一方、図像などでは槍と旗の両方を持っているものも見られる。旗を持つムルガンの起源は分からないが、ここでは旗を持っているようである。

(56)　126-37行の「人々」は第137行の聖仙（リシ）のことを言っている。近代注Ｋはそれらをすべて並列にとらえ、例えばこの行と次の行とでは「樹皮の服をまとったリシと巻貝のように白い白髪を束ねたリシと」と

441　Tiru.

kimpuri, kōṭakam" というが、これらのいずれも TL では "a part of the crown" ということで、はっきりしたことが分からない。

(46)　「山の民《クラヴァ》」を［学習帳］では「山の民クラヴァ族」としていたが、そうすると現在よく知られたクラヴァ・カーストを連想させるので、誤解を避けるためにここでは訂正し注を付すことにした。ここの原語は *kuṟavar* で、その意味は TL によると（TL では単数形の *kuṟavaṉ* を見出し語にしている）"1. Inhabitant of the hilly tract. 2. Inhabitant of the desert tract. 3. *Kuṟava*, a caste of fowlers, snake-catchers, basket makers and fortune-tellers" である。これらのうち二番目の荒れ地の住民とは、もともと山裾あたりは文学的には「山地（クリンジ）」と「荒れ地（パーライ）」のどちらか明確に区別されていないのだが、後に区別されるようになり、それが9‐10世紀頃の同義語辞典に反映されるようになったものであるから、ここでは無視してよい。

問題なのは、古典期のクラヴァが「山の住民」一般を指しているのか、三番目にいうような特定の部族を指しているのかであるが、70例ほどある古典には、三番目の鳥捕り、蛇捕り、籠作り、占いなどを生業とするクラヴァは出てはいない（クラヴァの女 *kuṟatti* が占い女として重要な役割を果たし、人気を博する *Kuṟavañci* という文学ジャンルは17‐19世紀のものである）。つまり、古典ではほぼ「山の住民」である。例えば、本書にはクラヴァは何箇所か出るが、Poru.219 と Malai.333 では５つの地域の間の交流を言っているのであるから「山の人々」であって特定部族を言っているのではない。他方、Malai.183, 275, 320 などは山地の特定の部族を言っているように思える。しかし、その場合でもなお「クラヴァ族」は「クラヴァ・カースト」には見えない。ちなみに、DEDR は通常は TL の記述を、もとにしているが、*kuravaṉ* に関しては TL の一番目の意味は出さず三番目の意味しか出していない[DEDR 1844] が、「山（*kuṉṟam, kuṉṟu*）」[DEDR 1864] との関連も示唆している。

(47)　ここで「無垢」とした *maṭam / maṭaṉ* は、「恥じらい（*nāṇ*）」や「おどおどしていること（*accam*）」と共に、古典における女性の三大美徳の１つで、「無知を装うこと、信じやすいこと」とされる。詳しくは [Takahashi 1995:65 fn 3] を参照のこと。

(48)　ヴァッリ（*vaḷḷi*）はムルガンの妻であるが、元の意味は「蔓草」である。ヴァッリがムルガンの妻であることは、すでに古典（Nar.82:4）でも述べられるが、15世紀頃の *Kantapurāṇam*（スカンダプラーナ）の最終巻の第６巻第24章の、古代恋愛（アハム）文学の伝統に従ったムルガンとヴァッリの恋物語はことに人気がある。参照 [Zvelebil 1975:221‐24], [Zvelebil 1991]。

ンガイ」（Patir.77:4）とあるように、勝利のダンスである。Patir.45 や 56 では、その勝利の踊りを王が踊っているが、より多いのは、ここや Matu.24-27 のように、鬼女と首のない死体の兵士の踊りである。

Winslow は、街中のトゥナンガイは戦いの場でのそれを模したものと言うが、歴史的経緯ははっきりとは分からない。というのも、トゥナンガイ・ダンスには、戦場で踊るおどろおどろしい踊りと、街中で女たちが普通に踊る踊りと、その中間に位置するニンフ（Peru.234-35）や女神（Peru.459）が踊る美しい踊りもあり、これら3種のトゥナンガイの相互関係については、テキストからははっきりしたことが分からないからである。

(37)　古注は、「馬の顔と人の体という2つの大きな（*pēr*）姿」と言う。一方、現代注Nは「*cūraṉ* と *patumaṉ* という2つの名（*pēr*）の」という説があることに言及する。しかし、前後の文脈からすれば古注の解釈の方が合う。なお、ここでの「阿修羅の首領」は *Cūrapatumaṉ* というが、ムルガンとの戦いは *Kantapurāṇam* 9 に描かれる。詳しくは *Purāṇic Encyclopaedia* を参照してほしい。

(38)　それぞれの王国に守護樹があり、それを倒すことの意味については、[Hart 1975: 16-17] を参照のこと。

(39)　「たくさんのもの」を、古注は「これまでのたくさんの生まれ」とする。

(40)　この部分を古注は「敵兵を毬と人形をもった女の子を扱うようにもてあそび」とするが、文脈からすると「戦いもない平和な状態」を示していると考えられる。

(41)　ここからは、第77行のムルガンの聖地ティルッパラングンラムの様子を描く。ティルッパラングンラムは今日では、マドゥライの南西方向にあるが、ここの描写から、古くはマドゥライは現在よりも南にあったとする説もある。

(42)　ネイダル（*neytal*）として、TL は“1. White Indian waterlily, *Nymphaea lotus alba*. 2. Blue nelumbo. 3. Tuber of red Indian water-lily”の3種を挙げる。[Samy: 87] によると、学名 *Nymphaea stellata* で、古典には大小2種のネイダルが描かれているが、いずれも薄青色である。Kur.9 には、「黒い入り江に、緑の葉を広げ、茎が長い」とあり、Ain.188 では「朝に花開く」とある。また、ネイダルの花はしばしば女性の瞳に譬えられる（Ak.230 参照）。［花綴り：225］も参照のこと。

(43)　象の額を「雲色の額（*vari nutal*）」と言うのは定型表現で、8例ほどある。

(44)　象の背からぶら下がった鈴の描写は、15例ほどある。

(45)　「五種の異なった形」とは、古注によると“*tāmam*, *mukuṭam*, *patumam*

その叫びを聞いて男が駆けつけ、女主人公と出会う様子が描かれる。

(30) ゾウノリンゴ（*veḷḷil*）は *viḷā* あるいは *viḷam* とも呼ばれる（Skt. *dadhi-phala*; *bilva* [DEDR 5509]）。学名 *Feronia limonia* / *Feronia elephantum*, 英名 Wood apple / Elephant apple（象が好んで食べるのが由来といわれる）、和名ナガエミカン／ゾウノリンゴ。その実はハンマーを使わなければならないほど硬く、実はかびた味噌のような臭いで、かなり酸っぱい味がするという［花綴り : 230-32, 要覧 : 236］。

(31) グロリオサ（*kāntaḷ*）は、学名 *Gloriosa superba*, 和名グロリオサ／ユリグルマ／キツネユリで、その花は「花弁が細く、よじれてめくれあがり、もとの方が黄色で先の方が赤い色をしている。色も形も炎のように見える」［花綴り : 307-09］。古典では、その花はしばしば女性の細い指に譬えられる（Kur.167［エットゥトハイ：45-47］参照）。*kāntaḷ* はまた、*kōṭal*, *tōṉṟi* とも呼ばれる。「蜂も群れない」とは、古注によると「神の花であるから」ということであるが、ここはそうとらざるを得ないだろう。

(32) 「乾いてぼさぼさ」は *ulaṟiya* の訳である。これには “dry up” の他に “become rough, shaggy, brushy” [TL] の意味があるから、この訳とした。普通の女が「油をつけた／潤いのある髪」（Tiru.20）であることと対比してほしい。

(33) 「瞳がくるくる回る」の原語は *cuḻal viḻi* で、この表現は後代の叙事詩に３例ほど出るが、必ずしも怒りと結びついてはいない。唯一、その瞳が恐ろしさを暗示しているのが、『カンバラーマーヤナ』（*Kampa-rāmāyaṇam*, *Pālakkāṇṭam* 1, 24, 7:4）で、そこではヴィシュヌの化身パラシュラーマの「瞳が（恐ろしげに／めらめらと燃えるように）くるくる回る」とある。

(34) 「ミミズク（*kūkai*）」は、TL によると学名 *Bubo bengalensis* であるから、ミナミワシミミズクあるいはベンガルワシミミズクである。

(35) 49-50 行はよく分からない。古注は「ミミズクと共に蛇が垂れることによって、乳房を悩ます耳」とするが、ミミズクと蛇がどこから垂れるのか分からない。現代注Nでは、「鬼女の耳が木の穴のようなのでミミズクがそこに住み、コブラを耳飾りとするために、それが耳から垂れ下がり乳房を悩ます」とする。

(36) トゥナンガイ・ダンスには、戦場で踊られるものと（Patir.45:12, 57:4, 77:4, Matu.24-27）、街中で踊られるもの（Ak.336:16, Kur.31:2, 346:6, Nar.50:3, Matu.160）との２種があると言われている。街中で踊るこの踊り方は、腕を折り脇を打つようにし、軽くジャンプして移動する [PPI]。他方、戦場でのトゥナンガイ・ダンスは「勝利して踊るトゥナ

(27) コーング（*kōṅku*）としてTLは、"1. Common caung, *Hopea wightina*. 2. Iron-wood of Malabar, *Hopea parviflora*. 3. Red cotton tree"の3種を挙げる。他方、古典には*kōṅkam*という形も出て、TLは、それは*koṅkilavu*（"emblicmyrobalan, false tragacanth, *Cochlospermum gossypium*"）と同じであるとする。［索引集］では*kōṅku*と*kōṅkam*を区別せず、すべて"common caung"としている。これら2つは実例また語の形成からしても区別する必要はない。

文学では、幾つかの作品で花粉が多いこと、花が大ぶりであること、黄色であること（Ain.367）、そして続けて述べられるように、女性の乳房と比較する例が幾つかある。「コーングの花のような盛り上がった乳房」という例（Tiru.34-35, Ak.240:11, Ciru.24-25, Pur.336:9-10）、反対に「女性の乳房のようなコーングの花」という例も2つある（Ak.99:4-5, Kur.254:2）。したがって、文学での描写や、植物辞典、ネットで調べるかぎり、*Cochlospermum gossypium*が正しいだろう。そうだとすれば、和名キバナワタモドキ、「花は房状に頂生、5弁、鮮黄色、花径6～9㎝」とあるが［要覧: 324］、ネットでも花は確認できる。参照［花綴り: 92-94］。

(28) 第28行で*marutu*（=*marutan*）に言及していて、僅か7行後に再び同じ樹木のことを述べるのはおかしい。恐らく、*marutu*の前の修飾語が重要で、聴衆が聞けば分かるような2種の樹木を言っているのであろう。第28行では「黒い萼の中に繊毛のある花」、ここでは「甘い香りを放つ」マルダム、すなわちアジュンナである（アジュンナ樹の花が香りがよいことについては、注25を見よ）。また、詳しくは後述するが、ここも言葉遊びに近いものがあるのかもしれない。それは、例えば、弦楽器の「響孔」を「喉びこがない口」（Poru.12）と言ったり、*vaḷḷi*ダンスを「萎れることのない*vaḷḷi*」（Peru.370）と言ったりすることである。

(29) ヴェーンガイ（*vēṅkai*）は、TLによると、学名*Pterocarpus marsupium*, 英名East Indian kino treeであるから、和名はマラバルキノカリン（マラバル地方のキノの採れるカリン）である［集成: 304, 要覧: 199］。マメ科の植物で、わが国でよく知られたカリン（花梨、バラ科の*Pseudocydonia sinensis*）とはまったく別種で近縁種でもない［Wiki.「カリン」、2020.8.20閲覧］。

他方、インドシタン（印度紫檀、別名インドカリン、学名*Pterocarpus indicus*）は近縁種である。文学に頻出し、幹が黒く花は赤みを帯びた黄色で、花が咲くと、その木と花が相まって虎の縞模様のように見えると言う。そのため*vēṅkai*自体にも「虎」という意味がある。また、「虎（*puli*）、虎」と叫ぶとその花が落ちると言われ、Ak.48では、娘たちの

(22) 「金香木」はインド学者にはチャンパカ（*caṅpakam* < Skt. *campaka*, *Michelia champaca*）としても知られる。［集成: 104］には「モクレン科、(J) キンコウボク」で、説明には「yellow or orange flower, 12-20 petals. 高木、芳香」とある。和名のキンコウボクは金香木と書く［要覧: 64］。

(23) ここから36行目まで植物を列挙していること、ことに28行と35行に *marutu* が繰り返し出ていることに注意してほしい。

(24) 「繊毛」とは、牧野の用語解説によると「ごく短い軟毛が密生してビロード状になったもの。（略）萼裂片の内面の毛」。

(25) 原文ではマルトゥ（*marutu*）であるが、よく知られたマルダム（*marutam*）と全く同じである。TL では *marutu* は "1. Arjuna. 2. Black winged myrobalan.3. Flowering murdah" と3種挙げる。それらの学名は、それぞれ *Terminialia arjuna*, *Terminalia tomentosa*, *Terminalia paniculata* である。しかし、各種辞典等で調べても、これら3種とも花は円錐花序のようで、果実はどれも暗褐色で5翼をもち、区別できない［要覧: 364-65, 370, 369］。前行からこの行にかけての「青紫の萼の中に繊毛のある花」という描写に最も合うのは、三番目の *Terminalia paniculata*（和名キンダル）で、［要覧: 369］によると「褐色軟毛に覆われた円錐花序、花は白、径1㎝」とある。他方、女が髪につけるのだから、香りはいいはずだが、キンダルの香りは分からない。

［索引集］では、すべて myrobalan としている。[Samy: 83] は *Lagerstroemia flosregina*（オオバナサルスベリ）とし、［サンガムの植物: 308-16］では、*Terminialia arjuna* である。その理由は、河川の傍という例が幾つか出るからであり（Ak.36, Kur.258）、これは［要覧: 365］の「川岸に多い落葉高木」に符合する（参照［花綴り: 473-76］）。アジュンナだとすると「花は緑白、芳香、短円錐花序」［要覧: 365］とある。

実際の用例では、*marutu* と *marutam* がそれぞれ二十数例があるが、それらのなかで花に言及しているのは、ここの他には「丈の高い白いマルドゥ」（Ak.226）と「赤い花のマルドゥ」（Kur.50）のみである。要するに、TL が挙げるように3種の *marutu*（*marutam*）があり、多くの例では、ここと同様に、はっきり分からないことになる。ただ、7行後にも *marutu* が出て、同じものとは思えないので、ここでは仮にキンダルとしておく。

(26) 「水面の下にある」の原文は「下の水（*kīḻ nīr*）」である。これは古典によく出る *iṭai-c-curam*（字義「中間の荒れ地」、実際は「荒れ地の真ん中」）と同類の表現のようで、ここ以外にも Pur.396 に出る。水面下に咲くスイレンの写真については、ネットで検索のこと。

ように「油を塗った髪」と「湿った髪」とになるのか分からない。現実からすれば、女性が髪に油を塗って整えるのは化粧の1つだが、「湿った髪」は水浴の後ぐらいしか考えられない。しかし、ここは Kur.70 と同様に、髪に油を塗って整えている様子が分かるから、古注の示すとおり「油を塗った髪」である。

(18) 「紅手毬」としたヴェッチ（*veṭci*）は、学名 *Ixora coccinea*, 英名 Scarlet ixora / Indian ixora, 和名ベニデマリである［集成: 696］。低木で、花は、和名が示すように、赤い長い花柄の先に尖った赤い花をつけ、それが集まって球形をなす。この花は、英雄文学の「敵国の牛の掠奪」を示すジャンル名ともなっており、その戦いに際して兵士たちはこのヴェッチの花をつけたという。

(19) 「紫睡蓮」としたクヴァライ（*kuvaḷai*, Skt. *kuvalaya*）は、TL では、*karuṇkuvaḷai*（字義「黒いクヴァライ」、学名 *Pontederia monochoria-vaginalis*, 英名 Blue nelumbo）と *ceṅkuvaḷai*（字義「赤いクヴァライ」、学名 *Nymphaea odorata*, 英名 Purple Indian water-lily）とを挙げる。文学では、「茎が黒い」とか「花びらの大きい」と出るが、花の色が出るのは2箇所のみで、いずれも「赤いクヴァライ」である。うち1例は本書の Peru.293 で、「朱色の花びらのクヴァライ（*arakku itaḻ-k kuvaḷai*）」とある。他方、古典にクヴァライは80回以上出るのだが、それらすべてで、注釈は "blue nelumbo", すなわち「黒いクヴァライ」としている。

なお、インドでは「黒」と「青」ははっきりとは分かれず、「黒」は「紫」や「青」の場合にも用いられるし、反対もまた同様である。古典では、女性の目がしばしばクヴァライに譬えられている。この場合、明らかに「黒いクヴァライ（blue nerumbo）」である。[Samy: 79] は、このクヴァライを *Nymphaea stellata* と同定しているから、英名 Blue waterlily, 和名ムラサキスイレンである［要覧: 87］。Samy によると、このクヴァライは、4世紀半ばから9世紀にかけてカーンチープラムを中心に栄えたパッラヴァ朝で、各地の沼に栽培され、「クヴァライ税」が課されていたという。インドでは蓮根ではなく茎を食べるのだが、その茎（花茎）は、［花綴り: 225］によると、細長く、2.5mに達するという。

ここでのクヴァライが何色かはっきりしないが、前の行で「赤い花」、この行の前半では「緑の茎」と、彩りを描写していることからすれば、「赤いクヴァライ」ではなく、「青」か「紫」のスイレンであろう。

(20) 古注によると *cītēvi*（< Skt. *śrītēvī*, "*Lakṣmī*"）という女性の髪飾り。

(21) 「鮫口を開いた形の髪飾り」は *makaram* の訳で、サンスクリットの *makara* から来ている。マカラは一種の海獣であり、しばしばサメ、ワニ、イルカなどと言われる。

のは「神性による」と言うがそこまで考える必要はないだろう)。衣の前に来ている *pū* は一義的には「花」であるが、二次的な意味として「花柄の」とか「美しい」の意味がある(DEDR は「美しい」の意味を挙げていない)。しかし、衣の前に *pū* が来ている例は20近くあるが、それらが「美しい」のか「花柄」かは明らかでない。辞書(TL)では *pūm tukil* を一語にとって *pūntukil* で「花柄を刺繍した衣」という訳語を出している。出典は9-12世紀頃の Ciiv.1855 である。ただし、その原文でも古注でも、TL のように「刺繍した」とは書かれていない。

そもそも南インドにおける刺繍の起源がいつ頃なのか分からない。そこで、織り方や刺繍を含めた縫い方(針の通し方)を調べると、この後の Poru.82-83 には「(王は)見た目に(糸が)通ったとは思えない、細かな花柄で埋め尽くされた、/蛇の抜け殻のような薄衣をくれた」とあり、明らかに刺繍が行なわれていたことが分かる。他方、染織(そめおり)で柄を出すという例は見つからない。もしもここが染織なら「臙脂虫のような(紅色の)、織り出した美しい高級衣」となるが、ここは「刺繍で花柄を織った」ととっておく。

(14) 「色艶」は *mēṉi* の訳である。TL では *mēṉi* に“1. Body. 2. Form, shape. 3. Colour”などを挙げ、DEDR(5099)も同様である。これらだけでは何のことか意味が分からない。しかし実例を見ると、「体つき」とか「体の姿形」、「体の色」とすべて体に関係ある意味であることが分かる。その点で TL のもととなった Winslow の“bodily form of shape”という定義の方が親切である。

(15) 注釈ではこの行を前の行と結び付けているが、次の行の「飾り」にかかると読んだ方が自然である。

(16) 「ジャンブ」は *nāval* の訳である。TL は *nāval* に2種の植物を挙げるが、金のことには触れていない。古注は *cāmpūnatam*(< Skt. *jāmbūnada*)という金であるとする。この金は、その名称のとおり、サンスクリット語やパーリ語ではジャンブ、すなわち古代インドの世界観での中心にある須弥山の南方の洲(大陸)、ジャンブドヴィーパ(閻浮提)と関係があるらしい。植物の *nāval* は“jaumoon-plum, *Eugenia jambolana*”[TL]であるから、和名ムラサキフトモモ［集成:541］である。Monier は、ジャンブドヴィーパ(閻浮提)にある無数のこの木の果汁によりジャンブ河ができていると言う。

(17) 「油を塗った髪」は *īr ōti*(wetness/oiliness woman's-hair)の訳で、この表現は20例以上ある。注釈によれば、“oily hair”とするのが3例(Ain.269, Ak.48, Kur.70)、“wet hair”ととるのが4例(Ak.86, 107, 356, Kur.199)である。しかし、それらの原文をたどっても、どうしてその

れもインドでは聖樹だから迷わないでもない。しかし、ここは後にヒンドゥー教に取り入れられて、シヴァ神の息子のスカンダ（仏教では韋駄天）となるムルガン神のことを述べており、ムルガンは「カダンバをつける者（*kaṭampaṉ*）」とも呼ばれているし、次行に述べられる花の形状からもカダンバである。古注は「赤カダンバ」（異読に「白カダンバ」）と言う。

カダンバ（*kaṭampam, kaṭampu*; Skt. *kadamba*）は、TL によると、学名 *Anthocephalus cadamba*, 英名 Common cadamba である。したがって、和名はクビナガタマバナノキである［集成: 675］。［花綴り : 77-79］によると、「雨季にクリームオレンジ色の美しい玉のような花をつける」。古典で、花の描写が出るのはここだけある。カダンバは、北インドではクリシュナ信仰と密接な関係があるが、タミルではムルガン神のように、シヴァ信仰との関係が深い。

(9) 男の胸は性的なシンボルである。後に注12で述べるように、タミル文学には露骨な性表現はなく、「女が男の胸を抱く」というのは、「男が女の肩を抱く」という表現と同様に、性的な関係があることを示している。

(10) 「竹」とした *varai* は通常「山」で、ここも「長い（山の）稜線が高く伸びた」ともとれる。

(11) 「赤い小さな足（*cem cīṟu aṭi*）」の *cem* は、「赤い」とも「美しい」とも解釈できるが、古典ではほぼすべて「赤」である。TL では *cēvaṭi*（< *cem-aṭi*）を見出し項目として、“lotus-red foot”としている。なお、後半の「小さな足（*cīṟu aṭi*）」であるが、TL では *cīṟaṭi* を “small foot, considered beautiful” としている。

(12) 「二の腕」とした *tōḷ* は肩から二の腕にかけての部分であるが、日本語では「肩」か「腕」に訳し分ける必要がある。しかも、「竹」とした *paṇai* にも「大きさ」の意味もあり、*paṇai tōḷ* は定型表現である（88例）。つまり、*tōḷ* が「肩」であれば「大きな（広い）肩」となり、胴の細さとの対比を示すためにしばしば用いられる表現である。他方、「腕」であれば「竹のような二の腕」となり、肩と肘の部分が竹の節のようにふくらみ、その間の二の腕の部分はそれより細いということで、女性が若いことを示す。なお、タミル文学には露骨な性表現がなく、男が「女の肩を抱く」とあれば性的な関係を暗示している。

(13) ここでは、衣は染めてないが紅色であると言っている。ここで言う衣（*tukil*）は、後に注 873 で述べるように、おそらく綿織物で、白木綿（しろもめん）という言葉があるように、染めてなければ白いはずだがここでは紅色だとある。したがって、文章を自然にとれば赤い花柄を織り出したかあるいは刺繍したことが分かる（古注は「手を加えずして赤い」

訳 注

一 『ムルガン神への誘い』(Tiru.)

(1) 「右回りに上がる」という表現は定型表現で、古典に19例ある。しかし、ここ以外は右回りに上がるのは雲、ことに積乱雲である。太陽が天空を右回りに上がることはないから、ここは古注の言うとおり、「メール山を右回りに回って上がる」であろう。「右回り」というのは右繞(うにょう)とも関係がある。そもそも南アジアでは「右」は「素晴らしさ、めでたさ」を示している。このことを直接示す例は古典にはないが、この後何度か出る「右巻きの巻貝」がめでたい物として扱われていることから分かる。なお、雲が右回りに上がるというのは地球の自転とも関係がある。我々がよく目にする台風の進路を示す天気図では、雲は反時計回り、すなわち左回りであるが、それは上空から見ているからであって、これを地上から見れば右回りになる。

(2) 「たくさんの人々」を古注は「すべての宗派の人々」とするが、原文のままでいいだろう。

(3) 「絶え間なく」は原文の単語の区切りによっては、古注のように「ムルガンが赴くにふさわしいところへ行って留まる」とも解釈できる。

(4) 「力強い足」という表現は定型表現で、古典に30例ほどある。

(5) 「稲妻にも似た逞しい腕」という表現は、ここ以外に3箇所に出て、いずれも「戦いに勝った」とか「敵を滅ぼした」という形容句が前に来る。古注は「稲妻が変化した」とするが、古典の他の例に倣えばいいだろう。C訳では「彼の腕は、稲妻のごとく敵を打ちのめした」としていて分かりやすいが、原文とはかけ離れている。

(6) 女性の額の形容句としては、「[三日] 月のような」とか「輝きをもつ」(70例) が多い。これは黒髪の下の額が三日月の形のように白く輝くということである。また、「よい香りが漂う額」という表現も数例あるが、これは「匂い立つような美しい額」というような意味ではなく、実際に「よい香りが薫る額」である。

(7) 「黒い雲」は定型表現で、古典に31例ある。雲が「孕む」というのは、言うまでもなく妊娠に譬えている。

(8) 「カダンバ樹」の原語は *marāa* と出るが、文法上は *marā* とも *marāam* ともとれる。両者とも、“seaside Indian oak, common cadamba, small Indian oak” [TL] を指すが、前者 *marā* は、これらの他に、サラソウジ(*Shorea robusta*)やインドボダイジュ(*Ficus religiosa*)も指し、いず

誌 植物篇』、八坂書房、2009（初版1994）.
『占術大集成《ブリハット・サンヒター》1・2』（全2巻）、矢野道雄／杉田瑞江訳注、平凡社東洋文庫、1995.
平凡社編『世界史モノ事典』、平凡社、2002.
L. H. ベイリー著（八坂書房編集部訳）『植物の名前のつけかた』、八坂書房、2004（第2版）.
ルードウィヒ・ベック著（中沢護人訳）『鉄の歴史』（全20冊）、たたら書房、1968-86.
キャリー・ホール著／ハリー・テイラー写真（宮田七枝訳）『宝石の写真図鑑』、日本ヴォーグ社、1996.
牧野富太郎『原色牧野植物大図鑑』（CD-ROM版）、北隆館、2000.
『マヌ法典』、渡瀬信之訳、中公文庫、1991／［再版］平凡社東洋文庫、2013.
家島彦一『海域から見た歴史――インド洋と地中海を結ぶ交流史』、名古屋大学出版会、2006.
『ラルース世界音楽事典』、遠藤一行／海老沢敏編、福武書店、1989.

――「「耕す」とは「殺す」こと？――タミル文化とジャイナ教の伝播」、『印度哲学仏教学』第23号、北海道印度哲学仏教学会、2008a、276-94頁.
――「プラムは「雑歌」か――タミル古代文学のジャンル分け」、『万葉古代学研究所年報』第6号、万葉古代学研究所、2008b、215-28頁.
――「古代タミルの塩の道」、『万葉古代学研究所年報』第9号、万葉古代学研究所、2011、135-44頁.
――「象の滝――直訳と翻訳の間で」、『奥田聖應先生頌寿記念 インド学仏教学論集』、佼成出版社、2014、205-13頁.
――『タミル古典学習帳――「パットゥパーットゥ（十の長詩）」訳注研究』、山喜房仏書林、2017.
棚橋正博／村田裕司編著『絵でよむ江戸のくらし 風俗大事典』、柏書房、2004.
『乳利用の民族誌』、雪印乳業株式会社健康生活研究所編；石毛直道・和仁皓明編著、中央法規出版、1992.
土田龍太郎「古代インド人の世界観と歴史観」、『「世界史」の世界史』、ミネルヴァ書房、2016、54-77頁.
『ティルックラル――古代タミルの箴言集』、高橋孝信訳注、平凡社東洋文庫、1999.
B. C. デーヴァ著（中川博志訳）『インド音楽序説』、東方出版、1994.
天文学大事典編集委員会編『天文学大事典』、地人書館、2007.
『東方案内記』、リンスホーテン、『大航海時代叢書』Ⅷ、岩波書店、1973.
『東方見聞録１・２』（全２巻）、マルコ・ポーロ、愛宕松男訳、平凡社東洋文庫、1984.
『東方諸国記』、トメ・ピレス、『大航海時代叢書』Ⅴ、岩波書店、1973.
西岡直樹『定本 インド花綴り』、木犀社、2002（初版は、『インド花綴り インド植物誌』1988、『続インド花綴り インド植物誌』1991）.
熱帯植物研究会編『熱帯植物要覧』、養賢堂、1996.
マルギット・バッハフィッシャー著（森貴史／北原博／濱中春訳）『中世ヨーロッパ放浪芸人の文化史――しいたげられし楽師たち』、明石書店、2006.
濱屋悦次『ヤシ酒の科学――ココヤシからシュロまで、不思議な樹液の謎を探る』、批評社、2000.
原実「真珠」、金倉博士古希記念論文集刊行会編『金倉博士古希記念印度学仏教学論集』、平楽寺書店、1966.
ヴォルフガング・ハルトゥング著（井本日向二／鈴木麻衣子訳）『中世の旅芸人 奇術師・詩人・楽士』、法政大学出版局、2006.
プリニウス著／大槻真一郎責任編集（岸本良彦ほか訳）『プリニウス博物

大学出版会、2008.
岩槻邦男／加藤雅啓編『多様性の植物学２——植物の系統』、東京大学出版会、2000.
『ヴィジャヤナガル王国誌』、パイス／ヌーネス、『大航海時代叢書』第Ⅱ期-5、岩波書店、1984.
『エットゥトハイ　古代タミルの恋と戦いの詩』、高橋孝信訳注、平凡社東洋文庫、2007.
『エリュトラー海案内記１・２』（全２巻）、蔀勇造訳注、平凡社東洋文庫、2016.　／他に、村川堅太郎訳註、全１巻、中公文庫、1993.
W. J. オング著（桜井直文／林正寛／糟谷啓介訳）『声の文化と文字の文化』、藤原書店、1991.
『カウティリヤ実利論（上・下）』（全２冊）、上村勝彦訳注、岩波文庫、1984.
ウォルター・カウフマン『人間の音楽の歴史・古代インド』、音楽之友社、1986.
河田清史『ラーマーヤナ（上・下）』（全２冊）、レグルス文庫、第三文明社、1971.
岸辺成雄ほか編集『音楽大事典』（全６巻）、平凡社、1981-83.
工藤員功編『絵引 民具の事典』、河出書房新社、2008.
『国語大辞典（新装版）』、小学館、1988.
E. J. J. コーナー／渡辺清彦『図説 熱帯植物集成』、広川書店、1969.
菅沼晃編『インド神話伝説辞典』、東京堂出版、1985.
鈴木敬信『天文学辞典』（改訂増補版）、地人書館、1991.
ダイヤグラムグループ編集『楽器——歴史、形、奏法、構造』、マール社、1992.
高橋孝信「Parattai：タミル古典恋愛文学の一登場人物」、『南アジア研究』第２号、日本南アジア学会、1990、77-95頁.
——「タミル古代の文人たちのサンガ——伝Nakkirarの注釈をめぐって」、『東洋文化研究所紀要』第114冊、東京大学東洋文化研究所、1991、87-132頁.
——「南インドのアーリア化とカースト的再編」、山崎元一／佐藤正哲編『叢書 カースト制度と被差別民 第１巻 歴史・思想・構造』、明石書店、1994、147-72頁.
——「タミルの奪格」、『インド諸言語のための機械可読辞書とパーザの開発』（平成９～11年度科学研究費補助金・基盤研究(A)(2) 研究成果報告書：研究代表者，ペーリ・バースカララーオ）、2000、129-38頁.
——「タミル古代恋愛文学の奥書の起源」、『万葉古代学研究所年報』第３号、万葉古代学研究所、2005、157-67頁.

François Gros on the occasion of his 70th birthday, ed. by Jean-Luc Chevillar and Eva Wilden, Institut Français de Pondichéry/ École Française d'Extrême-Orient, Pondicherry, 2004, pp. 207-17.

——, "A New Interpretation of the 'Sangam Legend' ", *Journal of Indian and Buddhist Studies*, Vol. 63, No. 3, Japanese Association of Indian and Buddhist Studies, Tokyo, 2015, pp. 1174-82.

Tamiḻk Kalveṭṭuc Collakarāti (Glossary of Tamil Inscriptions), 2 vols., Santi Sadhana (Charitable Trust), Chennai, 2002.

Tamil Lexicon, 6 vols., University of Madras, Madras, 1926-36; Supplement, 1938; Reprint, 1982.

Vaithilingam, S., *Fine Arts and Crafts in Pattu-p-pāṭṭu and Eṭṭu-t-tokai*, Annamalai University, Annamalainagar, 1977.

Varakuṇapāṇṭiyaṉ, Ā .A., *Pāṇar Kaivaḻi enāppaṭum Yāḻ Nūl*, Kazhagam, 1950.

Varalāṟṟū Muṟāit Tamiḻ Ilakkiyap Pērakarāti (Glossary of Historical Tamil Literature), 6 vols., Santi Sadhana (Charitable Trust), Chennai, 2001-02.

Vithiananthan, S., *The Pattupattu—A Historical, Social, and Linguistic Study*, unpublished D.Phil. thesis of the University of London, 1950. (https://eprints.soas.ac.uk/29609/1/10752581.pdf)

Wilden, Eva, *Naṟṟiṇai: A Critical Edition and an Annotated Translation of the Naṟṟiṇai*, 3 vols., École Française D'Ectrême-Orient / Tamilmann Patippakam, Chennai, 2008.

Winslow's A Comprehensive Tamil and English Dictionary, Asian Educational Services, New Delhi, 1979 (reprint; 1st ed., 1862),

Zvelebil, Kamil V., *Tamil Literature (Handbuch der Orientalistik*, Zweite Abteilung, 2. Band, 1. Abschnitt), E. J. Brill, Leiden, 1975.

——, T*he Story of My Life: An Autobiography of Dr. U. V. Swaminatha Iyer*, 2 Parts, Institute of Asian Studies, Madras, 1990 (Part I), 1993 (Part II).

——, *Tamil Traditions on Subrahmaṇya-Murugan*, Institute of Asian Studies, Madras, 1991.

——, *Lexicon of Tamil Literature* (*Handbuch der Orientalistik*, 2 Abteilung, Indien, Band 9), E. J. Brill, Leiden / New York / Köln, 1995.

〈和書〉

岩崎望編著『珊瑚の文化誌——宝石サンゴをめぐる科学・文化・歴史』、東海

Parry, *L'Epithète traditionelle dans Homère*, Société Éditrice Les Belles Lettres, Paris, 1928).

Pillai, S.Vaiyapuri (ed.), *Caṉka Ilakkiyam: Pāṭṭum Tokaiyum*, Puri Nilaiyam, Madras, 1940.

Pillay, K. K., *A Social History of the Tamils*, Vol. I, University of Madras, Madras, 1975 (2nd ed.).

Piramaḷā, Cu., *Mīnkaḷ: Aṉṟūm Iṉṟūm*, Tamil University Press, Thanjavur, 1991.

Rajam, V. S., *A Reference Grammar of Classical Tamil Poetry (150 B.C.—pre-fifth/sixth century A.D.)*, American Philosophical Society, Philadelphia, 1992.

Ramanujan, A. K., *Poems of Love and War, from the Eight Anthologies and the Ten Long Poems of Classical Tamil*, Columbia University Press, New York, 1985.

Samy, P. L., "Plant Names in Kuṟiñcippāṭṭu", *Journal of Tamil Studies* 1, 1972, pp. 78-103.

Sastri, K. A. Nilakanta, *A History of South India, from Prehistoric Times to the Fall of Vijayanagar*, Oxford University Press, Madras, 1976 (4th ed.).

—— (ed.), *A Comprehensive History of India, Vol. II—The Mauryas & Satavahanas, 325 B.C.-A.D. 300*, Orient Longmans, Bombay / Calcutta Madras, 1957.

Sastri, P. S. Subrahmanya, *Tolkāppiyam—The Earliest Extant Tamil Grammar Text in Tamil and Roman Scripts with a Critical Commentary in English: Poruḷatikāram—Tamil Poetics*, 3 Parts, The Kuppuswami Sastri Research Institute, Madras, 1949, '52, '56.

Subrahmanian, N., *Pre-Pallavan Tamil Index (Index of historical material in Pre-Palla-van Tamil Literature)*, University of Madras, Madras, 1966.

Subramanian, S.V., *Grammar of akanaanuuRu with Index*, Department of Tamil, University of Kerala, Trivandrum, 1972.

Subramaninan, V. I., *Index of PURANAANUURU*, Department of Tamil, University of Kerala, Trivandrum, 1962.

Takahashi, Takanobu, *Tamil Love Poetry and Poetics*, Leiden/ New York/ Köln, E.J.Brill, 1995.

——, "*Tolkāppiyam Poruḷatikāram* and *Irāiyaṉār Akapporuḷ*: Their Relative Chronology", *South-Indian Horizons: Felicitation Volume for*

Kailasapathy, K., *Tamil Heroic Poetry*, Oxford University Press, London, 1968.

Karashima, Noboru (ed.), *A Concise History of South India: Issues and Interpretations*, Oxford University Press, New Delhi, 2014.

Krishnambal, S. R., *Grammar of KURUNTOKAI with Index*, Department of Tamil, University of Kerala, Trivndrum, 1974.

Lord, Albert B, *The Singer of Tales*, Harvard University Press, Cambridge (MA), 1960.

Mahadevan, Iravatham, *Early Tamil Epigraphy: From the Earliest Times to the Sixth Century A.D.*, Co-published by Cre-A and Harvard University (India & Harvard Oriental Series), 2003.

Maloney, Clarence, "Archaeology in South India: Accomplishments and Prospects", *Essays on South India*, ed. Stein, B., The University Press of Hawaii, 1975: Indian ed., New Delhi, 1997, pp. 1-40.

Mani, Vettam, *Purāṇic Encyclopaedia: A Comprehensive Work with Special Reference to the Epic and Purāṇic Literature*, Motilal Banarsidass, Delhi, 1975.

Marr, J. R., *The Eight Anthologies—A Study in Early Tamil Literature*, Institute of Asian Studies, Madras, 1985.

McHugh, James, *An Unholy Brew: Alcohol in Indian History and Religions*, Oxford University Press, New York, 2021.

Meenakshisundaran, T. P., *Pattup pāṭṭu āyvu (purām): (Pattup pāṭṭu purām-mūlamum poruṭkuṟippuakarāti-yum iṇaikkappaṭṭuḷḷatu)*, Sarvodaya Ilakkiya Pannai, Madurai, 1981.

Nagaswamy, R., *Roman Karur: A peep into Tamil's past*, Brahad Prakashan, Madras, 1995.

Natarajan, T., *The Language of Sangam Literature and Tolkāppiyam*, Madurai Publishing House, Madurai, 1977.

Olivelle, Patrick, *King, Governance, and Law in Ancient India: Kautilya's Arthaśāstra, A New Annotated Translation*, Oxford University Press, 2013.

Ong, Walter J., *Orality and Literacy: The Technologizing of the Word*, Methuen, London/ New York, 1982.

Pakkiricāmipārati, Tākṭar Kē. Ē., *Intiya Icaikkaruvūlam*, Kucēlar Patippakam, Chennai, 2002.

Parry, Adam (ed.), T*he Making of Homeric Verse: The Collected Papers of Milman Parry*, Clarendon Press, Oxford, 1971 (original ed.: Milman

〈二次資料〉

Agesthialingom, S., *A Grammar of Old Tamil with Special Reference to PATIRRUPPATTU (Phonology & Verb Morphology)*, Annamalai University, Annamalainagar, 1979.

Alkazi, Roshen, *Ancient Indian Costume*, Art Heritage, New Delhi, 1983.

Birds of India, Pakistan, Nepal, Bangladesh, Bhutan, Sri Lanka, and the Maldives, by Richard Grimmett, Carol Inskipp, and Tim Inskipp, Princeton University Press, Princeton, 1998.

Burrow, T. and Emeneau, M. B. (ed.), *A Dravidian Etymological Dictionary* (Second Edition), Clarendon Press, Oxford, 1984.

Chelliah, J.V., *Pattuppāṭṭu—Ten Tamil Idylls*, Kazhagam, Madras, 1962.

Dhakshinamurthy, A. (tr.), *Akanāṉūṟu (The Akam Four Hundred); Book I-Kaḷirṟūyānāi Nirai, Book II-Maṉimiṭai Pavaḷam, Book III-Nithilakakkōvai*, Bharathidasan University, Trichy, 1999 (Translation of Tamil Classics).

Dictionary of Contemporary Tamil (Tamil-Tamil-English), Cre-A, Madras,1992.

Dikshitar, V. R. Ramachandra, *The Cilappatikaram*, Kazhagam, Madras, 1978 (2nd ed.).

Elayaperumal, M., *Grammar of AIGKURUNUURU with Index*, Department of Tamil, University of Kerala, Trivandrum, 1975.

Filliozat, Jean, *Un texte de la religion Kaumāra: le Tirumurukārruppaṭai*, Institut Français d'indologie, Pondichéry, 1973.

Hart III, George L., *The Poems of Ancient Tamil—Their Milieu and Their Sanskrit Counterparts*, University of California Press, Berkeley, 1975.

Hart, G.L. & Heifetz, Hank, *The Four Hundred Songs of War and Wisdom: An Anthology of Poems from Classical Tamil: The Purānāṉūṟu*, Columbia University Press, New York, 1999.

Herbert, Vaidehi, *Pathuppāttu: Translation in English with meanings*, Degital Maxim, 2014. (同氏はhttps://sangamtranslationsbyvaidehi.com/で古典文学のすべての訳を公開している。)

Index des mots de la litterature tamoule ancienne, 3 vols., Institut Français d'Indologie, Pondichéry, 1967, '68, '70.

Iyengar, P. T. Srinivas, *History of the Tamils, from the earliest times to 600 A. D.*, Asian Educational Services, New Delhi, 1982 (reprint).

Jesudasan, C. and H., *A History of Tamil literature*, Y. M. C. A. Publishing House, Calcutta, 1961.

参考文献

〈一次資料〉

Aiṉkuṟunūṟu, U.V. Swaminatha Aiyar Library, Madras, 1980; Kazhagam, Madras, 1979.

Akanāṉūṟu, Kazhagam, Madras, 1972-77.

Cilappatikāram, U.V. Swaminathaiyer Library, Madras, 1978; Kazhagam, Madras, 1979.

Cīvakacintāmaṇi, U.V. Swaminathaiyer Library, Madras, 1969.

Kalittokai, Kazhagam, Madras, 1975.

Kuṟuntokai, U.V. Swaminathaiyer Library, Madras, 1962.

Maṇimēkalai, Kazhagam, Madras, 1979.

Naṟṟiṇai, Kazhagam, Madras, 1976.

Paripāṭal, U.V. Swaminathaiyer Library, Madras, 1980.

Patiṟṟuppattu, U.V. Swaminathaiyer Library, Madras, 1980.

Pattuppāṭṭu, ed. by Vē Cāminātaiyar, Kēcari Accukkūṭam, Cennai, 1931.

Pattuppāṭṭu, with a commentary by Nacciṉārkkiṉiyar, ed. by U.V. Swaminatha Aiyar, Dr. U.V. Swaminathaiyer Library, Madras, 1950 (4th ed.)

Pattuppāṭṭu, New Century Book House, Madras, 1981 (reprint; 1st ed., published by Marrē Es Rājam, Marrē and Co., Madras, 1957).

Pattuppāṭṭu, with a commentary by Pō.Vē. Cōmacuntaraṉār, Kazhagam, Madras, 1975-80.

Pattuppāṭṭu (2 vols.), with a commentary by Munāivar Irā. Mōkaṉ, New Century Book House, Cennai, 2004.

Puṟanāṉūṟu, with a commentary by Auvai Cu Turaicāmipiḷḷai, Kazhagam, Madras, 1973.

Tolkāppiyam Collatikāram, with a commentary by Iḷampūraṇar, Kazhagam, Madras, 1974.

Tolkāppiyam Elūttatikāram, with a commentary by Iḷampūraṇar, Kazhagam, Madras, 1974.

Tolkāppiyam Poruḷatikāram, with a commentary by Iḷampūraṇar, Kazhagam, Madras, 1977; with a commentary by Pērāciriyar, Kazhagam, Madras, 1975.

ら行

わ行

や行

ま行

は行

な行

た行

n747; (→)蓮(ハス)(独立見出し)
ターリャイ(*tāḻai*)　Kuri.80; (→)阿檀(アダン)(植物・和名)
チャンパカ(*caṇpakam*)　Tiru.27, 27fn, Kuri.75
ティッライ(*tillai*)　Kuri.77, n739
トゥリャーイ(*tuḷāy*)　Kuri.90, n775
トゥンバイ(*tumpai*)　Peru.103, n319, Matu.737, Kuri.90; (→)トゥンバイ(戦い)
トーンリ(*tōṉṟi*)　Kuri.90; (→)グロリオサ
ナーハム(*nākam*)→セイロンテツボク(独立見出し)
ナラヴァム(*naṟavam*)　Peru.n402, Kuri.91
ナランダム(*narantam*)　Poru.238, n189, Kuri.94
ナンディ(*nanti*)　Kuri.91, n777
ニャーラル(*ñāḻal*)　Poru.197, n176, Kuri.81
ネイダル(*neytal*)　Tiru.74, n42, Peru.213, Matu.250, n508, 282, Kuri.79, n746, 84, Patti.11, n838, 241, Malai.124; (→)ネイダル(海岸地帯)
ノッチ(*nocci*)　Poru.185, n169; (→)ノッチ(戦い)
パーティリ(*pātiri*)　Peru.5, n285, Kuri.74
パハンライ(*pakaṉṟai*)　Poru. n174, Kuri.88
パーライ(*pālai*)　Kuri.77, n740
ピダヴァム(*piṭavam*)　Mul.25, n437, Kuri.78
ピッチ(*picci*)→ピッティハム
ピッティハム(*pittikam*)　Netu.40, n666, Kuri.89, 117
ピーラム(*pīram*)　Kuri.92, n781
ピンディ(*piṇṭi*)　Kuri.88, n770
プーライ(*pūḷai*)　Kuri.72, n730; (→)木綿(きわた)(植物・和名)
プンナイ(*puṉṉai*)　Poru.n182, Kuri.n779, 93, n785
プンナーガム(*puṉṉākam*)　Kuri.91, n779
マラー(*marā, marām*)　Poru.50, n130, Ciru.12; マラーム Kuri.85
マルダム(*marutam*)　Tiru.28, n25, 35, n28, Poru.189, Peru.232, Kuri.73, n773; (→)マルダム(ジャンル, 田園地帯, メロディー)
マンジャル(*mañcaḷ*)→ウコン(独立見出し)
ムスンダイ(*mucuṇṭai*)→昼顔(独立見出し)
ムッライ(*mullai*)→ムッライ(独立見出し)
植物(和名)
アカバナヨウサイ　Matu.255, n512
アジュンナ　Tiru.n25, n28
阿檀(アダン)　Ciru.146, n238, Matu.116, Patti.84, 89, 119; (→)ターリャイ(*tāḻai*)(植物・タミル語)
アワ→粟(独立見出し)
インドセンダン→ニーム(植物・和名)
インドトゲタケ　Kuri.n712, Malai.132, 180, n971
ウコン→ウコン(独立見出し)
オオスイレン→睡蓮(独立見出し)
ガマ　Peru.220, n353, Matu.172, Malai.454
カミボウキ　Tiru.201, n79, Kuri. n775
カレーリーフ　Peru.308, n379
キツネユリ→グロリオサ(独立見出し)

植物(99種～)　Kuri.62-96
植物(タミル語/Tamil)
アーヴィライ(*āvirai*)　Kuri.71
アーッティ(*ātti*)　Kuri.87
アディラル(*atiral*) Mul.n442, Kuri.75
アドゥンブ(*aṭumpu*)　Poru.n174, Kuri.87, Patti.65
アニッチャム(*aṉiccam*)　Kuri.62, n707
アーラム(*āram*)　Kuri.93; (→)白檀
アーンバル(*āmpal*)　Kuri.62; (→)アーンバル(メロディー), オオスイレン
イラヴァム(*iravam*)　Kuri.86; (→)ワタノキ(植物・和名)
イーンガイ(*īṅkai*)　Kuri.86, n762
ヴァッリ(*vaḷḷi*)　Peru.370, Mul.101, Kuri.79; (→)ヴァッリ(ダンス, ムルガンの妃)
ヴァーハイ(*vākai*)　Peru.n320, Kuri.67
ヴァーライ(*vāḻai*)　Kuri.79, n744; (→)バナナ(独立見出し)
ヴァリャイ(*vaḷai*)　Kuri.83, n756, Malai.181
ヴァンジ(*vañci*)　Kuri.88, n771; (→)ヴァンジ(戦い, 都市)
ヴェッチ(*veṭci*) Tiru.21, n18, 208, Kuri.63
ヴェーラル(*vēral*)　Kuri.71, n729
ヴェーンガイ(*vēṅkai*)　Tiru.36, n29, Ciru.23, Peru.194, Matu.296, Kuri.95, Malai.305, 434
ウントゥール(*untūḻ*)　Kuri.65
エルヴァイ(*eruvai*) Kuri.68, n720, Malai.224
エルジャム(*eṟuḻam, eṟuḻ*)　Kuri.66
カイダイ(*kaitai*)　Kuri.83, n755
カーヤー(*kāyā*)　Poru.201, n181, Ciru.165, Mul.93, Kuri.70
カランダイ(*karantai*) Kuri.76, n736; (→)カランダイ(戦い)
カーンジ(*kāñci*)　Poru.189, n171, Ciru.179, Peru.375, Kuri.84, Malai.449
カーンダル(*kāntaḷ*)　Kuri.62, n706; (→)グロリオサ
クヴァライ(*kuvaḷai*)　Tiru.n19, Kuri.63; (→)睡蓮・紫睡蓮
クーヴィラム(*kūviḷam*)　Kuri.65
クーヴィラム(*kūviram*)　Kuri.66, n716
クッライ(*kullai*)　Tiru.n79, Poru.234, Ciru.29, Kuri.78
クラヴァム(*kuravam*)　Kuri.69, n725
クラヴィ(*kuḷavi*)　Kuri.76, n737, Malai.334, n996
クリンジ(*kūriñci*)→クリンジ(植物)
クルギライ(*kurukilai*)　Kuri.73, n732
クルッカッティ(*kurukkatti*) Kuri.92, n782
クルフ(*kuruku*)　Peru.376, n399
コーダル(*kōṭal*)　Kuri.83; (→)グロリオサ(白)
コーング(*kōṅku*)　Tiru.34, n27, Ciru.26, Matu.338, Kuri.73
コンライ(*koṉṟai*)　Poru.201, 201fn, Peru.328, Mul.94, Matu.277, Kuri.86
スッリ(*cuḷḷi*)　Kuri.66
スーラル(*cūral*)　Kuri.n699, 71
セルンディ(*cerunti*)　Ciru.147, 147fn, Kuri.75
ターマライ(*tāmarai*)　Kuri.80,

さ行

か行

索 引

〔略号〕

数字	各長詩の行番号および注番号	Mul.	*Mullaippāṭṭu*
→	〜を見よ	Netu.	*Neṭunalvāṭai*
(→)	〜も見よ	Patti.	*Paṭṭiṉapālai*
Ciru.	*Ciṟupāṇāṟṟuppaṭai*	Peru.	*Perumpāṇāṟṟuppaṭai*
n	note / 訳注	Poru.	*Porunarāṟṟuppaṭai*
Kuri.	*Kuṟiñcippāṭṭu*	Skt.	Sanskrit
Malai.	*Malaipaṭukaṭām*	Ta.	Tamil
Matu.	*Maturaikkāñci*	Tiru.	*Tirumurukāṟṟuppaṭai*

数字

あ行

高橋孝信《たかはしたかのぶ》

1951年生まれ。東京大学大学院博士課程中退。大学院在学中にインド・マドゥライ大学に2年4ヶ月、オランダ・ユトレヒト大学に3年6ヶ月留学。文学博士（ユトレヒト大学、1989年）。四天王寺国際仏教大学（現、四天王寺大学）助教授、東京大学大学院人文社会系研究科助教授、同教授を務めた。東京大学名誉教授。専攻、タミル文学、ことに古代の詩論や文学（恋愛詩、英雄詩、叙事詩、箴言詩）。著作に、*Tamil Love Poetry and Poetics* (E. J. Brill, Leiden / New York / Köln, 1995)、『ティルックラル——古代タミルの箴言集』（訳注、1999年）、『エットゥトハイ 古代タミルの恋と戦いの詩《うた》』（訳、2007年。いずれも平凡社東洋文庫）、『タミル古典学習帳——「パットゥパーットゥ（十の長詩）」訳注研究』（山喜房仏書林、2017年）などがある。

パットゥパーットゥ——古代タミルの「十の長詩」　東洋文庫921

2024年10月9日　初版第1刷発行

訳注者　高橋孝信
発行者　下中順平
印刷　株式会社東京印書館
製本　大口製本印刷株式会社
DTP　平凡社制作

発行所　〒101-0051 東京都千代田区神田神保町3-29
株式会社　平凡社
電話 営業 03-3230-6573　ホームページ https://www.heibonsha.co.jp/

ISBN 978-4-582-80921-3

乱丁・落丁本は直接小社読者サービス係でお取替えします（送料小社負担）

【お問い合わせ】
本書の内容に関するお問い合わせは
弊社お問い合わせフォームをご利用ください。
https://www.heibonsha.co.jp/contact/